本书出版得到浙江传媒学院资金支持

紫藤室論文選

罗仲鼎 著

浙江古籍出版社

图书在版编目(CIP)数据

紫藤室论文选 / 罗仲鼎著. --杭州：浙江古籍出版社，2024.12. --ISBN 978-7-5540-3247-3

Ⅰ.I206.2

中国国家版本馆 CIP 数据核字第 2024KM6092 号

紫藤室论文选

罗仲鼎 著

出版发行	浙江古籍出版社
	(杭州市环城北路 177 号　邮编:310006)
网　　址	https://zjgj.zjcbcm.com
责任编辑	吴宇琦
责任校对	吴颖胤
封面设计	时代艺术
责任印务	楼浩凯
照　　排	浙江大千时代文化传媒有限公司
印　　刷	浙江海虹彩色印务有限公司
开　　本	880mm×1230mm　1/32
印　　张	15.125
字　　数	400 千
版　　次	2024 年 12 月第 1 版
印　　次	2024 年 12 月第 1 次印刷
书　　号	ISBN 978-7-5540-3247-3
定　　价	168.00 元

如发现印装质量问题，影响阅读，请与市场营销部联系调换。

罗伯鼎序

仲鼎《紫藤室论文选》出版,收录学术论文数十篇,涉及中国文学史诸多领域。这是仲鼎学术研究的心得体会,从中亦可窥见作者学术研究之轨迹。作者是一位严肃、勤奋的古代文学研究者,在古典诗歌理论、古代诗词研究以及古籍整理等方面,均有所建树。已经出版专著十余种,其中多种再版重印,在读者中产生一定影响。

论文集的出版是有价值的。仲鼎的论文,有几个特点:其一,言之有据,凡论证,必有事实根据,未见不着边际的理论推导和演绎。其二,文章总有一定创意,或观点,或见解,或资料。鲜见陈词滥调。做到这点,亦非易事。其三,文章都是自己写的,是作者学习、思考、研究的成果,表现了作者严谨踏实的学风。

罗氏家族谈不上家学渊源。先祖父景周公,功名止于秀才。从事家乡绍兴读书人通常的职业师爷,晚年执教于乡间私塾。先父松涛先生是一名中学数学教师,但他偏爱文史,喜读书、藏书,常年吟诗填词不辍。中年有句云:"此生已被诗书误,犹教儿童读放翁。"略可窥见其内心之矛盾。曾手书诗词作品数百首,装订成册,惜乎在历年动乱中散失殆尽。先父不甚过问儿辈功课,唯独对文史督责甚严,曾手抄《孟子》全文及《史记》列传若干篇,令我背诵,当时只觉苦不堪言,日后方知获益匪浅。彼时仲鼎尚幼,亦课以杜诗,如《兵车行》、前后《出塞》等。幼时熏陶,对日后之学术兴趣恐亦有一定影响。

20世纪50年代中期,仲弟从军队转业,考入南京大学,攻读中国文学。据仲弟回忆,每当寒暑假回家探亲,父子之间多有中西文学方面的交流,意见也每每相契。此情此景,至今犹历历在目,动人心弦。罗家祖先既无田产,亦无房产,留下的唯一财产是书籍,但是绝大部分都毁于战乱及动乱,重要的也许是我们都继承了先父对书籍的痴迷和读书的习惯,不过,这种影响对我们兄弟究竟是祸还是福,从我们以后的种种经历来看,亦非三言两语所可道尽者。书中还收入少量散文随笔,用以纪念往事及亲友。

以上片言只语,无法概括此书全貌,权充序言,略表心意耳。

罗伯鼎
二〇二二年初春
时年九十二岁

郭义山序

仲鼎学兄八八米寿之年,蒙所在单位关爱,支持他正式出版《紫藤室论文选》。作为他忧乐与共的挚友、学弟,自应表示衷心的祝贺。

1956年7月高考,我有缘被南京大学中文系汉语言文学专业(五年制)录取。开学报到后,我被分配住在大学南园一筒子楼约20平方米的寝室。住室很简陋,五张双人架子床,五张书桌,居然安排住十个人。被分配在同一寝室的十位同学萍水相逢,成了同窗学友,其中就有仲鼎学兄。大家互助互爱、和睦相处。当时我年龄最小,又是闽西山区来的,却得到学兄们特别是仲兄的关照。后来中文系五六级三个班105人分成若干学习小组,我们同室十学友,连同三位学姐,组成一个学习小组,指定的小组长就是仲鼎兄。他是调干生,年龄比我大了三岁,又是党员。他知识面广,阅历丰富,又平易近人,说话风趣,大家都很喜欢他、敬重他。

入学的第一学年,我们在"祖国,我为你而学习""向科学进军"的口号感召下,都想努力学好本领,为祖国、为人民作贡献。开学后,每周一到周六,课程表上古今汉语、古今文学、古今文论等基础课排得满满的,还有定期举办的名家讲座。那年头我们没有收音机、电视机,更无手机、电脑,也不玩游戏。每周星期天单休日,小组经常安排外出活动,大家在仲兄带领下访六朝古迹,游山水名胜,探名山古寺,逛夫子庙,到书摊、古旧书店捡漏。可以说,大学第一年是我们一生中最值得怀念的岁月,也是我们学习效率最高、收获最多的一年。

天有不测风云,从第二学年即 1957 年 6 月始,直至 1960 年初,一连串运动接踵而来。全组同学风雨同舟,平安地度过惊涛骇浪的艰难岁月。回忆及此,我们要感激仲鼎小组长及班级支书徐大姐的关照,他们处事冷静稳健、实事求是,以守正尚义的人品和言行赢得了大家的拥戴。

此后我们又经历三年困难时期,运动不搞了,老师忍饥挨饿为我们开课、补课,我们也忍饥挨饿拼命学习古代文学专门化选修课程,撰写毕业论文。1961 年 7 月,我们终于毕业了。没有毕业典礼和学士帽,没有歌声和欢笑,只带着一纸毕业证书黯然离开了母校。

毕业后,仲鼎学兄和我分别分配到杭州和福建故乡从事教学工作。1966 年"文化大革命"开始,打破了我们要好好教书育人的美梦,我们被剥夺了讲台,学生也没有了安静的书桌。此时,我写了一首七律给仲鼎学兄,表达了当时的心境:

> 执手金陵话别离,文章家国两相期。
> 五年风雨联床夜,十载云山翘首时。
> 满腹经纶难世用,一番美梦化幽思。
> 噤声北望今宵月,雾霭茫茫何所之?

到了 1978 年,一声春雷,一阳来复。大家都有了相对宽松的工作和学术研究环境。仲鼎学兄也被调到杭州师范学院任教。他不但在教学上深受学生欢迎,而且在学术研究上也非常努力,硕果累累。其中中国古典诗论如司空图《二十四诗品》、严羽《沧浪诗话》、王世贞《艺苑卮言》的阐释和研究,清代核心诗词家如朱彝尊、查慎行、厉鹗的诗词作品阐释,《复堂词录》《箧中词》《厉鹗集》《谭献集》整理校点,以及《阮籍咏怀诗译解》《千首唐人绝句校注》《千首唐宋小令校注》《词菀校注》等等，无论是数量还是质量上都取得不少的成绩。《紫藤室论文选》中的学术论文正是在上述学术成果的基础上提炼出的理论精粹，是他独立研究、实证实悟得出，并非傍人篱壁、拾人牙慧者。这些学术论文阐述的新观点、新理念，是他对中国古典诗歌理论批评和古典文学研究的新奉献，得到学术界的赞许。

仲鼎学兄在学术上之所以能取得如此突出的成就，我想与下列因素有关：

一是他出身书香门第："最是书香润芳华。"祖上积存藏书的熏染和父母的教诲，使他从小就打下了坚实的文化根基。

二是南大母校的诚朴学风：母校中文系老师如汪辟疆、胡小石、陈中凡、罗根泽、方光焘、洪诚、钱南扬等都是全国知名的大学者，他们继承乾嘉学派朴实无华、重调查讲实证、不空谈不献媚的学风。他们为学生开讲座、讲授基础课，给学生潜移默化的熏陶和长远影响。

三是仲鼎学兄的人品：他正直诚朴，痴迷学术，不求名利，不事张扬，勤勤恳恳专心致志做学问。扎实的国学功底加上才情和艰辛努力成就了他，赢得了学术界肯定。

南大中文系五六级（六一届）原有105名同学，至今有近半福到寿满、相继仙逝，至今健在的还有一半。一半中耳聪目明、能生活自理者所占比例不大，而至今仍从事学术研究、正式出版学术著作的为数更少。仲鼎学兄是我们年级的优秀代表，有丰硕的学术成果，作为学弟，我再次祝贺此书的出版，望学兄善自珍摄，健康长寿，"何止于米，相期以茶"！

遵学兄之嘱为此书作序。谊在相知，雅命难违，书如上述，未敢言序也。最后赋《夕阳》七律一首，与学兄交心共勉：

夕阳偏与小窗明,倦鸟嘤鸣求友声。
庠序青灯八十载,经书黄卷一生情。
陶公容膝乐天命,刘子传铭尚德行。
酷暑严寒皆历历,过来人自望河清。

郭义山
于二〇二二年岁次壬寅冬月

自　序

　　1961年从南京大学中文系毕业以后,我被分配到杭州市一所普通中学教书,在西子湖畔赁屋而居。教学工作并不繁忙,也没有什么压力。只是几乎每天晚上都安排政治学习,还要带学生到农村学农,到工厂学工,寒暑假也很短。1966年"文化大革命"爆发,对眼前发生的种种荒诞事情,心中虽然不可能没有想法,但是努力克制自己,基本没有参与。不久学校开始停课,我有了较多空闲时间,除了在西湖畔听水看云,与少数同好围棋斗酒之外,有时也悄悄把此前做了一半的司空图《二十四诗品》今译、阮籍《咏怀诗》分析之类的残稿拿出来琢磨一番,偶有所会,就写点札记,还把原文翻译成现代汉语。当时这样做并无明确目标,只是聊以排遣寂寞而已。
　　1977年杭州市创办了杭州师范学院,我也被调到杭师院中文系任教,那年我42岁。从中学到大学,一个变化就是既要教好书,又要搞研究,这就使我从一个闲人变成了忙人。那时,叫停了十年的高考刚刚恢复,学生学习积极性空前高涨,对知识如饥似渴。一向教书不太经心的我,也被学生这种热情感染,一点也不敢怠慢,生怕书教得不好,辜负学生的期望。因此每天要备课到深夜,完全无暇顾及其他。但是,先师曾经教导,在大学里不能只做一个教书匠,科研上不去,书也不可能教得很好。杭师院是一所市属高校,又在草创时期,既不可能分配到什么课题,又缺乏图书资料。要搞研究,只能靠自己想办法。

我的第一个办法就是把司空图《二十四诗品》的今译细加修改,送到江苏省《群众》杂志发表。两年以后,经徐慧征同志推荐,又把《二十四诗品今析》书稿交江苏人民出版社出版。当时中国社会正处于知识饥渴期,初版数万册一售而空,给了我很大鼓舞。不久,通过师兄骆寒超介绍,从浙江古籍出版社要到了《朱彝尊诗词选注》的题目。20世纪80年代初,友人屈兴国从江西调回南京大学,在程千帆先生领导的《全清词》编纂组工作,主动把我引荐给千帆先生。承蒙先生信任,他把自己主持的高教部《明清文艺理论丛书》重要的一种——《艺苑卮言校注》交给了我,并且要我参与《古典诗论集要》一书选注工作。从此,除了教书以外,我的研究工作也逐步走上轨道。

我的研究,主要由两条线索展开,一条是围绕以司空图、严羽、王世贞为主体的古典诗歌理论,一条是以清代诗词为核心的诗人词人。本书所收录的论文,大多数都与此有关。20世纪80年代末,经友人吴战垒推荐,为浙江古籍出版社做了一本朱彊村《宋词三百首》注释本,从此又与词学结了缘,慢慢把注意力从研究古典诗歌理论转移到古籍整理和古代诗词选注上。到目前为止,一共完成了十多种著作。每种著作都要写一篇前言,也可算是一篇论文。在20世纪90年代,我还抽空把《阮籍咏怀诗译解》修改了几遍,交南京大学出版社出版。除此之外,还有几篇学术会议的零星论文,数量不多。如此等等,日积月累,也有四十多篇,达到了汇集成册的篇幅。由于环境和条件的限制,我的学术研究基本从兴趣出发,从未领到过课题,也不参加名人主持的集体项目,基本单打独斗,因此显得不够系统,有点凌乱。

不过单打独斗也有好处,可以做自己喜欢的题目,不必看人脸色,仰人鼻息,而且乐在其中。如果穷一生精力,做自己并无兴趣的课题,人生短短,自苦如此,有必要吗?

我们这一代学人,由于先天不足,后天又无法努力,与前辈优秀学人相比,存在明显差距。正因为如此,我做研究比较谨慎,从来不敢自以为是,信口雌黄;也不敢不懂装懂,妄下断语。大体做到了两点,首先,所有的文章,不管水平高低、结论对错,都是我个人独立研究的结果,正如严沧浪所说:"是自家实证实悟者,是自家闭门凿破此片田地,即非傍人篱壁、拾人涕唾得来者。"其次,在评论作家和作品时,尽量做到把私爱和公论加以区分,不把个人的审美偏见掺和进去。每一个人都可能有自己的审美偏爱,艺术作品的审美尤其如此。记得20世纪80年代初期,在福建邵武召开的严羽学术讨论会上,华东师大徐中玉先生曾经放言:"有外国友人问我,中国最伟大的诗人是谁?我说是李白。"会场为之哗然。但我以为,这是中玉先生的审美偏爱,是完全允许的,不必大惊小怪。李杜优劣论是一个古老命题,如果要写文章讨论这个问题,就要拿出充分理由和可靠证据。我也是一个审美偏爱比较明显的人,例如中年以后,我喜欢宋诗胜过唐诗,喜欢清词胜过宋词。要完全摆脱个人的审美偏爱,亦非易事。程千帆先生当年在审读《艺苑卮言校注·前言》时,就指出对王世贞诗论评价有点偏高。程先生的意见很对,事后我对文章做了改动调整,是否达到持平,尚无把握。而千帆先生已经去世多年,无从就正矣。念之令人怅怅!

岁月如流,从1977年到现在,又过去了40多年。承蒙上天眷顾,让我能够活到80多岁;又得益于改革开放的太平时世,使我一直能够安心地教书和研究。坦白地说,如果环境和条件允许,我或许可以把书教得更好一些。至于研究,由于理论修养欠好,创造性思维能力不足,大概能够及格,很难达到优秀。近20年来,之所以把主要精力从古典诗论研究转移到古籍整理和校注,除了外部条件改变之外,这也是重要原因之一。中国古典诗歌理论,内涵丰富,特色鲜明,但是研究难度很大。当年王国维的一册《人间词话》,刘师培的一本《中国中古文学史》,宗白华先生的几篇美学论文,至今尚被人们反复阅读,回味不尽。

  本书所收集的论文,大部分都已经在国内各种刊物上发表,序跋部分,大多数也随着著作的正式出版而面世。感谢浙江传媒学院的帮助,使本书得以顺利出版。

罗仲鼎
2022 年 1 月
于传媒学院宿舍紫藤书屋

目 录

第一编　学术论文

中国古典诗论的基本特征 …………………………………… 3
老庄哲学与司空图的《二十四诗品》………………………… 18
从《沧浪诗话》到《艺苑卮言》
　　——严羽与王世贞诗论之比较 ………………………… 29
感情·兴趣·韵味
　　——《沧浪诗话》研究之一 …………………………… 42
从《沧浪诗话》看严羽复古理论的得失 …………………… 54
主复古与反模拟
　　——《艺苑卮言》研究之一 …………………………… 64
从《艺苑卮言》看王世贞的诗歌理论
　　——《艺苑卮言》研究之二 …………………………… 76
王世贞的作家评论
　　——《艺苑卮言》研究之三 …………………………… 89
析"诗能穷人"
　　——《艺苑卮言》研究之四 …………………………… 100
浑成之美的追求
　　——从一个口号的争论谈起 …………………………… 111

千载斯人去，风流亦我师
　　——杜甫诗歌理论的启示 …………………………… 124
戴复古《论诗十绝》浅释 ……………………………………… 136
阮籍诗歌的象征性 ……………………………………………… 145
论朱彝尊的诗词创作 …………………………………………… 155
论查慎行的诗歌创作 …………………………………………… 172
厉鹗生平及其诗歌创作 ………………………………………… 186
厉鹗词简论 ……………………………………………………… 200
张炎与浙西词派 ………………………………………………… 207
要为苍生说辛苦
　　——王冕《竹斋诗集》读后 ………………………… 220
朱孝臧及其词学贡献 …………………………………………… 226
朱淑真和她的《断肠集》 ……………………………………… 242
《花帘词》底有吟魂 …………………………………………… 252
论清代女诗人倪瑞璇 …………………………………………… 265
字里金生，行间玉润
　　——褚体《倪宽赞》浅析 …………………………… 273
魏耕其人其诗 …………………………………………………… 281
鲁迅论嵇康 ……………………………………………………… 283
儒家文化与中国古代诗人的悲剧 ……………………………… 291
骆寒超与《艾青论》 …………………………………………… 311

第二编　序　跋

司空图《二十四诗品》前言 …………………………………… 319
司空图《二十四诗品》重版后记 ……………………………… 338
《宋词三百首》前言 …………………………………………… 339

《谭献集》整理校点前言 …………………………… 349
《箧中词》整理校点前言 …………………………… 362
谭献《箧中词》整理校点跋一跋二 ………………… 371
《复堂词录》整理校订前言 ………………………… 373
《千首唐人绝句校注》前言 ………………………… 379
《千首唐宋小令校注》前言 ………………………… 392
《词莂校注》前言 …………………………………… 404
《艺苑卮言校注》后记 ……………………………… 411
《阮籍咏怀诗译解》后记 …………………………… 413
《紫藤室论诗绝句论词小令》自序 ………………… 414
《戴复古考论》序 …………………………………… 420
《王斯琴诗钞》序 …………………………………… 424
《慎斋摄影集》序 …………………………………… 425
《金联祯自传》序 …………………………………… 426
《郭义山诗文集》序 ………………………………… 427
《紫藤室诗词》序 …………………………………… 429
《紫藤室诗词续集》后记 …………………………… 432

附　录

诗话十则 ……………………………………………… 437
诗词赏析五则 ………………………………………… 448

紫藤室记(代跋) ……………………………………… 463

第一编 学术论文

中国古典诗论的基本特征

中国是诗歌的国度。在我国古代各种文学体类中，无论就数量还是质量而言，诗歌都占据了主要地位。与这种文学现象相适应，中国古代诗歌理论也以纷繁的色彩和鲜明的特色辉耀于世界艺术之林。

（一）言志与缘情。感情是诗歌的生命，中国古代诗论十分强调诗歌艺术的抒情特征，"诗言志"这个口号就是在表述诗歌艺术这一特殊功能的情况下提出来的。按照唐人孔颖达的解释，"情"和"志"实际上是一回事。[1]这层意思其实《毛诗序》已经讲得很清楚："诗者，志之所之也。在心为志，发言为诗，情动于中而形于言，言之不足，故嗟叹之，嗟叹之不足，故永歌之，永歌之不足，不知手之舞之，足之蹈之也。"这段话阐述了人类感情活动与诗歌创作的关系。按照《毛诗序》的解释，志就是情，"情动于中而形于言"，诗人内心的感情活动用语言文字表现出来便成了诗。不仅诗歌如此，舞蹈、音乐等与诗歌关系密切的姐妹艺术也无不如此，它们都是人类感情的自然表露。"诗言志"这一口号，揭示了诗歌艺术的基本规律，对我国古代诗歌理论和创作产生过极其深远的影响。后代的"吟咏情性说""真情说""性灵说"，无不根源于此。从这个意义上说，朱自清先生称它为我国古代诗论开山的纲领是符合实际的。但是，随着儒家思想大一统地位的确立，儒家经师们力图把"诗言志"的口号纳入统治阶级政治伦理的框架。他们虽然也承认感情在诗歌创作中的重要作用,但是又强调"发乎情"必须"止乎礼义",诗歌要能够"经夫妇,成孝敬,厚人伦,美教化,移风俗",要求诗歌成为巩固封建秩序和维护儒教统治的工具。就这样"言志"逐渐蜕变成了复述统治阶级的意志,"诗言志"的口号在历史发展过程中逐渐失去了本来的意义,背离了诗歌艺术的基本规律。在这种情况下,陆机提出了"诗缘情"的口号与之相抗衡。后世正统的儒学理论家对这一口号往往多所责难,甚至把六朝绮靡文风的泛滥也归罪于它,这是极不公平的。从历史的角度看,"诗缘情"的口号虽然不过说出了一个极其普通的事实,但在当时却反映了文学企图摆脱经学附庸地位的努力,表现了文人争取自由意志和独立人格的愿望,是人们对于诗歌艺术审美特征的重新肯定。"缘情说"补足"言志说"的某些不够明确的地方,纠正了"言志说"在发展中变得保守的缺点。我们今天应该重新认识其意义。

(二)诗可以怨。与儒家诗教密切相联系,中国古代诗论非常重视诗歌的社会功能,十分强调诗人主观感情的社会政治色彩。汉代的经师们在论诗和解诗时,总是把诗歌与政治的兴衰和社会的治乱联系在一起加以考察,因而就有了"美刺说"和"教化说"的提出。《毛诗序》对于"六义"的解释,就是这种观点的集中代表。诚然,这种理论的建立与流布,在历史上曾经起过十分积极的作用。"美刺"的传统,"风雅"的传统,几乎成为我国文学史上进步潮流的代称,李白、杜甫、白居易、陆游等大诗人都曾经是这种理论的热心倡导者和实践者。但是,儒家的"美刺说"和"教化说"也存在明显的缺点。它所说的教化,内容总是以封建伦常为归依,而它所讲的怨刺,又必须符合"温柔敦厚""怨而不怒"的原则。正因为如此。屈原那种不妥协的斗争精神反而被班固称为"露才扬己""忿怼不容",而李白对于传统思想的蔑视和批判,在后代也受到正统批评家的非难。但孔子曾经说过:"诗可以怨。"孟子也说:"《小弁》之怨,亲亲也。亲亲,仁也。"指出诗歌可以而且应该批评黑暗,这是先秦儒家诗论中固有的积极因素,也是我国古代诗论的优良传统之一。虽然历代统治阶级对怨刺的内容及程度作出种种限制性的规定,但是自身的实践和现实的斗争却常常迫使诗人不能不突破这些限制。屈原目睹黑暗腐败、是非颠倒的楚国政治,有感于"信而见疑,忠而被谤"的切肤之痛,决然喊出了"发愤以抒情"的口号;司马迁在蒙受了莫大的屈辱之后,终于悟出了"《诗》三百篇,大抵贤圣发愤之所为作"的真理[2],从而把孔、孟诗论中的批判精神推进到更高的层次。顺着这条线索发展,唐代韩愈不仅公开主张"不平则鸣",而且提出了"欢愉之辞难工,穷苦之言易好"这样一个充满批判精神的命题[3]。到了宋代,欧阳修则进一步指出了"穷而后工"是诗歌创作的普遍规律。这一理论在宋代引起了广泛而热烈的反响,得到了文学界的认可。苏轼、黄庭坚、孔仲武、张耒、李纲、陆游等人都有过类似的言论。有人甚至认为:"诗者天之所以私穷人也"[4],"诗非达官显人所能为"[5]。李纲在《五峰居士文集序》中说:"欧阳文忠公有言:'诗非能穷人,殆穷而后工。'信哉!士达则寓意于功名,穷则潜心于文翰。故诗必待穷而后工者,其用志专,其造理深,其历世故险阻艰难无不备尝故也。"具体分析了之所以"穷而后工"的原因,这是很有见地的。生活于封建时代的诗人,往往要历尽艰辛,到处碰壁之后,才能从自己的生活体验中逐步看清社会的黑暗本质,才能在一定程度上与民族和人民呼吸相通,命运与共,才能在痛苦与愤懑中净化自己的灵魂,创造出成功的诗篇。"国家不幸诗家幸,赋到沧桑语便工"[6],这两句话虽然过于残酷,但确实指出了我国古代文学史上的一条普遍规律。

(三)诗品与人品。王国维说过:"无高尚伟大之人格,而有高尚伟大之文章,殆未之有也。"中国古代诗论十分重视诗品与人品的关系,对诗人的思想品格提出了极高的要求。这种要求的具体内容可以概括为正、真、清三个字。薛雪《一瓢诗话》指出:"要知心正则无不正,学诗者尤为吃紧。盖诗以道性情,感发所至,心若不正,岂可含毫觅句!""正"的主要含义是执着于自己的理想,忠实于诗人的职责,颂美刺恶,贬褒分明,决不向黑暗腐朽势力妥协。屈原说:"亦余心之所善兮,虽九死其犹未悔。"王逸注所说的屈原"膺忠贞之质,体清洁之性,直若砥矢,言若丹青,进不隐其谋,退不顾其命",正是这种高尚品格的集中体现。真诚地表现自己的感情,率直地袒露自己的胸怀,反对任何虚伪和矫饰,这是对诗人品格的第二个要求。《庄子》说:"不精不诚,不能动人。"[7]司空图说:"惟性所宅,真取弗羁。拾物自富,与率为期。"[8]叶燮说:"诗是心声,不可违心而出,亦不能违心而出","故每诗以人见,人又以诗见。"[9]王国维说:"诗人者,不失其赤子之心者也。"[10]都是在强调诗人品格中这一不可缺少的素质。陶渊明诗在宋以后之所以获得至高无上的评价,主要原因就在于一个真字。"一语天然万古新,豪华落尽见真淳"[11],"情真景真,事真意真"[12],这些话虽然是对陶渊明诗歌思想艺术所作的评价,但也反映了古代批评家对诗人品格的共同要求。所谓清就是要迥出流俗、敝屣功名、保持高尚的道德情操。宋代哲学家真德秀说:"'乾坤有清气,散入诗人脾',此唐贯休语也。予谓天地间清明纯粹之气,盘薄充塞,无处不见,顾人所受何如耳……世人胸中扰扰,私欲万端,如聚蜣蜋,如积粪壤,乾坤之英气将焉从入哉?"[13]清代批评家徐增也说:"诗乃清华之府,众妙之门,非鄙秽人可得而学。洗去名利二字,则学可得其半矣。"[14]都强调指出,缺乏高尚的道德情操,私欲万端的"鄙秽之人"不配也不可能成为真正的诗人。总之,强调"人与文一",强调"学诗当自学人始",强调诗人要有正直的心灵,真诚的态度,高尚的操守,这是古代诗论对诗人人格美的要求。

(四)"各师成心,其异如面"。诗歌创作的辉煌成就,无数面目不同、成就各异的作家与流派的涌现,使古代诗歌之国呈现出万紫千红的绚丽色彩。在这种条件下,风格学自然成了批评家们竞相探讨的重要课题。古代诗论中诸如"体""品""格""风神""气象"以及其他含义大体与现代"风格"一词相当的术语的频繁出现,正反映了这一点。18世纪法国作家布封曾经说过:"风格即人。"中国古代诗论也有类似的命题:"文如其人。"古代风格论的主要特点就是强调诗歌风格与诗人性情的密切关系,强调艺术家世界观和创作个性对于诗歌风格的决定作用。刘勰《文心雕龙·体性》篇就是专门从作品风格与作家个性两者关系的角度研究风格论的专著。在论及形成不同风格的内部原因时,刘勰虽然列举了才、气、学、习四个方面,但是他又说"吐纳英华,莫非情性",最后还是以情性为归结。司空图的《二十四诗品》虽然以形象饱满和诗意盎然的风格描绘而脍炙艺林,但是强调风格与人格的一致,诗品与人品的统一仍然是贯穿于其中的核心论点之一。叶燮也曾指出,能否表现情性是诗人建立自己风格的前提条件,他说:"作诗有情性必有面目","余历观古今数千百年来所传之诗与文,与其人未有不同出于一者……即以诗论,观李青莲之诗,而其人之胸怀旷达,出尘之概,不爽如是也;观杜少陵之诗,而其人之忠爱悲悯,一饭不忘,不爽如是也。其他巨者,如韩退之、欧阳永叔、苏子瞻诸人,无不文如其诗,诗如其文,诗与文如其人。"[15]叶燮这里所说的面目,就是指诗的风格。他认为诗人只有充分表现自己的性情,才能使作品有面目。李、杜等大诗人之所以能够建立独特的风格,卓然成家,就是因为能够充分表现自己的性情。与上述问题相联系,古代诗论还非常强调诗歌风格的独创性和多样性。刘勰说过:"各师成心,其异如面。"杨万里也说:"作家各自一风流。"前者意在强调风格的多样性,后者主要强调风格的独创性。不过,独创性和多样性,是互相依存的两个方面,没有个人风格的独创,也就没有总体风格的多样;反之,有了总体风格的多样,又能够促进个人风格的独创。当然,在这里独创性是多样性的前提。即以唐代诗歌为例,如果没有众多诗人风格各异的独特创造,就不可能出现唐代诗坛百卉争妍的动人局面。王直方所谓"诗人必自成一家",姜夔所谓"一家语自有一家之风味",刘克庄所谓"独者难强而同者易至",袁宏道所谓"独抒性灵,不拘格套",袁枚所谓"赋诗作文,各如其面",李慈铭所谓"陶冶古人,自成面目",侧重面虽然各不相同,但有一点是共同的:即诗人应该努力创造自己独立的风格。有无自己独立的风格,也是衡量诗人创作成败的重要标志。叶燮说过:"余尝于近代一二闻人,展其诗卷,自始至终,亦未尝不工,乃读之数过,卒未能睹其面目何若,窃不敢谓作者当如是也。"[16]在叶燮看来,诗人如不能表现自己的性情,没有独立的风格,即使其作品的技巧十分圆熟,也算不得优秀的诗人。提倡风格的独创性和多样性,对各种风格兼容并蓄,固然是古代风格论的特点,但是,这并不意味着它在总体上没有自己的美学崇尚。在汉民族特定的文化心理背景下发展成熟,并与封建士大夫审美趣味紧密相连的中国古代诗论,对诗歌风格也有特殊的美学追求。这种追求大体可以概括为以下几点:崇尚自然平淡之风,鄙弃雕琢刻镂之习;崇尚含蓄委曲之风,鄙弃浅薄直露之习;崇尚沉郁顿挫之风,鄙弃虚浮夸饰之习;崇尚清奇飘逸之风,鄙弃凡庸俚俗之习。这种美学崇尚,也是我国古代诗论的民族特色之一。

(五)意象、意境、韵味。诗歌是中国古代文学的主体,而抒情诗又是古代诗歌的主体。因而,抒情诗的艺术表现规律,自然也成了历代诗论家研究的中心命题。比兴、兴象、意象、兴趣、意境、韵味等重要的美学范畴的提出和建立,就是这种研究的结果。其中尤以意象、意境和韵味三者最为重要。意象说的源头可以推溯到《周易》。《周易·系辞》说:"圣人立象以尽意,设卦以尽情伪,系辞焉以尽其言。"魏人王弼对意、象、言三者的关系做了精辟的分析:"夫象者,出意者也;言者,明象者也。尽意莫若象,尽象莫若言。言出于象,故可寻言以观象;象生于意,故可寻象以观意。"[17]不过《周易》所说的意是指八卦中包含的吉凶休咎的内容含义,所说的象,则是指八卦的形状。

王弼从哲学高度对意、象、言三者关系所作的解释,虽然为意象说的建立奠定了理论基础,但显然不属于艺术审美范畴。意象正式从哲学思辨领域被引进艺术审美领域是在唐代。皎然《诗式》、王昌龄《诗格》、司空图《二十四诗品》都曾论及意象,可是未能对"意象"的内涵作具体的描述和辨析。意象作为诗歌理论的成熟和普及是在明代。经过李东阳、何景明、王廷相、王世贞、胡应麟、陆时雍等人的研究,意象说的美学意蕴才得到充分的揭示和开掘,意象说在古代诗论中的重要地位才得以真正确立。中国古代诗论首先强调,意象应该是意与象的和谐统一。何景明《与李空同论诗书》指出"意象应曰合,意象乖曰离。是故乾坤之卦,体天地之撰,意象尽矣"。所谓"体天地之撰",就是说意象组合要合乎自然之理,意与象不能相互乖离、错位以至于抵牾,而应该有机地融合为一个整体,这样才能产生理想的艺术效果。其次,意象应该有丰富的内涵和有力的表现方式。意必须丰富充实,象应该鲜明生动。李东阳《麓堂诗话》说:"意象俱足,是为难得。"王世贞《于大夫集序》也说:"外足于象,内足于意。"都是指此而言。意象组合中,意固然是第一位的东西,但象也具有十分重要的意义,两者互为表里,相得益彰,缺一不可。在艺术审美活动中,无意之象固然是虚象,无象之意却也是死意,只有意与象内外俱足,才能使诗歌富有表现力,使读者得到更多的美的享受。再次,意象应该有独创性。何良俊《四友斋丛说》指出:"意象俱新。"陆时雍《诗镜总论》也说:"风格浑成,意象独出,最为难能可贵。"这里所说的"俱新"和"独出",都是指意象的独创性。不论是意还是象,以至于它们的组合方式,都应该不落俗套,能给人以新鲜感。陈言俗意虽也能组成意象,但那难以成功地表达诗人独特的情思,而且会使读者望而生厌。最后,意象应该玲珑剔透,圆转自如,不能过于板滞和求实。王廷相说:"诗贵意象透莹,不喜事实黏着。古谓水中之月,镜中之影,可以目睹,难以实求是也。"[18]陆时雍又说:"古人善言情,转意象于虚圆之中,故觉其味之长而言之美也。"[19] 意象莹透虚圆,就可避免呆板直露之病,使之具有多义性和暗示性。这样才能使人"思而咀之,感而契之",容易使鉴赏者产生"象外之象"的艺术联想,使作品产生言已尽而意无穷的艺术效果。与意象说紧密相连的意境说,是古代诗论中又一个重要的美学范畴。意境的高下、深浅、阔狭与厚薄,往往是古代作家评论作品成败的主要标准。与意象比较起来,意境是后起的概念。意象是意境的基础,意境是意象的开拓和延展;意象是抒情主体的一种表现方式,而意境则包含了诗人运用艺术思维把情思物化的全部过程,同时还要求欣赏者的参与。意境说的产生虽然与佛学的影响有关,但正式移用于论述诗歌创作却在唐代。王昌龄所说的"目击其物,以心击之,深穿其境",皎然所说的"取境",尤其是司空图提出的"思与境偕",为"意境说"的建立作出了重要贡献。此后宋代的张戒、严羽、叶梦得、陈善、范晞文,明代的谢榛、李维桢、王世贞、朱承爵,清代的王夫之、叶燮、纪昀、黄子云、潘德舆、陈廷焯、况周颐等人,对意境说又屡有阐述和补充。王国维在前人论述的基础上,从美学的角度对这个问题作了全面而深刻的总结和阐发,从而建立了完整的意境理论体系。那么,古代诗论对意境的基本要求是什么呢?首先,意境要求意与象、情与景、主观与客观的内在统一和交融。司空图称为"妙契同尘",王夫之称为"妙合无垠",王国维称为"意与境浑",都是强调意境这种内在的统一性。其次,意境必须有真实充沛的感情融贯于其中。王国维说:"能写真景物,真感情者,谓之有境界。"[20] 就强调指出了这一点。在构成意境的诸因素中,情与意占据主导地位,象与景处于从属地位。正如谢榛所说的"景乃诗之媒,情乃诗之胚,合而为诗"[21]。张戒《岁寒堂诗话》说过一段意味深长的话:"'情动于中而形于言',岂专意于咏物哉?子建'明月照高楼,流光正徘徊',本以言妇人清夜独居愁思之切,非以咏月也。而后人咏月之句,虽极其工巧,终莫能及。渊明'狗吠深巷中,鸡鸣桑树颠',本以言郊居闲适之趣,非以咏田园,而后人咏田园之句,虽极其工巧,终莫能及。"这段话不仅揭示了古代风景田园诗之所以动人的奥秘,也说明了感情在意境中的主导地位。曹植、陶渊明诗的意境之所以动人,主要不在于它所描绘的景物本身,而在于其中所托寓的深情。缺乏感情的景物描写,即使"极其工巧",也仍然难以动人,其原因就在于此。正是在这样的意义上,王国维说:"一切景语皆情语也。"王国维对意境曾提出这样的标准:"写情则沁人心脾,写景则在人耳目。"前者追求感情的真实与典型,后者追求形象的自然和鲜明。只有感情的真实与典型,才能使读者感到"字字为我心中所欲言,而又非我之所能自言",才能"沁人心脾";只有形象的自然与鲜明,才能使"读之者但觉其亲切动人",才能使所写之意境仿佛"在人耳目"。这是古代诗论对意境的第三个要求。中国古代诗论对意境的第四个要求是浑成、含蓄、深远,鄙弃、浮薄、浅露和尖新。浑成之境要求艺术形象的丰满和厚实,这就有赖于诗人艺术涵养和生活积累的丰富和思想感情的浓度。司空图说"大用外腓,真体内充",意境的浑成主要是由作品真实丰厚的内涵所造成的。司空图说"不着一字,尽得风流",这是造成含蓄风格的奥秘。诗人在表达思想感情时,有意避免直接说理的方法,而采用比兴和象征的方法,或寄情于景,或托意于物,通过特定的感情意象,把主观的感受曲折地透露和暗示给读者,给读者的想象留下巨大的空间,"含不尽之意,见于言外",从而引发读者"象外之象,景外之景"的艺术联想。这种含蓄深远的艺术境界,严羽称之为"入神",并且认为这是诗歌美的高境。中国古代诗论中,韵味这一范畴往往被看作最高的审美层次。钟嵘《二十四诗品》把"味之者无极,闻之者动心"作为诗美的最高境界。司空图则把韵与味结合起来,提出"韵外之致"和"味外之旨"的美学标准,认为这是诗歌鉴赏的"诣极"[22],第一次不仅从创作,而且也从鉴赏的角度强调了"韵味"这一美学范畴的重要作用。宋、元以后,以韵味论诗文书画几乎成了人们竞相趋慕的审美风尚,苏轼、黄庭坚、张戒、姜夔等人都有这方面的丰富论述。韵味说的实质是要求在有限的语言形象和文字画面中表现无限丰富的宇宙和人生,这是中国古代诗人最高的美学追求。所以张戒《岁寒堂诗话》说:"意可学也,味亦可学也,若夫韵有高下,气有强弱,则不可强矣。"古代诗论对韵味的要求是醇厚、雅致、悠远。这三者的共同点虽然都是崇尚余味,但侧重面各不相同。醇是强调味之厚,如饮醇醪,回味无穷;雅致则要求脱尽凡俗,具有潇洒、高逸的风神和韵度。司空图《二十四诗品》所说的"落花无言,人淡如菊","如将白云,清风与归",庶几近之。悠远主要从读者审美欣赏的角度着眼。范温所说的"有余意之谓韵",姜夔所说的"句中有余味,篇中有余意",焦循所说的"指已离弦,音犹在耳",都是强调韵味的这种味外之旨,弦外之音。如同意境说一样,韵味的厚薄取决于感情的浓度,感情是韵味的基础,正如古印度《舞论》所称:"没有味缺乏情,也没有情脱离味,情和味互相导致存在。"张戒在分析苏、李、曹、刘、陶、阮诗的特点时指出"其情真,其味长",因为他们在创作时"皆情意有余,汹涌而后发",所以其作品才有无穷韵味。严羽也认为盛唐诗人遵循"吟咏情性"的原则,讲究"兴趣",因而他们的作品能够"言有尽而意无穷",有"一唱三叹之妙",这些都强调了情对于味的基础作用。韵味的厚薄长短,也与诗人运用的抒情方式有密切关系。钟嵘强调采用比兴方法,司空图提倡含蓄风格,严羽主张"不涉理路,不落言筌",都是强调抒情诗应该有特殊的抒情手段。诗人若能遵循这样的原则,创造出饱满浑成、玲珑剔透的艺术形象,采用含蓄蕴藉、欲露还藏的表现手法,就能使作品充满无穷的韵味。陆时雍《诗镜总论》所说"善言情者,吞吐浅深,欲露还藏,便觉此中无限",即是此意。当然,诗的韵味并非全部来自委婉含蓄的表现手段。司空图指出"浓尽必枯,淡者屡深",苏轼也说"发纤秾于简古,寄至味于淡泊",这是充满艺术辩证法因素的审美判断。在诗歌创作中,有时以平淡质朴的语言,表现一种深情内蕴的思绪,反而能够增加诗歌的韵味。司空图称赞王维、孟浩然的作品"趣味澄夐,如清沇之贯达";苏轼称赞陶渊明、柳宗元的诗歌"外枯而中膏,似淡而实美",读后往往感到"如人食蜜,中边皆甜"[23]。反之,刘勰批评六朝时代的一些作品"繁采寡情,味之必厌",陆时雍也说:"气太重,意太深,色太厉,佳而不佳,反以此病。"确实,过浓的色彩,过重的意气,反而会使作品失去应有的韵味。这相反相成的两个方面,两种结果,反映了同一条规律。

(六)形似与神似。苏轼曾经说过:"论画以形似,见与儿童邻;赋诗必此诗,定知非诗人。"[24]艺术家应该如何表现客观对象?我国古代艺术理论家认为神似比形似更为重要。这种观点发轫于先秦,产生于魏晋时代的书画理论。六朝画家顾恺之说:"四体妍蚩,本无关于妙处;传神写照,正在阿堵中。"[25]谢赫说:"虽略于形色,颇得神气。"[26]王僧虔说:"书道之妙,神采为上,形质次之。"[27]这些言论,标志着写神理论的正式成立。司空图把这种理论引进诗歌领域,并且大力加以鼓吹。他在《二十四诗品》中提出了这样大胆的命题:"脱有形似,握手已违""离形得似,庶几斯人"。意思是说在诗歌艺术表现中,有时过于执着于形,反而会丢掉神;而脱略形貌,超越形貌,却往往能够抓住事物的真正本质精神。这种主张经过欧阳修、苏轼、黄庭坚等人的大力鼓吹,逐渐被人们所接受,从而成为我国古代诗论的民族特色之一。从常识上说,"形恃神以立,神须形以存",不可能有完全脱离"形"而独立存在的"神",诗歌是如此,其他造型艺术也是如此。因而司空图的神似论往往为后人所诟病。其实这是一种误解。所谓"离形得似",并非简单地要求诗人脱离客观事物的外形去表现其精神,而是强调了这样一种观点:在艺术表现中,有时过于执着形,反而会丢掉神。因此,诗人如果企图完美地表现客观对象的精神,就应该自觉地避免那种纤微毕肖的摹写手法,努力超越客观事物的表象——"超以象外",着重表现其精神本质——"得其环中"。司空图如此强调神似,这与中国古代抒情诗的基本特征有关。客观存在的山水景物本来无所谓精神,"望水知柔性,看山欲断魂",所谓"山情水性",实际上是诗人主观心情的外化。诗歌中山水田园等客观景物如果不能间接地表现出人的思想感情和精神面貌,就不能满足人们特殊的审美需要。因此,诗人的任务实际上并不在于是否客观地描写对象的外形外貌,而在于通过这种描写是否成功地再现了附着于山水景物之上的诗人的特定心绪和意念。这是古代抒情诗艺术表现的一条规律。苏东坡说过,传神之妙,"亦得其意思所在而已"[28]。又说:"观士人画,如阅天下马,取其意气所到。乃若画工往往只取鞭策皮毛,槽枥刍秣,无一点俊发,看数尺许便卷。"[29]这里所说的士人画马与画工画马的区别,颇能给人以启发。画工之马,只取形似,"无一点俊发",不能表现马的精神,所以使人"看数尺便倦"。相反,士人之马,"取其意气所到",能通过马来表现画家的审美感受,所以"其味无穷"。很明显,苏轼认为,在士人之画中,形并不重要,马仅仅是一个载体,而画家所寄寓的情思"意气",才是真正的主宰。在表现艺术家的主观心境方面,抒情诗较之绘画有更大的随意性。王国维说:"以我观物,故物皆着我之色彩。"诗人通过审美观照再现的客观对象,这时已成为具有特殊感情色彩的艺术形象了。是之谓传神,是之谓"离形得似"。从这样的角度说,司空图、苏轼等人重神似轻形似的主张,并不是唯心主义观点,而是中国古典诗歌艺术的一条重要规律。

(七)"一情独往,万象俱开"。我国古代诗论没有直接出现过"灵感"一词,但对这种精神现象及其在诗歌创作中的重要作用却进行了生动的描述和广泛的探讨,陆机、沈约、刘勰、钟嵘、皎然、杜甫、司空图、苏轼、包恢、严羽、谢榛、王世贞、王夫之、叶燮等著名作家都曾涉足于这一重要问题,有过许多精彩的描写和精辟的论述。"尽日觅不得,有时还自来",唐代诗人贯休生动地描写了诗歌创作中灵感突然开启的情景。然而,与西方文论不同,虽然许多作家都描写过灵感来袭的种种奇妙景象,但是中国古代诗论并不认为灵感是神灵的赐予或神秘的天启。中国古代诗论家们着意探索灵感借以发生的客观条件,提出了"触物说"和"妙悟说"。明人谢榛曾说:"诗有天机,待时而发,触物而成,虽幽寻苦索不易得也。"[30]这两段话虽然都描述了灵感现象的突发性和不可强性,但并不承认灵感是可以无条件地发生,而必须有中介,这就是"触物"。触物才能兴怀,触物才能生感,没有这一触,没有主观与客观相契合,心灵与外物相碰撞,就不可能产生灵感的火花。宋代以后的诗论家,还常常喜欢借用佛经中"悟入"这一概念来比况诗歌创作的灵感现象。严羽说过:"禅道惟在妙悟,诗道亦在妙悟。"[31]王世贞也说:"文之与诗,固异象同则。孔门一唯,曹溪汗下后,信手拈来,无非妙境。"[32]胡应麟又说:"禅则一悟之后,万法皆空,棒喝怒呵,无非至理;诗则一悟之后,万象冥会,呻吟咳唾,动触天真。"[33]应该说明,这里所说的悟,不管是顿悟还是渐悟,与灵感并不是完全相等的概念。不过就一种精神现象的突然性和奇妙性而言,两者确有相同之处。因此许多人把"妙悟"解释为灵感,也是不无道理的。不过,中国古代诗论家又强调"悟"必须依赖"工夫"。吕本中说:"悟入之理,只在工夫勤惰间。"[34]严羽和王世贞则认为"熟参"古人的作品,久之自然悟入。不管这种悟入之路是否正确,强调"悟"这种灵感现象要依靠平素的努力和长期的积累,还是符合实际的。古代诗论家还十分强调感情在灵感触发中的能动作用,提出了"情晤说"。司空图说:"薄言情晤,悠悠天钧。"又说:"性情所至,妙不自寻。"谢榛说:"诗有不立意造句,以兴为主,漫然成篇,此诗之入化也。"王夫之说情景触发,妙合无垠。毛奇龄说兴会所至,自然天成。所谓情晤,所谓以兴为主,所谓情景触发,所谓兴会所至,都是强调诗人在体察自然过程中,只有主观感情与客观景物的自然融合,才能产生"妙不自寻"的灵感现象,只有在直接的审美观照中才能迸发灵感的火花。谭元春说:"一情独往,万象俱开。口忽然吟,手忽然书"。[35]袁宏道说:"有时情与境会,顷刻千言,如水东流,令人夺魄。"[36]李重华说:"有兴而诗之神理俱全。"[37]都是强调感情在灵感触发中的主导作用。古代诗论家不仅强调灵感的生发有待于外物的感应,感情的激发,而且进一步认为,作者长期生活体验和自我修养所形成的胸襟,是产生灵感的重要条件。正如叶燮所说:"诗之基,其人之胸襟是也。有胸襟,然后能载其性情、智慧、聪明、才辩以出,随遇发生,随生即盛……一一触类而起,因遇得题,因题达情,因情敷句……如星宿之海,万源从出;如钻燧之火,无处不发;如肥土沃壤,时雨一过,夭矫百物,随类而兴,生意各别,而无不具足。"[38]叶燮着重指出,灵感绝非无根之木,无源之水。犹如星宿之海是百川之源,肥土沃壤是万木之本,诗人的胸襟也是灵感发生的基础。

(按本文为《古典诗论集要》一书前言。本书由屈兴国、罗仲鼎、周维德三人合作,程千帆先生题签并审定。具体分工是:前言及先秦至宋代部分由罗仲鼎执笔,金、元、明部分由周维德执笔,清代部分由屈兴国执笔。1992年齐鲁书社出版)

【注释】

[1] 孔颖达说:"在己为情,情动为志,情志一也。"见《春秋左传正义》卷五一。
[2] 司马迁《史记》卷一三〇《太史公自序》。
[3] 《昌黎先生集》卷一九《送孟东野序》、卷二《荆潭唱和诗序》。
[4] 赵文《青山集》卷一《王奕诗序》。
[5] 刘克庄《后村先生大全集》卷一〇九《跋章仲山诗》。
[6] 赵翼《题元遗山集》。
[7] 见《庄子·渔父》。
[8] 司空图《二十四诗品·疏野》。
[9] 叶燮《原诗》外篇上。
[10] 王国维《人间词话》。

[11] 元好问《遗山先生集》卷十一《论诗三十首》。
[12] 陈绎曾《诗谱》。
[13] 真德秀《西山先生真文忠公文集》卷三四《跋豫章黄量诗卷》。
[14] 徐增《而庵诗话》。
[15] 叶燮《己畦文集》卷八《密游集序》。
[16] 叶燮《原诗》外篇上。
[17] 王弼《周易略例·明象》。
[18] 王廷相《王氏家藏集》卷二八《与郭价夫学士论诗书》。
[19] 陆时雍《诗镜总论》。
[20] 王国维《人间词话》。
[21] 谢榛《四溟诗话》卷三。
[22] 司空图《司空表圣文集》卷二《与李生论诗书》。
[23] 苏轼《东坡题跋》卷二《评韩柳诗》。
[24] 苏轼《苏东坡全集》前集卷十六《书鄢陵王主簿所画折枝二首》。
[25] 刘义庆《世说新语·巧艺》。
[26] 谢赫《古画品录》。
[27] 苏霖《书法钩玄》卷一《王僧虔笔意赞》。
[28] 苏轼《苏东坡集》续集卷十二《传神记》。
[29] 苏轼《东坡题跋》卷五《又跋汉杰画山（二）》。
[30] 谢榛《四溟诗话》卷三。
[31] 严羽《沧浪诗话·诗辨》。
[32] 王世贞《艺苑卮言》卷一。
[33] 胡应麟《诗薮》内编卷二。
[34] 胡仔《苕溪渔隐丛话前集》卷四十九。
[35] 谭元春《谭友夏合集》卷九《汪子戊巳诗序》。
[36] 袁宏道《袁中郎集》卷一《序小修诗》。
[37] 李重华《贞一斋诗说》。
[38] 叶燮《原诗》内篇下。

老庄哲学与司空图的《二十四诗品》

我国古代文学史上有一部独特的论诗之作,这就是唐末诗人司空图的《二十四诗品》。司空图早年信奉儒术,锐于用世,颇有经国济时之心。[1]但是事与愿违,在经历了二十多年的宦海风波之后,眼见社会混乱,国势日蹙,黄巢起义虽被镇压下去,军政大权却落入宦官之手。"身病时亦危,逢秋多恸哭。风波一浩荡,天地几翻复。"原来"匡时救弊"的雄心已消磨殆尽,终于在五十五岁那一年,托病回到中条山王官谷别业,过他的隐士生活去了。这是旧时所谓达则发扬儒术,兼济天下;穷则隐处林壑,独善其身的古代知识分子的典型经历。司空图晚年的退隐,是一种虽然消极,却不得已的退隐。[2]他晚年撰《休休亭》一文,又号"知非子""耐辱居士"以自警。在一首《退居漫题》的诗中写道:"燕拙营巢苦,鱼贪触网惊。"可见他这种退隐中包含着多少难言之痛。

封建时代一部分比较正直的士人,每当境遇恶劣,但又无力抗争时,往往以老庄哲学为精神避难所,借以回避矛盾,摆脱现实世界的痛苦。司空图从早年的发扬儒术跳到晚年的参悟佛学,笃好老庄,是一点也不奇怪的。[3]儒道佛三家,虽然异流异辙,各有自己特殊的发展历史,但在统治阶级的撮合下很快联姻了。释道两家崇尚清静无为、息心绝欲的理论,本来就有相通之处,这自然成了纷纷乱世中一部分士人寻求精神解脱的办法。司空图正是这样,"众人皆察察,而我独昏昏。取训于老氏,大辩欲讷言",公开标榜他信奉老庄哲学的宗旨。他晚年的诗歌,虽然并不完全是平和冲淡之作,其中也常常隐现出对当时黑暗现实的不满,但大部分都涂上了一层息事宁人、消极避世的色彩,内容也以言山水之乐、物外之趣为多。这与他接受老庄哲学的影响是分不开的。作家的世界观,当然并不等于他的创作理论,但是世界观对于作家的创作理论确实会有重大的影响。老庄哲学对于司空图的诗歌理论就有着直接而明显的影响。弄清楚这种影响的深度和广度,实事求是地分析这种影响的积极因素和消极因素,对我们认识《二十四诗品》的历史价值和现实意义,是很有必要的。

一

对《二十四诗品》影响最明显的是老庄哲学中那种清静无为,消极避世的思想。老庄哲学把"无"看成是世界的本原,把"静"看成是万物的本性。他们说:"天下万物生于有,有生于无","致虚极,守静笃,万物并作,吾以观复。夫物芸芸,各复归其根。归根曰静,静曰复命"[4]。从这种观念中,必然会引出清静无为、消极避世的人生态度。在司空图的《二十四诗品》中,直接、间接反映出这种思想情绪的有十数品之多。其中最典型的是《旷达》和《疏野》两品:

生者百岁,相去几何。欢乐苦短,忧愁实多。何如尊酒,日往烟萝。花覆茅檐,疏雨相过。倒酒既尽,杖藜行歌。孰不有古,南山峨峨。(《旷达》)

惟性所宅,真取不羁。控物自富,与率为期。筑室松下,脱帽看诗。但知旦暮,不辨何时。倘然适意,岂必有为。若其天放,如是得之。(《疏野》)

在这两品中,作者通过某些典型的画面,相当生动地描绘了一个看破红尘的隐逸者的思想面貌和生活状况,不但充满了消极出世的情调,而且内容也超出了风格论的范围,是作者自己晚年生活和心情的写照。

老庄哲学那种恬淡寡欲、崇尚自然的思想,对《二十四诗品》的风格论和技巧论也产生了很大的影响。《老子》说:"道之出口,淡乎其无味","无为自化,清净自正"。《庄子》也说:"汝游心于淡,合气于漠,顺物自然,而无容私也。"[5]《二十四诗品》在论述诗歌风格时以"清淡"为宗,在研究表现技巧时以"自然"为归,显然与老庄思想的这种影响是分不开的。司空图在《二十四诗品》中虽然标例了二十四种诗歌风格和境界,其中包括了从壮美、清淡到优美的众多品类,似乎已兼有了从阳刚到阴柔的各体诗美。这里不仅有"冲淡"和"自然",也有"形容"和"绮丽",不仅有"含蓄"和"超诣",还有"豪放"和"实境",不仅有"旷达"和"疏野",而且有"悲慨"和"沉着"。这些相近、相异,甚至相反的各类风格的搜集和整理,确实表现出"诸体毕备,不主一格"的特点。但是,如果进一步深入研究《二十四诗品》的具体内容,我们就可以发现,司空图的美学偏好其实是非常明显的。这种偏好,当然要受到作者世界观和审美观的影响。细细检点一下,在《二十四诗品》属于风格论的部分中,"清淡"一类的品属竟占了一半以上。再结合作者其余论诗著作一再推崇王维、韦应物的言论来考察,这种偏好就表现得更加明显了。[6]我国古典诗歌发展到唐代,达到了"众体毕备"、气象万千的鼎盛状态,在这种文学历史背景下产生的《二十四诗品》对杜甫那种忧国忧民,沉郁顿挫的风格,对李白那种豪宕飘逸,瑰丽雄奇的风格不予突出的重视,批评元稹、白居易为"力勍而气孱,乃都市豪估耳"[7],而把王、韦"清淡"的诗风看成诗歌的高境。作者在当时虽有纠正晚唐文坛华靡文风的用意,但是离开了作品的思想内容,单纯着眼于艺术风格和诗歌境界,轻视"文章合为时而著,歌诗合为事而作"的文学反映现实的特点和作用,要求诗歌成为一种纯粹吟咏情性、摹写风景的手段,这一点与作者接受老庄上述理论的影响也是分不开的。

与风格论上崇尚"清淡"相一致,司空图在表现技巧方面力主"自然"。这里也可以窥见老庄哲学影响的明显痕迹。《老子》说:"人法地,地法天,天法道,道法自然。"《庄子》也说:"朴素而天下莫能与之争美。"他们把自然美看成美的极则。《诗品》对于表现技巧自然美的要求也往往如此。司空图不仅认为"雄浑"的风格应该"持之非强,来之无穷","劲健"的风格必须"饮真茹强,蓄素守中",而且对"形容"这种很难避免人工斧凿痕迹的表现技巧,也强调要"俱似大道,妙契同尘"。他甚至认为用"如转丸珠"这个文学史上有名的例子来比喻"流动"风格的特点还不足以尽其致,反而会"假体如愚",只有天枢地轴的悠悠千载,运转不息,才称得上真正的流动。这种对于表现技巧上的自然美的极端要求,虽然意在反对当时诗坛过分讲究格律俪偶、绮缛淫靡的形式主义风气,但是讲得这样抽象化、绝对化,不仅有点玄虚飘缈,使人难以把握,而且实际上近乎要求作者取消表现技巧本身,最后仍不免坠入不可知论的神秘主义,这种理论对后世也产生了不小的影响。

二

老庄哲学不仅影响了司空图的世界观和人生观,而且也影响了他的认识方法。司空图把老庄哲学中关于认识客观世界的方法论应用到诗歌创作和批评的领域中来,形成了一套独特的理论。《二十四诗品》把掌握各种风格的方法讲得如此玄虚缥缈,恍惚迷离,这与老庄哲学中关于"道"的论述有直接关系。按照老庄的说法,"道"是一种非常玄妙抽象、不可捉摸的东西,只能意会,不可言传。老子说:"古之善为道者,微妙玄通,深不可测。"《庄子》也说:"夫道,有情有信,无为无形,可传而不可受,可得而不可见。"在他们看来,"道"简直没有可以把握的物质形态,人们探索得愈认真,它愈趋于虚无,反之则无往而不在。"道之为物,唯恍唯惚,惚恍中有象,恍惚中有物"(《老子》)。"道不可闻,闻而非也。道不可见,见而非也。道不可言,言而非也"[8]。司空图显然接受了这种方法论的影响。他在《二十四诗品》中也常常喜欢使用这类玄虚的概念。例如,他不仅说诗境的捕捉全靠冥思默悟,"素处以默,妙机其微"(《冲淡》),而且认为理想的诗境几乎是不可追索的,"如不可执,如将有闻"(《飘逸》),"远引若至,临之已非"(《超诣》),有时你探索得愈认真,它反而愈加恍惚迷离,"诵之思之,其声愈希"(《超诣》)。人们在这一问题上既然无能为力,最后只好一切听凭自然了,"遇之自天,泠然希音"(《实境》)。我们不难看出,这种说法与老庄关于"道"的论述是多么相似,这种玄虚缥缈的理论,给《二十四诗品》那明丽娟秀的画面蒙上了一层神秘朦胧的雾翳,给人们在具体风格的认识和掌握上造成了困难,损害了它的艺术效果。

不仅如此,如果再仔细查对一下,我们还可以发现,《二十四诗品》中有不少概念都是从《老子》和《庄子》两书中移用的。例如《二十四诗品》中所用的道、气、真、形、神、素、默、象外、环中、真宰、畸人、天放、天钧等概念,就常见于《老子》和《庄子》两书。司空图在《二十四诗品》中还化用了老、庄两书中的句子和意境。为了说明问题,下面对照引用一些原文:

《二十四诗品·实境》:"泠然希音。"《庄子·逍遥游》:"列子御风而行,泠然善也。"《老子》:"大音希声。"

《二十四诗品·劲健》:"蓄素守中。"《老子》:"多言数穷,不如守中。""见素抱朴。"《二十四诗品·雄浑》:"超以象外,得其环中。"《老子》:"是谓无状之状,无物之象。"《庄子·齐物论》:"枢始得其环中,以应无穷。"

《二十四诗品·超诣》:"如将白云,清风与归。"《庄子·天地》:

"千岁厌世,去而上仙,乘彼白云,至于帝乡。"

这样的例子还可举出很多。这种现象当然不会是巧合,而是老庄哲学给《二十四诗品》烙下的深深印记。

三

当然,老庄哲学对于《二十四诗品》的影响并不都是消极的,其中也包含许多积极的因素。

老庄哲学认为客观世界是在不断发展变化的观念,他们对于客观事物矛盾双方相反相成和相互转化的认识,包含着朴素辩证法的因素。司空图接受了这种观点,并且把它用来观察、研究艺术构思和形象提炼的过程,对诗歌创作的某些规律进行了很有价值的探讨,对诸如内容与形式、形与神、浓与淡、诗的韵味等诗歌理论方面的一系列问题,都有不少独得之见,触摸到了艺术辩证法的门径。

首先,司空图认为理想的作品应该是表与质、内容与形式的统一。形式是内容的表现,作品的外部风貌是由其内涵决定的,两者相反相成,而且相互转化。例如在《雄浑》中他说"大用外腓,真体内充",指出充实的内涵是形成雄浑风格的首要条件,而"返虚入浑,积健为雄",则说明了内容和形式互相依存与彼此转化的关系。在《劲健》中他指出要形成"行神如空,行气如虹"的劲健风格,就有待于"饮真茹强,蓄素守中"。在《洗炼》中,他强调只有对内容作认真的提炼加工,"超心炼冶,绝爱缁磷",才能去芜存真,去粗存精,在风格上呈现出洗炼的特色。在《流动》中,他认为要像"荒荒坤轴,悠悠天枢"那样自然流动,就必须"载要其端,载同其符",而不能徒然追求形式。当然,司空图也没有说形式无足轻重。但是在内容和形式的关系上,他是主张内容决定形式,主张内容和形式统一的。这种理论,对纠正当时诗坛形式主义风气,有一定的进步作用。可惜司空图所说的内容,往往是某种抽象的概念,缺乏明确而具体的社会生活含义,上面依然附着了老庄哲学中那个迷离恍惚的"道"的影子。这正是司空图诗歌理论的缺陷之一。[9]

其次,对于作品如何表现客观对象的问题,司空图强调努力表现客观对象的精神实质,反对拘泥于外貌的描写刻画,反对单纯追求"形似"。《二十四诗品》中一再提到"超以象外,得其环中","绝伫灵素,少回清真","空潭泻春,古镜照神","神存富贵,始轻黄金","不着一字,尽得风流"。都是在反复强调把握客观对象精神实质的重要。在他看来,刻意追求"形似",有时反而会丧失对象的精神,《二十四诗品·冲淡》中所说的"脱有形似,握手已违",就是指的这种情况。讲究"神似",要求透过事物的表面进而掌握其精神实质,避免形式主义,自然地表现客观对象,这是我国古代文艺理论的优良传统之一。《淮南子》中记载了这样一个有趣的例子:"画西施之面,美而不可说;规孟贲之目,大而不可畏,君形者亡焉。"为什么会出现"美而不可说","大而不可畏"这种矛盾状态呢?因为它们徒具形体,不具精神。而精神却应该是形体的主宰。这种主张在我国古代绘画理论中影响尤大。南齐画家谢赫提出过"气韵生动"。"气韵"就是精神,它体现客观对象的本质特征。只有把握住这一点,才能使画面有生气,有韵味。这一理论后来在写意派画家成功的实践中得到了生动的证明。司空图继承了古代文艺理论的这一优良传统,并把老庄哲学关于形神问题论述中的辩证法因素应用到诗歌创作与批评的领域中来,这是一大贡献。

但是,正如老庄哲学常常颠倒某些矛盾概念的主次一样,司空图对"形""神"关系的论述也存在着这样的缺点。[10]《庄子·秋水篇》说:"夫精粗者,期于有形者也;无形者,数之所不能分也。"他认为"有形"是物质的低级形态,"至精无形",只有超乎形态之上的妙道——神,才是更高级的东西。在"形"与"神"的关系上,司空图也是这样片面夸大"神"的重要性和独立性,认为"神"可以离开"形"而独立存在,竟然说:"离形得似,庶几斯人。"(《形容》)最后当然难免仍旧回到唯心论。这正是老庄哲学的辩证法中所固有的消极面。实际上,"形"与"神"也存在着相互依存又相互转化的关系。"神"要借助"形"才能体现,"形"则具备"神"才能生动,它们也应该是辩证的统一。东晋著名画家顾恺之说过"以形写神",这才是比较完整的表达。只有这样,才能使"形"与"神"有机地统一起来,创造出形神兼备、生动感人的艺术形象,偏于任何一端,就会有损于形象的创造。

此外,在艺术表现的某些具体方法上,司空图也提出了很有价值的意见。例如在《绮丽》中,他指出"绮丽"在神不在貌,"绮丽"绝不是堆金砌玉和浓涂艳抹,而在于造成一种明丽娟秀的风格,"露余山青,红杏在林。月明华屋,画桥碧阴"就是诗人对这一风格特征的形象描绘。"浓尽必枯,淡者屡深"则异常概括地指出了艺术创作的一条规律。有时候过分地讲究辞藻的华美和色彩的浓艳,反而显得浮浅枯窘,使人望而生厌。而"直致所得"的诗,虽然"取语甚直,计思匪深",设色不浓,用笔不重,貌似浅淡而意境反倒深沉。在艺术发展史上,这样的例子是很多的。在司空图之前,刘勰、钟嵘、陈子昂等人都批评过那种辞采华美而内容空虚的文学作品,指出他们"繁采寡情,味之必厌","采丽竞繁,而兴寄都绝"。但他们都没有像司空图那样,从作品色彩浓淡相互依存和转化的辩证关系的高度来总结这条经验。宋朝的苏东坡在评论陶渊明、柳子厚诗时说它们"外枯而中膏,似淡而实美",与司空图的说法不谋而合。

又如在《自然》中,司空图说写诗要"如逢花开,如瞻岁新"那样自然顺畅,才能"著手成春",创造出美妙的诗境,而过分的"雕镂刻镂",反而会使作品丧失自然之趣。"真与不夺,强得易贫",不仅是诗人自己创作经验的总结,而且在雕章琢句、无病呻吟的形式主义文学盛行之时,还有纠正当时陋风恶习的作用。苏东坡批评唐代诗人孟郊和贾岛时,曾经说过"郊寒岛瘦"的话,孟郊、贾岛的诗歌风格之所以存在"寒"和"瘦"的毛病,除了其他原因之外,"两句三年得"的"强得",大约也是原因之一吧。[11]

再如,司空图的理想诗境是"韵外之致"。怎样的诗歌才算有"韵外之致"呢?作者提出"近而不浮,远而不尽"和"思与境偕"两个方面。"近而不浮"要求的是浑,"远而不尽"要求的是韵,这就要求"思与境偕"。寓情于境,情景交融,达到情与景的高度统一,"近而不浮"与"远而不尽"的辩证统一。这样才能使诗歌形象饱满,韵味悠长,造成"言有尽而意无穷"的艺术效果。

总之,在司空图的《二十四诗品》中,包含着不少符合艺术辩证法的独到之见。但是,这些见解往往又和老庄哲学的辩证法一样,由于是建立在唯心主义基础上的,这是老庄哲学辩证法的固有局限,也是司空图诗歌理论辩证因素中的不足之处。

四

最后想强调指出,作为艺术家的司空图毕竟不同于忘情世事的方外之士,他的思想虽然有消极避世的一面,但是也有积极入世的一面。在表面的冲和恬淡之中,他内心并未熄灭济时救世的热情之火,在旷达疏放的人生态度背后,仍旧隐藏着满腹牢骚与悲愤。《唐音统签》说他晚年"遭乱避世,诗多诡激啸傲之辞",是符合实际的。他在一首题为《有感》的七绝中写道:"古来贤俊共悲辛,长是豪家据要津。从此当歌唯痛饮,不须经世为闲人。"不平与激愤之情溢于言表。"谁料平生臂鹰手,挑灯自送佛前钱",哪里像一个真正忘怀世事的方外之人呢?司空图最后以自杀这种悲剧方式来结束自己的生命,表现了他对唐王朝的一片忠心,也是一种解脱矛盾痛苦的极端手段。

细细品读司空图的《二十四诗品》,人们明显地感觉到,诗人还是热爱生活、热爱自然的。在对艺术的理解方面,也有许多基于自身创作实践的独得之见。一个"形如槁木,心如死灰"的人,绝不可能领略如此充满诗意的艺术境界,更不会赞赏那样蓬勃着生命气息的阳春景象。《二十四诗品》,几乎每一品都是一首优美的抒情诗,随处可以感到诗人真情的流露和对于充满生机的自然美的赞赏。一千多年来,人们研究它,背诵它,赞美它,模仿它,不断从中吸取诗法的经验和诗意的美感,"如将不尽,与古为新"(《纤秾》),主要原因就在于此。

(本文发表于《杭州师范学院学报》1979年第1期创刊号)

【注释】

[1] 司空图在《与惠生书》中写道:"某贽于天地之间三十三年矣,及览古之贤豪事迹,惭企不暇……虽然,丈夫志业,引之犹恐自局,诚不敢以此为悻。故便文之外,往往探治乱之本,俟知我者纵其狂愚,以成万一之效。"这段话,清楚地表明了他锐于用世的思想。(见《司空表圣文集》卷二)

[2] 司空图的这种矛盾心理,在《题山赋》中写得很明白:"茧吾发以群嬉兮,乃恣狎于林樊。窘世路之榛榛兮,匪兹焉而何托?"(见《司空表圣文集》卷八)

[3]《司空表圣文集》卷九《香严长老赞》,就是司空图企图把儒、道、佛三家糅合为一的例子。

[4] 引自《老子》。

[5] 引自《庄子·应帝王》。

[6] 司空图在《与李生论诗书》中说:"王右丞、韦苏州澄澹精致,格在其中。"在《与王驾评诗书》中又说:"王右丞,韦苏州趣味澄复,如清风之出岫。"足见其向往之情。这多少与他晚年的隐逸生活与王维、韦应物相似有关。(见《司空表圣文集》卷二)

[7] 见《司空表圣文集》卷一《与王驾评诗书》。司空图对元稹、白居易的批评与宋人苏东坡"元轻白俗"的话非常相似。

[8] 引自《淮南子·道应训》。

[9] 司空图在《二十四诗品》中使用的真、神、素、气等概念虽然都与内容有

关,但也都是与老庄哲学中那个玄妙抽象,迷离恍惚的道联系在一起,使人难以把握。

［10］例如在"有"和"无","动"和"静"这种矛盾对立的概念中,老庄夸大了后者的作用,甚至认为"无"是世界的本原,"静"是万物的本性。

［11］任继愈《老子新译·绪论》。

从《沧浪诗话》到《艺苑卮言》

——严羽与王世贞诗论之比较

严羽《沧浪诗话》见轻于当时而名重于后世,王世贞《艺苑卮言》名重于当时而受疵于后世,其实它们之间有着密切的理论渊源关系。比较两者的异同,有助于进一步厘清古代文学历史上复古主义思潮发生、发展与衰微的轨迹,吸取其成功的经验和失败的教训。

一

强调表现人,表现人的主观感情和心绪,是中国传统艺术的基调,这一特点在诗歌中表现得尤其突出。从文学史上看,每当诗歌创作出现偏离这一传统的倾向,就会受到理论界的批评和指责。刘勰"为文造情"、"采滥忽真",钟嵘"理过其辞,淡乎寡味",都是典型的例子。严羽讲求兴趣,王世贞强调真情,都是为了维护这种优良传统。

严羽在《沧浪诗话》中指出:"诗者,吟咏情性也。盛唐诸人,惟在兴趣,羚羊挂角,无迹可求。故其妙处透彻玲珑,不可凑泊,如空中之音,相中之色,水中之月,镜中之象,言有尽而意无穷。"[1]作者在表述自己理论观点时,采用了以禅喻诗的方法,借用羚羊挂角的典故为喻象,因而显得迷离恍惚,归趣难求。其实这段话的主旨还是清楚的。严羽强调抒情、吟咏情性是诗歌的基本审美特征。所谓兴趣,是指诗人主观感情与客观环境接触碰撞时所产生的一种审美心态、创作灵感。在这里情是兴的基础,无情不足以起兴,寡情亦难以生趣。诗人只有具备强烈的真情感奋,"登山则情满于山,观海则意溢于海",才能创作出形象饱满、韵味无穷的作品。盛唐诗人在创作中遵循这一原则,因而其作品兴会淋漓,趣味盎然,具有"言已尽而意无穷"的美感力量。与严羽一样,王世贞也极其重视感情在诗歌创作中的主导作用。他说:"昔人谓言为心之声,而诗又其精者……是无论其张门户,树颐颏,以高下为境,然要自心而声之。"[2]又说:"夫所谓意者虽人人殊,要之,其触于境而之于七情一也。"[3]主张诗歌必须抒写真情实感,是明代前后七子诗歌理论的共同点之一。王世贞这里所说的"自心而声之","触于境而之于七情",也是强调诗歌艺术的这一基本审美特征。诗人只有写出内心深处的真情实感,不做无病呻吟,才能产生优秀的诗作。正是从这一基点出发,他在《艺苑卮言》中一再标举"神与境会""兴与境诣"的美学标准,批评指责七子复古运动后期风靡文坛的剽窃模拟之风。总之,强调真情和感兴,是严羽和王世贞对诗歌创作的基本要求,也是两人诗歌理论最重要的共同之点。严羽的兴趣说和王世贞的真情说,都是针对当时诗歌创作中存在的实际倾向所提出的批评。

严羽生当南宋末年,我国古代诗歌在经历了有唐一代数百年的全面繁荣之后,逐渐走向衰微。此时,梅尧臣、王安石、苏轼、黄庭坚、陆游、杨万里等一大批杰出的诗人纷纷登上了文坛,他们面对唐诗极盛难继的局面,努力另辟新路,取得了巨大的成就。其中梅尧臣之平和简远,王安石之精严工巧,苏东坡之挥洒自如,黄庭坚之苍劲奇崛,陆放翁之兴会标举,杨万里之自然秀丽,虽然都从唐诗吸取了养分,但是最后又能摆脱唐人蹊径,卓然而独立成家,走出了自己的道路。胡应麟批评他们"不离宋人面目",其实,正因为宋代诗人不甘沦为唐人附庸而独具"宋人面目",宋诗才能在文学史上确立自己的地位,其总体成就大大超过了元、明、清三代。但是,宋人在努力突破唐人樊篱、创建自己独立风格的过程中,确实也存在不少违背诗歌艺术基本规律的倾向。正如严羽所指出的:"近代诸公乃作奇特解会,遂以文字为诗,以才学为诗,以议论为诗。夫岂不工,终非古人之诗也,盖于一唱三叹之音,有所歉也。且其作多务使事,不问兴致,用字必有来历,押韵必有出处。读之反复终篇,不知着到何在。其末流甚者,叫噪怒张,殊乖忠厚之风,殆以骂詈为诗。诗而至此,可谓一厄也。"[4]严羽所批评的这种"以文字为诗,以才学为诗,以议论为诗"的倾向,在欧阳修、王安石、苏轼等人的作品中已有相当明显的表现,而以黄庭坚为开山祖师的江西诗派,又把这种倾向推到极致。江西诗派是文学史上一个重要的诗歌流派,对后代影响巨大。对它们不能作简单化的肯定或者否定,但是,江西诗派的某些诗人,在诗歌创作中强调无一字无来历,无一事无出处,有时以罗列典故,卖弄学问,甚至以变相的模拟剽窃来代替自身感受的抒发,还美其名曰"夺胎换骨,点铁成金",他们企图以奇险怪僻、诘屈矫揉的风格来矫正唐末靡弱的诗风,却违背了古朴简素、淳厚含蓄的传统诗风,这确实有背古代诗歌的优良传统。此外,宋代是一个道学盛行的时代,道学家一方面把文学看成道学的附庸,极力贬低文学的地位和作用;另一方面又把诗歌当作宣讲道学的工具,创作了大量"讲义语录"式的诗歌。道学家们的这种理论和作品,虽然并未为多数人所认同,但是凭借了强大的政治思想力量,仍旧对诗歌创作产生了有害的影响。宋诗普遍地重视理趣而相对地忽视情趣,也许就是这种影响的直接后果之一。宋诗发展中的上述种种不良倾向,在当时就遭到不少批评。张戒指出:"汉魏以来,诗妙于子建,成于李、杜,而坏于苏、黄……子瞻以议论作诗,鲁直又专以补缀奇字,学者未得其所长而先得其所短,诗人之意扫地矣。"[5]刘克庄则认为:"本朝则文人多而诗人少。三百年间虽人各有集,集各有诗,诗各自为体。或尚理致,或负材力,或逞辨博,少者千篇,多至万首,要皆经义策论之有韵者。"[6]方岳也说:"本朝诸公喜为论议,往往不深谕唐人主于性情,使隽永有味然后为胜。"[7]具体说来,这些批评虽然不无偏颇之处,但是从总体上指出宋诗存在违背诗歌基本审美规律的倾向,是有一定根据的。严羽认为这种倾向是"诗之一厄",并且提出"别材、别趣"的理论加以纠正。后代许多饱学之士,对严羽的理论纷纷提出批评,实在没有道理。"别材、别趣说"的实质和核心是强调诗歌创作应该吟咏情性,讲究兴趣,而不是"以文字为诗,以才学为诗,以议论为诗"。正如张宗泰所指出的:"严氏所谓别材别趣者,正谓真性情所寄也。试观古今来文人学士往往有鸿才硕学,博通坟典,而于吟咏之事,概乎无一字之见于后,所性不存故也。"[8]很明显,"别材、别趣"说正是从"吟咏情性"这一基本原则中生发出来,并为贯彻这一原则服务的重要美学主张。

王世贞所面对的,是另一种文学现象。明代的文学创作,一开始就受到封建专制政治的高压与钳制。明诗的发展还存在先天不足的缺陷。明代开国之时,诗歌创作继踵元人步武,总的倾向是失之靡弱。洪武间,虽有号称四大家的高(启)、刘(基)、杨(基)、袁(凯)之领袖诗坛,其诗歌创作也取得了一定成就。但是从总体上衡量,正如胡应麟所指出的"虽足雄据一方,先驱当代",但是"格不甚高,体不甚大",因而难以形成一代诗风。后诗歌创作出现了每况愈下的局面。以台阁体、道学体、八股体为代表的平庸萎弱之风,逐渐成为文学创作中的主要倾向。朱彝尊曾经指出:"成、弘间,诗道傍落,杂而多端,台阁诸公,白草黄茅,纷芜靡蔓……理学诸公,《击壤》、打油,筋斗样子。"[9]前后七子所领导的诗文复古运动,正是为了扫荡这种不良倾向而掀起的一场文化革新运动。"文必秦汉,诗必盛唐"的极端口号,在当时之所以能够风靡文坛,其根本原因即在于它在一定程度上反映了人们对现状的普遍不满和失望。但是,七子口号固有的局限,又随着运动的发展和时间的推移而逐渐显露,它虽然引导诗文创作摆脱了平庸萎弱之习,但是又开启了通向模拟因袭的错误之途。王世贞看到了这种倾向,并对此提出严厉的批评。他说:"弘、正间,李、何起而振之,天下彬彬然知向风云。而其下者,至或好为剽窃傅会,冀文其拙。"[10]又说:"今天下人握夜光,途遵上乘,然不免邯郸之步,无复合浦之还,则以深造之力微,自得之趣寡。"[11]王世贞认为,提倡复古的方向是正确的,只是由于人们对古代诗歌的基本特征缺乏深刻的认识,未能把握学习古人的正确方法,致使诗歌创作走上了模拟因袭的道路。他进一步批评说,剽窃模拟是"诗之大病",这种倾向"名为闻继,实则盗魁,外堪皮相,中乃肤立,以此言家,久必败矣"。为了补弊纠偏,王世贞强调诗歌创作必须抒真情,写心声,遵循诗歌艺术的基本规律。学习古人是必要的,但是只有"不为古役,不堕蹊径","自心而声之",充分表现自己的真实感受,才能创造出成功的作品。

严羽"兴趣说"与王世贞"真情说"都是针对当时诗坛实际情况提出来的理论主张,因此,他们的具体指向和强调面是有所不同的。宋代诗人"以文字为诗,以才学为诗,以议论为诗",结果使诗歌风格直率浅露,丧失了浑成含蓄之美。因此,严羽除了强调诗歌必须吟咏情性和讲究兴趣之外,还特别提出了"不涉理路,不落言筌"的标准。严羽所说的"不涉理路",并非一般地反对在诗中表现作者的思想理念,而是强调诗歌主要应该通过形象的美感力量去打动人,而不应该直接诉诸理性思维,应该"尚意兴而理在其中"。严羽所说的"不落言筌",也不是指诗意的表达可以脱离具体的语言符号,而是主张寓情于景,寄意于象,情景意象达到高度的和谐统一,就像羚羊挂角之无迹可求,又像镜花水月之可望而不可即。这种"词理意兴,无迹可求"的境界,也就是皎然《诗式》所称赞的"但见性情,不睹文字",司空图《二十四诗品》所追求的"不着一字,尽得风流"。严羽强调,宋代诗歌所缺少的正是这种境界,它应该成为诗人的最高美学追求。

与宋代相较,明代诗坛是另一番情景。平庸萎弱的台阁体,以诗论道的道学体,模拟因袭的拟古派充斥诗坛。这三者的共同特点是虚假造作,缺乏真情。因此,王世贞在拥护七子共同美学理想,高标"诗必盛唐"口号的同时,特别拈出"真情说"加以强调,正是为了纠正当时诗人普遍存在的寡情与虚假之风。还有一点也值得注意。明代中叶以后,王学迅速发展成为占据主流地位的哲学思潮。王学虽然也是主观唯心主义,但是,它反对理学对于人的思想行为的束缚,主张人格独立与人性尊严,强调真而批判伪,重视情而蔑视礼,在当时起过解放思想的进步作用。王世贞所提倡的"真情说",与王守仁的哲学思想有着一定的渊源关系。总之,严羽"兴趣说"和王世贞"真情说"的强调面虽有不同,针对性也存在差异,但都是为了维护我国古代诗歌的优良传统,批评纠正当时诗坛的不良倾向,在这一点上,他们殊途而同归。

二

严羽与王世贞都是复古主义的热情礼赞者。《沧浪诗话》开宗明义就讲:"夫学诗者以识为主,入门须正,立志须高,以汉魏晋盛唐为师,不作开元天宝以下人物。"[12]他以禅为喻,强调只有这样,才算"具正法眼""悟第一义",才是学习诗歌创作的正确道路。否则就有"野狐外道蒙蔽其真识",必然滑到邪路上去。但是,正如文学史上其他复古主义者一样,复古并不是严羽追求的真正目标,而是他借以实现自己诗美理想的方法和手段。严羽认为,诗自唐代大历以后开始衰落,宋诗更是走上了邪路。因此,他高唱复古的口号,劝导人们通过摹习和参悟古人优秀之作,掌握我国古代诗歌的基本美学特征,恢复"吟咏情性"的优良传统,像盛唐诗人那样讲究兴趣,努力追求浑成饱满、含蓄深远的艺术风格,从而达到"言已尽而意无穷"的理想诗美境界。作为明代复古主义的殿后人物,王世贞也主张全心全意地向古人学习。"诗必盛唐"的口号,就是直接从严羽继承而来。他说:"盛唐之于诗也,其气完,其声铿以平,其色丽以雅,其力沉而雄,其意融而无迹,故曰盛唐其则也。今之操觚者,日哓哓焉,窃元和长庆之余似而祖述之,气则漓矣,意纤然露矣,歌之无声也,目之无色也,按之无力也,彼犹不自悟悔,而且高举而阔视,曰吾何以盛唐为哉?"[13]这段话把为什么要以盛唐为则的道理从艺术上做了精辟的分析。王世贞认为,与元和以后之诗相比较,盛唐诗歌气象浑成,音韵铿锵,辞色雅丽,感情深厚,意境含蓄,从诗法的角度衡量,各方面都达到了完美无缺的程度,所以应该成为当代诗人摹习的典范。

严羽和王世贞虽然都赞同学习盛唐的口号,"盛唐为法"和"盛唐其则"确实也是他们自己在创作实践中努力贯彻的原则。但是,诗宗盛唐仅仅是严羽和王世贞提出的指导诗歌创作的现实标准,并不是他们诗美理想的最高追求。严羽说过:"诗有词理意兴。南朝人尚词而病于理,本朝人尚理而病于意兴,唐人尚意兴而理在其中。汉魏之诗,词理意兴,无迹可求。"又说:"汉魏古诗,气象混沌,难以句摘。晋以还方有佳句……谢诗所以不及陶者,康乐之诗精工,渊明之诗质而自然耳。"[14]很明显,在严羽的美学标准中,浑成质朴的自然之美处于最高层次,汉魏古诗的美学品格较之唐诗要高出一层。与严羽一样,王世贞向往的也是汉魏古诗那种浑成质朴之美。他说:"西京建安,似非琢磨能到。要在专习凝领,久之,神与境会,忽然而来,浑然而就,无歧级可寻,无声色可指。"[15]认为汉魏古诗浑成质朴,具有化工之妙,是中国古代诗歌极诣。在这种美学理想的指导下,他赞同李攀龙"唐无五言古诗"的审美判断,以至于认为陈子昂、杜甫的五言古诗都是变体,有伧父面目,"不足多法"。既然严羽和王世贞都认为汉魏古诗的美学品格高于盛唐之诗,为什么他们又都极力主张向盛唐学习呢?对这个问题,严羽和王世贞自己都有过解释。严羽说:"后舍汉魏而独言盛唐者,谓古律之体备也。"[16] 王世贞则说:"《风》《雅》三百、《古诗》十九,人谓无句法,非也,极自有法,无阶级可寻耳。"[17] 这两段话综合起来有三层意思:一是诗到盛唐,各种体裁和格律都已充分成熟完备,更便于人们参悟和模习。二是盛唐诗歌虽然缺少汉魏古诗混沌之美,却具有雄浑的气象,在浑成这一点上与汉魏古诗相通,同样符合他们的美学标准。三是从诗法的角度看,汉魏古诗无阶级可寻,无声色可指,人们只能从审美活动的总过程中去领悟把握这种无法之法。对于一般人来说,这是非常困难的。而盛唐诗歌各体具备,诸法并存,人们通过典范作家作品的学习,易于掌握其基本的方法和格局,创造出成功的作品。正因为如此,两位批评家虽然在美学理想上钦羡浑成质朴的化工之美,而在创作实践中却依然倡导轨迹宛然的人工之巧,明确主张以盛唐为法。

那么究竟如何才能通过学习古人,恢复古代诗歌的优良传统呢?严羽和王世贞都强调直觉感悟的方法。严羽指出:"先须熟读《楚词》,朝夕讽咏以为之本。及读《古诗十九首》,乐府四篇,李陵苏武、汉魏五言皆须熟读,即以李、杜二集枕藉观之,如今人之治经,然后博取盛唐名家酝酿胸中,久之自然悟入。"又说:"大抵禅道惟在妙悟,诗道亦在妙悟。"[18] 王世贞与严羽一样,也强调这种直观体悟的方法。他说:"文之与诗,固异象同则,孔门一唯、曹溪汗下后,信手拈来,无非妙境。"又说:"法合者必穷力而自运,法离者必凝神而并归,合而离、离而合,有悟存焉。"[19] 王世贞也认为,古代诗文的最高美学境界及其基本法则,就像禅宗的妙境,只有通过熟读涵泳、专领凝习才能领悟和把握。与严羽不同的是,王世贞不仅主张"悟",同时又强调"法"。他提出了"离而合"的理论原则。指出与其死守古法而徒具形貌,不如超越古法而把握精神,这才是学习古人的正确方法。总之,王世贞虽然与严羽一样,都强调通过审美直觉去领悟和把握古法,但是严羽评价当代诗歌的标准是"取其合于古人者而已",他在创作实践中只追求这样的目标:"试以己诗置之古人诗中,与识者观之而不能辨。"而王世贞却倡导"不似之似"的美学原则,并对那种貌合神离的拟古之作提出了尖锐的批评。在王世贞看来,学习古人虽然非常重要,但是,诗歌创作的根本原则是"一师心匠",诗歌法度的最高标准还是"妙合自然"。这就是王世贞对严羽复古理论的发展与完善。

三

为了替人们树立一个崇高的美学标准,以纠正当时诗坛的种种不良倾向,严羽和王世贞都十分重视诗歌风格的研究。严羽首先着眼于时代总体风格的考察。他用以表述时代风格特征的理论术语是"气象"。他说:"汉魏古诗,气象混沌,难以句摘。"又说:"建安之作,全在气象,不可寻枝摘叶。"又说:"唐人与本朝人诗,未论工拙,直是气象不同。""气象"一词,原指自然界的风光景象,严羽把它移用于诗歌评论,其含义大致与现代文艺理论中"风格"一词相当。严羽认为,各个时代的诗歌,在风格上存在明显差异,应该加以区别而不容混淆。他说:"大历以前分明别是一副语言,晚唐分明别是一副语言,本朝诸公分明别是一副语言,如此见方许具一只眼。"虽然他也承认:"盛唐人诗亦有一二滥觞晚唐者,晚唐人诗亦有一二可入盛唐者。"但这仅仅是个别现象。人们只有从总体上把握不同时代的风格特点,分辨其高下优劣,才能"具一只眼",取法乎上,在创作实践中才有典型可遵,有方向可循。[20]

严羽重视诗人作品风格的研究。他用以表述个人风格的理论术语是品。他说:"诗之品有九:曰高,曰古,曰深,曰远,曰长,曰雄浑,曰飘逸,曰悲壮,曰凄婉……其大概有二,曰优游不迫,曰沉着痛快。"[21]值得注意的是,严羽上面所列举的九品二类,并不是对诗歌风格的纯客观的分类,而是贯穿着主观审美标准的有选择性的分类。与刘勰的八体,皎然的十九体,司空图的二十四品相比较,这种选择的主观倾向尤其明显。不管是雄浑悲壮、沉着痛快的阳刚之美,还是飘逸凄婉、优游不迫的阴柔之美,总的说来,都表现了严羽对于浑成含蓄、自然质朴之美的向往与追求。他在《答出继叔临安吴景仙书》中对吴景仙的评诗标准提出异议,说:"又谓盛唐之诗,雄深雅健。仆谓此四字,但可评文,于诗则用健字不得,不若《诗辨》'雄浑悲壮'之语,为得诗之体也。毫厘之差,不可不辨。坡、谷诸公之诗,如米元章之字,虽笔力劲健,终有子路事夫子时气象。盛唐诸公之诗,如颜鲁公书,既笔力雄壮,又气象浑厚,其不同如此。"强调"雄健"与"雄浑"虽然只有一字之差,但是表现了盛唐之诗与宋代诸公之诗在美学形态上的重要差别。"健"主要显示力度之强,"浑"则表明含茹之厚。韩愈、苏、黄之驰骋纵横,争奇斗险可以称得上"健";只有汉魏古诗之混沌,李、杜之吞吐万物而又"持之匪强",才称得上"浑"。而后者正是严羽所追求的理想诗美境界,也是要求诗人学习体悟的一代诗风。

严羽"气象说"虽然拈出了中国古代诗歌的重要美学特征,并且对其基本形态作了成功的描绘,但是存在一个根本的弱点。他并没有提出如何把握这种诗美的具体原则和方法,只说"久之自然悟入"。虽然他自己对于通过直观体悟去把握一种诗美特征的能力异常自负,说"仆于作诗,不敢自负,至识则自谓有一日之长,于古今体制,若辨苍素,甚者望而知之"[22]。但对于多数人来说,毕竟过于笼统。而他又借禅为喻,不论是对于镜花水月的诗美特征的描绘,还是对微妙玄通的妙悟的阐释,都使他的理论披上了一层玄秘的色彩。

王世贞看到了严羽风格理论的这一弱点。他说:"严氏一书,差不悖旨,然往往近似而未核。"[23]为了补沧浪之不足,王世贞在严羽"气象说"的基础上,总结了明七子的理论经验,提出了"格调"这一审美范畴。"格调"的含义,包括两个方面:首先是指诗歌的风格,意思与严羽所说的"气象"近似。其次是指诗的格律声调,反映了明七子对诗歌音乐之美的高度重视。他在《艺苑卮言》中说:"才生思,思生调,调生格。思即才之用,调即思之境,格即调之界。"王世贞认为,诗歌的风格和声律虽然表现为一种外部形态,却由作者主观的才思所决定。格调是才思所表现的形式和境界,诗人有怎样的才思就有怎样的格调。诗歌的格调虽然由作者的才思所决定,不过它毕竟首先要通过诗歌的遣词造句、篇章结构、格律声调等因素才能具体呈现,这是构成诗歌格调的外在要素。只有具体分析并掌握这些要素,格调才能成为可供人们模习的范型。因此,王世贞进而又提出了法度的理论。研究法度,就是研究格调外部形态的构成方式。这样,王世贞把严羽比较笼统抽象的"气象说"具体为某些规律和法则,使人们易于领会和把握。例如,严羽和王世贞都对李、杜诗歌的风格特征作过成功的描绘。但严羽更多地着眼于整体,他以飘逸和沉郁概括李、杜诗歌的风格特点,以"金翅擘海,香象渡河"比喻其气象之宏伟不凡,以"入神"描绘其美感特征,给人的感觉是把握虽然准确,但是过于笼统,难以具体索指。王世贞则不仅着眼于整体,更注意到了局部。他在说明李、杜诗歌"俊逸高畅"和"奇拔沉雄"的总体风格的同时,还详细剖析了他们两人各体诗歌的长短优劣,使人们易于模习。

王世贞的"格调说"对于法度的要求异常苛严,他说:"首尾开合,繁简奇正,各极其度,篇法也。抑扬顿挫,长短节奏,各极其致,句法也。点掇关键,金石绮彩,各极其造,字法也。"又说:"五十六字,如魏明帝凌云台材木,铢两悉配,乃可耳。"[24]不仅对作品的篇章结构,语言音律提出了"各极其度""各极其致""各极其造"的严格要求,而且主张人们应该像遵守法令那样遵守法度,不能有一丝一毫的差错。这种主张固然表现了明代复古派对于整体美的执着追求,但是也反映了格调说在理论上的局限。王世贞虽然在原则上肯定格调由才思决定,作家的思想个性决定作品风格的面貌,而在具体贯彻这种理论时,却又不适当地、过分地强调法度的重要性和不可违背性。这种极端理论所产生的弊病是明显的,明代复古运动中极盛一时的"瞎盛唐"的倾向之产生,不能说与这种理论没有关系。由于过分强调学习古人格调,严守古人法度,这就必然会导致模拟因袭之风的盛行。正如袁宏道所批评的:"夫复古是已,然至以剽袭为复古,句比字拟,务为牵合,弃目前之景,撼腐滥之词,有才者诎于法而不敢自伸其才,无之者拾一二浮泛之语帮凑成诗。智者牟于习,而愚者乐其易。一倡亿和,优人驺从,共谈雅道。吁,诗至此,抑可羞哉!"[25]

其实,对于复古运动中文坛上的模拟因袭之风,王世贞不仅有所察觉,而且也深为不满。他不仅大声呼喊"剽窃模拟,诗之大病",严厉批评诗坛上"剽窃傅会,冀文其拙"的倾向,而且提出"格在离合之间"的主张,企图纠正这种不良倾向。他说:"辞不必废旧而能致新,格不必步趋古而能无下。"他还指出"法极无迹",合乎自然,才是一切格调法度的最高境界。但是,这些都无法克服王世贞"格调说"所固有的局限。因为从根本上说,复古派所强调的通过学习古人,揣摩古法来恢复古代诗歌优良传统的主张,是一种本末倒置的理论主张,实际上是行不通的。叶燮说得好:"体是其制,格是其形也。将造是器,得般倕运斤,公输挥削,器成而肖形合制,无毫发遗憾。体格则至美矣,乃按其质,则枯木朽株也,可以为美乎?"[26]正因为明代复古主义理论过分地重视形而忽视质,抓住了末而忽略了本,所以王世贞的"格调说",虽然弥补了严羽"气象说"过于笼统抽象的弊病,具体指明了如何学习古人的原则和方法,但是在明代文化专制主义的背景下,却引导更多的人走上了模拟因袭的歧途。每一种理论本身所固有的弱点和缺陷,在历史的实践过程中,总是会以各种不同的方式表现出来,这是不可避免的结果。王世贞格调理论所造成的消极影响,也证明了这一点。

(本文发表于《浙江学刊》1990年第3期)

【注释】

[1] [4] [12] [16] [21] 见严羽《沧浪诗话·诗辨》。
[2]《弇州山人四部稿》卷六九《章给事诗集序》
[3]《弇州山人四部稿》卷六六《刘诸暨杜律心解序》
[5] 张戒《岁寒堂诗话》卷上。
[6] 刘克庄《后村先生大全集》卷九四《竹溪诗序》。
[7] 方岳《深雪偶谈》。
[8] 转引自郭绍虞《沧浪诗话校释》。
[9] 朱彝尊《明诗综》卷二九。
[10]《弇州山人四部稿》卷六《明诗评后叙》
[11]《艺苑卮言》卷五。
[13]《弇州山人四部稿》卷六五《徐汝思诗集序》
[14] [18] [20]《沧浪诗话·诗评》。
[15] [17] [19] [24]《艺苑卮言》卷一。
[22] 严羽《答出继叔临安吴景仙书》。
[23]《艺苑卮言·序》。
[25] 袁宏道《袁中郎全集》卷一《雪涛阁集序》。
[26] 叶燮《原诗》外篇上。

感情·兴趣·韵味

——《沧浪诗话》研究之一

在我国古代文学理论史上,严羽的《沧浪诗话》产生过十分广泛的影响,但是也引起了极有分歧的评价。攻之者指责它"瞽说以欺诳天下后生","不通之甚";赞之者却称它为"无上之妙法","论诗者无以易此"。异说纷纷,眩人耳目。《沧浪诗话·诗辨》说:"诗有别材,非关书也;诗有别趣,非关理也。然非多读书、多穷理,则不能极其至。所谓不涉理路,不落言筌者,上也。诗者,吟咏情性也。盛唐诸人,惟在兴趣,羚羊挂角,无迹可求。故其妙处透彻玲珑,不可凑泊,如空中之音,相中之色,水中之月,镜中之象,言有尽而意无穷。"这段话集中阐明了作者的诗美理想,也是产生分歧评价的主要原因。

诗者,吟咏情性也

严羽首先认为,诗歌的主要特点是"吟咏情性"。这一观点既是前人艺术经验的历史总结,又是针对宋诗现状的批评。诗歌是抒情的艺术,它表现"心灵的旋律,灵魂的音乐"。而抒情诗又是"一切诗歌的灵魂,是诗歌之歌",自然更应该体现这种特点。[1]我国是抒情诗特别发达的诗歌之国,因而古代诗歌理论很早就提出了"吟咏情性"之说,强调诗歌应该由情而生,以情感人。《毛诗序》说:"国史明乎得失之迹,伤人伦之废,哀刑政之苛,吟咏情性,以风其上,达于事变,而怀其旧俗者也。故变风发乎情,止乎礼义。发乎情,民之性也;止乎礼义,先王之泽也。"《毛诗序》虽然努力企图把"吟咏情性"纳入"止乎礼义"这个儒家诗教的框架,但同时也不能不承认,变风"发乎情",表现"民之性","吟咏情性"是诗歌艺术的基本特点。魏晋时代随着儒家大一统思想统治的衰微,文学创作抒情化、个性化的倾向迅速增长。作为这种现象的理论总结,先有曹丕的"文气说",继有陆机的"缘情说"。他们都突出地强调了诗歌抒情的重要。在南北朝,"吟咏情性"几乎成了诗歌创作的代称。裴子野《雕虫论》说:"闾阎少年,贵游总角,罔不摈落六艺,吟咏情性。"但是,由于诗歌沦为士族阶层的娱乐工具,因而在自身的发展中又走向了反面,雕章琢句之风,谈玄说理之风,抄书堆垛之风盛极一时。刘勰和钟嵘都对此提出了批评,不仅重申诗歌应该"吟咏情性",而且针对诗坛"拘挛补衲""采滥忽真"的实际倾向,进一步提出"直寻"和"写真"的主张,强调诗歌要发抒真情,表现真美,把陆机的"缘情说"又提高了一步。唐代是古典诗歌的黄金时期,名家辈出,众体擅胜。李白"敏捷诗千首",无一不是诗人感情自然真率的流溢;杜甫"直取性情真",他那些沉郁顿挫、忧时伤乱的诗篇,都是血泪凝成。白居易认识到"感人心者,莫先乎情",即使是他那些标准的言志之作,每篇也都渗透了对百姓苦难的同情,对掠夺者暴行的谴责。严羽提出诗歌"吟咏情性"的口号,正是继承了古代诗歌这种优良传统。

严羽再次强调诗歌"吟咏情性"的目的,也是对宋代诗歌不良艺术倾向的批评。北宋的诗文革新运动,在历史上是有一定功绩的。以欧阳修、王安石、苏轼等为代表的诗人,在学习唐诗的基础上腾踔跳跃,各纵其才,企图在诗的领域内另辟蹊径。他们这种努力取得了部分成功。整体而言,宋诗的成就远在元诗、明诗之上,也超过了清诗。[2] 即使与唐诗比较起来,宋诗也有自己独特的风貌。因此笼统地说"终宋之世无诗",完全否定宋诗的成就,是不客观的。但是也应该看到,宋诗确实存在严重的缺点。正如《沧浪诗话·诗辨》说的:"近代诸公乃作奇特解会,遂以文字为诗,以才学为诗,以议论为诗。夫岂不工,终非古人之诗也,盖于一唱三叹之音,有所歉也。且其作多务使事,不问兴致;用字必有来历,押韵必有出处。读之反复终篇,不知着到何在。其末流甚者,叫噪怒张,殊乖忠厚之风,殆以骂詈为诗。诗而至此,可谓一厄也。"这种"以文字为诗,以议论为诗,以才学为诗"的倾向在欧阳修、王安石、苏轼的作品中已有相当明显的表现,而以黄庭坚为开山祖的江西诗派,又把这种倾向推向极致。他们讲究"无一字无来历,无一事无出处",极端者往往以罗列典故,卖弄学问,甚至模拟剽窃,来代替现实生活的摹写和自身感受的抒发,美其名曰"夺胎换骨,点铁成金"[3];他们有时以奇险怪僻、诘屈矫揉来取代朴素自然,渟泓含蓄的诗风。严羽认为,这种恶劣艺术倾向简直是诗的灾难。他在《答出继叔临安吴景仙书》中说:"仆之《诗辨》,乃断千百年公案,诚惊世绝俗之谈,至当归一之论。其间说江西诗病,真取心肝刽子手。"公开表明自己的批评是针对江西诗派的。此外,宋代的道学家们把文学当作道学的附庸。他们轻视文学的特殊规律,否定诗歌艺术的特点,写了大量"语录讲义"式的诗歌作品,这种理论和作品虽然实际上并不被人重视,但凭借了强大的政治势力,仍旧对诗歌创作产生了有害的影响。

宋诗这种种不良艺术倾向,在当代就引起了普遍的不满,人们纷纷对此提出批评。张戒在《岁寒堂诗话》中就已经指出:"汉魏以来,诗妙于子建,成于李、杜,而坏于苏、黄……子瞻以议论作诗,鲁直又专以补缀奇字,学者未得其所长而先得其所短,诗人之意扫地矣。"为什么张戒说"诗人之意扫地"呢? 就是因为"子建、李杜皆情意有余,汹涌而后发",遵循"吟咏情性"的规律,而苏、黄等人,"以议论作诗","专以补缀奇字",违背了诗歌抒情的艺术规律,因而破坏了传统的诗人之风。类似的意见很多,例如陆游《澹然居士诗序》说:"盖人之情悲愤积于中而无言,始发为诗,不然无诗矣。苏武、李陵、陶潜、谢灵运、杜甫、李白,激于不能自已,故其诗为百代法。"刘克庄《竹溪诗序》又指出:"本朝则文人多而诗人少。三百年间,虽人各有集,集各有诗,诗各自为体,或尚理致,或负材力,或逞辩博,少者千篇,多至万首,要皆经义策论之有韵者耳。"方岳《深雪偶谈》也指出:"本朝诸公喜为议论,往往不深喻唐人主于情性,使隽永有味然后为胜。"这些意见的侧重面和针对性虽然不完全相同,但是都强调诗歌的主要特点是抒情,失去这个特点,就不配称为诗,作品再多也不成其为诗人。只有那种"悲愤积于中","激于不能自已"的感情自然流露,才能写出"为百代法"的优秀诗篇。而宋诗的主要缺点恰好是"喜为议论""不喻唐人主于情性",或者像包恢《敝帚集》所说的"本无情而牵强以起其情,本无意而妄想以起其意"。总之,因为丢掉了"吟咏情性"这个优良传统,丧失了诗歌艺术主要的审美品格,因而产生了许多奇奇怪怪的倾向,造成了"文人多而诗人少"的反常现象。严羽强调诗歌"吟咏情性"的口号,是当时各种意见的集中反映。

为了贯彻"吟咏情性"的主张,反对以文字、议论、才学为诗的倾向,严羽又提出了著名的"别材、别趣说"。这一理论在后世引起了轩然大波,招致了一片责骂之声,例如明人黄道周就说:"此道关才关识,才识又生于学。而严沧浪以为诗有别才,非关学也,此真瞽说以欺诳天下后生,归于白战打油钉铰而已。"周容说:"请看盛唐诸大家,有一字不本于学者否?有一语不深于理者否?严说流弊,遂至竟陵。"[4]如此等等,不一而足。这些饱学之士的批评责骂,不仅暴露了自己对诗歌艺术的规律缺乏认识,而且也歪曲了严羽的原意。其实严羽并没有否定读书、穷理对于诗歌创作的作用,而是申述了这样一种观点:学问和理致都不是诗的要素,读书、穷理只能帮助诗人提高创作水平,但并不能代替诗歌创作。应该承认,这的确是诗歌史上的事实。清人张宗泰指出:"严氏所谓别材、别趣者,正谓真性情所寄也。试观古今来文人学士,往往有鸿才硕学,博通坟典,而于吟咏之事,概乎无一字之见于后,所性不存故也。"[5]李东阳进一步指出:"诗有别材,非关书也;诗有别趣,非关理也。然非读书之多,明理之至者不能作,论诗者无以易此矣。彼小人贱隶,妇人女子,真情实意,暗合而偶中,固不待于教。而所谓骚人墨客,学士大夫者,疲神思,弊精神,穷壮至老而不能得其妙,正坐是哉。"[6]把严羽的"别材、别趣"解释为"真性情所寄","真情实意",是很有道理的。为什么"小人贱隶,妇人女子"有时能够写出精彩的诗篇,而有些"博通坟典"的学士大夫穷壮至老却没有一句好诗呢?就是因为缺乏"真情实意"。可见,"别材、别趣说"正是从"吟咏情性"这一基本理论中抽绎出来,并为贯彻这种理论服务的重要艺术主张,两者的精神是一致的。

盛唐诸人,惟在兴趣

"吟咏情性"是严羽诗歌理论的基础,但这种理论自古有之,并不是他的独特贡献。严羽的主要贡献在于提出了著名的"兴趣说",这是他"熟参"历代诗歌,尤其是"熟参"唐诗之后悟出的一条重要美学原则。什么是兴趣?兴,就是兴致、兴会。自然界或生活中某种事物激发了诗人的诗兴,引起了他的创作灵感,这就是兴。正如陆机所说的:"遵四时以叹逝,瞻万物而思纷。悲落叶于劲秋,喜柔条于芳春。"李白诗"兴酣落笔摇五岳","心摇目断兴难尽";杜甫诗"东阁官梅动诗兴","忆在潼关诗兴多"。都是指他们受外物感发而产生的这种兴致。趣,指诗的趣味、韵味。钟嵘说过,好诗应能使"味之者无极,闻之者动心",就是指诗歌的这种美感力量。兴趣的基础是感情,无情不足起兴,寡情亦难成趣。只有强烈的真情感奋才能使诗人兴会淋漓,使诗歌趣味盎然。所以《毛诗序》说:"情动于中而形于言,言之不足,故嗟叹之,嗟叹之不足,故永歌之,永歌之不足,不知手之舞之,足之蹈之也。"刘勰也说:"登山则情满于山,观海则意溢于海,我才之多少,将与风云而并驱矣。"钟嵘又说:"凡斯种种,感荡心灵,非陈诗何以展其义?非长歌何以骋其情?"司空图说:"真力弥满,万象在旁。"这些都是对诗歌创作中触物起情、由情生兴这一过程的生动描绘。严羽认为,盛唐诗人遵循"吟咏情性"的原则,在创作时充满激情,"语与兴驱,势逐情发",所以作品兴致饱满,趣味无穷。而宋诗却"不问兴致""言理而不言情",所以缺乏打动人心的力量。当然,严羽的批评,是就整体倾向而言,并不是企图否定整个宋代诗歌的成就。

严羽的兴趣说还概括了我国古代诗歌独特的抒情方式。对这种方式,王昌龄称为"心入于境,神会于物",司空图称为"思与境偕"[7]。也就是说,诗人不把自己的思想感情直接表达出来,而采用拟喻的方法,暗示的方法,象征的方法,或寓情于景,或托情于物,通过特定的意象曲折地透露出来。这样不仅可以使抽象的感情具象化,而且往往能够唤起读者无限的遐思联想。这种抒情方式在盛唐诗歌中得到最完美的体现,它是形成我国古典诗歌含蓄凝练、韵味悠远特色的重要因素。严羽所说的"不涉理路,不落言筌","羚羊挂角,无迹可求",就是对这种抒情方式的具体要求。所谓"不涉理路",并不是一般地反对在诗中表现思想理念,而是强调诗主要应该通过形象的美感力量去打动人,应该"尚意兴而理在其中",而不宜喋喋不休地直接发议论。所谓"不落言筌"也不是指诗意的表达可以离开具体的语言文字,而是强调"寓情于景,寄意于象","词理意兴,无迹可求"。不直言说破,才是诗的高境。皎然说:"但见性情,不睹文字。"司空图说:"不着一字,尽得风流。"都是这种意思。张戒在《岁寒堂诗话》中曾经说过:"诗者,志之所之也。情动于中而形于言,岂专意于咏物哉?子建'明月照高楼,流光正徘徊',本以言妇人清夜独居愁思之切,非以咏月也。而后人咏月之句,虽极其工巧,终莫能及。渊明'狗吠深巷中,鸡鸣桑树颠',本以言郊居闲适之趣,非以咏田园,而后人咏田园之句,虽极其工巧,终莫能及。"这里点破了古代抒情诗意境美的一个秘密,为什么曹植和陶渊明诗中的景物描写有这么大的艺术魅力呢?就是因为他们诗中的景语实际上都是情语,客观景物不过是诗人寄托主观感情意兴的工具。"这里的意蕴并不属于对象本身,而是在于所唤醒的心情"[8]。只是诗人没有把这种感情意兴直接表现出来,而通过月光的拟人化和朴素的乡村景色曲折地透露出来。景中见情,融情入景,达到了情景交融的极致。这种境界,就是严羽所赞美的"羚羊挂角,无迹可求"的理想诗境。

"兴趣说"还反映了严羽对盛唐诗歌风格美的向往和追求。他在《答出继叔临安吴景仙书》中说:"又谓盛唐之诗雄深雅健。仆谓此四字但可评文,于诗则用健字不得。不若《诗辨》雄浑悲壮之语,为得诗之体也。毫厘之差,不可不辨。坡、谷诸公之诗,如米元章之字,虽笔力劲健,终有子路侍夫子时气象。盛唐诸公之诗,如颜鲁公书,既笔力雄壮,又气象浑厚,其不同如此。"这里所辨析的"雄浑"和"雄健"虽然只有一字之差,却表明了严羽对唐、宋两代诗风的不同评价。他赞扬盛唐诗风的浑成之美,而鄙弃率直浅露、剑拔弩张的诗风。他在《诗评》中说:"语忌直,意忌浅,脉忌露,味忌短。"正是这种审美趣味的具体说明。司空图曾把《雄浑》和《劲健》各列为《二十四诗品》的一品。前者以形象的饱满浑成为主要特点,杜甫那种"浑涵苍茫,笼盖宇宙"的诗歌可以为代表,而后者主要强调力量与气势,韩愈那种"掀雷揭电,走云连风"的诗歌最能体现其特色。严羽认为,雄浑之美体现了盛唐诗风的主要特征,它较之劲健之美在审美品位上要高得多。他一再说:"唐人与本朝诗,未论工拙,直是气象不同","汉魏古诗,气象混沌,难以句摘","建安之作,全在气象,不可寻枝摘叶"。他赞美李、杜数公"如金翅擘海,香象渡河"的宏大气魄,而讥嘲孟郊、贾岛诗如"虫吟草间"的寒俭枯涩之风,[9]都表现了对这种浑成之美的向往之情。严羽还指出,这种风格体现在诗歌形象上应该具有这样的美感特征:"羚羊挂角,无迹可求。"感情意象水乳交融,达到高度的和谐统一。"透彻玲珑,不可凑泊",诗歌的艺术形象既纯净透明,具体可感,又空灵微茫,可望而不可即,一如"水中之月,镜中之象",具有"象外之象,韵外之致",能够启发读者的联想。这是严羽对于诗歌风格理论的重要贡献之一。

严羽称赞盛唐诗风浑成之美,鼓吹"以盛唐为法",还有现实的针对性。南宋后期,江湖诗风弥漫诗坛。江湖诗人也反对江西诗派,鼓吹"宗唐",却以唐代的贾岛、姚合为宗师,提倡写"眼前景,心头事",其结果"虽镂心铄肾,刻意雕琢,而取径太狭,终不免破碎尖酸之病。"[10]严羽对这种力孱气弱的清苦诗风非常不满,因而标举盛唐浑厚之风以相纠正。他说:"近世赵紫芝、翁灵舒辈,独喜贾岛、姚合之诗,稍稍复就清苦之风,江湖诗人多效其体,一时自谓之宗唐,不知止入声闻辟支之果,岂盛唐诸公大乘正法眼者哉!"[11]这种批评虽然只从诗风着眼,并没有能够真正直截根源,抓住要害,但在当时还是有一定积极意义的。

严习的"兴趣说"还与其"妙悟说"有密切关系。《沧浪诗话·诗辨》说:"大抵禅道惟在妙悟,诗道亦在妙悟。且孟襄阳学力下韩退之远甚,而其诗独出退之之上者,一味妙悟而已。""妙悟"一词出自佛典,原指奇妙的体悟。严羽以禅喻诗,最主要的贡献就是提出了"妙悟说"。胡立麟《诗薮》评论说:"严氏以禅喻诗,旨哉!禅则一悟之后,万法皆空,棒喝怒呵,无非至理;诗则一悟之后,万象冥会,呻吟咳唾,动触天真。"什么叫作悟?陆世仪说:"凡体验有得处,皆是悟。"从这个意义上讲,诗道和禅道并无本质差别,只是所悟的结果不同而已。禅道悟到的是"万法皆空"的"至理",而诗道悟到的却是"万象冥会"的诗境。严羽讲妙悟,只是借用禅家习语做比喻,说明诗人应该具备一种突然领悟诗境、把握形象的特殊能力,强调灵感在诗歌创作中的重要作用。沈约曾经说过:"高言妙句,音韵天成,皆暗与理合,匪由思至。"皎然也曾指出:"有时意静神王,佳句纵横,若不可遏,宛若神助。"[12]对诗歌创作中确实存在的这种复杂的精神现象,严羽称之为妙悟。叶梦得《石林诗话》有一段记载:"'池塘生春草,园柳变鸣禽。'世多不解此语为工,盖欲以奇求之耳。此语之工,正在无所用意,猝然与景相遇,借以成章,不假绳削,故非常情所能到。诗家妙处,当须以此为根本,而思苦言难者,往往不悟。"这里所说的"诗家妙处",就是严羽"妙悟说"的基本要求。韩愈与孟浩然诗各有优长,暂且搁置不论。但孟浩然比韩愈更懂得抒情诗的特点却是事实。许学夷《诗源辩体》指出:"浩然造思极深,必待自得。故其五言律皆忽然而来,浑然而就,而圆转超绝,多入于圣矣!须溪谓浩然不刻画,只以乘兴。沧浪谓浩然一味妙悟,皆得之矣。"可见"自得"、"忽然而来,浑然而就"、"乘兴",这正是孟浩然诗的优点,也是严羽称他"一味妙悟"的原因。而韩愈诗往往以才力取胜,已开宋诗散文化、议论化的风气,常常违反抒情诗的艺术规律。因此严羽说他才力虽高,而诗歌成就反不如孟浩然。但是严羽把这种"悟"说得过于玄虚和绝对,又产生了一定的弊病。他不了解唐人的感情兴趣都不是凭空产生的,而是那个社会现实生活的反映。严羽光是教人"熟参"古人的作品,而不首先熟参社会,熟参生活,这样不仅无法真正悟到盛唐诗美的真谛,而且为明代复古主义开了理论源头。这真叫作"路头一差,愈骛愈远"了。

言有尽而意无穷

在"吟咏情性"和"兴趣说"的基础上,严羽进而提出了"言有尽而意无穷"的诗美理想。他认为诗歌只有具备了这样的特点,才有"一唱三叹"之妙,才能够称为"入神"。他在《诗辨》中说:"诗之极致有一,曰入神。诗而入神,至矣,尽矣,蔑以加矣。惟李杜得之,他人得之盖寡也。"

不过,入神并不是指具体的艺术风格和艺术特点,而是严羽给诗歌确定的最高的审美标准。严羽还认为,即使在盛唐诗人之中,除了李白、杜甫以外,也很少有人够得上这个标准。严羽如此推崇李、杜,这一点既有别于以前之司空图,更不同于以后之王士禛。司空图虽然也说过"宏肆于李、杜,极矣"!但从整个美学思想来看,毕竟与王维、韦应物的关系较深;而王士禛"仅知有王、韦,不取李、杜"[13]。严羽却是真正赞美李、杜,把他们看成唐诗最高成就的体现者,认为:"论诗以李杜为准,挟天子以令诸侯也。"在《沧浪诗话》中,对李、杜诗歌有不少中肯精到的评论。严羽自己的诗歌,学习杜诗的痕迹也相当明显。因此,说严羽重视李、杜仅仅是囿于当时的习气,是缺乏根据的。严羽的"入神说",就与杜甫的诗歌理论有着明显的继承关系。"入神"也是杜甫的诗美理想,杜诗中曾反复地谈到过这一点,例如"苍茫兴有神","诗兴不无神","诗成觉有神","下笔如有神","篇什若有神","才力老益神","将军画马盖有神","神妙独数江东王",等等。什么叫作神呢?《周易·系辞》说:"神也者,妙万物而为言者也。"用语言入微地表现出万物的奥妙,就叫作神。这也就是杜甫自己所说的"情穷造化理","巧括造化窟",即尽善尽美地表现客观对象。当然严羽"入神说"的强调面有些不同,他似乎更重视诗歌言外的韵味,强调理想的诗歌作品应当具有"言有尽而意无穷"的美感特征。在我国古代诗论中,对这种诗美特征早就有所论述。《礼记·乐记》已有一唱三叹的说法。钟嵘《诗品》更有"味之者无极,闻之者动心"的要求,刘勰《文心雕龙》也提到过"余味曲包"和"清典可味",这些都是严羽"入神说"的源头和滥觞。但是对严羽影响最明显、最直接的是司空图的"韵味说"。范温《潜溪诗眼》指出:"有余意之为韵。"又说:"备众善而自韬晦,行于简易闲澹之中,而有深远无穷之味……测之而益深,究之而益来,其是之谓矣。"严羽《沧浪诗话》虽然没有直接谈到韵味,但他赞叹盛唐诗人的作品"言有尽而意无穷",有一唱三叹之妙,实际上就是强调好诗应该有言外的韵味,这种主张与司空图所赞美的"近而不浮,远而不尽"的"韵外之致"的诗美理想一脉相承。严羽认为,诗的感情和韵味是紧密相连的,"没有味缺乏情,也没有情脱离味","情和味互相导致存在"。[14] 一首诗如果缺乏感情,又不讲兴趣,言内本已无味,哪来言外的韵味呢? 盛唐诗人的优秀作品之所以具有这种迷人的神韵美,就是因为遵循了"吟咏情性"和"讲究兴趣"的原则。严羽还指出盛唐诗歌之所以能具有这种迷人的诗美,还在于诗人"不涉理路,不落言筌",善于运用形象思维,充分发挥诗歌艺术形象的美感特点。它那种饱满浑成、玲珑剔透的感情形象;含蓄蕴藉、欲露还藏的抒情方式,往往使诗歌的意境一如"空中之音、相中之色",虽然"不可凑泊",似乎有些朦胧,但是却给读者留下了驰骋遐想,体会言外情趣和韵味的广阔余地。可惜由于认识方法的限制,严羽和司空图一样,他对盛唐诗歌这种神韵美的认识往往只停留在直观的感觉阶段,而未能从理论上作出科学的说明。在他们看来,这种诗美虽然可以感知,但却难以确指;虽然可以领略、含味,但却无法切实加以把握,因而用许多玄虚的词句加以描绘,使这种理论涂上了一层神秘朦胧的色彩,这就增加了后人理解上的许多困难。

严羽的入神说虽然直接受到司空图的影响,但是又有新的发展,有自己的特色。司空图提出了"韵外之致"的诗美理想,但没有指明达到这种理想的途径,而严羽却明确提出了"兴趣说",对诗人创作过程中的许多重要问题,诸如感情触发,抒情方式,灵感现象,风格特征等等,进行了具体的阐述,有着独到的理解。这样就弥补了神韵理论中间脱漏的重要环节,第一次形成了吟咏情性—讲究兴趣—言有尽而意无穷这样一个完整的诗歌理论体系。司空图启发于前,严羽发展于后,共同完成了神韵诗的理论建设,从而开创了我国古代诗歌史上与传统儒家诗教大异其趣的诗歌理论流派。司空图和严羽在诗歌鉴赏和品评方面都自视甚高,一个自称"第一功名只赏诗",一个自命"参诗精子"。[15] 他们确实指出了古代抒情诗中一种相当迷人的诗美。在漫长的中国封建专制社会里,他们倡导的"韵外之致""神韵之说"是时代审美风尚重大转变的标志,影响十分深远。但是,他们的理论毕竟受到士大夫阶层的审美趣味的拘囿,有一个根本弱点,即脱离社会,离开作品具体内容去片面追求神韵。因而,司空图的理论最后流于空寂,而严羽又开启了复古思潮。这是他们未能突破时代局限性的表现。

(本文发表于《杭州师范学院学报》1982年第3期)

【注释】

[1]《别林斯基选集》第三卷。

[2] 钱锺书《宋诗选·序》。

[3] 黄庭坚《答洪驹父书》。

[4] 黄道周《书双荷庵诗后》、周容《春酒堂诗话》。

[5] 转引自郭绍虞《沧浪诗话校释》。

[6] 李东阳《怀麓堂诗话》。

[7] 王昌龄《诗格》、司空图《与王驾评诗书》。

[8] 黑格尔《美学》。

[9] 见《沧浪诗话·诗评》。

[10] 引自《四库全书总目提要》。

[11] 见《沧浪诗话·诗辨》。

[12] 沈约《宋书·谢灵运传论》、皎然《诗式》。

[13] 王士禛编选《唐贤三昧集》,不录李白、杜甫诗。

[14] 引自古代印度文论《舞论》。

[15] 见《司空表圣诗集》、严羽《答出继叔临安吴景仙书》。

从《沧浪诗话》看严羽复古理论的得失

　　严羽的诗歌理论存在这样一种矛盾现象：一方面标榜"诗有别材,非关书也；诗有别趣,非关理也","大抵禅道惟在妙悟,诗道亦在妙悟"。另一方面又鼓吹"以汉魏晋盛唐为师,不作开元天宝以下人物"[1]。一般说来,前者每每强调一空依傍、独出己心,后者则常常不免导致因袭固守、步趋前人。这是文学史上习见的现象。但是实际情况却并非完全如此,我们细加考察就会发现,这两种理论观点虽然泾渭各异,但是源头同归。它们都是严羽诗歌理论的有机组成部分。

一

　　事物的表现形态可以是各色各样的。在特定的历史条件下,复古并不等于守旧,更不意味着倒退。相反,古代文学史上多次重要的革新运动,恰恰是在"复古"的旗号之下进行的。造成这种奇特现象的原因可能有二。首先是传统思想的影响,在古代影响最大的儒家思想中,就存在着复古的因素。此外,还有文学自身的原因。在古代文学的历史发展过程中,曾经形成过好几个难以企及的高峰。例如诗歌史上的风骚传统、建安风骨、盛唐气象等等,诸峰并峙,引起无数后人的羡慕和景仰,成为世代竞相学习的典范。正是由于这两种原因,历史上许多锐意革新的文学家,往往不得不打出复古的旗号。唐初陈子昂"窃思古人",高标"汉魏风骨",借以批判"采丽竞繁,兴寄都绝"的齐梁余风[2];李白倡言"梁陈以来,艳薄斯极,将复古道,非我而谁"[3]。韩愈、柳宗元、欧阳修,以至明代前后七子,几乎无不如此。

严羽的复古主张也是这样,他在《沧浪诗话·诗辨》中提出"推原汉魏",强调"以盛唐为法"的目标异常明确,首先是批评宋代苏东坡、黄山谷以后形成的"以文字为诗,以才学为诗,以议论为诗"的诗风,认为这种诗风违背"吟咏情性"的根本原则,与唐人"惟在兴趣","言有尽而意无穷"的传统和风格相悖,因而即使穷极工巧,也"终非古人之诗",因为"于一唱三叹之音,有所歉焉"。其次是反对晚唐江湖派的"清苦"诗风。风靡于南宋末期的江湖诗人也批判江西诗派,鼓吹"宗唐",但他们以贾岛、姚合为宗师,提倡写"眼前景、心头事",其结果,"虽镂心铩肾,刻意雕琢,而取径太狭,终不免破碎尖酸之病"[4]。严羽认为这种"宗唐"完全没有学到唐人妙处,非"大乘正法眼",简直是"诗道之重不幸",因而特地标举盛唐浑厚之风以相纠正。严羽为了倡导正确的诗风,一方面从美学的高度总结了汉、魏、晋,特别是盛唐诗歌的艺术经验,提出"别材、别趣说""兴趣说""妙悟说",公开表明自己的美学观点;另一方面要求人们从"熟参"古代和当代诸作家作品中识别"诗之真是非",领悟诗歌创作的妙谛。"推原汉魏以来,而截然谓当以盛唐为法",为自己的美学理想提供一个权威的样板。由此可见,严羽复古理论与他的诗论宗旨在总体目标上不仅没有矛盾,而且是相辅相成的。

严羽复古理论的提出,并不是一种孤立的文学现象。在整个宋代诗歌理论中,从北宋的欧阳修、梅尧臣,包括受到严羽批评的苏轼、黄庭坚,直至吕本中、张戒、陆游、朱熹等等,或多或少都存在复古的倾向。例如吕本中说:"大概学诗,须以《三百篇》《楚辞》及汉魏间人诗为主,方见古人妙处,自无齐梁间绮靡气味也。"(《童蒙诗训》)陆游也说:"古诗三千篇,删取财十一。每读先再拜,若听清庙瑟。诗降为楚骚,犹足中六律。天未丧斯文,杜老乃独出。陵迟至元白,固已可愤疾。及观晚唐作,令人欲焚笔。此风近复炽,隙穴始难窒。淫哇解移人,往往丧妙质。"(《宋都曹屡寄诗且督和答作此示之》)类似的言论还有很多。但是,在所有宋人的诗论中,与严羽复古理论最为相似,而且对《沧浪诗话》产生过直接影响的,大约要推张戒的《岁寒堂诗话》了。张戒曾经指出:"《国风》《离骚》固不论,自汉魏以来,诗妙于子建,成于李杜而坏于苏黄……子瞻以议论作诗,鲁直又专以补缀奇字,学者未得其所长,而先得其所短,诗人之意扫地矣。"严羽推原汉魏,尊崇李杜,批评苏黄的言论,与此何其相似。但是,就诗歌理论的主要倾向而言,两人还是同中有异:张戒衡诗以道,严羽喻诗以禅;张戒以言志为"诗人之本",严羽标兴趣为诗人之宗;张戒以气韵为诗美之极致,严羽以入神为诗美之极致。总之,张戒推崇古人以思想内容为主,兼及艺术,而严羽之推原汉魏、盛唐,几乎全从体制、格力、气象、音节等艺术方面着眼,这正是严羽复古理论不同于前人的地方,也是《沧浪诗话》一直受到后人重视的主要原因之一。

二

严羽的复古理论,表现了对浑成质朴的诗歌美的向往和追求,《沧浪诗话》对于古代诗歌的称赞或批评,往往是和这种美学理想联系在一起的。首先,严羽赞扬古人诗风的含蓄浑成之美,鄙弃浮薄浅露的诗风。他说:"汉魏古诗,气象混沌,难以句摘。""诗有词理意兴……唐人尚意兴而理在其中;汉魏之诗,词理意兴,无迹可求。"[5]又说:"盛唐诸人,惟在兴趣,羚羊挂角,无迹可求。故其妙处透彻玲珑,不可凑泊,如空中之音,相中之色,水中之月,镜中之象,言有尽而意无穷。"[6]又说:"语忌直,意忌浅,脉忌露,味忌短。"[7]这些话,清楚地表明了他诗美理想之所寄。其次,严羽称许古人诗风的质朴自然之美,轻视雕镌刻镂的人工之巧。他说:"谢之所以不及陶者,康乐之诗精工,渊明之诗质而自然耳。"[8]又说:"灵运之诗,已是彻首尾成对句矣,是以不及建安也。"[9]陶渊明在六朝并不受重视,钟嵘《诗品》将其列入中品,而置谢灵运于上品。这种划分在后人看来虽不公正,但在当时却代表了时代的审美风尚。陶渊明的地位到宋代才被抬到空前的高度,几乎是众口一致地称扬,苏轼甚至说他的诗超过了杜甫。这种说法自然失之片面,但也标志了时代美学风尚的变化。严羽说"谢不如陶",虽然只涉及对古代两位诗人的比较评论,但是从中也可以看出沧浪美学趣味之所归。再次,严羽还赞赏盛唐诗风雄浑阔大之美,反对尖酸破碎的清苦之风。这一条是针对宋末江湖诗派而发的,他说:"李杜数公,如金翅擘海,香象渡河,下视郊、岛辈,直虫吟草间耳。"[10]在《答出继叔临安吴景仙书》中,他所辨析的"雄浑"和"雄健"两种诗风,虽然只有一字之差,却反映了他对唐宋两代诗风的不同评价。严羽这种审美观可能受到司图空的影响。司图空曾把《雄浑》和《劲健》各列为《二十四诗品》之一,前者的特点是形象丰满浑厚,杜甫那种"浑涵苍茫,笼盖宇宙"的诗歌可为代表,后者则强调力量和气势,韩愈那种"掀雷揭电,走云连风"的诗歌最能体现其特色。在严羽看来,浑雄之美体现了盛唐诗风的主要特色,它犹如颜鲁公的书法,"既笔力雄壮,又气象浑厚",而苏轼、黄庭坚诸人之诗,虽然"笔力劲健",终不免剑拔弩张、率直浅露之病。他说:"唐人与本朝诗,未论工拙,直是气象不同。"认为两者在美学上有高下精粗之别。

严羽对浑成质朴诗美的追求,在一定程度上也是时代审美风尚的反映。我国古代诗歌在经过了魏晋南北朝和隋唐六七百年的发展之后,无论内容还是形式,都达到了相当完美的程度。但是,文学艺术还是要向前发展,从中唐的韩愈、李贺等人开始,他们在极盛难继的局面下,力图开辟一条新的路子。北宋年间,以西昆体为代表的模拟因袭之风沉寂以后,一大批诗人开始崛起。尤其是苏轼和黄庭坚,他们凭借着自己的长才博学,"始出己意以为诗",在创新的路子上继续突进,开创了一代诗风,"唐人之风变矣"。但是苏、黄等人的诗歌也存在着明显的缺点,这就是严羽所批评的以文字、才学、议论为诗,有时,"多务使事,不问兴致",讲求"用字必有来历,押韵必有出处","其末流甚者,叫噪怒张",缺乏含蓄之致。由于当时诗歌在士大夫中已经空前普及,这一缺点迅速蔓延开来,成为诗坛的普遍倾向。这种情况在当时就引起了许多人的不满。陈师道《后山诗话》指出:"诗欲其好,则不能好矣。王介甫以工,苏子瞻以新,黄鲁直以奇。"陈师道认为,过分地追求工巧和新奇,都难以写出真正的好诗,而且往往会走向反面。因而他提出"宁拙毋巧,宁朴毋华,宁粗毋弱,宁僻毋俗"这样矫枉过正的口号。魏泰批评黄庭坚的诗歌时说:"黄庭坚喜作诗得名,好用南朝人语,专求古人未使之事,又一二奇字缀葺成诗,自以为工,其实所见之僻也。故句虽新奇而气乏浑厚。"[11]张表臣、张戒、陆游、姜夔等人均有大致相同的论述。戴复古是严羽的好友,他在《论诗十绝》中也说:"曾向吟边问古人,诗家气象贵雄浑。"上面这些议论的侧重面虽然各有不同,但在强调自然之美、质朴之美、浑成之美这一点上是共同的,这是人们对当代诗歌进行反思之后得出的共同结论,标志着时代审美水平的提高。在这里,还应该指出一种发人深思的有趣现象,即一再遭到严羽、张戒等人指责的苏、黄二人,其实也是这种美学思想的有力鼓吹者。苏轼在《书黄子思诗集后》一文中曾经说过这么一段意味深长的话:"苏李之天成,曹刘之自得,陶谢之超然,盖亦至矣。而李太白、杜子美以英玮绝世之姿,凌跨百代,古今诗人尽废。然魏晋以来高风绝尘,亦少衰矣。"黄庭坚在《与王观复书》中也说:"熟观杜子美到夔州后古律诗,便得句法,简易而大巧出焉。平淡而山高水深,似欲不可企及,文章成就,更无斧凿痕,乃为佳作耳。"苏轼所谓天成和自得,所谓魏晋高风,黄庭坚所称美的大巧,更无斧凿痕,不正表现了他们对浑成质朴之美的神往吗?可见,有的时候一个作家的美学理想与自己的创作实际，往往会发生脱节，苏、黄如此，其他人何尝不是如此。

　　用严羽的美学标准来衡量，汉魏之诗在品级上应该高于盛唐，他说："论诗如论禅，汉魏晋与盛唐之诗，则第一义也。大历以还之诗，则小乘禅也，已落第二义矣。晚唐之诗，则声闻辟支之果也。"[12]这种品级的划分，与吕本中、张戒、朱熹等人的观点基本一致。那么，严羽在"推原汉魏以来"的同时，为什么又强调"以盛唐为法"呢？对此，他自己作过如下说明："后舍汉魏而独言盛唐者，谓古律之体备也。"看来原因就在于"体"和"法"，这个"体"不仅仅指体制，也包括"品"，他在《诗辨》中曾说："诗之品有九：曰高，曰古，曰深，曰远，曰长，曰雄浑，曰飘逸，曰悲壮，曰凄婉。"[13]在严羽看来，汉魏之诗虽然浑沌高古，但"无迹可求"，难以悟入，而盛唐之诗，不仅雄浑悲壮，气象阔大，而且各体具备，诸法并存，易于模习。所以沧浪之复古虽然推原汉魏，实际上却特别强调"以盛唐为法"。正因为如此，《沧浪诗话》突出地推尊李白和杜甫，屡屡赞之不绝。他甚至主张"以李、杜二集枕藉观之，如今人之治经"。在唐代众多诗人之中，严羽特别标出李、杜二人，可以说是独具只眼。自从唐人元稹开启崇杜抑李之论以后，宋代崇杜抑李的倾向日益严重，这与宋代社会正统儒家的道学兴盛有一定关系。黄庭坚、陈师道虽然并不赞成优劣李、杜之论，但在创作上却一味模拟杜甫。随着江西诗派"法席盛行海内"，杜甫的地位愈加尊崇，出现了"天下人人学杜甫"的现象。但是，严羽却能够正确评价李、杜二人各自的优点，反对优劣李、杜之说，指出："李、杜二公，正不当优劣。太白有一二妙处，子美不能道；子美有一二妙处，太白不能作。子美不能为太白之飘逸，太白不能为子美之沉郁。"（《沧浪诗话·诗评》）这种全面深刻的认识，有力地批评了李、杜评价中的种种偏执之见，显示了开阔的审美视野。但是，对于严羽的推尊李、杜，历来流行着这样的看法，认为沧浪仅仅是适应时流，装点门面，其会心处独在王、孟。这种看法不符合事实,也不符合严羽的美学标准。《沧浪诗话》从头至尾对王维不置一词,对孟浩然也只讲过两段话:"孟襄阳学力下韩退之甚远,而诗独出退之之上者,一味妙悟而已"(《沧浪诗话·诗辨》)。"孟浩然之诗,讽咏之久,有金石宫商之声"(《沧浪诗话·诗评》)。第一段话是举例证明"别材、别趣"之说,从而申述才力和学识并非诗歌创作的第一要素,强调兴趣和妙悟才是此中的关键,并不能说明严羽对王、孟的偏爱,更不足以证明严羽认为王、孟优于李、杜。第二段话不过是称赞孟诗的音律之美,显然别无深意。这种误解还可能来自严羽的"禅喻说"。王维晚年"长斋奉佛",某些作品充满禅意。不过,严羽以禅喻诗,本意在于"论得诗透",而王维是诗中有禅,以禅入诗,这是性质不同的两件事。后人对沧浪的误解,还可能受到王士禛的影响。王士禛论诗重神韵,故于沧浪独赏其"羚羊挂角,无迹可求"数语,他说:"严沧浪以禅喻诗,余深契其说,而五言尤为近之。如王、裴《辋川绝句》,字字入禅。"[14] 渔洋提倡神韵,因而在诗风上追求超逸之美、悠远之致、澄淡之思。托意王、孟,原不足为怪;而严沧浪论诗讲兴趣,重气象,崇尚浑雄之美,"论诗以李、杜为准",是与严羽这种美学理想的总体要求相一致的,是沧浪"以盛唐为法"的主要含义。如果抽掉了这一具体内容,以盛唐为法岂不成了空洞的口号?明人曾经批评严羽识高于才,自己的诗并不精彩,大体上是不错的。但是细读严羽《沧浪吟卷》也可以发现,严羽自己的诗歌作品,艺术上的确不见精彩,但规模盛唐的痕迹却十分明显,五七言律诗学习杜甫,七言古模仿李白,并且不乏忧国忧时之作。这也可以从一个方面证明,说沧浪"会心独在王孟",标榜李、杜只是门面的说法,缺乏充分证据。

三

严羽的复古主张,不仅是时代美学风尚的汇聚,也是企图为当代诗歌创作指明一条正确的道路。他说:"先须熟读《楚词》,朝夕讽咏以为之本,及读《古诗十九首》,乐府四篇,李陵、苏武、汉魏五言皆须熟读,即以李、杜二集枕藉观之,如今人之治经,然后博取盛唐名家酝酿胸中,久之自然悟入。"(《沧浪诗话·诗辨》)严羽要求人们从学习、揣摩、借鉴古代优秀诗歌作品中汲取诗法的经验,领会作诗的妙诀。这就是"悟入"的含义。从何处悟入?只有从"熟参"古人作品中悟入,通过"熟参"列朝诸家的作品,进行比较分析,然后识别其"真是非"。所谓识其"真是非",也就是要提高自己学古的"识",端正自己复古的"志",坚定"以汉魏晋盛唐为师,不作开元天宝以下人物"的决心。虽然沧浪高自夸许,认为这种方法乃是"从顶颈上做来,谓之向上一路,谓之直截根源,谓之顿门,谓之单刀直入也"[15]。并且以"参诗精子"自诩,标榜这种理论观点"是自家实证实悟者,是自家闭门凿破此片田地,即非傍人篱壁,拾人涕唾得来者"。[16]但事实却不是这样。任何杰出的文学家都不可能完全超越自己的时代,不可能不受当时社会环境的影响和制约。正如严羽的美学理想是时代审美风尚的反映一样,他的"悟入说"也不是自己一人的独创。前面已经说过,向古人学习的口号在我国文学史上源远流长,在宋代尤其风靡,至于用禅宗的"熟参"和"悟入"来比喻学习古人的方法,在当时更是一种风气。严羽复古理论显而易见的弱点是不了解诗歌创作的源流关系,把只是"流"的古代作品当作"源"。这不仅是严羽独有的弱点,几乎是一切主张复古者的弱点,推而言之,也是整个封建时代文学理论的共同弱点。在古代文学历史上,为什么复古主义思潮此起彼伏,甚至愈演愈烈,就是因为人们虽然看到"古人"的长处和"今人"的短处,却知其然而不知其所以然,因而只能从复古中寻求出路。固然,也有个别杰出的人物依稀体悟到了这一点。陆游就曾经说过:"汝果欲学诗,工夫在诗外。"[17]但是这诗外之工夫究竟何所指,也并不明确,既可指"山程水驿",也可指"道德学问"。一句话,封建时代的文人不大可能从理论上真正认识"社会生活是文艺创作的源泉"这样一个既浅显又深刻的道理。因此,不懂得文学创作的源流关系,虽然是严羽复古理论的根本弱点,但我们对此无须加以深责。

　　严羽复古理论的另一个弱点是不了解文学创作继承和创新关系。继承是为了更好地创新,否则继承就失去了目的。但是,严羽却以禅为喻,把古代诗歌分成几个等第,并且得出一代不如一代的结论。这种说法显然不够全面,也不符合古代诗歌历史的实际。我国古代诗歌史的各个时期,总的成就虽然确有高下之分,但也有彼此难以替代的优点,《三百篇》之质朴,《楚骚》之瑰奇,汉魏之高古,六朝之秾丽,盛唐之雄浑,等等,众美纷呈,面目各异。善学古人者,应该"各求其至处",而不能厚彼薄此,偏于一端。从汉、魏到唐、宋,是我国古典诗歌发展成熟的时期。就整个历史过程而言,每一个时代都在前代的基础上有所发展,有所创新。唐诗确是我国诗歌史上的高峰,后人要在这样的高峰之后寻求新的突破,任务至为艰巨。从一定的意义上讲,宋诗的优点和缺点往往是和这种创造性的突破相联系的。应该承认宋代诗人的努力取得了相当的成功,总的成就不仅超过了明、清两代,即便与唐诗相比,宋诗也有自己的面目、自己的特色。苏东坡、黄山谷、杨万里、陆放翁等一大批诗人如璀璨的群星,辉耀于诗坛。明、清以后宗唐、宗宋两大流派的交叉禅替,也说明了宋诗的巨大影响和不可抹杀的贡献。严羽对宋诗缺点的批评总体上虽然是正确的,但若因此而看不到宋诗的独特成就和贡献,否认宋诗的历史地位,甚至宣称:"然则近代之诗无取乎?曰:有之。吾取其合于古人者而已。"[18]这就未免有点荒谬了。创新是艺术的生命。姜白石说得好:"作者求与古人合,不若求与古人异。"[19]宋诗与古人异的地方,往往是它的特色和独创,是宋诗生命力之所在,仅仅依据是否合于古人来评价它的优劣,显然是不妥当的。

(本文发表于四川《社会科学研究》1986年第4期)

【注释】

[1][6][12][13][15][18] 以上引文见《沧浪诗话·诗辨》。

[2] 见陈子昂《与东方左史虬修竹篇序》。

[3] 孟棨《本事诗·高逸》。

[4]《四库全书总目提要》。

[5][8][9][10]《沧浪诗话·诗评》。

[7]《沧浪诗话·诗法》

[11] 魏泰《临汉隐居诗话》。

[14] 王士禛《带经堂诗话》。

[16] 严羽《答出继叔临安吴景仙书》。

[17] 陆游《示子遹》,《剑南诗稿》卷七八。

[19] 姜夔《白石道人诗说》。

主复古与反模拟

——《艺苑卮言》研究之一

一

　　复古主义是明代重要的文艺思潮,李、何振起于弘、正之际,王、李继踵于嘉靖之间,在高度发展的封建专制主义政治文化背景下,这种思潮很快为大多数士人所接受和拥戴,而且迅速发展成为影响支配整个文坛的主潮,其流风余韵,历百年而始衰。不过,在明七子的诗文理论中,尤其是在后七子领袖王世贞的理论著作《艺苑卮言》中,存在着一种似乎自相矛盾的理论主张,即既提倡复古,又反对模拟剽窃;既强调恪守古法,又要求"以心之声为诗"。从一定意义上讲,复古运动之所以能够开一代新风,同时又启百年之弊,是与这种理论的内在矛盾密切相关的。如果比较客观地考察古代文学发展的历史过程,我们就不难发现,文学史上历次所谓复古运动,虽然由于种种复杂的原因,其成就或大或小,其影响或深或浅,但本意往往是为了变革和创新。在中国封建社会特定的政治文化背景下,以复古求革新,是一种合理而有效的手段。借助古代典型的强大示范作用,树立一个易于为众人认同的崇高标准,以确立优胜的文化心理态势,与当时在各方面均已占据主导地位的流俗相抗衡,这就是复古运动的本质特点。所以,陈子昂、李白、韩愈之批判六朝绮丽之风,王禹偁、欧阳修之抵制西昆华艳之习,张戒、严羽之指责宋诗说理之弊,无一不是以复古相号召。他们所标举的建安风骨、盛唐气象等等,也无一不是文学历史上公认的典范。明代的复古运动也不例外。

处于封建社会后期的朱明王朝,一开始就采用钳制舆论与残酷屠戮的办法来强化其统治,实行极端的文化专制主义。明代文字狱规模之宏大,对士人镇压之酷烈,都远远超过了前代。封建专制主义的必然恶果是政治制度的极端腐败和贪官污吏的横行不法。与这种政治局面相适应,思想文化界也是一片死气沉沉:理学横行,八股猖獗,平庸萎弱的台阁体充斥文坛,这种情况引起了普遍的不满。以李梦阳、何景明、李攀龙、王世贞为代表的前后七子,举起复古的旗帜,喊出"文必秦汉,诗必盛唐"的口号,向以台阁体、八股文、道学诗为代表的种种不良文风冲击,矛头指处,所向披靡,风气为之一新。胡应麟曾经这样描述复古运动在当时的盛况:"李献吉诗文,山斗一代。其手辟秦汉、盛唐之派,可谓达磨西来,独阐禅教;又如曹溪卓锡,万众皈依。"[1]胡应麟虽是七子的热烈拥护者,但上述评论却并不是任情抑扬的门户之见。稍早于王世贞的著名作家何良俊也说:"我朝杨东里(士奇)、李西涯(东阳)二公,皆以文章经国,然只是相沿元人之习。至弘治间,李空同出,遂极力振起之。何仲默、边庭实、徐昌谷诸人,相与附和,而古人之风几遍域中矣。律以古人,空同其陈拾遗乎?"[2]把明代复古运动的首倡者李梦阳与唐代陈子昂相比,把明七子复古运动与"扫荡六朝,振起唐音"的唐初诗歌革新运动相提并论,给予极高的评价。对于明代复古运动的这种历史功绩,甚至连后来批评七子最激烈的公安派诸人也并没有完全予以否定,袁中道就曾经说过:"自宋、元以来,诗文芜烂,鄙俚杂沓。本朝诸君子出而矫之,文准秦汉,诗则盛唐,人始知有古法。"[3]由此可见,后人由于复古运动中出现的模拟剽窃现象,就全盘否定这一运动本身,显然是不公正的。严格地说,明七子所倡导的复古运动,并不是一场单纯的文学运动,而是矛头针对封建专制文化的思想解放运动。否则,它就不可能在不长的时间内造成风靡中国,席卷天下之势。明王朝自中叶以后,由表面繁荣转向公开腐败。弘治时的刘瑾擅权,嘉靖时的严嵩秉政,正是这座封建大厦摇摇欲坠的征兆。与此同时,一股反对文化专制主义的思潮,也在酝酿积聚,奔突驰骤。前后七子在政治上以节义相标榜,在思想上具有民主意识的萌芽,与代表封建专制主义腐朽势力的宦官、外戚、权臣处于对立地位,对黑暗恐怖的文化专制主义公开表示不满。这一点,在李梦阳和王世贞身上表现得尤为突出。据《明史·文苑传》记载,李梦阳、何景明"志操耿介,尚节义,鄙荣利,并有国士风"。李梦阳因为上疏揭露外戚张鹤龄、宦官刘瑾的丑行而数度下狱,几濒于死,以直节振天下。何景明、边贡等人,也曾因弹劾宦官而遭受种种排挤打击。明世宗嘉靖之时,大奸严嵩父子肆虐,后七子政治上的升沉荣辱,与这种严峻的政治局面密切相关。王世贞一家都受到严嵩集团的残酷迫害,父亲王忬遭构陷致死,他自己及兄弟王世懋,友人宗臣、吴国伦等都因直接得罪严嵩集团而或被罢官,或遭贬斥。这种政治境遇和特殊经历,激发了他们强烈的批判精神。前后七子所倡导的文学复古运动,他们对当时僵化凝固、平庸萎弱的文风的彻底否定,王世贞《艺苑卮言》中对统治阶级屠戮迫害文人罪行的揭露,对文化专制主义的抨击,对文人社会地位低微的抗议,都是这种批判精神的反映。他们所提出的口号,如"文必秦汉,诗必盛唐""非三代以上书不读"等,作为创作的指导思想,今天看来固然有很大的片面性,其副作用也已经为文学历史所证明。但作为一种思想武器,却是对当时现实的激烈批判与否定,确实起过"扫荡荆芜,振起萎弱"的作用。随着明中叶以后政治的腐败和统治力量的削弱,随着商品经济的发展与人性的觉醒,在对程朱理学的批判中,崛起了王守仁的心学,并且发展成为占支配地位的哲学思潮。王学虽然也是主观唯心主义哲学,但它在反对理学对人的思想行为的束缚、启发人的独立思想和独立人格方面,却起过相当积极的作用。明七子的文学主张,明显地受到这种哲学思潮的影响。王守仁早年曾积极参与李梦阳倡导的文学运动,在反对宦官刘瑾的斗争中持同一立场,关系甚密。王世贞与左派王学也有一定的渊源关系。人们往往只注意明七子倡导复古,却忽略了他们同时又十分强调抒写真情。在这里,复古只是手段,抒真情才是目的,两者完全可以在一个总的目标下统一起来。明七子理论主张中的真情说,从思想来源上看,明显地受到王守仁心学的影响。李梦阳说过,诗歌应该是"情之自鸣",批评当代士大夫的诗"出于情者寡而工于词者多",难以打动人心。因此,他非常重视民间文学,大胆提出了"真诗在民间"的口号。他晚年甚至批评自己的诗只是文人学士的韵言,算不上真诗。李梦阳对宋诗和理学诗的批评,对汉魏、盛唐诗的向往和尊崇,出发点都在于此。有人认为李梦阳的真情说,开启了晚明文学新思潮,并不是没有道理的。在这个问题上,王世贞比其他人走得更远,他指出:"昔人谓言为心声,而诗又其精者……是无论其张门户,树颐颏,以高下为境,然要自心而声之……后人好剽写余似,以苟猎一时之好,思踌而格杂,无取于性情之真。"[4]又说:"夫所谓意者虽人人殊,要之,其触于境而之于七情一也。"[5]可以说,王世贞是把抒写真情作为诗歌创作的本质来看待的。

二

王世贞是后七子的主要领袖人物之一,他的《艺苑卮言》是复古主义的有代表性的理论著作。作为复古运动的倡导者,他热情鼓吹"文必秦汉,诗必盛唐"的美学标准;作为"真情说"的拥护者,他又严厉批评剽窃模拟的不良倾向,这两者在《艺苑卮言》中表现得同样鲜明和突出。"文必秦汉,诗必盛唐"是明代复古运动的重要口号,也是贯穿王世贞诗文理论的主要美学标准之一。今存《李空同集》和《弇州山人四部稿》中虽然并没有保留上述原话,但后人如此概括和追述基本上还是可信的。《艺苑卮言》中把秦汉之文、盛唐以前之诗奉为最高的典范,并且以此为标准来衡量和评判历代作家作品的高下和优劣。总的说来,王世贞不愧为一位精于鉴赏的大批评家,《艺苑卮言》的作家评论既不缺乏宏观把握的概括性,又具有微观剖析的精确性,显示了广阔的审美视野和高度的审美水平。书中对李白、杜甫诗歌优劣的分析,对屈《骚》以及《孔雀东南飞》的评论,就是突出的例子。即便是对盛唐以前及中唐以后的作家,他也不是笼统地肯定或否定,在具体分析中提出了不少精辟的见解。例如,他对李贺诗的评论,就受到清代大批评家叶燮的高度赞扬。但是也不能否认,由于"文必秦汉,诗必盛唐"的理论偏见的影响,他的某些评论有背客观尺度,走上极端。问题主要并不在于对秦汉散文和盛唐以前诗歌的推崇,因为这几乎是文学史上大家承认的事实,而在于对中唐以后诗文的不适当的贬抑。他认为韩愈"于诗本无所解",宋人把他推为大家是出于势利。又把白居易、苏轼、陆游等大诗人排斥在正宗之外,以至于说"元轻白俗"是定论,说苏轼无才无学,陆游"近粗",称李商隐为"薄有才藻"的浪子等等,都反映了"诗必盛唐"这一美学标准本身的局限,同时还夹杂着某种正统封建士人的偏见。王世贞对当代作家的评论,也存在着类似的情况,一方面对明七子的领袖人物如李梦阳、何景明、李攀龙等人的创作成就评价过高,誉之为"一代词人之冠",誉之为"峨眉积雪,阆风蒸霞",另一方面对李东阳、归有光、文征明等人则有不同程度的贬低。[6]

然而,这仅仅是王世贞美学思想的一个方面,而不是其全部内容。前面已经说过,复古并不等同于复旧,而是一种革新;复古运动也并不必然地导致模拟剽窃。王世贞不仅明白宣称"剽窃模拟"是

"诗之大病",而且进一步指出,诗人只有抒真情,写心声,才能创造出真正成功的作品。他批评"剽拟而少获其似以为真"的作品缺乏生气,难以动人。他嘲笑那些"好剽窃傅会,冀文其拙"的人,像"施铅粉而强盼笑"的"倚门之妓"。在如何学习古人的问题上,他强调"脱模拟,洗蹊径,以超然于法之外",主张"穷态极变,光景常新",艺术上不断进行探索和创新。在李梦阳与何景明那场有关古法的激烈争论中,他赞成何景明"舍筏登岸"的主张,称之为"良箴",而批评了李梦阳的"效颦"之习。正因为如此,所以王世贞在高度评价前七子复古运动功绩的同时,也严厉批评李梦阳诗歌创作"尺尺寸寸,模拟刻画"的倾向,指出它存在"模仿多,牵合而伤迹"的缺陷,嘲笑李梦阳个别拙劣的拟古之作"令人一见匿笑,再见呕哕,不免为盗跖、优孟所訾"。王世贞对李攀龙的评论,颇多溢美之词,往往为后人所讥议。不过,我们也不应该忽略,正是他在《艺苑卮言》中对李攀龙过于重视模拟古人的倾向提出了许多具体而中肯的批评。他说:"于鳞拟古乐府,无一字一句不精美,然不堪与古乐府并看,看则似临摹帖耳。五言古,出西京建安者,酷得风神。大抵其体不宜多作,多不足以尽变,而嫌于袭……排律比拟沈、宋,而不能尽少陵之变。志传之文,出入左氏、司马,法甚高。少不满者,损益今事以附古语耳。序论杂用《战国策》《韩非》诸子,意深而词博,微苦缠绕。铭辞奇雅而寡变,纪辞古峻而太琢。"这段话是涉及李攀龙各体诗文具体优劣的全面评论,虽然仍旧贯穿了"文必秦汉,诗必盛唐"这一总的美学标准,但是在每一个肯定评价之后,紧接着就指出其不足,从总体上明白无误地批评了李攀龙诗文创作的主要弊病:模拟有余,独创不足。心高气傲的李攀龙对此深感不满,他看了《艺苑卮言》初稿后说:"英雄欺人,所评当代诸家,语如鼓吹,堪以捧腹矣。"王世贞听后无限感慨地说:"夫以余之不长誉仅尔,而尚无当于于鳞。令余而遂当于于鳞,其见恚宁止二三君子哉!"深深表现了批评家不被理解的寂寞与悲哀。对文学史上许多模拟剽窃的典型事例,王世贞进行了系统的揭露和抨击。他指出,陆机诗歌的主要缺点不在于"偶俪"之习,而在于"摹拟多,寡自然之趣"。他嘲笑黄庭坚、陈师道点窜李白、杜甫成句入诗的行为是"点金成铁"。他批评复古运动后期文坛上模拟剽窃的恶劣风气说:"今天下人握夜光,途遵上乘,然不免邯郸之步,无复合浦之还。"认为复古运动道路正确,但把方法当成目标,机械模拟古人,则是舍本而逐末。因而,他把学习古人分为三个层次:最上是"情景妙合,风格自上,不为古役,不堕蹊径";其次是"随质成分,随分成诣,门户既立,声实可观";最下是"名为闻继,实则盗魁,外堪皮相,中乃肤立"。指出这种以剽窃模拟为复古的人最浅薄,最没有出息,简直成了盗魁。王世贞上述言论,表现了他既主张复古,又反对模拟因袭,既主张取法乎上,以秦汉、盛唐为师,又反对亦步亦趋、遗神取貌的辩证观点。有人把主张复古与反对模拟因袭对立起来,以为非彼即此,非此即彼,这样的看法未免过于机械。主张复古是树立一个崇高的美学标准,以对抗当时到处泛滥的不良文风;而反对模拟因袭则是指出学习古人的正确态度和方法,从而掌握古法,指导创作。标准需高,创作求变,两者并不互相排斥,而且相反相成,完全可以在一个总的目标下统一起来。这个总的目标就是以复古求变革,打破当时文坛凝固僵化、死气沉沉的局面。应该承认,这一目标基本上是达到了,虽然也留下相当严重的后遗症。

三

复古的目标并不是复旧,复古也并不必然地导致模拟剽窃;但是,明七子的复古运动却实际上造成了模拟剽窃之风的盛行。这两点同样都是文学史上的事实。为什么会造成这种事与愿违的结果呢?明代的复古运动与唐宋有一个重要区别,唐宋的复古运动强调恢复古道,虽也兼及形式但更重视内容。陈子昂、李白在批判齐、梁文学"采丽竞繁"的倾向时,着重强调恢复"风雅比兴"的传统,在创作上则主张摆脱声调格律的束缚,追求"清水出芙蓉"的自然之美。韩愈、柳宗元在反对六朝华艳浮靡文风时也说:"所志于古者,不唯其辞之好,好其道焉耳。"而在形式方面,却主张"自树立,不因循",主张"意尽便止,亦何所师法",提出"陈言之务去"的口号,非常重视创新。而明代的复古主义,不论秦汉派还是唐宋派,却首先强调掌握古法,虽也兼及内容,但更注重形式。从表面看,这两派虽有师秦汉与师唐宋之不同,重气象格调与重神明章法之差异,但同样都主张揣摩古人作品,努力掌握古法,用以指导创作。正是这种片面的理论主张,埋下了日后的祸根。因而同样是复古运动,却产生了不同的结果。前者解放了思想,为文学创作拓宽了道路,优秀作家迭出,后者虽然扫荡了平庸萎弱之风,称雄于一时,但流弊所及,也助长了模拟剽窃之习。

　　明七子如此重视学习古人,恪守古法,有两方面的原因。我国古典诗歌发展到唐代,已充分成熟,形成了前所未有的高峰,众体具备、诸法并存,各种风格流派争奇斗艳。文学创作的实际情况,迫切要求有人从理论上对此加以总结,以启迪后人,嘉惠来者。宋以后诗歌理论著作的纷纷出现,探讨诗法诗格成为一个时期的理论风尚,正体现了这种客观情势的要。另一方面,"文必秦汉,诗必盛唐"虽然为人们树立了一个总的美学标准,但秦汉之文,盛唐之诗犹如"天半峨眉",可望而不可即,"伏习者"往往不得其门而入。因而亟须从中抽绎出共同的规律和法则,为复古提供具体的方法和范型,供人模习。明七子之所以如此重视古法,王世贞《艺苑卮言》之所以把古法作为研究的中心命题,既是时代理论风尚的表现,也是复古运动的实际需要。

　　在《艺苑卮言》中,王世贞在总结前人艺术经验的基础上,首先对各体诗文的法度,包括字法、句法、声律、结构、风格等,都作了详尽的规定，要求人们加以遵守。王世贞认为，古人已经发展得十分成熟完美的形式必须加以继承，古人已经建构得十分合理而周密的法度绝对不应违背。与西欧古典主义者颇为相似，王世贞对于法度的要求非常严格，有时达到了近乎苛刻的程度。他说："律为声律，法律，天下无严于是者。"又说："《诗》不云乎：有物有则。夫近体为律，夫律，法也，法家严而寡恩。"强调指出，以律诗为代表的近体诗，当时已经范型化，因而其法度就应该是定律，必须严格遵守，"秩然而不可乱"，像人们必须遵守法律和法令一样。王世贞还非常重视法度整体的完美性，要求一首诗或一篇文章，无论是字、词、句、声律、章法以至于风格气象，都应该完全合乎规范，不允许存在一丝一毫的毛病。他说："首尾开合，繁简奇正，各极其度，篇法也。抑扬顿挫，长短节奏，各极其致，句法也。点掇关键，金石绮彩，各极其造，字法也。"他又以七言律诗为例，强调整体美的重要性，说："五十六字，如魏明帝凌云台材木，铢两悉配，乃可耳"。在阐明诗歌尤其是近体诗为什么要以盛唐为则时，他又说："盛唐之于诗也，其气完，其声铿以平，其色丽以雅，其力沉而雄，其意融而无迹，故曰盛唐其则也。"[7]认为律诗艺术展到盛唐，已经达到成熟的峰巅，盛唐律诗气象浑沦，声调优美，辞采雅丽，意象圆融，从"法"的角度衡量，确实达到了整体的完美无瑕，因此应该成为人们学习的典范。不能否认，王世贞对盛唐诗歌的审美总结，基本上是符合事实的，他对法度整体美的要求，也有一定的客观合理性。但是，把浑沦之美看成诗美的极致，对整体美的过分强调，却又把问题导向另一个极端。七子创作上不同程度存在的模拟因袭之风，后人所批判的"优于汉，奴于唐"的"瞎盛唐"倾向，与这种极端的理论主张确实存在一定的因果关系。

不过，王世贞并不是完全没有看到这一点。在七子复古运动后期，"正变云扰，剽拟雷同"的倾向已经相当普遍。为了防止和纠正这种倾向，王世贞又提出了"离而合"和"悟"的理论，作为指导学习古人、掌握古法的原则和手段。他说:"法合者必穷力而自运,法离者必凝神而并归。合而离,离而合,有悟存焉。"又说:"文之与诗,固异象同则。孔门一唯,曹溪汗下,信手拈来,无非妙境。""离合"一词,语本何景明《与李空同论诗书》,但含义有发展变化。"离而合"指不死守古人法度,似离而实合;"合而离"指太拘执古人法度,似合而实离。在《与吴明卿书》中,他比较了自己和李攀龙诗文创作的异同后说:"不佞伤离,于鳞伤合。"[8]认为自己的毛病是不尽合乎古人法度,而李攀龙的缺点是过分拘守古人法度。不过"与其合而离者也,毋宁离而合者也"。与其死守古法而徒得形貌,不如超脱古法而得其精神。这就是王世贞提出的学习古人、掌握古法的原则。那么,如何才能正确掌握这一原则呢? 王世贞又提出"悟"的理论。这一理论,前承严沧浪,近绍徐昌谷,原非王氏之独创。沧浪主张熟参古人作品,"久之自然悟入",昌谷认为只要"宏识诵之功",就可窥见古人奥秘。王世贞也主张熟读涵泳,渐渍汪洋,从而去领悟古法,以至达到"气从意畅,神与境合"的理想境界。总之,单纯强调从古人作品本身去领悟诗文法度,指导创作,这是三人共同之处,也是这一理论几百年来循环往复,仍旧难以突破其局限性的重要原因。当然同中依然有异,沧浪"借禅为喻",讲究"熟参",强调通过审美直觉去领悟和把握古法,而王世贞则在熟读涵泳之外,还提出了"离而合"这一具体的原则。其次是沧浪追求"试以己诗置之古人诗中,与识者观之而不能辨"的目标,[9]而王世贞却批评这种亦步亦趋的方法为"合而离",认为最完美的法度是"无声色可指,无形迹可求"的无法之法,"兴与境偕,神合气完"才是学习古法的极致,诗歌创作的最高境界依然是"一师心匠",进行独立的构思和创造,诗文法度最根本的美学原则也还是"妙合自然",这样又回到了王世贞诗论的基本点——真情说。应该说在如何学习古人、掌握古法的问题上,王世贞比严羽前进了一大步。

但是,问题到这里并没有根本解决。王世贞的法度理论有一个致命弱点,即未能正确理解继承与创新的辩证关系,不了解创新才是艺术发展的生命。从文学发展历史的角度看,虽然各个时期文学创作成就有高下之分,精粗之别,但是它们又有彼此难以替代的优点和特点。《三百篇》之质朴,《楚骚》之瑰奇,汉魏之高浑,盛唐之雄健,固然以其独特面貌辉耀前代,垂范后世,但是,后人绝不可能单纯通过学习模拟的方法达到同样高度。屈、宋以后的拟骚之作,不能说没有"取法乎上",但除了极个别例子之外,的确如朱子所说,平缓而不深切,部分作品甚至似无病而呻吟,因而缺乏生命力。陆机、江淹拟古之作,虽能逼近古人,但"终似剪彩为花,绝少生韵"。宋诗纵然存在着种种缺点,但在绝盛难继的情况下另辟蹊径,注重突破和创新,因而建立了自己独特的风格,对后世产生了巨大影响,宗唐宗宋之争,绵延千年,缕缕不绝。姜白石说过:"作者求与古人同,不若求与古人异。"[10]明代的诗歌创作从总体上说,一开始就存在因袭有余,独创不足的缺点。七子的复古运动,又把这一倾向推上极端,与这种理论上的片面认识有很大关系。屠隆说得好:"诗之变随世递迁,天地有劫,沧桑有改,而况诗乎?善论诗者,政不必区区以古绳今,各求其至可也。论汉魏者,当就汉魏求其至处,不必责其不如《三百篇》;论六朝者,当就六朝求其至处,不必责其不如汉魏;论唐人者,当就唐人求其至处,不必责其不如六朝……如必相袭而后为佳,诗止《三百篇》,删后果无诗矣。至我明之诗,则不患其不佳,而患其太袭;不患其无辞采,而患其鲜自得也。夫鲜自得,则不至也。"[11]屠隆早岁追随后七子,为末五子之一,后来幡然悔悟,自成一家。他对复古主义的批评是比较公允中肯的。所谓"自得",就是独创,对古人的学习和借鉴,目的正是为了更好地创新,离开了这一点就是本末倒置。明七子复古理论之失,就在于过分强调学习古人,揣摩古法,忽略了个人的独立创造,因而助长了模拟因袭之风。王世贞在理论上虽然提倡真情说,他对于古法的理解,也颇有独到之处,但他所谓"离而合",所谓

"悟"，其归结点仍然是强调"与古人同"，而不是追求"与古人异"，因而终究难以克服复古主义理论固有的局限，跳不出这个怪圈。最终结果是，打破了一种凝固僵化的局面，却又促成了另一种形式的凝固和僵化。这正是明七子复古运动的历史悲剧。

（本文发表于《浙江学刊》1988年第6期）

【注释】

[1] 胡应麟《诗薮》。
[2] 何良俊《四友斋丛说》卷二六。
[3] 袁中道《中郎先生全集序》。
[4][5]《弇州山人四部稿》卷六九《章给事诗集序》、卷六六《刘诸暨杜律心解序》。
[6] 王世贞晚年对白居易、苏轼、李东阳、文征明、归有光的看法有很大改变。见李维桢《王凤洲先生全集序》、刘凤《王凤洲先生弇州续集序》及《归太仆赞》、《艺苑卮言》卷六。
[7]《弇州山人四部稿》卷六五《徐汝思诗集序》。
[8]《弇州山人四部稿》卷一二一。
[9] 严羽《沧浪诗话·诗法》。
[10] 姜夔《白石道人诗说》。
[11] 屠隆《鸿苞》卷一七。

从《艺苑卮言》看王世贞的诗歌理论

——《艺苑卮言》研究之二

王世贞的《艺苑卮言》是我国古代重要的诗文理论著作之一。其内容包孕千古,博大精深。本文仅就《艺苑卮言》所反映的王世贞的主要诗歌理论,作一论述。

一

在论及《艺苑卮言》的主要理论观点时,首先就会碰到如何评价明代前后七子复古运动的问题。如果客观地考察古代文学发展的过程,我们就会发现,文学史上的复古运动,其本意往往是为了改革和创新。所谓复古,不过是借助典型的强大示范作用,与当时占据主导地位的流俗相抗衡。陈子昂、李白、韩愈、欧阳修、张戒、严羽,几乎都是如此。明代的前后七子也不例外。明代弘治、正德年间,以李梦阳、何景明为代表的前七子举起复古的旗帜,喊出"文必秦汉,诗必盛唐"的口号,向以台阁体、八股文、道学体为代表的种种不良文风冲击,矛头指处,所向披靡,文坛风气为之一新。七子的热烈拥护者胡应麟这样描写当时的盛况:"李献吉诗文,山斗一代。其手辟秦汉、盛唐之派,可谓达磨西来,独阐禅教;又如曹溪卓锡,万众皈依。"[1]足见当时这一运动声势之浩大,影响之广泛。对于这一点,其实连批评七子最激烈的公安派也没有否认，袁中道就说过："自宋、元以来，诗文芜烂，鄙俚杂沓。本朝诸君子出而矫之，文准秦汉，诗则盛唐，人始知有古法。"[2]由此可见，对于明代复古运动历史功绩的确认，原来是不成问题的。至于这一运动后来所产生的流弊，原因比较复杂，需要另文讨论。

但是，自从钱谦益对明七子大张挞伐以来，许多人不仅完全抹杀明代复古运动的历史功绩，而且不加分析地把复古与复旧等同起来，甚至视复古为模拟剽窃，这实在是片面的理解。明七子的复古不但不是复旧，而且是革新，复古也并不必然地导致模拟剽窃。相反，前七子的代表人物李梦阳认为诗是"情之自鸣"，指出"真诗在民间"；[3]何景明强调诗是"性情之发"，反对"刻意范古，独守尺寸"；[4]后七子的代表人物李攀龙也指出，诗是人们言志抒情、沟通心灵的工具。他们都不赞成一味模拟古人。王世贞也是后七子的代表人物，他在这一问题上的态度较之前三人更加明确和坚决。他明白宣称："剽窃模拟，诗之大病。"[5]他认为"取性情之真"，"以心之声为诗"，才能创造出优秀作品；他批评"剽拟而少获其似以为真"的作品缺乏生气；他嘲笑那些"好剽窃傅会，冀文其拙"的人像"施铅粉而强盼笑"的"倚门之妓"；他认为应该"脱模拟，洗蹊径，以超然于法之外"，应该"穷态极变，光景常新"，不断进行艺术上的创新；他还追求"兴与境偕，神合气完"的理想艺术境界。在李梦阳与何景明那场关于古法的大争论中，他赞成何景明"舍筏登岸"的口号，而对李梦阳的"效颦"之习提出了批评。

作为复古运动的领袖人物，王世贞高度评价前七子的贡献，称赞他们"一扫叔季之风，遂窥正始之途，天地再辟，日月为朗"。他对何、李二人创作成就的评价，虽不免有过誉之辞，但是，王世贞并不有意宽容李梦阳"尺尺寸寸，模拟刻画"的习气，一再指出他"模仿多，故牵合而伤迹"，甚至刻薄地嘲笑李梦阳某些拟古之作说："令人一见匿笑,再见呕哕,不免为盗跖优孟所訾。"王世贞对李攀龙的过誉,常常遭到后人的非难,这是有一定道理的。不过,人们也不应该忽略这样一个基本事实:王世贞对李攀龙诗文创作过分注重模拟古人的倾向,也提出过许多具体而中肯的批评。他说:"于鳞拟古乐府,无一字一句不精美,然不堪与古乐府并看,看则似临摹帖耳。五言古,出西京建安者,酷得风神。大抵其体不宜多作,多不足以尽其变,而嫌于袭……排律比拟沈、宋,而不能尽少陵之变。志传之文,出入左氏、司马,法甚高。少不满者,损益今事以附古语耳。序论杂用《战国策》《韩非》诸子,意深而词博,微苦缠绕。铭辞奇雅而寡变。纪辞古峻而太琢。"上述评论虽然仍旧贯穿着"文则西汉,诗宗盛唐"这一总的美学标准,但是在每一个肯定评价之后紧接着便指出其存在的缺点,"嫌于袭""寡变""太琢"等用语虽然都很有分寸,但概括地揭示了李攀龙诗文创作的主要弊病。在《与吴明卿书》中,他批评李攀龙"必欲以古语傅时事,不尽合化工之妙"。在《与徐子与书》中,他又提出"穷态极变,光景长新"的标准,在同辈中以变化创新相勉励。《艺苑卮言》还对文学史上许多模拟剽窃的事例进行了抨击。他嘲笑黄庭坚、陈师道点窜李白、杜甫诗句以为己作的行为是"点金成铁";指出陆机诗歌的主要毛病不在偶俪,而在于"模拟多,寡自然之趣"。他还批评当时文坛模拟剽窃成风,说:"今天下人握夜光,途遵上乘,然不免邯郸之步,无复合浦之还,则以深造之力微,自得之趣寡。"这些言论,都反映了王世贞既主张复古,又反对模拟的基本观点。人们往往把主张复古与反对模拟对立起来,以为非彼即此,非此即彼。这样的认识未免过于机械。王世贞主张复古是树立一个崇高的美学标准,以对抗当时风靡文坛的种种不良风气;而反对模拟则是强调学习古人应有正确的态度与方法。主复古是立标准,抗流俗;反模拟是论创作,谈继承。标准须高,创作求变,两者相反相成,完全可以在一个总体目标下统一起来。这个总体目标就是以复古求变革。

王世贞的这一理论主张,是建立在真情说的基础上的。他在《章给事诗集序》中说:"昔人谓言为心声,而诗又其精者……是无论其张门户,树颐颏,以高下为境,然要自心而声之……后人好剽写余似,以苟猎一时之好,思躇而格杂,无取于性情之真。"在《刘诸暨杜律心解序》中又说:"夫所谓意者,虽人人殊,要之,其触于境而之于七情一也。"在这两段话中,王世贞强调,表现"心之声",表现"性情之真",是诗歌的基本职能。诗人的意虽然"人人殊",但是"触于境而之于七情"是完全一样的。正是在这一理论基础上,他既主张复古,又反对模拟,既强调学习和掌握古法,又主张"穷态极变,光景长新",同时批判了那种"好剽窃余似"的倾向。也正是在这一基本点上,王世贞的诗歌理论前承沧浪,后启三袁,成为复古派向公安派过渡的一座桥梁。

二

王世贞在《艺苑卮言》的序言中写道:"余读徐昌谷《谈艺录》,尝高其持论矣,独怪不及近体,伏习者之无门也。杨用修搜遗响,钩匿迹,以备览核,如二酉之藏耳。其于雌黄曩哲,橐钥后进,均之乎未暇也……独严氏一书,差不悖旨,然往往近似而未核,余固少所可……余所以欲为一家言者,以补三氏之未备者而已。"这段自白表明了《艺苑卮言》的写作宗旨。作者认为,在前人的诗歌理论著作中,徐祯卿《谈艺录》议论虽高,但列论汉魏而不及近体;杨慎《升庵诗话》搜罗富博,但以典故史实为主,理论高度不足;严羽《沧浪诗话》既有理论批评,又有诗法探讨,"差不悖旨",但却不够周密完备。因此,《艺苑卮言》的写作,就是为了全面评述古今作家,深入探讨诗文法度,"为一家言",以补三家之不足。我国古代诗文发展到唐代已经充分成熟,形成了前所未有的高峰,各体俱备,诸法并存,各种风格和流派争奇斗艳。文学创作的实际情况迫切要求有人从理论上对此加以总结，以启迪后人，嘉惠来者。王世贞《艺苑卮言》确定以诗文法度为研究的中心命题，正体现了这种时代的要求。他以一代宗师的身份，凭借了自己的长才博学，对成熟定型的古代诗文法度进行深入的研究。这种研究，既有统观全局的宏观气度，又有细致周密的微观剖析，对我国古代诗文理论作出了重要的贡献。《艺苑卮言》之所以确定以法度为研究的中心命题，也是贯彻复古主张的客观需要。"文则西汉，诗宗盛唐"的口号虽然为人们树立了一个崇高的美学标准，但西汉之文、盛唐之诗一如天半峨眉，可望而不可即，"伏习者"往往感到无门可入。因此，亟须从它们中间抽绎出共同的规律和法则，为复古提供具体的方法和范型，指明一条具体的路子。明代的复古运动与唐宋有一个重要的区别，唐宋的复古运动，强调恢复古道，因而虽然也顾及形式，但是更注重于内容。而明代的复古运动，不论是秦汉派还是唐宋派，首先强调掌握古法，因而虽然也兼及内容，但是更重视形式。李梦阳与何景明之间所发生的激烈争辩，焦点并不是要不要古法，而是如何掌握古法。王世贞之所以着重研究古法，就是试图为拥护复古而不得其门以入的人们指出一条学习古人的正确道路。王世贞首先强调："诗有常体，工自体中；文无定规，巧运规外。"他认为，古人已经发展得十分成熟而完美的形式必须加以继承，古人已经规定得十分合理而周密的法度不能违背。他在总结前人艺术经验的基础上，对各体诗文的法度，包括字法、句法、声律、结构、风格等等都作了详尽的规定，要求人们在创作时加以遵守。与西欧古典主义者颇为相似，王世贞对于法度的要求十分严格，有时达到近乎苛刻的程度。他说："律为音律，法律，天下无严于是者。"又说："夫律，法也，法家严而寡恩。"他认为，由于数代人的创造改进而逐步形成的近体诗，当时已经范型化，因而其法度就应该是定律，必须严格遵守，"秩然而不可乱"，就像人们必须遵守法律法令一样。不过，这仅仅是一个方面。

王世贞对法度的观点是辩证的,他既承认法度,但又不赞成死守法度,而认为难能可贵的是"超然于法之外",是"巧运规外"。王世贞还认为,最完美的法度是无歧级可寻,无声色可指,无痕迹可求的无法之法。他说:"篇法之妙,有不见句法者;句法之妙,有不见字法者。此是法极无迹,人能之至,境与天会,未易求也。"又说:"西京建安,似非琢磨可到,要在专习凝领,久之,神与境会,忽然而来,浑然而就,无歧级可寻,无声色可指。"这种无法之法其实也不是什么神秘而难以索指的东西,它就是作者自己所说的"妙合自然""一师心匠"。抒写真情实感,合乎自然之妙,仍旧是王世贞这一理论的根本原则和美学追求。

王世贞还非常重视法度的整体完美性。一首诗或是一篇文章,无论是字法、句法、篇法、声律、风格,都应该完全合乎规范,不能有一丝一毫的毛病。他说:"首尾开阖,繁简奇正,各极其度,篇法也。抑扬顿挫,长短节奏,各极其致,句法也。点掇关键,金石绮彩,各极其造,字法也。"这里所说的各极其度、各极其致、各极其造,虽然具体指的是篇章字句之法,实际上却反映了复古主义者对于整体美的严格要求。他还以七言律诗为例指出,写作这种诗体应该完全合乎规范,"五十六字,如魏明帝凌云台材木,铢两悉配,乃可耳"。他在阐述为什么诗歌尤其是近体诗应以盛唐为则时说:"盛唐之于诗也,其气完,其声铿以平,其色丽以雅,其力沉而雄,其意融而无迹,故曰盛唐其则也。"[6] 王世贞认为,律诗艺术到盛唐已经达到成熟的巅峰,盛唐的律诗气象浑成,声调响亮而平和,词采清丽而优雅,力量深沉而雄健,意象圆融而无迹,从法度的角度来衡量,达到了整体的完美与和谐,因此应该成为人们学习的典范。在《艺苑卮言》中,王世贞还论述了"格调"这一审美范畴。他说:"才生思,思生调,调生格。思即才之用,调即思之境,格即调之界。"既然作品的格调是诗人才思的表现形式,那么所谓格调,主要是指作品的声律和风格,其含义大致与严羽所说的

"气象"相近。严羽讲气象，王世贞讲格调，虽然都与内容有一定联系，但主要是描述作品的外部形态特点，这种外部形态只有通过遣词造句、篇章结构、声律风格等因素才能具体表现出来。只有通过对构成格调的基本因素的微观分析，格调才能成为可以供人模习的具体范型。从这个意义上讲，研究法度就是研究格调的组合方式，离开了法度即无所谓格调。王世贞所说的"补沧浪之不足"，重要的一点就是提出格调说，并且以法度为研究的中心，把比较抽象笼统的"气象说"具体为规律和法则，使人们易于遵循和把握。

但是，事物往往有两重性，讲法度过于具体，有时又难免产生呆滞刻板之弊。因此，王世贞又提出"离合"和"悟"这两个概念，作为学习古人、掌握古法的原则和方法。他说："法合者必穷力而自运，法离者必凝神而并归。合而离，离而合，有悟存焉。""离合"两字语本何景明，但是含义已有发展变化。"离而合"指不死守古法，似离而实合；"合而离"指太拘泥古法，似合而实离。他在《与吴明卿书》中比较自己与李攀龙的不同时说："不佞伤离，于鳞伤合。"认为自己的缺点是不全符合古法，而李攀龙的毛病则是过分拘守古法。但是"合而离者也，毋宁离而合者也"，与其拘执古法而徒得形貌，毋宁超脱古法而得其精神，这才是正确的原则。在前七子复古运动后期，文坛上确实存在"正变云扰，剽拟雷同"的风气，不少人"名为闻继，实则盗魁；外堪皮相，中乃肤立"。针对这种情况，王世贞提出"离而合"的口号，在倡导古法的同时强调不似之似的美学原则，确实向人们提示了一种学习古人的正确态度和方法。

怎样遵循"离而合"的原则，从而进一步掌握古法呢？王世贞又提出"悟"的理论。他说："文之与诗，固异象同则。孔门一唯，曹溪汗下后，信手拈来，无非妙境。"王世贞这一理论前承严沧浪，近绍徐昌谷，原非一己之独创。沧浪强调熟读古人作品，"久之自然悟入"。昌谷认为，只要"宏识诵之功"，即便不能"臻其奥"，至少也可"罕见其失"。王世贞也主张熟读涵泳,渐渍汪洋,时间一久就能达到"气从意畅,神与境合"的境界。总之,强调从古人作品本身去领悟古法,这是三人共同的地方。所不同的是,沧浪借禅为喻,讲究熟参,强调通过审美直觉去"悟入"。而王世贞则除了熟读涵泳之外,还提出"离而合"这一具体原则。沧浪追求的目标是"试以己诗置之古人诗中,与识者观之而不能辨",而王世贞却追求不似之似,批评那种亦步亦趋的学习方法为"合而离",认为"兴与境谐,神合气完"才是学习古人的极则,而诗歌创作的最高境界依然是"一师心匠",进行独立的构思和创造,诗歌法度最根本的美学标准也还是"妙合自然"。这就是王世贞对严羽"悟入说"的发展和完善。在如何学习古人的理论上,王世贞确实比严羽前进了一大步。

三

王世贞在《艺苑卮言》中还提出了"师匠宜高,捃拾宜博"的口号。前者与严羽"取法乎上"的主张相近,以西汉文、盛唐诗为典范,就体现了前者的精神;而广泛深入地评论作家作品,则体现了后者的旨趣。《艺苑卮言》对历代与当代作家作品进行了极其广泛深入的评论,这些评论显示了作者广阔的审美视野与高度的审美水平。许多精彩的评断,都是发前人之所未发,对后代也有很大影响。《艺苑卮言》评论的突出优点是评判精当,剖析入微。对李白、杜甫的评论是最典型的例子。杜甫在中唐以前的地位和声望远不及李白,元稹在《唐故工部员外郎杜君墓系铭》中不仅肯定了杜甫现实主义精神的价值,而且指出他在文学史上集大成者的地位,这的确算得上远见卓识。但是,元稹"独重子美",而对李白却有所贬抑,这又为宋人扬杜抑李的论调提供了口实。杜甫在宋代被尊为诗圣,而同样伟大的李白却受到贬抑,这也不够公平。针对这种情况,严羽大胆地提出"李杜二公正不当优劣"的看法,认为李白、杜甫两人各有所长,难以互代,真可称独具只眼。不过,严羽仅仅从李、杜诗歌总体风格方面指出他们各自的特点和优点,并没有从诗法的角度具体分析比较李、杜二人各体诗歌的长短优劣,使人感到意犹未尽。王世贞继承和发展了沧浪的理论观点,从解析诗体入手,对李、杜各体诗歌进行层次不同、角度各异的分析,从而维护了严羽的公正结论。作者首先指出,李、杜二人风格不同,面貌各异。前者气势充沛,自然清新,俊逸高畅;后者含意深刻,奇拔沉雄,戛戛独造。接着又从审美鉴赏的角度指出,李诗读后使人飘飘欲仙,杜诗读后令人唏嘘欲绝。最后又详细剖析了二人各体诗歌的长短优劣,并且得出了如下结论:李白、杜甫的五七言古诗为圣为神,各自代表了这种诗体发展的高峰。杜甫以律诗见长,李白以绝句取胜,"杜之绝,李之律"都属于变体,"不足多法"。李白乐府诗"能以己意己才发之。纵横变幻,极才人之致",但不如杜甫那种"以时事创新题"的乐府诗更有价值。这些评断态度客观,目光锐利,持论精审,剖析入微,似乎可以为争论了数百年的李、杜优劣论做一个公正的结论,对当时和后世都有良好的影响。

《艺苑卮言》评论的另一个优点是宏观把握的概括性与审美判断的准确性,以下两例可以证明这一点,他说:"屈氏之骚,骚之圣也;长卿之赋,赋之圣也。一以讽,一以颂,造体极玄,故自作者。"又说:"《孔雀东南飞》质而不俚,乱而能整,叙事如画,叙情若诉,长篇之圣也。"称屈原为"骚之圣",司马相如为"赋之圣",他们各自代表了一种文体的最高水平,并且分别指明两者各自的特点是"讽"和"颂"。这一高度概括又极其准确的审美判断,已经成为文学史上公认的结论。王世贞高度评价司马相如在赋体文学中的地位,可能与他标举"文则西汉"的批评标准,追求雄浑阔大的美学理想有一定关系。不过,就赋体文学发展演变的纵向比较而言,指出司马相如之赋作具有材富、辞丽、意高、笔雅、精神流动等优点,认为"余人皆不可及",还是基本符合实际情况的。对乐府名篇《孔雀东南飞》的评论也是如此。作者从语言风格、篇章结构、叙事特点、抒情方式四个方面做了十分简洁而准确的评论,指出这首诗语言质朴而不俚俗,结构错综变化而又秩序井然,叙事生动形象、如画如描,抒情真挚缠绵、如泣如诉,因此足称"长篇之圣"。这样的评论,在概括性和准确性方面,的确达到了很高的水平。

《艺苑卮言》评论的第三个优点是辩证分析的全面性。作者并不静止孤立地看待一个作家的优点或缺点,也不仅仅限于同时看到两个方面,而善于从优点中发现缺点,从不足中看到长处。这种多角度的分析方法,具有朴素的艺术辩证法因素。书中对李贺与黄庭坚的评论即是两例,他说:"长吉师心,故尔作怪,亦有出人意表者。然奇过则凡,老过则稚,此君所谓不可无一,不可有二。"又说:"黄意不满苏,直欲凌其上,然固不如苏也。何者?愈巧愈拙,愈新愈陈,愈近愈远。"唐代诗歌发展到大历以后,渐趋平庸靡弱,韩愈、李贺等人欲以奇险纠之,在艺术上力创新路,作出了可贵的努力。李贺诗歌以瑰丽的语言、独特的构思、奇特的意境而卓然独立,自成一格。王世贞所说的"出人意表",就是肯定这种成就。但李贺在创作上确实存在过于求奇的毛病。朱熹说"怪得些子",严羽说"瑰诡",都是指此而言。王世贞从美学的高度予以总结并指出:过分地追求新奇,反而会变成平凡;不适当地追求苍老,反而会显得浅稚。过犹不及,而且往往走向反面。这一深刻的见解,曾经得到清代著名文学批评家叶燮的认同和赞许。[7] 从"诗宗盛唐"的标准出发,王世贞在《艺苑卮言》中对苏轼和黄庭坚的评价都不免"过尔剪抑",不够公平,这是事实。但是在比较二人诗歌优劣时,他的观点却具有辩证的因素。他指出,黄诗之所以不及苏诗,就是因为黄庭坚违背了美学上"适度"的原则,不适当地追求工巧和新奇,结果意与愿违。"愈巧愈拙,愈新愈陈",终于走向反面。

《艺苑卮言》评论的第四个优点是历史评价的客观性。作为后七子的领袖人物，王世贞是复古运动的热烈鼓吹者。"文则西汉，诗宗盛唐"的确是他评论作家时首先考虑的美学标准。但是，在评述文学史上具体的风格流派和作家作品时，他往往能从实际情况出发，力求得出客观公正的结论，而不是简单的肯定或否定。例如对建安以后发展起来的诗文偶俪化倾向，历代的复古主义者都采取比较极端的否定态度。王世贞对六朝绮靡文风，从总体上说也是不满意的。但是，在具体评论六朝文学的功过时，他却能坚持历史的眼光，从诗歌发展的过程作全面的考察，给予批判的肯定。他不赞成笼统地看问题，认为，有些人一谈到西京建安，便轻视陶、谢，这是一知半解。岂止陶、谢，即便是齐梁时代的文学，也有值得吸取的长处。他也反对割断历史看问题，他指出：六朝文风虽然"衰飒"，但初唐律诗的形成却与偶俪声律的讲求有密切关系；三谢诗歌虽不如汉魏诗歌浑成，但沈、宋律诗的成熟却受益于三谢，孕育于陈隋。这种历史的、客观的态度，较之完全否定六朝文学的极端看法，无疑要全面深刻得多了。对盛唐诗美的向往和追求，的确是贯穿王世贞诗歌评论的基调，而且在一定程度上影响了他对中唐以后的诗歌作出恰如其分的评判。但是，这也并没有妨碍他对中晚唐的优秀作品给予实事求是的肯定。例如他说："七言绝句，盛唐主气，气完而意不尽工；中晚唐主意，意工而气不甚完。然各有至者，未可以时代优劣也。"作者认为，作为一代诗风，盛唐与中晚唐绝句虽有主气与主意的区别，但盛唐绝句气势充沛而"意不甚工"，中晚唐绝句构思精巧而"气不甚完"，两者各有长短，不能以时代而强分高下。对一向为七子所不齿的中晚唐五言诗作者，王世贞认为也有权德舆、武元衡、马戴、刘沧等人可以称得上是"铁中铮铮者"。这样的看法，在前后七子中算得上是比较通达公允之见。

《艺苑卮言》特别重视作家风格的描述和评论。用形象的描写和生动的比喻摹状作家的风格特征,是我国古代风格论的民族特点之一,为历代诗论家所乐于采用。王世贞继承和发扬了这一传统方法。《艺苑卮言》集中品评了两百多位当代作家的风格特征,人物数量之众多,比喻描绘之形象生动,都达到了前无古人的程度。尽管有人批评他有恃才炫博的倾向,某些品评也还不够准确,但这并不影响他对古代风格论所作的杰出贡献。《艺苑卮言》对当代作家风格的品评有两点特别值得注意:一是大胆冲破某些封建文人喜欢捧场的陋习,敢于对权威人士提出率直的批评,尖锐泼辣,不留情面。二是涉及面异常广泛,几乎囊括了明代嘉靖以前所有的重要作家,对于后人研究和把握明代文学的全貌,有很大帮助。作为一个优秀的批评家,王世贞气度不凡,知错必改。《艺苑卮言》对历代作家的评论,确实存在一定的片面性,主要是对中晚唐以及宋、金、元的作家评价过低,把白居易、苏轼、陆游排斥在正宗之外。这反映了"诗必盛唐"这一美学标准本身的局限性。不过,王世贞称白、苏、陆三人为他们自己时代的"广大教化主",并指出他们艺术上的共同特点是"情事景物之悉备",这样的评价,大体上也没有违背历史事实。还应该指出,王世贞对白居易和苏轼的评价存在着前后矛盾的现象。根据历史记载,王世贞平生酷爱白乐天与苏东坡。李维桢《王凤洲先生全集序》说:"先生于唐好白乐天,于宋好苏子瞻。"刘凤《王凤洲先生弇州续集序》说:"弇州晚年病亟,犹恒手子瞻集。"形成这种矛盾现象的原因,主要是后期思想的变化,还可能是他有意要把论道和私爱两件不同的事情加以区分。王世贞对当代作家的评论,也存在同样的问题。一方面对七子的领袖人物如李梦阳、何景明、李攀龙等评价过高,誉之为"一代词人之冠",另一方面对李东阳、归有光、文征明等人则有不同程度的贬抑。对此,他晚年曾公开加以检讨纠正,不仅承认自己当初对李东阳乐府的评论既不切当,又伤儇薄,而且赞扬它是"天地间一种文字"。归有光曾很不客气地指责王世贞为"妄庸巨子",但是,王世贞不计前嫌，在《归太仆赞》中诚挚地说："千载有公，继韩欧阳。余岂异趋，久而始伤。"对归有光的创作成就给予高度评价。他还承认自己"少年时不经事"，对文征明不够尊重。文征明死后，他亲为作传，在《艺苑卮言》中，对文征明的道德文章也多所颂扬，以实际行动改正了错误。任何一个优秀的批评家都不可能没有过失，难能可贵的是知错即改。王世贞以一代文坛泰斗的身份，却不文过饰非，这种开阔的胸襟和磊落的情怀，更加令人钦佩。

（本文发表于《文史哲》1989年第2期）

【注释】

　　[1] 胡应麟《诗薮》。
　　[2] 袁中道《袁中郎先生全集序》。
　　[3] 李梦阳《空同集》卷五〇《诗集自序》《鸣春集序》。
　　[4] 何景明《大复集》卷一四《明月篇序》、卷三二《与李空同论诗书》。
　　[5] 以下所引王世贞语，凡未注出处者，均出自《艺苑卮言》。
　　[6] 王世贞《弇州四部稿》卷六五《徐汝思诗集序》。
　　[7] 叶燮《原诗》外篇下："世贞评诗，有极切当者，非同时诸家可比。'奇过则凡'一语，尤为学李贺者下一痛砭也。"

王世贞的作家评论

——《艺苑卮言》研究之三

《艺苑卮言》的作家评论,内容精深博大,淹贯古今,显示了作者广阔的审美视野和很高的审美水平。正如明人屠隆所说:"元美作《艺苑卮言》,鞭挞千古,搭击当代,笔挟风霜,舌掉电光,天下士大夫读其文章,想其风采。"[1]《艺苑卮言》对《诗经》、《楚辞》、诸子百家、汉赋、汉乐府、魏晋南北朝诗歌、汉唐散文、唐诗以及宋、金、元、明各代的诗歌散文作家,进行了品评,其范围之广泛,内容之丰富,立论之大胆,见解之深刻,实为历代诗文理论著作所罕见。

《艺苑卮言》作家评论的突出优点是评判精当,剖析入微。对李白、杜甫诗歌创作的评价是最典型的例子。李白与杜甫在我国诗歌史上一如双峰并峙,辉耀千古,这一看法如今几乎已成定论。不过,杜甫在唐代的地位和声望却远不及李白。元稹在《唐故工部员外郎杜君墓系铭并序》中高度评价杜甫诗歌现实主义精神的价值和文学史上集大成者的重要地位,对后代影响至深。但是,元稹在文章中"独重子美",明显地贬抑李白,这又为后人扬杜抑李提供了口实。宋、明两代,杜甫被尊为诗圣,成为人们竞相模习的典范,而同样伟大的李白却受到一定程度的贬低和冷遇,以至于有人说:"李、杜齐名,真忝窃也。"针对这种情况,严羽力排众议,大胆提出了不同看法。他说:"李、杜二公,正不当优劣。太白有一二妙处,子美不能道;子美有一二妙处,太白不能作。子美不能为太白之飘逸,太白不能为子美之沉郁。"[2]在宋人一片扬杜抑李声中,这样的看法真可谓"独具只眼"。不过,严羽主要从李、杜总体风格的比较,分析二人各自的特点和优点,而没有从诗法和诗体的角度具体评述李、杜各体诗歌,使人感到意犹未尽。王世贞继承和发展了严羽的理论观点,从探讨诗法,辨析诗体入手,对李、杜各体诗歌进行了层次不同、角度各异的分析和评价,从而维护和发展了严羽的理论观点。他说:"五言古、《选》体及七言歌行,太白以气为主,以自然为宗,以俊逸高畅为贵;子美以意为主,以独造为宗,以奇拔沉雄为贵。其歌行之妙,咏之使人飘扬欲仙者,太白也;使人慷慨激烈,歔欷欲绝者,子美也。《选》体,太白多露语率语,子美多稚语累语,置之陶、谢间,便觉伧父面目,乃欲使之夺曹氏父子耶?五言律、七言歌行,子美神矣,七言律圣矣。五、七言绝,太白神矣,七言歌行圣矣,五言次之。太白之七言律,子美之七言绝,皆变体,间为之可耳,不足多法也。"又说:"太白古乐府,窈冥惝恍,纵横变幻,极才人之致,然自是太白乐府"。"青莲拟古乐府,以己意己才发之,尚沿六朝旧习,不如少陵以时事创新题也。少陵自是卓识,惜不尽得本来面目耳"。又说:"十首以前,少陵较难入;百首以后,青莲较易厌。扬之则高华,抑之则沉实,有色有声,有气有骨,有味有态,浓淡浅深,奇正开阖,各极其则,吾不能不伏膺少陵。"作者首先指出,李、杜二人诗歌风格不同,面貌各异。前者气势充沛,自然清新,俊逸高畅;后者含意深刻,沉雄奇拔,戛戛独造。从审美鉴赏的角度看,李诗读后使人飘飘欲仙,杜诗读后令人歔欷欲绝。接着,又详细比较分析了二人各体诗歌的长短优劣,并且得出了如下结论:

(一)李白的五、七言绝句与七言歌行,杜甫的五、七言律诗、七言歌行为圣为神,各自代表了这种诗体发展的高峰。(二)杜甫以律诗见长,李白以绝句擅胜,而杜甫的绝句,李白的律诗,都属于变体,"不足多法"。(三)李白的拟古乐府,虽然"纵横变幻,极才人之致",有独特的风格,为拟古乐府之极诣。但是与杜甫那种"以时事创新题"的乐府诗相比,毕竟略逊一筹。

这些评论,态度客观,持论精审,为争论了数百年的李、杜优劣论做了一个公正的历史总结。这里还应该指出两点:一是说李白和杜甫的《选》体往往有露语、率语和稚语、累语,虽然并没有完全背离事实,但是认为它们与魏晋古诗相比,"便觉伧父面目",却反映了作者过分追求浑成典雅之美的复古主义思想偏见。再是认为李白诗歌在风格的丰富性和多样性方面不及杜甫,这大体上也是不错的,但是由此而简单地得出少陵难入、青莲易厌的结论,虽然见解独特,也不是完全没有道理,但也多少残留了明代诗坛重杜轻李的文学思潮的影响。

《艺苑卮言》评论的另一个优点是宏观把握的概括性和审美判断的准确性,对骚赋和汉乐府诗的评论可以为代表。他说:"屈氏之骚,骚之圣也;长卿之赋,赋之圣也。一以讽,一以颂,造体极玄,故自作者。"又说:"《孔雀东南飞》质而不俚,乱而能整,叙事如画,叙情若诉,长篇之圣也。"在第一则评论中,作者称屈原的作品是"骚之圣",司马相如的作品是"赋之圣",各自代表了一种文体的最高水平,并且分别指出两者各自的特点是"讽"和"颂"。这一高度概括而又极其准确的审美判断,几乎成了文学史上的定论。王世贞虽然没有从正面指出两者谁优谁劣,但"讽""颂"两字,原就是一种历史的评价,简括含蓄,而贬褒自见。在众多的大赋作家中,王世贞对司马相如的评价最高,不仅称之为"赋之圣",还说:"《子虚》《上林》材极富,辞极丽,而运笔极古雅,精神极流动,意极高,所以不可及也。长沙有其意而无其材,班、张、潘有其材而无其笔,子云有其笔而不得其精神流动处。"从赋体文学本身发展演变的过程看,指出司马相如的大赋具有材富、辞丽、意高、笔雅、精神流动等优点,贾谊、班固、张衡、潘岳、扬雄等人,虽然都具备各自的优点和特点,但总的说来,都难以和司马相如并驾齐驱。这样的看法，还是有相当根据的。当然，王世贞如此高度评价司马相如可能与他标举"文必秦汉"的标准，追求雄浑阔大的美学理想有一定关系。对汉乐府名篇《孔雀东南飞》的评论也是如此，作者从语言风格，篇章结构，抒情方式，叙事特点四个方面做了十分简明扼要的分析，指出这首千古名作语言质朴而不俚俗，结构错综变化而又秩序井然，抒情缠绵真挚如泣如诉，叙事生动形象如画如描，因此足称"长篇之圣"。较之前人，这一评论在概括性和准确性方面，都达到了一个新的高度。

《艺苑卮言》作家评论的第三个优点是辩证分析的全面性。作者善于从优点中发现缺点，从不足中看到长处，这种多角度和多层次的分析方法，具有朴素的艺术辩证法因素。对李贺与黄庭坚诗歌创作的评论，是突出的两例。他说："长吉师心，故尔作怪，亦有出人意表者。然奇过则凡，老过则稚，此君所谓不可无一，不可有二。"唐代诗歌创作发展到大历以后，浙趋平庸靡弱。韩愈、李贺等人欲以奇险纠之，在艺术上力创新路，作出了可贵的努力。李贺的诗作以瑰丽的语言，独特的构思和奇崛的意境而卓然独立，自成一家，受到前人极高的评价。杜牧甚至说："使贺且未死，少加以理，奴仆命《骚》可也。"[3] 王世贞所说的"出人意表"，就是肯定李贺这种创造性的成就。不过，李贺毕竟只活了二十七岁，他还没有来得及建立自己成熟统一的风格。而在艺术上刻意求新求深的结果，也使他的诗歌有过于奇险晦僻的倾向。朱熹说："李贺较怪得些子，不如太白自在。"[4] 严羽所说的"瑰诡"，都是批评这种倾向。对李贺诗歌创作的这种情况，王世贞从美学的高度加以总结：过分地追求新奇，反而会变成平凡；不适当地追求苍老，反而会显得浅稚，过犹不及，而且往往走向反面。这种深刻的见解，曾经受到清代著名文学理论家叶燮的认同和赞许。[5] 对黄庭坚诗歌的评价则又是一例，他说："黄意不满苏，直欲凌其上，然固不如苏也。何者？愈巧愈拙，愈新愈陈，愈近愈远。"因为囿于

"诗必盛唐"的美学偏见,王世贞对唐代大历以后,尤其对宋、金、元各代的诗歌有所贬低,这是事实。但是在比较苏、黄二人诗歌优劣时,他对黄庭坚诗歌缺点的批评却相当深刻。黄庭坚是我国文学史上影响最大的诗人之一,他所开创的江西诗派,不仅风靡整个宋代诗坛,其流风余韵,绵延将及千年之久。对黄诗的具体评价是非常复杂的问题,绝非一个简单的判断所能囊括。有机会当另文研究。为了避免浅俗轻靡之弊,黄庭坚往往过分追求奇崛之风,损伤了诗歌的自然之美。这一点,他的同时代人也曾指出。陈师道《后山诗话》说他"过于出奇",魏泰《临汉隐居诗话》言其"句虽新奇而气乏浑厚",都是批评黄诗这种缺点。王世贞认为黄诗之所以不及苏诗,就是因为违背了美学上均衡适度的原则,不适当地追求工巧与新奇,结果却意与愿违,"愈巧愈拙,愈新愈陈",终于走向了反面。这样精辟的见解,对后人确实富有启示性。

二

作为明代后七子的领袖人物,王世贞是复古运动的积极参与者和热情鼓吹者,复古运动的主要口号"文必秦汉,诗必盛唐"是贯穿《艺苑卮言》作家评论的主要美学标准,这在相当程度上影响乃至局限了他在作家评论中的客观性和公正性。就一代文学而言,他片面推崇秦汉散文,对成就辉煌的唐宋散文加以贬低,称之为庸,称之为陋;过分称颂汉魏、盛唐之诗,而对中唐以后,尤其是对宋、金、元的诗歌,否定过多。就具体作家而言,他对唐、宋两代的大诗人如韩愈、白居易、苏轼、陆游等等,都不免"过尔剪抑",提出过一些片面的看法。即使对于李白和杜甫,也认为他们的《选》体是变《风》,不仅难以与曹、刘相比,甚至难以与陶、谢匹敌。这种缺乏发展观点的评论,反映了复古主义思想固有的局限。但是,这仅仅是问题的一个方面。在具体评价文学史上各种风格流派和作家作品时,王世贞却能够从实际情况出发,力求作出客观公正的结论。例如对建安以后发展起来的诗文偶俪化倾向,历代的复古主义者往往采取一种极端的态度。陈子昂曾经感叹:"文章道弊五百年矣,汉魏风骨,晋宋莫传……仆尝暇时观齐梁间诗,彩丽竞繁而兴寄都绝,每以永叹。"[6]李白则进一步认为:"自从建安来,绮丽不足珍。"[7]韩愈更是刻薄地讽刺:"齐梁及陈隋,众作等蝉噪。搜春摘花卉,沿袭伤剽盗。"[8]明代前七子领袖李梦阳,也曾以"靡"和"媚"两字来概括六朝文学的基本特征。[9]应该承认,对于六朝文学的这种激烈批判,在文学史上确实起过改变风气的作用。但是如果客观冷静地予以反省,其实这种看法也不免有矫枉过正之弊。历史上每一种文体的成熟,往往需要经过长期酝酿、积累和孕育的过程。魏晋南北朝时期,随着儒家大一统思想的离析,文学开始从自发走向自觉,诗歌创作渐趋普及。唐人李谔曾经严厉批评:"魏之三祖,更尚文词,忽君人之大道,好雕虫之小艺。下之从上,有同影响,竞骋文华,遂成风俗……遂复遗理存异,寻虚逐微,竞一韵之奇,争一字之巧……故文笔日繁,其政日乱。"[10]但是如果从相反的角度来理解,这段话不也正好说明魏晋南北朝时期文学观念的转变,统治者对文学的重视,文学创作的发展繁荣这样一种历史演变过程吗?至于李谔最后的结论"文笔日繁,其政日乱",把朝政混乱,归罪于文学艺术的繁荣,显然是倒果为因,并不符合历史事实。西汉之文帝、武帝,唐代之太宗、玄宗,都是文学创作的爱好者和提倡者,而当时却是政治清明,国力强大,足见这两者并不存在必然的因果关系。从一定意义上讲,中国文学史上的魏晋南北朝现象,也是文学自身发展过程中不可缺少的一个环节。如果说六朝文学是十月怀胎,那么唐代文学就是一朝分娩;如果说六朝文学是繁花盛开,那么唐代文学便是果实累累。总的说来,王世贞对六朝文学虽然也持批判态度,但是在具体评价六朝文学的是非功过时,他却能坚持历史的观点,从诗歌发展的全过程作客观的审视,给予批判的肯定。他说:"世人《选》体,往往谈西京建安,便薄陶谢,此似晓不晓者。毋论彼时诸公,即齐梁纤调,李杜变风,亦有可采。"又说:"吾于文虽不好六朝人语,虽然,六朝人亦那可言。皇甫子循谓藻艳之中有抑扬顿挫,语虽合璧,意若贯珠,非书穷五车,笔含万化,未足云也。此固为六朝人张价,然如潘左诸赋及王文考之《灵光》、王简栖之《头陀》,令韩柳授觚,必至夺色。"又说:"六朝之末,衰飒盛矣。然其偶俪颇切,音响稍谐,一变而雄,遂为唐始,再加整栗,便成沈宋。人知沈宋律家正宗,不知其权舆于三谢,囊钥于陈隋也。"这三段话分别阐明了有关六朝文学评价的三个重要问题:一是不同意何景明提出的"诗弱于陶,谢力振之,然古诗之法亦亡于谢"的观点。王世贞认为,人们在重视西京、建安古诗的同时,不应该鄙薄陶、谢,岂止陶、谢,即便是齐梁纤艳的诗体,李、杜变创的风格,都有值得学习借鉴之处。二是认为六朝作家如潘岳、左思、王延寿之辞赋骈文,辞采华艳,音韵铿锵,内容富博,笔势飞动,即使与唐代名家韩柳相比,也有自己的长处。三是指出六朝偶俪诗文风格虽然衰飒,但唐初律诗的成熟却与偶俪声律的讲求有密切关系;三谢作品虽不如汉、魏之浑成,但沈、宋律诗的产生却受启于三谢,孕育于陈隋。这种认识,虽然并未完全摆脱"文必秦汉,诗必盛唐"的观念的局限,但比起那种完全否定六朝文学的极端态度,无疑要全面深刻多了。

对盛唐诗美的向往和追求,在一定程度上也影响了王世贞对中唐以后诗歌创作的公正评价,但是,并没有妨碍他对其中优秀作家作品给予实事求是的肯定。例如他说:"七言绝句,盛唐主气,气完而意不尽工;中晚唐主意,意工而气不甚完。然各有至者,未可以时代优劣也。"从风格学的角度指出,作为一代诗风,盛唐绝句与中晚唐绝句有主气与主意的差别,盛唐绝句气势充沛,风格浑成而"意不尽工",中晚唐绝句构思精巧,描写细腻,而"气不甚完",两者各有长短,不能因为时代不同而强分高下。对一向为明七子所不齿的中晚唐五言诗作者,他认为也有权德舆、武元衡、马戴、刘沧等人可以称得上"铁中铮铮者",并没有一概加以否定。这样的看法,也是比较公允通达的。

王世贞对白居易、苏轼和陆游,都有不同程度的贬抑。他说:"诗自正宗而外,如昔人所称广大教化主者,于长庆得一人,曰白乐天;于元丰得一人焉……曰陆务观,为其情事景物之悉备也。然苏之与白,尘矣;陆之与苏,亦劫也。"王世贞把白居易、苏轼、陆游这三位大诗人排斥在正宗之外,这当然是复古主义者的偏见。不过他同时又认为白、苏、陆三人分别是中唐、北宋、南宋时代最杰出的诗人——广大教化主。他们的诗风虽然缺乏盛唐诗人那种浑成之美,但在抒情、叙事、写景方面却能曲尽其致,各有所长。对三人历史地位的评价和艺术特征的概括,还是比较客观的。王世贞对白居易的批评比较尖锐,他引用苏轼的评论说:"'元轻白俗,郊寒岛瘦',此是定论。"白居易是唐代最杰出的诗人之一,他的诗歌在批评时政和语言通俗化方面成就尤为突出。不过,诗人自己最重视并大力提倡的新乐府作品,其艺术成就和影响反倒远不如《长恨歌》《琵琶行》一类言情之作。这类"善状风态物色"的作品,虽然风靡当世,后世也无人能及。杜牧"纤艳不逞""淫言媟语"的批评当然不对,而苏轼指出的"乐天善长篇,但格制不高,局于浅切,又不能变风操,故读而易厌",现在看来也不全妥当。苏轼是浑成之美的向往者,他对白居易诗的批评,有美学崇尚方面的原因,也有事实的依据。白居易某些作品(例如大量的唱和诗,新乐府中的某些篇章),确实存在这样的缺陷。王世贞在肯定白居易历史地位和艺术成就的同时,赞同苏轼的意见,指出白诗之不足,同样既有美学崇尚方面的原因,也有一定的客观事实的依据。应该说明的是,王世贞对白居易和苏轼的评价存在着前后矛盾的现象。根据历史记载,王世贞平生酷爱白居易与苏轼的作品。李维桢《王凤洲先生全集序》说:"先生于唐好白乐天,于宋好苏子瞻。"刘凤《王凤洲先生弇州续集序》也说:"弇州晚年病亟,犹恒手子瞻集。"形成这种矛盾现象的原因,主要是思想感情的变化。由于政治上的失意,作者晚年逐渐丧失了早期的锋芒和锐气,因而慕白居易之知足常乐和苏轼之豁达超脱。除此之外,坚持"诗必盛唐"的标准是论道,好白乐天、苏子瞻是私爱,作者可能有意要把两者加以区别,这也是造成上述矛盾现象的原因。

三

《艺苑卮言》对当代作家作品的评论有两个显著的特点:一是涉及范围极其广泛,几乎囊括了明代嘉靖之前一切重要的作家。二是立论大胆,率意直言。这样,自然会引起种种不满与纷争。钟嵘当年如此,王世贞当时也是如此。他在《艺苑卮言·序二》中曾经追述道:"二三君子以余称许之不至也,恚而私訾之。未已,则请绝讯讯,削名籍。余又愧不能答。嗟夫!即其人幸而及余之不明,而以拙收,不幸而亦及余之不明,而以美遗。余不明时时有之,然乌可以恚訾力迫而夺也夫。"足见作者直言不讳的贬褒品评招致了不少友人和作者的不满和误解,这使他感到深深的遗憾和悲哀。

《艺苑卮言》首先异常重视当代作家风格特征的描述和评论。用形象的描写和生动的比喻摹状作家的主要风格特征,这是我国古代风格论的重要特点之一,这种传统方法为历代诗论家所乐于采用,钟嵘、司空图、敖器之、朱权等人,就是其中突出的代表。《艺苑卮言》继承和发扬了这种传统,集中描述和评论了当代两百多位重要诗文作家的风格特征,把摩神取象的方法发挥到淋漓尽致的程度。当然,因为用比喻描述作家的风格,牵涉到的人数如此众多,而有些作家本身又缺乏鲜明的风格特征,所以其中难免有重复雷同或失实欠当之处。但是绝大多数相当准确、生动和形象,对后人认识和把握明代文学的全貌有很大帮助。

其次《艺苑卮言》的作家评论,一反某些封建时代文人喜欢捧场的陋习,敢于对权威人士以及知交好友提出直率的批评,尖锐泼辣,不留情面。例如宋濂、杨士奇、李东阳、王守仁都是一代名臣,生前地位极其尊崇。但是王世贞在肯定他们文章优点的同时,也敢于对其缺点提出大胆的批评,并不稍加宽贷。对前辈李梦阳和好友李攀龙创作中的缺点,也提出了许多批评。他不满李梦阳"尺尺寸寸,模拟刻画"的习气,一再批评李"模仿多,故牵合而伤迹"。李攀龙是王世贞的好友,但正是他对李攀龙一味模拟古人的倾向提出了许多具体而中肯的批评,说:"于鳞拟古乐府无一字不精美,然不堪与古乐府并看,看则似临摹帖耳。五言古,出西京、建安者,酷得风神,大抵其体不宜多作,多不足以尽变,而嫌于袭……排律比拟沈、宋,而不能尽少陵之变。志传之文,出入左氏、司马,法甚高。少不满者,损益今事以附古语耳。序论杂用《战国策》《韩非》诸子,意深而词博,微苦缠绕。铭辞奇雅而寡变,纪辞古峻而太琢。"这段话全面评述了李攀龙诗文创作的得失,在每一个肯定评价之后,紧接着便指出其所存在的缺点。"似临摹帖","嫌于袭","寡变","太琢",这些用语明白无误地揭示了李攀龙文学创作的主要弊病——过分注重模拟因袭。可惜这种率直中肯的批评,不仅没有被接受反而使心高气傲的李攀龙大为不满。他在与许邦才的信中说:"姑苏梁生出《卮言》以示,大较俊语辨博,未敢大尽,英雄欺人。所评当代诸家,语如鼓吹,堪以捧腹矣。"针对李攀龙的不满,王世贞回答说:"夫以余之不长誉仅尔,而尚无当于于鳞。令余遂当于麟,其见恚宁止二三君子哉?"表明了不怕误解,不徇私情的坚定态度。

《艺苑卮言》是王世贞早期的作品,后来他自己曾反省说:"余作《艺苑卮言》时,年未四十,与于鳞辈是古非今,此长彼短,未为定论。行世已久,不能复秘,唯有随时改正,勿误后人。"曾经尖锐批评明代复古主义的钱谦益,也在引用这段话时称赞道:"元美之虚心克己,不自掩护如此。"[11]这种坦诚的自我批评,显示了大批评家的风范。在门户林立、意气用事之风极盛的明代,尤其显得难能可贵。《艺苑卮言》在对前后七子评价过高的同时,王世贞对李东阳、归有光、文征明等人则有不同程度的贬低。对此,他在晚年也公开加以检讨,不仅赞扬李东阳的乐府诗是"天地间一种文字"[12],而且承认自己当初的批评既不切当,又伤儇薄。归有光曾经不客气地指责王世贞是"妄庸巨子",但是他不计前嫌,在《归太仆赞》中诚挚地说:"千载有公,继韩、欧阳,余岂异趋,久而始伤。"对归有光的创作成就给予高度的评价。他还承认"少年时不经事",对文征明不够尊重。文征明去世后,他亲为作传,对文的道德文章多所褒奖。任何一个优秀的批评家都不可能没有失误,王世贞身为一代文坛泰斗,能够不文过饰非,公开承认自己的缺点错误,这种豁达的胸襟和磊落的情怀,责之当世,也颇足启人深省。

(本文发表于《杭州师范学院学报》1989 年第 5 期)

【注释】

[1] 屠隆《鸿苞》卷一一。
[2] 严羽《沧浪诗话·诗评》。
[3] 杜牧《樊川文集》卷一〇《李贺集序》。
[4] 朱熹《朱子语类》卷一四〇。
[5] 叶燮《原诗》外篇下。
[6] 陈子昂《陈伯玉文集》卷一《与东方左史虬修竹篇序》。
[7] 《分类补注李太白诗》卷一一《古风》。
[8] 韩愈《昌黎先生集》卷二《荐士》。
[9] 李梦阳《空同集》卷五十五《章园饯会诗引》。
[10] 《隋书》卷六六《李谔传》。
[11] 钱谦益《列朝诗集小传》丁集上。
[12] 王世贞《弇州读书后》卷四《书李西涯古乐府后》。

析"诗能穷人"

——《艺苑卮言》研究之四

一

王世贞在《艺苑卮言》中认同并强调了这样一个命题:"诗能穷人。"这一命题的具体意义究竟是什么,它是在怎样的社会历史条件和政治文化背景下被重新提出的?剖析这些问题,对于我们深入了解明代复古主义思潮的本质,认识明代以至整个封建专制时代的文学面貌,都是会有帮助的。

"诗能穷人"是一个古老的命题。在漫长的封建专制社会中,诗人的荣耀往往是和悲剧的命运紧紧联系在一起的。早在两千多年以前,屈原就已经发出过深沉的慨叹:"惜诵以致愍兮,发愤以抒情。"(《楚辞·九章·惜诵》)这似乎在预示着中国后代诗人都将走过一条艰难而痛苦的人生路程。对于这种历史文化现象,古代文学理论家曾多次加以描述和总结。司马迁在《太史公自序》中说过一段著名的话:"夫《诗》《书》隐约者,欲遂其志之思也。昔西伯居羑里,演《周易》;孔子厄陈、蔡,作《春秋》;屈原放逐,著《离骚》;左丘失明,厥有《国语》;孙子膑脚,而论兵法;不韦迁蜀,世传《吕览》;韩非囚秦,《说难》《孤愤》;《诗》三百篇,大抵贤圣发愤之所为作也。此人皆意有所郁结,不得通其道也,故述往事,思来者。"司马迁所列举的上述例子,有些并不完全符合历史事实。但是他所提出的"发愤著书"说,却概括了古代中国封建文化的一条规律。唐、宋以后,这个问题引起了文学理论家的普遍重视,杜甫、韩愈、欧阳修、梅尧臣、苏轼、陆游等人都曾经对此有所论述。杜甫在《咏怀古迹》中写道:"庾信平生最萧瑟,暮年诗赋动江关。""平生最萧瑟"和"诗赋动江关",正说明了这样一种相反相成的关系。韩愈则提出了"不平则鸣"的口号,他还进一步指出:"夫和平之音淡薄,而愁思之声要妙;欢愉之辞难工,而穷苦之言易好也。"[1]欧阳修继承和发展了韩愈的理论,他在《梅圣俞诗集序》中这样写道:"予闻世谓诗人少达而多穷。夫岂然哉?盖世所传诗者,多出于古穷人之辞也……然则非诗之能穷人,殆穷者而后工也。"明确提出了"穷而后工"的观点。梅尧臣与陆游也同意这样的看法,他们说:"少陵失意诗偏老,子厚因迁笔更雄"[2]。"诗情剩向穷途得,蹭蹬人间未必非"[3]。苏轼不完全同意欧阳修的看法,他在《答陈师仲书》中直截了当地说:"诗能穷人,所从来尚矣,而于轼特甚。"在其诗中又说:"人生识字忧患始","平生文字为吾累"。苏轼的看法可能与他个人政治生活的特殊经历有关,但是,从承认"穷而后工"的现象,发展到提出"诗能穷人"的理论,无疑是对封建专制社会本质认识的深化。正是在这样的基点上,王世贞在新的历史条件下认同并再次强调了苏轼所提出的这一命题,他说:"古人云'诗能穷人',究其质情,诚有合者。今夫贫老愁病,流窜滞留,人所谓不佳者,然而入诗则佳;富贵显荣,人所谓佳者,然而入诗则不佳,是一合也。泄造化之秘,则真宰默仇;擅人群之誉,则众心未厌。故申占椎琢,几乎伐性之斧;豪吟纵挥,自傅爱书之竹。矛刃起于兔锋,罗网布于雁池,是二合也。循览往哲,良少完终,为之怆然以慨,肃然以恐。"(《艺苑卮言》卷八)

王世贞认同并强调"诗能穷人"这一命题,首先是揭露封建专制社会文人政治经济地位低下的不合理现象，批评封建专制势力对历代文人的残酷迫害。为了证实自己的观点，王世贞在《艺苑卮言》中列举了从先秦到明代数百位重要文人的不幸命运和悲惨遭遇，依据不同情况，分别将其归纳为贫困、嫌忌、玷缺、偃蹇、流贬、刑辱、夭折、无终、无后九个大类。通过这种空前的大规模排比查证，作者以充分的历史事实，有力地控诉了封建专制制度的罪恶。在儒家大一统文化背景笼罩之下，我国古代文人的社会地位一向十分低下。司马迁曾经指出："文史星历，近乎卜祝之间，固主上所戏弄，倡优蓄之，流俗之所轻也。"[4]魏晋以降，文学逐渐摆脱经学的附庸地位而获得了相对的独立，文人的社会地位也有了一定的提高。唐宋之后的科举制度，又使文学成为士人们通向仕途的重要手段。但是在封建专制社会中，仕进之路是一条布满荆棘的道路，能够"跳龙门"的幸运者在士人中毕竟占极少数。汉代的推举制，魏晋南北朝的九品中正制，到后来实际上都蜕变为统治集团垄断和压制人才的工具。汉代民谣说："直如弦，死道边；曲如钩，反封侯。"左思《咏史》说："世胄蹑高位，英俊沉下僚。"形象地揭露了这种制度的腐败。就是隋唐以后的科举制，愈到后来其弊病也愈加严重，科场和官场一样，舞弊成风，贿赂公行，大批真正有才能有学问的士人往往老困名场，颠踬不振，所谓"鬓毛如雪心如死，犹作长安下第人"，"十上十年皆下第，一家一半已成尘"，这些诗句正是他们悲惨处境的写照。没有获得科名官位的士人，在经济上常常陷入困境，为贫困所煎熬。汉人赵壹说过："文籍虽满腹，不如一囊钱。"诗人鲍照也说："自古圣贤皆贫贱，何况我辈孤且直。"杨炯说："宁为百夫长，胜作一书生。"杜甫说："纨袴不饿死，儒冠多误身。"李白说："吟诗作赋北窗里，万言不直一杯水。"这些诗句绝不仅仅是个人失意牢愁的发泄，更重要的是表达了对封建专制制度的抗议。针对这种情况，王世贞在"贫困"条中列举了从先秦"箪食瓢饮"的颜渊到明代"糊口四方"的谢榛等五十余位杰出作家的贫困处境,从而抨击了封建社会人才制度的不合理。他举例说,庄周贷粟监河,太史无赂赎罪。东方朔苦饥欲死,司马相如家徒四壁……像庄周、司马迁、东方朔、司马相如这样一流文人的处境尚且如此狼狈,更遑论其余!在不合理的封建专制制度之下,文人不仅备受贫穷的煎熬,他们的杰出才能反而往往成为灾难的源头。在"偃蹇"类中,王世贞列举了从先秦荀况到明代王慎中等六十多位优秀作家坎坷沦落的命运,从而揭露了封建专制社会摧残人才的罪恶。在这种不合理的制度下,文人不仅经济地位低下,命运坎坷,而且还会遭到来自各方面的谗毁和嫉恨。他在"嫌忌"类中指出:屈原见忌上官,韩非见忌李斯,蔡邕见忌王允,杨修见忌魏武,陆机见忌卢志,张九龄见忌李林甫,白居易见忌李德裕,苏轼见忌舒亶……这些历史上著名的大文学家,有的因为刚正不阿而遭到毁谤,有的因为才能杰出而受人忌妒,轻则罢官流放,沦落终生,重则被刑遭杀,丢掉性命。正如王世贞所说:"或以材高畏逼,或以词藻惭工,大则斧质,小犹贝锦。"[5]而最高统治者的裁决又往往总是是非颠倒,黑白不分。先秦屈原之与上官,唐代张九龄之与李林甫都是典型的例子。不仅如此,封建统治者还常常随意使用残酷的手段,对文人进行镇压和惩罚。在"流贬""刑辱"和"无终"等条目中,王世贞列举了从屈原到王慎中等数百名文人的悲惨遭遇,对封建统治者肆意惩罚、屠戮文人的罪行提出了悲愤的控诉:"矛刃起于兔锋,罗网布于雁池","循览往匠,良少完终"。这两句话形象地写出了封建专制社会中文人的险恶处境和悲惨命运。"诗能穷人"这一理论,正是对这种历史和现实状况的恰当描述。

二

王世贞在新的历史条件下重提"诗能穷人"的口号,其批判矛头直接针对明代高度发展的文化专制主义。处于封建社会后期的朱明王朝，一开始就采用钳制思想与残酷杀戮的双重手段来强化其统治，实行极端的文化专制主义。在《艺苑卮言》中，王世贞集中揭露与抨击了朱明王朝屠杀和迫害广大士人的种种罪行，他说："当是时，诗名家者，无过刘诚意伯温、高太史季迪、袁侍御可师。刘虽以筹策佐命，然为谗邪所间，主恩几不终，又中胡惟庸之毒以死。高太史辞迁命归，教授诸生，以草魏守观《上梁文》腰斩。袁可师为御史，以解懿文太子忤旨，伪为疯癫，备极艰苦，数年而后得老死。文名家者，无过宋学士景濂、王侍御子充。景濂致仕后，以孙慎诖误，一子一孙大辟，流窜蜀道而死。子充出使云南，为元孽所杀，归骨无地。呜呼，士生于斯，亦不幸哉！"[6]

在明王朝开国初期，为了夺取政权的需要，朱元璋的确实行过优礼儒人的政策，以招揽人才，为其所用。但是随着政权的巩固以及进一步实行君主集权的需要，他很快就暴露出专制暴君的面目，蓄意制造了多起骇人听闻的大冤狱，对属下和士人实行规模空前的镇压。朱元璋后期对士人猜忌之刻削以及手段之狠毒，实在为历代君王中所罕见。被称为明初三大诗人和两大文人的刘基、高启、袁凯、宋濂及王祎五人，除了王祎之外，几乎全部死于非命。其中刘基和宋濂都是佐命大臣，曾经为明政权的创建立下过不朽功勋。刘基被朱元璋称为"吾之子房也"，宋濂也被誉为"开国文臣之首"，深受信任和重用。但是，朱元璋在巩固了政权之后，就对他们进行打击和迫害。刘基在洪武四年（1371）六十岁时"归老于乡"，他预感到大祸之将临，便深自韬晦，以求避祸全身，最后还是被胡惟庸送来的汤药毒死，真正的主谋究竟是谁，这在历史上还是一个疑案。但是人们有理由怀疑，此事很可能是出于最高统治者的直接授意。宋濂晚年因为长孙宋慎受到胡惟庸案的牵连，"帝欲置濂死"，虽然经过皇后及太子极力营救，还是被流放到茂州。在经受了"儿孙并死"的重大精神打击之后，最终病死在蜀道上的流徙之所。如果说像刘基和宋濂这样的佐命大臣，由于卷入了政治斗争的漩涡而惨遭灭顶之灾，人们还可以理解，那么像高启和袁凯这样政治地位不高的文人，前者当三十九岁的盛年而惨遭腰斩，后者仅仅因为无法回答一个两难问题而被迫装疯，郁郁而终，这除了说明明代文化专制主义的阴森恐怖之外，实在无法作出别的解释。尤其是高启案件，这位被称为"明初第一"的天才诗人，无论是致死的罪名和处死的方式，都典型地表现了朱元璋的野蛮和残暴本性。据《明史·文苑传》记载："启尝赋诗，有所讽刺，帝嗛之未发也……知府魏观以改修府治获谴，帝见启所作上梁文，因发怒，腰斩于市。"其实何止高启，与高启并称"吴中四杰"的当时著名诗人杨基、张羽、徐贲，其结局都十分悲惨。张羽被迫投龙江自杀，徐贲瘐死狱中，杨基被罚劳作，死于工所。明代文化专制主义的阴森恐怖与残酷无情，可见一斑。

在《艺苑卮言》中，王世贞以极大的同情记录了当代许多重要文人如张丁、解缙、杨循吉、唐寅、祝允明、杨慎、桑悦、王廷陈、聂大年、俞允文、王九思、康海、卢楠、高叔嗣、皇甫汸、胡缵宗、王廷相、谢榛等人的不幸遭遇和悲剧命运。这些才华出众、个性鲜明的优秀文学家，或因触怒暴君而惨遭杀戮，或因遭谗被谤而废弃终身，或因抗颜直谏而长流边荒，或因文字惹祸而身陷囹圄，或因长才难展而放浪形骸，或因落魄穷愁而随人俯仰。他们被杀、被刑、贫困、沦落的具体原因虽然各有不同，但是很明显，造成这一切灾难的总的根源却是明代黑暗的封建专制体制，高度发展的文化专制主义。在《艺苑卮言》的各卷中，王世贞以丰富而确凿的材料，说明了在明代文化专制主义条件下"诗能穷人"的社会现实，从各方面揭露了封建统治者迫害文人的罪行。例如在"流贬"条，他列举了宋濂、瞿佑、唐肃、丰熙、王元正、杨慎、解缙、王九思、王廷相、顾璘、常伦、王慎中等著名文人的不幸遭遇。在"无终"条中，他又记叙了高启、张羽、张丁、孙贲、方孝孺等人的悲惨下场。在"刑辱"条中，他悲愤地指出："明初文士，往往输作耕佃,迩来三木赭衣（镣铐囚服）,亦所不免。"在上面列举的例子中,宋濂、高启的情况已如前述,其他最有代表性的人物有方孝孺、孙蕡、杨慎、解缙、张丁（孟兼）等等。方孝孺在统治阶级夺权斗争中遭到杀戮,其是非得失姑且置之不论,但是以杀灭十族这种惨绝人寰的手段来镇压士人,在中国历史上也算是创造了野蛮残暴的记录,充分暴露了明代统治者凶残的本性。此外,如曾被刘基推崇为明初三大作家的张丁,仅仅由于得罪了曾经当过和尚的布政使吴印,朱元璋就以为他竟敢与自己对抗,被捉回南京,活活打死。再如才思敏捷,为一时之冠的解缙,因为触怒了明成祖,竟被灌以烧酒,埋在雪中冻死。明初被称为岭南五先生的孙蕡,因为替大将军蓝玉题过画,就被指为奸党,处以极刑。著作之丰冠于明代的大文豪杨慎,因两上议大礼疏,要求罢斥桂萼、张璁,触怒世宗,被"廷杖者再,毙而复苏",谪戍云南三十余年,最后病死于戍所。

　　为了巩固自己的政权,明代的统治者实行了极端的思想文化控制,一方面大兴文字狱,无情地镇压文人;一方面推行封建理学,以八股取士,致使整个思想文化界陷入死气沉沉之中,几乎不见一点鲜活之气。为什么明朝近三百年之中,没有出现过一位像李白、杜甫、苏轼、黄庭坚、陆游那样的大诗人？复古运动也好,公安性灵说也好,这种种进步的文艺思潮,都没有孕育造就出一批像韩、柳、苏、黄那样的伟大作家,其根本原因,就是文化专制主义的高度发展和思想钳制的无比严密。所以,王世贞悲愤地喊出了这样的抗议："呜呼,士生于斯,亦不幸哉！"

<h2 style="text-align:center">三</h2>

　　王世贞写作《艺苑卮言》之时,正是朱明王朝由盛转衰之日,正德时的刘瑾擅权,嘉靖时的严嵩秉政,就是这座封建大厦摇摇欲倾的先

兆。明太祖朱元璋虽然秉性残暴,却是个精明强干的君主。为了避免出现这种情况,他预先采取了一系列防范措施,例如严惩贪官污吏,严禁内臣干政等等。但是,吏治腐败与宦官擅权乃是封建专制的天然恶果。与最高统治者的主观愿望相反,明代宦官集团的数度擅权,官僚政治的彻底腐败,厂卫特务的横行不法,这些统治集团赖以维护其政权的东西,终于异化为断送"大明三百年基业"的重要因素。而与此同时,一股批判封建专制主义的进步思潮,也在士大夫中酝酿积聚,奔突驰骤。崛起于这一时期的前后七子,正是这种思潮的代表之一。他们在政治上以节义相标榜,敢于对宦官、外戚、权臣作斗争;在思想上接受王守仁心学的影响,力求冲决封建理学的束缚;在文学上提出以秦汉、盛唐为法的复古主义口号,对当时平庸萎弱的文风展开了扫荡。据《明史·文苑传》记载,李梦阳、何景明"志操耿介","尚节义,鄙荣利,并有国士风"。李梦阳曾上书揭露外戚张鹤龄与宦官刘瑾的罪行而两度被判入狱,几濒于死,因而"直节振于天下"。何景明也曾因上书批评刘瑾而被撤职罢官。明世宗嘉靖年间,大奸严嵩秉政,王世贞与他进行了坚决斗争。早在刑部任职之时,王世贞就因执法不阿而得罪过严嵩。杨继盛下狱,他不仅时时送去汤药,而且还代杨的妻子起草上诉的状子。杨继盛被处死,王世贞又为之收尸殓葬。王世贞与名臣沈炼也保持着深厚的友谊,常有诗歌酬唱往还。这种政治上的公开对立态度使严嵩恼怒不已,无情的报复终于落到了头上。不久,王世贞的父亲王忬被严嵩构陷致死,他自己和兄弟王世懋以及友人宗臣、吴国伦等亦均遭罢官贬斥。明七子所持的这种政治态度和身受的打击迫害,进一步激发了他们对封建专制主义的批判精神。从这样的背景来看,明七子所倡导的复古运动,其实并不是单纯的文学运动,也是矛头针对明代文化专制主义的思想批判运动。王世贞提出"诗能穷人"的口号,也不单纯是文学问题,而是揭露明代文化专制主义罪行的批判性口号。

王世贞写作《艺苑卮言》之时，也正是他在政治上遭受严嵩集团沉重打击迫害之日。据《明史·文苑传》记载，当父亲王忬被处死之后，王世贞"兄弟哀号欲绝，持丧归，蔬食三年，不入内寝。既除服，犹却冠带，苴履葛巾，不赴宴会"。足见其悲痛之深沉。基于如此直接的切身体验，王世贞在《艺苑卮言》中对历代，尤其是对明代统治者实行文化专制主义，残酷迫害文人的罪行进行系统的揭露和批判，鼓吹"诗能穷人"的理论观点，鲜明地表现了对封建专制主义的不满和痛恨，这是非常自然的事情。但是，原因还不止于此。应该了解，前后七子，尤其是王世贞反对宦官权奸，批判封建专制主义的立场还有更加深刻的社会思想原因。明代中叶以后，商品经济有了长足的发展，随着封建官僚机构的进一步腐败，统治阶级对思想文化的控制也相应减弱，人们挣脱理学禁锢和争取人格独立的愿望，逐渐发展汇聚为一股社会思潮。在对程、朱理学的批评中，兴起了王守仁的心学。王氏心学虽然也是一种主观唯心主义哲学，但它在冲决理学思想束缚，启发人的独立思想和人格尊严方面，却产生过一定的作用。明七子的文学主张，明显地接受了王学的积极影响。反对平庸萎弱之风，主张文学复古；反对文化专制，主张思想的独立与解放；呼吁文学的独立与提高文人的地位，批判封建统治者迫害、虐杀文人的罪行，在一定程度上都是与这种思潮的影响分不开的。明代统治者实行文化专制主义的直接后果是扼杀了文学艺术的蓬勃生机，使得凝固僵化、平庸萎弱的文风长期笼罩着整个文坛。从弘治到嘉靖的近八十年间，七子所倡导的复古主义之所以很快为多数士人所接受和拥护，从而以席卷之势发展成为当时思想文化界的主潮，就是由于它在一定程度上反映了人们对现实状况的不满。复古运动提出"文必秦汉，诗必盛唐"的口号，作为创作的指导思想，其片面性是显而易见的，但是作为一种思想武器，却是对文坛现状的激烈批判与否定，因而引起了普遍的共鸣和响应。

为了突出显示明代文化专制主义的罪恶,《艺苑卮言》还赞美了汉文帝、魏文帝、唐玄宗等重视文学,并亲自进行文学创作的皇帝,赞美汉武帝与司马相如,汉成帝与扬雄,梁武帝与谢景涤、王暕,陈后主与张讥,北魏孝静帝与崔瞻父子,隋炀帝与柳䛒,唐玄宗与贺知章、李白等等所谓"君臣际遇"的事例,并且把他们与明代统治者作比照,从而进一步论证了"诗能穷人"和"士生于斯,亦不幸哉"的观点,这当然是有一定意义的。不过,在这种观点的阐述中,也暴露了王世贞思想理论本身的缺陷。他没有认到,也不可能认识到,正是腐朽的封建专制制度本身结出了"诗能穷人"的恶果,酿成了历代无数文人的悲剧。王世贞对文人命运的评论存在两个基本弱点:首先是无法跳出封建时代士为知己者用的传统观念的圈子。往往从遇与不遇的角度来区分文人的幸与不幸,因而有意无意地美化了某些封建君主和御用文人。例如他称赞司马相如与汉武帝的关系是"千古君臣相遇",又赞扬陈后主与张讥,隋炀帝与柳䛒、诸葛颖的关系为"宠异"。汉武帝固然不失为雄才大略的君主,司马相如也算得上是文学史上的重要作家,不过他们之间的关系实在算不上"千古君臣相遇"。对于武帝来说,文人不过是"倡优之蓄",而司马相如终其一生也不过处于御用文人的地位。至于陈后主和隋炀帝,那是历史上著名的昏君,诸葛颖更是帝王的文学弄臣,时人称之为"冶葛",这样的"宠异",实际上并不是对文学和文人的尊重和爱护,相反,正是轻视文学和文人的一种特殊表现形式,完全不值得赞美。其次,王世贞往往按照正统儒家的道德标准来评判历史人物,有时不免是非颠倒。例如在"玷缺"条中,他说韩非刻薄招忌,王充狂诞非圣,四杰皆竞轻浮,柳宗元、刘禹锡躁事权臣,王安石元丰敛怨,陆游平原失身等等,都是相当片面的看法。其中有些是与历史事实不符,如关于陆游与韩侂胄的关系,对此前人已有辨正;大部分是由于价值观念的错失颠倒,因而得出了不正确的结论。对汉代思想家王充,唐代思想家、文学家柳宗元、刘禹锡,宋代政治改革家王安石的批评,都是突出的例子。至于说"四杰轻浮",称李商隐为"浪子"等等,更是受了统治阶级"文人无行"这种观念的影响,本身就是轻视文人的表现。上述缺点,反映了封建时代上层知识分子世界观中固有的局限,对此我们虽然不能苛责,但也是应该加以鉴别。

(本文发表于《杭州师范学院学报》1991年第5期)

【注释】

[1]《昌黎先生集》卷二〇《荆潭唱和诗序》。
[2]《宛陵先生集》卷四一《依韵和王介甫兄弟舟次芜江怀寄吴正仲》。
[3]《剑南诗稿》卷一三《舟过樊江憩民家具食》。
[4]《汉书·司马迁传》。
[5][6]《艺苑卮言》卷八、卷六。

浑成之美的追求

——从一个口号的争论谈起

在明代复古主义运动蓬勃发展之时,后七子领袖李攀龙提出了一个大胆的口号:"唐无五言古诗。"口号一经提出,就引起了强烈的反响。有人赞成,有人反对,有人附和,有人保留。异见纷呈而难以统一。这个口号的确切含义和真实指向究竟何在?它是在怎样的历史文化背景下提出的?它与明代复古主义思潮有什么关系?本文试图对此作一初步探讨。

李攀龙之成为明代后七子的领袖人物,"操海内文柄垂二十年",主要并不是他的理论建树,而是由于创作的成就。他那风格高华雄浑的诗歌作品,对于后七子及其追随者在创作上具有示范作用。体现李攀龙基本美学观点的诗歌选本《古今诗删》,由于弃取失当,在当时就受到几乎众口一词的批评。他的好友王世贞指出:"始见于鳞选《明诗余》,谓如此何以鼓吹唐音。及见唐诗,谓何以衿裾古《选》。及见古《选》,谓何以箕裘《风》《雅》。乃至陈思《赠白马》,杜陵、李白歌行,亦多弃掷。岂所谓英雄欺人,不可尽信耶?"[1]胡应麟也说:"李于鳞以诗鸣,而《唐诗选》一书,去取乖方,靡关轨筏……往尝疑《诗删》匪出于麟,始得之执事,将英雄欺人,或才识异轨耶?"[2]足见这种评价已成为公论。值得注意的是,李攀龙在《古今诗删序》中讲了如下一段有名的话:"唐无五言古诗而有其古诗。陈子昂以其古诗为古诗,勿取焉。"[3]此论一出,后七子及其支持者纷纷表示赞同。王世贞说:"此段贬褒有至意。"胡应麟说:"此独造之见,尚足千秋。"而在七子的反对者中,则响起了一片批评指责之声。随着复古主义思潮的逐渐衰落,复古运动弊病的日益显露,这种批评也愈来愈激烈,同时也愈来愈趋于极端。其中最有代表性的是清初钱谦益和吴乔的意见。钱谦益说:"献吉之戒不读唐后书也,仲默之谓文法亡于韩愈也,于鳞之谓唐无五言古诗也,灭裂经术,佴背古学,而横骛其才力,以为前无古人。此如病狂之人,强阳偾骄,心易而狂走耳。"[4]吴乔则认为:"云古者,对近体而言也……李于鳞云:'唐无古诗,陈子以其诗为古诗。'全不通理。"[5]应该承认,钱、吴等人对明七子复古拟古倾向的批评,语句虽有过激之处,但对于纠正延续了一个世纪的错误倾向,却是很有必要的。问题在于作为科学的评判,他们对李攀龙的口号,无论在理解上和评价上都存在某些片面和失实之处。王士禛指出:"沧溟先生论五言,谓唐无五言古诗,而有其古诗,此定论也。钱牧翁宗伯但截取上一句,以为沧溟罪案,沧溟不受也。要之,唐五言古固多妙绪,较诸《十九首》、陈思、陶、谢,自然区别。"[6]王夫之也说过:"古诗无定体,似可任笔为之,不知自有天然不可越之矩矱。故李于鳞'唐无五言古诗',言亦近是。无即不无,但百不得一二而已。"[7]王士禛认为钱谦益断章取义,这样的批评难以服众。王夫之则强调,应从总体上把握李攀龙这一审美判断的内涵,而不应对它作绝对化的理解。王士禛与王夫之的诗歌理论观点并不相同。前者大致拥护明七子复古的主张,而后者却对明七子的理论和创作提出过许多尖锐的批评。因此,王士禛认为李攀龙的口号是"定论",而王夫之只说"言亦近是"。但是,他们两人都认为,汉魏古诗与唐古诗在艺术风格和表现形态上的确存在着差异,李攀龙首先指明这种差异是有道理的。那么,究竟应该如何理解李攀龙这一口号的真实含义呢?毛先舒曾经作过客观中肯的分析,他说:"李于鳞云唐无五言古诗而有其古诗。陈子昂以其古诗为古诗,弗取也。两'其'字竟作'唐'字解,语便坦白。子昂用唐人手笔规模古诗,故曰'弗取',盖谓两失之耳。"[8]根据毛先舒的解释,李攀龙的原话实际上包含这样三层意思:一是唐代的五言古诗与汉魏古诗相比有很大差别。二是陈子昂以唐人笔法模仿汉魏古诗,"两失之耳",所以"弗取"。三是强调汉魏古诗与唐人古诗在美学形态上的差异,褒前而贬后,表现了对浑成之美的向往与追求,而这正是李攀龙美学思想的核心内容,也是明代复古主义者最重要的美学观点之一。

其实早在李攀龙之前,前七子的领袖李梦阳、何景明都表达过类似的意见。李梦阳说:"诗至唐,古调亡矣,然自有唐调可歌咏,高者犹足被管弦。宋人主理不主调,于是唐调亦亡。"[9]何景明也说:"诗弱于陶,谢力振之,然古诗之法亦亡于谢。"[10]又说:"子美辞固沉着而调失流转,虽成一家语,实则诗歌之变体也。"[11]"诗必盛唐"是明七子复古运动的主要口号之一,杜甫又是七子尊崇和模习的典范,在这里何以又强调古调与唐调,古法与唐法的区别,而且认为杜甫的古诗也是"诗歌之变体",这不是自相矛盾吗?其实并不矛盾。"诗必盛唐"是七子诗歌创作的现实标准,而向往古调则是七子诗美理想的旨趣。明代复古派诗人在创作实践中,古体主要效法汉魏,近体则规模盛唐李、杜,正表现了同一理论的不同侧面。当他们进行创作实践时,盛唐风格浑成,音韵铿锵的近体诗往往成为模习的对象,而在论及诗美理想时,又把汉魏古诗与唐代古诗作比较,强调前者较之后者具有更高的美学品格,汉魏古诗所体现的那种浑成之美是诗美理想的极致。

明七子在散文创作上主张以秦汉为师,追求古朴简劲之风,在诗歌创作上以汉、魏、盛唐为准,崇尚浑沦高华之美。这种美学理想的产生,并不是偶然的现象。明初的诗歌创作,继踵元人步武。继唐宋两大高峰以后而发展起来的元诗,总的风格是靡弱。虽然其中也有虞集之典丽和杨维桢之奇崛，但是并不能改变一代诗风。明代开国初期虽有高启、刘基、杨基、袁凯四大家之领袖诗坛，诗界开始呈现出繁荣的景象。但是，从总体上看，明初诗歌既缺乏宋诗之苍劲风格，更不具备唐诗的雄浑气象，并没有形成真正独立的风格。随着明王朝文化专制主义的加剧，文学创作出现了每况愈下的局面。成、弘之后，以台阁体为代表的平庸靡弱之风，逐渐成为文学创作中的主导倾向。正如《四库全书总目提要》所说："明自洪武以来，运当开国，多昌明博大之音。成化以后，安享太平，多台阁雍容之作。愈久愈弊，陈陈相因，遂至啴缓冗沓，千篇一律。"[12] 为了改变文坛死气沉沉的局面，以明七子为代表的复古派，一方面提倡"真情说"，强调恢复诗歌作为抒情艺术的基本审美功能，另一方面高唱"文必秦汉，诗必盛唐"的口号，提倡雄劲阔大、含蓄浑成的诗风，意欲继承与发扬我国古代诗歌创作的优良传统。明代复古运动在当时之所以能够以席卷天下之势，迅速为大多数士人所接受，并且成为支配影响整个文坛达百年之久的社会思潮，就是因为在一定程度上反映出人们变革现状的愿望和要求，在这样的时代美学风会中，李攀龙提出"唐无五言古诗"的口号，正是前后七子这种美学理想的集中代表和形象说法。

二

明七子这种美学思想的产生，既有现实的原因，也有历史的原因。我国古代诗歌从质朴的《三百篇》、汉乐府、古诗发展到魏晋以后，由于广大士人的参与和加工，逐渐走向技巧的全面成熟，完成了从民间诗向文人诗的过渡。曹丕"诗赋欲丽"的主张，陆机"遣言贵妍"的意见，就是这种总体发展趋势的理论反映。在这长期的渐变过程中，有两位关键人物。一位是才高八斗的曹植，他的诗更注重辞藻华美与音律和谐，形成了与古朴的民间诗歌迥然不同的风格。正如胡应麟所说:"子建《名都》《白马》《美女》诸篇,辞极赡丽,然句颇尚工,语多致饰,视东、西京乐府天然古质,殊自不同。"[13]另一位是被推为"太康之英"的陆机,他的作品讲究排偶和用典,使诗歌进一步向排偶化方向发展。沈德潜批评说:"士衡诗亦推大家,然意欲逞博,而胸少慧珠,笔又不足以举之,遂开出排偶一家。西京以来空灵矫健之气,不复存矣。"[14]胡应麟和沈德潜对曹植与陆机的批评并不完全正确,从文学发展的角度看,讲求辞藻、音律、对偶和用典,也是中国古代诗歌形式和技巧趋于成熟的标志。如果没有从魏晋到南北朝四百年形式技巧的积累与完善,就不可能出现唐诗百花争艳的繁荣景象。王世贞说:"六朝之末,衰飒甚矣。然其偶俪颇切,音响稍谐,一变而雄,遂为唐始,再加整栗,便成沈宋。人知沈宋律家正宗,不知其权舆于三谢,橐钥于陈隋也。"[15]指出唐代近体诗的发展成熟,与六朝对偶、音律的探求有着非常密切的关系。从这样的意义上讲,曹植与陆机对我国古代诗歌艺术的贡献是不可抹杀的。正是在继承魏晋南北朝诗歌各种形式技巧的基础上,才出现了号称诗歌黄金时代的唐诗。但是从美学的高度看,唐诗辉煌成就的获得,在一定程度上又是以牺牲古代诗歌那种浑成含蓄之美为代价的。无论是李白、杜甫、韩愈、白居易、李贺、李商隐,他们的诗歌创作固然在许多方面都超越了前人,但在自然质朴、含蓄浑成方面却难以和古人相比,总是或多或少地存在着为作诗而作诗的苦心经营的痕迹,更不用说贾岛等苦吟派及唐末诸多特别重视表现形式的诗人了。这种倾向还随着诗歌的彻底文人化和形式技巧的进一步圆熟而不断发展加强。唐末诗人司空图以敏锐的目光审视诗歌这种发展变化的历史过程,提出了返璞归真的主张,《二十四诗品》崇尚含蓄浑成之美,追求自然质朴之风,就体现了这种美学旨趣。宋代以后,具有高度文化素养的士大夫文人进一步发挥司空图的观点,认为含蓄浑成、质朴自然是一切诗美中的最高品级。在这样的美学思潮中,汉魏古诗的美学价值才重新被人们所认识和重视,而以陶渊明为代表的真醇平淡的诗风也受到了人们的一致推崇。苏轼说过:"予尝论书,以谓钟王之迹,萧散简远,妙在笔画之外。至唐颜柳,始集古今笔法而尽发之,极书之变,天下翕然以为宗师,而钟王之法益微。至于诗亦然,苏李之天成,曹刘之自得,陶谢之超然,盖亦至矣。而李太白、杜子美以英玮绝世之姿,凌跨百代,古今诗人尽废。然魏晋以来高风绝尘,亦少衰矣。"[16] 苏轼将书法与诗歌作比较后指出,颜、柳、李、杜虽然英玮绝世,但前人天成自得的浑成之美却逐渐衰微。苏轼对古代诗歌艺术的美学评价,不仅符合诗歌发展的历史事实,也反映了宋人在唐诗极盛难继的情势下探索新路的努力,一定程度上代表了有宋一代士大夫的审美风尚,陈师道、张戒、陆游、姜夔、吕本中、朱熹等人都表达过类似的观点。即使像黄庭坚这位主张"夺胎换骨,点铁成金"的江西诗派领袖,在他提出的"妙在和光同尘"的理论主张中,在他古朴奇崛的诗风中,也闪现着这种美学理想的影子。到了南宋末年,严羽在《沧浪诗话》中对这种审美风尚进行全面的理论总结,第一次明确提出了"以汉魏晋盛唐为师,不作开元天宝以下人物"的口号[17]。应该说明的是,严羽虽然主张"以盛唐为法",但是对诗歌的美学评价却明显地把汉魏置于盛唐之上。他说:"诗有词理意兴。南朝人尚词而病于理,本朝人尚理而病于意兴,唐人尚意兴而理在其中。汉魏之诗,词理意兴,无迹可求。"[18] 又说:"汉魏尚矣,不假悟也。谢灵运至盛唐诸公、透彻之悟也。"[19] 很明显,严羽认为"词理意兴,无迹可求"的汉魏古诗,在美学品格上胜过"尚意兴而理在其中的"唐诗,"不假悟"较之"透彻之悟"在悟性上要高出一等。严羽之所以主张"以盛唐为法",除了赞赏盛唐诗风的雄浑阔大之外,主要原因是他自己所说的"后舍汉魏而独言盛唐者,谓古律之体备也"。也就是说,从创作实践的角度看,盛唐诗各体俱备,便于摹习,汉魏古诗无迹可求,难以参悟,所以把理想和实践适当加以区分。

明代前后七子继承发展了严羽这种美学观点,他们一致推崇汉魏古诗浑成含蓄、质朴自然之风,鄙薄华丽雕琢、浮薄浅露的人工之巧,李梦阳"古调亡矣"的慨叹,何景明对于谢灵运、杜甫的批评,都是从这样的基点出发的。李梦阳曾经说过:"夫诗,宣志而道和者也,故贵宛不贵险,贵质不贵靡,贵情不贵繁,贵融洽不贵工巧。"[20]认为含蓄质朴之美胜于奇险靡丽之风,简洁融和之美胜于繁复工巧之风,就是这种美学理想的具体阐述。王廷相也说过:"余尝谓诗至三谢,当为诗变之极,可佳亦可恨也。唯留意五言者始知之。"[21]为什么说三谢诗"可佳"?因为在修辞技巧表现手段上大大超过了前人。为什么"可恨"?因为由此而丧失了古诗质朴浑成之美。因此七子主张写作五言古诗应以汉魏为典型,李攀龙"唐无五言古诗"的论断,与这种主张是一致的。汉魏古诗虽然具有朴质自然的浑成之美,在美学品格上高于盛唐,但是正如王世贞所指出的:"西京建安,似非琢磨可到,要在专习凝领,久之,神与境会,忽然而来,浑然而就,无歧级可寻,无声色可指。"[22]汉魏古诗所具有的这种浑成之美,毕竟太难把握,只有天赋很高,悟性极强的人才能通过"专习凝领"而领悟其无法之法,达到"神与境会"的境界,普通人是难以企及的。因此,与严羽一样,七子在崇尚浑成之美的同时,又提出了"诗必盛唐"的实际创作标准。王世贞在解释为什么要提出这一标准时说:"盛唐之于诗也,其气完,其声铿以平,其色丽以雅,其力沉而雄,其意融而无迹,故曰盛唐其则也。"[23]明七子的领袖人物,从李梦阳到王世贞,都非常重视诗法的研究,主张通过体认古法、掌握古法最后达到复古之目的,以纠正当代诗坛台阁体之平庸虚假,道学体之说理谈玄,八股体之千篇一律,从而恢复古代诗歌的优良传统,这是七子诗歌理论的重要特点。王世贞认为,盛唐的作品,尤其是近体诗气体浑成,声调和谐,词彩丽雅,力量沉雄,从诗法的角度衡量,达到了整体的完美与和谐,因而应该成为人们摹习的典型。那么,在千姿万态的唐诗中,为什么只强调以盛唐为法,而鄙薄大历以后的作品呢?因为在七子看来,盛唐诗歌毕竟具有气完、声平、色雅、意融这样的美学特征,与他们所追求的浑成之美的理想比较契合,而中唐以后的诗歌或绮靡轻浅,或奇崛险怪,或典丽精工,或寒俭枯涩,其风格与浑成含蓄、质朴自然的美学标准相悖,因此应该加以扬弃。李攀龙在《报刘子威书》中曾经说过:"由质之华易,由华之质难。"[24]认为艺术发展的规律是由质朴变成华丽,再由华丽返归质朴,"唐无五言古诗"的审美判断,正反映这种返璞归真的美学追求。这种追求汇聚了宋代以来士大夫文人共同的审美经验,也表现了明七子的诗美理想,因而受到后七子的一致颂扬,同时也招致了反对者的尖锐批评。

三

从艺术审美的角度看,把汉魏古诗与唐人古诗加以区别究竟有无必要?两者在艺术风格和表现技巧上有何不同?对此,明代批评家陆时雍曾经有过精辟的分析,他说:"观五言古于唐,此犹求二代之瑚琏于汉世也。古人情深,而唐以意索之,一不得也。古人象远,而唐以景逼之,二不得也。古人法变,而唐以格律之,三不得也。古人色真,而唐以巧绘之,四不得也。古人貌厚,而唐以姣饰之,五不得也。古人气凝,而唐以佻乘之,六不得也。古人言简,而唐以好尽之,七不得也。古人作用盘礴,而唐以径出之,八不得也。虽以子美雄材,亦踌躇于此而不得进矣,庶几者其太白乎?……然而不能尽为古者,以其有佻处,有浅处,有游浪不根处,有率尔立尽处。"[25]总的来说,唐诗虽然千姿百态,但只是穷极人工之巧;汉魏古诗浑成质朴,却深得化工之妙,这种境界,即使"凌跨百代"的大诗人李白、杜甫也很难达到。为什么会造成这样的差别呢?陆时雍进一步分析说:"夫一往而至者,情也;苦摹而出者,意也。若有若无者,情也;必然必不然者,意也。意死而情活,意迹而情神,意近而情远,意伪而情真。情意之分,古今所由判矣。"[26]强调指出重情与重意,是古诗与今诗根本差别之所在。古人诗歌大多为情至之语,有"水流自行,云生自起"之妙,自然能打动人的心灵。今人往往要表达思想,虽然摹情体物,刻画入微,足以令人拍案叫绝,但总是缺少打动人心的力量。当然,笼统地说古人重情而今人重意,这样的划分并不确切。不过,从古代诗歌的发展的过程来看,确实存在样的趋向。艺术的本质是表现人的感情,诗歌艺术尤其如此。我国古代诗歌从《国风》到《古诗十九首》、汉乐府,作者多不可考,却流传久远,基本上都是真正的诗。无名诗人总是以不加修饰的语言,表现不能自已的情绪,因而具有自然质朴、含蓄浑成的美学特征。随着诗歌的文人化、专业化与普及化,随着诗歌与社会政治关系的日益密切,表现题材日趋广泛,语言技巧更加繁复细密,古代诗歌那种天籁之音日渐衰微消歇。"琢雕自是文章病,奇险尤伤骨气多"[27],从唐末到宋代,诗人及批评家纷纷对古代诗歌这种变化过程进行历史反思,重新倡导浑成含蓄、质朴自然的诗风,就是这种历史反思的结果。古代诗歌在完成了由民间诗向文人诗的过渡之后,如何达到表现形式的尽善尽美,如何增强语言文字的表现能力,一直成为历代文人努力追求的目标。正如刘勰所说:"俪采百字之偶,争价一句之奇,情必极貌以写物,辞必穷力而追新。"[28]这种"弃质朴而求妍华"的美学追求,助长了南北朝华艳浮靡的一代文风。唐代诗人虽然批判了六朝追求辞藻色泽、忽略内容素质的形式主义倾向,但是在新的起点上,继续努力追求形式与语言技巧的娴熟,从杜甫的"语不惊人死不休"到贾岛的"两句三年得",从韩愈、李贺的奇险瑰丽到李商隐、温庭筠的典丽精工,都是这种努力的表现。这种努力尤其在被称为近体诗的大量律诗、绝句中得到了最充分的体现。同时,应该看到这种追求在某些方面超过了一定限度,违背了美学上和谐适度的原则。诗歌艺术形式技巧的高度成熟却异化为自身的对立面,变成了某种缺点与不足。为了纠正这种倾向,古代文学理论家从刘勰开始,就提出了批评和警告。刘勰针对六朝诗文"繁采寡情"的缺点,提出"衣锦褧衣,恶文太章,贲象穷白,贵乎反本"的美学主张。司空图面对晚唐华艳的诗风,强调"浓尽必枯,淡者屡深"的美学原则。苏轼在评论柳宗元、韦应物诗时,提出了"发纤秾于简古,寄至味于淡泊"的著名审美判断。在具有更高文化素养的士大夫文人看来,一切违背和谐适度原则的倾向,都是不美或不够美。正如陆时雍所说:"气太重,意太深,声太宏,色太厉,佳而不佳,反以此病。故曰:穆如清风。"[29]他们对于杜甫的批评指责,把陶渊明抬到不适当的高度,也是这种美学旨趣的表现。

明代前后七子诗歌理论的重要内容是崇尚真情说。李梦阳在《诗集自序》中说:"夫诗者,天地自然之音也。今途咢而巷讴,劳呻而康吟,一唱而群和者,其真也,斯谓之风也……夫文人学子,比兴寡而直率多,何也?出于情寡而工于词多也。"[30]他不满当代文人诗普遍存在的工于词而寡于情的倾向,因而提出了"真诗在民间"的口号。但是,李梦阳也并不赞成浮浅直露的感情表达方式,他说:"予观魏诗,嗣宗冠焉,何则?混沦之音视诸镂雕奉心者伦也。"[31]又说:"夫诗比兴错杂,假物以神变者也。难言不测之妙,感触突发,流动情思,故其气柔厚,其声悠扬,其言切而不迫,故歌之心畅而闻之者动也。"[32]在李梦阳看来,阮籍诗之所以冠于魏诗,就因为它是"混沦之音"。只有感情自然触发,"气柔厚"、"声悠扬",语言"切而不迫"的诗歌,才是真正的理想之作。对这两个问题,明七子其他人几乎都持同样态度。李攀龙"唐无五言古诗"的口号,强调汉魏古诗与唐诗的差别,颂扬汉魏古诗自然质朴的浑成之美,表现明七子主张诗歌必须抒发真情,必须以抒情而不是以达意为主的理论,对当代诗坛台阁体、道学体"寡情"的倾向提出了批评。同时也向人们标示了这样一种观点:感情真切,风格浑成的汉魏古诗,较之唐诗更加符合诗歌的内在规律,应该成为人们学习的最高典范。严羽曾经说过:"夫学诗以识为主,入门须正,立志须高。"[33]又说:"学者须从最上乘,具正法眼,悟第一义。"[34]这也是李攀龙提出"唐无五言古诗"口号的着眼点。

当然,指出李攀龙口号的历史继承性和现实合理性,并不意味着无视这一口号的缺点。世界艺术史上曾经有过许多奇特的现象,即以中国古代诗歌为例,《三百篇》之质朴,楚《骚》之瑰奇,古诗之浑成,汉乐府之本色,其产生与消歇都是与各种复杂的社会文化背景条件紧密相连的。失去了这种条件,后人的模仿即使达到纤毫毕肖的程度,也只能得其形而遗其神。汉以后大量仿《骚》之作,陆机、江淹之拟古诗篇,苏轼之和陶诗,以至于明七子的模拟汉魏及盛唐,最终都成为一种失败的艺术尝试,可为佐证。对于汉魏古诗那种浑成之美,后人只能通过熟读涵泳,欣赏吟味,在审美活动的过程中领悟其精神旨趣,涵养自己的美学品格。正如胡应麟所说:"两汉之诗所以冠古绝今,率以得之无意……今欲为其体,非苦思力索所办。当尽取汉人一代之诗玩习,凝会风气性情,纤悉具领。"[35]企图通过对汉魏古诗的模仿而掌握含蓄浑成的风格,即使用心良苦,也不会有好的结果。明七子及李攀龙自己的创作实践也证明了这一点。七子那些模拟唐人的七律虽然也难以传神,并不成功,但毕竟还具有高华矜贵、整密沉雄的外表而凌铄当时,开启了一代诗风。但是他们那些模拟古乐府的作品,不仅难以获得浑成之美的风格,而且只能割剥字句,亦步亦趋,在后世遭到影响剽贼的讽讥,在当代就受到广泛的批评指责。明人屠隆说得好:"诗之变随世递迁,天地有劫,沧桑有改,而况诗乎?善论诗者,政不必区区以古绳今,各求其至可也。论汉魏者,当就汉魏求其至处,不必责其不如《三百篇》;论六朝者,当就六朝求其至处,不必责其不如汉魏;论唐人者,当就唐人求其至处,不必责其不如六朝……如必相袭而后为佳,诗止《三百篇》,删后果无诗矣。至我明之诗,则不患其不雅,而患其太袭;不患其无辞采,而患其鲜自得也。夫鲜自得，则不至也。"[36]这一针对七子复古主义理论的批评是尖锐而中肯的。七子不了解创新是文学发展的生命，变化是文学创作的生机，唐人古诗异于汉魏之处，即唐诗得以繁荣的基本条件之一。宋诗异于唐诗之处，亦即宋诗能够与唐诗并称而独立存在的原因。同理，明诗之所以难以和唐、宋并驱，就因为它始终没有超越汉魏盛唐的框架，一直在复古拟古的圈子中回旋而不能建立自己独特的风格。唐人五言诗虽不如汉魏古诗之含蓄浑成，但表现方法和修辞手段更加丰富多彩，富于变化。汉魏古诗基本上是抒情短章，题材的范围比较狭窄，而唐人五古却极大地拓宽了表现界域，或以抒情，或以叙事，或以评述时政，或用描绘山川景物，大至千言，短才数语，摆脱拘束，无施不可，应该说是一大进步。正如李东阳所指出的："汉魏以前，诗格简古，世间一切细事长语，皆着不得，其势必久而渐穷。赖杜诗一出，乃稍为开扩，庶几可尽天下之情事。韩一衍之，苏再衍之，于是情与事无不可尽。而其为格，亦渐粗矣。然非具宏才博学，逢源而泛应，谁与开后学之路哉？"[37]完全用汉魏的标准来框限后世，用是否具有浑成之美作为衡量作品优劣的唯一尺度，是既不合理也不现实的。这表现明七子审美观念的偏狭和片面，犹如作茧自缚，作法自毙，不仅极大地限制了自身创造才能的发挥，而且促成了风靡一代的模拟因袭之风、历史的惩罚，往往是始作俑者始料不及的。

（本文发表于四川省《社会科学研究》1990年第2期）

【注释】

[1] 王世贞《艺苑卮言》卷七。

[2] 胡应麟《少室山房类稿》卷一一二《杂柬次公》。

[3] 李攀龙《沧溟先生集》卷一五《选唐诗序》。

[4] 钱谦益《牧斋有学集》卷四九《读宋叔玉文集题辞》。

[5] 吴乔《围炉诗话》卷二。

[6] 王士禛《带经堂诗话》卷二九。
[7] 王夫之《薑斋诗话》卷下。
[8] 毛先舒《诗辩坻》卷三。
[9] 李梦阳《空同集》卷五二《缶音序》。
[10] [11] 何景明《大复集》卷三二《与李空同论诗书》、卷一四《明月篇序》。
[12] 《四库全书总目提要》卷一七一《空同集》题解。
[13] [35] 胡应麟《诗薮》内编卷二。
[14] 沈德潜《古诗源》卷七。
[15] 《艺苑卮言》卷四。
[16] 苏轼《经进东坡文集事略》卷六〇《书黄子思诗集后》。
[17] [18] [19] 严羽《沧浪诗话·诗辨》《诗评》。
[20] 李梦阳《空同集》卷六一《与徐氏论文书》。
[21] 王廷相《王氏家藏集》卷二七。
[22] 《艺苑卮言》卷一。
[23] 王世贞《弇州山人四部稿》卷六五《徐汝思诗集序》。
[24] 《沧溟先生集》卷二六。
[25] [26] [29] 均见陆时雍《诗镜总论》。
[27] 陆游《剑南诗稿》卷八七《读近人诗》。
[28] 刘勰《文心雕龙·明诗》。
[30] 见李梦阳《空同集》卷五〇。
[31] [32] 李梦阳《空同集》卷四九《刻阮嗣宗诗序》。
[33] [34] 严羽《沧浪诗话·诗辨》。
[36] 屠隆《鸿苞》卷一七。
[37] 见李东阳《麓堂诗话》。

千载斯人去,风流亦我师

——杜甫诗歌理论的启示

伟大诗人杜甫,被前人称为"风骚而下,唐而上,一人而已"。他虽然没有留下文艺理论专著,但是通过自己的艺术实践,对诗歌创作发表了许多非常精辟的意见。这些意见继承了我国古代文艺理论的优良传统,总结了当代和自身艺术实践的丰富经验,因而在理论的深刻性和全面性方面,不仅超过了他的前人和同时代人,而且直到今天对于我们认识诗歌的社会功能,掌握诗歌创作的艺术规律,继承古典诗歌理论遗产,仍有很大的教益。

上感九庙焚,下悯万民疮

"诗人比任何人都更应该是自己时代的伟大产儿"[1]。杜甫生活的时代,正是唐王朝从全盛的顶峰走向衰落的时代。诗人在五十三岁时所作《忆昔》一诗中回顾:"忆昔开元全盛日,小邑犹藏万家室。稻米流脂粟米白,公私仓廪俱丰实。"唐玄宗天宝十四载(755),安史之乱爆发了,"岂闻一绢直万钱,有田种谷今流血。洛阳宫殿尽焚烧,宗庙新除狐兔穴"。从此以后,叛将外夷,祸乱频仍,山河破碎,民不聊生。杜甫是一个能够敏感地把握时代脉搏和倾听百姓心声的伟大诗人,面对这样的时代,他情不自禁地倾吐了自己的满腔忧愤:"上感九庙焚,下悯万民疮。"[2]这两句诗集中地表明了他的政治思想倾向,也基本上概括了他的诗歌创作倾向。杜甫所表达的忧愤,正是那个苦难时代的回声,也是诗人创作思想的具体说明。他反复地申述过这一点:"穷年忧黎元,叹息肠内热","再光中兴业,一洗苍生忧","丧乱秦公子,悲凉楚大夫","请哀疮痍深,告诉皇华使"。对国家命运的焦心忧虑,对百姓苦难的深切同情,正是贯穿于他诗歌创作的一条主线,也是杜甫诗歌理论的一个基本立足点。杜甫的这一创作思想,在对陈子昂和元结诗歌的评论中表达得更加明确而具体。他在《陈拾遗故宅》一诗中高度评价了这位初唐诗人的成就,认为像陈子昂这样高举革新旗帜,提倡"风骨""兴寄"的诗人,应该"名与日月悬",而他那些感怀抒愤、忧国忧民的诗篇,更是被杜甫称为"终古立忠义,感遇有遗篇",而加以充分肯定。杜甫的《同元使君春陵行》是他读了元结的《春陵行》和《贼退示官吏》两诗以后用诗歌形式写的诗评。在诗中,杜甫赞扬元结和他的诗说:"道州忧黎庶,词气浩纵横。两章对秋月,一字偕华星。"真是推崇备至。杜甫为什么给予此诗这样高的评价呢?就是因为诗人元结以深厚的同情反映了百姓的疾苦,揭露了统治者的暴行。陈子昂和元结两人的诗,都表现了"九庙焚"和"万民疮"这个大主题。杜甫极力赞扬这样的诗,就是给当时的诗坛树立一个榜样:诗人应该为"九庙焚"而感叹,为"万民疮"而悲悯。在杜甫看来,"九庙焚"和"万民疮"正是他所生活的那个时代的特征,诗人应该把握时代的脉搏,与国家和百姓的命运息息相关,诗歌应该为时代的创伤而呼喊。

如果联系杜甫自己的创作实践来考察,我们就可以更加清楚地看出他上述的创作思想。在安史之乱以前,唐王朝"九庙"外表未焚,而"万民"身心已疮。百姓被穷兵黩武的政策逼迫去开边,"被驱不异犬与鸡",社会矛盾已经激化到如此程度:"朱门酒肉臭,路有冻死骨。"安史之乱正是各种社会矛盾尖锐化的必然产物。堤防一旦溃决,封建社会那黑暗腐朽的本来面目便暴露无遗。杜甫在他那些千古不朽的名篇如"三吏三别"、《哀王孙》、《悲陈陶》、《哀江头》、《悲青坂》、《洗兵马》等诗中,如此真实而深刻地反映了这一黑暗动乱的时代,如此沉痛而动人地描述了百姓的苦难,真是"感"不尽,"悯"无穷呵!

杜甫之所以被前人称为诗史,绝不是偶然的事情。即使在诗人定居西蜀,远离中原战区之后,他仍然"每依北斗望京华",念念不忘"黄河北岸海西军",关切地注视着中原的战况,忧虑着国家的命运与百姓的疾苦,杜甫就是这样把诗歌与时代紧紧地联系起来的。他从自身的苦难经历和不倦的艺术实践中已经比较明确地体会到这一点:诗人应该做一个"自己时代的伟大产儿"。杜甫上述创作思想是对先辈儒家进步文学观的继承、总结和发展。不错,早于杜甫一千多年,孔子就在《论语》中提出"兴、观、群、怨"的理论。《毛诗序》也提出过"伤人伦之废,哀刑政之苛"的观点,这些都多少接触到百姓的痛苦与不平问题。但他们的立足点毕竟在于"迩之事父,远之事君",在于利用诗歌来"吟咏情性,以风其上,达于事变而怀其旧俗者也"。这种对于百姓的同情显然是很有限度的。伟大的屈原在痛苦的流放中曾悲愤地喊出"皇天之不纯命兮,何百姓之震愆",算是初步触及了"万民疮"的问题,然而他在大量诗篇中所反复表明的主题还是"信而见疑,忠而被谤"所产生的不平与激愤:"惜颂以致愍兮,发愤以抒情。"[3]他援古证今,讲的都是历史上那些杰出人物而不是普通百姓的命运。司马迁继承了屈原提出的"发愤抒情说",表达了封建专制制度下正直之士普遍的不平与愤慨。他同情人间一切不平之事,进而同情百姓的苦难。他说《诗》三百篇,大抵贤圣发愤之所为作也",又说"屈平之作《离骚》,盖自怨生也"。[4]不过其着眼点主要还是在于同情历史上那些杰出人物的悲剧命运,实际上并没有完全跳出为自己鸣不平的圈子。

杜甫就是在继承前人进步文学观的基础上,从自己特有的遭遇出发,加以发展,从而发出了强烈的"上感九庙焚,下悯万民疮"的呼号,认为诗人必须关心国家的命运,百姓的疾苦,诗歌必须反映自己的时代。这一点,在理论的深度和广度上都超越了前人,是我国古代现实主义诗歌理论的一大进展,成为我国人民诗人的优良传统。杜甫还常常申述,他之所以要写诗,是为了"遣兴"和"排闷"。在《江亭》这首诗中,他说:"排闷强裁诗。"他有什么闷?就因为河北尚被胡人侵占,百姓处在苦难之中,国土沦丧,生灵涂炭,所以尽管置身江亭,面对闲云流水,仍旧不免蹙额伤心。他的"强裁诗"就是为了排除这样的苦闷。在《至后》一诗中他又说:"愁极本凭诗遣兴,诗成吟咏转凄凉。"这首诗作于诗人五十三岁那年,当时杜甫是"远在剑南思洛阳"。回想九年之前安禄山叛乱,家乡沦陷,而今往事回思,凄凉愁极,所以凭诗遣兴,抒发国破家亡之痛。杜甫在不少诗篇中还一再说:"穷愁应有作","文章憎命达","穷途衰谢意,苦调短长吟","老来多涕泪,情在强诗篇","去国哀王粲,伤时哭贾生","羁离交屈宋,牢落值颜闵"等等。这正是屈原、司马迁以来那个"发愤抒情说"的激烈回荡与反响。杜甫的伟大之处就在于:他虽然也是从自身的苦难中体会到国家和百姓的苦难,从自身的不幸中联想到百姓的不幸,但最后能够跳出个人牢愁的圈子,用他浩荡的歌声,深情地为民族和百姓的苦难歌唱:"请为父老歌,艰难愧深情。歌罢仰天叹,四座涕纵横。"诗人这里所说的父老,不仅仅是指诗人羌村的乡里,实际上也是灾难深重的中原父老。杜甫要用诗来排闷、遣兴,不仅是为了个人的愁和恨,主观上想"有所为"而客观上"不能有所为"所产生的愁与恨,而是家国愁与恨。

语不惊人死不休

杜甫是一个不仅以诗为职业,简直是视诗为生命的诗人。他在诗集中反反复复地说"诗是吾家事","吾人诗家流","说诗能累夜","自吟诗送老",都表明了他的这种心迹。元稹曾说:"诗人以来,未有如子美者也。"在我国古代诗歌史上,确实还找不到第二个人像杜甫这样严肃而执着地把自己的全部热情、心血和才能凝聚为诗歌的。"语不惊人死不休"这一名言,正说明他对诗歌语言艺术的极度重视,表明他在艺术上的刻意求工、力臻完美的严肃认真的创作态度。

首先,杜甫非常重视佳句。他在诗集中一再说"为人性僻耽佳句","最传秀句寰区满","佳句法如何","尚怜诗警策","赋诗新句稳","佳句染华笺","自我一家作,未阙只字惊","诗家秀句传"等等,都表达了这种看法。在汉代以前,我国诗歌还停留在以民间歌谣和集体创作为主的阶段。这种诗歌往往用朴素的语言传情达意,表现出一种浑厚质朴之美。魏晋以后,人们开始自觉地讲究诗歌的辞藻和音律,讲究锤炼字句,讲究对偶和用典,于是出现了佳句。对这种情况有不少人曾表示过不满。例如宋代文学批评家严羽就说过:"汉魏古诗,气象混沌,难以句摘,晋以还方有佳句。"[5]但是从文学发展演进的角度看,"佳句"的出现,不仅是与当时文学状况紧密相连的必然现象,而且也是一种进步的趋势。陆机在《文赋》中曾经指出过"佳句"在全篇中的作用,说:"立片言以居要,乃一篇之警策。虽众词之有条,必待兹而效绩。"钟嵘和刘勰都批评过六朝形式主义诗风,但他们批评的是那种"终朝点缀,分夜呻吟"的无病呻吟,那种"鹜声钓世,为文造情"的矫揉造作。对于"佳句",刘勰称为"秀句",钟嵘称为"胜语",他们都是很重视的。刘勰以为佳句的获得不能靠"雕削取巧",而应该"自然妙合","并思合而自逢,非研虑之所求也。"[6]钟嵘的看法与刘勰大体相同,他说:"观古今胜语,多非补假,皆由直寻。"[7]这种意见是针对当时士大夫中普遍存在的形式主义倾向提出的批评。在这个问题上,杜甫也说:"妙取筌蹄弃","惬当久忘筌","诗兴不无神"。这种理论与钟嵘、刘勰的意见在精神上是相通的。但与刘、钟比较起来,杜甫似乎更加强调人为的作用。他认为"读书破万卷",才能"下笔如有神"。他自称"颇学阴何苦用心",在锤炼字句方面下了苦功夫。他在这方面孜孜以求,一丝不苟的态度简直达到了苛刻的程度。"雕刻初谁料,纤毫欲自矜","毫发无遗憾,波澜独老成",正是这种创作态度的写照。篇中有佳句,这是我国古代诗歌的优点和特点之一,杜甫诗中那些众口传诵、千载流传的名篇佳句,曾经打动过多少读者的心灵,引起过多少人的共鸣!像"朱门酒肉臭,路有冻死骨","烽火连三月,家书抵万金","出师未捷身先死,长使英雄泪满巾","吴楚东南坼,乾坤日夜浮"等等,或者深刻地揭露了社会矛盾,或者概括了生活中某些典型的感受,或者沉痛地总结历史的教训,或者形象地写出了某些难状之景,因为它们既有深厚的生活基础,又有浓烈的感情,意境深远,音韵铿锵,所以才能产生如此巨大的艺术魅力。

其次,杜甫还非常重视文采。他一再赞扬某些作品,"挥翰绮绣扬","绮绣相转展,琳琅自青荧","文采承殊渥,流传必绝伦",都是指诗篇的文采而言。我国古典诗歌从魏晋开始有一个大的变化,就是开始强调文采,重视语言美。明人胡应麟曾说:"子建《名都》《白马》《美女》诸篇,辞极赡丽,然句颇尚工,语多致饰,视东西京乐府天然古质,殊自不同。"[8]明确地指出了这种变化。自从曹丕在《典论·论文》中提出了"诗赋欲丽"的主张以后,陆机接着在《文赋》中也讲到了"遣言贵妍"的要求,并且对这一要求作了具体的论述。[9]这种意见曾经遭到不少人的指责,认为它们开启了六朝文学绮靡之风。其实,六朝文学的弊病并不在于讲究辞采声韵,而是在于脱离现实,脱离百姓,缺乏真实的感情和充实的内容。我们反对的是那种只讲文采,而不问"兴致"的形式主义风气,并不是一概反对诗歌要"文采斐然"。关于这一点,钟嵘和刘勰都有比较全面的论述。钟嵘认为诗歌除了继承赋、比、兴的传统之外,还必须"干之以风力,润之以丹采",才能使"味之者无极,闻之者动心"。[10]他在评论曹植诗歌时曾说:"骨气奇高,词采华茂。"在批评刘桢诗歌时又说:"气过其词,雕润恨少。"强调"丹采""词采""雕润",都说明了他对诗歌语言表达技巧重视。刘勰在《文心雕龙·诠赋》中也说:"情以物兴,故义必明雅,物以情观,故词必巧丽。丽词雅义,符采相胜,如组织之品朱紫,绘画之著玄黄。"指出了"丽词"在表达"雅义"时的重要作用,他还用"虎豹无文,则鞟同犬羊;犀兕有皮,而色资丹漆"为喻[11],形象地说明了讲究文采的重要。当然讲究文采并不是离开内容单纯涂金抹彩。胡应麟说得好:"诗最贵丽,而丽非金玉锦绣也。……丽语必格高气逸、韵远思深乃为上乘。"[12]杜甫诗歌的讲究语言表达技巧,正符合上述标准。他的许多好诗正如元好问所说的那样,"有如祥光庆云,千变万化,不可名状"。当人们反复吟咏他那些辞采华美、感情激越的名篇时,就有这种感觉。

再次,杜甫还非常重视格律,讲究诗歌的音乐美。人们说音乐和诗歌是一对孪生姐妹,这一特征在我国古典诗歌,尤其是律诗绝句中体现得最为充分。他认为诗歌要"遣词必中律",才能"律中鬼神惊",产生更理想的艺术效果;他认为格律能使诗歌具有一种音乐美,即所谓"律比昆仑竹,音知燥湿弦"。他总结自己掌握诗律的体会是"晚节渐于诗律细","细"就是精密、切当。这说明杜甫晚年在运用诗律方面是愈来愈纯熟了。从格律比较自由到格律逐渐严整,最后趋向于定型,这是我国古代诗歌发展的一种趋势。律诗绝句这种体裁虽然孕育于齐梁,但毕竟成熟于唐代,在当时是一种新兴的诗体,因而被称为近体诗。与李白不同,杜甫对这种新兴诗体倾注了最大的热情,创作了大量的律诗。可以说经过杜甫的实践,律诗,尤其是七律这种新兴的诗体才达到了高度成熟的阶段。事物往往是矛盾的统一体,律诗那严整的格律虽然可能束缚人的思想感情,但运用得纯熟,又有助于把思想感情表达得更加集中和凝练。律诗那种严整的格律与丰富的思想感情相表里,产生了许多千古传诵的名篇。杜甫把这种形式运用得这样自如,写时事,发议论,抒穷愁,泄悲愤,得心应手,简直无施而不可,而其气象之浑灏,意境之开阔,风格之沉郁,音韵之和谐,真足以"包举千家,垂范千古",胡应麟称之为"百代楷模",并非夸张之辞。

综观杜甫的创作思想与创作实践,他之所以特别重视佳句与文采,讲究格律与音乐美,绝对不是单纯地在遣词造句上争奇斗胜,而是为了更好地表现客观事物与思想感情。杜甫提出"情穷造化理""巧括造化窟"的主张,不仅要求最充分地表现客观对象的真实面貌,而且要求最巧妙地表现其精神实质,也就是要求达到"形神兼备"。他认为要做到这一点,首先应该努力"写真",力求"穷殊相",也就是说要真实地、尽善尽美地表现纷繁复杂的客观对象。杜甫要求很高,律己甚严。"毫发无遗憾","纤毫欲自矜",就是他给自己规定的严格标准。在上述基础上,杜甫进而提出了诗歌艺术的理想境界——入神。他在诗集中曾经多次谈到过这个问题,"诗成觉有神","下笔如有神","篇什若有神","才力老益神","将军画马盖有神","神妙独数江都王",等等。这个"神"字古人曾经有过比较合理的解释,《周易·系辞》中就说过:"神也者,妙万物而为言者也。"用语言表达出万物的奥妙,就叫作"神"。从"写真"和"穷殊相"进而达到"情穷造化理","巧括造化窟",再进而达到"入神",这就是杜甫对诗歌艺术表现技巧的根本要求,即尽善尽美地表现客观事物与思想感情。"语不惊人死不休",是与这个根本要求紧紧联系着的。这表现了诗人在艺术上永不知足的追求。

转益多师是汝师

唐诗是我国诗歌发展史上的一个高峰。杜甫正是雄踞于这万丈峰巅,昂首千家、雄视百代的大师。但是无论整个唐诗的成就或者杜甫个人的成就,都不可能从天外飞来。不积细流无以成江海,如果没有古代诗歌从《诗经》、《楚辞》、汉乐府到魏晋南北朝诗歌一千多年的发展积累,如果没有无数前辈作家呕心沥血的创造,也就不会有唐代诗坛"众星垂耀,千花竞繁"的生动局面,当然也不可能有杜甫诗歌"浑涵汪茫,千汇万状"的伟大成就。

对这个问题,杜甫认识得比较深刻,他在《戏为六绝句》中写道:"不薄今人爱古人,清词丽句必为邻。"又说:"别裁伪体亲风雅,转益多师是汝师。"集中表明了他对继承遗产的正确态度。对于前辈作家,他总是热情地肯定他们的成就,赞美他们的长处,从不轻率地抹杀否定。粗略统计一下,在杜甫诗文集中,扬雄、司马相如、贾谊的名字都出现过十次以上;屈原、宋玉、曹植、王粲、陶潜、谢灵运、庾信的名字出现过八次以上;阮籍、鲍照、谢朓、何逊的名字也出现过五次以上。这一点充分证明了他对继承前人遗产的重视。特别值得指出的是,在如何批判继承六朝文学遗产的问题上,杜甫表现了非凡的识力与勇气,并不为"时贤"的见解所拘囿。滋生于封建门阀制度土壤之上的六朝文学,确实存在忽略思想内容,过分追求形式美的倾向。但与前代相比,六朝文学不仅在艺术形式上有所发展,有所创新,即使在思想内容方面也有所开拓,有所突破。这一切都是有益的养分,为唐诗的全面繁荣创造了重要条件。唐代许多优秀诗人都在不同程度上受到过六朝文学的影响。杜甫自不待言,就是批判六朝文风最坚决的李白,也受到阮籍、鲍照、谢朓的明显影响。这种矛盾现象正好说明历史是无法割断的,后代文学只有在继承前人优秀成果的基础上才能更好地发展。杜甫对这一点有清醒的认识,他说:"后贤兼旧制,历代各清规。"认为一代虽有一代的文风,但后人总不免要受前人的影响。他大胆肯定初唐四杰的历史功绩:"王杨卢骆当时体。"坚决反对那些不公正评价:"轻薄为文哂未休。"批判继承的前提是对前人作具体分析,首先要肯定和学习他们的长处。正是基于这一点,杜甫提出了"不薄今人爱古人,清词丽句必为邻"这一学习古人的正确原则。杜甫还喜欢用六朝诗人来比拟当代作家的成就。他以"清新庾开府,俊逸鲍参军"譬喻赞扬李白,以"赋诗何必多,往往凌鲍谢"来譬喻赞扬孟浩然,又常常以庾信、何逊和阴铿自况,这一切都说明了杜甫对六朝文学的重视。

杜甫是一个既重视诗歌的思想内容,又十分重视诗歌形式美的人。六朝文学在艺术上确有重要的发展和创造,杜甫所十分重视并孜孜以求的诸如"佳句""文采""声律"以至绘形传神的原则等一系列问题,都能从六朝诗人几百年积累起来的艺术经验中得到有益的启示。他以一个精细的内行人的目光,审视六朝文学的功过得失,"别裁伪体""转益多师",从而创造了一代新文。正如严羽在《沧浪诗话》中所指出的那样:"少陵宪章汉魏,而取材于六朝,至其自得之妙,则前辈所谓集大成者。"这是很有见地的。在学习前辈作家的问题上,杜甫的视野是开阔的,他提出"转益多师"的口号,不仅注意向前朝——六朝文学学习,而且还把目光投向历史的纵深,主张向历史上一切有价值的东西汲取创作的养分,即便对某些人一概斥为"形式主义文学"的汉赋,他也能注意学习。在杜甫诗集中,他十数次用赞赏的语气讲到扬雄和司马相如,并且以"赋料扬雄敌"自矜。在《进雕赋表》中,他还颇为得意地说:"至于沉郁顿挫,随时敏给,而扬雄、枚皋之流,庶可跂也。"这些话都表明了他对汉赋的重视。我们从杜甫诗歌抒情写物的方式,语言辞藻的特点,都能够找出汉赋影响的痕迹。尤其是他那些"铺陈终始,排比声韵,大或千言,次犹数百"的鸿篇巨制,这种影响的痕迹尤其明显。

当然,我们指出杜甫对六朝文学和两汉辞赋的大胆肯定,并不是说他对我国古代文学"风骚"的传统不重视,也不是说他对六朝文学的缺点毫无批判。事实恰恰相反。杜甫在《戏为六绝句》中说过:"别裁伪体亲风雅。"又说:"窃攀屈宋宜方驾,恐与齐梁作后尘。"还说:"纵使卢王操翰墨,劣于汉魏近风骚。"都说明他对风骚传统的向往与追慕,也说明了他对六朝华靡浮艳文风的批评。他称赞陈子昂"有才继骚雅,哲匠不比肩",在《同元使君春陵行》诗序中又说:"不意复见比兴体制,微婉顿挫之词!"在其他诗中他也一再写道:"风骚共推激","文雅涉风骚","迟迟恋屈宋","气劘屈贾垒"。这都说明杜甫在重视恢复风骚传统,批评六朝文学的不良倾向方面,与陈子昂、李白、白居易、韩愈在精神上是一致的。至于杜甫那些沉郁顿挫、忧国忧民的千古不朽的名篇,无论在内容的深度与广度方面,在形式的成熟与完美方面,在表现方法的精巧多样方面,不仅继承了风骚比兴的优良传统,而且突过了历史上风骚的水平,把我国的诗歌创作推向一个新的、后人几乎未曾逾越的高峰。宋人秦观曾说:"杜子美之诗,实积众家之长。"这一判断是非常正确的。正因为杜甫对继承古代文学遗产有这样正确而全面的认识,虚心好学,勇于创新,因此取得了"光掩前人""后来无继"的伟大成就。

"千载斯人去,风流亦我师。"历史上一切真正有价值的东西,不会随着时间的流逝而消亡。杜甫生活的时代,已经过去了一千多年,然而他那些犹如"千峰罗列,万汇汪洋"的诗篇,他那些深刻全面、精辟独到的诗歌理论,不仅哺育了无数后学,而且,直到今天仍然闪现出夺目的光彩,能够给我们许多有益的启示。

(本文与马成生合作,刊载于浙江省文学学会主编《文学欣赏与批评》1981年第1期)

【注释】

[1] 见《别林斯基论文学》。

[2] 本文杜甫诗均见仇兆鳌《杜诗详注》。

[3]《楚辞·九章·哀郢》及《九章·惜诵》。
[4]《史记·太史公自序》《屈原贾生列传》。
[5] 严羽《沧浪诗话·诗评》。
[6] 刘勰《文心雕龙·隐秀》。
[7][10] 钟嵘《诗品序》。
[8] 胡应麟《诗薮》内编卷二。
[9] 陆机《文赋》:"藻思绮合,清丽芊眠。炳若缛绣,凄若繁弦。"又说:"暨音声之迭代,若五色之相宣。"这就是他对诗歌语言妍丽的具体要求。
[11] 刘勰《文心雕龙·情采》。
[12] 胡应麟《诗薮》内编卷五。

戴复古《论诗十绝》浅释

　　戴复古是南宋江湖派诗人的杰出代表,其诗歌理论主张,集中体现在他的《论诗十绝》中。在我国古代诗歌史上,以诗论诗的风气很盛,自从杜甫开创了以七言绝句论诗的体式,后人纷纷仿效。据羊春秋先生《论诗绝句选》统计,历代作者不下千人;而由郭绍虞、钱仲联、王蘧常三先生所编辑的《万首论诗绝句》,收罗历代作家达七百余人,作品近万首,数量之庞大,令人吃惊。这还不包括其他形式以诗论诗的作品,例如以古体诗论诗,以词论词,以曲论曲,等等。不过,因为有杜甫的典型示范在先,操作起来又比较方便,所以用七言绝句的形式论诗,最为普遍,代不乏人,至清代达到高潮。其中比较著名的有金代元好问的《论诗三十首》,明代方孝孺,清代王士禛、袁枚、赵翼、张问陶等人的论诗绝句,戴复古也是其中之一。

　　以七言绝句论诗,这一体式的优点是简洁凝练,其中警句尤便于记忆传诵。但是由于受到诗歌形式格律的束缚,其表述很难做到清晰明白,逻辑严密,后人理解,容易产生歧义。正如郭绍虞先生所说:"为韵语所限,不能如散体之曲折达意,故代词之所指难求,诗句之分读易淆,遂致笺释纷纷,莫衷一是。"[1]例如,对杜甫《戏为六绝句》的解读,就有自况说、讽刺说、谈艺说等不同理解,各是其是,不易统一。

　　戴复古的《论诗十绝》,看似浅近易懂,含义明白,实际并非如此。现就个人理解谈一些看法。

第一首:"文章随世作低昂,变尽风骚到晚唐。举世吟哦推李杜,时人不识有陈黄。"第一、二两句的表面意思比较明白,无非是说千古文章都是随着时代的变化而变化,从风骚一直发展到晚唐,就是这种变化的轨迹。但是"变尽风骚到晚唐",就可以有两种解释,一是风骚变尽而乐府兴起,乐府衰落而汉魏古诗兴起,汉魏古诗式微而六朝绮丽文体泛滥,六朝文体"绮丽不足珍",而后唐诗极盛,一直演变到晚唐。一代有一代的风会,晚唐诗歌,也是从风骚演变而来,不可轻易否定。二是诗到晚唐,风骚的优良传统已经断绝,"不足一观"。严羽《沧浪诗话》指出:"近世赵紫芝、翁灵舒辈,独喜贾岛、姚合之诗,稍稍复就清苦之风。江湖诗人多效其体,一时谓之宗唐,不知只入声闻辟支之果,岂盛唐诸公大乘正法眼哉?"严羽诗宗汉魏盛唐,鄙视晚唐,否定宋诗,这种理论成为明代复古主义的滥觞,有一定的片面性。他所提出的学习汉魏盛唐的方法是通过熟参古人作品,显然没有扣住要害,所以实际也很难做到。严羽与戴复古生活于同一个时代,严比戴小二十余岁,是一对忘年交。戴的《论诗十绝》,就是在昭武太守王子文处与严羽等人论诗的结果。严羽和戴复古的诗歌理论观点并不完全一致,而是同中有异,异多于同。但这并不影响两人之间的深厚友谊,从二人诗集中的赠答之作,可以明显看出。[2]严羽以诗歌理论著作《沧浪诗话》垂名后世,而戴复古以诗歌创作见重当时。从创作实践来看,戴复古的成就要高过严羽,《石屏诗集》中有不少风格独特的优秀之作,而严羽的《沧浪吟卷》虽然极力模仿盛唐,成功之作却寥寥无几。正如明人李东阳《麓堂诗话》所说:"严沧浪所论,超离尘俗,真若有所自得……顾其所自为,徒得唐人体面,而亦少超拔警策之处。予尝谓识得十分,只做得八九分,其一二分拘于才力,其沧浪之谓乎?"不过这大概也与两人不同的诗歌创作理念有一定关系。[3]戴复古是江湖诗派的代表人物之一,他自称学习杜甫,但从现存戴复古的诗歌看,也的确带有学习晚唐诗的痕迹,他自己在《自题诗稿》一诗中也说:"冷淡篇章遇赏难,杜陵清瘦孟郊寒。"承认自己曾经同时受到杜甫和孟郊等人的影响。不过,戴复古之学习古人,并非一味模仿,同时也注重个人的创造,正所谓"须教自我胸中出,切忌随人脚后行"。从这样的事实出发,对此诗第二句的理解,第一种意见可能更符合原意。第三、四句:"举世纷纷吟李杜,时人不识有陈黄。""李杜"云云,其实是一个偏义词,杜甫的地位在唐代远不如李白。第一个将李杜并称的,大概是文起八代之衰的韩愈,他在《调张籍》一诗中说:"李杜文章在,光焰万丈长。"稍后又有诗人元稹所写的杜工部墓志铭,全面评价了杜甫诗歌的伟大成就,不仅李杜并称,而且明显扬杜抑李。[4] 韩愈乃唐代贞元、元和时期的文坛领袖,也是唐代第一个身体力行,认真学习杜甫的人。元稹曾经一度身为宰相,诗也负有盛名,都是很有影响的人物,他们的称赏自然意义重大。但是历史似乎并不买账,杜诗在唐代的影响远不如李白。杜诗真正受到重视是在宋代,苏东坡就曾经说过,"天下几人学杜甫,谁得其皮与其骨。"[5] 明人王世贞认为:"子瞻多用事实,从老杜五言古、排律中来。鲁直用生拗句法,或拙或巧,从老杜歌行中来。介甫用生重字力于七言绝句及颔联内,亦从老杜律中来。"[6] 清人王士禛指出:"宋明以来,诗人学杜子美者多矣,余谓退之得杜神,子瞻得杜气,鲁直得杜意。"[7] 尤其在江西诗派兴起之后,杜甫受到了极大的尊崇,被称为诗派的祖师爷。元人方回著《瀛奎律髓》,首倡一祖三宗之说,一祖即指杜甫,三宗是黄庭坚、陈师道和陈与义。诗歌末句所说的"陈黄",就是指江西诗派的领袖人物二陈和黄庭坚。江西诗派是我国文学史上第一个最大的诗歌流派,其影响所及不仅限于宋代,南宋的所谓中兴四大诗人尤、杨、范、陆,以至前期的江湖派诗人姜白石等人,无不受其影响。戴复古也没有例外。宗唐、宗宋之争,一直延续了千年之久,而江西诗派在经受了明代复古主义的冲击以后,在清代的特殊历史文化背景下,重新复活,清末著名诗人陈三立、陈衍等人,都以江西诗派自命。这是一种非常复杂的历史文化现象,值得后人深入研究,而不能攻其一点,不及其余,不能轻率地加以否定。事实上黄庭坚、陈师道和陈与义都是宋代继欧阳修、王安石、苏轼以后的杰出诗人,其诗歌创作在学习杜甫的基础上,也都有所创新,有所突破,形成了自己的独特风格,在当时和后世都产生过很大影响。明白了这样的背景,我们就可以推测,末句的意思应该是褒而非贬,意谓如今举世皆知学习杜甫的重要,而忘记了学杜最成功的典型是黄庭坚、陈师道和陈与义。

第三首:"曾向吟边问古人,诗家气象贵雄浑。雕镂太过伤于巧,朴拙唯宜怕近村。"第一、二句戴复古表达了自己的诗美理想,追求雄浑的诗歌风格。什么是雄浑呢?唐末诗人司空图《二十四诗品》第一品就提出了"雄浑",说:"大用外腓,真体内充。反虚入浑,积健为雄。具备万物,横绝太空。荒荒油云,寥寥长风。超以象外,得其环中。持之匪强,来之无穷。"严羽《沧浪诗话·诗辨》也说:"诗之品有九:曰高,曰古,曰深,曰远,曰长,曰雄浑,曰飘逸,曰悲壮,曰凄婉。"在《诗评》中又说:"汉魏古诗,气象混沌。"沧浪所说的"品",所说的"气象"大致相当于现代术语"风格"。雄浑指雄伟浑厚的艺术风格,是司空图诗美理想之一。在诗歌创作中,怎样才能达到雄浑之美呢?司空图提出了这样的途径:"大用外腓,真体内充。返虚入浑,积健为雄。"在司空图看来,浑灏壮宏的外观,乃是充实丰富的内涵之体现,反映了他对盛唐诗风的回忆与向往。但是,这种诗风与作者的平生经历、思想高度、人生态度紧密相连,也受限于作者所处时代的审美风会,"持之匪强,来之无穷",一旦具备了主客观条件,雄浑之风自然就源源汩汩,不期而至。在唐代,尤其是盛唐,具有雄浑风格的诗歌作品比较多,例如杜甫的五律《登岳阳楼》,气象雄浑,短短四十字中,家国之忧,身世之慨,雄阔之境,沉厚之情,如此和谐地融合在一起,因此呈现出一种雄阔浑厚的艺术风格。宋唐庚评曰:"过岳阳楼,观子美诗不过四十字,气象宏放,含蓄深远,殆与洞庭争雄。"[8]又如杜甫七律《登楼》曾被前人推为唐代七律最优秀之作,沈德潜评论曰:"气象雄浑,笼盖宇宙,此杜诗之最上乘者。"其特点是"句有力而纡徐,不失言外之意"[9]。遍观《石屏诗集》,虽然好诗不少,但实在很难找出几首具有雄浑之美的诗篇,这并不奇怪,司空图追求韵外之致,但《司空表圣诗集》中却几乎难觅这样的诗作;严羽倡言"以汉魏晋盛唐为师,不作开元天宝以下人物",但《沧浪吟卷》中的作品,尚不足与中晚唐名家媲美,遑论汉魏盛唐!清代王渔洋提出神韵之说,而《渔洋山人精华录》中又有多少作品是神韵悠远的呢?自古至今,理想与实际不符,理论和创作脱节者比比皆是。所以严沧浪说:"学其上仅得其中,学其中斯为下矣。"又说:"功夫须从上做下,不可从下做上。"因此,诗一、二句是诗人的美学理想,是他希望追求达到的目标,而三、四两句才是他创作实践的切身体会。戴复古在诗歌创作上下过极大苦功,他努力学习杜甫,曾经受到江西诗派的影响,又努力模仿孟郊、贾岛的诗风,后来"登三山陆放翁之门,而诗益进"。诗歌创作取得了很大成就,成为江湖诗派的领袖人物,"以诗鸣东南半天下"。赵汝腾《石屏诗集序》评论说:"石屏之诗,平而尚理,工不求异,雕镂而气全,英拔而味远。玩之流丽而情不肆,即之冲淡而语多警。"为人作序,难免说些好话,赵氏对石屏诗的赞美,稍有夸张但并不算离谱。孟郊、贾岛是唐代著名苦吟派诗人;江西诗派诸人,作诗也很刻苦,陈后山便是一个著名例子。陆游先学江西而后又跳出江西之藩篱,"未作江西社里人",自成一大家。戴复古后来登陆游之门,诗益进,也是因为他意欲摆脱前人的束缚,自成一家之言。第四首的末二句"须教自我胸中出,切忌随人脚后行",对这层意思表达十分清楚明白。据说戴复古诗不妄作,十分刻苦:"每得一句,或经年而成篇。尝见夕照映山,得句云:'夕阳山外山',自以为奇,欲以'尘世梦中梦'对之,而不惬意。后行村中,春雨方霁,行潦纵横,得'春水渡旁渡',始相称。其苦心搜索如此。"[10]此联后句的确较前句优胜许多,因此也成为古今名对,近代弘一法师李叔同,甚至把它写进了歌曲,广为传唱。这个故事和贾岛当年的故事十分相似,不过"春水渡旁渡,夕阳山外山"一联,较贾岛之"独行潭底影,数息树边身"为优,一自然一雕琢之故也。因此本诗第三句"雕锼太过伤于巧"就有了着落,贾岛此联可为"雕锼太过"之典型。而石屏此联,虽然也是"经年而成篇",但并非搜索枯肠所得,而是触景生情,信手拈来,遂成妙对,因而远胜于贾岛之作。第八首末二句:"有时忽得惊人句,费尽心机写不成。"就是指诗歌创作中的此类情形。我国古代诗人为了追求表达的精彩凝练,向来重视炼句炼字,唐以后因格律诗的兴起,此风尤甚。老杜诗云:"语不惊人死不休。"贾岛诗云:"两句三年得,一吟双泪流。"孟郊诗云:"夜吟晓不休,苦吟鬼神愁。"卢延让诗云:"吟安一个字,拈断数茎须。"苏东坡曾经戏谑陈师道:"闭门觅句陈无己。"近体诗既要讲究四声,又要重视对偶,在格律的束缚中追求精彩凝练的表达,就不可能不雕锼。僧皎然《诗式·取境》曰:"又云:诗不要苦思,苦思则丧自然之质。此亦不然。夫不入虎穴,焉得虎子?取境之时,须至难至险始见奇句;成篇之后,观其气貌,尤似等闲不思而得,此高手也。"姜夔《白石道人诗说》云:"雕刻伤气。若鄙而不精巧,是不雕刻之过。"诗末二句,是作者创作实践的经验之谈,也指出了当代诗人的通病,他们刻意苦吟,摩习唐代孟郊、贾岛,因而诗风普遍存在雕锼太过而流于细碎纤巧的倾向。戴复古虽然认识到这一问题,但是限于思想高度和时代风会、生活经历,《石屏诗集》也不免存在少量这类作品。这是当时社会环境使然,今人不能苛求。追求朴拙之美,也是戴复古的诗美理想之一。要做到朴拙而又不失之粗俗非常困难,老杜诗中常有这类作品,例如《解闷》之二:"商胡离别下扬州,忆上西陵故驿楼。为问淮南米贵贱,老夫乘兴欲东游。"自然质朴,拙而非拙,江西诗派重要诗人陈师道,似乎特别钟情这种风格。他在《后山诗话》中还提出"宁拙毋巧,宁朴毋华,宁粗毋弱"的美学原则。后山的诗集中,人们可以读到不少这类作品。而戴复古这类作品,主要存在于其古体诗中,数量也不多。这种情况再次说明,理想和实践常常会有很大差距。

第五、第六首:"陶写性情为我事,流连光景等儿嬉。锦囊言语虽奇绝,不是人间有用诗。""飘零忧国杜陵老,感寓伤时陈子昂。近日不闻秋鹤唳,乱蝉无数噪斜阳。"这两首诗的主题是一致的,强调诗歌必须有用,在积弱难返的南宋后期,诗人应该关心国事,忧国忧民。李贺苦吟所获得的锦囊佳句,虽然"所得皆警迈",但是无补于世用。在《石屏诗集》中,的确有不少忧国忧民的好诗,这也是戴复古之所以高出同时代许多诗人的重要原因。这里有一个问题,戴复古曾经是陆游的入门弟子,陆游是南宋最著名的爱国诗人。而这两首诗中为什么不涉及陆游而提杜甫和陈子昂呢?因为第六首完全用比喻体,戴复古以杜甫和陈子昂自比,并非轻狂之言,他们的身世遭遇和思想感情的确有许多共同之处。杜甫遭遇安史之乱,被迫漂泊夔蜀,依旧念念不忘君国;戴复古漫游江湖,也曾身逢战乱,同样满怀忧国忧民之心。陈子昂高举复古大旗,反对唐初文坛绮靡之文体,风气为之一变。正如刘克庄《后村诗话》所说:"唐初王、杨、沈、宋擅名,然不脱齐梁之体,独陈拾遗首倡高雅冲淡之音,一扫六代之纤弱,趋于黄初、建安矣。"戴复古虽然身处江湖之中,但他并不完全赞成四灵、江湖诗人一味学习晚唐的主张,尊崇杜甫而不完全否定晚唐,在这里,以陈子昂自比,也不算过分突兀。其侄孙戴东野在《石屏后集锓梓敬赠屏翁》一诗中说:"新刊后稿又千首,近日江湖谁有之。妙似豫章前集语,老于夔府后来诗。梅深岁月枝逾古,菊饱风霜色转奇。要洗晚唐还大雅,愿扬宗旨破群痴。"句中"秋鹤""乱蝉"都是比喻,前者比喻风雅传统,后者比喻当时诗坛乱象。

第七首:"欲参诗律似参禅,妙处不由文字传。个里稍关心有悟,发为言句自超然。"此首以禅喻诗。说起以禅喻诗,人们往往想到严羽的《沧浪诗话》,其实以禅喻诗之风气并不始于沧浪。许多著名诗人都自称居士,像苏轼、黄庭坚等人不但自称居士,他们的一些诗篇也充满了禅意,黄庭坚则早开以禅论诗之例,有人问他作诗之道,他回答说:"学者要以识为主,如禅家所谓正法眼者,直须具此眼目,方可入道。"[11]到了南宋,此风更盛,以禅喻诗,仿佛成了一种时尚,以禅喻诗的绝句作品纷纷出现。不过论述最细致详尽的,当推诗论家严羽。严羽《沧浪诗话·诗辨》专列一节以禅喻诗。作者对此异常自负,自诩发前人之未发,是"自家闭门凿破此片田地得来者"。其实严羽以禅论诗虽然详尽,究其实质,也不过是以禅宗宗派名词为历代诗歌划分等级,为其复古理论张目而已。其理论核心"妙悟",要求人们取古人之诗反复"熟参之",久之自然悟入。这种方法,更像是禅宗北派的修为渐悟。而戴复古本诗所说的,却更像是禅宗南派的修为方法——顿悟。"个里稍关心有悟,发为言句自超然",这是两者的不同,也就是说,严羽强调向古人作品学习,最终导向了复古主义,虽然他复古之目的是为了革新;而戴复古的禅悟说,却主张凭自己的心灵去感悟,似乎胜于严羽。第八首是对第七首的补充,意思是说天地万物都是很好的诗材诗料,只待诗人去发掘开垦,但是写诗全凭妙悟,要依靠灵感触发,灵感潮来,便能得到惊人之句,反之没有悟入,没有灵感,纵然搜索枯肠,费尽心机也写不出好诗。显然这种理论与严羽大相径庭,反倒与公安性灵派息息相通。九、十两首主要探讨用字、押韵的规律,正如作者自己本诗题目中所说:"无甚高论,可作诗家小学须知可也。"故不再具论。

(本文为戴复古诞辰八百五十周年学术研讨会作)

【注释】

[1] 见郭绍虞《杜甫戏为六绝句集解·序》注。

[2] 参看张继定《严羽和戴复古身世行迹诸问题考：对〈严羽评传〉的几点商榷意见》《严羽戴复古异同论》。

　　[3] 严羽《沧浪吟卷》模拟盛唐，自创之调不多，总量也只有一百多首。而戴复古平生刻意为诗，作品数量现存超过千首，"以诗鸣海内四十年"。作品以五言律诗最多，虽不免有唐人贾岛、姚合的痕迹，但以自创为主。《四库总目提要》评其诗"精思研刻，实自能独辟町畦"，不失为持平之论。

　　[4] 见元稹《唐故工部员外郎杜君墓系铭并序》。

　　[5] 苏轼《次韵孔毅甫集古人句见赠五首其一》句，见《苏文忠公诗集》卷二二。

　　[6] 王世贞《艺苑卮言》卷四。

　　[7] 王士禛《带经堂诗话》卷一。

　　[8] 见唐庚《唐子西文录》。

　　[9] 叶梦得《石林诗话》。

　　[10] 事见金芝山点校《戴复古集·附录》引《台州府志·文苑传》。

　　[11] 语见郭绍虞《宋诗话辑佚》卷上范温《潜溪诗眼》。

阮籍诗歌的象征性

阮籍《咏怀诗》是我国古代诗歌史上千古不解之谜。早在一千五百多年前,钟嵘就发出过"归趣难求"的感叹,唐人李善和清人沈德潜也曾有"难以情测"和"莫知归趣"的迷惑。造成这种情况的原因是多方面的。深入研究阮籍诗歌的象征特点,也许是寻找这一谜底的重要途径。

一

考察阮籍《咏怀诗》的象征系统,大致可以将其归纳为四种类型,即历史的象征、神话的象征、风景的象征和动植物的象征。黄节曾经指出阮籍"发言玄远,口不臧否人物。斯则《咏怀》之作所由来也。而臧否之情托之于诗,一寓刺讥,故东陵吹台之咏,李公、苏子之悲,园绮、伯阳之思,高子、三闾之怨,诗中递见,此李崇贤所谓文多隐避者也"[1]。事实的确如此。立身谨慎,"口不臧否"不过是阮籍在险恶政治环境中保护自己的一种手段。但是,感情热烈、爱憎分明的诗人并没有真正忘怀世事,他内心的痛苦也必须有所宣泄。于是历史人物和事件首先成为他属意的对象,老子、四皓、伯夷、叔齐、苏秦、李斯、屈原、邵平等人纷纷进入了他的诗篇,成为托寓内心感受的载体:

> 昔闻东陵瓜,近在青门外。连畛距阡陌,子母相钩带。五色

曜朝日,嘉宾四面会。膏火自煎熬,多财为患害。布衣可终身,宠禄岂足赖?(其六)

登高临四野,北望青山阿。松柏翳冈岑,飞鸟鸣相过。感慨怀辛酸,怨毒常苦多。李公悲东门,苏子狭三河。求仁自得仁,岂复叹咨嗟?(其十三)

很明显,这两首诗中的历史人物和事件,都是用以托寓诗人的忧世之情和出尘之想。东陵侯邵平种瓜东门的故事已为人们熟知,诗歌通过这个历史人物,不仅表达了诗人身处乱世,渴望避祸全身的心情,而且还对那些热衷于功名利禄之徒提出了告诫。第二首诗将李斯、苏秦与伯夷、叔齐两组人物作对比,指出了两种不同的结果:前者贪图功名富贵,终致东门之悲,身死名灭;后者隐居首阳,求仁而得仁。邵平、夷、齐与苏、李等人,其行事虽有乐道安贫与趋慕富贵之不同,其结果亦有保节全身与身死名灭之差异,形成了鲜明的对照。但是,诗歌所托寓的思想感情是近似的。忧世是出世之因,出世为忧世之果,两者密不可分。阮籍高才清望,曹魏政权与司马集团对他都很重视,都企图把他罗致幕下。司马集团对他的威逼利诱更是不遗余力。他曾长期担任司马懿、司马师、司马昭的从事中郎。这是一个并无实权但又必须常随左右,时备咨询的虚职。对于阮籍来说,这种待遇与其说是恩宠,还不如说是禁锢。其实,阮籍原是一个具有济世之志的人,但是生当政治紊乱,人命危浅的黑暗时代,身历血雨腥风,机变百出的政治斗争,目睹一时名士如何晏、邓飏、夏侯玄、李丰、张缉,尤其是好友嵇康等人之纷纷被诛杀,诗人内心的矛盾痛苦更加深沉,因而对于自由解脱的向往便愈益强烈,诗中对邵平、夷、齐的歌颂,正是这种情绪的表现。在这类作品中,历史人物并不是作者着力描写刻画的对象,而只是作者思想感情的载体。同样,在这类作品中出现的老子、孔丘、四皓、屈原、齐景公等人,往往也只是诗人主观情思的托寓和象征,并不是严格意义上的历史人物。

以神话故事为象征的诗篇,在《咏怀诗》中占有相当比重。阮籍是一个感情炽烈的诗人,"埋忧地下"的结果是促使他"寄情天上",因而他每每通过虚幻的神仙世界来表现自己的理想与追求。这种象征方法的广泛采用,使他的诗篇呈现出奇诡的浪漫色彩。例如:

二妃游江滨,逍遥顺风翔。交甫怀环佩,婉娈有芬芳。猗靡情欢爱,千载不相忘。倾城迷下蔡,容好结中肠。感激生忧思,萱草树兰房。膏沐为谁施?其雨怨朝阳。如何金石交,一旦更离伤!(其二)

西方有佳人,皎若白日光。被服纤罗衣,左右佩双璜。修容耀姿美,顺风振微芳。登高眺所思,举袂当朝阳。寄颜云霄间,挥袖凌虚翔。飘摇恍惚中,流眄顾我傍。悦怿未交接,晤言用感伤。(其十九)。

这两首诗的象征色彩非常鲜明。在第一首诗中,"婉娈有芬芳"的二妃和"感激生忧思"的美女,都是诗人主观情思的托寓。这首诗的感情跳跃性和变化度很大,显得有些迷离恍惚,其实主旨还是可以把握的。在封建专制主义的高压之下,在政权更迭的重大关头,士人们纷纷改变初衷。这样的例子在历史上屡见不鲜,在现实中比比皆是,所以诗人发出了"如何金石交,一旦更离伤"的悲叹。诗中"猗靡情欢爱"的神女,"容好结中肠"的佳人,象征着对于忠贞热烈、至死不渝的感情的珍重和追求。但是,诗人所渴望所追求的东西往往旷世难逢,而他所厌恶的东西偏偏无往而不在。因而,他只能寄意于玄虚缥缈的神仙世界。在第二首诗中,作者着意刻画了一位"皎若白日光"的美丽女神,借以寄托自己的政治理想。前人曾经指出:"此嗣宗思见贤圣之君而不可得,中心切至,若有其人于云霄间,恍惚顾盼而未获际遇,故特为之感伤焉。"[2]诚然,封建时代士人的政治理想,往往是与对圣主贤君的向往联系在一起的。值得注意的是,阮籍诗中却从未出现过圣主贤君的形象,这一点与屈原和曹植有很大不同。

相反,诗人曾经热烈赞美"无富无贫,无君无臣"的"至德之世",表现了一定程度的无君论思想。也许正因为如此,诗人笔下的佳人既皎如日月,光彩照人,又迷离恍惚,可望而不可即。这仿佛也在暗示,他所追求的社会人生理想在现实世界中可能并不存在,因而最后又只能从幻想的驰骋中跌落,"悦怿未交接,晤言用感伤",不得不以深深的失望而告终。

我国古代风景诗的正式成熟,是在六朝的晋宋之交。在此以前,诗歌作品中的景物描写,或衬托心情,或渲染气氛,都是为抒情服务的,常常具有比兴象征的性质。阮籍继承并且发展了这种传统的方法。在《咏怀诗》中,一切风光景物的描写,无论是沾满浓霜的野草,还是滚动着清露的皋兰;无论是光辉灼灼的桃李,还是枝叶森森的松柏;无论是杳杳西颓的落日,还是经天耀地的朝阳;无论荆棘丛生的旷野,还是寒风呼啸的山冈,几乎都带有浓厚的象征色彩。诗人通过这种富有象征意味的风景描写,曲折含蓄地表达了对世事人生的深沉感叹,例如:

> 嘉树下成蹊,东园桃与李。秋风吹飞藿,零落从此始。繁华有憔悴,堂上生荆杞。驱马舍之去,去上西山趾。一身不自保,何况恋妻子。凝霜被野草,岁暮亦云已。(其三)

全诗除四句外全是写景,不过诗中所写桃李之零落,华堂之荒芜并非纪实,纯系虚笔。诗歌通过富有象征含义的风景意象,在时间跨度极大的动态描述中,层层紧逼地展开,创造出一片紧张肃杀的气氛,表现了当时政治形势的严酷,也间接透露出诗人对国家前途和个人命运的深深焦虑。西山即首阳山,是殷末贤人伯夷、叔齐饿死的地方。阮籍诗中屡屡提及这个地方,未必像有人所说,真有为曹魏政权守节、义不食周粟之意。西山在这里也只是一个象征体,寄托了诗人企求超脱世累,明哲保身的感情和愿望。

我国古代诗人往往喜欢选取自然界的动植物作为托寓思想感情

的工具。《诗经》与《楚辞》中涉及动植物种类繁多,经过历史的长期筛选,其中大部分已被淘汰,少部分被保存下来,并被赋予相对确定的象征含义,为历代诗人们所沿用。例如凤凰、鸾鸟之象征志行高洁,大鹏、黄鹄之象征抱负远大,鸣鸠、燕雀之象征凡庸卑俗,松柏、芝兰之象征坚贞自守等等。阮籍《咏怀诗》也大量运用这类象征体来传情达意,纪事感怀。例如:

> 林中有奇鸟,自言为凤凰。清朝饮醴泉,日夕栖山冈。高鸣彻九州,延颈望八荒。适逢商风起,羽翼自摧藏。一去昆仑西,何时复回翔?但恨处非位,怆悢使心伤。(其七十九)

据《晋书·阮籍传》记载,阮籍"容貌瑰杰,志气宏放,傲然自得,任性不羁",诗中凤凰这一意象正是诗人的自我比况,表现了志气高迈,睥睨世俗的情怀和追求自由解脱的愿望。值得注意的是,这只超世独立的凤凰并没有像屈原与庄周所写的那样傲岸自信,逍遥自得,相反,它引吭哀鸣,羽翼凋伤,充满着寂寞和彷徨。诗中凤凰这一意象之所以涂饰着如此浓重的悲剧色彩,正是诗人那种进退两难,自傲与自伤并存的矛盾心情的外化,也是那个丑恶畸形的社会所刻烙的深深印记。

二

阮籍诗歌象征的第一个显著特点是,在深沉的现实人生忧患意识中杂糅着虚幻缥缈的玄学冥思。正因为如此,《咏怀诗》中用以托意咏怀的象征意象往往表现出浓厚的悲剧色彩,同时又呈现出惝恍迷离的玄秘色调。无论是哀号于旷野的孤鸿,还是高飞于云间的玄鹤,无论是猗靡多情的神女,还是美目流盼的佳人,他们虽然力图超越人间的苦难,但是最终又都难以逃脱悲剧的命运。诗中出现的历史人物,如饿死首阳的夷、齐,临流惜逝的孔丘,轻舟避世的渔父,忠而见疑的屈原,作者对他们或钦慕,或同情,或悲悼,但最后总是导向这样一个玄学命题:人如何才能超越短暂卑凡的人间世事,在邈绵的宇宙中获得永恒与解脱。诗人强调,人们只有超越纷繁苦难的现实世界,回归自然,才能获得心灵的和谐与生命的真谛。正因为如此,所以《咏怀诗》中反复出现的风景意象如严霜、玄云、荒原、落日、荆棘、蒿莱等等,一方面暗示社会环境的黑暗丑恶,激起人们的厌恶和憎恨之情,另一方面又展示出一幅幅阴沉神秘的图画,引发人们的出尘离世之念。阮籍诗歌象征方法的这一特点,表现了作者思想感情内在的深刻矛盾,使其诗歌作品同时兼有宏放高迈和沉痛幽深的双重特点,显示出独特的美学风貌。

阮籍诗歌象征的第二个特点是善于把含义相近、相异、相反的意象组合在一起,表现抒情主体思想感情的深刻矛盾和细微差别。下面两诗是典型例子:

> 于心怀寸阴,羲阳将欲冥。挥袂抚长剑,仰观浮云征。云间有玄鹤,抗志扬哀声。一飞冲青天,旷世不再鸣。岂与鹑鷃游,连翩戏中庭?(其二十一)

> 学鸠飞桑榆,海鸟运天池。岂不识宏大?羽翼不相宜。招摇安可翔?不若栖树枝。下集蓬艾间,上游园囿篱。但尔亦自足,用子为追随!(其四十六)

在这两首诗中,"一飞冲青天"的玄鹤与"连翩戏中庭"的鹑鷃;招摇运天池的海鸟与集蓬艾、游园囿的学鸠,是两组含义完全相反的意象。玄鹤与海鸟象征志行高洁,抱负远大,鹑鷃与莺鸠则象征卑凡庸俗,渺小苟安。作者把它们组合在一起,成功地展示了抒情主体极其矛盾复杂的心态。第一首诗的态度异常决绝,云间的玄鹤绝对不肯与游戏中庭的鹑鷃为伍。两个意象鲜明强烈的对比,充分表现了诗人超凡脱俗的情怀以及不愿与流俗妥协的决心。但这仅仅是作者思想感情和人生态度的一个侧面。在第二首诗中,两种相反的观念似乎又取得了妥协。作者任意发挥庄子《逍遥游》的哲学旨意,认为与其成为飞翔九天的海鸟,还不如仿效园囿藩篱的鸒鸠,只有这样才能避祸全身。当然,这不过是两个意象所显示的表层含义。诗人内心所真正钦崇的仍然是水击三千、扶摇九万的大鹏,而不是翱翔蓬蒿而自命不凡的鸒鸠。阮籍高才远志而身处黑暗纷争、危机四伏的社会环境,他仰慕高尚却不敢追求高尚,鄙视凡俗而又不得不安于凡俗,"岂不识宏大?羽翼不相宜",这是诗人心灵深处深刻的矛盾痛苦,也是司马氏封建专制政权高压下许多士人的最大悲哀。鸒鸠与大鹏两个充满象征色彩却含义相反的意象的巧妙组合,含蓄而生动地揭示了当时士大夫阶层的共同心态。在另一首诗中,诗人对这种矛盾心态作出了更加明确的表述:"宁与燕雀翔,不随黄鹄飞。黄鹄游四海,中路将安归?"(其八)黄鹄与燕雀两个含义相反的意象,前者象征着高情远志,后者象征着苟且偷安。但是诗人表示情愿与燕雀齐飞,却不愿随黄鹄远举。这当然不是在赞扬卑凡渺小,而是透露了诗人内心的恐惧和忧虑,反映了被司马氏屠杀政策吓破了胆的上层士人的脆弱与动摇。在《咏怀诗》的其他篇章中,这样的例子还很多,例如"桃李下成蹊"与"秋风吹飞藿"(其三),"清露被皋兰"与"凝霜沾野草"(其四),"悦怿若九春"与"磬折似秋霜"(其十二),"鸣鸠戏庭树"与"焦明游浮云"(其四十八),"俯仰乍浮沉"与"乘云翔邓林"(其十),以及颜闵与羡门(其十五),孔丘与渔父(其三十二),等等。这些含义相反的意象的有机组合,在对立中见出同一,在差异中显示和谐,多层次、多角度地表现了诗人异常复杂的内心世界,成功地刻画了特殊高压政治条件下上层士人的众生相。

还应该指出,大量含义相近、相似以至相同的象征意象在《咏怀诗》中频繁地出现,有时还伴以老庄哲学的纯理性的注释,如"生死自然理""道真信可娱"等等,有时不免使人产生抽象雷同之感。不过深入考察一下我们又会发现,这类含义相近的意象,实际上起了表现诗人思想感情细微差别的作用,并不完全是重复雷同。例如凤凰、玄鹤、黄鹄这三个意象的象征含义虽然相近,但是在诗中也存在差异。凤凰身份高贵,饮醴泉、栖高岗,主要表现洁身自好的愿望;玄鹤高飞青天,冲决罗网,反映了向往自由解脱的心情;黄鹄则一飞冲天,遨游四海,寄托着诗人不能实现又难以忘怀的高情远志。它们分别代表了抒情主体复杂心态的各个侧面,显示了其中似同而实异的细微差别。即使是某些含义相同的意象,由于组合的方式不同,所置的语言环境各异,有时也呈现出微妙的差别。例如桃李花这一意象在《咏怀诗》中虽然重复出现过多次,它有时是象征世事之难凭,有时则喻指生命之脆弱,有时也表现爱情之美好。松子、王子乔这类意象也曾多次出现,它既可表现生命无常之慨叹,也可托寓超然离世之情怀,还可抒发理想破灭之悲哀。这一切都说明《咏怀诗》的意象组合是多么巧妙,象征方法的运用是多么富于变化。

阮籍诗歌象征的第三个特点是象征指向的明确性和象征指意的多重性。当然,既然是象征,其指向的明确性也只能是相对的。这里所讲的明确,是就诗歌总体含义和感情流向而言。并不是具体索指历史上的某人某事。例如《咏怀诗》第四十七首:

> 生命辰安在?忧戚涕沾襟。高鸟翔山冈,燕雀栖下林。青云蔽前庭,素琴凄我心。崇山有鸣鹤,岂可相追寻?

这首诗的调子异常低回沉痛,感情的跳跃幅度也很大。但是其主旨和象征指向依然清晰可辨。前人在阐释《咏怀诗》时往往存在一种倾向,总是喜欢用具体的历史事实来比附诗歌的象征含义,结果往往求之凿凿而失之渺渺,有时甚至完全扭曲了诗的原意。例如曾有人认为上引诗篇的主旨是阮籍"悲生命之不辰,而追念其父(阮瑀)之节操也"[3]。这种说法不仅忽略了读者能动的接受意识,而且也并不符合历史事实。其实当年阮瑀并没有为东汉王朝尽节,阮籍也并不想为曹魏王朝尽忠。这首诗的主旨应该是悲生命之不辰,叹理想之难求。

诗中飞翔的高鸟和崇山的鸣鹤等意象,都寄托了类似的思想感情。我们说阮籍诗歌具有相对明确的象征指向,并不意味着其象征指意的单一贫乏。恰恰相反,由于诗人的思想感情是如此丰富与复杂,作为这种思想感情的载体,阮籍诗歌的意象往往具有多重象征指意,内涵繁复而富于变化,外延也有很大的辐射强度,能从各个不同的角度启发读者的联想,引动读者的情思。在前面所引的诗中,"崇山有鸣鹤,岂可相追寻"的象征指向虽然大体明确,但是其具体指意却是多重的。那不可追寻的鸣鹤,可以托寓诗人高洁的情怀,也可以象征理想破灭之痛苦,可以反映自由解脱之愿望,也可以表现睥睨世俗的心绪。总之,不同层次,不同环境,不同教养,不同历史时期的各类读者,可以从这种意象中得到启示,水平地或是垂直地展开无穷的联想,各因身世阅历和胸襟怀抱的差异而补充无限丰富的内容。歌德曾经说过:"所有的抒情作品,作为一个整体来说,必须是完全可以理解的;但是在某些细节上,却又要有些不可理解。"阮籍的象征方法,正好具备这样的特点。所谓理解整体,是强调把握其象征指向,也就是李善所说的"粗明大意";所谓细节不可解,是不赞成对象征指意的内涵作过于刻板求实的阐释,也就是李善所说的"略其幽旨"。掌握这一方法,也许就能找到探寻阮籍诗歌奥秘的正确途径。阮籍诗歌象征方法的这种特点,发展和丰富了我国古代诗歌含蓄深远,意在言外的优良传统。

阮籍诗歌象征的第四个特点是强烈深切的现实感受和奇诡的超现实幻想相结合,这使他的诗风既有"晴云出岫,舒展无定"之飘逸,又有"朔风哀号,严霜遍地"之沉痛。考察《咏怀诗》中的意象群,或取材于神话历史,或托体于草木虫鱼,大多不是现实人间的事物。那顺风翱翔的神女、云间挥袖的佳人、乘龙腾空的夏后、御日奔驰的羲和固然不会在现世生存。那日行千里的天马、驰骋长空的六龙、琼枝玉叶的琅玕、延年益寿的三芝也难以在人间生长。至于昆仑、天池、旸谷、乾昧等地点,当然也不可能在尘寰一一索指。诗人驾驭着这些神奇的意象,让自己的思绪在超现实的世界中纵横驰骋,使诗歌充满了瑰玮奇丽的浪漫色彩。但是,这一切超现实的奇想,并非诗人主观心灵所构建的惝恍迷离的幻象,而是现实生活感受的变体,炽烈感情的升华。其基础仍然是作者所处的特殊历史环境和独特的生活体验。前人说过,《咏怀诗》"词近放荡,指实悲愤",就是指此而言。在这一点上,阮籍更多地继承了屈原的传统。王夫之指出:"步兵《咏怀》,自是旷代绝作……其托体之妙,或以自安,或以自悼,或标物外之旨,或寄疾邪之思,意固径庭,而言皆一致。信其但然,而又不徒然;疑其必然,而彼固不然。不但当世雄猜之渠长,无所施其怨忌,且使千秋以还但无觅脚跟处。"[4]的确如此,在阮籍的诗歌作品中,"自安"和"自悼","标物外"和"寄疾邪",以至现实和幻想,入世与超世,它们的表现形式虽然不同,使用的语言往往各异,但却是殊途而同归。不过,其"脚跟"还是可以寻觅的,阮籍自己的诗句对此作出了很好的回答:"有悲则有情,无情亦无思。苟非婴网罟,何必万里畿?"(其七十)是的,诗人如果不遭遇那样一个特殊的时代,也就不可能创造出具有如此独特风貌的诗篇。

(本文由《阮籍咏怀诗译解·前言》删改而成。发表于《浙江学刊》1991年第5期)

【注释】

[1][2][3] 黄节《阮步兵咏怀诗注》。
[4] 王夫之《古诗评选》卷四。

论朱彝尊的诗词创作

朱彝尊是清代最负盛名的作家之一,诗、词、散文的创作都有很高成就。朱庭珍《筱园诗话》指出:"竹垞诗、古文皆成家,兼精填词,诗尤雄视一代,品在渔洋(王士禛)、荔裳(宋琬)、愚山(施闰章)之上。"赵翼《瓯北诗话》也说:"竹垞负海内重名,至今犹朱、王并称,莫敢轩轾。"在康熙年间,他的地位与当时主盟诗坛的王士禛仿佛,有"南朱北王"之称。后又有人以"朱王"合顺治中的施闰章和宋琬,以及行辈稍晚的查镇行和赵执信,号为"六大家"。[1]

朱彝尊(1629—1709),字锡鬯,号竹垞,又号金风亭长,晚号小长芦钓师。先世吴江人,明景泰年间迁于秀水(今嘉兴),遂为嘉兴人。后定居于梅会里(今嘉兴王店镇)。今王店之曝书亭公园,即为其故宅。朱彝尊出生于官宦世家,曾祖朱国祚官至户部尚书,卒谥文恪;祖父朱大竞曾官云南楚雄知府,嗣父朱茂晖亦官中书舍人,是明末复社的重要成员之一。不过到彝尊时,家道已经衰落,他的青年和壮年时期,基本上在战乱和贫困中度过。康熙十八年(1679)因户部侍郎严沆等人之荐,举博学鸿词科,授翰林院检讨,入史馆纂修《明史》。康熙三十一年(1692)罢官归里,以读书著述为事,直至八十一岁病卒。一生著述甚丰,有《曝书亭集》《经义考》《明诗综》《静志居诗话》《词综》以及《日下旧闻》等。

一

朱彝尊生活于明、清易代之际。清军入关以后对汉族所进行的血腥屠杀和残酷镇压,激起了广泛激烈的抵抗,民族矛盾迅速上升。一股保卫民族权利和民族文化的感情,如同江河奔腾,汹涌澎湃,文学创作中也急剧地响起了爱国主义的旋律,"国家不幸诗家幸,赋到沧桑语便工"。天崩地坼的时代,沸腾激变的社会生活,推出了一大批优秀的诗人,他们从各个不同的角度表现了时代的风云变幻,陵谷沧桑,为清诗的复兴和繁荣提供了坚实的基础。朱彝尊是这一行列中的重要人物。

在当时的汉族士大夫中,朱彝尊属于这样一种类型:和清初钱谦益、吴梅村等人不同,他没有担任过明朝的官职,因而从传统的伦理观念看,并没有"效忠先朝"的义务。但是他们对清朝统治者长期采取观望与不合作的态度,而对那个已经覆亡的明王朝,却始终怀着深深的眷恋和悼惜之情,其中不少人还直接或间接地卷入了反清复明的实际斗争。但是当清王朝逐步巩固了自己的政权,并采取一系列缓和民族矛盾的积极措施,尤其是新统治者开科取士,对汉族上层士大夫实行更多的怀柔政策之后,他们便逐步地改变了原来的政治态度,陆续投向新政权的怀抱。康熙十八年(1679)被清廷首批录取为博学鸿词的五十人,大多都属于这一类。朱彝尊便是其中最具代表性的人物之一。

朱彝尊的创作生涯,大致可分为四个时期。崇祯皇帝吊死煤山那一年(1644),朱彝尊才十六岁。这场变故,给了他异常沉重的打击,诗人带着深沉的哀痛步入了创作生涯的第一个时期。"我欲悲歌,谁当和者?四顾无人,茕茕旷野"(《悲歌》)。这首含蓄深沉的抒情短章,反映了青年诗人当时内心的寂寞与悲凉。朱彝尊的家乡秀水与浙江东南沿海的抗清斗争中心接近。由于政治处境和思想感情的近似,他不仅与顾炎武、黄宗羲、屈大均等爱国学者诗人保持相当密切的关系,而且还直接参加了魏耕、钱缵曾、朱士稚等人组织的反清复明斗争。斗争失败后,魏、钱因与郑成功、张煌言联络,被人告密,于康熙元年(1662)六月一日在杭州官巷口被清政府杀害。朱彝尊在案发后仓皇出走,亡命江湖。诗人后来怀着深深的悲愤追忆这一惨案的始末:

> 六月朔,二人(指魏耕、钱缵曾)坐惨法死,祁子(祁班孙)亦株系戍极边以去。当予与五人定交,意气激扬,自谓百年如旦暮,何期数岁之间,零落殆尽。陈君(陈三岛)久不克葬,二人者并骨骸亡之,惨更甚于宗观,独先生(指朱士稚)之墓在焉尔。呜呼!死者委之乌鸢狐兔而不可问,徙者远处寒苦不毛之地,幸而仅存如予,又以饥疾寒奔走于道路。然则人生相聚,岂可常哉![2]

由于清初文字狱的森严和酷烈,作者在涉及重大历史事件时故意含糊其词,对魏、钱两位志士也不得不隐其名姓。但文中所叙事件的轮廓和寄托的感情还是清楚的。正因为如此,所以朱彝尊这一时期的诗歌,集中抒写了故国沦亡的悲哀,丧乱播迁的痛苦,也反映了战争、灾荒、赋役给百姓造成的深重苦难。大多数作品,以悲歌慷慨、直抒胸臆为其主要特色。

魏耕之狱平息以后,朱彝尊回到故乡,不久就开始长期的漫游,从而进入了创作生涯的第二个时期。从康熙二年(1663)到康熙十七年(1678)间,他"家贫客游,南逾岭,北出云朔,东泛沧海,登芝罘,经瓯越"(《清史稿·文苑传》),足迹遍于半个中国。漫游的目的是为了谋取衣食,一展抱负。但是"千金裘马尽,十载道途寒",他不仅没有能够博得一官半职,使自己摆脱贫困的生活处境,而且备尝了异乡漂泊、坎坷沦落的酸辛。朱彝尊这一时期的诗歌,深刻地表现了封建社会中怀才不遇、穷途落魄的士大夫的生活体验和内心世界,感怀前朝的悲愁逐渐褪色,有才难展的激愤明显增加。由于广泛接触了社会生活,游历了祖国的名山大川,诗人在这一时期还创作了许多描绘各地山川景物、风俗人情的诗篇,开拓了诗歌创作的新领域。从艺术上说,也由一味纵横驰骤、激昂抒情,过渡到深沉凝练、格律精严,逐渐摆脱了早期模拟唐人的习气,形成了自己独特的风格。

康熙十八年(1679),清廷第一次举行博学鸿词考试,朱彝尊以布衣入选,从此进入了创作生涯的第三个时期。这次入选的五十人,都是当时知名的文人学者,朱彝尊是其中最有影响的人物之一,与潘耒、严绳孙、李因笃一起,被称为"四大布衣"。从表面看,朱彝尊此时颇得康熙皇帝的宠幸,曾多次受到"赐物""侍宴""赐居禁垣"的奖赏。但是"承恩还自笑,报国只文章",但不管担任翰林院检讨也好,日讲起居注官也好,江南乡试主考官也好,都是并没有多少实际权力的官职,康熙给予的恩宠不过是清廷统治者借以笼络汉族士大夫的一种姿态而已。由于政治上的原因和职务的关系,在这一时期,朱彝尊开始由"以诗、古文相砥砺"转向经术考据的研究,完成了从诗人向学者的转变。除了编辑自己的诗文集《腾笑集》《竹垞文类》之外,他还完成了学术著作《日下旧闻》,并且开始《经义考》的写作。但是,与作者学术上的辉煌成就恰好相反,他的诗歌创作却进入了低潮。十四年间,存诗不多,感恩酬答一类应酬投赠之作又占了大半。除了个别篇章,如《纳腊侍卫挽诗》等外,思想上和艺术上都比较平庸。即使是两次蒙冤受屈的罢官事件,在他的诗作中也未留下明显的痕迹。这种反常现象,说明朱彝尊政治上的谨慎态度。

康熙三十一年(1692),朱彝尊再一次罢官,不久他就携眷回到故乡,开始过着学者兼诗人的生活,直到病故。这是诗人创作生涯的最后一个时期。结束了仕宦生活,重新投入社会和自然的怀抱,无疑又为他的诗歌创作注入了新鲜血液。在这最后的岁月里,年迈的诗人仍旧不废游历。康熙三十一年的广州之行,康熙三十七年与查慎行同游福建,都留下了不少歌咏山川景物和描绘风土人情的优秀诗篇。不过,他这时的工作重点已经转向学术研究,学术巨著《经义考》三百卷,《明诗综》一百卷以及《曝书亭集》八十卷的编辑工作,都完成于这一时期。繁重的劳作占用了他的主要精力和时间,势必影响诗歌创作的成就。朱彝尊这一时期的诗歌,愈来愈明显地表现出"学人之诗"的倾向,往往贪多务博,争奇斗险,缺乏生动的形象和浓烈的感情。当然,这是就一种倾向而言,并非所有的作品都是如此。而这种倾向,却是清代许多学者兼诗人所共同存在的缺点。

二

朱彝尊早期的诗歌,回响着眷怀故国的悲凉调子。诗人有时托物以言志,有时怀古以抒情,无不与这种浓重的故国之思紧密地联系在一起:

> 节物惊人往事非,愁看燕子又来归。春风无限伤心地,莫近乌衣巷口飞。(《同沈十二咏燕》)

这首七绝的题材并不新颖,但是诗人通过深曲的构思,在这样一个普通的咏物诗题中融入了故国之思,因而读来分外感人。顺治十二年(1655),朱彝尊前往山阴(今浙江绍兴)探望岳父,途经杭州。"此地由来多烈士,千秋哀怨浙江东"(《吊王义士毓蓍》)。引起了诗人无限的沧桑之慨。他凭吊岳飞的墓地,感情激荡,写下了咏史长篇《岳忠武王墓》。诗篇热情歌颂了民族英雄岳飞的不朽功勋和凛然正气,严厉谴责了秦桧夫妇卖国求荣、陷害忠良的罪行。还应该看到,当时南明小朝廷尚在风雨飘摇中挣扎,抗清斗争正在蓬勃兴起,而岳飞当年所抗的"金",正是清朝新统治者的祖先。"旷世心犹感,经过泪独潸。传闻从父老,流恨满湖山",这些诗句所寄寓的感情和言外之意,是十

分明显的。康熙元年(1662),朱彝尊因躲避魏耕之狱的牵连,远走温州,途经富春江严子陵钓台,写下了这样的诗篇:

> 七里严陵濑,平生眺览初。江山谁痛哭,天地此扶舆。竹暗翻朱鸟,滩清数白鱼。扁舟如可就,吾亦钓台居。(《七里濑经严子陵钓台作》)

引人注目的是,登台怀古,抚今感昔,触动诗人内心感情的,主要不是汉代高士严光的高风亮节,而是宋末诗人谢翱哭祭文天祥的义举。由此可以推想,末句所说的"吾亦钓台居",其意主要不在慕严子之高风,而是叹避秦之无地也。这种悲悼前朝的民族感情,在《文丞相祠》和《舟次皋亭山》中表现得更加明显。可见,随着时间的推移和形势的变化,这种感情在诗人心中虽然逐渐淡漠,但是并未消泯。他在七十七岁高龄时还创作了颂扬文天祥民族气节、讽刺谢道清签名降表、赵孟𫖯出仕元朝的《玉带生歌》,便是一个明证。从表面看来,朱彝尊晚年出仕清朝,其行事似乎与诗中所表现的民族情绪互相矛盾,其实并不完全如此。在明末清初相当长的一段时间内,故国之思在汉族士大夫中曾经成为一种普遍的民族情绪。不仅被迫仕清、终生有悔的吴伟业,有"我是淮王旧鸡犬,不随仙去落人间"的喟叹,就连主动迎降、归附清廷的钱谦益,也有"嫦娥老大无归处,独倚银轮哭桂花"的悲怀。如果从历史的观点看,我们对朱彝尊晚岁的仕清无须指责,不过朱彝尊自己却对此感到深深的内疚。他在应黄宗羲之子黄百家之请,为黄宗羲八十生辰所作的寿序中说:"予之出,有愧于先生……明年归矣,将访先生之居而借书焉。百家其述予言,冀先生之不我拒也。"这些话相当清楚地反映了他的内心矛盾。

在封建社会中,士人最直接的愿望是博取功名。朱彝尊才华出众,怀有强烈的用世之心,但是明王朝的覆亡使这种愿望成为泡影。他出生于前朝,生活于新朝,在当时的社会政治形势之下,"干时"既不可能,亦非所愿。空怀着满腹经纶,而不得不江湖漂泊,俯仰依人。

七言古诗《长歌赠缪永谋》,正唱出了郁结在诗人内心的这种不平与激愤。缪永谋是作者青年时代的同乡好友,明亡后,"绝意仕进,授经生徒以为养"[4]。朱彝尊壮岁处境和心情与之相似。"君不见自从九鼎沦泗水,魑魅魍魉盈中州"("魑魅魍魉"四字后来刊印时剜去)。很明显,诗人认为明朝灭亡和清兵入侵正是他们"男儿落魄"的社会原因。在《醉歌赠陈维崧归宜兴》一诗中,他又说:"君不见山有猛虎泽有鲛,只今阳羡非乐郊。"诗人指出,在清王朝统治初期的纷纷乱世,即使像阳羡(陈维崧家乡江苏宜兴)那样物产丰饶、风景秀丽之地,也已经不足令人向往了。在《羊城客舍同万泰严炜陈子升薛始亨醉赋》一诗中还有这样的句子:"我本芦中人,易下新亭泪……况今生涯羁旅中,时危不得悲途穷。"这首诗作于顺治十三年(1656)作者旅居广州之时,诗题中所称的万、严、陈、薛,当时都是流寓之人。诗歌把沦落漂泊、怀才不遇的牢愁和王朝易主、山河非昔的感慨结合起来,把个人的身世前途与国家民族的命运联系在一起,因而其思想意义比起单纯感叹"一己之穷愁"又加深了一层。

战乱把朱彝尊抛到生活的贫困层,使他广泛地接触社会现实,了解百姓的苦难。在《曝书亭集》中,有不少直接揭露统治阶级罪恶,反映百姓疾苦的诗篇。《捉人行》和《马草行》可为代表。前者具体描写了清军初定江南时期随意捕捉人口,掠夺牛羊的暴行;后者揭露了官府横征暴敛,里胥鱼肉百姓的行径,都是具有一定社会意义的。朱彝尊是一个关心社会现实的诗人,政治的清浊,年岁的丰歉,百姓的命运,时时牵动着他的心,诗人盼望百姓能够早日脱离战争的苦难:"兵革愁何极,桑麻话未能。"他悲叹自然灾害给人们造成的痛苦:"春农千里旱,野哭万家愁","翻风无石燕,蔽野有飞蝗"。尤其难得的是,有时他还能透过天灾这种自然现象,进一步揭露人祸的危害,从而在一定程度上批评了腐朽黑暗的封建专制社会。例如康熙十年(1664)所写的《旱》,描绘了江淮地区赤地千里、飞蝗蔽天,百姓在死亡线上挣扎的情景,批判了官府的腐败与无能,就是这类作品的代表。

朱彝尊一生漫游不息,他自述平生说:"空自南走羊城,西穷雁塞,更东浮淄水。一刺怀中磨灭尽,回首风尘燕市。"(《百字令·自题画像》)这种广泛的游历,使他得以领略祖国山川的雄伟秀丽,考察各地的风土人情,创作出许多优秀的诗篇。例如赞美诗人故乡嘉兴风俗景物之胜的组诗《鸳鸯湖棹歌》一百首,描绘南方风物民情的组诗《雄州歌》《岭外归舟杂诗》,讴歌杭州西湖风景名胜的《西湖竹枝词》,反映水乡农民生活的《东湖八曲》,表现我国民间古老风习的《七夕词》等,这些诗篇展现了三百多年前百姓丰富多彩的生活画卷,是作者学习民歌的成功之作。

黄宗羲说过:"为诗者亦唯自畅其歌哭。"[5]朱彝尊也非常强调诗要有真情,他说:"缘情以为诗,诗之所由作,真情之不容已者乎!……情之挚者,诗未有不工者也。"[6]诗人身受的乱离播迁之痛,使他认识到有无真体会、真感情,是衡量抒情诗优劣的首要标准。确实,感情真挚,直抒胸怀正是朱彝尊诗歌的突出优点。例如他早期所作的《岳忠武王墓》《首春端州述怀》《华亭感旧呈唐四表兄》《梅市逢魏璧》等诗篇,或感慨身世而长歌当哭,或追念故国而悲楚哀酸,或感旧伤离而沉吟呜咽,虽然体制不一,风格各异,但无不深情内蕴,真气外流,因而具有一种震撼人心的力量。

朱彝尊诗歌创作的另一优点是风格豪迈、浑厚苍凉。由于诗人才力卓绝,知识渊博,在诗歌创作时往往能熔才、学、识于一炉,又有一片真情流注其中,因而他的优秀诗篇往往浑厚而不板滞,苍凉而不颓丧,豪迈而不叫嚣,纵横驰骤而不失规矩格局,形成了自己独特的风格。他非常注意向前人学习,五言古诗质实凝重,有汉魏古朴之风。五言律、排律学习杜甫,例如《永嘉除日述怀》《七夕立秋》《卧病书怀》等作品,工整凝练,沉郁悲凉,神似少陵。他的七言古诗深受李白的影响,例如《长歌赠缪永谋》《送陈维崧归宜兴》《羊城客舍醉赋》等,着力抒写怀才不遇、身世飘零的悲慨,感情奔放,笔力雄健,风格与李白极为相似。杨际昌《国朝诗话》说他:"始尚才华,后极驰骋,佳处兼似青莲。"即是指此而言。虽然如此,他自己却说:"余于诗无专好,恒取杜子美'多师是吾师'一言为法,故夫海内论诗尚家数者,概不及焉。"[7]正因为做到学古而不泥于古,所以能兼取众人之长,创造出自己的独特风格。

朱彝尊一生"读万卷书,行万里路",后期学问既博,阅历又广,因而任何题材到他手中都能运用自如,毫不费力,任何典故都可供他驱遣,分寸切合。例如《玉带生歌》这首被前人称赞为"纵横跌荡,雄奇盖世"的长篇歌行,用托物寓意的手法,通过对玉带生砚经历的叙述,歌颂了文天祥坚贞不屈的高尚品质。诗歌或叙述,或对话,或赞叹,或悲悼;有时用典故达意,有时以直言陈述,有时借议论言情,无不纵横如意,举重若轻。诗歌的构思巧妙而自然,语言质朴而凝练,比之早期那些直抒胸怀的作品,更显得光芒内敛,含蓄沉潜,表现了诗人高度成熟的艺术修养。

朱彝尊是大学者,但一生都非常注意向民歌学习,从中汲取丰富的养分。他在长期的创作生涯中,写了大量的民歌体作品。这些诗语言朴素优美,形象生动,具有浓厚的生活气息。特别是《鸳鸯湖棹歌》这一规模宏大的组诗,从纵横两个方面表现了广阔的生活画面。其中既有优美的水乡景色,田园风光,又有动人的历史故事,民间传闻,无不荡漾着浓郁的诗意,散溢出泥土的芳香。

当然,朱彝尊的诗歌也存在明显的不足之处。在作者出仕之后,由于逐渐与现实生活脱离,伴随着大量的学术著作而产生的诗歌作品,渐渐失去了"诗人之诗"的特色,往往在诗中卖弄书卷,排比典故,议论多于感兴,学问淹没性情。像集中的《杂诗》《斋中读书》都可代表这种倾向。赵执信《谈龙录》所批评的"朱贪多",大约就是指此而言。朱彝尊在《斋中读书》中曾说:"诗篇虽小技,其源本经史。必为万卷储,始足供驱使。别材非关学,严叟不晓事。"在《楝亭诗序》中又说:"天下岂有舍学言诗之理。"这种把"流"当作"源",把六经、诸史当作主要诗材的观点,改变了自己早期的理论主张,显然是造成他诗歌"贪多务博"之病的原因。他反对严羽"诗有别材"之说,斥之为"不晓事"。其实严羽所批评的"以文字为诗,以才学为诗,以议论为诗"[8],倒是恰恰说出了朱彝尊后期诗歌创作的一个主要病症。

三

朱彝尊是清初的词学大师,又是当时影响最大的词派——浙西词派的开创者和主要代表作家,其流风余韵,绵延将及百年之久。陈廷焯说:"词至国初,直追两宋等而上之。作者如林,要以竹垞、其年(陈维崧)为冠。譬之唐诗,朱、陈犹李、杜。"[9]谭献也指出:"锡鬯、其年出而本朝词派始行。嘉庆以前,为二家牢笼者十之七八。"[10]这两段话,扼要地评述了朱彝尊在清代词坛的地位和影响。

以朱彝尊为代表的浙西词派,一开始就提出了自己的理论主张,他说:"言情之作,易流于秽。此宋人选词,多以雅为目……填词者最雅无过石帚(姜夔)。"又说:"明初作手,若杨孟载、高季迪、刘伯温辈,皆温雅芊丽,咀宫含商……至钱塘马浩澜以词名东南,陈言秽语,俗气熏入骨髓,殆不可医。"[11]这两段话的主旨非常明确,一是反对明末词坛一味模仿《花间》《草堂》的余风陋习,秽语俗态;二是标举"以雅为目"的美学标准,奉姜夔、张炎等人为词学宗师。后来的浙派词人,大体祖述这一理论。应该承认,这种理论主张的提出,在当时有其社会必然性和历史进步性。王昶《姚茝汀词雅序》说:"国朝词人辈出,其始犹沿明之旧。及竹垞太史甄选《词综》,斥淫哇,删浮俗,取宋季姜夔、张炎之词以为规范,由是江浙词人继之,蔚然跻于南宋之盛。"这段话扼要评价了朱彝尊词学主张的历史贡献。当然,简单地用"淫哇""浮艳"这样的词语来概括明代词坛的全貌,那也是不够妥当的。不过,明代是词学的中衰时期,总的成就不仅难以与宋词相比,也远远不及清词。尤其是明代中叶以后,词风更趋卑下,正如吴梅先生所说:"自马浩澜(马洪)、施阆仙(施绍莘)辈,淫词秽语,无足置喙,词至于此,风雅扫地矣。"[12] 针对明末清初词风"淫靡""俚俗"的不良倾向,朱彝尊提出"以雅为目"这一美学标准,作为补弊纠偏的方法。从实质上说,这并非治本之方。不过,由于它适应了当时相当一部分士大夫文人的审美趣味,因而得以风靡一时。朱明王朝的覆灭,改变了明末淫靡词风赖以存在发展的社会条件,在经历了一场民族大灾难的冲击以后,词人们已失去创作这类作品的环境和心情。就大多数汉族士大夫而言,继续抗争已不可能,出仕新朝又于心有愧,于是退居林下就成了他们暂时的最好出路。加以清初文字狱之阴森恐怖,即使已经出仕的士大夫,内心也常常充满着惶恐和不安。因而一种风格委婉含蓄、合乎格律的词的创作和吟唱,不仅成为士大夫怡情悦性的工具,而且也是他们用来慰藉心灵、排遣苦闷的特殊手段。"以雅为目"这一标准,正好投合了这类士大夫的审美心理。为了贯彻自己的美学标准,朱彝尊强调向南宋学习,尤其主张学习姜夔和张炎。他说:"不师秦七(秦观),不师黄九(庭坚),倚新声、玉田(张炎)差近"。"吾最爱姜(夔)、史(达祖),君亦厌辛(弃疾)、刘(过)"。词这种文学体裁刚从民间转入士大夫手中时,仍未完全丧失其"俚俗"的一面。北宋词人,且不论柳永和周邦彦,即便是秦观、黄庭坚这样典型的文人学士,也不免时或夹杂"俚俗"之气。直至南宋,才逐渐汰尽这种余习,彻底完成文人化的转变。陈廷焯就说过:"少游词时有俚语,碧山(王沂孙)乃一归雅正。"[13] 朱彝尊标举"以雅为目"的标准,自然要向南宋词人中寻找知己,而姜夔和张炎,便是最符合这个标准的词人。

姜夔和张炎之所以成为浙派词人的宗师和榜样，还有深一层的原因。首先，姜夔"生逢宋室南渡，国势日非，因而目击伤心，多于词中寄慨"[14]，张炎生于淳祐戊申(1248)，"当宋邦沦覆……故所作往往苍凉激楚，即景抒情，备写其身世盛衰之感"[15]。他们在不同程度上都经历了前朝覆亡之痛，往往在词中寄托沧桑之感。其次，姜、张二人基本上都是终身未仕，漂泊江湖，在词中每每抒发坎坷沦落之悲。这种感情，在清初大批退居林下或者流落江湖的士大夫中，最容易引起共鸣。其三，姜、张二人的词在抒情方式上有一个共同特点，即"其流落江湖，不忘君国，皆借托比兴于长短句寄之"[16]，其风格又"缠绵委折，如往而复，有一唱三叹之妙"[17]。这种委婉曲折、含而不露的感情表达方式，在当时的社会政治条件下，特别惬合士大夫的心意。由此可见，姜、张之成为浙派词人的宗师和榜样，是有相当深刻的社会历史原因的。

不过朱彝尊并没有否认词的社会作用，并不回避在词中直接表现重大的社会政治题材。他说："词虽小技，昔之通儒巨公，往往为之。盖有诗所难言者，委曲倚之于声，而其旨益远。善言词者，假闺房儿女之言，通之于《离骚》、'变雅'之义，此尤不得志于时者所宜寄情焉耳"[18]。"倚声虽小道，当其为之，必崇尔雅，斥淫哇，极其能事，亦足昭宣六义，鼓吹元音"[19]。他在《解佩令·自题词集》中明白宣示了自己填词的宗旨："十年磨剑，五陵结客，把平生、涕泪都飘尽。老去填词，一半是、空中传恨。几曾围、燕钗蝉鬓。"从现存《曝书亭词》具体的内容看，确实大多是抒愁写恨之作。当然这种愁恨的含义比较广泛，既包括家国愁、民族恨，也包括个人坎坷失意的牢愁和悲愤，还包括词人爱情生活的悲剧经历和体验。

与朱彝尊的诗作一样，当时弥漫于汉族士大夫中间的民族情绪，在他的词中也表现得相当充分。所不同的是，这种感情在词中往往通过怀古和纪游之笔表现出来，因而显得更加委婉含蓄。例如《卖花声·雨花台》：

> 衰柳白门湾。潮打城还。小长干接大长干。歌板酒旗零落尽，剩有渔竿。　秋草六朝寒。花雨空坛。更无人处一凭阑。燕子斜阳来又去，如此江山。

这首词通过六朝旧都典型景物的描绘，抒发了风景依旧而江山非昔的感慨，曲折地表达了词人的故国之思，因而被谭献赞为"声可裂帛"。在我国古代诗词中，怀古往往是和伤今联系在一起的，对古代历史人物的追怀和伤悼，实际上反映了诗人现实生活的感受。《曝书亭词》中许多怀古之作，大多是作者主观感情的寄托和宣泄，本书所选的《金明池·燕台怀古》《满江红·吴大帝庙》《水龙吟·谒张子房祠》，就是典型的例子。

朱彝尊的怀古词善于描绘宏大的历史画面，纵横万里，上下千年，同时又往往融入浓重的民族兴亡之感，因而使作品呈现出雄莽苍凉的风格。正如王初桐所说："竹垞言情咏物皆工，尤长于登临吊古，兀傲苍凉，落落有大家气。"这一特点，与宋代豪放派词人辛弃疾颇为相似，如果我们把辛弃疾的《永遇乐·京口北固亭怀古》与朱彝尊的《满江红·吴大帝庙》作一比较，就可以清楚地看到这一相似点。当然，同中依然有异，那就是前者豪迈，后者苍凉；前者激越，后者低回，这是两人不同的时代和身世使然的。与辛弃疾一样，朱彝尊在这类词中虽然大量使用典故，但是驾驭自如，因而作品仍能保持气脉畅通，声情流转，而没有晦涩蹇滞之弊。对于具有一定历史知识的读者，在理解上并不会增加多大困难，却使作品充满了历史的真实感，显得浑厚、含蓄而深沉。朱彝尊的纪游词，则往往把山川景物的描绘，历史人物的评述和词人的生活感受结合起来，熔自然、历史、现实于一炉。在这类作品中，风景、历史其实都是一种陪衬，词人主要还在于抒写自身的感情。这样，就使作品的风景描写和怀古之笔都涂上了一层主观抒情色彩，具有特殊的艺术魅力。《百字令·富春道中》和《秋霁・严子陵钓台》就是两例。

朱彝尊五十岁以前的生活道路相当坎坷。他的曾祖父朱国祚虽然仕宦通显,但到父亲一代,家道已经衰落。从十六岁到五十岁,他基本上在逃难和行旅中度过,以教书和做幕客为业。数十年中,江湖浪迹,俯仰依人。虽然文名日盛,但功名事业却一无所成。他自己也曾感叹:"四十无闻,一丘欲卧,飘泊今如此。"因而这类题材的作品在《曝书亭词》中占有很大比重,《飞雪满群山・燕京岁暮作》就是其中的代表。这首词表现了一个怀才不遇,旅食京华的士人的酸辛,从而控诉了封建社会的不合理。词的下半阕还融入了感旧伤离之绪,这就使作品超出了一般叹老嗟卑的水平,而具有深一层的社会意义。由于出自切身的体验,大多数这类题材的作品感情深挚,真切自然,具有浓郁的抒情色彩。不足之处是部分作品境界欠宽,语意雷同,不免给人以枯寂之感。

朱彝尊还以"艳词"闻名当世。陈廷焯说:"竹垞《静志居琴趣》一卷,尽扫陈言,独出机杼。艳词有此,匪独晏、欧所不能,即李后主、牛松卿亦未尝梦见,真古今绝构也。"[20]朱彝尊这类作品,包括著名的《风怀二百韵》和《闲情诗》三十首,据说大多为其妻妹冯寿嫦而作。据丁绍仪《听秋声馆词话》记载,朱彝尊在编纂《曝书亭集》时,不少人劝他把情诗《风怀二百韵》删去,而"太史欲删未忍,至绕几回旋,终夜不寐"。为了保留爱情生活的纪念,他甘愿冒世俗礼教谴责的风险。对于生活在封建时代的上层士大夫,这样做确实需要相当的勇气。不过由此也可以看出,词人对待爱情的诚挚执着态度,不像有些人那么虚伪,甚至视女子为玩物。这样,就形成了朱彝尊爱情词的一个显著优点:感情真挚,没有习见"艳词"的脂粉气和庸俗气。正如陈廷焯所指出的:"竹垞艳词,纯以真气盘旋,情至者文亦至也。"[21]例如被誉为"凄艳缠绵、字字骚雅"的《摸鱼子》,这首词追忆爱情生活的片段,短短一百余字,把男女主人公的感情和心理,他们之间的相亲相爱,相思相忆之情,表现得如此细腻熨帖,曲折动人,的确称得上抒情佳制。陈廷焯评论说:"情词俱臻绝顶,摆脱绮罗香泽之态,独饶仙艳,自非仙才不能。"又说:"凄艳独绝,是从《风》、《骚》、乐府来,非晏、欧、周、柳一派。"[22]这些评论概括了朱彝尊"艳词"的主要特点,没有传统"艳词"的"绮罗香泽"之态,纯以感情真挚、词意贴切取胜。继承了《风》、《骚》、乐府的优良传统,"情动于中而形于言",真正是有所感而发,与某些俚俗艳词有很大的区别。

与作者那些怀古、纪游的作品恰好相反,朱彝尊的爱情词很少用典,纯以白描取胜,每于细微处见真意,在平淡中见深情。例如《祝英台近》:

紫箫停,锦瑟远,寂寞旧歌扇。萍叶空池,卧柳扫还倦。便令凤纸频书,芹泥长润,招不到、别巢秋雁。　　露华泫。犹剩插鬓金铃,残菊四三点。阶面青苔,不雨也生遍。纵余一缕香尘,袜罗曾印,奈都被、西风吹卷。

全词不用一个生僻的典故,也没有色彩浓丽的藻饰,只就眼前景物平平写来,略加点缀,便把对爱人的思念,表现得缠绵凄恻,一往情深。下片所说的"插鬓金铃",青苔脚印,虽然只是生活琐事,但是一经词人妙笔点染,无不成了能触发深情遐想的动人意象,从而引起了对往事的痴情怀想,抒发了生离死别的无限怅惘。特别值得一提的是作者自述爱情生活的《洞仙歌》十七首,这组词是首尾相连的有机整体,多角度、多层次地描绘了一对情人离合悲欢的种种动人情态。作者不采用浓艳的设色而风韵自胜,不依靠巧妙的构思而于质朴处见深沉,不运用浓墨重笔,而以侧面渲染烘托之笔使意境更为深远。词人善于捕捉细微曲折的心理状态,而又能以生动的形象加以表现,例如:"恩深容易怨,释怨成欢,浓笑怀中露深意"(《洞仙歌》十一)。"旋手揭、流苏近前看,又何处迷藏,者般难捉"(《洞仙歌》一)。都是典型的例子。而贯穿于这一切的便是"真情"。谭献曾经说过:"锡鬯情深,其年笔重,固后人所难到。"[23]朱彝尊的确是一个感情丰富的词人,他自述情怀的作品固然情真意挚,就是那些代别人言情的作品,往往也写得深情绵邈,娓娓动人。著名的《高阳台》就是一例,这首词以清新流利的笔调,描写了生死不渝的爱情故事,成功地刻画了封建社会中热烈追求爱情和幸福的少女形象,因而当时曾被广泛传诵。

朱彝尊还创作了大量的咏物词,《曝书亭词·茶烟阁体词》两卷全部是这种体物之作。所咏之物,几乎无所不包,季节月令,花草树木,飞禽走兽,四时鲜果,山珍怪异,以至妇人身体的各个部位,都可以是他歌咏的对象。咏物是我国古代诗词的重要内容之一。但是,优秀的咏物诗词,不应该简单地停留在客观事物外形的描摹刻画,单纯追求形似,而应该着重表现对象的精神,寄托作者的感情,否则就很难引起读者的美感。杜甫的咏马、咏鹰诸诗,其真正动人之处,并不在于诗人成功地描绘了马和鹰的外形,而在于所寄托的骁腾万里,搏击长空的豪情。朱彝的优秀咏物词,也具备这样的优点。如《长亭怨慢·咏雁》《满江红·咏苇》《笛家·题赵子固画水墨水仙》等,都是托物写怀、意在言外的优秀之作。词人通过所咏的对象,或感叹身世之飘零,或眷怀故国之沦丧,写得沉郁悲痛,含蓄深远。例如《长亭怨慢·咏雁》,雁在词中不过是作者用以寓托身世之感的象征物。词人对雁的描写着重刻画出它们孤寒漂泊,别浦难栖的形象,实际上是把雁人格化,性格化,以此来象征自己经历了明亡之痛以后的身世和心情。陈廷焯评论说:"感慨身世,以凄切之情,发哀婉之调,既悲凉,又忠厚,是竹垞直逼玉田之作,集中亦不多见。"[24]指出了这首词的内在含义和艺术特色。可惜这类作品在朱彝尊的咏物词中只占少数。他的大多数咏物词,虽然在描写对象的广泛性,描摹刻画的细致精巧,遣词用典的工整妥切方面,都有超越前人之处;但是,由于"专工于咏物"而无所寄托,读后常感语尽意枯,缺乏动人的力量。还有少数咏物词,内容卑俗,格调不高,表现了封建文人的庸俗审美观,当然是应该扬弃的。

(本文由《朱彝尊诗词选》一书《前言》删辑而成。此书与陈士彪合作,于1989年由浙江古籍出版社出版)

【注释】

[1] 见朱庭珍《筱园诗话》卷二。
[2] 《曝书亭集》卷七二《贞毅先生墓表》。
[3] 《曝书亭集》卷四一《黄征君寿序》。
[4] 《曝书亭集》卷七二《处士缪君墓表》。
[5] 黄宗羲《南雷文定三集》卷一《天岳禅师诗集序》。
[6] 《曝书亭集》卷三七《钱舍人诗序》。
[7] 《曝书亭外集》卷七《郎梅溪诗序》。
[8] 严羽《沧浪诗话·诗辨》。
[9] 陈廷焯《词坛丛话》,转引自屈兴国《白雨斋词话足本校注》。
[10] 谭献《箧中词》今集二。
[11] 朱彝尊《词综·发凡》。
[12] [14] 吴梅《词学通论》。
[13] 陈廷焯《白雨斋词话》卷二。
[15] 《四库全书总目提要》卷一九九。
[16] 宋翔凤《乐府余论》。
[17] 郭麐《灵芬馆词话》。
[18] 《曝书亭集》卷四〇《陈纬云红盐词序》。
[19] 朱彝尊《词综》卷一。
[20] [21] [24] 陈廷焯《白雨斋词话》卷三。
[22] 陈廷焯《词则·闲情集》卷四。
[23] 谭献《箧中词》卷二。

论查慎行的诗歌创作

一

清初诗坛的主要代表作家,无论是被称为"江左三家"的钱谦益、吴伟业、龚鼎孳,还是被称为"岭南三家"的屈大均、梁佩兰、陈恭尹;无论是顺治中的南施(闰章)、北宋(琬);还是康熙中的南朱(彝尊)、北王(士禛),就总的倾向而言,似乎都未脱尽尊唐宗宋、模拟古人的习气。与此同时而行辈稍后的查慎行,在对待传统的问题上却自有见地。他平生作诗一万多首,不仅数量可观,质量也高。[1]黄宗炎说他能够"步武分司、追踪剑南"[2],赵翼置之于古代十大诗人之列[3],都不是没有道理的。

查慎行(1650—1727),原名嗣琏、字夏重,浙江海宁人。康熙二十八年(1689)冬天,因洪昇在"国忌日"演出《长生殿》一案的牵连,以"国恤张乐大不敬"的罪名,与著名诗人赵执信同被吏议,以后改名慎行,字悔余[4],号他山,又号查田。又取苏轼"僧卧一庵初白头"诗意,号初白老人。他自己曾经有诗记载这件事情:"竿木逢场一笑成,酒徒作计太憨生。荆高市上重相见,摇手休呼旧姓名。"(《送赵秋谷宫坊罢官归益都四首》之一)由此可以窥见诗人内心的惊恐之状。可悲的是不管他怎样慎之又慎,最后仍旧没有逃脱清朝统治者的森严的文网。[5]

　　查慎行的生平和创作，大致可以分为四个时期。从康熙十八年（1679）至康熙二十一年（1682）是第一时期，也可以说是从军时期。康熙十七年（1678），查慎行父亲病故，第二年夏天，诗人便离开蜗居三十年的故乡[6]，到湖北荆州追随同邑人贵州副抚杨雍建远征云贵，讨伐吴三桂残部。沸腾激变的军营生活，丰富多彩的现实世界，极大地拓展了诗人的创作视野，激发了他的创作热情。《敬业堂诗集》中那些记录战争惨酷，反映百姓疾苦，描绘西南边陲奇山异水的优秀之作，大多产生在这一时期。正如赵翼《瓯北诗话》所说的："当其少年，随黔抚杨雍建南行，其时吴逆方死，余孽尚存，官军恢复黔、滇，兵戈杀戮之惨，民苗流离之状，皆所目击，故出手即带慷慨沉雄之气，不落小家。"从康熙二十二年（1683）到康熙四十年（1701）是第二时期，也可以称为漫游时期，漫游的目的当然是"角逐名场，奔走衣食"。在漫游期间，他曾经七次入京参试，四次落第[7]，尝遍了功名失意、穷途落魄的酸辛，也充分体验了炎凉世态的种种方面。人世生活的风雨虽然消磨了诗人青年时代的豪情和锐气，却也使他对那个黑暗无情的社会有了更加深刻的认识。作者早期那种沉雄踔厉、慷慨悲歌的作品虽然减少了，但是"曲写"封建时代世态人情的作品却大量产生，在艺术上也更加成熟。在这个时期，诗人仕途的坎坷和创作的丰收恰好形成鲜明的对照。第三个时期是从康熙四十一年（1702）到康熙五十二年（1713），这是诗人政治上"蒙受恩宠"的时期。康熙四十一年，由直隶巡抚李光地推荐，查慎行受到康熙皇帝的召见并召试南书房，又破例专命入直南书房，次年成进士，钦授庶吉士，而特免教习，这时诗人已经五十四岁了。查慎行视此为莫大的恩荣。他在《南书房敬观宸翰恭纪诗序》说："臣一介微贱，遭逢盛事。千载一时，舞蹈讴吟，自不能已。譬诸秋虫春鸟，生覆载之内，亦知鸣天地之恩。"感激涕零之态，可谓溢于言表了。从此，他或"随驾游行"，或"恭和圣作"，创作了大量歌功颂德、表忠谢恩的诗篇,充分表现了封建士大夫思想的庸俗面。然而,诗人的兴奋只是暂时的,他很快就发觉:"家贫未免思游宦,以至成名累有官。"(《除夕与德尹信庵守岁》)南书房并非清净之地,那里和所有的官场一样,充满着猜忌、倾轧和争斗。正直的诗人因为不能"徇俗",以至被人嘲为"查文愎公",最后被迫"因病乞假"[8]。他在这一时期的许多作品,生动地表现了一个正直官吏内心的惶恐不安和矛盾痛苦,从而谴责了腐败丑恶的封建官僚制度。最后一个时期是从康熙五十二年(1713)"辞官归里",到雍正五年(1727)诗人逝世。查慎行既已看透了官场的丑恶内幕,便深深怀念故乡田园生活的乐趣。一旦辞官归里,便有陶渊明"久在樊笼里,复得返自然"的自由解脱之感。此后,他除了康熙五十四年(1715)的闽中之游,康熙五十六年(1717)的粤中之游,康熙五十八年(1719)的南昌之游以外,大部分时间屏居于东海之滨的海宁故里。在诗人的晚年,诗歌艺术技巧已臻炉火纯青,他"无时无地皆以诗为事",田园生活的乐趣,骨肉聚散的悲欢,亲戚朋友聚会时的絮絮琐语,以至于江南农村的山光水色,风土人情,信手拈来,皆可入诗。由于常年和家乡父老生活在一起,诗人的喜怒哀乐与普通百姓渐渐相通,因此农村赋税的苛重,官吏的暴虐,以及旱涝之灾给百姓造成的苦难,在他的诗歌中也经常有所反映。在这一时期,他还经历了疾病之苦,丧子之痛,最后还因为三弟嗣庭文字狱的牵连,锒铛入狱,经受了人世生活的最后熬煎。虽然诗人自己是"奉赦出狱"了,但是嗣庭惨死,德尹(嗣瑮)流放,七十八岁的老人终于经受不住骨肉播迁、门祚零落的打击,不久就郁郁而死了。诗人在入狱前后所写的诗篇,现在保存于《诣狱集》《生还集》之中,虽然他表面上不得不讲些"雷霆雨露皆天泽""瞑亦沐君恩"之类的话,然而那字字血泪的诗句,在客观上有力地揭露了那个文网高张、冤狱遍地的所谓"太平盛世"的狰狞面目。

二

在查慎行少壮时期，清王朝基本上巩固了自己的政权，但他在二十九岁以前，一直"恪守家训"，隐居于浙江海宁花溪龙尾山侍奉父母，读书写作。这种与新统治者不合作的态度大约与父亲查崧继的影响和师友的熏陶有直接关系。[9] 在他的早期作品中，故国之思和沧桑之慨虽然不像某些遗民诗人那样浓重，但是仍旧有着明显的流露。康熙十八年（1679），查慎行第一次经过金陵，这座明朝建国初期的故都，引发了诗人无限的感慨，他在组诗《金陵杂咏》二十首序言中说："仆年三十，始至旧京。路近一千，还同异域。感生涯之已晚，叹故事之无征。彼都人士，忆南渡之风流；故国山河，见北邙之陵寝。四百八十寺，烟雨犹新；三万六千场，笙歌顿歇。袁羊因而狂愤，卫虎所以伤神。"这篇类似庾信《哀江南赋》的短文和二十首绝句，沉痛地抒发了对前明王朝的眷念伤悼之情。同样的感情在《登金陵报恩寺塔》《荆州杂诗六首》《洪武铜炮歌》《荆州护国寺古鼎歌》《木末亭谒方文正景忠烈两公》《康郎山功臣庙》《和黄晦木先生》《次梨洲夫子二首》等诗中，都有所表现。

随着形势的变化和时间的推移，这种感情在诗人心中逐渐淡薄。各路抗清义军也已被纷纷镇压下去，大多数汉族士大夫觉得已经没有必要再为那个已经覆灭的腐朽政权唱挽歌了。对于正当盛年的诗人，沸腾的社会生活和建功立业的渴望毕竟具有更大的吸引力。虽然在将行未行之际，他还是不能没有犹豫。"实拟奉成训，终身依墓庐……自伤越礼教，临去还踌躇"（《将有南昌之行示建儿》）。但是"也知田舍好，壮志恐蹉跎"（《游燕不果乃作楚行》）。诗人终于毅然离别故乡，开始"一身万里逐南征"了。从康熙十二年（1673）开始到康熙二十年（1681）结束的"三藩之乱"，一直延续了八年之久，吴三桂等人所发动的军事叛乱是逆历史潮流而动,破坏国家统一,违背各族人民利益的行为。在查慎行"投笔从军"的时候,吴三桂虽已病死,但其孙吴世璠继承了帝位,战争仍在激烈地进行。兵戈纷扰的悲惨现实、广大百姓的痛苦生活使诗人目不忍睹,耳不忍闻:"垒垒新冢荒郊遍,还有遗骸半未遮"(《初冬登南郡城楼》)。"尸陁林下乌争肉,瘦棘花边鬼傍灯"(《北溶驿》)。"鹅鸭池荒余弃垒,渔樵人少但空村"(《铜仁书怀》)。"雪填土窟埋尸浅,冰裂刀痕迸血新"(《渡油榨关》)。白骨连天,横尸遍地,人尽村空,荒冢垒垒。一幅幅伤心惨目的图画,倾注了诗人对苦难人民的深深同情,有力地谴责了军阀们发动叛乱战争的罪行。

为了进行战争,统治阶级必然要加紧对百姓的搜刮盘剥,乱兵和酷吏交替地蹂躏着百姓。对此,在查慎行的诗作中也有真实而生动的反映。请看《麻阳运船行》:

> 麻阳县西催转粟,人少山空闻鬼哭。一家丁壮尽从军,老稚扶携出茅屋。朝行派米暮雇船,吏胥点名还索钱。辘轳转绠出井底,西望提溪如到天。麻阳至提溪,相去三百里。一里四五滩,滩滩响流水。一滩高五尺,积势殊未已。南行之众三万余,樵爨军装必由此。小船装载才数石,船大装多行不得。百夫并力上一滩,邪许声中骨应折。前头又见奔涛泻,未到先愁泪流血。脂膏已尽正输租,皮骨仅存犹应役。君不见一军坐食万民劳,民气难苏士气骄。虎符昨调思南戍,多少扬麈白日逃。

诗歌不仅表现了"兵戈杀戮之惨,苗民流离之苦",而且形象地描绘出在滩高流急的西南山区进行运输的艰难以及民工的劳苦。"脂膏已尽正输租,皮骨仅存犹应役。"百姓财物早已被搜刮一空,却依然要交纳赋税;肉体被摧残得仅存皮骨,可仍旧要服劳役,而那些骄横的士兵只知道作威作福,欺压百姓,一旦遇到真正的敌人,便望风逃窜了。类似的作品还有不少。诗人满怀同情地表现了那些巢居穴处、与世隔绝的少数民族的深重灾难。黄宗炎在论述查慎行这一段创作生涯时曾经说过:"四年间,水陆万里,往来楚、黔之什,山川诡变,与江、浙绝殊,苗蛮风俗,与乡土迥判。加以乱离兵革之惨,饥荒焚掠之余,天宝诗人所不及睹,投荒迁客所未曾历者,聚敛笔端,供其驱使,宁藩篱鹦雀可望其项背哉。"[10]这段话,深刻地分析了查慎行这类诗篇的意义和产生的社会条件,对后人颇有启发。诗人这一时期所写的作品,在反映现实的深度和广度上,确有超越前人的地方。

延续多年的战争虽然结束了,但是百姓的苦难并未结束。"三藩之乱"平息之后,清王朝进入了所谓的"太平盛世"。但是对普通百姓来说,"太平盛世"并非真正的"乐土",诗人清醒地看到了这种现实。《桃源县》和《渔苗船》这两首尖锐泼辣、充满讽刺意味的小诗,无情地揭开了这种"盛世"的虚假帷幕:"废绿春芜瘠土耕,河壖小县并无城。武陵鸡犬应相笑,如此苍凉浪有名"。"几片红旗报贩鲜,鱼苗百斛楚人船。怜他性命如针细,也与官家办税钱"。第一首诗是带有象征性的:在一向被称为桃源的地方,土地荒芜,乡村凋敝,人民依然过着痛苦的生活。如此"桃源",真是浪得虚名了。桃源尚且如此,其他地方自然可想而知。第二首诗揭示了造成这种状况的根本原因:无休无止、无处不在的赋税和盘剥,连细小如针的鱼苗也不得不与"官家办税钱"了。

查慎行自己说过:"我从田间来,疾苦粗能知。"事实的确如此。在以后的创作生涯中,诗人继续写了许多反映人民悲苦命运、批判社会黑暗的优秀诗篇。这些诗从各个不同的侧面揭露了作者生活的那个时代和社会的罪恶本质。例如《淮浦冬渔行》《闸口观罾鱼者》等诗,淋漓尽致地描写了淮河两岸渔民的悲惨生活。诗人愤怒地说:"一钱亦征入市税,末世往往多穷搜。"居然把统治者自诩的"盛世"比成"末世"。《养蚕行》《原蚕行》写出了蚕农劳动的艰辛和命运的悲苦。《吴江田家》《麦无秋行》《观刈早稻有感》写出了农户们在官租私税盘剥下的非人生活:"地僻不知丰岁乐,民劳犹望长官贤。谁知疾苦无人问,秋税新增户口钱。"诗人同情百姓的疾苦,往往把希望寄托在"好官"身上,然而无情的现实却提醒他,这种"好官"实在少见,绝大多数官吏只知鱼肉百姓:"责之办赋税,肉尽空腔皮。可怜牧民官,往往犹鞭笞。方将计囊橐,焉问疾苦为。"在《苦旱行》《飞蝗行》《海塘行》等诗中,诗人还描述了自然灾害带来的灾难,从而间接地控诉了那个不管百姓死活的专制政权。

如果说上述充满批判精神的诗篇是查慎行诗歌创作中最有价值的部分,那么还应该注意,那些细腻曲折地描绘封建社会人情世态的诗篇,却是查慎行诗歌中最具特色的作品。后者较之前者,不仅在数量上要多得多,而且能够鲜明地体现诗人独具的风格。正是这类诗篇,为查诗赢得了广大的读者,使他在清初诗坛上占有特殊的地位。

为了巩固自己的政权、缓和民族矛盾,清朝统治者对汉族士大夫采取了镇压与笼络相结合的双重政策。康熙在清除了统治集团内部代表落后、倒退势力的鳌拜集团以后,又从各方面加强了这种笼络工作,

例如颁布捐纳制度,开设博学鸿词科,罗致全国名士等等。这一系列措施,为汉族士大夫打开了通向仕途的大门。"博取功名",这是封建社会中大多数士人孜孜以求的目标,但这条道路上也布满了荆棘。查慎行在三十岁入仕前这段时间内,一直奔波在这条坎坷不平的道路上。他一再落第,而每次落第都写下失意感怀的诗篇。其中有委屈,有不平,有羞愧,有感慨,细微曲折地表达了落第士子复杂的心理状态。查慎行对功名的追求是执着的,他相信,这只是暂时的挫折,自己的才能终究会受到赏识。不过,他的希望又一次落空了。正当他第四次落第,感到走投无路、百念俱灰的时候,康熙皇帝的青睐意外地落到了诗人的身上。自从康熙二十八年(1689)受《长生殿》一案的牵连以后,查慎行对于人们所说的"仕途如畏途"这句话的含义,

已经有了初步的体会。在《长生殿》案中,查慎行、赵执信落职的公开原因其实并不是真正的原因,两位诗人不过是统治阶级内部政治斗争的牺牲品罢了。[11]查慎行自己在《竿木集叙》中也说:"饮酒得罪,古亦有之。好事生风,旁加指斥,其击而去之者,意虽不在苏子美,而子美亦不免焉。"这节文字,透露了此中的部分消息。对于这次蒙冤受屈,他是异常悲愤的,《送赵秋谷宫坊罢官归益都四首》就表达了这种心情:

> 君别蓬山作谪星,我从雾谷拟潜形。风波入海知多少,聚散何关两叶萍。
>
> 南北分飞怅各天,输他先我着归鞭。欲逃世网无多语,莫遣诗名万口传。

在《将出都门述怀》这首一百韵长诗中,诗人尽情倾吐了自己的满腔悲愤,曲折地写出了自己功名失意、知己难逢的苦闷,严厉谴责了专工中伤的"鬼蜮"和"蛇蝎",慨叹自己"久抱违时性,兼无媚俗姿",所以遭到小人的妒忌和谗害。这正是封建社会中正直之士的共同苦闷。其实,查慎行此时并未正式踏上仕途,他在这方面的体验毕竟还只是初步的。康熙四十二年(1703),查慎行入值南书房,感激、兴奋、对未来的美好憧憬,一时几乎使他忘记了现实生活的教训。他写道:"屡下南宫第,俄闻秘阁开。一经虽旧习,六论本非材。不敢他途进,终惭特召来。平生无梦想,今日到蓬莱。"(《二十八日召试南书房》)可惜,秘阁并非"蓬莱",官场更不是正直之士的栖身之所。"南书房"是皇帝的秘书班子,虽无实权,但是接近皇帝,有机会攀附枢要,交结贵人,为许多人所羡慕,"望之者如峨眉天半"[12]。因而内部充满着种种明争暗斗。正直疏落的"查翰林",因为不能也不愿"委曲周旋",很快就招来了猜忌。无情的现实终于粉碎了诗人天真的幻想:"依稀一觉游仙梦,初自蓬山绝顶回。"他在《残冬展假病……》的组诗中,真实地记录了官场生活的切身体验,尽情地抒发了自己郁结心头的不平和愤慨,刻画了那班无耻小人的丑恶嘴脸,咒之为蝎、为蝇;嘲笑上层士人角名逐利、文人相轻的恶习;慨叹自己理想破灭的遭遇;显示了自己"不畏群嗤不受怜,孤行一意久弥坚"的高尚节操;悔恨见事太迟、抽身欠早的幼稚无知;表达了离开龌龊官场,回归田里的决心。现抄录其中一首于下,以见一斑:

> 卧看星回晷景移,流光冉冉与衰期。人言宦海藏身易,自笑生涯见事迟。夜似小年来渐信,病非一日老方知。惟余莼菜归思兴,蚤在秋风未起时。(《残冬展假病榻消寒聊当呻吟语无伦次录存十六首》之一)

从表面上看,查慎行这类作品似乎只是写出了一己之穷愁,但是这"一己"却是封建社会中众多有才能而遭压抑的士人的典型,诗人写出了他们的希望、不平、痛苦和追求,表现了他们在仕途上的坎坷经历,正是对不合理的封建人才制度的批判,诗歌表现了一位正直官吏的内心苦闷,写出了他们所遭受的不公正待遇,从而揭露了封建官僚制度的丑恶。这类诗歌,也是很有现实意义的。

三

洪亮吉《北江诗话》说:"七律之多,无过陆务观者,次则本朝查慎行。陆诗善写景,查诗善言情。写景故千变万化,层出不穷;写情故宛转关生,一唱三叹。盖诗家之能事毕,而七律之能事亦毕矣。"由于诗歌理论主张的不同,洪亮吉并不同意赵翼《瓯北诗话》把查慎行列为古代十大诗人的意见。[13]但他指出查慎行七律多,善言情,其言情委婉曲折,有一唱三叹之妙,是颇有见地的。在中国古代各体诗中,七律是一种抒情诗体。查诗七律之多,与他"善言情"的特点有密切关系。不过笼统地说"陆诗善写景,查诗善言情",把写景与言情割裂开来,这种意见并不妥当。在古代诗歌,尤其是被称为近体的律诗和绝句中,言情与写景往往是互相依存,互为作用的。即景生情,寓情于景,情景交融,妙合无垠,这是古代抒情诗的理想境界.也就是洪北江所说的"诗家之能事"。因此,我们必须进一步考察诗人"言情"的独特方式。

查诗"言情"的第一个特点是工于比喻,情是无形的东西,如何赋予这种情以具体可感的形象,正是诗人们孜孜以求的目标。查慎行诗歌善于采用巧妙、贴切的比喻来表现自己的生活感受。"同来我亦辞巢燕,暂止人犹爱屋乌"。"寒比蛰虫宜墐户,忙如巢燕正争泥"。"心如井底无波水,云肖城头没骨山"。诸如此类的比喻,在查诗中举不胜举。这些比喻本身并不算新奇,但是经他随手拈来,点化入诗,便显得细腻熨帖,情味悠悠,形象地画出了抒情主人公的内心世界。仿佛一位高明的画家,寥寥数笔就把对象的神采生动形象地表现出来了。

查诗"言情"的另一个特点是善于形容。他自己也曾经自负地说过:"肖物能工石亦妍。"确实,诗人的生花妙笔能使顽石也呈现出美丽的姿态。"人来小雨初晴后,秋在垂杨未老间"。"天寒落日千群马,叶尽疏林万点鸦"。"雨腥双袖弓刀血,风静诸山草木兵"。诸如此类的诗句在查诗中也可俯拾即是。这些句子是如此洗练工整,生动传神,但是又显得清晰明了,自然妥帖,不露一丝斧凿痕迹。而且这种描写刻画都是为了传情达意。正因为诗人能够寓情于景中,才能给人以余情于景外的低回不尽之感。司空图《二十四诗品》曾经说过,形容的极致应该是"离形得似"。查慎行诗中的形容之妙虽不能说完全达到了这个标准,但也差不多是"庶几斯人"了。袁枚《论诗绝句》指出:"他山书史腹便便,每到吟诗便弃捐。一味白描神活现,画中谁似李龙眠。"[14] 意思是说查慎行虽然满腹书史,但写诗却采用白描手法,不像当时许多人那样爱掉书袋。袁枚从性灵派的理论观点出发,特别偏爱查慎行这类作品,是很自然的。但是"一味白描神活

现"确实也是查诗"言情"的一大特点,例如:

山妻赤脚子蓬头,从此劳劳直过秋。海角为农知更苦,合家筋力替耕牛。(《村家四月词》)

油菜花开十里黄,一村蜂蝶闹斜阳。明知尚隔江淮岸,风物看看近故乡。(《三月初九日自郯城看桃李至红花埠》)

以上引诗,虽不用一个深奥的词语典故,没有任何浓丽的色彩装点,完全采用白描手法,只就眼前景物、生活琐事随意写来,但语浅情深,如画如描。这种艺术表现能力,是诗人生活阅历和艺术素养充分成熟的表现,赵瓯北认为,比起那些"运古炼句者更胜一层",是有道理的。

前人曾说查诗善于"达意","意婉而能曲达"。[15]意思是说,诗人善于表达曲折复杂的思想感情,描绘反复多变的人情世态。这是事实,不是过誉,限于篇幅,恕不举例。查慎行自己说过:"莫笑生涯流转迹,贱贫何事不曾经。"诗人的人生经历实在太丰富了,他把生活体验浓缩在简短的诗句之中,然后又用明白浅显的语言表达出来,就往往能够给人以入深出浅、有余不尽之感。有时候,他还把这种生活体验上升到哲理的高度,"以议论入诗",但是读后并不使人感觉枯燥乏味,反而能启人深思。因为他诗中的议论是从生活体验中来,而他的哲理中又有着深厚的感情,因此具有特殊的艺术魅力。

四

清初诗坛,更迭交替着宗唐、宗宋的两派主张。从诗歌创作的继承关系看,查慎行受宋代诗人苏轼和陆游的影响较深。朱庭珍《筱园诗话》就指出:"查初白诗宗苏、陆。"《四库全书总目提要》也说:"王士禛原序称黄宗羲比其诗于陆游,士禛则谓奇创之才,慎行逊游;绵至之思,游逊慎行。今观慎行之体,实出剑南,但游善写景,慎行善抒情;游善隶事,慎行善运意,故长短互形,士禛所评良允。"赵翼《瓯北诗话》还对陆游和查慎行诗歌的异同作了详细的比较和辨析。查慎行是苏轼的崇拜者,他曾经以毕生精力补注苏诗,《敬业堂诗集》中模仿东坡的作品很多,其会心所在是不言而喻的。查慎行的七言古诗,气畅而词新,受苏诗的影响非常明显;而苏诗善于比喻和形容的特点,在查诗中也有充分的体现。查慎行善于言情,擅长近体,尤工七律,这一点则与陆游非常相似。从这样的意义上,说查慎行的诗歌创作受宋诗的影响更深一点,这是不错的。但是也应该看到,查慎行是一个善于向古代经典作家学习的人,他学习宋诗而能屏除宋诗的弊病。这一点《四库全书总目提要》说得对:"明人善称唐诗,至国朝康熙初年,窠臼渐深,往往厌而学宋,然粗硬之病亦生焉。得宋人之长而不染其弊,数十年来,固当为慎行屈一指也。"但是,仅仅说查慎行学习宋诗是不全面、也是不妥当的,他在创作上还注意继承古代一切优秀诗人,尤其是杜甫和白居易的优良传统。与唐代这两位大诗人一样,查慎行关心国家命运和百姓疾苦,创作了大量深刻反映社会现实和抨击时政弊病的优秀诗篇。陆嘉淑《敬业堂诗集序》认为,查慎行这类诗篇"承续风雅之本源,而非流俗之咏唱",像陶彭泽、杜浣花、白分司一样,能得"风人之遗",是符合实际的。查慎行颇为自负地说过:"比杜经天宝,如陶阅义熙。"也曾自比为杜甫和陶渊明。从艺术风格上说,查诗爱用白描,语言朴素明晰,曲折流畅,也明显受到白居易的影响。当然,这是就一般情况而言,查慎行还有一些诗篇,例如康熙二十八年(1689)所作的《将去都门感怀述事上泽州冢宰陈公二百韵》等,慨叹身世,自述生平,写来激昂苍凉,沉郁悲痛,与杜甫同类作品的风格非常近似。因此,仅仅从尊唐宗宋的角度来考察查慎行诗歌创作的渊源关系,似乎并没有完全触及问题的实质。查慎行是黄宗羲的学生,黄宗羲认为诗歌要从性情出发,反对唐宋之争。他说:"诗之为道,从性情而出。性情之中海涵地负,古人不能尽其变化,学者无从窥其隅辙。"[16]又说:"争唐争宋,特以二时为轻重高下,未尝毫发出于情性,年来遂有乡愿之诗。然则为学者,亦惟自验于人禽,为诗者,亦唯自畅其歌哭,于世无与也。"[17]这种见解比当时那些拘于唐宋之争的人,无疑要高出一头。查慎行的创作思想深受其老师的影响,他说:"唐音宋派何须问,大抵诗情在寂寥"(《得川迓前韵从余问诗法戏答之》)。"物理与天机,静观皆情性"(《过芥老与之论诗》)。"惟诗亦云然,众美视斟酌。神功须力到,佳境岂意度。人皆信手成,孰肯苦心作"(《答钱玉友》)。从上面的引文中我们可以知道这样几点:第一,查慎行并不赞成唐宋之争,主张自抒情性。这种主张不仅与其老师黄宗羲一脉相承,而且沟通了与后来性灵派理论的关系。因此性灵派的袁枚和赵翼都对查慎行的诗歌给出了很高的评价。其次,在学习古人的问题上,他主张"斟酌众美",取各家之所长,这与杜甫"转益多师"的见解非常相似。第三,认为写诗要讲究功力,诗人要注重实地的观察和体验,反对"意度";写诗要下苦功夫,反对信手而成。查慎行的诗歌看似朴素平淡,但是"肖物能工,用意必切"(《瓯北诗话》),正是这种艺术主张的实践。查慎行关于诗歌创作的理论主张,虽非长篇大论,却是一位大作家在长期创作实践中的体会,深刻而且全面。在这种正确理论指导之下,他学习古人而不被古人所拘囿,能"得宋人之长而不染其弊",在创作上独辟蹊径,成功地建立起自己的独特风格,因而成为清初最有成就的诗人之一。

当然查慎行的诗歌也存在明显的不足之处,朱庭珍《筱园诗话》对此作过精辟的分析,他说:"查初白诗宗苏、陆,以白描为主,气求条畅,词贵清新,工于比喻,善于形容,意婉而能曲达,笔超而能空行,入深出浅,时见巧妙,卓然成一家言。惟气胜则嫌易尽,意露则嫌无余,词旨清倩则嫌味不厚,局阵宽展则嫌诣不深,古人所谓骨重神寒者,苦未能焉。且投赠公卿,动为连章,尤好为长篇,急于求知,冗繁皆不暇烹炼,虽多中年以前之作,究自累诗品,为白璧一瑕点。"查诗的成就与不足,优点与缺点,常常是纠结在一起的,从某种程度上说,查诗的确存在不够含蓄、不够凝练、不够沉厚的缺点,而且应酬之作太多,繁冗之章屡见。自古以来,大凡作品数量很多的诗人,例如白居易、陆游、杨万里等人,都或多或少存在类似的毛病,后人也不必求全责备于查慎行一人。

(本文发表于《浙江学刊》1985年第3期)

【注释】

[1] 许汝霖《敬业堂诗集序》:"平生作诗不下万首.今手自删定,起己未,迄戊戌,凡四十八卷。"按《敬业堂诗集》录诗4427首,《续集》录诗731首,共存诗5158首。

[2][10] 黄宗炎《敬业堂诗集序》。

[3] 赵翼《瓯北诗话》卷一〇。

[4][8][12] 见缪焕章《云樵外史诗话》。

[5] 雍正五年,弟查嗣庭以"诽谤罪"死狱中;查慎行以"家长失教"罪,举家赴诏狱。

[6] 陈敬璋《查他山年谱》:查慎行"自编《敬业堂集》,断自三十岁以后,以前之诗、古文悉毁去,不欲以少作累世"。因此诗人三十岁以前的生活和创作情况不得其详。

[7] 据陈敬璋《查他山年谱》。

[9] 查崧继,字逸远,明诸生。明亡不仕,四子皆有逸才,逸远不令为科举干禄之学。又查慎行曾向钱秉镫学习诗法,又是黄宗羲的弟子、黄宗炎的好友。

[11] 参看章培恒《洪昇年谱》。

[13] 伍崇曜《北江诗话跋》。

[14] 见袁枚《小仓山房诗集》卷二七。

[15] 朱庭珍《筱园诗话》。

[16] 黄宗羲《南雷文定后集》卷一《寒村诗稿序》。

[17] 黄宗羲《南雷文定三集》卷一《天岳禅师诗集序》。

厉鹗生平及其诗歌创作

厉鹗是清代雍、乾之际最著名的诗人、词人和学者。他是当时公认的骚坛盟主,"浙派诗歌"的代表人物;是继朱彝尊之后,"浙西词派"的主将,名震当时,流誉后世。他的学术研究同样成就辉煌,《宋诗纪事》一百卷和《辽史拾遗》二十四卷,即为其诗学研究及史学研究的代表著作。

一

据清人缪荃孙《厉樊榭年谱》记载,厉鹗字太鸿,又字雄飞。先世本慈溪人,故仍以四明山樊榭名其居,学者称"樊榭先生"。后来迁居钱塘(今杭州),遂为钱塘人。又因中年曾寓居钱塘之南湖,故自号"南湖花隐"。厉鹗出生于康熙三十一年(1692),逝世于乾隆十七年(1752),横跨康、雍、乾三朝。

与钱谦益、吴伟业、朱彝尊、王士禛等人不同,厉鹗出生在平民之家,既没有显赫的门第,也未曾获得过不朽功名,他的高祖、曾祖、祖父、父亲都是平民。在厉鹗十九岁时,父亲不幸去世,靠长兄贩卖烟叶维持全家生计。这样的社会处境,决定了厉鹗必然要经历比别人更加艰辛的人生道路。他在六十岁生日曾经写下这样诗篇:"我生早孤露,力学恨不早。屡躯复多病,肤理久枯槁。干进懒无术,退耕苦难饱……风尘耻作吏,山水事幽讨。结托贤友生,耽吟忘潦倒。流光去若驰,年境已至老……"[1]诗歌以平实而沉痛的语调,回顾总结了自己的一生。厉鹗二十岁以前的生活状况,未能详考,只知道他家住杭城东园,在寡母何孺人的督导下,刻苦读书,积学自励。二十二岁时,已撰《游仙诗》三卷三百首,诗名渐播于世。次年,他受聘为友人汪熷的儿子汪沆和汪浦讲授经学。康熙五十九年(1720),厉鹗参加乡试,"以《诗经》中式九十一名举人(一说四十九名)",主考官是侍讲学士江西人李绂。据全祖望记载:"李穆堂阁学主试事,闱中见其谢表而异之,曰:'是必诗人也。'因录之。"[2]可见是厉鹗非凡的诗才打动了主考官,而主考官李绂也不愧为有知人之明的伯乐,厉鹗以后的经历,印证了他的预判。

不过与封建时代大多数士人一样,厉鹗不可能仅仅满足于做一位诗人。中式举人以后,同年岁末,他便"登舟北上",到京城参加会试。但是事与愿违,不久"春闱报罢"。当时达官汤西厓(右曾)"大赏其诗,遣人致意,欲授馆焉",但是厉鹗却"襆被出京",匆匆南归了。[3]他在途中曾经用诗歌表达自己的心情:"一昔都亭路,归装只似初。耻为主父谒,休上退之书。柳拂参差燕,河惊拨剌鱼。不须悲楚玉,息影忆吾庐。"[4]认为与其像主父偃和韩退之那样,为了功名而干谒上书,不如回老家隐居,表现了一名平民士子的自尊和孤傲。

清王朝除了血腥镇压以外,也非常重视运用文化钳制的手段来巩固政权,特别注意网罗笼络广大汉族士人为其所用,除恢复正常的科举制度以外,开考博学鸿词,也是方法之一。这项政策一直延续到雍、乾之时。从雍正十一年(1733)起,朝廷数度下达"上谕",要求各省督抚荐举博学宏词人才,然而响应者寥寥。直至乾隆元年(1736)才完成荐举事宜,全国共推荐二百六十七人,其中浙江十八人,厉鹗名列前茅。同年七月,他再次赴京,参加鸿博考试,不料又"报罢南归"。乾隆十三年(1748),厉鹗已经五十七岁了,而且疾病缠身,却忽然萌动了求仕之念,以举人的身份赴京参加吏部铨选,以求取一官。对厉鹗这次参选,全祖望详记其事:"樊榭且老矣,乃忽有宦情。会选部之期近,遂赴之。同人皆谓:'君非有簿书之才,何思孟浪一掷?'樊榭曰:'吾思以薄禄养母也。'"[5]同人们的确问得有理,厉鹗性情孤傲,不谙世故,也缺乏吏治能力,只适宜做诗人,不可能见容于凶险的官场。但厉鹗的回答也充满了无奈和悲凉。平民出身的士人,如果没有一官半职,就没有固定的经济来源,只能穷愁潦倒。这次求官之行最终半途而废,原因是当他到达天津之时,应邀留住友人查为仁水西山庄,共同为周密的《绝妙好词选》作笺注,因此错过了考试的时间,于是"兴尽而返,欣然南归"了。当然,这很可能是厉鹗自我解脱的一个借口。但最终选择放弃,也从侧面表现了诗人不同流俗的个性。令人遗憾的是,不久以后,诗人便在贫病交迫中去世了,终年六十一岁。

功名既没有着落,经济又没有来源,虽然诗名日盛,学养日富,但是,生活拮据,贫困益甚,甚至到了典衣当屋,无钱延医买药的程度。厉鹗三十岁"春闱报罢"不久,结识了扬州盐商马曰琯、马曰璐兄弟。马氏兄弟不仅是富商,同时身兼文人,都曾获得过博学鸿词科的举荐,但都没有赴考。他们在扬州的小玲珑山馆广搜各种珍本、秘本,藏书之富,当时"甲大江南北",马氏兄弟又慷慨好施,喜欢结交各方文士,厉鹗、全祖望、金农、郑燮等人,都是马家的常客,也得到过他们各种帮助。袁枚诗云:"横陈图史常千架,供养文人过一生。"盖纪实也。厉鹗在马家小玲珑山馆断断续续住了近三十年,还有一个重要的原因,就是要利用这里的图书资料,完成自己的学术研究。他的主要学术著作《宋诗纪事》一百卷及《辽史拾遗》二十四卷,都是在这里完成的。马氏兄弟不仅为他提供图书资料,而且还直接参与了《宋诗纪事》的部分撰写工作。马氏兄弟酷爱诗词,厉鹗与他们一起组织邗江吟社和巘谷诗社,弘扬诗歌创作。

除了贫穷和疾病以外,还有一个问题也令他非常苦恼:没有后嗣。为此厉鹗曾有过多次婚姻。他二十五岁娶蒋氏为妻,但是一直没有生育。在封建时代,无后是人生最大的憾事之一。他本想以三弟的儿子为嗣,但是在他三十七岁那年,"弟子山举一男,未几而殒"。到他三十九岁时,"弟子山又举一子,名黻",仅仅过了一年,三弟也不幸亡故了。雍正十三年(1735)的中秋之夕,厉鹗迎来了他的第二次婚姻。诗人在七年后所写的《悼亡姬十二首序》中说:"姬人朱氏,乌程人,姿性明秀,生十有七年矣。雍正乙卯,予薄游吴兴竹溪,沈征士幼牧为予作缘,以中秋之夕,舟迎于碧浪湖口,同载而归。予取净名居士女字曰月上。"这件风流韵事,在当时诗坛被炒得相当热闹,有人甚至把它与钱谦益之迎娶柳如是、冒辟疆之迎娶董小宛相比。其实两者并没有可比性。厉鹗以一个寒士,迎娶一个普通少女,主要原因在于求嗣。他们婚后的感情很好,厉鹗自己在《悼亡姬十二首序》中对此有生动的描写。只可惜"一场短梦七年过",朱氏"忽婴危疾,为庸医所误,沉绵半载,至壬戌正月三日,泊然而化,年仅二十有四,竟无子。"诗人为朱氏的去世写下了哀痛缠绵的十二首悼亡诗。然而朱氏亡故不到一年,厉鹗又急忙在扬州纳娶姬人刘氏。樊榭《十一月十三日广陵纪事戏答诸同人》诗云:"岂是风怀尚未衰?鬓丝禅榻已心灰。恐教人种年来失,又遣香车客里催。名士肯分闲馆贮,词流许借聘钱来。居然添得诗家事,不比金钗二十枚。"诗歌用自嘲的口吻,说明再次纳妾的原因:并非"风怀未衰",而是求子心切。全祖望《墓碣铭》云:"樊榭以求子故累买妾,而卒不育。最后得一妾,颇昵之,乃不安其室而去,遂以怏怏失志死。"这"最后一妾",就是刘氏,她后来终因不耐贫穷而主动离去,这时厉鹗已经六十岁了。受此打击,遂一蹶不振,郁郁寡欢,第二年诗人便带着无限遗憾和苦涩,走完了人生之路。厉鹗辞世之时,老母尚在堂,年已八十。又据王昶《蒲褐山房诗话》记载:"樊榭下世,葬于杭州西溪王家坞,因无子嗣,不久化为榛莽。后四十余年,何君春渚琪游西溪田舍。见草堆中樊榭及姬人月上栗主在焉。取归,偕同人送武林门外牙湾黄山谷祠,洒扫一室以供之。"

二

厉鹗出生之时,离明王朝灭亡已经半个多世纪,清朝初期弥漫于汉族士大夫中的亡国之痛和沧桑之慨,亦已渐行渐远,终于汰尽在流逝的时光之中。清朝统治集团接连出现了三位能干的皇帝,康熙、雍正和乾隆,他们软硬兼施的政策手段取得了成功。清朝统治者几乎全盘接受了汉族士大夫们赖以安身立命的中国传统文化,皇帝带头,提倡尊孔读经,优礼先儒,特别重视程、朱理学,康熙甚至把朱熹的学说推崇为绝对真理——"天地之正气,宇宙之大道"。除了开科取士和广招鸿博之外,康、雍、乾三代都曾开展大规模的编纂注释儒家典籍的工作,直至乾隆三十九年(1774)开编《四库全书》。在利用传统儒家意识形态巩固政权,统治下民方面,清王朝用力之勤,工作之细,都大大超越了前代。加之数十年的休养生息,社会安定,生产发展,人口大幅增长,与明王朝后期政治的黑暗混乱已不可同日而语。虽然文化专制并未放松,恐怖的文字狱依然接连不断。但是汉族士人从总体上已经改变了他们的立场,对清朝统治由反对、戒惧和疏离变成了认同、依附和顺从。诗人厉鹗就出生、生活和创作于这样的时代。

中国历史上存在一种独特的文化现象:大多数诗人都有明显的政治背景和身份。诗人屈原自不必说,清高如陶潜、飘逸如李白,也没能完全摆脱与政治的干系。以后的诗人大都如此。然而厉鹗似乎是少数例外之一。他虽然也参加科考,向往功名,但是当努力失败以后,就几乎断绝了和官场的联系,依靠授徒为生。厉鹗是一个平民诗人,他远离政治,贴近自然,全身心地投入诗歌创作。据传:厉樊榭征君志意拙率,不修威仪,尝曳步缓行,仰天摇首,虽在衢巷,时见吟咏意。市人望见遥避之,呼为"诗魔"。"诗魔"云者,沉迷于诗歌创作之谓也。诗歌就是他的生活,诗歌融入了他的生命。他生平作诗超过万首,举凡亲人存亡,朋友离合,山水清音,花草虫鱼,穷愁病痛以至彝鼎金石,碑版图书等,无不是他诗歌表现的对象。诗人在《樊榭山房集自序》中也说:"仆少好篇咏,晚颇知难,三十年以来所作随手斥弃,存箧中者仅十之二三。暇日编次古今体诗为八卷,长短句二卷。譬之山谣村笛,虽无当于钟吕之响,而向来所阅,闲居羁旅,怡愉忧悴,历历在目。每一开视,聊以省忆生平,窃亦自珍自疑,愿与审音者共定之。"在《续集自序》中又说:"幸生盛际,懒迂多疾,无所托以自见。惟此区区有韵之语,曾缪役心脾。世有不以格调派别绳我者,或位置仆于诗人之末,不识谁为仆之桓谭者乎?"厉鹗宣称自己的诗不是高居于庙堂之上的黄钟大吕,无关乎政教得失,治乱兴衰,只不过是山野草民自吟自唱的"山谣村笛"而已,从而在当时诗坛"朝""野"之争中,表明了立场;厉鹗还表示,自己的诗歌无门无派,写诗只是寄托生平"闲居羁旅,怡愉忧悴"的感受,在当时争论不休的神韵、格调诸说中独辟蹊径,走自己的创作道路。这种理论,成为后来袁枚、赵翼、张问陶等人性灵说的滥觞。不过与性灵派不同,厉鹗同时又主张向古人学习,博综前人之所长,"吸揽前修,独造意匠"。因此他强调必须多读书,指出:"少陵自述曰:'读书破万卷,下笔如有神。'诗至少陵止矣,而其得力处,乃在读万卷书,且读而能破致之……故有读书而不能诗,未有能诗而不读书。"[6]樊榭本人就是一位"于书无所不窥"的渊博学者。厉鹗虽然力主学习古人,但是坚决反对摹古拟古之风,也反对派别之争。指出:"有明中叶,李、何扬波于前,王、李乘流于后,动以派别概天下之才俊,啖名者靡然从之……本朝诗教极盛,英杰挺生。缀学之徒,名心未忘,或祖北地、济南之余论,以锢其神明；或袭一二巨公之遗貌，而未开生面。篇什虽繁，供人研玩者正自有限。"[7]既要学习古人，又不能一味模拟古人，那就要求诗人懂得事物穷则变，变则通的道理。对此，厉鹗在《懒园诗钞序》中指出："夫诗之道不可以有所穷也。诸君言为唐诗，工矣。拙者为之，得貌遗神，而唐诗穷。于是能者参之苏、黄、范、陆，时出新意。末流遂澜倒无复绳检，而不为唐诗者又穷。物穷则变，变则通。"这段话前半截矛头对准复古派，批评他们学习唐诗"得貌遗神，而唐诗穷"；后半节是批评学习宋诗的末流"澜倒无复绳检"，也走上了歪路。关键在于"变则通"。明末清初开始的宗唐、宗宋之争，实质上是复古与求变之争。一般说来，宗宋派并不否定唐诗的崇高地位，争论的焦点在于如何学习唐诗。因为有了明代前后七子失败的教训，这个问题便显得十分尖锐。黄宗羲被认为是清代宗宋派的始祖，他曾经下过一个精辟的论断："天下皆知宗唐诗，余以为善学唐者惟宋。"指出宋诗其实是唐诗的新变，是对唐诗创造性的学习和发展。既然是新变，就必然有不同于唐诗的独特个性。其实这种新变并非完全从北宋的苏、黄开始，它的某些因素，从唐代杜甫、韩愈的作品中就已经萌发了。严羽所指责的"以文字为诗，以才学为诗，以议论为诗"的现象，在杜甫，尤其是韩愈的某些作品中已经明显地存在，这就为宋人突破性的发展提供了许多要素。正是在这样的基础上，宋代的欧阳、苏、黄、范、陆以他们独特的创造为唐诗的发展开辟了一条新路，使中国古典诗歌的长河，滔滔向前，奔流不息。从这样的角度审视，黄宗羲"善学唐者惟宋"的判断是非常深刻的。与唐诗相比较，宋诗扩大了诗歌的表现范畴，丰富了诗歌的表现手法，"无不可状之景，无不可逗之情"，在高山仰止的唐诗之外，另辟蹊径，几乎创造了一种全新的诗体。当然宋诗的确存在不少缺点，但是又有哪一种创新是完美无缺的呢？有人认为"好诗到唐代都已写尽""宋诗味同嚼蜡"，这种审美视野显然是过于狭窄了。

厉鹗并未宣称自己宗唐还是宗宋,他甚至也不赞成划分宗派。但是从他的诗歌创作实践来看,似乎与宋诗的渊源更加深厚。他在诗中屡屡提及的古代诗人,除杜少陵外就是苏东坡和黄山谷,集中也常有步东坡韵、用山谷韵的作品,可见东坡和山谷在他心目中的地位。厉鹗曾经花了二十多年时间,撰写《宋诗纪事》。他还喜欢在某些诗中尤其是咏物诗中卖弄学问,堆叠典故。这些都表明,前人把厉鹗归入宋诗派是有根据的。

从作品的内容看,厉鹗首先是一位山水诗人。他在《疏寮集序》中曾说:"近余道鸳湖,过虎丘,临惠泉,往返于荆溪、锡山之间,遇一胜境,则必鼓棹而登。足之所涉,必寓诸目;目之所睹,必识诸心。"足见厉鹗对山水风景的迷恋。科考的失败使厉鹗彻底摆脱了政治的羁绊,他是一个完全的自由之身。虽然由于健康和经济条件的限制,除了三次进京赶考之外,他的游踪基本不出江、浙两省,没有像李白那样有游览三山五岳的机会。为此他曾经自叹"笑我平生寡游历",然而这并没有妨碍厉鹗成为一位优秀的山水诗人。在厉鹗现存的近两千首诗歌中,山水诗占了很大比重,山水成了诗人重要的审美对象。全祖望说他"最长于游山之什,冥搜物象,流连光景,清妙轶群"[8],揭示了厉鹗诗歌的这一重要特征。厉鹗生活的钱塘本身就是美丽的山水之窟,白居易、苏东坡都为之陶醉不已,留下了许多脍炙人口的诗篇。钱塘附近又有许多山水名胜,足以让诗人流连忘返。厉鹗三十岁以后长期寄居于扬州小玲珑山馆,扬州当时不仅是繁荣的经济都会,也是著名的风景名胜之地,杜牧之、欧阳修等人也在此留下了不少名篇。他无数次往返于杭州与扬州两地,沿途的嘉兴、苏州、无锡、镇江都是游人向往的名胜之区。这就为厉鹗的山水诗创作提供了非常丰富的创作环境和素材。

厉鹗自己在诗中说过"力将陶谢追风雅",又说"临池想康乐,绕屋咏渊明",明确表示要努力向山水田园诗的开创者陶渊明、谢灵运学习,成为一位优秀的山水田园诗人。谢灵运是我国山水诗的开创者,他出身王、谢大族,才高学富,自以为"宜参权要",不料行伍出身的刘宋皇帝,把他贬到当时的偏远小郡永嘉当太守,并且加以监视,因而把满腹牢愁托寓于山水。厉鹗的身份地位自然与谢灵运不同,所处的时代环境也不一样。樊榭的诗歌,有一点颇值得人们玩味。厉鹗自然是有才的,他屡试不第,最后贫病交迫而死,当然也应该算"不遇",但在他的诗歌作品中,却很难找到怀才不遇的牢愁。这可能有两方面的原因:一是诗人虽然生活在所谓的康乾盛世,但是清朝统治者所设置的文网依旧十分严密,文字狱此起彼伏,整个知识界还笼罩在一片恐怖之中。而江、浙两省因为是前明余部抗清的根据地,自然更加引起清廷的注意。从清初开始的许多文字狱大案,如庄廷鑨《明史》案、汪景祺《西征随笔》案、查嗣庭日记案,都发生在这一地区。厉鹗的前辈诗人查慎行、洪昇都曾受到文字狱的牵连,前者难逃牢狱之灾,后者被削职遣返,郁郁落水而亡。殷鉴之不远,樊榭对此当然不能不格外小心。二是从主观方面说,平民出身的厉鹗,功名心远没有世胄子弟那么浓烈,他心中那"欲吐不得吐的抑郁愤懑",大体可以通过吟咏诗词,流连山水获得消解。厉鹗自称"平生湖山邻",足迹几乎踏遍了西湖周边的山山水水,西湖的一山一水、一草一木似乎都能触动诗人敏感的心灵,引出他的诗情诗意,使他忘记心中的悲愁和郁闷。

"当代风骚手,平生山水心"。的确,吟咏山水是厉鹗生平最大的爱好,发现、体味、享受山水之美,并且以诗歌的形式加以表现,是他努力追求的目标。樊榭山水诗的风格与前辈诗人谢灵运有明显不同。谢灵运是被动地寄情于山水,通过山水的吟咏宣泄自己怀才不遇的牢愁,而厉樊榭则是主动地拥抱山水,在对山水的审美观照中感受心灵的愉悦。他的纪游诗,往往通过客观的记叙和描写,刻意营造一种清幽深邃的意境,或发怀古之幽思,或兴出尘之遐想。沈德潜所说的"五言在刘眘虚、常建之间",大概就是指樊榭这类作品。

厉鹗自幼生活于杭州城东郊,他在《东城杂记序》中写道:"杭城东曰东园,地饶水竹疏蔬,翛然清远,先君子因家焉。小子生于是居,已三十余年,凡五迁,未尝离斯地也。"生活在这样的环境中,他也创作了不少描写田园风光的诗篇,数量虽远不及山水诗之多,风格却更加接近陶渊明。这类诗歌以平淡质朴的语言,表现村居的闲适心情,与陶渊明相比,少了几分冲和平淡之气,多了几分清新幽雅之风,因为时代环境和个人心性都发生了很大变化。

杭州风景中最核心的自然是美丽的西湖。但是自从苏东坡为西湖写照,后人几乎为之搁笔。不过西湖之美是探之不尽的,生于斯、长于斯的厉鹗,浸淫于西湖美景的机会当然远远超过东坡,描写西湖景色的诗篇,数量自然也更多。如果说苏轼是从整体上把握西湖之美,用形象的比喻表现了西湖之美的神髓,那么作为补充和发展,厉鹗则是从各个方面,各种层次更细致更具体地向人们展示了西湖之美的万千气象,带给读者更加具体的美的享受。厉鹗这类诗歌,笔调清新,描写细腻,写情含而不露,写景如画如描,表现了高超的艺术技巧。一般认为由于厉鹗"性情孤峭,义不苟合",所以他那些表现性情的山水诗便也具有"幽深清瘦"的风格特点,这固然并没有错,但他有许多描写西湖风光和田园景色的诗篇,又每每呈现出自然清新、平淡悠远的风格特色,少数诗篇,例如《秋夜听潮》《赵忠毅公铁如意歌》等,甚至还显露出豪放飘逸的风致,显示了厉鹗诗风的多样性。

除了山水田园诗之外,厉鹗还创作了大量交游赠答的诗篇。文人结社唱和之风,滥觞于五代,至宋、明而极盛。朱彝尊《明诗综》云:"诗流结社,自宋、元以来代有之。迨明万历间,白门再会,称极盛矣。"明末清初的许多诗社,以抨击时政,指斥奸佞为己任,往往带有浓厚的政治色彩,清廷曾明令加以禁止。但是在政权巩固以后,统治者改变了方针,对那些单纯诗词唱和、流连光景的诗社、词社,不但不予禁止，而且还加以提倡，用来粉饰太平，褒扬所谓的"文治"。据樊榭弟子汪沆说："忆前此十余年，大江南北，所至多争设坛坫，皆以先生为主盟。"作为当时诗坛、词坛领袖人物，他曾参加主持过好几个诗社，与诸多名士诗酒唱和，留下了大量酬唱之作。现存樊榭诗中交游赠答的诗篇近七百首，几乎占全部作品的三分之一，共涉及一百五十余人。这类作品内容广泛庞杂，良莠不齐。不过厉鹗自惜毛羽，他在生前就编定了自己的诗词集二十卷，存录作品不过十之二三，那大量被舍弃的，想来就是这类作品了。其实历史上唱和投赠诗并不乏佳作，如李、杜之互赠，元、白之唱酬，樊榭诗也是如此。在厉鹗这类作品中，绝无干谒之作，大多是平常朋旧诗友之间的唱和，表现了诗人清高孤傲的情怀。厉鹗这类作品中，也很少纯粹应酬敷衍的篇章，许多都是情文并茂的佳作，并不因其是酬唱诗就丧失了存在的价值。

除了山水游览与唱和投赠的诗篇以外，咏物诗在樊榭诗集中也占据不小的篇幅。这些诗大体上又可以分为两类，一类歌咏大自然中的景物，如咏梅花、杏花等，在表现手法上明显受到苏东坡的影响，诗人往往把主观的思想感情，寄寓到所描写的客观对象之上，既写物，又抒情，因而所创造的意境使读者寻味无穷。第二类主要涉及与历史人文有关的事物，如咏碑铭、字画、彝鼎、图书等，数量比第一类要多得多，这是他的专长，也是他的偏爱。在这类作品中，他不仅可以发怀古之幽思，还能够尽情驰骋想象，铺排典故，甚至卖弄学问，《赵忠毅公铁如意歌》就是这类作品的代表。赵忠毅公即明代大臣赵南星，天启间曾官吏部尚书，为东林党的重要人物，因反对魏忠贤专权遭贬，死于戍所。此诗通过赵南星遗物铁如意的描写，热情歌颂了赵忠毅公的高风亮节，全诗语气激荡，感情奔放，是樊榭诗歌中少数具有豪放风格的作品，与朱彝尊的《玉带生歌》有异曲同工之妙。

厉鹗诗长于抒情，这里想特别提及他名噪一时的组诗《悼亡姬十二首》。与月上的婚姻,虽然只延续了七年,但给贫穷而寂寞的诗人带来了幸福和希望。这十二首七律是诗人精心结撰的组诗,诗歌以月上的去世发端,采用倒叙的笔法,从双桨迎归说起,写到婚后相亲相爱的幸福生活,写到两人经年离别之痛苦和短期重逢之欢乐,写到月上因庸医之误而一病不起,写到她弥留之际对生命的留恋和对美丽的执着,写到月上去世以后诗人无限的悲痛和不尽的思念。诗中有许多细节描写,因而存在一定的叙事因素,但又处处贯注了浓烈的主观抒情色彩。十二首诗,组成了一个有机整体,回环往复,一往情深。结尾"当时见惯惊鸿影,才隔重泉便渺茫",化用陆游诗意,表达了诗人无尽的悲思。[9]诗歌用词十分讲究,但华美而不艳丽;用典也很多,但含蓄而不晦涩,在艺术上达到了相当完美的程度。著名诗人袁枚认为,厉鹗此诗远胜于此前王渔洋和当时杭世骏的悼亡之作。唐代诗人元稹在著名的《悼亡诗》中说过:"贫贱夫妻百事哀。"厉鹗和月上,的确也是贫贱夫妻,在这组悼亡诗中,诗人将自身清贫坎坷的命运慨叹融入对爱姬早逝的悲悼之中,既悼亡,亦自叹,两者融为一体,显得格外动人。悼亡之作,从西晋潘岳开始,经唐代的元稹、李商隐,代不乏人,厉鹗这组悼亡诗,较之前人,不仅毫不逊色,某些地方尚有创新和发展,当时传诵,后世流传,并非偶然。

厉鹗在青年时代曾分批写作《游仙诗》三百首,并于乾隆十三年(1748)结集刊印。诗人在《自序》中写道:"至于弘农之始倡,实为屈子之余波,事虽寄于游仙,情则等于感遇,后有作者,咸步趋焉……但以俗缘羁绁,尘网攫缠,与其作白眼以看人,何如问青天而搔首。于是效颦郭璞,学步曹唐,前后所为,数凡三百。"厉鹗指出游仙诗实际上滥觞于屈原,郭璞乃是游仙诗体的创始人。郭璞现存《游仙诗》十四首,虽托意于游仙,其实乃是"坎壈咏怀",表现了诗人对现实人生的感慨。厉鹗的游仙诗继承了郭璞的传统,多少也表现了青年诗人对自己贫穷落魄处境的不满和牢骚,只是这种不满和牢骚很快就消失于个人山水审美的自娱之中了。某些人往往热衷于在樊榭诗歌甚至学术著作中寻找对亡明的思念之情和沧桑之慨,这并不符合实际,未免求之过深了。

对于樊榭的诗歌,《四库全书总目提要》做了这样的评价:"其诗则吐属娴雅,有修洁自喜之致,绝不染南宋江湖末派。虽才力富健尚未能与朱彝尊等抗行,而恬吟密咏,绰有余思,视国初西泠十子,则翛然远矣。"《四库全书总目提要》代表当时官方立场,对樊榭诗歌艺术风格的概括也略显笼统,仅仅言其"娴雅"、言其"修洁",也不免偏于一隅,没有揭示樊榭诗歌风格的多样性。但是就主要特点而言,还是把握得不错的。说樊榭不能与朱彝尊抗行,主要在于才力的差异,可能并不正确。朱、厉之别,主要在于生活时代的不同和个人阅历的差异。朱彝尊生活于明清易代之际。天崩地坼的时代,沸腾急变的社会生活,造就了一大批优秀的诗人,朱彝尊是其中杰出的代表。而厉鹗则生活于清王朝的所谓太平盛世,表面上处处莺歌燕舞,实际上文网重重。康熙和乾隆深谙汉文化的先进性以及对巩固清政权的重要性。他们以儒雅自命,提倡汉学,带头吟诗作赋,以显示其文治之功。只要不涉及"违碍",文人的地位也受到一定的尊重,诗歌社团遍于大江南北。正是在这样的社会背景下,樊榭以一介平民之身,可以主盟诗坛近三十年。但也正因为如此,樊榭的诗歌除模山范水、师友酬唱之外,极少反映重大的社会内容,从总体上看,显得清幽娴雅有余,而深沉厚重不足。朱彝尊"家贫客游,南逾岭,北出云朔,东泛沧海,登芝罘,经瓯越",足迹遍于中国;而厉鹗长期生活于风景秀美的钱塘古郡,足迹不出吴越之地。美丽的湖光山色,固然可以孕育诗人的灵感,使他写出很多精致优美的诗篇,但与朱氏相较,总显得格局比较狭小,意境不够开阔。决定朱、厉诗歌内容风格差异的是历史条件和生活环境的不同,并非两人才能的高下。

【注释】

[1]《樊榭山房集》续集卷八《六十生日答吴苇村见贻之作》。

[2][3][5][8] 见《樊榭山房集》附录全祖望《墓碣铭》。

[4]《樊榭山房集》卷二《南归次琉璃河》。

[6]《樊榭山房集》文集卷三《绿杉野屋集序》。

[7]《樊榭山房集》文集卷三《查莲坡蔗塘未定稿序》。

[9] 陆游《剑南诗钞》卷三八《沈园》:"伤心桥下春波绿,曾是惊鸿照影来。"

厉鹗词简论

清前期,明末清初颇具影响的云间、阳羡诸词派式微,唯有浙西词派一枝独秀,而且处于鼎盛时期。厉鹗作为浙西词派的盟主,前承朱彝尊之余绪,后启郭频伽之清芬,其流风余韵,历百余年而始衰,并不是没有原因的。厉鹗曾公开表示,自己是朱彝尊的直接继承者:"寂寞湖山尔许时,近来传唱六家词。偶然燕语无人语,心折小长芦钓师。"[1]《浙西六家词》是浙西词人朱彝尊、李良年、沈皞日、李符、沈岸登以及龚翔麟词作的汇集,"小长芦钓师"则是朱彝尊晚年的自号。朱彝尊是清初的词学大师,又是浙西词派的开创人。陈廷焯说:"词至国初,直追两宋等而上之。作者如林,要之以竹垞、其年为冠,譬之唐诗,朱、陈犹李、杜。"[2]谭献也指出:"锡鬯、其年出而本朝词派始行。嘉庆以前,为二家牢笼者十之七八。"[3]这两段话,扼要地评述了朱彝尊在清代词坛的地位和影响。作为浙西词派创始人,朱彝尊曾经明确提出自己的词学理论主张,他说:"言情之作,易流于秽。此宋人选词,多以雅为目……填词者最雅无过石帚。"又说:"明初作手,若杨孟载、高季迪、刘伯温辈,皆温雅芊丽,咀宫含商……至钱塘马浩澜以词名东南,陈言秽语,俗气熏入骨髓,殆不可医。"[4]这两段话的主旨非常明确:一是反对明末词坛的余风陋习,秽语俗态;二是提出"以雅为目"的美学标准,奉姜夔等人为词学宗师。为了贯彻自己的词学主张,朱彝尊强调向南宋学习,尤其要学习姜夔和张炎。他在词中说："不师秦七,不师黄九,倚新声、玉田差近。"又说："吾最爱姜、史,君亦厌辛、刘。"词这种文学体裁刚从民间转入士大夫手中时,仍未丧失其淳朴和"俚俗"的一面。北宋词人,且不论柳、周,即便是秦、黄这样典型的文人学士,词中也不免夹杂"俚俗"之气,李清照《词论》就批评过这种现象。直至南宋,才汰尽"俚俗"的余习,彻底完成文人化的转变。朱彝尊标举"以雅为目"的美学标准,自然要到南宋词人中寻找知音,而姜夔和张炎,便是最符合这一标准的人物。姜夔和张炎之所以能成为浙派词人的宗师,可能还有深层次的原因。首先,姜、张二人都在不同程度上经历过国家覆亡之痛,往往在词中寄寓了黍离之悲和沧桑之慨,这和朱彝尊等人的情况相似。其次,二人基本上都是漂泊江湖,终身未仕,每每在词中抒发坎坷沦落之痛。这种感情,在清初大批退居林下或流落江湖的士人中,最易引起共鸣;其三,姜、张词那种委婉曲折,含而不露的抒情方式,在当时文网森严的社会政治条件下,特别契合士大夫的心意。由此可见,朱彝尊所提出的"以雅为目"和以姜、张为宗的词学主张,在当时的士林中,既有审美趣味的认同,又有社会意识的共鸣,所以得以风靡当时,影响后世。

　　厉鹗虽然继承了朱彝尊的词学理论主张,但是由于时代的迁变和身世的不同,二人在词学理论渊源尤其在词的创作实践上,自不免存在相当的差异。厉鹗虽然也宗法南宋,奉白石、玉田为宗师,但是不仅仅局限于南宋和姜、张,从其《论词绝句十二首》看,他对李白、皇甫松、张先、晏几道、贺铸等唐五代北宋词人,均不乏褒扬赞赏之辞。《续修四库提要》指出："鹗学力甚深,天才轶举,词似同于朱彝尊一派,故有朱、厉二家之称。其实鹗词不为朱派所限。盖朱彝尊以南宋为最高,鹗并不以姜、周、张、王为止境也……细绎鹗词,确以南宋为基,然逞其才力,颇欲沿流以溯源也。"其次两人在词的内容和风格上也有较大差异。朱氏生当明清易代之际,其作品带有浓厚的故国之思和身世之慨,而且内容包含丰富,风格多样;樊榭生活于文网严密的康乾盛世,只能以清空俊雅之笔,写幽深窈渺之境,借以抒发个人的情怀。陈廷焯指出:"厉樊榭词幽香冷艳,如万花谷中,杂以幽兰,在国朝词人中,可谓超然独绝者矣。"但是又说:"樊榭词拔帜于陈、朱之外,窈曲幽深,自是高境。然其幽深处在貌不在骨,绝非从《楚骚》来。故色泽甚饶,而沉厚之味终不足也。"又说:"樊榭窈然而深,悠然而远,似有可观。然亦特一丘一壑,不足语于沧海之大,太华之高也。"[5]事实的确如此。樊榭词窈深幽冷的风格,在当时词坛上别具一格,无人能及,因而成为雍正、乾隆间词坛的旗帜。樊榭虽然依凭过人的才力和学养,把这种独特的词风推向了极致,但是由于缺少丰富的社会生活内容,境界比较狭窄,词意比较单薄,毕竟是一种偏仄之美,"不足语于沧海之大,泰华之高"。这主要是社会环境使然,词人性格阅历使然,对此,后人似亦不必苛求。

厉鹗平生作诗逾万首,现存亦近两千首,而填词及散曲仅二百四十余首。就内容的丰富和风格的多样而言,樊榭词亦远不及其诗。但令人奇怪的是,仅凭这二百多阕词,樊榭在词坛的声望和影响,反而超过他在诗坛的地位和影响,樊榭作为词坛盟主的地位,似乎获得了更加广泛的认同,究其原因可能只有一个,那就是厉鹗词风格的独特性。而这种风格,正是处于文化专制高压和封建太平盛世双重挤兑之下的士人乐意遵循和可能效仿,也是当时统治者可以接受的。所以自雍正到乾隆前期,在厉鹗的倡导和影响之下,这种词风风靡海内,其余绪绵绵不绝。

与其诗歌广泛接受苏、黄影响不同,厉鹗在词的创作中,坚决排斥苏、黄的风格。大概因为苏豪而黄俚,而他所追求的词美标准首先是雅正和清空,在这方面,宋代的姜夔和张炎自然成为他仿效的主要对象。尤其是姜夔,两人平生经历,作品内容以及风格特点,均有许多相似之处。姜白石终身未仕,依人作客,漂泊江湖,最后贫病而死,厉鹗的经历与之仿佛。白石词最多写景咏物之作,樊榭词亦与之相

似。白石词于醇雅清峭之中时露幽冷之气,正如刘熙载《艺概》所言:
"姜白石词幽韵冷香,令人挹之无尽。"名句如"千树压、西湖寒碧",
"波心荡冷月无声","数峰清苦,商略黄昏雨"等。樊榭则把这种风格
推向极致,在他的写景词作中,往往极力营造一种幽深冷峻的意境,
例如:

> 秋光今夜,向桐江、为写当年高躅。风露皆非人世有,自坐
> 船头吹竹。万籁生山,一星在水,鹤梦疑重续。挐音遥去,西岩
> 渔父初宿。　　心忆汐社沉埋,清狂不见,使我形容独。寂寂冷
> 萤三四点,穿破前湾茅屋。林净藏烟,峰危限月,帆影摇空绿。
> 随流飘荡,白云还卧深谷。(《百字令》)

词写月夜舟过七里泷之所见所感,被认为是樊榭词的压卷之作。
谭献《箧中词》评论说:"与于湖洞庭词,壮浪幽奇,各极其妙。"陈廷焯
《白雨斋词话》评曰:"无一字不清俊……炼字炼句,归于纯雅,此境亦
未易到。"谭献和陈廷焯分别用"幽奇"和"清俊"来概括这首词的风格
特征。词人着力描写刻画秋夜月下七里泷"万籁生山,一星在水"的
清幽之景,并且因景及情,自然引出对两位古人的怀念,一位是隐居
钓台,拒绝出仕的东汉高士严子陵,另一位是国破家亡,恸哭西台的
宋末遗民谢翱羽,用以抒发词人孤独的情怀,此意于"清狂不见,使我
音容独"两句可见。樊榭诗善于写景,他的词也是如此,而且所占比
重更大,名作也较多。除本词之外,如《齐天乐·吴山望隔江霁雪》
《八归·隐几山楼赋夕阳》等,都是当时传诵的名篇。樊榭这类词作,
除了清空雅正、骨秀神闲的风格之外,还有几点值得注意:其一是寄
情于景,也就是郭麐所说的"以清空微婉之旨,为窈眇绵邈之音",
(《梅边笛谱序》)创造出情景交融的艺术境界,令人神往。其二是非
常讲究遣词造句,审音度律,也就是凌廷堪所说的"琢句炼字,含宫咀
商",在这方面他似乎还超越了前辈朱彝尊。这种严谨的创作态度或
许也是樊榭词数量不多的原因之一。其三,樊榭词洗净铅华,力排鄙

俗,努力追求清空雅正的美学境界,"无一点尘俗气",非常契合当代文人士大夫的审美趣味,因而得以风靡一时。

像姜白石一样,在樊榭词中,咏物之作也占有重要地位。例如《高阳台·落梅》,这首词的风格和笔法都明显受到白石咏梅词的影响。全词也采用拟人手法,用词非常讲究,构思也非常曲折,词人努力营造一种与梅花相匹配的清幽冷峻的意境,以抒发自己淡淡的哀愁。但是与白石咏梅词相比,还是有高低厚薄之分。正如陈廷焯所说:"南渡以后,国势日非,白石目击伤心,多于词中寄慨。"而"厉樊榭诸词,造语虽极幽深,而命意未厚,不耐久讽。所以去古人终远"[6]。这一批评,指出厉樊榭咏物词的通病。樊榭其他咏物名作,如《疏影·湖上赋柳影》《扬州慢·广陵芍药》《摸鱼儿·赋新荷》等,描写不可谓不细腻、造境不可谓不幽深,构思不可谓不窈曲,但是就物咏物,"命意不高",终难跻身第一流咏物词之列。而浙派后期词人,沿此以进,终不免流为肤浅空廓,常州词派代之而兴起,也就是历史的必然了。

樊榭词长调多于小令,大约是慢词更宜于描写刻画,驰骋跌宕,故每为南宋以后词人所偏好。其实,樊榭词中有些直抒胸臆的小令,也写得很好,例如《卖花声·徐翩翩画扇自称金陵荡子妇》《蝶恋花·周氏小园池上作》等。前一首作于金陵,见物怀人,大概是追忆旧时秦淮歌妓之作。谭献《箧中词》评论说"才人同感",意思是本词抒发了与白居易相似的"同是天涯沦落人"的感慨。第二首为伤春怀人之作,于"戴花人尚平安否"一句可见。两首词都写得明白流畅,不黏不滞,有北宋张先、贺铸之风。前人每每指摘樊榭词雕琢过度,且喜堆垛典故,其实樊榭的抒情词中,也颇多清新流丽、明白如话的佳作,例如《百字令·丁酉清明》:

> 春光老去,恨年年心事,春能拘管。永日空园双燕语,折尽柳条长短。白眼看天,青袍似草,最觉当歌懒。惜惜门巷,落花

早又吹满。　凝想烟月当时,饧箫旧市,惯逐嬉春伴。一自笑桃人去后,几叶碧云深浅。乱掷榆钱,细垂桐乳,尚惹游丝转。望中何处,那堪天远山远。

此词作于康熙丁酉(1717)春天,其时厉鹗馆于汪氏听雨楼,年仅二十六岁。词的主旨是伤春兼怀人,全篇几乎纯用白描手法,没有一个僻典,也不刻意追求清峭的意境,写景明白如画,而又于景中见情;言情自然流畅,而又能情余言外,是樊榭慢词中的另类优秀作品,此外如《摸鱼儿·芜城清明》《忆旧游·溯溪流云去》,都与此篇风格近似。

唐五代至北宋初期的词,除个别例外,只有词牌,不署副题,直至苏、黄,才有较长的副题,以明作品背景。姜白石似乎是第一位用心写作词序的人,白石词往往带有文笔优美的小序。樊榭受白石影响,不少慢词之前,亦有写得非常优美的序言,几乎可作独立的游记阅读,也有助于读者加深对作品的理解。这也是樊榭词的一个特点。

厉鹗于乾隆四年(1739)四十八岁时自己编定诗词集十卷,录词两卷,共一百一十阕,后又于乾隆十六年(1751)六十岁时编定诗词续集十卷,亦录词两卷,但实际只存词一卷,共三十二阕,另一卷是北乐府小令,就是今人所称的散曲。作者情愿把三十岁以前所作的词集《秋林琴雅》一六六阕,删去一百四阕,而保留了北乐府小令八十一阕,作为《续集》的第十卷,颇有自知之明。从现存光绪年间汪曾唯所辑四卷《秋林琴雅》看,不能说其中没有优秀之作,但就多数而言,的确艺术上不够成熟,不少作品还处于模仿古人的阶段。相反,厉鹗自己保留下来的散曲作品,却有不少清新流丽,可供人吟诵的佳作。例如《人月圆·黄钟宫》:"夕阳江上吴朝寺,曾记昔留题。火焚松径,尘埋莲镫,雨洗苔碑。　楼空多景,钟声今古,帆影东西。花开花谢,潮生潮落,物是人非。"又如《醉太平·正宫初夏园居》:"叶荼蘼盖瓦。水杨柳穿笆。翠畦深护小人家。看儿童戏耍。种瓜不长东陵价,赐樱不羡长安话。浇蔬不减汉阴家。任东风过马。"就是这类作品的代表。

（以上两文，由《厉鹗集·前言》删辑而成，此书 2016 年由浙江古籍出版社出版）

【注释】

［1］《樊榭山房集》诗集卷七《论词绝句十二首》之十。
［2］陈廷焯《词坛丛话》，转引自屈兴国《白雨斋词话足本校注·附录》。
［3］见谭献《箧中词》今集卷二。
［4］见朱彝尊《词综·发凡》。
［5］［6］语见陈廷焯《白雨斋词话》。

张炎与浙西词派

　　张炎是清代初年浙西词派尊奉的宗师之一,浙派的奠基者和主要代表人物朱彝尊自己讲得很清楚:"不师秦七,不师黄九,倚新声、玉田差近。"(《解佩令·自题词集》)又说:"吾最爱姜史,君亦厌辛刘。"(《水调歌头·送钮玉樵宰项城》)姜是姜夔,史指史达祖。姜夔是南宋婉约派词人最杰出的代表,也是张炎极力推崇的前辈词人,他们的身世、思想及创作风格都比较相似。张炎不仅称赞"姜白石,如野云孤飞,去留无迹",白石词"不惟清空,又且骚雅。读之使人神观飞越",[1]而且在创作实践上也刻意模仿姜夔的作品。凌廷堪说:"白石老仙去后,只有玉田与之并立。《探春慢》二词,工力悉敌,试掩名观之,不知孰为尧章,孰为叔夏。"而史达祖本属白石一派,陈廷焯认为"其词祖述自是清真,而取法全师白石"[2]。朱彝尊也说:"词莫善于姜夔,宗之者张辑、卢祖皋、史达祖、吴文英、蒋捷、王沂孙、张炎、周密、陈允平……皆具夔之一体。"[3]足见爱姜、史与师玉田,是基本一致的。不过,在具体的创作中,浙西词派得之于张炎者却远较姜、史为多。在宋代词坛众多的优秀词人中,为什么恰恰是张炎成了浙派词人向往和模习的主要对象呢?这既有社会政治的原因,也有词学发展的内部原因。

一

　　国破家亡的黍离之悲和蹭蹬失意的沦落之痛,是连结张炎与浙派词人的社会心理纽带。张炎是中兴名将张俊的六世孙,他的祖辈张镃和张镒,父亲张枢都是著名的词人。南宋小朝廷在蒙古骑兵的铁蹄下覆亡时,张炎三十三岁,正当盛壮之年。戴表元曾经以无限同情的口吻叙述了张炎生平的这一变故:"钱塘故多大人长者,叔夏之先世高曾祖,皆钟鸣鼎食,江湖高才词客姜尧章、孙季蕃花翁之徒,往往出入馆谷其门。千金之装,列驷之聘,谈笑得之,不以为异。迨其途穷境变,则亦以望于他人,而不知正复尧章、花翁尚存,今谁知之,而谁能念之者?嗟乎!士固复有家世才华如叔夏而穷甚于此者乎?"[4]元兵攻破宋都临安时,张炎从一个"钟鸣鼎食"之家的贵游公子,沦为偃蹇失意、漂泊江湖的落魄文人,从一个才华横溢的世家子弟,变成了奔走衣食、俯仰依人的贫穷之士,以至于一度不得不依靠卖卜为生。[5]这种异乎寻常的经历,对他的创作产生了极大的影响。正如《四库全书总目提要》指出的那样:"炎生于淳祐戊申,当宋邦沦复,年已三十有三,犹及见临安全盛之日,故所作往往激楚苍凉,即景抒情,备写其身世盛衰之感,非徒剪红刻翠为工。"事实的确如此,张炎的优秀之作,往往以清远蕴藉的风格,怆凄缠绵的调子,抒写自己破国亡家之痛和身世盛衰之感,读来感人至深。例如《高阳台》(西湖春感):

　　　　接叶巢莺,平波卷絮,断桥斜日归船。能几番游,看花又是明年。东风且伴蔷薇住,到蔷薇、春已堪怜。更凄然,万绿西泠,一抹荒烟。　　当年燕子知何处,但苔深韦曲,草暗斜川。见说新愁,如今也到鸥边。无心再续笙歌梦,掩重门,浅醉闲眠。莫开帘、怕看飞花,怕听啼鹃。

又《解连环·孤雁》：

　　楚江空晚、恨离群万里,恍然惊散。自顾影、欲下寒塘,正沙净草枯,水平天远。写不成书,只寄得相思一点。料因循误了,残毡拥雪,故人心眼。　　谁怜旅愁荏苒。漫长门夜悄,锦筝弹怨。想伴旅、犹宿芦花,也曾念春前,去程应转。暮雨相呼,怕蓦地、玉关重见。未羞他双燕归来,画帘半卷。

这两首词是张炎的名作。前者借西湖暮春景色,尽情抒发了对宋室覆亡的哀悼之情,真是字字凄凉,一片血泪,与杜甫"国破山河在,城春草木深"同一感慨,而更觉沉痛。上片以春归暗喻故国之沦亡,旧游之难再,但也只从眼前景物平平写来。"更凄然,万绿西泠,一抹荒烟"三句,景中见情,包含无限感慨。下片"当年燕子知何处"三句以风景之变迁,见山河之非昔。"燕子""韦曲""斜川"均非实有所指,不过是说,昔日繁华之地,而今已苔深草暗,一片荒芜,以此衬托出词人浓重的沧桑之慨。"见说"二句是作者自况,见出哀愁之深广。结句翻进一层,愈转愈深,而又情余言外。有人认为"飞花""啼鹃",是暗指故宫人及流落的遗民,恐怕失之穿凿。这两句紧承"无心再续笙歌梦"而言,意思是对此茫茫,百感交集,还有什么心情寻欢作乐呢？曲折地写出了词人内心的哀痛,而这种哀痛,更因花落鹃啼的暮春景色而加深,所以说"怕看""怕听"。正所谓"亡国之音哀以思"。陈廷焯也说:"凄凉幽怨,郁之至,厚之至,与碧山同出一辙。"[6]都强调词中寄托着深沉的感慨,绝非泛泛的伤春之辞可与相比的。后者是一首咏物词,但也不是单纯咏物,而是托物言志,表现了词人的身世盛衰之感。据元人孔齐《至正直记》记载:"(炎)尝赋孤雁词,有'写不成书,只寄得相思一点',人皆称之曰'张孤雁'。"足见这首词在当时影响之大。张炎在国破家亡之后一直穷愁潦倒,过着漂泊无依的流浪生活。据戴表元《送张叔夏西游序》记载:"(炎)垂及强仕,丧其行资,则既牢落偃蹇,尝以艺北游不遇,失意呕呕南归。愈不遇,犹家钱塘十年。久之,又去东游山阴、四明、天台间,若少遇者,既又弃之西归。于是余周流授徒,适与相值,问:'叔夏何以去来道途,若是不惮烦耶?'叔夏曰:'不然。吾之来,本投所贤,贤者贫;依所知,知者死。虽少有遇,无以宁吾居,吾不得已违之,吾岂乐为此者!'语竟,意色不能无沮然。"[7]这段话十分形象地写出了张炎的生活窘况。他自己也屡屡在词中感叹:"赢得而今老大,依然只是飘流"[8]。"却笑归来,石老云荒,身世飘然一叶"[9]。此词运用寄托象征的手法,委婉含蓄但又生动形象地表现了词人凄惶孤独、漂泊无依的身世之慨,也曲折地透露出亡国遗民寂寞悲愁的心理。全词既写雁,亦写人,表面写雁,实际写人,雁与人有机地融为一体,达到咏物词的最高境界。有人认为这首词处处都有实指,"料因循"三句,是指文天祥一类人;"想伴旅"三句,有感于六宫北辕之事,末二句或指留梦炎辈。把词的象征意义理解得如此具体落实,恐怕未必切合原意。在这首词中,作者运用各种与雁有关的典故,从各个方面描写刻画了一只孤独失群、凄惶漂泊的孤雁,用来象征作者自己(也可能包括宋末遗民)的悲惨身世和复杂心态。孤雁是一个完整的形象,词人所运用的也是整体象征的方法。把这种整体割裂来,从词中个别句子,一一索指其具体象征物,不仅失之琐碎,恐怕还扭曲了作品原意。

浙西词派奠基人朱彝尊的命运与张炎极其相似,他的祖上虽然没有张炎那样显赫,但也是官宦世家:曾祖父朱国祚在明朝官至户部尚书,卒谥文恪;祖父朱大竞和嗣父朱茂晖,也担任过明王朝的官职。[10]清军攻破北京那年,朱彝尊才十六岁。在此后相当长的一段时间内,他不仅与顾炎武、黄宗羲、屈大均、毛奇龄等遗民频繁来往,互相酬唱,而且还直接参加了魏耕等人组织的抗清复明斗争。斗争失败之后,朱彝尊亡命江湖,长期过着漫游生活。从康熙二年(1663)到康熙十七年(1678)年间,他"家贫客游,南逾岭,北出云朔,东泛沧海,登芝罘,经瓯越"[11],足迹几及半个中国,备尝了异乡飘泊,坎坷沦落的酸辛。他自己在词中记叙这段生活时说："空自南走羊城,西穷雁塞,更东浮淄水。一刺怀中磨灭尽,回首风尘燕市。"[12] 所不同的是,朱彝尊在五十一岁时做了清廷的翰林院检讨,终于归顺新朝;而张炎虽然也曾"北游燕蓟,上公车",却始终没有担任过元朝的官职,终其身还是一个南宋遗民。不过最后出处的不同归结,并不影响朱彝尊在思想感情上与张炎的联系。类似的社会经历,类似的生活遭遇,使张炎的作品在明末清初大批身历了亡国之痛后退居林下,或流落江湖的士大夫阶层中,引起广泛的共鸣,产生了"异代同悲"之感,朱彝尊正是这类士人的代表。他与张炎一样,书写的是黍离之悲和沦落之痛。例如：

> 衰柳白门湾。潮打城还。小长干接大长干。歌板酒旗零落尽,剩有渔竿。　秋草六朝寒。花雨空坛。更无人处一凭阑。燕子斜阳来又去,如此江山。(《卖花声·雨花台》)

这首词与张炎《高阳台》所咏唱的具体对象虽然不同,但所使用的手法与寄寓的感情却极其相似。张炎哀叹西湖春尽,象征着南宋覆亡,而朱彝尊所描写的六朝秋草,则意味着朱明失国。谭献称赞朱彝尊这首词"声可裂帛",就是因为词中托寓了这种沧桑之慨。朱彝尊也有一首托物言情,感怀身世的咏雁名作《长亭怨慢》,其词曰：

> 结多少、悲秋俦侣。特地年年,北风吹度。紫塞门孤,金河月冷,恨谁诉。回汀枉渚,也只恋江南住。随意落平沙,巧排作、参差筝柱。　别浦。惯惊移莫定,应怯败荷疏雨。一绳云杪,看字字悬针垂露。渐欹斜、无力低飘,正目送、碧罗天暮。写不了相思,又蘸凉波飞去。

同样写雁的孤寒漂泊,别浦难栖;同样用雁来象征作者自己及明末遗民的悲惨身世和孤独心情。明眼人一望而知,这首词无论从思想内容到表现形式,都受到张炎《解连环·孤雁》的影响。所以陈廷焯评论说:"感慨身世,以凄切之情,发哀婉之调,既悲凉,又忠厚,是竹垞直逼玉田之作。"这样的例子很多,不能一一列举。由此可见,社会政治环境的类似,是浙派词人崇奉张炎的重要原因。

二

雅正的美学崇尚是张炎和浙派词人共同坚持的词学标准。张炎在《词源》中说:"古之乐章、乐府、乐曲,皆出于雅正。"又说:"词欲雅而正,志之所之,一为情役,则失其雅正之音。耆卿、伯可不必论,虽美成亦有所不免,如'为伊泪落',如'最苦梦魂,今宵不到伊行',如'天便教人,霎时得见何妨',如'又恐伊寻消问息,瘦损容光',如'许多烦恼,只为当时,一饷留情',所谓淳厚日变成浇风也。"

雅正的第一个要求是屏去浮艳俚俗之习。词这种在民间曲子词的基础上发展成熟起来的文学体裁,当它刚从民间转入士大夫手中时,仍旧未能脱尽"俚俗"的一面。虽然王国维《人间词话》说过:"词至后主而眼界始大,感慨遂深,遂变伶工之词为士大夫之词。"但是,实际上整个北宋时代的词人,且不论柳永和周邦彦,即便是秦观和黄庭坚这样典型的文人词中,也不免时或夹杂着"俚俗"之气。田同之《西圃词说》指出:"黄山谷时出俚语,未免伧父。"陈廷焯也说:"少游词时有俚语,碧山乃一归雅正。"[13]都是针对这种倾向的批评。直至南宋,词才逐渐汰尽"俚俗"的余习,彻底完成词的文人化转变,姜夔是标志着这一转变的代表人物。陈廷焯指出:"白石词,清虚骚雅,前无古人,后无来者,真词中之圣也。"[14],就是从转变风气的意义上强调这一点的。张炎之推崇姜夔,首先就是推崇姜夔词符合雅正标准的高情远致。周邦彦是宋词的集大成者,姜夔继起,成为宋代格律派词人的两大代表。这两个人各有所长也各有不足。邓牧《张叔夏词集序》说:"美成、白石,逮今脍炙人口。知者谓丽莫若周,赋情或近俚;骚莫若姜,放意或近率。"陈廷焯也说:"顿挫之妙,理法之精,千古词宗,自属美成。而气体高妙,则白石独有千古,美成亦不能至。"[15]张炎对周邦彦也是推崇的,称赞他"浑厚和雅,善于融化诗句"。但是从雅正的标准出发,也对周词"意趣不高远"的浮艳之风,软媚之态,提出了批评。[16]

雅正的第二个要求是骚雅。张炎在《词源》中又说:"簸风弄月,词婉乎诗,盖声出于莺吭燕舌间,稍近乎情可也。若邻乎郑卫,与缠令无异也……如陆雪溪《瑞鹤仙》、辛稼轩《祝英台近》,皆景中带情,而有骚雅。故其燕酬之乐,别离之愁,回文、题叶之思,岘首、西州之泪,一寓于词。若能屏去浮艳,是亦汉魏乐府之遗意。"骚雅的实质是强调词这种特殊的文学体裁,既要保持自身委婉抒情的特点,又能够有所托寓,继承汉魏乐府的优良传统。失去了前一点,词就会变成"长短句之诗";没有了后一点,词又往往容易失之软媚和浮艳。张炎认为姜夔的词作是骚雅的典范,他说:"白石词……不惟清空,又且骚雅,读之使人神观飞越。"[17]他如此推崇姜夔,其中一个重要的原因,就是因为"南渡之后,国势日非,白石目击伤心,多于词中寄慨",而寄慨的方法又"用比兴体,含蓄不露"[18]。他认为,白石词既符合委婉言情的特点,又"得汉魏乐府之遗意",最符合骚雅的标准。

雅正的第三个要求是崇尚清空。这反映了张炎对高远峭拔、清雅纤徐的风格的向往。这一要求又是与对姜夔的赞扬和对吴文英的批评相联系的。张炎在《词源》中说:"词要清空,不要质实,清空则古雅峭拔,质实则凝涩晦昧。姜白石词如野云孤飞,去留无迹。吴梦窗词七宝楼台,炫人眼目,碎拆下来,不成片段。此清空质实之说。"这段话常常受到后代词学理论家的责难。其实张炎并没有全盘否定吴文英,他在《词源序》中不但把吴文英与秦少游、高竹屋、姜白石、史邦卿相提并论,而且称赞他"格调不伴,句法挺异,俱能特立清新之意","删削靡曼之词,自成一家,各名于世","善于炼字面"。"七宝楼台"

之喻,正是在肯定吴文英长处的前提下评论其短处时所作的比喻。从风格源流上说,姜夔和吴文英都应该是周邦彦的后学。不过吴文英着重发展了周词浓丽绵密的风格特点,过分锤炼字面,讲究藻彩,追求深隐,使他的词确实存在晦涩之弊。孙麟趾《词径》指出:"梦窗足医滑易之病,不善学之,便流于晦。余谓词中之有梦窗,如诗中之有长吉。篇篇长吉,阅者易厌,篇篇梦窗,亦难悦目。"就是对这种倾向的批评。从这样的意义上说,张炎力主清空之说,批评吴文英词"凝涩晦昧",如"七宝楼台",也不是完全没有道理的。

雅正的美学崇尚,也是浙派词人评词的主要标准。朱彝尊在《词综·发凡》中说:"言情之作,易流于秽。此宋人选词,多以雅为目。法秀道人语涪翁曰:'作艳词当堕犁舌地狱。'正指涪翁一等体制而言耳。"又说:"明初作手,若高季迪、杨孟载、刘伯温辈,皆温雅芊丽,咀宫含商……至钱塘马浩澜以词名东南,陈言秽语,俗气蒸人骨髓,殆不可医。"以朱彝尊为首的浙派词人标举雅正的词学标准,奉姜夔、张炎为宗师,主要目的在于反对明末词坛一味模仿《花间》《草堂》的浮艳之风。后来的浙派词人,大体祖述这一主张。清人王昶《姚莐汀词雅序》说:"国朝词人辈出,其始犹沿明之旧。及竹垞太史甄选《词综》,斥淫哇,删浮俗,取宋姜夔、张炎之词为规范,由是浙人继之,蔚然跻于南宋之盛。"如果我们笼统地用"淫哇"和"浮俗"这样的词语来概括明词的全貌,那当然是不妥当的。不过,明代是词学的中衰时期,总的成就不但难与宋词相比,也远远不及清代。尤其明中叶以后,词风更趋卑下。正如吴梅所说:"自马浩澜(马洪)、施阆仙(施绍莘)辈,淫词秽语,无足置喙。词至于此,风雅扫地矣。"[19]针对这种情况,浙派词人提出雅正的标准作为补弊纠偏的方法。这种主张虽然也算不上治本之方,却适应了当时很大一部分遗民士大夫的审美趣味。朱明王朝的覆灭,改变了明末淫靡词风得以存在和发展的客观条件,经历了国破家亡的大灾难以后,绝大部分士大夫失去了创作浮艳之词的环境和心情。继续抗争显然已不可能,出仕新朝又缺乏必要的条件和信心,于是退居林下就成了他们暂时的最好出路。加之清初文网森严,镇压酷烈,即使已经出仕新朝的士大夫们,内心也常常充满惶恐和不安。因此,一种风格委婉,趣味高雅的词的创作和吟唱,不仅成为士大夫们娱情悦性的重要方法,而且还可以成为他们慰藉心灵,排遣苦闷的特殊手段。浙派这一词学标准的提出,正好适应了这种客观的社会需要,因此得以风靡一时。

朱彝尊在《陈纬云红盐词序》中曾经说过:"词虽小技,昔之通儒巨公,往往为之。盖诗有所难言者,委曲而倚之于声,而其旨益远。善言词者,假闺房儿女之言,通之于《离骚》《变雅》之义,此尤不得志者所宜寄情焉耳。"[20]与张炎一样,朱彝尊首先认为,词与诗应该有不同的抒情方式,某些诗中难以表达的思想感情,"委曲而倚之于声",用词来表现,往往"其旨益远"。其次词可以通于《离骚》《变雅》之义,它尤其适合于"不得志者"寄托感情,抒写愤懑。再次,"善言词者",往往把"通之于《离骚》《变雅》之义"的内容,假托"闺房儿女之言"加以表现。这段话实际上是对张炎"骚雅说"的阐述与补充,其基本精神是一致的。以朱彝尊为代表的早期浙派词人,在社会大变动的时期,鼓吹和发扬了张炎词学主张中固有的积极精神。在他们的倡导下,清初相当长一段时间内,不仅"家白石而户玉田"[21],使明以来浮艳俚俗的词风得以廓清,而且使词从传统的闺房儿女之言的束缚中解脱出来,使之"通之于《离骚》《变雅》之义",成为士大夫们抒写黍离之悲和沦落之感的工具,无论从词学发展或词体解放的角度说,都是一种进步。

三

"情景交炼,得言外意",是张炎和浙派词人共同追求的艺术境界。自从李清照提出词"别是一家"之说[22],后世格律派词人大抵奉为圭臬。所谓词"别是一家",实际上是强调词这种文学体裁具有自身特殊的艺术规律。张炎是出身于词学世家的职业词人,对词学有精深研究,尤以精通声律自负。他虽然没有像李清照那样直接指责欧阳修、苏轼等人的词是"句读不葺之诗"[23],却批评辛弃疾、刘过"作豪气词,非雅词也,于文章余暇,戏弄笔墨为长短句之诗耳"[24]。足见他也是这种主张的拥护者。张炎在《词源》中说:"情至于离,则哀怨必至,苟能调感怆于融会中,斯为得矣。白石《琵琶仙》、秦少游《八六子》(词略)离情当如此作,全在情景交炼,得言外意。"他认为姜夔《琵琶仙》、秦观《八六子》二词写离别能够寄情于景,情景交融,所以有"有余不尽之意"。他又称赞陆淞《瑞鹤仙》、辛弃疾《祝英台近》"皆景中带情,而有骚雅"。可以说,"情景交炼,得言外意"是张炎对词这种文学形式艺术规律所作的概括,也是他在创作实践中努力追求的具体目标。张炎的优秀作品确实具有这一显著的特点,例如《南浦》(春水):

> 波暖绿粼粼,燕飞来、好是苏堤才晓。鱼没浪痕圆,流红去,翻笑东风难扫。荒桥断浦,柳阴撑出扁舟小。回首池塘青欲遍,绝似梦中芳草。　　和云流出空山,甚年年、净洗花香不了。新绿乍生时,孤村路,犹忆那回曾到。余情渺渺。茂林觞咏如今悄。前度刘郎归去后,溪上碧桃多少。

这首以西湖春水为描写对象的词,为作者赢得了很大的声誉。邓牧说:"叔夏《春水》一词,绝唱古今,人以'张春水'目之。"[25]陈廷焯也说:"玉田以《春水》一词得名,用冠词集之首,此词深情绵邈,意余于言,自是佳作。"[26]这首词的最大特点就是情景交融,意在言外,通过清丽的风景画面,极其含蓄地表现了词人对往事的深情怀念,寄托了故国之思。词的上片虽然是写景,但是景中见情,粼粼的碧波,翩翩的燕子,寂静的堤岸,悠悠的游鱼,漂流的落花等意象和谐地组织成一幅动人的画面,而从荒桥断浦中悄然荡出一叶扁舟。这神来之笔犹如画龙点睛,便整个画面呈现出动态之美。"回首"二句,融化谢灵运"池塘生春草"诗意及梦中得句的典故,曲折地表现了风景依然而江山非昔的感叹。下片即景言情,从眼前美景,引出对往事的回忆,既含蓄,又沉痛。结句翻用唐人刘禹锡诗意,表现了浓重的沧桑之慨,言外有无穷哀感。张炎在许多作品中所创造的这种情景交融、意在言外的艺术境界,也是浙派词人努力追求的目标。例如朱彝尊的《百字令·富春道中》:

> 舵楼侵晓,望樟亭木末,雾收川净。谁把钱塘犀弩射,冲落惊涛千顷。霸业孙郎,高风严子,毕竟论谁胜？西台寂寞,更何人扫岩磴。　　最爱踯躅花繁,画眉啼处,高下穿红影。十载重来头已白,愁对清江如镜。沙际鸬鹚,门前乌桕,引我移家兴。罟师渔父,结邻尽许相并。

作者于1662年至1672年曾两次游历严子陵钓台,都有诗词记载其事。在十年前所作的诗中说:"扁舟如可就,吾亦钓台居。"十年后又说:"沙际鸬鹚,门前乌桕,引我移家兴。"生动地表现了词人既欲仕、又欲隐的矛盾心理。上片即景生情,引出了与富春江有关的两个历史人物——一心建立霸业的孙坚和坚决拒绝官禄的严光。但是作者并没有对此进行正面评论,而是含蓄地发问:"霸业孙郎,高风严子,毕竟论谁胜？"下片以清丽的笔调,描绘了富春江的迷人景色。结尾轻点一笔,巧妙地回答了上片提出的问题,暗示了词人感情的最后归结,透露出他虽然逐渐淡漠但仍在心头回荡的故国之思。与张炎不同的是,朱彝尊在这类词中往往注意把风景描写与历史人物的评价结合起来,有时不免使画面阴影重叠,与张炎相比,感慨深重虽或过之,含蓄清远却往往不及。用张炎的评词标准衡量,就显得不够清空。如果说朱彝尊此类作品在这方面与张炎还有一定差距,那么被人称为"竟是我朝张叔夏"的另一位浙派词人厉鹗却在这方面取得了

相当的成功。现以其《百字令·月夜过七里滩》为例:

> 秋光今夜,向桐江、为写当年高躅。风露皆非人世有,自坐船头吹竹。万籁生山,一星在水,鹤梦疑重续。挐音遥去,西岩渔父初宿。　　心忆汐社沉埋,清狂不见,使我形容独。寂寂冷萤三四点,穿破前湾茅屋。林净藏烟,峰危限月,帆影摇空绿。随流飘荡,白云还卧深谷。

这首词写月夜船过七里滩时的风光景物,表现了词人独特的心理感受。词中直接写情的虽然只有这样一句:"心忆汐社沉埋,清狂不见,使我形容独。"但是作者借景言情,寄情于景,主要凭借涂满凄清幽冷的感情色彩的种种意象,表现自己寂寞失意的情怀,创造了情景交融的境界。厉鹗与朱彝尊两人的身世不全相同,朱彝尊沦落于明清易代之际,词中每每流露黍离之悲;而厉鹗却蹭蹬于康乾盛世,词中主要表现士大夫失意落寞,孤芳自赏的情怀。虽然这首词中"汐社沉埋"一典与谢皋羽有关,但那只是一种风景点缀,与朱彝尊所说的"西台寂寞,何人为扫岩蹬"的含义有所不同。不过,从情景交炼,意在言外的角度看,厉作较之朱作无疑更为成功。谭献曾把厉鹗这首词与宋张孝祥的名作《念双娇·洞庭青草》相媲美,陈廷焯也说:"炼字炼句,归于纯雅,而于写景之外,尤饶余味,似此真可步武玉田矣。"都是从这样的角度立论的。当然,由于社会生活的限制,厉鹗这类作品往往只以清幽的景色,表现孤寂的情趣,内容不免单薄,其总的成就毕竟难以和张炎、朱彝尊相比。陈廷焯指出:"樊榭词,拔帜陈、朱之外,窈曲幽深,自是高境。然其幽深处,在貌而不在骨,绝非从楚《骚》来,故色泽甚饶,而沉厚之味终不足也。"[27]这是很有见地的。浙派词人的创作后来着意于"巧构形似之言,渐忘古意"[28]。逐渐流于枯寂,为论者所病。究其原因,恐怕主要并不如谭献所说,是学习张炎之过,而在于生活圈子的狭窄和源头的枯竭。当然,作为格律派词人,张炎过分强调声律,倡导清空,追求委婉曲折的表现手段和言外之意,这也使词在表现更广泛的社会生活方面受到一定的限制。学习张炎的浙派词人,后来逐渐走上枯寂空疏之路,常州派词继之而崛起,从一定意义上讲,也是在当时历史条件下的必然结果。

(本文发表于《杭州师范学院学报》1987年第3期)

【注释】

[1][16][17][24] 张炎《词源》。

[2] 陈廷焯《云韶集》卷七。

[3] 朱彝尊《曝书亭集》卷四〇《黑蝶斋诗余序》。

[4][7] 张炎《山中白云词》卷首附载戴表元《送张叔夏西游序》。

[5] 袁桷《赠张玉田》诗原注:"玉田为循王五世孙,时来鄞设卜肆。"

[6] 陈廷焯《白雨斋词话》卷二。

[8]《山中白云词》卷八《风入松》。

[9]《山中白云词》卷一《疏影》。

[10] 据杨谦《朱彝尊年谱》。

[11]《清史稿·文苑传》。

[12]《曝书亭词·江湖载酒集》,《百字令·自题画象》。

[13][15][18][26][27] 陈廷焯《白雨斋词话》卷二。

[14] 陈廷焯《词则·大雅集》卷三。

[19] 吴梅《词学通论·概论》四。

[20] 朱彝尊《曝书亭集》卷四〇。

[21] 见朱彝尊《词综》卷一。

[22] 李清照《词论》:"王介甫、曾子固文章似西汉,若作一小词,则人必绝倒,不可读也。乃知词别是一家,知之者少。"

[23] 李清照《词论》:"晏元献、欧阳永叔、苏子瞻,学际天人,作为小歌词,直如酌蠡水于大海,然皆句读不葺之诗尔。"

[25]《山中白云词》卷首邓牧《张叔夏词序》。

[28] 谭献《箧中词》今集卷二。

要为苍生说辛苦

——王冕《竹斋诗集》读后

元诗正统的代表作家如虞集等,大多是社会地位较高,物质生活优裕的达官显宦。由于脱离现实,脱离人民,他们自然很难写出深刻反映社会现实的优秀作品。但是在远离当时政治经济中心的江南农村——浙江诸暨的乡下,却出现了一位杰出的诗人兼画家王冕。他那些"直而不绞,质而不俚,豪而不诞,博而不滥"[1]的优秀诗篇,鲜明地表现了作者的理想与人格,反映了民族的痛苦与灾难,表达了人民的悲愤和抗议,不仅在元代诗歌历史上留下了光辉的一页,而且为我国古代诗歌现实主义的优良传统增添了新的内容。可是长期以来,王冕的诗名被画名所掩盖,他的诗歌创作成就没有得到足够的重视和恰当的评价,这是令人遗憾的。

生活在元朝末年的王冕,是一位有强烈民族意识的人。虽然他在年轻时代曾经刻苦研读兵书,学习击剑,渴望完成伊吕、诸葛的事业,但是由于"山林竞蛇虺,道路喧豺貐",他只好放弃自己的理想,过着"松根坐卧尽忘年,足迹何曾入官府"的隐居生活。在那首著名的《墨梅诗》中,他清楚地表明了自己不肯与"蛇虺""豺貐"之类同流合污的心迹:"我家洗砚池头树,朵朵花开淡墨痕。不要人夸好颜色,只留清气满乾坤。"他在诗中咏梅花,咏劲草,咏老竹,咏幽兰,多少都寄托了这种心情。但是,王冕毕竟难于忘怀世事。"山河频入梦,风雨独关心,每念苍生苦,能怜荡子吟"[2],诗人的目光时刻注视着现实生活的波澜,不仅写了许多深刻反映社会现实的优秀篇章,而且公开发出"要为苍生说辛苦"[3]的呼声。

元代,连年的战争和灾荒,沉重的赋税和徭役,民不聊生。王冕在长诗《秋夜雨》中,饱含着悲愤酸辛,用浓重的笔墨,为我们勾勒了一幅江南农村悲惨生活的图画:

> 秋夜雨,秋夜雨,今来古往愁无数。谪仙倦作夜郎行,杜陵苦为茅屋赋。只今村落屋已无,岂但屋漏无干处。凋余老稚匍匐走,哭声不出泪如注,谁人知有此情苦。秋夜雨,秋夜雨,赤县神州皆斥卤。长蛇封豕恣纵横,麟凤龟龙失其所。耕夫钓叟意何如,梦入江南毛发竖。余生听惯本无事,今乃云胡惨情绪?排门四望云墨黑,纵有空言亦何补!秋夜雨,秋夜雨,何时扫开万里云,日月光明天尺五?(节选)

在元朝统治者专制暴政的压迫下,神州凋敝,蛇豕横行,村落丘墟,生灵涂炭,百姓遭受的灾难比李白、杜甫的时代加倍沉重。诗中所描写的浓云密布,秋雨滂沱的漫漫长夜,不正是时代的象征吗?值得注意的是,作者在诗中不仅写出了百姓所遭受的灾难,而且把这种灾难与揭露元朝统治者的罪行结合起来,使诗歌在反映现实的深刻性上达到了新的高度。在《冀州道中》这首诗里,诗人通过自己的亲身经历,不仅记叙了"城郭类村坞,雨雪苦载途。丛薄聚冻禽,狐狸啸枯株"的荒凉凋敝景象,而且着重控诉了元朝统治者对文化的摧残:"自从大朝来,所习亮非初。人民藉征戍,悉为弓矢徒。纵有好儿孙,无异犬与猪。至今成老翁,不识一字书。典故无所闻,礼仪何所拘?论及祖父时,痛入骨髓余。"在《花驴儿》这首诗中,王冕用辛辣的笔调揭露"花驴儿"的横行霸道:

> 花驴儿,渡江踏遍江南土。正值江南无马时,驴儿得志雄威

武,况是能解花门语。江南淫雨二百日,洪涛巨浪掀天舞,麻麦烂死秧苗无。百姓吞声苦饥苦,驴儿唉粟恬如故。江南子弟不晓事,掷金驰逐争先睹。夸渠省得人语言,纵使能言亦何补?花驴儿,乃奇遇。昨朝方上评事厅,今日又登丞相府。哮吼纵横谁敢侮?老夫平生不信怪,见此怪事欲呕吐。归来十日不食饭,扼腕攒眉泪如雨。

这是一首寓悲情于讽刺的诗。为什么一只花驴儿能够如此"得志穷威武",在"百姓吞声苦饥苦"的灾荒年头,它不仅能够"唉粟恬如故",而且居然可以出入于评事厅和丞相府,"哮吼纵横谁敢侮"呢?很明显,它是依靠元朝统治者的势力,才能如此横行无忌。在这里,花驴儿其实不过是元朝统治者及其奴才的象征而已。

王冕出身农家,自幼生活贫困。他在《竹斋诗集》中多处描写了自己穷苦艰辛的生活境况:"敝衣无絮愁风劲,破屋牵萝奈雨何"(《九里山中》)。"破甑无粟妻子问,更采黄精作朝顿"(《过山家》)。"江南古客无寸田,半尺破砚无租钱"(《有感》)。"我穷衣袖露两肘,回视囊中无一有"(《结交行送武之文》)。这种低下的社会地位和贫困的生活环境,使他能够真正与劳动人民生活在一起,广泛接触社会现实,深刻体验人民的痛苦,使他对元朝统治者的残暴本质和严重罪行有更加清醒的认识。因此,他提出"要为苍生说辛苦"并不是一时激愤之辞,而是诗人经过长期观察体验得出的结论。在王冕的笔下,佃户、蚕农、盐民、征夫、农妇、流民这些最底层人民的痛苦生活得到了生动和深刻的反映;统治阶级的残暴,官吏的贪酷,赋税和徭役繁重的社会现象,受到了无情的揭露和批判。就反映现实的深度和广度而言,大大超过了他的前辈和同时代人。例如在《江南妇》这首诗中,作者运用强烈对比的手法,描绘了普通江南农妇的悲惨命运:

江南妇,何辛苦,田家淡泊时将雨,敝衣零落面如土。傫彼南亩随夫郎,夜间绩麻不上床。绩麻成布抵官税,力田得米归官仓。官输未了忧心触,门外又闻私债促。大家揭帖遍通衢,生谷十年还未足。长儿五岁方离手,小女三周未能走。社长呼名散户由,下季官盐添两口。舅姑老病毛骨枯,忍饥忍寒蹲破庐。残年无物做慈孝,对面冷泪空流珠。燕赵女儿颜如玉,能拨琵琶调新曲。珠翠满头金满臂,日日春风嫌酒肉。五侯七贵争取怜,一笑可得十万钱。归来重藉锦绣眠,罗炜暖拥沉麝烟。

作者非常熟悉江南农村的日常生活,诗中运用了许多具体材料,不仅刻画了一个终岁辛劳、衣不蔽体的江南农妇的典型形象,而且进一步揭示了造成江南妇女悲惨命运的社会因素:沉重的官输和私债,深刻揭露和批判了封建剥削制度的罪恶。

王冕在诗中还有力地揭露租税给人民造成的灾难,其中《伤亭户》一诗表现得尤为集中而强烈:

清晨渡东关,薄暮曹娥宿。草床未成眠,忽起西邻哭。敲门问野老,谓是盐亭族。大儿去采薪,投身归虎腹。小儿出起土,冲恶入鬼箓。课额日以增,官吏日以酷。不为公所干,唯务私所欲。田园供给尽,龊数屡不足。前夜总催骂,昨日场胥辱。今朝分运来,鞭笞更残毒。灶下无尺草,瓮中无粒粟。旦夕不可度,久世亦何福。夜永语声冷,幽咽向古木。天明风启门,僵尸挂荒屋。

诗歌记载了诗人在行旅途中目睹的一场痛绝人寰的悲剧。沉重的赋税,无穷无尽的盘剥,如狼似虎的官吏——总催、场胥、分运的打骂催逼,终于迫使"灶下无尺草,瓮中无粒粟"的盐户自杀身亡。作者在叙述这一悲惨事件时纯用白描手法,中间几乎不掺杂任何主观的议论和感叹,但在字里行间却渗透了深深的同情和悲愤。这首诗在写作方法上明显地受到杜甫《石壕吏》的影响,内容却有相当大的差异。《石壕吏》主要表现战争给人民造成的灾难,而《伤亭户》着重展示了繁重的赋税逼迫劳动人民走上死亡之路的悲惨情景,从而深刻地揭露了封建剥削制度的罪恶本质,从主题思想看,具有更大的普遍性和典型性。《石壕吏》描写官吏的行为时只用"有吏夜捉人""吏呼一何怒"两句含蓄地带过,而《伤亭户》却对这批"不为公所干,唯务私所欲"的贪官污吏的虎狼行为进行充分的描摹刻画,无情地批判了他们鱼肉百姓,中饱私欲的严重罪行,对统治阶级残暴本性的揭露似乎更加深刻,更加不留情面。这种差异并不是偶然的现象,而是王冕诗歌现实主义在清醒和深刻程度上超越前人的表现。他在诗中,一再把残害百姓的官吏称为"豺狼""猛虎",给以无情的鞭挞,这在《猛虎行》一诗中表现得特别鲜明:

> 去年江北多飞蝗,今年江南多猛虎。白日咆哮作队行,人家不敢开门户。长林大谷风飕飕,四郊食尽耕田牛。残膏剩骨委丘壑,髑髅啸雨无人收。老乌衔肠上枯树,仰天乌乌为谁诉。遁逃茫茫不见归,归来又苦无家住。老翁老妇相对哭,布被多年不成幅。天明起火无粒粟,那更打门苛政酷。折胫败肘无全民,我欲具陈难具陈。纵使移家向廛市,破甑猰貐喧成群。

诗歌描绘了在暴政压迫下广大百姓家破人亡,走投无路的惨状。在这里"白日咆哮作队行"的猛虎,分明是那些贪官酷吏的象征。农村是这样,城市又如何呢?"纵使移家向廛市,破甑猰貐喧成群。"当然,作者并没有能够指出,在这种情况下劳动人民应该怎么办,而只能寄意于笼统渺茫的希望:"何时扫开万里云,日月光明天尺五。"值得指出的是,王冕与封建时代大多数诗人不同,他对封建剥削制度的罪恶和统治阶级——尤其是那些贪官酷吏的本质,有着更加清醒的认识,他"要为苍生说辛苦",代表受苦受难的百姓向统治阶级作愤怒的控诉,而几乎从来不把希望寄托在统治阶级施行"仁政"上面。在王冕以前,杜甫和白居易的诗歌在揭露社会黑暗,反映百姓疾苦方面达到了相当的高度。杜甫"穷年忧黎元,叹息肠内热",白居易"但伤民病痛,不识时忌讳",他们那些优秀诗篇充满了对苦难百姓的深厚同情,对统治阶级罪恶的批评和抗议,从而反映了时代的精神。但是他们的思想并没有突破正统儒家士大夫思想的藩篱,其中主要的一点就是寄希望于统治阶级能够实行"仁政","唯歌生民病,愿得天子知","致君尧舜上,再使风俗淳",这就是他们的最终目的和最高希望。从这样的意义上说,王冕的认识比他们又前进了一步。

(本文由包维岳同志审定,发表于《浙江学刊》1982年第3期)

【注释】

[1] 见刘基《竹斋诗集序》。
[2][3]《竹斋诗集·有感二首》。

朱孝臧及其词学贡献

一

朱孝臧(1857—1931),一名祖谋,字藿生,一字古微,号沤尹,又号彊村,归安(今属浙江湖州市)人。光绪九年癸未(1883)进士,选庶吉士,授翰林院编修。后又历任国史馆协修,会典馆总纂总校。朱孝臧任职于清王朝行将溃灭之际,一方面他目睹国难深重,充满忧时念乱之情;而另一方面对于维新派与顽固派的斗争却并不直接介入,只是一心"纂校会典,勤于其职",因而得以"叙劳"升翰林院侍讲,充日讲起居注官。再迁侍读庶子,侍讲学士。戊戌变法失败,义和团反帝运动兴起。朱孝臧眼看朝局反复,危机日深,奋然上书,慷慨陈词,反对仇教开衅,力言义和团不可用,董福祥军不可恃,触怒了西太后,几乎被治罪。光绪二十七年(1901)《辛丑和约》签订,朱孝臧又被认为是"忠心爱国",一年之中迭迁为少詹尹、内阁学士,礼部侍郎兼署吏部侍郎。这年秋天,又被放派为广东学政。他在广东任职两年,因与总督意见不合,又见政事不可为,遂以修墓为由,告假还乡。第二年,即托病自请解职,卜居于苏州。不久,江苏政法学堂创立,朱孝臧被聘为监督。1909年,光绪皇帝病故,宣统继位,曾特诏征召。次年,设立弼德院,又授予朱孝臧顾问大臣之职,但他都托言"宿疾未愈",

辞不赴诏。1911年,清王朝覆灭,辛亥革命胜利。此后,朱孝臧遂不问世事,以遗老自居,往还于江、浙之间,交结学者词人,以填词校书自遣。1915年,朱孝臧到北京。当时袁世凯任中华民国大总统,正阴谋恢复帝制,所以特别优礼清王朝的旧臣。袁听说朱孝臧来京的消息,立即致书问候,并聘他为"高等顾问"。但朱孝臧"笑却之,未与交一字",表现了对这位反复无常的政治投机商的无比蔑视。1925年,朱孝臧路过天津,特地以"君臣大礼"谒见清朝废帝溥仪,后又"涕泣辞去"。1931年,朱孝臧带着深深的遗憾病死于上海,终年七十五岁。临终之前,曾口占《鹧鸪天》一首以明心迹。其词云:"忠孝何曾尽一分。年来姜被减奇温。眼中犀角非耶是,身后牛衣怨亦恩。

泡露事,水云身。枉抛心力作词人。可哀惟有人间事,不结他生未了因。"

历史上每当社会发生重大变革之时,总有一批人会产生失重的感觉。中国封建社会延续了两千多年,其思想观念、文化习俗深入人心,影响深远。辛亥革命"推翻帝制,实行共和",这种社会大变革与历史上一切王朝的更替有着本质的区别。要求深受儒家"忠孝节义"思想观念影响的士大夫们全都抛弃旧观念,接受新思想,不仅是困难的,也是不现实的。对于朱孝臧不能弃旧图新,不能与历史同步前进的思想行为,我们可以为之遗憾,却不必过于苛责。事实上在民国建立以后,有相当一批封建士大夫与朱孝臧采取类似的政治态度,他们之中有不少著名的文人学者,如陈三立、郑文焯、况周颐、王国维等等,而当局对他们也都比较宽容。

还应该指出,朱孝臧对清王朝的怀恋,仅仅局限在思想感情上。他始终恪守儒家"用舍行藏"的道德准则,拒绝与袁世凯合作,也不参与一切复辟活动,而倾全力于词的创作和词学研究。与此同时他也并未泯灭爱国之心,在他的作品中,经常流露出浓重的忧国忧民的情怀。朱孝臧这种政治人生态度与另一位清末民初著名诗人陈三立十分相似。朱孝臧之所以请陈三立为自己撰写《墓志铭》,恐怕不是巧合。

二

陈三立在《朱公墓志铭》中曾经评价朱孝臧说:"进为国直臣,退为世词宗。"现在看来,朱孝臧的历史贡献主要不在前者而在后者。作为"清季词学四大家"之一的朱孝臧,与他的师友王鹏运、郑文焯、况周颐共同为清末民初词学创作和研究的全面繁荣作出了杰出贡献。而在四人之中,又以朱的寿命最长,成就最高。我国现代老一辈的词学专家如龙榆生、夏承焘、唐圭璋等人大都出自他门下或受过他的教诲熏陶。陈三立称之为"词宗",叶恭绰评论说:"彊村翁词,集清季词学之大成。"[1]指出了朱孝臧在近代词学史上的重要地位。

朱孝臧对近代词学的贡献主要表现在三个方面,一是词的创作,二是词集的校勘,三是词的普及和推广。在词人开始创作的初期,清王朝已处于风雨飘摇之中,甲午战争的丧师辱国、戊戌变法的失败、八国联军的入侵,更促使这座摇摇欲坠的封建大厦迅速崩塌。朱孝臧没有把词单纯看作士大夫娱情悦性的工具,他一开始填词,就是"痛世运之陵夷"而发出的悲愤呼叫和叹息,朱词"幽忧怨悱,沉郁绵邈"的苍凉风格,正是词人那种忧国忧民的沉痛心情的表现。光绪二十六年(1900)年冬,八国联军侵占北京,作者困守危城,伤时念乱,曾作《齐天乐·鸦》一首以寄慨:

> 半天寒色黄昏后,平林渐添愁点。倦影偎烟,酸声噪月,城北城南尘满。长安岁晏。又啼入延秋,故家啄遍。问几斜阳;玉颜凄诉旧团扇。　南飞虚羡越鸟,乱烽明似炬,空外惊散。坏阵秋盘,虚舟瞑踏,何处衰杨堪恋。江关梦短。怕头白年年,旧巢轻换。独鹤无归,后栖休恨晚。

词中既表达了对外敌入侵的悲慨,也有关于后妃蒙难的哀诉,又有对民众流离四散的同情,最后才归结到自己困滞孤城,不得南归的惆怅。全词把个人的命运和民族的危难结合在一起,于凄迷呜咽之中显露出苍莽沉雄之慨,很能代表作者的思想艺术风格。甲午战争之后,俄国势力侵入东北。光绪二十九年(1903),日俄之战爆发,战争在中国领土上进行。这时朱孝臧正在广东学政任上,听到这一消息,悲忧愤慨,又写了《金缕曲·书感寄王病山秦晦鸣》一词,以表达悲愤之情:

> 斗柄危楼揭。望中原、盘雕没处,青山一发。连海西风掀尘黯,卷入关榆悴叶。尚遮定、浮云明灭。烽火十三屏前路,照巫闾、知是谁家月。辽鹤语,正呜咽。　　微闻殿角春雷发。总难醒、十洲浓梦,桑田坐阅。衔石冤禽寒不起,满眼秋鲸鳞甲。莫道是、昆池初劫。负壑藏舟寻常事,怕苍黄、柱触共工折。天外倚,剑花裂。

这首词上半写日俄之战爆发后,危及我国,辽东地区遍地烽烟,令人忧虑。下半回忆中日甲午战争失败的经过,"总难醒、十洲浓梦,桑田坐阅"。指出战争失败的根源是整个民族尚未觉醒。作者在最后强调,胜败乃兵家常事,暂时的得失亦不足为患,但只怕长此以往,整个国家就难免灭亡的命运了。"天外倚,剑花裂",词人的意思是说,当此民族危亡关头,有志之士应该挺身而出,贡献自己的力量。这首词于沉郁悲愤之中显露出慷慨激越的气势,相当充分地表现了作者的爱国主义情感。

在举世瞩目的变法维新运动中,朱孝臧没有像陈三立那样直接参与其事,但是,作为一个爱国的有正义感的士人,朱孝臧不仅同情变法维新,而且与维新派人士还保持着相当的友谊。光绪二十四年(1898)八月十三日"六君子"被害,百日维新失败。二十五天之后,也就是九月九日,朱孝臧写了一首追悼殉难烈士的词《鹧鹧天·过裴村别业》：

> 野水斜桥又一时。愁心空诉故鸥知。凄迷南郭垂鞭过，清苦西峰侧帽窥。　　新雪涕，旧弦诗。惜惜门馆蝶来稀。红萸白菊浑无恙，只是风前有所思。

裴村是"六君子"之一刘光第的字，其别业在北京丰宜门（南门）外。词人经过烈士生前旧居，即景言情，写下了这首颇似当年向子期《思旧赋》的名篇，以表达自己对死难烈士的无限哀悼之情。这种悲哀，因为与国家民族的命运紧密相连，所以并未随着时光的流逝而消泯。六年之后，朱孝臧模仿杜甫《八哀》诗，写了八阕《减字木兰花》，分别伤悼八位亡故的旧友，其中第五首又是追怀刘光第的。其词曰：

> 盟鸥知否？身是江湖垂钓手。不梦黄粱，卷地秋涛殷卧床。
> 楚宫疑事，天上人间空雪涕。谁诏巫阳？被发中宵下大荒。

如果说，前一首《鹧鸪天》因为迫于当时严峻的政治形势而写得比较委婉含蓄的话，那么在这首词中，作者便放开喉咙，充分表达自己的满腔悲愤了。词中不仅公开称赞刘光第的才能和品德，为他的被害鸣冤叫屈，而且对光绪皇帝是否真正有病表示怀疑，矛头直接指向当时的最高统治者。朱孝臧与另一位维新派重要人物黄遵宪也交谊颇深。光绪二十八年（1902）秋天，朱孝臧出任广东学政，次年春抵达广东，曾特地到嘉应州（今广东梅州）与当时因参与变法而被放归的黄遵宪相聚，写下了《烛影摇红·晚春过黄公度人境庐话旧》一词。这首词的内容虎然比较隐晦曲折，但词中对黄遵宪被放废命运的关切、对国家前途的担忧之情仍溢于言表。第二年秋天，朱孝臧因事舟经香港，又写了一首《夜飞鹊·香港秋眺怀公度》的词怀念黄遵宪：

> 沧波放愁地，游棹轻回。风叶乱点行杯。惊秋客枕，酒醒后，登临尘眼重开。蛮烟荡无霁，飐天香花木，海气楼台。冰夷漫舞，唤痴龙、直视蓬莱。　　多少红桑如拱，筹笔问何年，真割

珠崖。不信秋江睡稳,掣鲸身手,终古徘徊。大旗落日,照千山、劫墨成灰。又西风鹤唳,惊笳夜引,百折涛来。

这首词是作者模仿吴文英的名作之一,于丽密中见遒劲,调子比前一首要高昂。词的上片紧扣"秋眺"二字展开描写,景中见情,透露出词人的忧国之心。下片由此推衍开去,慨叹香港及我国沿海许多港口纷纷被列强割占,国家形势岌岌可危。词的最后又寄托了这样的希望:像黄遵宪这样的杰出人才,终究会被重新起用,并委以挽救民族危亡之重任。令人遗憾的是在朱孝臧写完本词的第二年,黄遵宪便与世长辞了。

朱孝臧后期作品的思想内容比较复杂。一方面,词人并没有完全泯灭其忧时爱国之情,坐视国运江河日下,内忧外患频仍,内心常常充满了抑塞与悲愤;另一方面,由于词人对业已灭亡的清王朝始终怀着深深的眷恋,思想感情未能随着时代的前进而变化,因而又常常表现出浓重的所谓"故国之思"和"沧桑之感"。两种思想感情糅合在一起,使朱氏后期的某些作品的确具有如陈三立所说的"幽忧怨悱,沉抑绵邈"的独特风格。如《金缕曲》(手种前朝树)、《洞仙歌·过玉泉山》、《霜花腴·九日哈氏园》、《摸鱼子·马鞍山访龙洲道人墓山在昆山县西北隅》等等,都是这类思想内容复杂而艺术上很有特色的作品。如果单就艺术风格而言,张尔田说"古丈晚年词,苍劲沉着,绝似少陵夔州后诗",并不是完全没有道理的。

对朱孝臧的词,前人曾经给予很高的评价。在这些意见中,虽有少数是褒扬过当之辞,例如把朱孝臧比作屈原等等,但多数却是言之有理、持之有故的,有几点似乎已经成为大家的共识。首先,朱孝臧的词是忧幽国事、感慨时局、自伤身世、有感而发的作品,不同于一般的侧艳之词、吟风弄月之作。从现存《彊村语业》的作品看,几乎篇篇都寄托了词人深沉的人生感喟,绝无泛泛之作。从这样的意义上讲,认为彊村词的精神与风、骚相通也是合乎情理的。其次,朱孝臧是晚清词人中学习吴文英（梦窗）最有成就的人。他不仅成功地学习梦窗，而且在某些方面还超越了梦窗。关于这一点，王鹏运指出："世人知学梦窗，知尊梦窗，皆所谓'但学兰亭之面'。六百年来真得髓者，古微一人而已。"[2]王国维也认为："近人词如复堂之深婉，彊村之隐秀，当在吾家半塘翁上。彊村学梦窗，而情味较梦窗反胜，盖有临川、庐陵之高华，而济以白石之疏越者。学人之词，斯为极则。"给予极高评价[3]。学习梦窗是晚清词坛的一种风气，清季四大家王、郑、朱、况的词风虽然各有不同，但他们在不同程度上都受到了梦窗的影响。清季四大家的词学主张基本上承绍常州词派理论之余绪。常州词派的中坚人物周济曾经提出过这样的创作主张："问途碧山，历梦窗、稼轩，以还清真之浑化。"[4]在四人中，尤以朱孝臧学习梦窗最为刻苦认真，他曾四校《梦窗词》，在他的词集中，公开标明"用梦窗韵"的作品就有十五首之多，足见他对梦窗的重视和尊崇。朱孝臧虽以学梦窗著称，但他也不是一味死学梦窗。王国维就指出彊村词"有临川（晏殊）、庐陵（欧阳修）之高华，而济以白石之疏越"，所以"情味较梦窗反胜"。张尔田、夏敬观又指出："侍郎词晚年颇取法于苏（东坡）。"[5]"晚亦颇取东坡以疏其气。"[6]正因为朱氏潜心学习梦窗而不为梦窗所拘囿，同时又能广泛汲取南北宋诸家的长处，所以最后形成了自己独特的艺术风格，成为近代词学之"集大成者"。王国维在评论朱孝臧词学成就时说过一句很重要的话："学人之词，斯为极则。"

由于复杂的历史原因，词这种艺术形式在长期的发展过程中有两个巨大的变化，其一是与音乐本体的分家，其二是彻底的文人化。清代是号称词学中兴的时代，词人众多，流派纷繁。但清代词坛有一个显著的特点，即大多数著名词人往往也是著名学者，从清初的浙派首领朱彝尊到常州词派领袖张惠言，再到清季四家王、郑、朱、况，几乎无不如此。这种情况促使清词更彻底地向文人化、学人化的方向转变。变化的结果是忧喜参半的。就喜的方面来说，这极大地提高了词的社会地位,拓宽了词的表现范围,进一步完善了词的艺术表现手段。以朱孝臧为代表的晚清格律派词人,尤其是他们在政治上失落之后,无不倾全力于词的创作和研究,"其生平所学及抱负尽纳词中,而他不旁及"[7]。"清末词学,视浙西朱、厉(朱彝尊、厉鹗),毗陵张、周(张惠言、周济)诸家境界又进者,亦时为之也。"[8]就忧的方面来说,由于过分地追求格律精严,讲究词的特殊艺术表现手段,重视模仿而忽略独创,一味讲求字锤句炼、音协韵美,并且大量运用成语典故,甚至像江西诗派所主张的那样,追求"无一字无来历",结果往往损害了作品活泼的天机和自然的情趣。王国维所说的"古人自然神妙处,尚未见及",就是指此而言。而朱孝臧正是近代词学史上这种学人之词的最后一位大师和代表人物,在他的身上同时体现了学人之词的优长和缺失。

三

除了词的创作以外,朱孝臧对近代词学的另一贡献是词集的校勘和编纂工作。词这种文学形式虽然在两宋达到鼎盛,在社会上也流传极广、影响极大,但是从传统儒家的文艺标准看,词依旧是"小道""末技",是不登大雅之堂的"诗之余",不能像诗文那样成为士人们"立言"的依据。正因为如此,所以像柳永、周邦彦、姜夔等人,他们的词写得这么好,影响这么大,但在当时的政治上和文坛上却并无一席之地。"唐宋正史及官藏书目,如《旧唐书·经籍志》《新唐书·艺文志》《崇文总目》《中兴馆阁书目》之类,皆不收词籍。《宋史·艺文志》于各家诗文集后,偶附词集……总数只不过十二三种。"[9]有些作家,诗文集可以保存得相当完整,但是词作往往散失殆尽。如范仲淹、王安石等人,他们当时所作的词,必不止现存之数。冯延巳的词,北宋陈世修为之编集时,就已"旧帙散失,十无一二"。贺铸《东山词》,虽经历代辑补,尚不及原作之半数。周邦彦是职业词人,当时"一觞一咏,脍炙人口",但淳熙七年(1180)强焕为之编集,虽"旁搜远绍",仅得一百八十二阕,远不及原作之数。李清照是我国历史上最优秀的女词人,但是词作大都散佚。明人毛晋辑成《漱玉词》,仅得词十七首。至于词集中姓名之互错、篇章字句之错异脱漏,更是触目可见。这种情况给词学研究造成了很大困难。有鉴于此,从宋代开始就有人在做词集的编辑、校勘、整理工作,其中比较重要的有明代毛晋的《宋六十名家词》、清代王鹏运的《四印斋所刻词》、吴昌绶的《双照楼景刊宋元明本词》等。但毛刻"甄采未博,编校多疏",而王、吴"重在传宋元善本之真,于校勘一事无多顾及"[10]。朱孝臧以校雠学家的严谨态度和词学专家的丰富专业知识,倾全力于词集的编纂校勘工作,广搜博采,核精求是,在这一领域内做出了突出的贡献。

朱孝臧四十岁开始弃诗填词,与当时的著名词人兼词集校勘家王鹏运十分投合,两人同校《梦窗四稿》,这是朱氏校勘词集的开始。王鹏运逝世后,朱孝臧又重校《梦窗词》,使之成为当时最完备的足本和定本。继校《梦窗词》之后,朱氏又于1910年完成《东坡乐府》编年笺校工作,"由校雠进而广事考订,与宋明词籍的原有校勘已不可同日而语"[11]。这一成果,被沈曾植誉为"校例精详,恐当为七百年来第一善本"[12]。在校勘《梦窗词》与《东坡乐府》的基础上,朱孝臧于晚年开始了大规模的词籍校勘工作。据夏孙桐《朱公行状》介绍说:"半塘《四印斋所刻词》风行一时,公赓续之。积年所得,遍求南北藏书家善本勘校,综唐宋金元凡总集五种,别集一百六十三家,既博且精,足补常熟毛氏、南昌彭氏搜集所未逮,即半塘亦不能不让继事之尽善。又辑《湖州词征》二十四卷,《国朝湖州词录》六卷。年德益劭,郁为江表灵光,海内言词者奉为斗杓。"所有这一百六十八种总集及别集,后来以《彊村丛书》的名称凡经三次校补印行,成为词籍校勘方面一个总结性的成果。对这一历史性的成果,张尔田《彊村遗书序》

评价说:"盖自王佑遐(鹏运)之校梦窗,叙述五例,以程己能,先生循之,津途益辟。是故乐府之有先生,而后校雠乃有专家,下与陈、晁竞爽,上与向、歆比隆,六义附庸,蔚为大国,遂使声律小道,高跻乎古著作之林,与三百年朴学大师,相揖让乎尊俎之间。"从而誉之为"词学之极盛"。张尔田指出,朱孝臧的词籍校勘成果,不仅奠定了他作为词学历史上第一位词籍校雠专家的地位,而且朱氏把乾嘉朴学大师们的考据、校勘之学移用于被人们忽视的词学领域,使渐趋式微的清儒科学实证精神得以在这一领域内存亡续绝。这不仅为近代词学校勘学奠定了坚实的基础,而且也为后代的词学研究创造了很好的条件,并且在客观上也提高了词的社会地位,使一向被正统儒学视为"小道"、为正史官书所不齿的词集也能"高跻乎古著作之林",使常州词派"尊词体"的观念更加落到实处。朱孝臧的词籍校勘之学,的确对近代词学做出了独特的、不可磨灭的贡献。

四

清代不仅是被文学史家称为词学中兴的时代,而且也是词派林立、词学研究之风大盛的时代。在这种情况下,从清初开始就兴起了一股选词的风气。尤其是各个词派,几乎都有代表本派词学理论主张,并用以指导当时创作实践的示范选本,例如阳羡词派有《荆溪词初集》,浙西词派有《词综》,吴中派有《七家词选》等等,这些选本都曾产生过一定的社会影响。嘉、道之间,浙派衰微,常州词派继起,流变达百余年之久。晚清词坛大体上为常派的理论主张所笼罩。常州词派的领袖人物从张惠言开始,几乎都操选政。例如张惠言有《宛邻词选》,周济有《宋四家词选》,以及后来受常州词派理论影响的谭献有《复堂词录》《箧中词》,陈廷焯有《词则》,冯煦有《宋六十一家词选》,如此等等,不一而足。与此同时,随着词学研究的深入,词学理论著作也大量涌现。我国词学史上最重要的词论著作,如陈廷焯《白雨斋词话》,刘熙载《艺概·词概》,王国维《人间词话》,况周颐《蕙风词话》,都产生于清末民初之际。朱孝臧虽然被公认为近代词坛的"宗匠",但却很少直接阐述自己的词学理论主张。据他的门人龙沐勋回忆说:"彊村老人论词最矜慎,未尝率意下笔。"[13]这固然表明了一位朴学大师的严谨态度,但是对于后人的词学研究未免是一个缺憾。但是,朱孝臧却留下了两个词的选本,即《宋词三百首》和《词莂》,后者是一个清词选本,影响远不如前者。

朱孝臧选辑的《宋词三百首》,初版于民国甲子年(1924,以下简称甲子本),由吴昌硕篆端,况周颐作序。虽然"况序"称赞《三百首》"抉择其至精,为来学周行之示",又说其选择标准"大要求之体格、神致,以浑成为主旨",但是朱氏自己对此却不置一词,不像张惠言、周济等人那样,在《序言》中高自标榜,公开说明自己的理论主张。此书于民国甲申年(1944,以下简称甲申本)曾由成都薛氏崇礼堂重刊,分上下两卷。入选篇目及作者与甲子本完全相同,未作任何增删,仍旧冠以况周颐序。

朱孝臧《宋词三百首》之所以能够成为 20 世纪以来流传最广、影响最大的宋词选本,除了因朱氏在近代词学史上的宗匠地位与选本自身的价值之外,在很大程度上是得力于已故词学大家唐圭璋先生的《宋词三百首笺》和《宋词三百首笺注》(以下简称唐笺本和笺注本)。近年来各家出版社先后出版过多种《宋词三百首》的注本,绝大多数是以唐圭璋先生的"笺注本"为底本的。唐圭璋先生的《宋词三百首笺》初版于民国二十三年(1934),由神州国光社刊印。此书由吴梅作序,胡光炜题写书名,叶恭绰题写扉页,同时保留况周颐原序。"唐笺本"在 1949 年以后曾两次重印,内容也有所改动。第一次是在 1958 年 8 月,由中华书局出版,书名改为《宋词三百首笺注》,删去叶恭绰题签,由胡小石(即胡光炜)题写封面,除保留"况序"及"吴序"之外,并增加唐圭璋《自序》一篇。在笺文之外,还增加了简单的注释,以利普及,其他没有变动。此书 1979 年又由上海古籍出版社重版。但是,如果我们把 1934 年刊印的"唐笺本"《宋词三百首》与 1924 年初刊的"甲子本"作一比较,就会发现两者在入选词人和篇目上都存在着不小的差异。"甲子本"共录词人八十八家,选词三〇一首,与"三百首"之名相符;而"唐笺本"于词人则删去聂冠卿、黄庭坚、张耒、查荎、蔡幼学、萧泰来六家,保留八十二家;于词则删去聂冠卿《多丽》等二十八首,另增张孝祥《念奴娇》(洞庭青草)等十首,实际只存词二八三首,与"三百首"之名不尽相符。尤其值得注意的是"甲子本"原已选录的苏轼《念奴娇·赤壁怀古》范仲淹《渔家傲》(塞下秋来),秦观《踏莎行·郴州旅舍》等历代传诵的名篇,都被"唐笺本"删去。对这种变动,不管是 1934 年出版的"唐笺本"《吴梅序》,或是 1958 年出版的"笺注本"唐圭璋《自序》,都未作出具体说明,而其他文献资料亦不见记载。只是 1958 年出版的"笺注本"扉页上有这样的题署:"上彊村民重编、唐圭璋笺注。""笺注本"何以成了彊村重编本?唐先生没有交代。而据陈三立《朱公墓志铭》及夏孙桐《朱公行状》记载,朱孝臧临终,曾将手定遗稿亲授其门人龙沐勋。其中是否包括《宋词三百首》,详情也已难知。又据龙沐勋《词莂题记》说,朱氏生前曾有重新删订《词莂》和《宋词三百首》的打算(《词莂》在朱氏生前未及删订)。究竟朱孝臧生前有没有重新删定《宋词三百首》? 这个重编本后来是怎样交到唐圭璋先生手中的?因唐先生《自序》、吴梅《笺序》都没有交代,而有关的当事人现今都已经亡故,大约只能成为一桩历史疑案了。"最是楚宫俱泯灭,舟人指点到今疑",这实在令人遗憾。

朱孝臧虽然没有直接阐述过自己的词学理论主张,对自己编选《宋词三百首》的宗旨和原则也未曾留下只言片语,但是,不标榜自己的理论主张不等于没有理论主张,不表明自己的宗旨原则也不等于没有宗旨原则。只要我们联系朱氏的生平思想和创作实际加以考察,再细细分析、比较朱选《宋词三百首》入选的作者篇目,再参之以况周颐的原序,还是可以比较清楚地了解朱氏选本的理论宗旨和美学原则,从而正确评价这一选本的优长和缺失。前面已经说过,晚清词人,尤其是被称为"清季四家"的王、郑、朱、况,深受常州词派的词学理论影响。周济在《宋四家词选》中曾列出周邦彦、辛弃疾、吴文英、王沂孙四家为词坛领袖,他说:"清真集大成者也。稼轩敛雄心,抗高调,变温婉,成悲凉。碧山餍心切理,言近旨远,声容调度,一一可循。梦窗奇思壮采,腾天潜渊,返南宋之清泚,为北宋之秾挚。是为四家,领袖一代。"这里有一点值得注意,浙派词人崇尚清空之说,以张炎、姜夔为祖师,固然轻视梦窗,但即使常派的始祖张惠言也并不重视梦窗,他所编选的《宛邻词选》竟不录梦窗的词作。但周济却把梦窗抬高到宋词"四大领袖"的地位,原因是什么呢? 周氏自己释说:"梦窗非无深涩处,总胜空滑。"[14]在周济看来,梦窗词之质实丽密,正可救浙派末流空疏滑易之病。朱孝臧《望江南·咏词杂题》写道:"金针度,词辨止庵精。截断众流穷正变,一灯乐苑此长明,推演四家评。""清季四家"从王鹏运开始,在创作上几乎都遵循周济的这种理论主张,其中尤以朱孝臧取得的成就最大。况周颐序言指出,朱孝臧编选《宋词三百首》一方面"为小阮逸馨诵习之资",而另一方面是"为来学周行之示",也就是既作为子侄辈学习作词的一个读本,也是选择宋词中的精品作为示范,从而为有志学词者指出正确的方向。这样,朱氏就必然会把自己的词学理论主张以及创作经验贯彻到选本的弃取标准之中。由此我们便可以理解,为什么《宋词三百首》入选词目最多的是过去不太为选家重视的梦窗词,数量达二十四首之多。其次才是周邦彦词,共二十三首。再次是姜夔词,共十六首,三人的作品相加,几乎占了全书篇目的四分之一。足见选编者对梦窗、清真、白石等人的重视。

况周颐在原序中还说,朱氏这一选本,"大要求之体格、神致,以浑成为主旨"。清季四家人人精研词律,郑文焯自不必说,朱孝臧也是一位词律大师。沈曾植说:"彊村精识分铢,本万氏而益加博究,上去阴阳,矢口平亭,不假检本,同人惮焉,谓之'律博士。'"[15]朱氏对于格律的爱好与苛求,自然便使体裁是否合度、格律是否精严,成为他进退弃取作家、作品的另一个重要标准,两宋婉约派词人的作品,自然成了他首选的目标。朱氏《三百首》入选篇目最多的词人吴文英、周邦彦、姜夔三位都是精通声律的格律派大师。此外入选篇目较多的如晏几道十五首,柳永十三首,贺铸十一首。这三人也多是所谓当行本色、严守词律的婉约派词人。从这样的标准出发,我们也就不难理解,为什么朱氏《宋词三百首》对豪放派词人的作品严加删汰,入选较少。即使对苏轼、辛弃疾这样的大家,也只分别入选了十首和十二首,加起来尚不及吴文英一人之量。而在选录苏、辛作品时,也以他们那些委婉曲折,意在言外之作为主,严守词"别是一家"的标准,而对那些慷慨激昂、直抒胸臆之作,即使是众口传诵的名作,也一概予以删汰。此外如陆游、陈亮、刘过等人的作品,也都只分别选入一首,与史达祖之九首、周密之五首、王沂孙之六首,都不成比例。而入选的这一首,又很难代表这些人的风格特点。我们现在看来,这样的弃取标准未免失之偏颇,但若以朱氏自己的美学标准来衡量,又是完全合乎逻辑的。

当然,在朱氏看来,仅仅体裁合度,格律精严,还不能算好作品。真正的优秀之作还必须有神致。什么是神致呢?况周颐解释说:"神致由性灵出,即体格之至美,积发为清晖芳气而不可掩者也。"也就是说,除了体格之外,词还必须表现性灵,亦即表现词人真实的思想感情。而这种思想感情又应该是文人雅士"清晖芳气"的积累和体现,决不能沾染庸俗之气。这种观点实际上与张炎"清空骚雅"的美学主张也是相通的。差别仅仅在于,张炎是从清空中求骚雅,而朱氏是从质实中求骚雅,两者从不同的角度表现了词在文人化过程中"严雅俗之辨"的共同趋势。词的文人化过程,也是要求词完全成为一种独立的抒情文体的过程。主张作品表现词人的性灵,实际上是主张强化词的文学抒情功能。这也是彊村先生对词作为一种纯抒情文体的基本美学特征的规定。最后,况周颐又提出了达于浑成之境的标准。所谓浑成之境,是指体格与神致的完美结合。雕琢之极而返归自然,艺术上没有瑕疵。在这方面,周济曾经举出周邦彦作为典范。在周济看来,周词构思深刻,表现巧妙而不露锋颖,千锤百炼而不见斧琢痕迹,情景浑融而含蓄不尽,是宋词的集大成者,在艺术上已达于浑成之境。朱氏学习梦窗用力深于清真,但梦窗原本出于清真,这与周济的理论并不矛盾。朱氏《宋词三百首》选录清真词多达二十二首,数量倍于东坡,其会心之处,也是不难窥见的。总之,朱氏《宋词三百首》的选词标准以"体格神致"为第一,以格律派词人为第一,以艺术上完美无瑕为第一。这样的标准充分体现了清末格律派词人的词学理论主张和审美趣味。

(本文发表于《浙江广播电视高等专科学校学报》1996年第4期)

【注释】

[1] 叶恭绰《广箧中词》卷二。

[2] 冒广生《小三吾亭词话》卷二。

[3] 王国维《人间词话》卷下。

[4] 周济《宋四家词选目录序论》。

[5] 张尔田《忍寒词序》。

[6] 夏敬观《忍寒词序》。

[7][8] 夏孙桐《朱公行状》。

[9] 吴熊和《唐宋词通论》第六章《词籍》。

[10][11] 吴熊和《彊村丛书与词籍校勘》。

[12] 龙榆生辑《彊村老人评词》附录沈寐叟《与朱彊村书》。
[13] 龙榆生辑《彊村老人评词》附录。
[14] 周济《介存斋论词杂著》。
[15] 沈曾植《彊村校词图序》。

朱淑真和她的《断肠集》

一

距今八百多年前的南北宋之交,在浙江钱塘(今杭州)曾经生活过一位杰出的女诗人——朱淑真。[1]她自号幽栖居士,多才多艺,诗词之外兼通书法、绘画、音律,是宋代唯一能与李清照抗衡的女诗人。清陈廷焯说:"宋妇人能词者,自以易安为冠,淑真才力稍逊,然规模唐五代不失分寸,转为词中正声。"[2]朱淑真虽然是我国明代以前女作家中写作诗词数量最多的人,但是历史典籍对其生平的记载却十分简略。宋淳熙壬寅(1182)魏仲恭端礼曾作《朱淑真诗集序》云:"比往武林,见旅邸中好事者往往传诵朱淑真词,每窃听之,清新婉丽,蓄思含情,能道人意中事,岂泛泛者所能及,未尝不一唱而三叹也。早岁不幸,父母失审,不能择伉俪,乃嫁为市井民家妻。一生抑郁不得志,故诗中多有忧愁怨恨之语。每临风对月,触目伤怀。皆寓于诗,以写其胸中不平之气。竟无知音,悒悒抱恨而终……并其诗为父母一火焚之,今所传者,百不一存,是重不幸也……自有临安王唐佐为之传,姑书其大概为别引云。乃名其诗为《断肠集》。"[3]这是现存资料中比较早的有关朱淑真生平的记载。根据这段记载,我们能够了解的主要有三点:一、朱淑真的诗"清新婉丽,蓄思含情",有很高的艺术成就,当时就被广泛传诵。二、她的婚姻是一个悲剧,因而"一生抑郁不得志",满腹愁怨不平"皆寓于诗"。三、女诗人的作品曾被她父母焚毁,"今所传者,百不一存",现在的《断肠集》远非完本。更加详细的情况,就不得而知了。

打开泪痕斑斑的《断肠集》,欣赏那凄婉清丽的断肠诗,我们不得不佩服魏仲恭,他以"断肠"二字名其诗集,实在是对朱淑真生平和诗风的最恰当的概括。《断肠集》给人的第一个鲜明印象正是满目忧愁悲恨,"自入春来日日愁","不但伤春夏亦愁",秋日"挥断五湖秋",冬宵"珠泪向谁弹",几乎日日夜夜,时时处处,无不是催人肠断的泪与愁:

> 哭损双眸断尽肠,怕黄昏后到昏黄。更堪细雨新秋夜,一点残灯伴夜长。(《秋夜有感》)

> 黄昏院落雨潇潇,独对孤灯恨气高。针线懒拈肠自断,梧桐叶叶剪风刀。
> 秋雨沉沉滴夜长,梦难成处转凄凉。芭蕉叶上梧桐里,点点声声有断肠。(《闷怀二首》)

> 春已半。触目此情无限。十二栏杆闲倚遍,愁来天不管。
> 好是风和日暖,输与莺莺燕燕。满院落花帘不卷,断肠芳草远。(《谒金门》)

《断肠集》中以"断肠"二字直接入篇的计有十处之多。无论是春和日暖的溢翠流红,还是秋凉萧瑟的孤灯疏雨,都令诗人触目伤怀,黯然肠断。诗人悲在芭蕉叶上,梧桐树里,梦境之中,真可谓"对景无时不断肠"。的确,"断肠"是贯穿朱淑真作品的主要基调,是女诗人强烈的思想情感的凝聚,是她与命运抗争的悲苦心灵的印记,从一定意义上说,也是广大妇女在封建礼教重压下发出的悲愤的呼声。

朱淑真生活在程朱理学盛行的年代,这种理论强调"仁则私欲尽去,而心德之全也""存天理,灭人欲"。我国古代受封建制度压迫最深重的妇女,此时又增加了一层新的精神桎梏。妇女们不仅被剥夺了受教育的权利,而且行动处处受限制,婚姻不自由,而当有一定的文化教养、寥若晨星的女诗人一旦出现,社会对她们的诬蔑、歧视就随之而来,挑剔她们的所谓"失节"行为,扼杀她们的才能。朱淑真"所适非人",婚姻非常不幸。她独具"天资秀发,性灵钟慧"的气质,因而对这种不幸的感受就特别强烈。她有自己的理想和追求,不安于命运的安排,向往幸福的爱情,可是又摆脱不了严密的封建伦理的束缚,她只能"消破旧愁凭酒盏,去除新恨赖诗篇",在醉酒中排遣愁绪,借诗歌来消削恨意。朱淑真满载愁和恨的断肠诗自然形成了一种"凄婉独胜"的风格,断肠诗是诗人真诚的爱与痛苦的心的披露,在诗人追求光明幸福的意志力量与封建伦理道德之间的矛盾冲突中,她虽然失败了,心力交瘁,生命亦终于被封建礼教摧毁埋葬;但是她的诗篇却放射出灿烂的光华,在后世引起了很大的反响。

历史上一些封建卫道士曾对包括朱淑真在内的女诗人们作过这样不公正的评论:"蔡文姬、李易安失节可议;薛涛倚门之流,又无足言;朱淑真者伤于悲怨,亦非良妇"[4]。"易安晚年失节汝舟……而淑真怨形流荡……虽有才致,令德寡矣"。[5]蔡文姬、李清照曾经改嫁,薛涛因父亲去世,沦为军妓,均成为攻击的口实,朱淑真写诗悲怨自己不幸的命运也受到非议。封建卫道士们的这种评论,正反映了封建势力的强大和对妇女迫害的加深,也从另一个角度启示后人理解这样一种基本现象:为什么封建时代女诗人的作品中,总是充满了愁和恨;一部妇女文学史,为什么几乎就是血泪斑斑的愁恨史。

二

"断肠"是贯穿朱淑真诗作的基调,而"所适非人"的不幸婚姻又是造成诗人"断肠"的主要原因。但是这"非人"两字的含义,恐怕并非如有些人所说,仅仅是因为她下嫁了"市井民夫",她的"断肠"之因或许别有所在。请看《春日抒怀》诗:

> 从宦东西不自由,亲帏千里泪长流。已无鸿雁传家信,更被杜鹃追客愁。日暖鸟歌空美景,花光柳影谩盈眸。高楼惆怅凭栏久,心逐白云南向浮。

诗人明确地说自己"从宦东西",可见朱淑真所嫁的并不是"市井民夫"而是"官宦人家"。朱淑真的物质生活也是相当优裕的,她"供厨不虑食无钱",家有东园、西楼、桂堂、小阁,依绿亭畔四季花卉鲜妍,景色宜人,还有侍女可供差遣。但是,女诗人对这种生活并不感到愉快和荣耀。在她看来,优裕的生活环境乃是禁锢人的枷锁和牢笼,而日暖鸟歌、花光柳影的美景反而勾起她的一片乡愁。再看《舟行即事七首》之五、六两首:

> 对景如何可遣怀,与谁江上共诗裁。江长景好题难尽,每自临风愧乏才。
>
> 岁暮天涯客异乡,扁舟今又度潇湘。颦眉独坐水窗下,泪滴罗衣暗断肠。

岁暮之时,扁舟载着诗人客行他乡,面对滔滔江水,她因无人共裁诗篇而暗自断肠。如果这正是像《春日抒怀》诗中所说的"从宦东西"的时候,那么身为官宦的朱淑真的丈夫,很可能是一个缺乏诗意才情,与妻子没有共同语言,仅仅热衷于功名之人。朱淑真的诗作虽未直接描写过丈夫的形象,但"谓其夫不才,匹配非偶"的怨嗟是有的:

> 鸥鹭鸳鸯作一池,须知羽翼不相宜。东君不与花为主,何似休生连理枝。(《愁怀》)

这首托物咏怀的短诗,运用象征的手法,暗示了她和丈夫之间的婚姻状况,犹如"羽翼不相宜"的鸳鸯和鸥鹭被强圈作一池,沉痛地控诉了封建时代婚姻的不合理。《断肠集》中诗人心中流出诸如"春愁""夏愁""闲愁""旧愁"那么多的愁,写出如"独唱独酬还独卧"那么多"独",与诗人"所适非人"的不幸婚姻很可能有直接关系。

既然对现实的婚姻不满,那就自然会有对理想爱情的追求;然而理想又不可能成为现实,她的心在流淌着苦涩的"泪"。《断肠集》中有好多反映诗人恋爱生活的诗歌。她在《闷书》一诗中写道:"泪粉匀开满镜愁,麝煤拂断远山秋。一痕心寄银屏上,不见人来竹叶舟。"在《寄情》诗中又写道:"欲寄相思满纸愁,鱼沉雁杳又还休。分明此去无多地,如在天涯无尽头。"这"如在天涯无尽头"一句,写出当时她和所爱的人之间无法互相倾吐衷情,彼此如隔天涯的境况。还有一首《初夏》诗,其中有"待封一窝伤心泪,寄与南楼薄幸人"的诗句,看来,诗人似乎还承受着失恋的痛苦。但是,她"志节皦然","宁可抱香枝上老,不随黄叶舞秋风",对爱情的态度是如此执着而缠绵,因此,诗人内心的悲苦就更加深重。也许,就在这些诗句后面,还隐藏着一段爱情悲剧呢!朱淑真诗中所写到的爱人究竟是谁,现已不得而知,而且这也并不是问题的重点。值得重视的是:在那样的时代,一个妇女能够超越世俗的"夫贵妻荣"的婚姻幸福观的束缚,而敢于热烈、大胆地去追求自己理想的爱情,这无疑是对封建伦理观念的一种挑战,也是女诗人的思想高出当时一般妇女的表现。

爱情婚姻的不幸虽然是朱淑真"断肠"的根源,不过,女诗人的感情和视野并没有完全拘囿于家庭生活的圈子,她的心灵也并没有完全被个人的不幸所浸没。除了那些自伤自悼,凄婉流转的抒怀之作外,《断肠集》中也另有意境的开拓。在《咏史》十首中,女诗人通过热情讴歌历史上的英雄人物,如"盖世英雄力拔山"的项羽,"男儿忍辱志长存"的韩信等等,抒发了自己的豪迈之思。她在《直竹》诗中写道:"劲直忠臣节,孤高烈女心。四时同一色,霜雪不能侵。"诗以忠臣的气节和烈女的贞心来比喻竹子的精神,在这里,咏竹也是自咏,寄托着诗人孤傲刚烈之情。上述作品,从一个方面表现了这位具有悲剧色彩的女诗人的性格和抱负,风格也一变柔婉纤弱为刚健豪放,大大增强了诗的力度。最难能可贵的是,朱淑真在诗中还描写了农田景色,农民劳动的场景和他们的思想情感,表现了诗人对劳动人民的关怀和同情,这是一般女诗人很少触及的社会题材。例如《膏雨》诗:

添得垂杨色更浓,飞烟卷雾弄轻风。展匀芳草茸茸绿,湿透妖桃薄薄红。润物有情如着意,催花无语自施工。一犁膏脉分春陇,只慰农桑望眼中。

又如《东马塍》诗:

一塍芳草碧芊芊,活水穿花暗护田。蚕事正忙农事急,不知春色为谁妍。

在《苦热闻田夫语有感》诗中,诗人还直接表现了农民抗旱救灾的情景:

日轮推火烧长空,正是六月三伏中。旱云万叠赤不雨,地裂河枯尘起风。农忧田亩死禾黍,车水救田无暂处。日长饥渴喉咙焦,汗血勤劳谁与语。播插耕耘功已足,尚愁秋晚无成熟。云霓不至空自忙,恨不抬头向天哭! 寄语豪家轻薄儿,纶巾羽扇将何为? 田中青稻半黄槁,安坐高堂知不知?

诗人对勤劳而多灾多难的农民给予了极大同情,并且激愤地指斥那些"纶巾羽扇""安坐高堂"的轻薄豪家子完全不关心农民的死活。朱淑真这类题材的诗作在反映现实的深、广程度上都超过了同时代的女作家们。

三

尽管封建卫道士们对朱淑真的道德和人品有过不少污蔑和攻击,然而她的诗篇不仅传诵当时,而且流传后世。这是为什么呢？断肠诗的艺术魅力何在？

朱淑真的诗歌创作,具有鲜明的个性特征,诗人善于调动一切艺术手段来表现那个"哭损双眸断尽肠"的自我形象。《断肠集》中有大量以春天为题材的诗,不仅有《惜春》《伤春》之篇,还有《诉春》《问春》之作。在这里,春天其实是诗人自我形象的象征物,《惜春》乃是自惜,《伤春》亦复自伤,《问春》《诉春》都是她悲怨幽凄心绪的披露。不论是写景、咏物还是咏怀之作,其中处处闪现着一个美丽、热情、狷傲、不幸的少妇形象:她独自承受着命运的无情打击,既满怀愁苦又无力反抗,只能以诗酒遣愁排闷。渐渐地,一个聪明活泼、"初合双鬟"的少女终于被无情的现实折磨得"肌骨大都无一把"了。这样,诗人自我形象表现中的情感,便从量变到质变,这一自我形象的悲剧命运激起了读者的同情,深深地打动着人们的心灵。诗人作品中这种自我形象的成功表现,大大增强了诗歌的艺术魅力。

朱淑真的诗词中,几乎篇篇有景,但是,诗人对客观景物的描写无不融入浓厚的主观感情。春花秋月固然是诗人寄意的对象,草木禽鱼也可以是她抒怀的工具,例如:

> 迟迟花日上帘钩,尽日无人独倚楼。蝶使蜂媒传客恨,莺梭柳线织春愁。碧云信断惟劳梦,红叶成诗想到秋。几许别离多少泪,不堪重省不堪流。(《恨春五首》之四)

> 缭绕晴空似雪飞,悠扬不肯着尘泥。花边娇软粘蜂翅,陌上轻狂趁马蹄。贴水化萍随浪远,弄风无影度墙低。成团作阵愁

春去,故把东君归路迷。(《柳絮》)

这两首诗表面写的是春色和柳絮,但是实际上都是在抒写诗人主观的心情。作者随意驱使种种动人意象的本领十分高明,这样,不仅写活了春天和柳絮,更主要的是形象而生动地表现了自我。那忙忙碌碌的蜂媒蝶使本应给大自然带来春天的信息,袅娜的柳丝和啁啾的黄莺原是爱情和幸福的象征,但是对诗人来说,它们却只能给自己增添愁恨,而那"贴水化萍""弄风无影"的柳絮,又仿佛是诗人孤独飘零的身世的喻象。朱淑真诗词中所用意象的色彩往往异常绚烂,而表达的感情却又十分凄婉。这种强烈的对比,一方面唤起了人们对春光之美的感受,另一方面又鲜明地反衬出诗人命运的可悲。古人所谓"以乐景写哀情,一倍增其哀乐",在朱淑真的诗歌作品中得到了很好的体现。

断肠诗之所以具有艺术魅力,还在于能够充分表现自我形象的丰富性和复杂性。诗人酷爱春天,创作了大量关于春天的诗,这是她热爱生命、执着理想的表现,例如《春霁》《新春》《问春》《诉春》《伤春》《暮春》《恨春》《惜春》等等,不一而足。但是这些主题相近、内容相似的诗篇并没有使读者产生雷同之感;相反,因为它们从各个不同的角度和层次上表现了诗人对于春天的审美感受,成功地展现了自我感情的复杂性和多重性,因而读来反觉更加曲折动人。在诗人的笔下,春天是如此的可爱、可恋:

草色乍翻新样绿,花容不减旧时红。莺唇小巧轻烟里,蝶翅轻便细雨中。(《新春》)

连理枝头花正开,妒花风雨苦相催。愿教青帝常为主,莫遣纷纷落翠苔。(《惜春》)

正因为象征青春与幸福的春天是如此可爱恋,因而当它唤起新

愁,牵动旧恨,而又无情地匆匆离去时,自然就不免引起诗人的伤悼与恼恨之情:

  片片飞花弄晚晖,杜鹃啼血送春归。凭谁碍断春归路,更且留连伴翠微。(《春归》)

  樱花初荐杏梅酸,槐嫩风高麦秀寒。惆怅东君太情薄,挽留时暂也应难。(《恨春五首》之一)

很明显,在这里爱春是恨春的根源,正是对于春天的无限深情才引起了"惆怅东君太情薄"的感慨。在这些吟咏春天的诗篇中,读者仿佛可以感觉到一颗年轻、热情的心灵在挣扎、跃动;似乎可以看到一位不幸少妇内心的矛盾、痛苦和追求。在《蝶恋花·送春》词中,女诗人把自己对于春天极其复杂的感受表现得异常细腻曲折,娓娓动人:

  楼外垂杨千万缕。欲系青春,少住春还去。犹自风前飘柳絮。随春且看归何处。 绿满山川闻杜宇。便做无情,莫也愁人苦。把酒送春春不语,黄昏却下潇潇雨。

这首词所传达的感情信息是相当复杂的:诗人留春不住,便痴情地幻想随春归去,这当然是无法实现的空想。下片从想象的虚境又跳回到现实中来:那漫山的新绿和泣血的杜鹃,仿佛都在催促春天归去,因而她只能在一片潇潇的雨声中默默地和春天告别。一结情留言外,余味无穷。在这首词中,诗人把自己对于春天的恋惜和伤悼融成一片,把自己的心理感受表现得含蓄蕴藉,曲折动人。前人对这首词评价甚高,绝非偶然。[6]

在《断肠集》中,诗人有时还驰骋想象,完全借助浪漫主义的虚幻手法来表现自我。例如:

  下视红尘意眇然,翠栏十二出云颠。纵眸愈觉心宽大,碧落无垠绕地圆。(《月台》)

这类作品所描写的意境虽然跳出了现实生活的范畴之外,但是又从更高的层次上表现出诗人追求光明、幸福的自我性格,也是很值得重视的。

总之,断肠诗的突出优点,是诗人善于运用各种艺术手段,从各种不同的角度,通过细腻曲折的描写,在诗中表现了丰满而又复杂的自我悲剧形象;这一形象引起了读者感情上的共鸣,产生了强烈的美感效应。前人称赞断肠诗"清新婉丽""蓄思含情""一唱三叹",并非溢美之词。

朱淑真生活在南、北宋之交的纷纷乱世,但她的《断肠集》中却没有一首直接反映那个动乱年代的诗篇。我们对此虽然感到遗憾,但是也不应该苛求。诗人只是在唱着自己命运偃蹇的歌,这些歌,客观上揭露了封建婚姻制度的不合理,用血泪控诉了封建礼教的吃人本质。从女诗人性格的变化与发展,感情的升华与泯灭的自我表现中,今天的读者能够增加对封建社会的感性认识,就这一点,已经足以使她的作品流传不朽了。

[本文与俞浣萍合作,发表于《杭州师范学院学报(社会科学版)》1986 年第 4 期]

【注释】

[1] 关于朱淑真的生卒年代和籍贯,历来有多种说法,至今尚无定论。此据冀勤《朱淑真集注·辑校说明》。

[2] 陈廷焯《词则·大雅集》。

[3] 见《朱淑真集注》卷首。

[4] 明董谷《碧里杂存》。转引自《朱淑真集注·附录》

[5] 明徐伯龄《蟫精隽》卷十四。转引自王学初《李清照集校注》。

[6] 见陆昶《历朝名媛诗词》卷八。

《花帘词》底有吟魂

在号称"中兴"的清代词坛上,涌现了一个庞大的女词人群。她们以极富女性特点的创作,为盛况空前的清词增添了一片绚丽的色彩。吴藻就是这个群体中最杰出的人物之一。有人把她与纳兰容若相提并论,有人称赞她的词"逼真漱玉遗音"[1]。这样的评价,都不是任情褒扬的过誉之词。

一

吴藻字苹香,号玉岑子,浙江仁和(今杭州)人,是杭州物华天宝孕育出来的杰出女词人,著有《花帘词》《香南雪北词》,合称《香雪庐词》。吴藻生活于清朝的嘉、道年间,距今尚不足两个世纪,但因封建社会妇女社会地位十分低下,生活环境又相对封闭,这位名噪一时的女词家的生平已经无法详考。根据她的同里魏谦升等《花帘词序》以及其他笔记杂书中的片段记载,我们现在所能知道的主要有这么几点:吴藻出身于商人家庭,她的丈夫黄某也是商人。虽然"两家无一读书者",但她"独呈翘秀","幼而好学,长则肆力于词",是当时极负盛名的女词人。她还是一个多才多艺的女才子,通音律,善绘画,能作曲子,曾绘《饮酒读骚图》,作长曲《乔影》,"吴中好事者被之管弦,一时传唱,遂遍大江南北"。可惜此剧现已失传,只在清人陈文述汇刻的《兰因集》中,尚保留了她的南北曲一套,哀感顽艳,悱恻缠绵,表现了女词人的绝代才情。吴藻曾为当时著名文学家、女性文学提倡者陈文述的入门弟子,深得陈氏的赏识。因诗而知人,我们现在试从《花帘词》底来寻觅她的吟魂。

吴藻二十几岁时写的《花帘词》,在艺术上已相当成熟。一首首词清句丽的小词,犹如一朵朵毓秀的花儿,编织了整幅清丽可爱的花帘,它织进了词人对生活的热爱,对事物的敏悟和愁寂的心灵。吴藻在词中展示的生活环境是重门幽闭的深宅大院。据记载,她的居处即在城东,是清代著名诗人厉鹗、吴锡麒旧居,院中曲栏回环,花树婆娑,鸣禽啁啾;室内银屏翠幕迤逦,玉炉香烟袅绕,绣窗湘帘低垂,几案琴书横陈,还有侍儿、鹦鹉为伴。但是物质生活的丰裕并不能排遣词人内心的寂寞和空虚。吴藻的丈夫是同里的一个富商,在《花帘词》中,我们找不到像李清照与赵明诚那样的夫妇酬唱,也没有像朱淑真"鸥鹭鸳鸯作一池,须知羽翼不相宜"那样强烈的情感失谐的流露,但从词人作品所表现出来的深深的寂寞悲愁之感中,我们可以推论她的家庭生活大概并不幸福。赵庆禧在他的词集序中说:"花帘主人工愁者也,花帘主人之词,善写愁者也。不处愁境,不能言愁;必处愁境,何暇言愁?……不必愁而愁,斯视天下无非可愁之物,无非可愁之境矣。"[2]的确,弥漫于这位年轻女词人作品中的首先是一片哀愁之音:"花径花径,添个愁人孤影"(《调笑令》),"倚竹拈花,生寒翠袖无人问"(《点绛唇》),看来佳人孤独愁苦并非偶然,这与她时常形单影只有关:

> 寂寂重门深院锁。正睡起、愁无那。觉鬓影、微松钗半嚲。清晓也、慵梳理。黄昏也、慵梳理。　　竹簟纱橱谁耐卧。苦病境、牢担荷。怎甘载光阴如梦过。当初也、伤心我。而今也、伤心我。(《酷相思》)

吴藻写了那么多充满愁情的作品,可以说"愁"是词人重要的创

作素材,也是激发词人灵感的主要源泉,下面几首词能帮助我们了解这一点:

绣窗闭。窗外红帘垂地。黄昏后,一点灯疏,曲几深屏不曾倚。添衣唤侍婢,半臂绵温香腻。淡妆就,月转花阴,炙罢银簧试双髻。　幽意。碎难理。渐翠袖慵抬,铅泪如洗。断肠诗草阑珊味。早猛上心头,又来眉际。檀痕暗掐玉纤记。谱入凤笙细。　阶砌。乱蛩起。正如慕似泣,欲断还继。秋宵漫把闲愁比。怅寒蝉瘦尽,霜雁回未。芙蓉零落,吊艳影,岁暮矣。(《兰陵王》)

门掩斜阳,满院里,零花瘦草。疏帘卷,纸窗风紧,玉炉烟袅。天末数声征雁过,林边几点归鸦噪。悄无人,落叶冷空阶,红谁扫。　题不尽,伤心稿。消不尽,闲烦恼。算眼前愁境,又添诗料。翠影自怜双袖薄,病魂已约三秋老。待巡檐索笑问寒梅。春还早。(《满江红》)

蓬漏正迢迢。凉馆灯挑。画屏秋冷一枝箫。真个曲终人不见,月转花梢。　何处暮钟敲。黯黯魂消。断肠诗句可怜宵。莫向枕根寻旧梦,梦也无聊。(《浪淘沙》)

不信愁来早。自生成、如形共影,依依相绕。一点灵根随处有,阅尽古今谁扫。问散作、几般怀抱。豪士悲歌儿女泪,更文园善病河阳老。惑斯意,即同调。　助愁尚有闲中料。满天涯、晓风残月,夕阳芳草。我亦人间沦落者,此味尽教尝到。况早晚、又添多少。眼底眉头担不住,向纱窗握管还吟啸。打一幅,写愁稿。(《乳燕飞》)

愁情如影随形,无时无刻不萦绕着词人,使她无法摆脱。一句句

"断肠诗"、一幅幅"伤心稿"也就是这样诞生的。词人的心灵异常敏感,黄昏暮钟、冷雨疏灯、砌蛩霜雁、落叶寒蝉、零花瘦草、斜阳庭院等等景象,都能引起词人深深的悲愁,就连豪士悲歌、儿女泪尽、相如善病、潘岳悲秋这样一些历史事件,也同样触发了她心中同调之感,引发了无限的悲恨。词人甚至还有"我亦人间沦落者"的怀才不遇的惆怅。这一点似乎暗示了女词人的多愁善感除了生活环境和思想性格的原因之外,还有着更深刻的社会原因。可惜现存资料太少,我们只能依据其作品进行分析,还拿不出有力的证据来证明。吴藻经常泪眼模糊地写诗、谱曲,真有点像曹雪芹笔下的林黛玉。吴藻有一首《乳燕飞·读红楼梦》:

> 欲补天何用。尽消魂、红楼深处,翠围香拥。旷女痴儿愁不醒,日日苦将情种。问谁个、是真情种。顽石有灵仙有恨,只蚕丝、烛泪三生共。勾却了、太虚梦。　　喁喁话向苍苍空。似依依,玉钗头上,桐花小凤。黄土茜纱成语谶,消得美人心痛。何处吊、理香故冢。花落花开人不见,哭春风、有泪和花恸。花不语,泪如涌。

"心有灵犀一点通",以情惜情,红楼主人公的悲剧命运,在她心中引起了强烈的共鸣。

不过,词人的生活并非全是"伤心",也还有疏狂豪放的乐趣,这在《忆江南·寄怀云裳妹》八首中有集中的反映。联床读曲吹箫,西窗剪烛夜话,春宴赛诗作画,联袂引杯看剑,郊游骑马试帆,种种充满艺术情趣的赏心乐事,使她焕发出青春活力,一改愁肠百结之故态。不少名媛仰慕她的才情,常取画来向她索词。比如《鹊桥仙》一词的小序有"沈湘佩女士属题'红白梅花'卷子,图亦女士所作"的记载。《洞仙歌》一首的小题为"奉题梁溪顾羽素夫人绿梅影楼填词图"。她还与妓女有过交往,《赠吴门青林校书》中有这样的句子:"偏我清狂,要消受玉人心许。正漠漠,烟波五湖春,待买个红船,载卿同去。"吴藻的交游对象还包括身居官位的男士。性情倜傥,工诗词散曲的道光进士赵庆禧(秋舲),就曾得到过她的赠词《洞仙歌·题赵秋舲〈香销酒醒〉词集》。吴藻在词中赞扬他为"才华清似水,脱口轻圆,北宋南唐佳句"。清代嘉、道年间已开启女学之风,提倡女性文学的学者首推袁枚和陈文述,吴藻正是陈文述的女弟子。吴藻在他门下学习诗词,并和一班女性学子创作散曲。当陈文述在西泠为小青、菊香、云友修墓,征集题咏时,吴藻曾与汪逸珠、方若徽、钱莲因、沈采石等一起应征,她们的作品都被陈文述汇编在《兰因集》里,这样的文学创作活动,当然扩大了吴藻社会交游圈子。

吴藻热爱自然、热爱生活,西子湖边曾留下了她的不少足迹。《喝火令小序》有载:"四月十六夜,泛棹北山,月色正中,湖面若熔银。戏拈小石投水,波光相激,月累累如贯珠。时薄酒微醺,繁弦乍歇。浩歌一阕,四山皆应,不自知其身在尘世也。"词人宴游于西子湖上,放歌于波光月影之中,万种的纯情都表现了出来。再看《如梦令·燕子》一首:

> 燕子未随春去,飞到绣帘深处。软语话多时,莫是要和侬住。延伫,延伫,含笑回他不许。

这首词的构思非常新颖,作者采用拟人化手法,把春末的燕子当作谈话对象,表现出少女的活泼娇嗔和对生活的热爱,写得轻约委婉,清新可爱。然而,这类作品在《花帘词》中毕竟不多,大约是词人实际生活中欢愉的事和轻松的心情实在太少的缘故。而且这一切都没有能够真正驱除词人内心深处积淀的寂寞与悲伤。英国阿诺·理德认为,艺术创作的动因是艺术家过去所有的生活状况、意识、气质,包括所有能引起灵感现象的一切情况。吴藻这位出生在商人家庭的仕女,并没有机会参与、感受广阔的社会生活,她的婚姻也很不幸福,她只能用女性的眼光打量周围狭隘的世界,用诗词创作表现自己悲凉的生活体验,传达这位天才女子在近乎牢笼式的生活状态中所发生的感情冲动。因为从根本上说,生活于理学盛行、封建统治还相当严密的嘉、道之时,女词人的才能和抱负当然不可能像男子一样得到社会的承认;即使是个人的生活和交游,也都要受到封建礼教的种种限制,对于一个才能杰出的女子,这种有形和无形的压制和禁锢所造成的精神压力和心灵负担,是不可能完全消除的。

二

王国维《人间词话》曾把诗人分成"客观之诗人"和"主观之诗人"两类,如果用这样的标准来衡量,吴藻无疑属于"主观之诗人"。她往往以独特的抒情手段,表现对客观世界的主观感受。

由于生活圈比较狭小,《花帘词》中写得最多的是词人对于时序更迭、花事盛衰的感受。不论是深春、浅夏、清秋、寒冬,词人对匆匆逝去的岁月步履极为敏感:

> 断无人处,绿遮深深树。燕子静,莺儿语。落花春色老,流水年华去。听不得,打窗几阵黄梅雨。……(《千秋岁》)

> 花落又花开,秋去春来。昔年天气旧池台。一样夕阳芳草句,两样吟怀。……(《卖花声》)

词人对四季景物更迭轮回的表现总是选取春与秋两组丰富的意象群为典型。春天花树旖旎,百鸟啁啾,正是大自然生命勃发的时节,但是春风、垂柳、海棠、紫燕、黄鹂等诸多意象,在词人主观情思的改造下,却被披上了一层悲愁的色彩,组汇成"春愁"的意境:"春山面面愁""春风年年此日,又吹愁到""燕子话春愁""海棠瘦得可怜红""柳丝又作愁千缕"。秋天正是大自然生命成熟的时节,但是词人笔下的秋也总是呈现一片肃杀景象:"枫叶霜干,芦花雪冷,衰柳不堪把""落叶冷空阶""林边几点归鸦噪""阶砌乱蛩起,正如慕似泣,欲断还继"。词人运用落叶、芦花、衰柳、归鸦等意象,着意编织出"秋愁"的意境,以主观的情感体验去改造自然,塑造出生动、具体的秋的形象。

为了加强这种春愁、秋恨的主观感情色彩,词人往往采用拟人手法,直接抒"愁"入景,如"春山面面愁""喃喃燕子话春愁""愁杀好花一树",使景物都附着浓重的主观感情色彩,从而大大增强意象的艺术传导功能。《花帘词》中,意象的传导作用还常常通过人对于物的寓情为导向来完成,此种方式较之直接抒"愁"入景更能增加作品言尽意余,含蓄隽永的艺术效果。例如:

> 夕阳西下水东流。怕经秋。又经秋。目送飞鸿,阵阵过南楼。猛觉尖风寒翠袖,埋怨到,挂帘栊、玉一钩。　一钩。一钩。月当头。酒半瓯,看半篝。唱也唱也,唱不了、一曲凉州。笑问嫦娥,灵药几时偷。圆缺阴晴天不管,谁管得,古今来、万斛愁。(《江城梅花引》)

这首词中,鸿雁南飞、弯月当头的描述性意象,原来并没有感情色彩,但由翠袖感觉寒意,就有了主人公下钩挂帘的动作;再由玉钩的形状联想到弯弯秋月;最后又由月的阴晴圆缺,点出离愁。"经秋"是对时序的感受,词人通过离愁,解释了"怕经秋"的原因,因此,使"夕阳"和"流水"这些无情的自然景物也以特有的"情",融入了全诗的意境之中。

如果说《江城梅花引》一首,意象的传导作用是以人对于物的寓情为导向,那么《醉太平》一首,就明显地有人对于物、物对于人交互情感渗透的导向:

> 疏帘一层。疏灯一星。夜凉飞入流萤。照琴书乱横。寒蝉暂停。寒蛩又鸣。一声声和秋声。怕愁人不听。

这首词上片所展现的景象是:夜阑人静,流萤入户,而一星灯火照着琴书乱横的几案。这里虽是纯客观的描写,然而"琴书乱横"四字,也间接地透露出词人凄寂、懒散的情怀。下片从视觉转向寒蝉、寒蛩交替而鸣的听觉形象,继而又转向将物拟人,写蝉、蛩"怕愁人不听",因而鸣得更起劲了。摹景写心,表现了词人深深的愁绪。因为词中多了一层物对于人,即蝉、蛩对抒情主人公的情感渗透。如此托物寓情、物我交融,就把秋愁的情感表达得更加委曲和深沉。

为了将形象升华为一种强烈的感情传达给读者,在《花帘词》中,吴藻还依照自己的情绪来创造表现时空的方法,借以丰富抒情手段。她对时间的感受极为主观,可以根据情感的支配,任意改变时间的长短,例如《浣溪沙》一首:

一卷离骚一卷经,十年心事十年灯,芭蕉叶上几秋声。
欲哭不成还强笑,讳愁无奈学忘情。误人犹是说聪明。

词人原想以阅读《离骚》和佛经来排遣愁绪,但是十年青灯黄卷而十年心事未了,十年的时间仿佛都压缩凝结在这案台孤灯、芭蕉树叶上不动了。这并不是因为时间真的凝固了,而是词人寻求的一种更集中、更强烈地表现自己孤独寂寞之感的独特手法。

词人对事物空间的感受也很主观,大如宇宙,小如庭院,高如山峰,长如流水,由于受到词人情感的投射,空间可以任意扩大缩小,仿佛变成了一种超越实际的存在。例如:

春水一江流。春山面面愁。锁春光、百尺高楼。楼上美人眠未起,嗔小玉、上帘钩。　　碧藕满眶秋。红添两颊羞。忒惺忪、好梦难留。怪底双鬟笼不住,知溜却、凤钗头。(《唐多令》)

春光本是覆盖广大空间、无处不在的,然而词中美人身居高楼而不下,春睡不起。为了表现美人锁闭高楼的闺阁生活,词人让百尺高楼锁住春光,于是被锁住的春光的空间只剩下"百尺高楼"这块天地。"锁春光"即锁美人青春,一锁双关,这广大春光一经缩小,便生动地突现了在高楼中深居简出的美人的形象。又如：

> 何处游丝，吹到没人庭院。忒缠绵、和愁牵绊。祝风休骤，倩柳条私绾。算今番、留春一线。　　无赖莺梭，偏又将伊织断。剩星星、飘零不见。怎如蛛网，尚怜香心惯。把墙角、落红低罥。(《风中柳·游丝》)

这首词写惜春意绪。先以游丝起兴，暮春时节，诗人见寂寂庭院中游丝飘拂，因此而引起牵牵绊绊的愁情。这是词上片所表现的第一组拟喻性意象，也是词人表达的第一层愁情。再承上，因情感的改造，将抽象的惜春情意化作具体的物象——春光只留细细一线，如同柳丝一般飘荡。极尽夸张，将春的空间几乎缩小到极限。这是第二组拟喻性意象，是词人表达的第二层愁情——惜春。第三组拟喻性意象是写无赖的黄莺偏要将这残留的一线春光织断，从而把词人惜春之情推向高潮。第四组意象写墙角蛛网低挂落红，用拟人手法写蜘蛛低绾落花，也有惜春之心，以此和第三层莺梭织断春丝的无情形成鲜明对比，将词人惜春的愁情衬托得更加强烈、深沉。在这首词中，"柳条"这传统的春的象征物，成为词人主要的抒情对象，用压缩空间的方法，形象地写出残春景象，使之与起兴的游丝、作为映衬的蜘蛛之间产生了事物形态的可比性，并且用"愁"情贯通四组意象。"留春一线"有着深刻的穿透力和"点铁成金"之妙，把词人的惜春情绪表达得特别婉曲而深沉。

在以上两首词中，春的空间不是给读者作为一个真实的对象去理解，而是作为词人表达内心情意的一种托寓物，它可被百尺高楼困锁，也可以被压缩成细细的一线，成了变化任意、诗味十足的世界。这种经过词人主观情感改造过的时间和空间，和现实之间拉开了一段距离，留给读者丰富的想象空间，向读者展示一个个具有独特美感的意境。

三

吴藻虽然出身于一个不知诗书的富商之家,但是她却恪守闺训,对于来自封建社会和家庭的种种压抑均能逆来顺受,不失温文尔雅的风度。魏谦升在《花帘词序》中说:"女士生承平之代,擅清丽之才;无牵萝补屋之悴,有坐花邀月之乐……虽其中不无歌离吊梦、遣病言愁之作,仍以和平温厚出之,盖所遇然也……余尝因赵秋舲进士家亲串往来,得见女士神情散朗,有林下风。"从当时社会舆论来看,吴藻的行为和思想仍合乎封建社会伦礼道德之规范,不至于受到像李清照、朱淑真那样的非议。[3]但是,魏氏的评论,多少有为封建制度粉饰门面的意思。《花帘词》中竟有那么多"歌离吊梦,遣病言愁"之作,词又是一个二十多岁的女子所写,足见封建社会压迫、摧残妇女的残酷事实是不可能回避的。吴藻的内心不仅不可能真正"和平",而且充满着深刻的矛盾和痛苦,她将这种矛盾和痛苦都发泄在诗词创作之中。在《花帘词》中,她虽没有像沈善宝(湘佩)那样对女子无权的不合理现象发出愤激的抗议,写出"问当年,金山战鼓,红颜勋业……问苍苍,生我欲何为?生磨折"(《满江红·渡扬子江》)的诗句[4],表面上还极力想保持恪守封建礼教规范的传统女子的形象,但实际上吴藻对环境的不满,特别是恨身不为男子的怨愤是相当强烈的。她曾作《饮酒读骚》图,在图中把自己打扮成男子,这种行为,实际上是对封建社会剥夺妇女权利的抗议,词人的这种思想感情,在她的创作中也有所表现。

在婉曲愁绝的主体风格之外,吴藻的词也有豪宕奔放的一面。例如:

> 半壁江山,浑不是、莺花故业。叹回首、萧条野寺,凄凉落月。乡国烽烟何处认,桥亭卜卦谁人识。记孤城、只手挽银河,心如铁。　　才赋罢,无家别。早殉此,余生节。尽年年茶饭,

杜鹃啼血。三尺焦桐遗古调,一抔黄土埋忠穴。想哀弦、泉底瘦蛟蟠,苔花热。(《满江红·谢叠山遗琴》其一)

怨羽愁宫,算历劫、沉埋燕代。恸今古,电光石火,人亡琴在。南国穿云谁掣去,西台如意空敲坏。剩孤臣、尚有未灰心,垂千载。　　冬青落,花无赖。枯桐活,天都快。试一弹再鼓,只增悲慨。凄烈似闻山寺泣,萧骚不减松风籁。叹伯牙、辛苦旧时情,知音解。(《满江红·谢叠山遗琴》其二)

这两首词借物抒情,托古咏怀,通过宋末爱国诗人谢枋得的遗琴,发抒怀念忠烈的豪迈之情,悲凉沉郁,慷慨豪宕,完全没有一般女子文笔的纤弱之态。又例如:

生本青莲界。自翻来、几重愁案,替谁交代。愿掬银河三千丈,一洗女儿故态。收拾起、断脂零黛。莫学兰台愁秋语,但大言、打破乾坤隘。拔长剑,倚天外。　　人间不少莺花海,尽饶他、旗亭画壁,双鬟低拜。酒散歌阑仍撒手,万事总归无奈。问昔日、劫灰安在。识得无无真道理,便神仙也被虚空碍。尘世事,复何怪。(《金缕曲》)

这首词不仅洗尽了闺闱的脂粉故态,大有东坡铁绰铜琶的豪宕之风;而且从"愿掬银河三千丈,一洗女儿故态。……但大言、打破乾坤隘"数语看,词人已清楚地表明了自觉扫除绮罗香泽之气,学习豪放派词人雄放之风,去打破束缚妇女才能、禁锢妇女欲望的狭隘乾坤,冲决封建罗网的愿望。难怪陈文述评论她的词说:"顾其豪宕,尤近苏、辛。宝钗桃叶,写风雨之新声;铁板铜弦,发海天之高唱。不图弱质,足步芳徽。"

婉曲愁绝与豪宕奔放兼而有之,正反映了女词人创作风格的多样性和创作心态的复杂性。吴藻生活在富商之家,由"酬唱无伴"的情形来看,她的家庭有艺术创作的条件而少艺术创作的氛围。吴藻又"擅清丽之才",感情深受压抑,则心理活动特别活跃,她把追求理想的感情境界作为想象的动力,通过想象,将复杂的心灵活动,都一一用词记载下来,作为她的精神寄托。但是尽管她的精神产品《花帘词》被誉为"嗣响易安",她的人生价值却仍未能充分体现,因为妇女和女性文学在当世归根结底还没有得到社会的承认。人的生命是受到平衡原则支配的,一旦蓄足了勇气,女词人就会对限制自我价值实现的环境,以反限制的形式来抗衡。以上所引述的那些不亚于须眉的豪放之作,不正是反映了词人心底"身不为男子"的怨愤吗?至于吴藻自绘《饮酒读骚》图,作文士装束,寓"速变男儿"之意,其间自我实现的意识就更强烈、更明显。"屈原之作《离骚》,盖自怨生";吴藻之写《饮酒读骚》图,则自憾出,此"憾"即为此身不得为男子之憾。总的来说,"婉曲愁绝"和"豪宕奔放"是吴藻受压抑心态的两种不同表现形式而已,也是统一在她身上的矛盾性格的两个侧面。

人是要有归宿的。在封建制度的重压之下,词人无法找到实现自我价值的道路,随着生活中希望的幻灭,吴藻寂寞的心灵过早地寻求着归宿。她的归宿何在?她曾写过这样一首词:

> 深院晚妆慵。鬟嚲鬓松。忍寒和月下帘栊。掩却碧纱屏小小,不许灯红。　　好梦忒惺松。去也匆匆。池塘春影又成空。一片吟魂无着处,随住东风。(《卖花声》)

魂随东风自然是浪漫的理想归宿,但这不切合实际;吴藻生活中的真实的归宿倒是她心目中的一块"净土"。吴藻在四十多岁时,即道光二十四年(1844),刊行了《香南雪北词》,自己作序说:"十年来忧患余生,人事有不可言者。引商刻羽,吟事遂废,以后恐不更作。因检丛残剩稿,怨而存焉。即以居室之名名之。自今以往,扫除文字,潜心奉道。香山南,雪山北,皈依净土。"此时的吴藻,身心更为疲惫,情绪更加低沉,大约她的丈夫也已去世,她终于移居南湖,废止吟咏,断绝尘缘,伴随着青灯古佛,孤城野水,度过了余生。看来,词人一定在精神上蒙受过重大打击,但因缺乏材料,具体原因已不得而知。"酒散歌阑仍撒手,万事总归无奈"。词人生活中悲剧式的结局,是她的思想感情的合乎逻辑的发展。吴藻这位生活在封建社会末期的天才女词人,就这样悄悄地离开了她所热爱的生活和使她深深痛苦过的周围环境。好在吴藻生活中虽是个弱女子,但在艺术创作活动中却是个强者。她的词作以其特有的美学价值,为妇女文学增添了光辉的一页。

(本文与俞浣萍合作,发表于《杭州师范学院学报》1992年第4期)

【注释】

[1] 梁绍士《两般秋雨庵随笔》卷二。
[2] 赵庆禧《花帘词序》。
[3] 见明董谷《碧里杂存》、冀勤辑校《朱淑真集注》附录,王学初《李清照集校注》附参考资料。
[4] 见黄燮清《国朝词综续编》卷二三。

论清代女诗人倪瑞璇

倪瑞璇是清代初期一位有才华的女诗人,她像一颗光耀夺目的夜明珠,二百五十多年来,一直被沉埋在封建社会的积尘遗垢之中,很少为人们所知。现在是应该把它发掘出来,让其重放光彩的时候了。

倪瑞璇,字玉英,江苏宿迁人。父亲倪绍瓒是当地一名秀才,很早去世。孤苦的倪瑞璇跟随母、兄寄居舅父樊正锡家。樊正锡是睢宁名士,他见外甥女聪慧过人,爱之若己出,亲自教她读书、写诗。据桂履贞《徐州诗征》记载,倪瑞璇六岁时听见别人读《易》,就能过耳成诵,七岁学古文,八岁学作诗及骈体文,九岁读宋五子书。倪瑞璇日后在文学创作上之所以能够获得突出的成就,除了主观努力和自身的天赋条件之外,与她舅父的精心培育是分不开的。

关于倪瑞璇的生卒年月,目前尚有争议。宿迁流传两种说法,一说她生于康熙之末,卒于乾隆年间;一说她为晚明诗人。前一种说法或许比较接近事实。据倪的丈夫徐起泰在《室人倪氏行略》中说:"丙午岁来归于余,时年二十有五矣。"又说:"辛亥七月,忽构疾,二月十一日病剧,余出延医。室人自知不起,与公姑泣诀……年才三十。"他所提供的这个材料应该是可信的,问题是"丙午"和"辛亥"究竟指哪一年。倪瑞璇的《过凌城庙谒古戴二公忠义冢》一诗,提供了一条可供推测的线索。诗的序言说到古道行、戴国柱和明末农民军袁时中部作战死于怀宗崇祯十四年。倪瑞璇的诗中写道:"如何八十年,荐绅少凭吊?"这首诗的写作年代,作者自己注明是丁酉年。根据上述所言,再查《宿迁县志·兵防志》的记载:"崇祯十四年,流贼袁时中寇宿,参将古道行,副总兵戴国柱与战于凌城庙。"与倪诗序言所述基本相符。崇祯十四年,是1641年。这首诗作于清康熙五十六年丁酉,即1717年,上距明怀宗(崇祯)十四年辛巳为七十六年。诗中说:"如何八十年,荐绅少凭吊?"这八十年者乃约略之词。据此,我们按干支纪年法推算出倪瑞璇生于清康熙四十一年壬午(1702),雍正四年丙午(1726)与徐起泰结婚。卒于雍正十年壬子(1732),这位女诗人仅仅活了三十岁。倪瑞璇在她二十五岁的时候,才嫁给宜兴人徐起泰为继室。当时徐起泰正在睢宁教馆,他能诗善文,很有才学,在当地也颇有名望。但是在科举仕途上却一直很不顺利。对于丈夫的这种遭遇,诗人感到愤愤不平。她曾经这样写道:

霜风吹冷敝裘回,枫叶芦花两岸开。莫笑此行无所得,饱看春色渡江来。

百方千计挫刘蕡,造化小儿哪爱文。惯使奇编埋秋草,肯教才士步青云。

南北东西脚不停,饥寒踪迹比飘蓬。穷愁未著书千卷,抑郁徒浇酒一瓶。(《夫子应试澄江失意回睢予时抱病愤而赋此》)

这三首诗写出了一个怀才不遇、身世飘零的士人的悲痛和牢愁,在一定程度上揭露和批判了封建科举制度的不合理,这对于我们了解女诗人的思想和身世是有帮助的。倪瑞璇与徐起泰婚后感情甚笃,夫妇间常有唱和之作。她的舅父和丈夫都非常珍重她的诗才,在留存到今的百余首诗歌中,就有十多篇是她为舅父和丈夫代作的酬答之诗。倪瑞璇聪明好学,除"五经、四书,《周礼》、《仪礼》、《孝经》、《尔雅》"等儒家典籍之外,凡是先秦、两汉、魏、晋、六朝、唐、宋大家及《道德》、《阴符》、《关尹》、《庄周》、《法华》、《楞严》、《齐谐》、《越绝》、

《紫阳纲目》《文献通考》诸书,无不熟悉。她不仅是一位"通四声,能作长短句"的才华洋溢的诗人,而且,"箫管琴棋,攒花刺绣,剪裁刀尺,一见精晓。"据《徐州诗征》记载,倪瑞旋还著有《大学精义》《中庸折中》《周易阐微》等书,可惜当她病危弥留之际,突然将毕生所作诗古时文六本,统统付之一炬。

然而细加推究,倪瑞璿临终焚稿,绝非偶然。究其原因可能有二:女诗人幼年丧父,家道中落,寄人篱下,倍受艰辛。二十五岁才嫁给徐起泰为继室。婚后琴瑟虽和,但丈夫仕途不顺,是一位"虚负凌云万丈才,一生襟抱未曾开",以教馆为生的士人。这一切构成了女诗人清贫寂寞的生活基调。她毕生无所寄托,只能把高洁的志趣,郁愤的情怀,铸成诗篇。原以为夫妻能白首偕老,谁料想年才三十,即将伉俪永诀,情何以堪。临终万念俱灰,终将平生作品付之一炬。焚稿的另一个重要原因,还可能是慑于清代文字狱的威胁。清初顺治时就发生过震惊海内的庄廷鑨事件,倪瑞璿对此是不能没有顾忌的。因为她的诗集中有不少诗篇,触景抒情,也不乏即事摅怀、咏史寓慨、自伤生平之作,虽然表达委婉纡曲、隐约闪烁,仍不免流露出诗人对现实的不满。其中有些篇章,往往通过咏史记事,议论风生,毫不掩饰地斥奸佞、刺权贵,对苛重的赋税徭役愤愤不平,对人民的遭遇寄于深深同情。在深文周纳、罗织罪名的文字狱兴盛的当时,女诗人不得不虑及诗稿的保留会遗祸于亲人,更何况诗集中还有不少是倪瑞璿为徐起泰和樊正锡所作的代笔呢。因而,女诗人趁丈夫外出延医之机,将诗文全部焚毁,无非是为了杜绝后患。当徐起泰责怪她时,她含着眼泪发出了痛苦的哀音:"妾一生谨慎,计犯天地忌者此耳,曷用留之,以重余罪!"足见其用心之良苦。女诗人诗稿的焚毁,是令人惋惜的悲剧事件。

既然倪瑞璿的平生著作已付之一炬,那么,流传至今的《篋存诗集》又从何而来呢?倪瑞璿的早逝,一如"苍碎春红,霜凋夏绿",她身后萧条，只留下一个儿子，但几个月就夭折了。丈夫徐起泰在整理她的遗物时，忽然发现她平日的部分诗稿，遂抄录整理成册。这件事在《室人倪氏行略》中有所记载："室人死后，复得其遗诗草稿于箧，蠹蚀半。急录之，共二百余首。"这就是《箧存诗集》的最早来源。又据胡文楷《历代妇女著作考》记载，《箧存诗稿》共三卷，在清道光十年庚寅（1830）就有了刊本。刊本有曹嘉作序，写道："余于其家废书楼中检得此本，目分九卷，凡四百余章，多残失次，而完整者尚有二百余章。余憯为排纂，更定为上中下三卷。上卷孺人未字时作，中卷则赘徐后在睢之作，下卷皆归宜后作也。"1830年的庚寅本，很可能是《箧存诗集》的最早刊本。可惜，我们至今还没有找到这个本子。关于今天我们见到的《箧存诗集》这个本子的来源，宿迁诗人叶宝[清光绪十一年（1885）乙酉科拔贡]又有一个记载："临川桂履贞太守守徐时，吾邑王为毅果亭大令从之游，归任采访，知瑞璇遗墨在其宗人倪子座先生右铭处。子座躬赍到城。果亭邀知旧数人，竭一日夜之力，誊缮而去。"王果亭誊缮的倪诗手稿，后来不知落到了何处。直到1935年左右，宿迁成立文献委员会，倪子座的孙子倪培才将瑞璇的诗稿献出。

倪瑞璇的诗歌，虽然在袁枚的《随园诗话》中曾经提及，但传之于后世的仅见于《徐州诗征》的三十首和《清诗别裁》的七首。1935年宿迁文献委员会所编集整理的《箧存诗集》共收古今体诗一百一十二首，虽然数量只及徐起泰和《历代妇女著作考》所说的二百余首的一半左右，但《徐州诗征》《清诗别裁》所选的诗，都没有超出它的范围，大约可算是我们今天所能看到的最完整的本子了。但是，当《箧存诗集》印刷完毕，正待出版时，抗日战争爆发了，宿迁文委会存书几乎全部焚于战火。现在宿迁县志编修委员会所搜集到的一册，很可能是绝无仅有的劫后余灰。为了纪念这位女诗人，后人曾在宿迁的马陵公园为她建祠，又建立了倪瑞璇图书馆。但后来也都焚于战火。

倪瑞璇的诗歌，在历史上虽然也曾为沈德潜、袁枚、桂履贞等所称道，但是，至今尚未见到这方面的专门论文。倪瑞璇的诗，笔力矫健，题材多样，或借古讽今，或抨击时俗，或关心民瘼，或抒写忧愤，均能挥洒自如，得心应手，很少见女诗人们常有的纤弱之态。在倪瑞璇留存至今的诗歌中，最有价值的正是这类充满时代气息和现实感的抒情篇章。在我国古代诗歌领域中，咏史是诗人们经常涉及的重要题材。但是，咏史的实质往往在于讽今，从左思开始，几乎一切优秀的咏史诗都寄托了诗人对现实生活的感受。倪瑞璇继承了这一优良传统，创作了许多借史寓慨的作品，如《过龙兴寺有感》《读梁书武帝纪》《阅明史马士英传》《金陵怀古》《读李忠毅公传》《游南岳寺》等等。在这类作品中，诗人热情地歌颂了历史上忠贞之士的高尚情操和爱国精神，无情地揭露了昏君庸主荒淫误国、权奸佞臣卖国求荣的罪行，异常鲜明地表现了诗人对各种历史事件的态度。瞿源洙评论她的诗"无粉黛熏泽之色，有风霜高洁之象，岩岩如对正士端人"。沈德潜赞扬她"独能发潜阐幽，诛奸斥佞，巾帼中易有其人耶！每一披读，悚然起敬"。都给出了极高评价。倪瑞璇十七岁时所写的五古《过龙兴寺有感》，诗人以流畅而又激愤的笔调，叙述了明王朝的兴亡史。诗歌在评论朱元璋开创明王朝政权时说："自从秦与汉，几经王与帝。功业杂霸多，岂果关仁义？"指出从秦始皇到朱明的历代帝王中，几乎没有一个是真正靠仁义来统治天下的，深刻地揭露了历代帝王血腥统治的罪恶历史。在这首诗的后半部分，诗人悲愤地指出："大厦欲将倾，数传得昏嗣。奸相忘封疆，权孥与罗织。安然一金汤，遂被诸公弃。可怜钟山陵，樵夫牧儿憩。"由于君主昏庸，权奸当道，明王朝的大好河山，被白白断送了。这样的见解，这样的文字，出自一个年仅十七岁的深闺女子之手，的确令人惊叹。

倪瑞璇所生活的时代，离明朝亡国不过几十年，汉族士大夫们所感受的那种国破家亡的哀痛，虽然已被流逝的时光渐渐冲淡，但是并未完全消泯，仍不觉时时有所流露。这种情绪，在诗人的七律《金陵怀古》和《芳乐苑》等诗中也表现得十分明显。例如《金陵怀古》："石头天险壮层城，虎踞龙盘旧有名。峙鼎三分吴大帝，渡江五马晋东京。高台凤去荒烟满，废苑萤飞茂草生。往事不堪频想象，夕阳西下看潮平。"在诗人的笔下，昔日繁华的帝都，荒烟满目，废苑萤飞，呈现出一片荒凉的景象。最后以"往事不堪频想象，夕阳西下看潮平"作结，深沉而含蓄地表现了故国之思和沧桑之感。在评价历史事件时，倪瑞璿爱憎鲜明，总是热烈赞扬那些忠贞之士的高风亮节，无情地揭露奸佞之徒的丑恶嘴脸。五言古诗《读李忠毅公传》和七律《阅明史马士英传》，就是这种对照鲜明的例子。在前一首诗中，诗人在深刻揭露了明末政治腐败，君主昏庸，群小竞进，权奸当道的黑暗现实之后，着重歌颂了李应升刚直不阿，临危不惧的崇高气节："犯颜挺上书，原忘计刀俎""丹心照云霄，碧血洒囹圄"。诗人最后严正地指出："三案有定评，群凶竟何处！"指出是非曲直，忠奸邪正，历史终会作出公正的判决。在后一首诗中，作者愤怒地抨击了明末大奸马士英镇压复社正直人士，卖国求荣的罪行："卖国还将身自卖，奸雄二字惜称君。"卖国的结果是使自己身败名裂，这样的人连奸雄的称呼也配不上，只能算作可耻的民族败类。

倪瑞璿生活在号称清平盛世的康熙、雍正年间。广大百姓在压迫下，生活异常痛苦。倪瑞璿在一首题名为《闻蛙》的七绝中写道："草绿清池水面宽，终朝阁阁叫平安。无人能脱征徭累，只有青蛙不属官。"诗歌通过巧妙的构思，托物寓意，发抒了对现实生活的深沉感慨。官吏们对人民的压榨是如此残酷，但却偏偏要宣扬自己的所谓德政，每一任地方官在任期满后几乎都要为自己树碑立传。诗人抓住这一典型事件，以讽刺和揶揄的笔调，无情地揭穿了这种骗人的勾当。她在《德政碑》一诗中写道："德政碑，德政碑，巍然耸峙官道陲。一碑未久一碑起，勒功纪绩悬累累。问碑底事年年立，后先成例如相袭。披荆剪棘开康庄,绝似浮图高九级……"认为道旁纷纷耸立的德政碑,并不说明官吏们有什么政绩,不过是成例相袭而已。作者尖锐地反问道,如果他们真有德政,"如何官去今朝始,明日逢人皆切齿?"她进一步指出最好的德政碑是人民的评价,而不是那些在谄风谀俗中树立起来的石碑。一个人人切齿痛恨的官吏,还有什么德政可言呢?在诗歌的结尾,作者奉劝那些毫无德政而妄立碑文的达官贵人,千万不要玩弄这种欲盖弥彰的把戏:"我劝贵人且自料,羊祜杜预休轻效。有碑不若无碑好,一日碑存一日笑。"诗人尖锐地警告说,如果他们固执己见,那么这种所谓德政碑,日后必将变成惹人讥笑的耻辱柱。在历代女诗人的作品中,这样尖锐泼辣的政治讽刺诗,几乎是绝无仅有的存在。

在倪瑞璇的诗歌中,那些描摹世态人情,抒写悲欢离合的作品,也是很有特色的。这类作品的题材,往往由作者亲身经历的事件所构成,因而更显情意真切,娓娓动人。例如那首为沈德潜和袁枚所激赏的七绝《忆母》:"河广难航莫我过,未知安否近如何?暗中时拭思亲泪,只恐思儿泪更多。"诗人不只说自己思念母亲,而且从对方落笔,进一步说母亲一定加倍想念女儿,把自己的思亲之情表现得更加委曲动人。沈德潜评论说:"因忆母面转出母之忆女,其情倍深。"点明了这首诗在艺术构思上的特点。倪瑞璇诗歌的格调和韵味,颇受盛唐诗歌的影响,但是她反对流俗,喜发议论,以文入诗的特点,又分明是宋诗的遗风。她的《纪梦》《金陵酬俞舜卿先生》等诗,模仿李白的痕迹非常明显,而在那首七言古诗《琵琶行》序言中,又明确地说是"效香山体"。从她整个体艺术风格看,似乎也兼有李白的自然清新和白居易的明白晓畅。

倪瑞璇是一位短命的诗人,她的艺术之花刚刚开放就陨落了。她一方面希望自己是一个男子,可以一展雄才;但另一方面又说"诗岂闺人事,吟成弃一边""辛勤半为我,夫贵也妻荣"。这种陈腐的观念,大大妨碍了她诗才的发挥。这是历史的过错,时代的局限,令人对此深感遗憾,但是也不能苛求。倪瑞璇的诗文稿,虽然大部已经焚毁,但是我们可以毫不夸张地说,仅从留存到今的一百多首作品来看,她也完全可以置身于我们古代优秀的女诗人之列而毫无愧色。

(按本文由徐慧征提供材料并与吕一泓合作写成,发表于《江海学刊》1983年第6期)

字里金生，行间玉润

——褚体《倪宽赞》浅析

褚遂良(569—658)，字登善，钱塘(今杭州)人。他是初唐继欧阳询、虞世南之后别开生面的书法大师。刘熙载《艺概·书概》称之为"唐之广大教化主"，足见其地位之崇高。褚遂良的书法，对后世影响极其深远。"颜平原得其筋，徐季海之流得其肉""买褚得薛"，唐代的大书法家颜真卿、徐浩、薛稷等都受到他的直接影响。米芾以下，受其影响者更是不可胜数，书法界凡学二王一派者，几乎没有不曾从褚体中得益的。书法大师沈尹默先生也深受褚体影响，《沈尹默书法集》中就有褚体《房玄龄碑》及《倪宽赞》的临本。

《倪宽赞》墨迹纸本原件现藏台北故宫博物院，此帖是否为褚遂良亲书，目前尚有疑问，因帖中原文对李世民、李治之讳字不避，定为褚氏亲书恐不可信；又文中多处刮去宋之国讳"弘"字，所以亦有人推断为宋人临本。但是，此书品格极高，深得褚书的精神风骨，所以历来把它看作褚体的代表作品。宋人赵孟坚说："此《倪宽赞》与《房碑记序》用笔同，晚年书也。容夷婉畅，如得道之士，世尘不能一毫婴之。"[1]明人安世凤也说："此赞用意细贴，运笔轻活，而一种老成犹自不可及，盖褚书中之最合作者。"[2]因此通过对《倪宽赞》的赏析，可以帮助我们进一步认识和理解褚书艺术的基本美学特征。

细观《倪宽赞》全帖三百四十字，我们首先会强烈地感受到点画产生的线条艺术魅力以及蕴含于其内的丰富的精神。它充满着冲和、自然之气,这种出于天然的清韵,接近于王羲之。清人周星莲曾说:"惟右军书,醇粹之中,清雄之气,俯视一切。"[3]《倪宽赞》的品位之所以高,就是因为它得力于王字的清醇,所谓"笔势翩翩,神爽超越"[4]是也。这种平夷清和,不激不厉,天然逸出的神韵正是来源于王逸少。明王偁指出:"其自书乃独得右军之微意,评者谓其字里金生,行间玉润。变化开合,一本右军。"[5]也强调了《倪宽赞》具有近似于王羲之的风格。

然而《倪宽赞》的特点并不是一味秀逸清丽,它在秀丽之中还透露着古厚之气,给人以厚劲之感。这种既秀且厚的风格的形成,很大程度上取决于方圆兼备的用笔方法。此《赞》中以方笔作点,许多的顶点、字底部左右点的右点都呈方笔形态。如"亦""六""業"(图一)的右下点呈大小形态不一的三角形,这种字例不胜枚举。有时将短横写成以方笔起笔的右尖横,这样就形成了方笔笔意极浓的上沿平势,下沿角形的一个三角形,以"于""行"为例(图二)。这些都是魏碑的流风遗韵。从此《赞》的许多轨迹中我们还看出,在同一个字中,作者往往是通过左圆右方的用笔处理来调节、展示运笔节律的。左撇右捺呈对称笔画的"東""父""及""度""承""奮"等字是如此(图三);左撇右捺呈非对称笔画的"延""嚴"以及"六"的左右点、"莫"的左撇右点也是如此(图四)。这样,字的结构就在方、圆矛盾的笔法中得到了和谐的统一,这种左柔右刚的节律变换,仿佛让人观赏一幅溪水随岩石流转的山水画,或聆听一曲旋律时而舒缓、时而劲疾的乐曲。由于方笔笔法与圆笔笔法在字中融合成一个整体,在相辅相成、互为映衬之中,方笔毫无生硬之感,反而大大加强古厚的气韵,使圆笔笔法产生了更柔韧的弹性感。此《赞》笔法富有变化不仅在一个字中,就是在一笔之中也不乏方中寓圆,圆中寓方的轨迹,如"韓"字的第二笔,"黃"字中草头两短竖、"廣"字字头点等(图五),这对全帖方、圆笔

亦 六 業

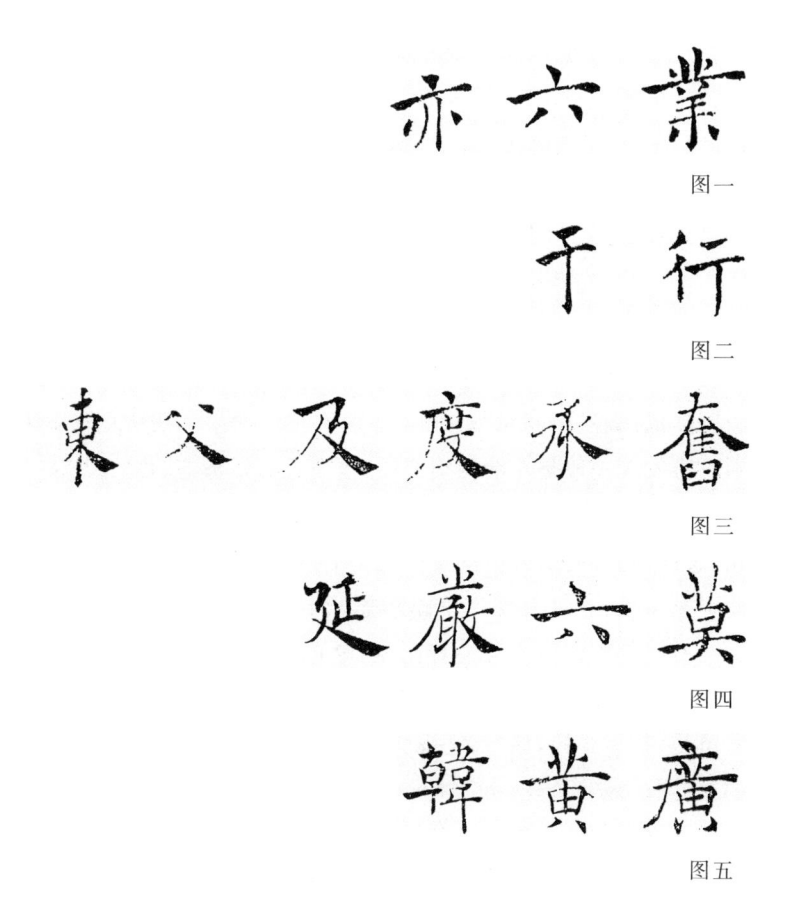

图一

千 行

图二

東 父 及 度 丞 奮

图三

延 巖 六 莫

图四

韓 黃 廬

图五

法的矛盾统一起到过渡作用。即使在上述左撇右捺对应出现的一些字中,作者在处理撇弱捺强、左圆右方的同时,这捺笔的方中仍略带圆意。这种细腻的笔法使《倪宽赞》的整体风格在强劲、浑厚之中蕴含着柔秀之气,在沉质中显示出飘逸。《倪宽赞》帖字中许多笔画是纤细柔美的,这在结字中表现出疏朗秀逸之风,但它那特别厚劲的点、捺、钩等笔画又使整体结字充满着力度,呈现出似瘦实腴的美学风貌。美学家苏珊·朗格认为,艺术原则实际上只有少数几条,其一是"要使作品具有有机统一性和生命的活力"。《倪宽赞》使用富于变化而又有机统一的艺术符号来展现作品的生命活力,正符合这条艺术原则。此《赞》的古厚之气还来自鹅浮钩的隶法,这加强了钩的圆笔势态,如"已""见""藝""也"(图六)。回锋撇梢头作汉隶《夏承碑》一样的方笔处理,同样增强坚实、朴茂的古厚之气,如"光"字(图七)。

《倪宽赞》的书体以继承王字的神韵为主,同时也兼收并蓄汉隶、魏碑的笔法以为己用,而别开生面的书风使其具有鲜明的艺术个性。现在再就一些具体点画加以说明:此《赞》中长横的起伏以下沿为甚,头尾形成波谷,中间呈细腰状,特别流转。如果和居中的竖画相交,则不难发现一般是左端特别伸展,呈左长右短势态,如"皋""率""李"(图八);但也有作左短右长处理的,如"董""褚"(图九)。这忽而向左、忽而向右的张扬,给读者以视觉上的平衡感。钩的含蓄蕴藉于其他书家少见,有时表现为垂露形态,钩只在酝酿之中,如"劉"字(图十);有时钩底浑圆而钩尖短而锐,酷似欧法,如"于"字(见图二),戈钩底部也作如此处理。横钩出钩前顿点圆润,如珠似玉,所以特别丰腴可爱;钩锋劲锐,如"鸟之视胸"。凡较长的斜撇则表现为特别细长的兰叶状,宛若游丝,一直拖出字的底部,如"唐""石"等(图十一)。如此长撇酷似唐代舞女长曳的披纱,飘逸之极。左右竖作背势处理,如"内""阙",一如玲珑剔透的宫殿大门(图十二)。竖画曲折华美,如"四""賀"(图十三)。而"光"(见图七)、"卜""土"等字的中竖(图十四),曲折中又见出古雅之美。"國"等四包围结构的字,寓篆书圆笔笔意,像构筑精美的华屋,视觉效果极佳(图十五)。明王世贞称之为"清润有秀气,转折毫芒备尽。"[6]这与竖的曲折华美,左右竖的背势处理以及折法的细腻都有关系。"走"之捺一波三折,曲折明晰,一、二折流转细长,独具风格。此《赞》中还在正书笔法中掺入行书笔意,以"藝"(见图六)、"勝""制"(图十六)为例,其笔势翩然流动,增添了华滋流丽的风貌。在《倪宽赞》的点画轨迹中,我们可以明显地看出

巳	見	蓺	也
			图六
			光
			图七
臬	率	李	
			图八
董	褚		
			图九
	劉		
			图十
	唐	石	
			图十一
		闕	
			图十二

賀

图十三

士

图十四

國

图十五

勝 制

图十六

初唐欧、虞两家的影响，它劲练宗欧、醇正宗虞。如此看来，此《赞》堪称"转益多师"的典范。《倪宽赞》师古而不泥古，因而能够别开生面，创造出自己独特的风格。它金玉般的坚实、圆润、莹洁、细腻的风格，足以启动鉴赏者丰富的审美联想。

作为艺术的一个门类，书品与人品有着密切的联系。书法的风格在一定程度上往往反映着作者的性格特点和思想风貌。褚遂良一生忠鲠，据《新唐书》记载，他身为谏官，敢于仗义执言，在罢封禅、立太子、征辽东、废皇后等重大政治事件中，多次对唐太宗及唐高宗的行为提出率直的批评。尤其在唐高宗废皇后立武则天为后一事上，他公开表示反对，以至"致笏殿阶，叩头流血"，并且表示如不采纳他的意见，自己情愿辞去官职，回家种田。从而褚遂良便遭到武氏集团的残酷迫害，终于在流放中郁郁而死。与褚遂良高尚的品格相联系，我们对诸体字"芝兰芳志清如玉"的精神,坚润如金玉的内涵又可多一层理解与认识。《倪宽赞》的作者定是理解褚字书体风骨的高手,加上《倪宽赞》的文字内容,即《汉书》卷五八《公孙弘卜式兒宽传》中的"赞"语,倪宽又作为儒雅类代表人物之一,作者对倪宽"既治民,劝农业,缓刑罚,理狱讼,卑体下士,务在于得人心;择用仁厚士,推情与下,不求名声,吏民大信爱之"的吏迹,敬慕备至。书迹是通过书家审美之光的折射才转化为艺术内容的。书作是一种情感艺术,书家在创作时往往将情感清晰地展示出来,即将自己心灵的门户向鉴赏人敞开。这样,我们透过《倪宽赞》的墨迹,可以看到充溢其间的那种儒教的传统精神和清醇刚正的气度。

苏轼曾有诗赞扬颜真卿的书体革新精神,说"鲁公变法出新意,细筋入骨如秋鹰",而颜真卿的局面开创和褚字的影响也是分不开的。初唐的欧、虞用笔多取法于北碑、隋碑,笔势方劲峭拔,而褚字笔法极富弹性,使字体显得流畅飞动,有很强的节奏感。如果说欧、虞还保留着隋楷的风格,那么可以说褚字已是成熟的唐楷面目了。从这点上说,褚遂良实际上是书法史上唐人"变法"的最早代表。虽然褚字的"变法"在当时的反响不是很大,但却已开启了颜真卿变法的先声。颜真卿是书界变法的巨人,那么褚遂良则是这一变法的先行者。

《倪宽赞》结字宽博,章法疏朗,加以生金润玉的笔法,令人倍觉悦怿可爱。艺术家的精神品质与客观物境的契合交融乃是灵感的触媒,犹如王逸少之《兰亭》、颜鲁公之《祭侄文稿》。褚体书风特点的形成,很可能与西子湖的气质孕育有关。难怪历代的书学评论家要以美女来比拟其风格,唐人张怀瓘说:"祖述右军,真书甚得其媚趣。若瑶台青琐,窗映春林,美人婵娟,似不任乎罗绮,增华绰约,虞、欧谢之。"[7]对于褚体字变化多姿又颇具法度的特点,清人包世臣曾评论该帖为"河南如孔雀皈佛,花散金屏"。[8]当然,世界上不存在任何完美无缺的东西,艺术境界的追求是无止境的,对于《倪宽赞》历代也有人提出过一些批评。例如明人项穆说："褚氏登善，始依世南，晚追逸少，遒劲温婉，丰美富艳，第乏天然，过于雕刻。"[9] 清人梁巘也指出："褚字瘦硬，少沉着，然自是各成一家之极品。褚字劲处即是轻飘处。"[10] 这些批评是有一定道理的，应该引起摹习褚体者的注意。

（按本文与俞浣萍合作，由俞浣萍执笔，发表于《浙江广播电视高等专科学校学报》1995 年第 4 期）

【注释】

　　[1] 见《中国书法鉴赏大辞典》。
　　[2] 安世凤《墨林快事》。
　　[3] 周星莲《临池管见》。
　　[4] 胡广《晃庵集》。
　　[5] 王偁《虚舟集》。
　　[6] 王世贞《艺苑卮言》。
　　[7] 张怀瓘《书断》。
　　[8] 包世臣《艺舟双楫》。
　　[9] 项穆《书法雅言》。
　　[10] 梁巘《承晋斋积闻录》。

魏耕其人其诗

魏耕原名璧,字楚白,甲申(1644)后始改今名,又别名牲,号雪窦,浙江慈溪人,是明末清初浙东著名的抗清志士。他本是一个贵公子,后因家道中落,"学为衣工于苕上",为人赘婿。魏耕"少负异才,性格轶荡,傲然自得,不就尺幅"。清兵入关,他"麻蹊草屦,落魄江湖,遍走诸义旅中"。不久事败,他只身亡命江湖。与山阴祁班孙兄弟、陈三岛、朱士稚、钱缵曾、朱彝尊等,"以诗古文相抵砺",号称莫逆。顺治己亥(1659)郑成功、张煌言联合举兵,江南半壁震动,东南沿海人民的抗清斗争进入了高潮。魏耕积极与此相配合,"遣死士致书延平(郑成功封延平郡王),谓海道甚易,南风三日可直抵京口。己亥延平如其言,几下金陵"。郑、张联军战败之后,他又"遮道留张尚书(张煌言曾为兵部尚书)请入焦湖,以图再举"(全祖望《雪窦山人坟版文》)。尔后,清政府即兴大狱,对"通海事"进行大规模的追查和惩处,据计六奇《金坛狱案》称,仅金坛一地,"屠戮灭门,流徙遣戍,几及千余人"。镇压之酷烈,可见一斑。由于叛徒孔孟文的告密,魏耕与钱缵曾等被清廷逮捕,不久即被处死,"妻子尽殁"。他们死得很英勇,"抗辞不屈",从容就义,表现了崇高的气节。魏耕死后,"钱塘孙治,购得先生骨,葬之南屏,后改葬于灵隐石人峰下,题曰'长白山人之墓'",与杨文踪、张苍水之墓合称"三忠墓"。

魏耕不仅是抗清志士,而且还是一位颇有成就的诗人,与钱谦益、吴伟业、毛奇龄、朱彝尊、屈大均、赵执信、陈维崧、吴兆骞均有赠答篇什往来,有《雪翁诗集》。其诗或慨叹故国之沦亡,或抒写自身之忧愤。古体远摹魏晋,近体纯祖少陵,晚年一变而肇尚李白,直抒胸怀,一泻千里,信笔挥洒,不期矜饰。屈大均《怀魏子雪窦》诗曰:"平生梁雪窦,是我最知音。一自斯人没,三年不鼓琴。文章藏禹穴,涕泪满山阴。说起今朝事,魂应起壮心。"不仅对魏耕的死表示了深沉的悲痛,也对他一生的事业作出了恰当的评价。

(本文发表于《浙江学刊》1986年第C1期)

鲁迅论嵇康

在我国古代的诸多作家中,嵇康似乎特别受到鲁迅先生的重视和偏爱。鲁迅不仅亲自校点了《嵇康集》,而且在文章中对嵇康的思想和为人给予高度评价,对嵇康惨遭司马氏集团杀害表示了深切的同情。在《为了忘却的记念》这篇不朽的名著中,鲁迅怀着深沉的悲愤写道:"要写下去,在中国的现在,还是没有写处的。年青时读向子期《思旧赋》,很怪他为什么只有寥寥的几行,刚开头却又煞了尾。然而,现在我懂了。"向子期是嵇康的好友,他这篇《思旧赋》就是为了悼念被司马氏杀害的友人嵇康和吕安而作的。鲁迅先生在这篇文章中讲到《思旧赋》,主要当然是为了揭露国民党反动统治的黑暗与残暴,悼念被难的"左联"五烈士,抒发自己内心的积愤,但是也间接地透露出作者对嵇康的同情和尊敬。

鲁迅先生十分赞赏嵇康那种敢于揭露司马氏统治集团的斗争精神。依靠阴谋手段夺取政权的司马氏统治集团,一开始就显示出极大的虚伪性和残暴性。他们一方面采取许多保护豪门士族利益的措施,以换取对其政权的支持;另一方面利用封建政权传统的思想武器"名教"来掩人耳目,镇压异己。司马氏统治集团所标榜的"名教",纯粹是巩固自身地位和发展自己势力的一种欺骗手段。鲁迅先生尖锐地指出:"魏晋时所谓崇奉礼教,是用以自利,那崇奉也不过偶然崇奉,如曹操杀孔融,司马懿杀嵇康,都是因为他们和不孝有关,但实在曹操、司马懿何尝是著名的孝子，不过将这个名义，加罪于反对自己的人罢了。"[1]"忠"和"孝"原是封建礼教最重要的基本内容，但是司马氏统治集团却只讲"孝"，不讲"忠"；他们鼓吹"以孝治天下"，司马昭正是借用"不孝"的罪名杀害了嵇康和吕安的。为什么要这样呢？鲁迅先生一针见血地指出："魏晋是以孝治天下的……为什么要以孝治天下呢？因为天位从禅让，即巧取豪夺而来，若主张以忠治天下，他们的立脚点便不稳，办事便棘手，立论也难了，所以一定要以孝治天下。"[2]作为司马氏统治集团政治上的反对派，嵇康批判的矛头首先指向这种虚伪的"名教"。鲁迅先生指出："旧传下来的礼教，竹林名士是不承认的。"又说："他们的态度，大抵是饮酒时衣服不穿，帽也不戴，若在平时，有这种状态，我们就说无礼，但他们就不同。居丧时不一定按例哭泣；子之于父，是不能提父的名，但在竹林名士一流人中，子都会叫父的名号。"[3]以嵇康、阮籍为代表的"竹林七贤"，与曹魏集团有这样那样的关系，对司马氏集团在政治上采取或明或暗的反对态度。他们故意在生活上做出许多违越礼教的行动，实际上是对"名教"的一种蔑视和嘲弄。这种行动，反映了当时在野的知识分子对司马氏的不满和抗议。在"竹林七贤"之中，嵇康是最为激烈的人物。历史上关于嵇康曾经打算起兵响应毋丘俭反对司马氏的记载，虽然很可能是钟会的谮辞，其可信程度是有限的。[4]但嵇康对司马氏采取了决然的不合作态度却是事实。他那篇有名的文章《与山巨源绝交书》，在嬉笑怒骂的背后，隐藏着异常激烈的情绪。在文章中，作者不仅讽刺山涛投靠司马氏以博取荣华富贵的行为是"嗜腐鼠"，而且公开声明自己"每非汤武而薄周孔"。他信中所举的"不堪者七""不可者二"，条条都是与司马氏倡导的"名教"对立的。《世说新语》记载了这件事情后分析道："（康）岂不识山之不以一官遇己情邪？亦欲标不屈之节，以杜举者之口耳。"可见这封信实际上是嵇康与司马氏集团不合作的宣言书。不仅如此，嵇康还在文章中提出"越名教而任自然"的口号,公然用"崇尚自然"来与司马氏虚伪的"名教"对抗。他指出:"及至人不存,大道陵迟,乃始作文墨,以传其意。区别群物,使有类族。造立仁义,以婴其心。制为名分,以检其外。劝学讲文,以神其教。故六经纷错,百家繁炽,开荣利之涂,故奔骛而不觉。"[5] 按照嵇康的看法,"名教"的产生是因为社会腐败,道德堕落,人心散乱,统治者为了疗救弊病,匡正时风而故意制造出来的。这种名教不仅具有极大的虚伪性,而且是违背人"崇尚自然"的天性的。嵇康这种理论,是对司马氏御用文人制造的"名教产生于自然"的谎言的有力驳斥。不仅如此,嵇康还敢于对司马氏的野心和暴行进行更直接、更深刻的揭露和抨击。他在《太师箴》一文中说:"凭尊恃势,不友不师。宰割天下,以奉其私。"又说:"刑本惩暴,今以胁贤。昔为天下,今为一身。下疾其上,君猜其臣。丧乱弘多,国乃陨颠。"很明显,这种直接指向司马氏集团的尖锐批评触到了他们的痛处,使他们那"想借正心欺骗一些糊涂透顶的笨牛"的阴谋暴露了原形。正如鲁迅先生指出的那样:"嵇康的害处是在发议论。"这自然是司马氏集团不能允许的。所以司马氏的红人钟会指责他说:"康上不臣天子,下不事王侯,轻时傲世,不为物用,无益于今,有败于俗……今不诛康,无以清洁王道。"[6] 为了"清洁王道",司马氏集团终于借用"言论放荡,非毁典谟"的罪名把嵇康杀害了。在谈到这个问题时,鲁迅先生无限感慨地说:"非薄了汤武周孔,在现时代是不要紧的,但在当时却关系非小。汤武是以武定天下的;周公是辅成王的;孔子是祖述尧舜,而尧舜是禅让天下的。嵇康都说不好,那么,教司马懿篡位的时候,怎么办才是好呢?没有办法。在这一点上,嵇康于司马氏的办事上有了直接的影响,因此就非死不可了。"[7] 当然,作为封建社会的知识分子,嵇康、阮籍等人不可能彻底否定全部封建伦理观念,他们之所以如此激烈地反对"名教",主要是抗议司马氏集团歪曲"名教"、利用"名教"的恶劣行径,并不是否定名教本身。因此,这是一种力度不强的软弱的抗议。他们的放浪形骸,也是愤世嫉俗的一种表现。实际上嵇康和阮籍都是"外坦荡而内淳至"的正人君子。鲁迅先生指出,正因为司马氏的假礼教实际上"毁坏礼教",所以"老实人以为如此利用,亵渎了礼教,不平之极,无计可施,激而变成不谈礼教,不信礼教,甚至于反对礼教。——但其实不过是态度,至于他们的本心,恐怕倒是相信礼教,当作宝贝,比曹操司马氏们要迂执得多。"[8]这一分析是非常深刻的。

嵇康是一个十分峻烈的人。他不像阮籍那样"言皆玄远,口不臧否人物",而是"刚肠疾恶,轻肆直言,遇事辄发"。他不像阮籍那样在司马氏的权贵钟会面前借酒醉装糊涂,而是毫不客气地公开对"钟文人"表示厌恶和轻蔑。他不像阮籍那样,为了保全性命,可以屈心抑志,为司马昭写《劝进表》,而是多次断然拒绝司马氏的征召。即便在临刑的时刻,他仍然那样从容不迫,顾日影而弹琴,表现了很高的气节。[9]这就是为什么同样蔑视"名教",阮籍得以免祸,而嵇康却惨遭杀戮的重要原因。鲁迅在《魏晋风度及文章与药及酒之关系》一文中说:"嵇、阮二人的脾气都很大;阮籍老年时改得很好,嵇康就始终都是极坏的。""后来阮籍竟做到'口不臧否人物'的地步,嵇康却全不改变。结果阮得终其天年,而嵇竟丧于司马氏之手,与孔融、何晏一样,遭了不幸的杀害。"又说:"一看他的《绝交书》,就知道他的态度很骄傲的。"鲁迅先生这里所讲的嵇康脾气"始终极坏""全不改变""很骄傲",正是对他那种刚正不阿、守节不移的高贵品质的热烈赞扬。《晋书·嵇康传》和《世说新语》分别记载了嵇康公开嘲笑钟会的故事,鲁迅先生也再三引用这件事来赞扬嵇康蔑视权贵的精神。其实鲁迅是把嵇康的蔑视权贵与当代有些文人的行为作对比,这正表明了鲁迅对嵇康这种精神的高度评价。在司马氏暴政的高压之下,当初与司马氏集团对立的士大夫集团纷纷瓦解,临事能够坚持气节,挺直脊梁骨如嵇康那样的人是很少的。就在上述"竹林七贤"中,投靠司马集团做了大官的山涛自不待说,就是当初与嵇康一道打铁,后来写作《思旧赋》的向秀,在嵇康被杀之后,也只得勉强"应召入洛",做了司马氏治下徒有空名的冷官。当司马昭问他:"闻有箕山之志,何以在此?"他回答道:"以为巢许狷介之士,未达尧心,岂足多慕。"为了求生,只得忍气吞声,以美言回答司马昭的嘲弄。就连"礼法之士,疾之若仇"的阮籍,在政治高压下,也无可奈何地为司马集团效劳。[10] 只有嵇康却"全不改变,所以竟丧于司马氏之手"。但正因为如此,也就更显出嵇康人格的价值。

嵇康是魏晋时期唯物主义思想的主要代表之一。他敢于离经叛道,摆脱儒家传统思想的束缚,在许多问题上一反旧说,别开理论境界。鲁迅先生称赞说:"嵇康的论文,比阮籍更好,思想新颖,往往与古时旧说反对。"指的正是这一特点。鲁迅先生列举了三个方面来说明嵇康这一特点。

第一,鲁迅先生肯定嵇康从唯物主义的立场出发,反对"圣人"关于"自然好学"的言论。他曾经指出,"孔子说:'学而时习之,不亦说乎?'嵇康做的《难自然好学论》,却道,人是并不好学的,假如一个人可以不做事而又有饭吃,就随便闲游不喜欢读书了,所以现在人之好学,是由于习惯和不得已。"[11] 孔子的理论是封建统治者的主要思想武器。但是嵇康却不受其桎梏,敢于一反旧说。这种观点集中表现在他的著名论文《难自然好学论》中。嵇康指出,提倡学习儒家学说是违背人性的,今人之所以学习儒家是因为"由其涂则通,乖其路则滞",完全出于不得已。在这篇文章中,嵇康还大胆批驳了"六经是太阳"的封建迷信的伪说。《难自然好学论》是嵇康和张邈辩论有关文化教育问题的一篇论文。这篇论文不仅揭露了封建统治者宣扬仁义道德的虚伪性,批判了儒家正统派的唯心主义文化教育观,而且也是对司马氏集团提倡的"名教治国"的否定。正是从这一点出发,鲁迅先生给嵇康这种思想以很高的评价。

其次，鲁迅先生还赞赏嵇康敢于翻圣人所定的历史公案。鲁迅先生说："还有管叔、蔡叔，是疑心周公，率殷民叛，因而被诛，一向公认为坏人的。而嵇康做的《管蔡论》，也就反对历代传下来的意思，说这两个人是忠臣，他们的怀疑周公，是因为地方相距太远，消息不灵通。"[12]鲁迅先生这里指的是历史上周公旦杀管叔、蔡叔那件公案。周公旦之被公认为圣人，管叔、蔡叔之被公认为小人，历史上并无异议。但是嵇康在《管蔡论》中却公开为管、蔡辩护。他不仅认为管蔡是"服教殉义，忠诚自然"的大好人，有着"崇德礼贤，济殷弊民"的"旷世不废"的大功劳，而且认为他们参加讨伐周公的"造反"，完全是"思在王室""欲除国患"。所以，嵇康进一步认为历代指责管、蔡谋逆是不看实质，人云亦云。他批评这些旧的传统习惯势力说："荣爵所显，必钟盛德；戮挞所施，必加有罪"，激愤之情，溢于言表。[13]嵇康为管、蔡翻案，表面上似乎仅仅是对某一具体历史事件的评价，实质上却是对儒家正统历史观的批判和否定，也是对司马氏集团以周公自命，任意戮挞异己，阴谋夺取王位的卑劣行径的有力抨击。

再次，鲁迅先生热烈赞扬嵇康敢于"非汤武而薄周孔"的斗争精神，他指出："最引起许多人的注意，而且于生命有危险的，是《与山巨源绝交书》中的'非汤武而薄周孔'，司马懿（按：应为司马昭）因这篇文章，就将嵇康杀了。"[14]嵇康的《与山巨源绝交书》有许多是指桑骂槐的激愤之辞，他的与山巨源绝交，虽然也含有对故友山涛批评指责之意，但主要是表明自己与司马氏集团决裂的坚定态度。嵇康说明自己不宜做官的所谓"不堪者七""不可者二"，是对汉以来儒家立身行事的准则的否定，是对司马氏集团虚伪透顶的"名教治国"的辛辣嘲讽，触到了统治者的痛处。这当然是司马集团无法容忍的，难怪大将军司马昭要"闻而恶之"，而嵇康也就难逃被杀的命运了。

鲁迅先生在1928年致陈浚的信中曾经说过："弟在广州之谈魏晋事，盖实有概而言。"我们知道，鲁迅集中论述魏晋文学并热烈赞扬嵇康精神的著名文章《魏晋风度及文章与药及酒之关系》发表于1927年,正值蒋介石背叛革命的年代。继"四·一二"上海大屠杀之后,紧接着便是"四·一五"广州大逮捕。革命者的鲜血染红了大地,整个中国笼罩在白色恐怖之中。与此同时,国民党对鲁迅先生的迫害也步步加剧。可是"革命者被头挂退的事是很少有的",在反动派的屠刀面前,鲁迅先生不仅没有后退,而且更加勇敢地"踏着残酷前进",继续干着"虎吏和暴君所不及料,而即使料及,也还是毫无办法"的事。历史有时往往有某种惊人的相似之处。鲁迅先生对嵇康的热烈赞扬,对司马氏反动统治的无情抨击,不仅表明了他对历史事件和人物的客观评价,而且也寄寓了对现实世界的深沉感慨。我们不仅可以从鲁迅抨击的司马氏身上,清楚地照见开始投机革命以后又叛变革命,口头上拥护孙中山而实际上却完全违背孙中山的某些人的影子,而且可以从鲁迅热烈赞扬的嵇康身上,明显地看到刚正不阿、疾恶如仇,决心与反动黑暗势力抗争到底的鲁迅自己的形象。鲁迅先生对嵇康的评价,是沟通了历史与现实的正确且深刻的评价,为我们提供了正确评价历史人物的范例。

齐梁时代的文艺批评家刘勰曾经说过:"知音其难哉!音实难知,知实难逢,逢其知音,千载其一乎!"[15]嵇康在一千六百多年之后能够得到鲁迅这样的"知音",实在是一种难得的幸运。

(本文与亡友王绍武合作,发表于《杭州师范学院学报》1981年第1期,特录于此,以资纪念)

【注释】

[1][2][3][7][8][11][12][14]引自鲁迅《而已集·魏晋风度及文章与药及酒之关系》。

[4]见《晋书·嵇康传》。

[5]引自嵇康《难自然好学论》。

［6］引自刘义庆《世说新语·雅量》。

［9］以上材料均见《晋书·嵇康传》。

［10］见《晋书·向秀传》《阮籍传》。

［13］见《嵇康集·管蔡论》。

［15］见刘勰《文心雕龙·知音》。

儒家文化与中国古代诗人的悲剧

在漫长的中国古代历史上,诗人的荣名往往是和悲剧的命运联系在一起的。早在两千多年前,中国的诗人之父屈原就发出过这样的慨叹:"惜诵以致愍兮,发愤以抒情。"的确,不幸的遭遇毁灭了屈原的生命,但却孕育了他那千古不朽的诗篇,这似乎在预示着中国后代的诗人将要走过一条艰难而痛苦的人生道路。中国文学发展的历史向我们展示了这样的事实:几乎所有杰出的诗人都曾经遭受过各种不同的人生磨难,在他们那些不朽的作品背后,似乎横亘着人类永恒的苦难。但也正是这种无穷无尽的磨难,凝聚和激发了他们惊人的艺术创造力。这是一种看似十分奇特、矛盾而实质上却又完全合乎规律的历史文化现象。

一

最早指出这种历史文化现象的是伟大的历史学家司马迁,他这样写道:"《诗》《书》隐约者,欲遂其志之思也。昔西伯拘羑里,演《周易》;孔子厄陈、蔡,作《春秋》;屈原放逐,著《离骚》;左丘失明,厥有《国语》;孙子膑脚,而论兵法;不韦迁蜀,世传《吕览》;韩非囚秦,《说难》《孤愤》;《诗》三百篇,大抵贤圣发愤之所为作也。此人皆意有所郁结,不得通其道也,故述往事,思来者。"[1]

这就是中国文化史上著名的"发愤抒情说"。司马迁这段话虽然是有感于自身不幸遭遇而发出的慨叹，而且所述内容已不局限于诗歌，还包括历史、哲学、军事、政治等各个方面，对有些情况的叙述也不一定准确。但是却从总体上指出了中国文化史上一条不容否认的客观规律：诗人是苦难的孪生子。屈原的遭遇已如前述，《诗经》中的作品，除了颂诗以外，很大一部分（包括《国风》的大部分和《小雅》的一部分）确实都是诗人们抒愁泄恨的篇章，涂抹着浓厚的悲剧色彩。从《王风·黍离》的"悠悠苍天，此何人哉"，可以感受到周室士大夫国破家亡的哀痛；从《豳风·东山》的"我徂东山，慆慆不归"，仿佛听见行役士兵怨愤的呼喊；从《魏风·硕鼠》的"逝将去汝，适彼乐土"，不难体会到被压迫者寻求解脱苦难的愿望；从《小雅·正月》的"哀今之人，胡为虺蜴"，能够看到对腐败政治的愤怒批判。说《三百篇》都是贤圣发愤之作虽然不免夸张，但《诗经》中的优秀篇章，的确大多表现了诗人对当时社会人生的怨愤和不平之情。

从西晋到南北朝，诗歌创作在上层统治集团和贵族士大夫中得到了相当的普及，但是与此同时，一种片面追求华辞丽藻、声律对偶的倾向却迅速蔓延开来，并且形成了一代文风。齐梁时代的伟大文学批评家刘勰和钟嵘在批评这种不良倾向的同时，重新强调了"发愤抒情"的优良传统。刘勰指出："昔诗人什篇，为情而造文，辞人赋颂，为文而造情。何以明其然？盖《风》《雅》之兴，志思蓄愤，而吟咏情性，以讽其上，此为情而造文也。诸子之徒，心非郁陶，苟驰夸饰，鬻声钓世，此为文而造情也"[2]。刘勰认为，以《风》《雅》的作者为代表的古代优秀诗人，是由于内心充满了忧愤，才通过诗歌来表达这种感情的；而诸子之徒（指辞赋家），他们心中本来就没有什么愁思哀感，但却努力夸大其词，其目的只是为了"鬻声钓世"，因而两者的作品就有正邪高下的区别。钟嵘也申述了类似的观点，他说："若乃春风春鸟，秋月秋蝉，夏云暑雨，冬月祁寒，斯四候之感诸诗者也。嘉会寄诗以亲,离群托诗以怨,至于楚臣去楚,汉妾辞宫,或骨横朔野,或魂逐飞蓬。或负戈外戍,杀气雄边,塞客衣单,孀闺泪尽。文士有解佩出朝,一去忘返;女有扬娥入宠,再盼倾国。凡斯种种,感荡心灵,非陈诗何以展其义,非长歌何以骋其情?故曰:'诗可以群,可以怨。'使穷贱易安,幽居靡闷,莫尚于诗矣。"[3]指出诗歌是抒写怨愤之情的,世上所发生的种种痛苦不平之事,如屈原之离乡去国,王嫱之出塞和亲,将士之骨横朔野,思妇之泪尽深闺等等人间悲剧,必然会激荡诗人的心灵,使他们"陈诗以展其义,长歌以骋其情",创作出优美动人的诗篇。

唐宋以后,随着科举制度的确立和发展,诗歌创作在士大夫中有了更进一步的普及,而与此同时,"发愤抒情"的观念也更加深入人心,几乎成为人们的共识。韩愈有感于诗人孟郊之怀才不遇,贫穷落魄,怀着深深的同情,写下了这样一段有名的话:"大凡物不得其平则鸣。草木之无声,风挠之鸣;水之无声,风荡之鸣。其跃也或激之,其趋也或梗之,其沸也或炙之,金石之无声,或击之鸣。人之于言也亦然,有不得已者而后言。其歌也有思,其哭也有怀,凡出乎口而为声者,其皆有弗平者乎!"[4]韩愈强调指出,"不平则鸣"是世间万物的共同规律,诗歌创作尤其如此。表面看来这一口号是为孟郊的不幸遭遇鸣不平,实际上却是对古往今来文学创作规律的概括,对文人命运的总体评述。韩愈认为,诗人心中有不平、有怨愤,就必然要寻求发泄,这就产生了诗歌。一切优秀的诗篇都是不平之鸣,唐代的陈子昂、李白、杜甫、李观无不如此。孟郊、张籍等人的优秀诗篇,也是为个人的遭遇"自鸣其不幸"。在这一理论的基础上,韩愈还指出:"夫和平之音淡薄,而愁思之言要妙,欢愉之辞难工,而穷苦之言易好也,是故文章之作,恒发于羁旅草野。"[5]这就进一步从创作心理和审美心理的角度论证了"不平则鸣"的客观性和合理性。就客观性而言,诗人白居易讲得十分具体。他在《序洛诗》中说:"予历览古今歌诗,自《风》《骚》之后,苏、李以还,次及鲍、谢徒,迄于李、杜辈,其间词人,闻知者累百,诗章流传者巨万。观其所自,多因谗冤谴逐,征戍行旅,冻馁病老,存殁别离,情发于中,文形于外,故愤忧怨伤之作,通计古今,什八九焉。世所谓文士多数奇,诗人尤命薄,于斯见矣。"白居易回顾诗歌创作的历史,列数了从《风》《骚》到李、杜的大量作家和作品,发现"愤忧怨伤之作"占了十之八九,因而得出了"文人多数奇,诗人尤薄命"的结论。虽然他把造成这种情况的原因归于命运,但实际上并非如此。"谗冤谴逐,征戍行旅",不是分明透露出造成诗人悲剧命运的社会历史原因吗?就合理性而言,宋人欧阳修在《梅圣俞诗集序》中做了如下的说明:"予闻世谓诗人少达而多穷。夫岂然哉?盖世所传诗者,多出于古穷人之辞也。凡士之蕴其所有而不得施于世者,多喜自放于山巅水涯,外见虫鱼草木,风云鸟兽之状类,往往探其奇怪。内有忧思感愤之郁积,其兴于怨刺,以道羁臣寡妇之所叹,而写人情之难言,盖愈穷则愈工。然则非诗之能穷人,殆穷者而后工也。"[6]欧阳修不承认"诗能穷人"的理论,但又承认世间所流传的好诗多出于古穷人之历史事实,而自己的好友梅尧臣正是这样一个不得志的"穷人",他所创作的优秀诗篇,也正是"穷者之诗"。这是欧阳修思想理论的矛盾。不过,这一点并不重要,有重要意义的是他提出了"穷而后工"的美学命题,并且对此做出了初步的解释。欧阳修的这一理论观点,在宋代文人中引起了广泛的共鸣,梅尧臣、苏轼、陆游、李纲、刘克庄、严羽等人都对此发表过自己的意见。梅尧臣在《依韵和王介甫》中说:"少陵失意诗偏老,子厚因迁笔更雄。"[7]强调指出杜甫的失意和柳宗元的迁谪,对于个人虽然是一种不幸,但却使他们的诗文创作,提高到一个更高的层次。苏轼在《答陈师中书》中说:"诗能穷人,所从来尚矣,而于轼特甚。"李纲在《玉峰居士文集序》中指出:"士达则寓意于功名,穷则潜心于文翰,故诗必待穷而后工者,其用志专,其造理深,其历世故,险阻艰难无不备尝故也。自唐以来,卓然以诗鸣于时,如李、杜、韩、柳、孟郊、浩然、李商隐、司空图之流,类多穷于世者。或放浪于林壑之间,或漂泊于干戈之际,或迁谪而得江山之助,或闲适而尽天地万物之变,冥搜精炼,抉摘杳微,一章一句,至谓能泣鬼神而夺造化者,其为功亦勤矣,以此终其身而名后世,非偶然也。"[8]在这段话中,李纲发挥欧阳修"穷而后工"的理论,并列举唐代著名诗人为例加以证明。不过,李纲从儒家传统的"立德、立功、立言"的观念出发,仅仅从个人的原因来解释"穷而后工"的理论,把它完全归于"穷则潜心于文翰",归于"冥搜精炼,抉摘杳微"的结果,这种认识显然还是比较表面和肤浅的。陆游在《澹斋居士诗集序》中,试图从诗歌产生的原因来解释这个问题。他说:"盖人之情,悲愤积于中而无言,始发为诗,不然无诗矣。苏武、李陵、陶潜、谢灵运、杜甫、李白,激于不能自已,故其诗为百代法。国朝林逋、魏野以布衣死,梅尧臣、石延年弃不用,苏舜卿、黄庭坚以废绌死。近时江西名家者,例以党籍禁锢乃有才名,盖诗之兴本如是。"[9]刘克庄则又从另一个角度解释这个问题,他在《跋章仲山诗》一文中说:"诗非达官显人所能为,纵使为之,不过能道富贵人语。世以王岐公诗为'至宝丹',晏元献不免有'腰金枕玉'之句,绳以诗家之法,谓之俗可矣。故诗必天地畸人,山林退士,然后有标致。必空乏拂乱,必流离颠沛,然后有感触。又必与其类锻炼追璞而后工。"[10]刘克庄指出诗人只有清高脱俗,才能有标致,只有身历种种磨难,才能有感触,只有专心致志,反复锻炼,才能工巧。从这三个方面来解"穷而后工",无疑较前人又深入了一步。

到了元代,诗人学者继续申述这一理论观点。赵文在《王奕诗序》中说:"诗者天所以私穷人,使之有以通其穷者也。孟郊、贾岛,世所谓羁穷之极者,使天不与之以清才而能为,亦甚矣。"[11]戴表元在《吴僧崇古师诗序》中也说:"人之能以翰墨辞艺名于当时者,未尝不成于艰穷而败于逸乐。"[12]明代是封建文化专制主义高度发展的时代,在社会现实的映照和冲击之下,人们对这一问题的认识又有所深化。后七子领袖李攀龙指出:"诗可以怨,一有嗟叹,即有咏歌。言危则性情峻洁,语深则意气激烈,能使人有孤臣孽子摈弃而不容之感,遁世绝俗之悲,泯而不淬,蝉蜕滋垢之外者,诗也。"[13] 王世贞在《艺苑卮言》中集中发挥了苏轼"诗能穷人"的理论观点,列举了从屈原到王慎中等数百位著名文人的不幸命运和悲惨遭遇,对封建社会迫害、虐杀文人的罪行提出了尖锐的批评,他说:"古人云:'诗能穷人。'究其质情,诚有合者。今夫贫老愁病,流窜滞留,人所不谓佳者,然而入诗则佳;富贵显荣,人所谓佳者,然而入诗则不佳,是一合也。泄造化之秘,则真宰默仇;擅人群之誉,则众心未厌。故呻占椎琢,几于伐性之斧;豪吟纵挥,自傅爱书之竹,茅刃起于兔锋,罗网布于雁池,是二合也。循览往哲,良少完终,使人怆然以慨,肃然以恐。"[14] 苏轼提出"诗能穷人"的观点,可能与个人特殊的政治生活经历有关。而王世贞在新的历史文化背景下认同并强调发挥了这一理论观点,其批判矛头是直接针对明代文化专制主义的。但是,从承认"穷而后工"的历史文化现象,到提出"诗能穷人"的理论,无疑也是对封建专制社会本质认识的深化。从上面所引的材料可以看出,"诗能穷人"与"穷而后工"两种观点并不矛盾,它们都是中国封建社会中客观存在的历史文化现象。欧阳修说"非诗之穷人",又说"穷而后工",多少含有为封建制度辩护之意,而同时又肯定了一不容否认的客观事实。杜甫诗说:"庾信平生最萧瑟,暮年诗赋动江关。"[15] 赵翼诗也说:"国家不幸诗家幸,赋到沧桑语便工。"[16] 诚然,"诗能穷人"和"穷而后工"这种普遍而持久的历史现象,对于一个国家一个社会来说是一种不幸,但是诗人们所遭遇的无穷无尽的苦难,反过来又激发他们创造出更加优秀的诗篇,这对于诗歌创作又是极大的幸运。"祸兮福所倚,福兮祸所伏。"[17] 这就是历史发展的辩证法。

二

对这种历史文化现象,我们不妨简单地称之为诗人的悲剧。这种悲剧之所以产生,之所以能够在中国封建专制社会中普遍而长期地存在和发展,有着深刻的社会原因。自从汉武帝实行"罢黜百家,独尊儒术"的国策以后,被董仲舒改造过的、更加适合统治者需要的儒家思想,便成为中国封建社会的统治思想。两千多年来,王朝有更替,时代有变迁,儒学思想本身也有各种发展和变异,但是它在封建时代的这种统治地位并没有改变。儒家思想是一种积极用世的思想,孔子曾经说过:"学而优则仕。"他老人家带领着一帮弟子栖栖惶惶,周游列国,目的就是为了推销自己的政治主张,参与现实的政治变革;他兴办教育,培养人才,目的也是为了通过弟子们去实现自己的未竟之业。孔子的后学孟子、荀子等人也是如此,在他们的著作中讲得最多的也是如何治国平天下的问题。儒家的诗歌理论,同样具有鲜明的政治色彩。《论语》讲"兴、观、群、怨",孔子讲"思无邪",其目的都是要求诗歌直接为现实的政治服务,力图把诗歌创作纳入儒家伦理道德的框架。在这种思想文化的长期哺育熏陶之下,封建时代士人的最高人生理想就是"兼济天下",其具体行动就是求仕。求仕不仅是士人实现理想的唯一途径,也是他们提高社会地位和改善经济地位的具体手段。长期以来,求仕的观念在士人中是如此根深蒂固,已经形成了一种思维定式和心理定式。纵观中国古代所有的伟大诗人,如屈原、曹植、杜甫、白居易、苏轼、陆游等等,在这个问题上几乎无一例外。即便像阮籍、陶渊明、李白这些深受道家思想影响的诗人,其实也内儒而外道,只是由于济世的理想难以实现,因而才到道家的出尘之想中寻找一片息心之地。这种诗人与封建政治密切联姻的结果,使中国古代诗歌从一开始就具有现实主义的优良传统,但是由此也酿成了中国古代诗人一连串悲剧的命运。

　　中国古代的诗人往往同时是一个政治理想家。他们的理想有时候代表着时代的进步思潮，有时候关联着国家民族前途和命运，有时候反映了理性正义的呼喊，有时候集中表现了人民的愿望。屈原渴望实现"国富强而法立"的"美政"；陶渊明向往"秋熟靡王税"的美丽桃源；杜甫追求"致君尧舜上，再使风俗淳"的政治目标；陆游怀着"报国欲死无战场"的悲愤而郁郁终生。他们的政治理想往往是和"兼济天下"这个总目标紧紧联系在一起的。因而，诗人们所说的"穷"，首先是指自己的政治理想不能实现，而他所表现的怨，也往往是指政治主张不能实现的怨愤。正如司马迁《史记·屈原列传》中所说："屈原正道直行，竭忠尽智以事其君，谗人间之，可谓穷矣。信而见疑，忠而被谤，能无怨乎？屈原之作《离骚》，盖自怨生也。"屈原这位思想进步、品格高尚的贵族诗人，他怀着满腔热情，一片忠心，期望辅助楚怀王实现"美政"，但是，却遭到小人的嫉妒和中伤，被楚怀王、顷襄王猜忌，被迁逐流放，最终自沉湘水而死。诗人在长诗《离骚》中十分动人地抒写了自己的这种经历和心情："怨灵修之浩荡兮，终不察夫民心。众女嫉余之蛾眉兮，谣诼谓余以善淫……忳郁邑余侘傺兮，吾独穷困乎此时也。宁溘死以流亡兮，余不忍为此态也。"从理论上说，"信而见疑，忠而被谤"这种黑白不分，是非颠倒的现象当然是绝对不应该发生的，正因为如此，所以屈原这位伟大的理想主义者断然拒绝了渔父的劝告。他在诗中一再宣称："亦余心之所善兮，虽九死其犹未悔。虽体解吾犹未变兮，岂余心之可惩。"他在自己的诗篇里，如此明白而激烈地指斥楚王的糊涂昏庸，如此尖锐而无情地揭露小人集团的无耻和丑恶，并且最后以死来殉自己的理想，表示对黑暗腐败势力的抗议。屈原这种追求崇高理想，坚持人格完美的精神显得特别动人。也正因为如此，所以屈原高蹈于古代灿若星辰的众多诗人之上，成为公认的中国诗人之父。但是，从本质上看，封建专制制度是与腐败丑恶紧密相连的政治制度,几千年的封建社会历史,总是政治清明之时少,社会黑暗之时多。历数从汉唐到明清的各个王朝,无不充满着宦官擅权、外戚当政、权臣弄术、谗佞得志等等丑恶现象。儒学先圣孔子所提出的"举贤授能"的人才标准,从来就很少真正实现过。屈原怀着崇高的政治理想去参与楚国的政治,必然会和代表封建社会本质特点的落后腐朽的势力发生矛盾和冲突,这种势力的代表有时是帝王本人,有时是围绕在他身边的各种小人集团,而在更多的情况下往往是几种势力的勾结。由于这种势力是和整座封建大厦的根基紧密相连的,因而其力量非常强大;与此相比,代表进步思想的力量却势孤力单,孤立无援,失败的命运往往是不可避免的。从这样的角度看,诗人屈原的遭遇以及他的悲剧命运,又有着历史的必然性和普遍的代表性。

我国历史上另一位伟大诗人陆游的命运也是如此。这位充满着爱国激情的诗人虽然才华横溢,忠义干云,但是一生蹭蹬不遇,沦落下僚,主要原因也是他抗战救国的政治理想和主张与上层统治集团的利益相悖。南宋高宗之时,金人不断南侵,民族矛盾上升为社会的主要矛盾,抗金救国、收复失地的呼声成为朝野一致的舆论,爱国主义思潮构成了时代的主旋律。在朝廷内部,以爱国士人为代表的主战派与秦桧、王伦等人为代表并受到最高统治者直接支持的主和派的斗争,异常激烈。投降派为了自身的利益,置国家民族命运于不顾。他们"竭民膏血而不恤,忘国大仇而不报,含垢忍耻,举天下而臣之甘心焉"(胡诠《上高宗封事》)。虽然他们的卖国投降政策在朝野空前孤立,"内而百官,外而官民,皆欲食伦之肉"(同上)。但是,由于这种政策受到最高统治者的直接支持,因而在政治上反而得势,而那些主张抗金的忠臣义士,却"纷纷斥死南方"(陈亮《上孝宗皇帝书》)。陆游生当民族矛盾空前尖锐,国家形势岌岌可危的时代。他一生以"扫胡尘,靖国难"为最高政治理想,因而一再受到投降派的排挤和打击。他在高宗时参加进士考试,因为"喜论恢复",受秦桧嫉恨而被除名。孝宗时,他又被投降派加上"交结台谏,鼓唱是非,力说张浚用兵"的罪名而被罢官。梁启超评论说:"集中十九从军乐,亘古男儿一放翁。"[18]陆游的诗歌回响着爱国主义的高昂调子,但同时又始终笼罩着一层忧郁的悲剧色彩,因而显得格外动人。"塞上长城空自许,镜中衰鬓已先斑。"(《书愤》)"一身报国有万死,双鬓向人无再青。"(《夜泊水村》)"壮心未与年俱老,死去犹能作鬼雄。"(《书志》)"诸公尚守和亲策,志士虚捐少壮年。"(《感愤》)"报国计安出?灭胡心未休。"(《枕上》)"逆胡未灭心未平,孤剑床头铿有声。"(《三月十七日夜醉中作》)"腰间羽箭久凋零,太息燕然未勒铭。"(《夜泊水村》)"公卿有党排宗泽,帷幄无人用岳飞。"(《夜读》)这些诗句,充分表现了诗人一片赤诚的拳拳报国之心,同时也表现了对统治集团卖国投降行为的不满和怨愤。诗人最后在"但悲不见九州同"的深深遗憾中死去,南宋统治者的卖国投降政策,最后终于也断送了宋朝三百年的江山。由此可见,陆游的悲剧既是个人的悲剧,也是时代的悲剧。

三

士人们要实现"兼济天下"的理想,首先必须"求仕",大批士人在这种动机驱使下纷纷涌向求仕之途。然而,封建专制社会是一种森严的等级制社会,封建社会的人才制度,在很大程度上也是一种扼杀人才的制度。大批士人涌上仕途,但仕途却是一条狭窄、曲折,又充满凶险的道路,能够通过这种道路的士人只是极少数,大多数士人是与之无缘的。汉代以前,文学还没有脱离经学的附庸,文人的社会地位十分低下。司马迁在《报任安书》中悲愤地指出:"仆之先人,非有剖符丹书之功,文史星历,近乎卜祝之间,固主上所戏弄,倡优蓄之,流俗之所轻也。"[19]汉代文学创作的总体成就与大汉帝国的文治武功如此不相称,文人地位低下无疑是重要的原因之一。通观两汉四百年间,并没有产生过第一流的大诗人,以《古诗十九首》和托名李陵、苏武诗为代表的文人五言诗,虽然以辉煌的艺术成就耀烨诗坛,但是它们的作者却是饱经丧乱流离之苦的无名之辈,其产生的年代,大约也已在东汉末叶。被后人认为是汉代文学代表文体的大赋,虽然在文学发展史上也有过一定贡献,但就总体倾向而言,它基本上是一种为统治阶级"润色鸿业"的宫廷文学。而且汉赋最主要的代表作家司马相如、扬雄、班固和张衡,也都没有能够避免"穷"的命运。司马相如"家徒四壁,身为酒佣",通过同乡人狗监杨得意的推荐,勉强走上仕途,但"为郎数免",终其身不过是汉武帝的文学弄臣而已。扬雄也因善辞赋而为汉成帝所赏识而成为文学侍从,虽然历仕三朝,但"位不过侍郎,擢才给事黄门",晚年"白首校书,寂寞玄亭"。他在《法言·吾子》中说:"童子雕虫篆刻,壮夫不为也。"充满着追悔不平之意。班固虽然以文章得幸于肃宗,但"二世才术,位不过郎",后因得罪洛阳令,被逮捕死于狱中。张衡为太史令,"所居之官,辄积年不徙",还不断受到宦官集团谗毁。汉代其他著名的辞赋家如贾谊、枚乘、东方朔、冯衍等人,几乎都有过不幸的遭遇和悲剧的命运。正如汤用彤先生所说:"士大夫以用世为主要出路,下焉者欲以势力富贵,骄其乡里。上焉者怀璧待价,存愿救世。然得志者入青云,失意者死穷巷。况且庸庸者显赫,高才者沉沦,遇合之难,志士所悲。"[20]

魏晋以后,随着儒家大一统局面的破缺和崩坏,文学逐渐摆脱了经学的附庸地位,获得了相对的独立,文人的社会地位也有一定的提高。魏文帝曹丕甚至这样说:"盖文章,经国之大业,不朽之盛事。年寿有时而尽,荣乐止乎其身,二者必至之常期,未若文章之无穷。是以古之作者,寄身于翰墨,见意于篇籍,不假良史之辞,不诧飞驰之势,而声名自传于后。"[21]统治阶级这种观念的转变,无疑是促进文学发展繁荣的重要因素,也是文学观念的一大进步。但是,封建专制社会的选官制度,为求仕的士人们设置了重重障碍。汉代的察举和征辟制,后来终于蜕变为豪门贵族把持政权的一种手段和方法。汉代民谣说:"曲如钩,反封侯;直如弦,死道边。"又说:"举秀才,不知书;察孝廉,父别居。"深刻揭露了这种制度的腐败与丑恶。魏晋南北朝的九品中正制,更是门阀地主垄断政权的工具,结果造成了"上品无寒门,下品无士族"的极端不合理的社会现象。大批出身寒微的有才能的士人,受到贵族豪门的压制,终生沦落下僚,无法施展自己的才能和抱负。左思和鲍照就是典型的例子。这两位杰出的诗人都因为出身寒微而备受封建门阀制度的压抑,终身穷而不遇。左思在《咏史》中写道:"郁郁涧底松,离离山上苗。以彼径寸茎,荫此百尺条。世胄蹑高位,英俊沉下僚。地势使之然,由来非一朝。金张藉旧业,七叶珥汉貂。冯公岂不伟,白首不见招。"诗歌借古讽今,对不合理的封建门阀制度提出了强烈的抗议。鲍照在《拟行路难》中说得更加直截了当:"对案不能食,拔剑击柱长叹息。丈夫生世会几时,安能蹀躞垂羽翼?弃置罢官去,还家自休息。朝出与亲辞,暮还在亲侧。弄儿床前戏,看妇机中织。自古圣贤尽贫贱,何况我辈孤且直。"诗中所谓"圣贤",当然是指士人中道德学问双优之人,而"孤且直"就说到了自己由于族寒势孤,为人正直,因而受到豪门士族的压制。他在《代东武吟》中借一老兵的口吻说:"徒结千载恨,空负万年怨。"沉痛地抒说了自己备受压抑的悲愤与辛酸。隋文帝废除魏晋以来维护门阀地位的九品中正制,改用科举取士,这无疑是人才选拔制度的一大进步,为广大庶族地主出身的士人打开了入仕的大门,从而也使唐代的政权具有较为广阔的社会基础,唐代以后的士人几乎都被卷进了科举的漩涡。所以唐太宗曾不无得意地说:"天下英雄入吾彀中矣!"但是,能够通过科举而走上仕途的士人毕竟还是极少数,当时进士科的录取比例仅为应试者的百分之一二,明经科稍好,也只为十分之一二。大量真正有才学的士人往往蹭蹬科场,未能一第。所谓"鬓毛如雪心如死,犹作长安下第人""十上十年皆下第,一家一半已成尘",这些诗句正是大量失意科场的士人们悲惨处境的写照。唐代的许多杰出诗人,包括初唐四杰、李白、杜甫、孟浩然、王昌龄、李贺、孟郊、贾岛等人都是仕途失意的"穷人"。杨炯《从军行》说:"宁为百夫长,胜作一书生。"孟郊《自叹》诗说:"太行耸巍巍,是天产不平。黄河奔浊浪,是天生不清。"李贺《南园》诗说:"寻章摘句老雕虫,晓月当帘挂玉弓。不见年年辽海上,文章何处哭秋风。"杜甫《奉赠韦左丞丈》诗说:"纨绔不饿死,儒冠多误身。"李白《答王十二寒夜独酌有怀》诗说:"吟诗作赋北窗里,万言不直一杯水。"这些沉痛的诗句,集中表达了他们对不合理的封建人才制度的深深不满。明清之时,我国封建社会已进入晚期,为了巩固自己的反动统治,科举制度逐渐演变成加强文化专制主义、控制知识分子思想的工具。士人们为猎取功名,埋头于四书五经,写空洞的八股文,对其他真正有用的知识一概不加留心。加之科场舞弊成风,贿赂公行。在这种情况下,大批真正有才能,有思想,有学问的士人往往反而科场失意,以致沦落终身。例如明代著名诗人徐渭、唐寅、祝允明、谢榛,清代著名诗人黄景仁、王昙、舒位、郑珍、姚燮等等,都是天才杰出而屡困名场的穷途落魄者。徐渭《题画诗》说:"半生落魄已成翁,独立书斋啸晚风。笔底明珠无处卖,闲抛闲掷野藤中。"唐寅《梦诗》说:"二十年余别帝乡,夜来忽梦下科场。鸡虫得失心犹悸,笔砚飘零业已荒。自分已无三品料,若为空惹一翻忙。钟声敲破邯郸景,依旧残灯照半床。"王昙在诗中怨愤地指出:"儿不闻仓颉作字鬼神哭,从此文人食无粟。又不闻轩辕黄帝不用一丁,风后力牧为公卿。"[22]黄景仁在诗中说:"十有九人堪白眼,百无一用是书生。"[23]这些诗句,都对封建末期愈来愈趋于腐朽没落的科举制度提出了尖锐的批判,表现了在这种不合理的社会中才智之士内心的苦闷。

四

　　大量在不合理的封建人才制度中受压抑的士人,固然被迫走上了穷途末路,这是不容回避的客观现实。但是即便是少数通过重重关卡,有幸走上仕进之途的士人,也往往难逃悲剧的命运。中国两千多年封建专制社会的历史,基本上是一部王朝更替的历史,中间充满着血腥的屠杀和激烈的纷争。即使是在同一个王朝之内,帝王的更迭,大臣的去留,政见的分歧,利益的争夺,都会引发一场场极其激烈残酷的争斗。这里面既有进步与落后、正义与邪恶之争,也有纯属统治阶级内部的权力之争,利益之争,党派之争。而且,这种矛盾和争斗往往极其复杂地交织在一起,犹如一张笼罩一切的大网,使人无法逃脱。例如魏晋之交的曹魏与司马集团的政权之争,宋代王安石变法后期的党人之争,都是如此。那些有幸走上仕途的士人们,往往身不由己地被卷入这种斗争的漩涡,有的惨遭灭顶,有的终生禁锢,有的贬谪遐荒,有的沦落下僚,造成了无数的人间悲剧。例如嵇康与阮籍这两位杰出的诗人,生当魏晋易代之际,他们在两大统治集团权力斗争的漩涡中苦苦挣扎,力求避祸全身。嵇康性情峻烈,拒绝与统治者合作,终于惨死在司马氏的屠刀之下。阮籍虽然也不愿与统治者合作,但是他"喜怒不形于色""口不臧否人物",态度比较谨慎,因而侥幸保全了性命。但是诗人一生都在矛盾痛苦中度过。"终身履薄冰,谁知我心焦",这两句诗形象地表达了他内心的苦闷。据《世说新语》刘孝标注引《魏氏春秋》记载:"阮籍常率意独驾,不由径路,车迹所穷,辄恸哭而返。"这则历史上著名的"穷途痛哭"的典故,正是诗人身处乱朝,忧谗畏讥的悲剧命运的象征。他的《咏怀诗》,或抒人生无常之感慨,或言寂寞孤独之悲哀,或写大祸将临之恐惧,或作求仙得道之遐想,总的说来,都是抒写自己穷途末路的悲哀,也是对那个黑暗丑恶社会的悲愤控诉。翻一翻魏晋南北朝文学史,真是令人触目惊心,不寒而栗。绝大多数走上仕途的杰出诗人几乎都遭遇到了悲剧的命运:何晏、嵇康、张华、陆机、潘岳、刘琨、郭璞、谢灵运、鲍照、谢朓等人都在统治阶级的激烈政治斗争中惨遭杀身之祸。曹植备受猜忌而终身废弃;阮籍清才高望而痛哭穷途;左思心雄万夫而沉沦下僚……唐宋以后,随着科举制度的实行和逐步扩大,有更多的士人走上仕途,直接参与了政治活动。由于国家统一,经济文化繁荣,政权比较稳定,文人被杀的事件相对地减少了。但是,那些跻身仕途的士人们也并没有能够逃脱悲剧的命运。以唐代诗人为例,初唐四杰、宋之问、沈佺期、刘希夷、陈子昂、张说、张九龄、李峤、王翰、王昌龄、王维、常建、刘长卿、顾况、戎昱、窦叔向、李益、韩愈、柳宗元、刘禹锡、吕温、白居易、元稹、沈亚之、李商隐、温庭筠、薛逢,这些著名的诗人都有过悲惨的经历,有的因遭人诬陷而惨死狱中;有的因得罪权贵而被贬官迁谪;有的因锐意改革而长流边荒;有的因政见不合而遭到罢黜。总之,在封建专制社会中,那些走上仕途的诗人,他们的幸运往往成了不幸的根源。宋代的仁宗皇帝赵祯自称太平天子,统治者在进一步实行中央集权和加强思想控制的同时,对文人实行了比较宽松的政策。由于门阀贵族不再存在,科举向文人广泛开放,只要文章合格,不分门第、乡里,都可录取,每次录取的人数也远超唐代,这就为广大渴望仕进的士人提供了更多步入仕途的机会。因此,宋代被称为"文人的乐园"。不过,"乐园"并非全是快乐,依旧悲多乐少,悲剧的命运也还是常常落到那些走上仕途的诗人身上。北宋年间,改革与反对改革的斗争,后来演变为争权夺利的派系之争,几乎把大多数著名诗人都卷进了这一灾难的漩涡,王禹偁、苏舜卿、欧阳修、苏轼、黄庭坚等著名文人都未能逃脱罢黜、流放、贬官的厄运。值得一提的是中国历史上发生的第一起比较典型的文字狱"乌台诗案"。宋神宗元丰二年(1079),御史大夫何正臣、舒亶上书告发苏轼诗文讪谤朝廷,并将其与新法一一比附,于是苏轼被捕入狱,受牵连的文人有二十九人之多。以此为开端的元祐党人案,一直延续了数十年之久。一时著名文人如三苏、黄庭坚、张耒、晁补之、秦观等人都受到了牵连,文集一律被禁毁。这一事件不仅造成了北宋主要诗人的悲剧命运,而且为号称"文治盛于前代"的宋代政治涂上了一层浓重的阴影。南宋时期,民族矛盾上升为社会的主要矛盾,对北方的金人主战还是主和的问题一直成为朝野争议的焦点。由于最高统治集团的基本国策是卖国求和,苟且偷安,因而他们杀害忠臣,任用权奸,放逐和迫害一切爱国主战的臣子和士人。正如朱熹所说,"邪佞充塞,货赂公行,兵愁民怨,民不聊生"。南宋时代的著名诗人和词人,如杨万里、辛弃疾、陆游、范成大、张元幹、张孝祥、陈亮、刘过等人,他们的诗词创作,他们政治上的升沉得失,都与这一时代的主题密切相关。陆游诗说:"诸公尚守和亲策,志士虚捐少壮年。"(《感愤》)这联悲愤的诗句,写出了南宋时代爱国士大夫们的共同悲剧命运。

五

明清之时,封建专制社会已经进入了后期。为了巩固自己的政权,统治者一开始就采用钳制思想和残酷杀戮的双重手段来强化其统治,实行极端的文化专制主义。在这种情况下,那些有幸走上仕途的诗人,处境尤为艰险,无情的打击随时可能落到他们的头上。王世贞在《艺苑卮言》中曾经尖锐地揭露和抨击了朱明王朝屠杀和迫害士人的种种罪行。他说:"当是时,诗名家者无过刘诚意伯温、高太史季迪、袁侍御可师。刘虽以筹策佐命,然为逸邪所间,主恩几不终,又中胡惟庸之毒以死。高太史辞迁命归,教授诸生,以草魏守观《上梁文》腰斩。袁可师为御史,以解懿文太子忤旨,伪为疯癫,备极艰苦,数年而后得老死。文名家者无过宋学士景濂、王侍御子充。景濂致仕后,以孙慎诖误,一子一孙大辟,流窜蜀道而死。子充出使云南,为元孽所杀,归骨无地。"[24]在明王朝开国初期,朱元璋的确实行过优礼儒人的政策。但是为了进一步实行君主集权的需要,他很快就暴露出专制暴君的狰狞面目,蓄意制造了多起骇人听闻的大冤狱,对士人实行血腥的镇压。朱元璋后期对士人猜忌之刻削及手段之狠毒,实为前代君王中所罕见。被称为明初三大诗人和两大文人的刘基、高启、袁凯、宋濂和王祎,刘基被朱元璋称为"吾之子房也",宋濂则被誉为"开国文臣之首",从穷与达的角度看,这两人仕途通达,辅佐朱元璋建立朱明政权,并且实现了封建时代士大夫梦寐以求的兼济天下的理想,应该说是幸运者。但是他们又都在政治斗争的漩涡中遭到了灭顶之灾,因而他们的幸运又转化为不幸。高启这位被史家称为"明初第一诗人"无端被处死,则赤裸裸地暴露了明代文化专制主义的阴森和恐怖。其实何止高启一人,与高启并称为"吴中四杰"的著名诗人杨基、张羽、徐贲,其结局都十分悲惨。张羽被迫投江自尽,徐贲瘐死狱中,杨基被谪输作,死于工所。有明一代的重要诗人文士,例如苏伯衡、张丁、危素、刘崧、陶凯、谢肃、孙蕡、方孝孺、解缙、杨循吉、唐寅、祝允明、杨慎、王廷陈、聂大年、俞允文、王九思、康海、卢楠、高叔嗣、皇甫涍、胡缵宗、王廷相、谢榛、于谦、薛瑄、瞿佑、徐中行、刘昌、马中锡、王守仁、程敏政、徐祯卿、李梦阳、何景明、薛蕙、郑善夫、顾璘、朱应登、陈束、王慎中、唐顺之、黄佐、王维桢、陆粲、茅坤、王世贞兄弟、屠隆、汤显祖、王思任等人,几乎都有过不幸的遭遇和悲惨的命运。这些才华出众、个性鲜明的优秀文学家,或因触怒暴君而惨遭杀戮,或因遭谗被毁而废弃终身,或因诗文惹祸而身陷囹圄,或因抗颜直谏而长流边荒,或因长才难展而放浪形骸,或因落魄穷愁而随人俯仰。他们遭杀、被刑、贫困、沦落的具体原因虽然各有不同,但是造成这一切悲剧的总根源却是明代腐朽的专制政体,高度发展的文化专制主义。所以王世贞悲愤地说:"明初文士,往往输作耕佃,迩来三木赭衣（镣铐囚服），亦所不免。"[25] 又说："呜呼，士生于斯，亦不幸哉！"[26]

在清代，情况又有所不同。为了巩固自己的政权，雄才大略、深谋远虑的康、雍、乾三位统治者，继承和发展了明代的文化专制主义政策，并且使之更加完善、周密，正如归庄诗所说："商君法令牛毛细，王莽征徭鱼尾𫖮。"[27] 他们一方面推行封建理学，以八股取士，用来笼络汉族士大夫。仅康熙十八年（1679）的一次博学鸿词科会试，就把朱彝尊、严绳孙、潘耒、毛奇龄、施闰章、尤侗等一大批汉族士大夫中的著名文人录取为翰林。另一方面则大兴文字之狱，无情地镇压有反满情绪和异端思想的士人，致使整个思想文化界陷入了一片死气沉沉之中。例如康熙年间的庄廷钺《明史》案，戴名世《南山集》和方孝标《滇黔纪闻》案；雍正年间的吕留良案，汪景祺《西征随笔》案和查嗣庭试题案等等。乾隆更是中国古代文字狱的集大成者，他在位的六十年间，共发生文字狱三十多起。在这种极端专制主义的文化政策之下，清代许多著名的诗人和文人，如金人瑞、宋琬、吕留良、吴兆骞、洪昇、赵执信、查慎行、查嗣庭、沈德潜等等，都纷纷受到厄运的无情打击。在这种政治形势下，士大夫们往往人人自危，噤若寒蝉。清诗号称复兴，但若统观整个清代诗坛，虽然诗人数量大大超过了前代，但在反映现实、抨击时政方面，往往有所忌讳。除了清初和清末之外，在号称盛世的康、雍、乾三朝，诗人们往往借模山范水、批风抹月和咏史咏物来抒写个人的闲情逸致或郁抑牢愁，而不敢直接面对现实。对于诗人来说，这也是另一种意义上的悲剧。这里应该说明的是，在儒家文化的大背景下，诗人与封建政治紧密联姻固然是造成无数悲剧的直接原因，然而这还不能说是根本的原因，根本的原因还在于腐朽丑恶的封建专制制度本身。理想政治与社会现实的矛盾和脱节，不合理的人才制度，激烈的权力争斗，以及极端的文化专制主义等等，这些造成诗人悲剧的直接原因，都是封建专制制度的天然产物。从这样的意义上讲,中国古代诗人的悲剧乃是一种必然的历史文化现象。这种现象只有在新的,性质完全不同的社会中才可能有根本的改变。

(本文收录于陈为良、孙沛然主编之《电视与文化论丛》,此书1992年由浙江大学出版社出版)

【注释】

[1] 司马迁《史记·太史公自序》。

[2] 刘勰《文心雕龙·情采》

[3] 钟嵘《诗品序》。

[4] 韩愈《昌黎先生集》卷一九《送孟东野序》。

[5] 韩愈《昌黎先生集》卷二〇《荆潭唱和诗序》。

[6] 欧阳修《欧阳文忠公集·居士集》卷四二《梅圣俞诗集序》。

[7] 梅尧臣《宛陵先生集》卷四一。

[8] 李纲《梁溪先生文集》卷一三八。

[9] 陆游《渭南文集》卷一五。

[10] 刘克庄《后村先生大全集》卷一〇九。

[11] 赵文《青山集》卷一。

[12] 戴表元《剡源集》卷九。

[13] 李攀龙《沧溟集》卷一六。

[14][25] 王世贞《艺苑卮言》卷八。

[15] 杜甫《咏怀古迹五首》之一。

[16] 赵翼《题遗山诗》。

[17] 语见《老子》。

[18] 梁启超《饮冰室文集》。

[19] 司马迁《报任安书》。

[20] 汤用彤《魏晋玄学论稿》。

[21] 曹丕《典论·论文》。

[22] 王昙《烟霞万古楼诗集》卷一。

[23] 黄景仁《两当轩集》卷一。

[24][26] 王世贞《艺苑卮言》卷六、卷八。

[27] 见《归庄集》卷一《己丑元日》。

骆寒超与《艾青论》

假如我是一只鸟，
我也应该用嘶哑的喉咙歌唱。
这被暴风雨所打击着的土地，
这永远汹涌着我们的悲愤的河流，
这无止息地吹刮着的激怒的风，
和那来自林间的无比温柔的黎明……
——然后我死了，连羽毛也腐烂在土地里面。
为什么我的眼里常含泪水？
因为我对这土地爱得深沉……

诗里那种质朴而深沉的抒怀，富有感染性和启示性的形象，一下子打动了骆寒超的心。三十一年前的骆寒超还是浙江省杭州市第一中学高中一年级的学生，艾青的《我爱这土地》那样强烈地震撼了他，从此，迷上了诗歌，与艾青结下了不解之缘。

高中毕业以后，骆寒超考取了南京大学中文系，那年他才十八岁。在这所古老而又年轻的高等学府里，师友的教导和鼓励，进一步激发了骆寒超探索诗歌的热情。他在诗歌这座神秘的殿堂内徘徊，巡视，考察，写下了一本又一本有关中国新诗的笔记。那时他决心写一部多卷本的中国新诗史，对于一个青年学生来说，真有点不知天高地厚。但是骆寒超不管那一套。他是那种一旦认定目标就决不回头的犟脾气。

应该说骆寒超还是幸运的,就在他多少带点盲目性的追求中,南大中文系现代文学教授、著名学者陈瘦竹先生给这个执拗的青年人指点了迷津:"研究中国新诗的历史,首先要确定一个能够承前启后、代表新诗发展主潮的诗人加以研究。"这一句话使他顿开茅塞,就毫不犹豫地选择了自己热爱和景仰的诗人——艾青。大学二年级,骆寒超完成了一篇两万字的学年论文:《论艾青的创作道路》。1956年秋天,他又决定以《艾青论》作为自己毕业论文的题目,从此开始了对艾青的全面研究。当时,学校聘请南京师范学院吴奔星教授做他的论文导师,吴先生对他说:"研究艾青,也必需了解现代派!"于是他又开始广泛阅读徐志摩、李金发、闻一多、戴望舒、波特莱尔等人的作品,深入研究形成艾青诗歌思想艺术风格的各种源流……经过将近一年的辛勤劳作,十一万字的《艾青论》初稿完成了。论文受到了陈瘦竹、吴奔星以及刚从国外讲学回来的赵瑞蕻等学者的肯定评价,并且打算向出版部门推荐。

正在这样的关键时刻,1957年艾青受到了冤屈。研究艾青的青年学生骆寒超也受到牵连,未能逃脱厄运。他"怀着不可名状的痛苦和屈辱",被分配到东海之滨的浙江温州远郊的一所中学,开始了漫长而艰难的生活历程。但是这突如其来的政治风暴并没有扑灭骆寒超心中的希望之火,他是坚强的,执着的,从世俗的观点来看也可以说有些"迂"。他随身带着使自己几遭灭顶之灾的《艾青论》原稿,执拗地写着一篇篇无处发表,也不想去发表的诗歌论文。他并不叹息,因为心灵深处还埋藏着希望的种子。

但是,"文化大革命"蔓延到全国各地,连僻处边城远郊的骆寒超也未能幸免。《艾青论》以及其他几十万字的文稿和资料统统被付之一炬。他的心被烧伤了,他仿佛觉得自己"生命的列车突然进入了一个阴暗、潮湿而又漫长的隧洞,它仿佛通向遥远的天际,永远没有尽头"。

然而,暗夜正是黎明的起点。终于,"四人帮"被粉碎了,骆寒超迎来了真正的春天。1979年3月,南京大学党委改正了他的右派错案。在师友的鼓励下,骆寒超迫不及待地在"一堆书刊和文稿的废墟上,捡回了残存的《艾青论》提纲,毅然重写这部稿子"。不到半年时间,十六万字的《艾青论》脱稿了。同年11月,陈瘦竹、赵瑞蕻两位老教授到北京参加全国文代会,向艾青谈了骆寒超写作《艾青论》的经历,老诗人被深深地感动了,非常希望能够见到这位因为研究自己而受难的无名作者。1980年8月,骆寒超到了北京,艾青热情地请他住在自己家里,详细地向他介绍自己的生活经历和思想变迁,自己的人生见解和美学观点,也谈了他对《艾青论》的意见。一个早秋的薄暮,两人坐在房间里已谈得很久了,老诗人指着桌上一大堆从全国和世界各地来的报刊、信件说:"它们都是在我最困难的时期评述我,谈及我和寻访我的,在这个世界上有那么多人关怀着我,为祖国和人类的光明而歌唱还有什么可犹豫和惧怕的呢?!"这一席话使骆寒超对艾青有了更加全面和深刻的认识,他们两人的心完全相通了。回来以后,他又对文稿进行全面的修改和扩充,二十万字的《艾青论》终于完成了。从1956年秋天开始,到1981年6月写定,历时整整25年!

作者在《艾青论·后记》中曾经说过这样一段充满感情的话:"这部稿子纠缠了我整整二十五年,可以这样说,我的青春,我的屈辱和眼泪,我的沉重的叹息,以及我的再生的喜悦,都和它有着密切的关系。"正因为骆寒超写作《艾青论》经历了如此艰难而曲折的过程,正因为命运之神不由分说地把他和艾青紧紧地捆缚在一起,造成了《艾青论》不同于其他一些论述艾青诗歌的文章。读者可以感到它有一个异常鲜明的特点:作者似乎并不是用笔在写作,而是用他的心在写;在整个《艾青论》的写作过程中,作者并不是一个冷静的旁观者和评判者，而是一切事件的热情参与者。读着《艾青论》，我们仿佛觉得，作者心灵的脚步始终伴随着诗人，伴着他来到了大堰河的乡村，伴着他穿过监狱的大门走上诗坛，伴着他高举火把迎接光明，伴着他越过迷茫的旷野，沐浴在延河边上。作者为艾青的成就而赞叹，为艾青的迷茫失误而惋惜，为艾青遭受冤屈而悲愤，又为艾青获得新生而欢呼。这就使得《艾青论》这本评传具有诗的魅力，有一种打动人心的力量。当然，对于一个严肃的评论家，热爱不应该导致偏爱，景仰也不能够变成盲目崇拜，如果一味用热情的赞诵来代替深入细致的理论分析和评价，那是没有意义的。《艾青论》的作者没有让自己对艾青的热爱和景仰之情淹没理智的客观评价。在《艾青论》中，作者从不回避对艾青各个时期思想艺术的缺点和错误进行认真的批评。当然，这种批评既不是表面化的现象罗列，也不是简单化的政治鉴定，更不是粗暴的帽子和棍子，而是把历史时代，诗人的思想和创作个性紧紧结合起来，进行辩证的、深入细致的具体分析。喻之以理，动之以情，对作者、对读者都颇有帮助。

《艾青论》是以艾青生活道路为中心线索来对他的诗歌创作事业进行考察的，是一本艾青评传。但是，作者并不满足于这种纵线型的研究体例，而努力进行横向的面上的发掘和开拓，《艾青论》之所以称为"论"，而不叫"传"，正是反映了这种意图。作者总是注意把艾青的思想，生活和创作放在广阔的社会历史背景上来考察，放在时代的各种思想潮流和美学风尚的交汇冲突和相互影响、相互渗透中来考察，尤其注意把艾青放在六十年中国新诗发展历程中，在与当时各种诗歌流派作深入细致的比较和分析中去考察，从而说明了这样一个问题：五十多年来，艾青始终走在时代的前面，"在人类追踪客观世界中，留下了自己的脚印"，他的感情和人民群众息息相通，并且扩展到全人类命运的疆域。在艺术上，他一直不倦地进行着诗歌艺术的探索和成功的创作实践，"走出了一条朴实而又焕发着独特光彩的创作道路"。因此可以这样说,《艾青论》实际上以艾青为中心,论述了中国现代诗歌主潮的形成及其发展的过程,表明了作者对新诗发展历史以及趋向的基本看法。在这里,我们似乎看到了作者酝酿已久的著作——中国新诗史的雏形。

《艾青论》对艾青诗歌所作的艺术分析不是只重视局部的具体的艺术特征,而能够着眼于整体。它紧紧抓住艾青诗歌艺术中的形象、意象和语言等要素,从它们的发展变化和相互关系中来说明它们的特点,而不纠缠于枝微末节。例如在谈到艾青诗歌的散文化倾向时,作者指出,这并不是偶然出现的孤立的现象,而是因为艾青诗中的意象特别丰富,意象组合特别繁复,格律的句式无法容纳,非得用散文结构的句式不可,于是就出现了诗歌形式上散文化的倾向,"这是艾青式的诗的形象的绚丽多彩所达到的一个必然结果"。又如在分析近年来艾青诗歌中出现的哲理化倾向和构思的机巧时,作者对此并不作简单的肯定和否定,而是着重指出哲理诗往往有两种发展趋向,一种是从感觉导致形象的联想,另一种却导致理念的推论。巧思也有两种,一种是引起形象的联想,产生感受,达到抒情的目的;另一种是引起哲理的感悟,产生回味,导致思考的目的。在艾青近年的创作中,既存在前一种情况,也存在着后一种情况;前一种是应该加以鼓励的,而后一种倾向却是应该防止的。这种辩证的、细密的艺术分析的方法,不论对于读者还是对于诗歌作者本人,都是很有启发的。

骆寒超在《艾青论》中曾经说过这么一段含义深刻的话:"艾青生涯里默默无闻的二十年,并不意味着他诗人生活中的一长段空白,可以说,这是艾青在突破他以往的创作水平前扎实地积累生活和顽强地探索人生的沉思期,而坎坷的经历又使他获得了一个真正能投身于人民大众实际生活中的大好时机。"《艾青论》的出版虽然推迟了整整二十五年,但是我也想说,这二十多年也并不意味着骆寒超研究事业的一大段空白。拜伦曾经说过,没有哭过长夜的人,不足与语人生。对于一个忠于自己信念的坚强的人,厄运的打击和坎坷人生的经历,不仅不会使他意志消沉,反而会使他的精神更加昂扬,思想更加成熟,感情更加深沉,胸怀更加宽广。正是这种苦难的经历,使他能够满怀激情地去分析,去研究,去思考;正是这种特殊的经历,才使他能够如此深刻地理解艾青。

(本文发表于《读书》1983年第4期)

第二编 序 跋

司空图《二十四诗品》前言

唐末诗人司空图的《二十四诗品》,是我国古代文学史上具有独特风貌的诗歌理论著作。二十四首小诗,词清句丽,韵味悠长,犹如一串晶莹圆润的珍珠,使人流连难舍。一千多年来,人们学习它、研究它、赞美它、模仿它,不断从中汲取诗法的经验和诗意的美感。有人称之为"诗家之总汇,诗道之筌蹄",甚至把它当作诗歌写作的教材,乡试取士的命题。司空图《二十四诗品》独创的艺术形式,它对诗歌风格细致的分类阐释和绘神绘影的描摹,尤其是它所阐明的美学观点,在我国诗歌理论史上产生过深远广泛的影响。因此,对《二十四诗品》进行全面的分析与研究,无论对于学习我国古代诗歌发展的历史及其艺术规律,还是对于人们掌握诗歌创作的技巧和提高艺术鉴赏的水平,都是会有帮助的。

一

风格的多样化,是一个民族文学艺术繁荣成熟的重要标志。我国古代诗歌,在经历了一千几百年的孕育、生发和几次高峰的嬗变之后,到唐代才进入了真正的黄金时期。"名家辈出,众体擅胜",呈现出百花竞放、万卉争妍的动人景象。司空图生活在唐朝末年,这时唐诗已经走完了自身的各个历史发展阶段,各种风格和流派,都臻于成熟。在这样的文学历史背景下,司空图的《二十四诗品》应时而生了,"王官谷里唐遗老,总结唐家一代诗",清人杨深秀的诗句,恰当地评价了《二十四诗品》的这种历史功绩。

曹丕和陆机曾经说过:"文非一体,鲜能备善","体有万殊,物无一量。"[1]司空图《诗品》的功绩首先在于对唐诗的各种风格和流派进行了大规模的汇集、整理和分类,把诗歌分为雄浑、冲淡、纤秾、沉着、高古、典雅、洗炼、劲健、绮丽、自然、含蓄、豪放、精神、缜密、疏野、清奇、委曲、实境、悲慨、形容、超诣、飘逸、旷达、流动二十四品,"诸体毕备,不主一格",对各种相近、相异以至相反的诗歌风格类型,都作了充分的描绘、比较和说明,其细密详赡的程度,大大超越了前人。这种汇集和分类工作,对于启发人们认识艺术风格多样化,揭示诗歌创作的广阔道路,无疑是很有意义的。

用比喻象征的方法摹写一种艺术风格的特征,使人们易于感知和把握,这是我国古代风格论的特点和优点之一。这种方法在魏晋南北朝时期已经相当流行,起先用来品评人物,后来移用于评论作品。司空图充分运用了这种传统的方法。例如他以"天风浪浪,海山苍苍"比喻"豪放"之风的境界开阔;以"如渌美酒,花时返秋"比喻"含蓄"之风的欲露还藏;以"杳霭流玉,悠悠花香"比喻"委曲"之风的幽婉曲折;以"采采流水,蓬蓬远春"比喻"纤秾"之风的生机勃发;以"空潭泻春,古镜照神"比喻"洗炼"之风的明澈纯净;以"荒荒油云,寥寥长风"比喻"雄浑"之风的浑沦一气,鼓荡无边;以"巫峡千寻,走云连风"比喻"劲健"之风的真力弥漫,气充势足。这些比喻是如此鲜明生动,新颖独创,不仅使人如见其形,如闻其声,而且还能给人以诗意的美感享受。司空图还把这种比喻象征的范围加以扩大,有时通篇描写能够表现某种风格特征的自然美景,启发读者去体会这类风格。例如:"娟娟群松,下有漪流。晴雪满汀,隔溪渔舟。"(《清奇》)"露余山青,红杏在林。月明华屋,画桥碧阴。"(《绮丽》)作者通过这两个意境仿佛告诉我们,前者清澄明秀,这就是清奇之风的特征;后者色彩明丽,这就是绮丽之风的面貌。司空图还经常在自己描写的自然美景中点缀一个典型人物,《冲淡》中有"阅音修篁,美曰载归"的隐士;《高古》中有"手把芙蓉,泛彼浩劫"的畸人;"清奇"中有"神出古异,淡不可收"的可人;"悲慨"中有拂拭宝剑,"浩然弥哀"的壮士。这种人物的思想感情与作者描写的自然景物和谐地融合为一体,情景相生,化静为动,从而更加充分、更加形象地展示了各种诗风的面貌,增强了诗论的艺术魅力。有人称赞它像王维的风景诗一样"诗中有画",指出它"摹绘之工,造语之隽",充分体现了"作诗之妙",并不是过誉。[2]《诗品》以诗笔写诗论,不仅使后人赞叹不已,竞相模仿,而且对于今天也是很有启发的。

作为诗歌作品的风格,虽然首先是属于外在的形式范畴的东西,但是,这种形式与艺术家的世界观和创作个性,作品的题材和内容有着密切的、不可分割的联系。因而,艺术风格又必然是艺术家主观与客观相统一,作品内容与形式相一致的结果。司空图非常重视这一点,他在着力描摹刻画各类风格外貌特征的同时,总是注意揭示形成这类风格的内部原因,强调艺术家思想修养、人生态度与作品艺术风格之间的密切关系。他在《冲淡》中说"素处以默,妙机其微",认为只有那种"平居淡素,以默自守",具有淡泊人生态度的隐逸之士,才能充分领略冲淡诗风的微妙之处,写出真正体现冲淡风神的优秀作品。在《高古》中又说:"虚伫神素,脱然畦封",指出只有思想上具备了高古的素质,才能摆脱浅近和凡庸的弊病,表现出高古之风的精神。这些意见,强调了艺术家思想修养与艺术风格的密切联系,指出了人生观、思想修养对于艺术观、艺术风格的主宰作用,是很有意义的。不仅如此,司空图还进一步从艺术家的生活环境,社会实践和当时的社会历史状况,探索形成某些艺术风格的具体原因。例如在《疏野》和《旷达》中,作者分别描写了在老庄哲学影响下避世幽居的两种士大夫的典型,阐述了这种人生态度和生活方式与艺术风格之间的关系。前者提倡返璞归真,从率性适意中求得精神的自我满足,在思想上体现了道家的"性"对于儒家的"礼"的批判,在艺术上宣扬老庄崇尚自然美的旨意,追求自然真率的诗情诗趣;后者也以老庄哲学为人生根柢,提倡以及时行乐来排解内心的积愤,从相对主义、虚无主义中寻求精神解脱,因而在诗风上呈现出表面旷放通达,实际上消极颓废的悲观色彩。虽然由于历史的局限性,司空图对这类主要表现古代失意的士大夫审美趣味的艺术风格,往往评价过高,失之片面,但他能够精细辨析相似艺术风格背后同一思想资源的差异,这种努力是很可贵的。司空图还探究了社会政治原因对某种艺术风格的直接影响。他在《悲慨》中说"大道日往,若为雄才?壮士拂剑,浩然弥哀",正确指出了悲慨的诗风来自悲慨之情,而在传统社会中,理想政治的破灭这种现实生活的感受,是产生悲慨之情的主要社会根源。这种观点,值得我们重视。

司空图对艺术风格的表象与内涵、内容和形式的辩证关系,也有深刻的理解。他指出,艺术风格应该是表与质,内容与形式的有机统一。正如刘勰所说的:"情动而言形,理发而文见,盖沿隐而至显,因内而符外者也。"[3]司空图首先认为,形式是内容的表现,艺术作品的外部风貌是由它的内涵决定的。他在《雄浑》中说"大用外腓,真体内充",指出充实丰富的内涵是形成体大思宏的基本条件;在《劲健》中又说"喻彼行健,是谓存雄",强调只有内涵了雄浑之气,才能形成挺拔刚健的诗风;在《洗炼》中说"体素储洁,乘月返真",说明只有对作品的内容充分提炼加工,去芜存精,去粗存真,外表才能与之相拍合。司空图又认为,作品的内容与形式应该达到高度的统一,内容决定形式,形式表现内容,这就像水流花开般自然,不必,也不能有任何勉强。"持之匪强,来之无穷"(《雄浑》),"遇之匪深,即之愈希"(《冲淡》),"真予不夺,强得易贫"(《自然》),都从不同的角度强调了这一点。司空图还认为，风格的内涵并不是一朝一夕能够形成的，它是诗人生活经验和艺术经验长期积累的结果。他在《劲健》中说"饮真茹强，蓄素守中"，指出只有积蓄了真实的豪情和强劲的气势，才能够形成劲健的诗风。但是应该指出，司空图所说的内容，往往是抽掉了具体人事物象的抽象观念，加之他深受老庄哲学影响，喜欢搬用晦涩的哲学概念来表述自己的艺术创作理论，这就使他的论述过多地带着神秘的玄学色彩，不必要地增加了后人理解上的困难。此外，《诗品》在风格概念的分类上，有时缺乏明确的界限，有时失之于细琐，对作者偏爱的风格，则往往倾好过甚，偏于一端。有时甚至把人生态度上的取向也列为诗风诗貌，这些都是司空图风格理论的缺点。

二

在摹状各类诗歌风格面貌并揭示其内涵的同时，《二十四诗品》还对艺术家如何表现客观对象、形似与神似、色彩的浓与淡、典型化的方法等一系列有关诗歌美学的重大问题作了探索，提出不少精辟的意见。这些意见虽然常常还不具有完整的理论形态，但却是作者艺术实践的经验总结。有些意见新颖独到，深刻凝练，往往足以启人深思。这里略举四端：

（一）"乘之愈往，识之愈真"。客观世界是艺术的源泉，这是一条普遍的规律。作为抒情艺术的诗歌在反映现实，摹写客观对象时虽然总是带着浓烈的主观色彩，但这只是说明诗歌在反映客观世界时有着不同于其他艺术的特点，绝不是说诗歌可以脱离这种规律的支配。司空图对于这个问题的看法是矛盾的，既有积极、正确的一面，又有消极、错误的一面。《纤秾》说"乘之愈往，识之愈真"，作者认为，大自然中蕴藏着无限丰富的诗美源泉，诗人只要不断深入地研究、观察、体验，拨冗汰芜，去粗存真，就一定能够发掘出更多的诗美矿藏，创造出更加优美的艺术形象和意境。由于司空图长期过着退隐田园的生活,他的着眼点更多地放在摹写自然景色上,而对更为重要、更加丰富多彩的社会生活有所忽略,这是一个很大的缺陷。但是,他承认客观世界是艺术的源泉,强调诗人应在观察和体验自然中认识和把握诗美的真谛。这说明在艺术与客观世界这个根本问题上,司空图并不是一个唯心主义者。司空图不仅承认客观世界是诗歌的源泉,而且进一步强调,诗人在描写对象、反映对象的过程中,必须使自己的认识符合客观的规律。《自然》在谈到如何掌握自然风格的特点时说"俱道适往,著手成春",又说"真予不夺,强得易贫",深刻地指出:只有诗人的认识符合了客观规律,诗人的创作顺应了客观变化,才能够"如逢花开,如瞻岁新",毫不费力地掌握自然的诗美,创造出优美的艺术形象;相反,如果违背了这种规律,就会使诗歌丧失自然之趣,使艺术形象显得矫揉造作,缺乏生气。司空图还认为,作为审美对象的大自然丰富多彩,千变万化,因而人们在摹写它表现它的时候,任何技巧的运用都应该是"道"的自然表现,适应自然的规律,根据不同的内容而采取各种不同的形式,而不能泥固墨守,生搬硬套。《委曲》说"道不自器,与之圆方",《流动》说"夫岂可道,假体遗愚",都是在强调这样一点:符合自然是诗人运用一切技巧的最高原则。司空图的这种理论,是与晚唐时的形式主义诗风相对立的。

但是,司空图在世界观和方法论上深受老庄哲学的影响。老庄哲学是自然神论者。这种哲学认为,在自然与人之间,自然是绝对的高于人的,人只能体悟自然的伟大,反映自然的伟大,而不可能完全认识它,更无法超越它。正是在这种哲学观点的影响下,司空图在强调自然美的客观性、规律性和丰富性的同时又走向了另一个极端。他忽视了艺术创作是人的社会活动的一部分,大自然只是客观的自在之物,于人本无所谓感情,也不会示人以喜怒哀乐,只不过人们活动于大自然,生命过程中遇到了顺逆否泰,于是对环境产生了悲愁愉悦之情。杜甫诗《春望》："感时花溅泪，恨别鸟惊心。"花当然不会因感时而流泪，鸟当然也不可能为恨别而惊心，这完全是身处战乱时诗人杜甫主观心情的外化，也就是王国维所说的"以我观物，故物皆着我之色彩"也。贫苦诗人贾岛诗"望水知柔性，看山欲倦魂"，词人冯延巳"泪眼问花花不语，乱红飞过秋千去"，秦少游"郴江幸自绕郴山，为谁流下潇湘去"，姜白石"数峰清苦，商略黄昏雨"，辛弃疾"我见青山多妩媚，料青山见我亦如是"，都是他们借助大自然的景色在表现自己内心的悲愁悒郁之情，是作者们在艺术创作活动中，努力发现美、再现美和创造美的结果。可是司空图没有认识到这一点。他从老庄哲学自然无为论的观点出发，反反复复地强调："妙造自然，伊谁与裁？""遇之自天，泠然稀音。"仿佛诗人在表现丰富多彩的大自然时完全是无能为力的。事实上大自然从来都是无情之物，不管诗人如何"素处以默"，如何"乘之愈往"，都无法直接"由道返气"。当然，司空图这种理论观点，是受限于当时的理论认识水平，后人不必苛求。

（二）"离形得似，庶几斯人"。在我国古代艺术理论史上，长期以来一直存在着"写形"与"写神"两种意见。简单地说，写形者着重摹写客观对象的外形外貌，例如沈约批评司马相如的大赋"巧为形似之言"，钟嵘评论鲍照诗歌"善制形状写物之辞"[4]，都是指此而言。而写神者则强调表现客观对象的精神韵味。这种理论滥觞于先秦，形成于魏晋，例如《庄子·田子方》中宋元君将画图的故事，就开始重视超越形貌，表现神采；魏晋时评论人物重视风神，绘画讲究"传神写照"，如《世说新语·巧艺》记载顾恺之说："四体妍蚩，本无关于妙处，传神写照，正在阿堵中。"南朝齐谢赫《古画品》说："虽略于形色，颇得神气。"到唐代，经过杜甫的热心提倡，司空图的总结与鼓吹，在宋以后的艺术理论中，这种"写神"的主张渐占优势，并成为我国古典艺术理论的传统特色之一。从主张"写形"到认识"写神"的重要，并且产生了对形似论者的批评，这是艺术欣赏进步的表征之一。但是严格地说,这种区分并不科学,因为"形恃神以立,神须形以存",在一般情况下神总是附形而存在,不可能有完全脱离"形"而独立存在的"神",诗歌是如此,造型艺术也是如此。司空图反对单纯追求"极貌以穷形"的形似,批评那种刻板地拘泥于客观对象外貌细节描摹刻画的表现方法。他在《冲淡》中说"脱有形似,握手已违",在《形容》中又说"离形得似,庶几斯人",概括了他这一理论的基本内容。应该说明,司空图提出的"离形得似",并不是简单地要求人们脱离事物的"形"去表现它的"神",而是提出了这样一种见解,即诗人如果企图表现客观对象的精神本质,就不能单纯地去摹写其外形的轮廓细节,而应该如《雄浑》所说的那样"超以象外",只有超越描写对象的表象,才能"得其环中",抓住客观对象的精神本质,从而达到形容的极致——神似。在《二十四诗品》中,作者从不同的角度反复强调了这一重要的美学观点。他说,只有不满足于表面的宏伟壮观,而能够"真体内充","返虚入浑",诗歌才能真正具有雄浑之美;他认为冲淡之风是诗人人生态度和艺术修养的综合体现,讥笑那些描摹冲淡仅得其形貌者"握手已违";他指出,绮丽之风并不在华辞丽藻,"神存富贵,始轻黄金",字面的绮丽远不及内涵绮丽重要;他强调洗炼之风在神不在貌,"空潭泻春,古镜照神",提炼形象的意义远过于锤词炼句;他批评有的人不了解流动之美首先在于全篇的气脉,而不在于一枝一节,因而那些比喻即使相当形象,仍不免"假体遗愚",难以表达流动之美的完整意义。可见,司空图的确反对那种一味粘着事物表象,刻意追求外形肖似的表现方法,认为这样做的结果反而貌合而神离,如此之似,不如不似。但是司空图并没有轻视写形、鄙弃形象描绘的意思。《四库全书总目提要》指出,司空图写作《二十四诗品》,"各以韵语十二句体貌之"。所谓"体貌",就是指描绘各类风格的形象。当然在这种描绘中,作者并没有刻板地去描摹各类风格的外形,而着重表现它们的风神,从而成功地展示了它们各具特色的精神面貌。

司空图如此强调"写神",还与他着重研究的山水田园诗的特征有密切关系。我国古代的山水田园诗,实质上是一种抒情诗,是以山水田园寄托诗人主观感情的抒情诗,所谓"山性即我性,水情亦我情",就是此意。这种特点愈到后来愈见其鲜明。白居易就说过:"谢公才廓落,与世不相遇。壮士郁不用,须有所泄处。泄为山水诗,逸韵响奇趣"。[5]指出我国山水诗派的开创人谢灵运,他的山水诗创作就是一种感情的宣泄和寄托。如果说在南北朝时期,山水诗创作中还存在着"窥情风景之上,钻貌草木之中"的摹山范水的倾向,那么到了唐代王维、孟浩然等人的诗中,风景田园就几乎完全是诗人寄慨的工具了。苏东坡说:"味摩诘之诗,诗中有画;观摩诘之画,画中有诗"[6],实际上就是指王维诗情中有景,景中见情。山水自身当然本无感情可言,所谓"山性水情"者,不过是人们附加的东西;山水其实也无所谓神,"这里的意蕴并不属于对象本身,而是在于所唤醒的心情"[7]。在这类作品里,人们所赞赏的并不是对象的描写刻画如何完整工细,纤微毕肖,而是刻烙在风光事物上的艺术家的感情。"无边落木萧萧下,不尽长江滚滚来",正以见杜少陵穷年漂泊、忧国忧民之慨;"漠漠水田飞白鹭,阴阴夏木啭黄鹂",正以见王摩诘隐退闲居、淡雅幽寂之致,因而在不同读者的心中引起了诗意的感应。山水田园诗如果不能在其间表现出作者的社会阅历及其精神面貌,就不能满足人们各种不同的审美要求。王国维说得好,"一切景语皆情语也"。艺术表现的所谓传神与否,实际上并不在于是否忠实地摹写了客观对象的外形,而在于通过这种描写是否形象地、生动地、典型地再现了诗人某种特定的感情、心绪和意念。因而有时在抒情诗中甚至还会出现这样的情况:如果过于精细地描绘了某种具体的景物,反倒可能破坏诗人追求的理想艺术效果。所以司空图说的"离形得似,庶几斯人",正是对古代抒情诗这种艺术特点的审美总结。诗歌历史的实际情况表明,这种说法是有一定道理的,简单地斥之为唯心主义,实在是出于误解。在唐代诗歌中,且不说那些借山水田园寄慨的抒情诗,即便是那些优秀的咏物诗,它们之所以能在读者心中引起共鸣,产生美感,往往并不是由于诗人体物的极端工细,而在于通过与此物相关的某些细节,或引喻设譬,或托物言志,抒写申发了作者在特定场景中的领悟、感受、欢乐、痛楚。这种感情拨动了读者的心弦,启发了读者的联想,产生了言已尽而意不尽的艺术效果。例如,杜甫诗集中有许多咏马诗,但哪一首没有寄托着诗人的身世之感和慷慨之思呢?古今咏梅的诗歌真是数不胜数,而苏轼的《红梅》、谢枋得的《武夷山中》、王冕的《墨梅》为何独独脍炙人口呢? 就是因为诗人能够超越梅花之形而写出梅花之神,通过对梅花的审美感受,表达出诗人主观的感情和心绪,或是对"冰容不入时"的感叹,或是对民族气节的讴歌。这种感情和心绪表达了作者的人格榜样和精神力量,反映了时代的精神,因而感动了无数的后人,引起了广泛强烈的共鸣。由此看来,司空图反对艺术表现中的写形说,强调超越客观对象的形貌去表现它的精神意趣,实在是我国诗歌史中曾被一再提出和证实了的一条重要的美学原则。它对于今天的诗歌创作,仍旧有着不可否认的指导意义。

(三)"浓尽必枯,淡者屡深"。司空图是冲淡自然之美的赞礼者,这种审美观点,像一根主要的线索贯穿于《二十四诗品》之中。他对于"冲淡"的要求是"饮之太和,独鹤与飞",赞美这种诗风给人的感觉"犹之惠风,冉冉在衣";在和淡中掺入了清新之气而成为"清奇"时,诗风又变成了"如月之曙,如气之秋";在清奇中糅合了道家风貌时,诗风又变得超凡脱俗,飘逸绝尘,就像"缑山之鹤,华顶之云","太华夜碧,时闻清钟"。在《典雅》《疏野》《飘逸》诸品中,作者又指出,由于身世际遇和人生态度的差异,又表现为或则优雅闲淡,或则率性疏放,或则飘忽超逸的风致。这类诗风在审美要求上的主要特点是自然、和谐、适度,因而它体现在外貌上又有自然和畅的特征,诗思飘来如"过水采萍",笔之所到则"著手成春",悠悠然就像那天乐和声。在《二十四诗品》中,同时还标列了"雄浑""劲健"等属于壮美的风格类型,也标列了"纤秾""绮丽"等色彩比较浓丽的风格类型,这说明司空图的审美视野是比较开阔的,并不完全偏于一端。在司空图看来,壮美、浓丽之风与冲淡、自然之趣并不是完全对立的,两者往往能够在一个总的原则下统一起来。他在《绮丽》中就努力企图把华丽的诗风同冲淡自然的诗美糅合起来,创造出一种寓丽于淡、淡中见丽的新诗风。司空图认为,诗歌语言色彩的浓与淡是对立统一的辩证关系,因而提出了"浓尽必枯,淡者屡深"这样一个富有启示性的审美判断。这里所说的浓,不仅是指浓词艳采,而有着更加广泛的含义。明陆时雍《诗镜总论》说:"气太重,意太深,声太宏,色太厉,佳而不佳,反以此病。"艺术上任何一种方法的运用,都必须掌握谐和、适度的原则,要讲究分寸,否则,就可能适得其反。这里所说的淡,也不是指浅淡寡味,而是"陶熔气质,消尽渣滓"所达到的高度和谐、浑成的境界,往往是艺术家思想修养和艺术修养充分成熟的表现,只有这样的"淡",才能具备"似淡实深"的美感特质。

用这个标准检验一下诗歌艺术的历史,是很有意思的。我国古代诗歌从魏晋开始,讲究语言的色泽,讲究对偶和声律。曹丕说"诗赋欲丽",陆机说"其遣言也贵妍",就是这种趋势的理论反映。诗歌当然应该讲究表现技巧,注意形式美,从文学发展的角度看,曹丕和陆机的主张是有积极意义的。但是南北朝诗歌在发展过程中,却出现了单纯追求形式美的倾向,过分地讲究辞藻、声律、对偶和用典,其结果是"佳而不佳,反以此病"。所以李白批评说:"自从建安来,绮丽不足珍。"《南史》中曾记载了这样一件事:"(颜)延之尝问鲍照,己与谢灵运优劣。照曰:'谢公诗如初发芙蓉,自然可爱;君诗如铺锦列绣,亦雕缋满眼。'延年终身病之。"为什么鲍照的批评使颜延之这么难过,以致"终身病之"呢?因为他击中了颜延之诗歌内容空虚、一味追求华辞丽采的致命弱点。这种诗,正如刘勰所讲的那样:"繁采寡情,味之必厌。"因此广义地说,唐代的古文运动,宋初的诗文革新运动,撇开其内容的原因之外,从艺术上看,其实也是这条美学原则在起作用。

苏东坡对浓与淡的这种辩证关系有着深刻的理解。他评论韦应物、柳宗元的诗"发纤秾于简古,寄至味于淡泊",又说:"所贵乎枯淡者,谓其外枯而中膏,似淡而实美,渊明、子厚之流是也。"又说:"渊明作诗不多,然其诗质而实绮,癯而实腴。"苏东坡认为陶渊明、韦应物、柳宗元诗的最大特点是看上去好像枯淡质朴,实际上却丰茂华美,这种寓丽于淡、淡中见丽的诗美是一种更高级别的美,它"如人食蜜,中边皆甜",具有特殊的美感力量。由于晚年的身世遭际,苏东坡对这种诗美有所偏爱,以至于认为陶渊明的成就为李白、杜甫所不及,这当然未免偏仄。但是他发挥了司空图的美学观点,对浓与淡的辩证关系作了深入的研究,深刻地阐述了陶渊明等人诗歌似淡实浓的美学特征,对后人是很有启发的。

(四)"浅深聚散,万取一收"。在纷纭复杂的大千世界,诗人要表现的客观对象千差万别,千变万化。用什么方法才能够艺术地选择、提炼、集中和概括,创造出反映事物本质特征的艺术形象呢?司空图在《诗品·含蓄》中提出了"浅深聚散,万取一收"的原则。"万取"就是取之于"万","一收"就是收万于"一"。这是对诗人如何进行艺术概括、创造典型艺术形象这一创作过程的生动说明。"万"是指纷繁复杂的客观万物,它们像"悠悠空尘,忽忽海沤"那样"浅深聚散",飘浮不定;"一"是指艺术家从"万物"中萃选出来,用以表达"万物"的典型个案,这选出的"一",以其本质性、典型性、深刻性概括了、表征了悠悠忽忽、千千万万的同类物象,"一"来自"万",反映"万",而又高于"万"。《洗炼》说"犹矿出金,如铅出银","万"就好比矿与铅,"一"就好比金和银,洗炼的过程就是"万取一收"的过程。《雄浑》说"超以象外,得其环中","万"就是"象外","一"就是"环中",超越表象,把握本质也就是"万取一收"之目的。《形容》说:"离形得似,庶几斯人"。抒情诗中的艺术形象虽然常常以诗人本人为主体,带有浓厚的主观色彩。但诗人是社会的人,现实的人,历史的人,他的主观感受往往直接或间接地反映了某一阶级、阶层、集团、群体的感情和愿望、利益和要求,因而他所创造的艺术形象应该既是独特的,鲜明地刻烙着作者创作个性的印记,同时又具有普遍性的意义,深刻地表现、反映着社会和时代。屈原"凤凰在笯兮,鸡鹜翔舞"的悲愤,左思"世胄蹑高位,英俊沉下僚"的哀叹,杜甫"朱门酒肉臭,路有冻死骨"的不平,李商隐"春蚕到死丝方尽,蜡炬成灰泪始干"的坚贞,文天祥"人生自古谁无死,留取丹心照汗青"的正气,正因为是从无数社会生活现象中概括、集中、凝练而成的典型艺术形象,表现了一定的社会本质,说出了人们心中的共同感受,千百年来,引起了无数读者的共鸣。司空图认为,"万取一收"是进行艺术概括的原则。强调"万取",就是强调诗人应有丰富的多方面的艺术和生活积累,也就是《雄浑》所说的"具备万物",《劲健》所讲的"蓄素守中",只有这样,诗人在进行艺术构思时才能够"真力弥满,万象在旁",浮想联翩,形象纷至沓来;强调"一收"就是强调高度的概括性和形象的典型性,只有这种集中的、统一的、凝练的艺术形象,才能具有更大的普遍性,才能引起更加广泛的共鸣。司空图的这种理论,充满着艺术辩证法的精神,是对我国古代艺术理论的重要贡献。

三

司空图的诗美理想是"韵外之致",这种理论一出,把中国诗歌理论的审美趣味领到了一个新的境界,很快得到了大家的认可、赞许,这种理论在宋代以后成为相当一部分士大夫竞相趋慕的审美风尚,不仅对诗歌,而且对其他艺术也产生过广泛的影响,其流风余韵,历千年而不衰。从苏东坡的艺术理论到严羽的《沧浪诗话》,从王渔洋的神韵说到王国维的境界说,与它都有一脉相承的关系。什么是"韵外之致"呢?后人的理解极为分歧。司空图《与李生论诗书》说:"噫!近而不浮,远而不尽,然后可以言韵外之致耳。"《与极浦书》又说:"戴容州云:诗家之景,如蓝田日暖,良玉生烟,可望而不可置于眉睫之前也。'象外之象,景外之景,岂容易可谈哉!"这两段话集中表明了"韵外之致"的基本内容和特征。在《超诣》中,司空图又为这种诗美描绘了一幅空灵微茫、可望而不可即的玄妙形象:"匪神之灵,匪机之微。如将白云,清风与归。远引若至,临之已非。少有道契,终与俗违。乱山高木,碧苔芳晖。诵之思之,其声愈稀。"这种描写给"韵外之致"的理论披上了一层玄秘的薄纱,后来经过严沧浪、王渔洋的引申发挥,变得更加迷离恍惚,充满了神秘色彩。其实诗歌的"韵外之致"并不神秘,透过迷人眼目的雾翳,人们完全可以对它作出合理的说明。

从司空图自己的表述我们可以知道,具有"韵外之致"的前提是先要做到"近而不浮,远而不尽"。所谓"近而不浮",是指写情写景鲜明显豁,如在目前,而又不浮薄浅露;所谓"远而不尽",是指诗歌的形象和意境要能够引发读者的感情和联想,诱导他们去体会诗句之外的意趣韵味,寻味言已尽而意无穷的艺术境界。"近而不浮"要求浑成之美,要求创造饱满、充实、浑成的艺术形象;"远而不尽"强调"味外之旨",追求委婉、曲折、醇厚的情趣韵味。司空图认为这两种诗美分别代表了盛唐诗风的两个不同侧面,只有它们和洽地融合在统一的诗歌作品中,才能构成"韵外之致"的理想诗美。

"韵外之致"的第二个特点是强调好诗须有"象外之象,景外之景"。司空图描绘说,这种"象外之象,景外之景"的形态特征是"可望而不可置于眉睫之前",它"远引若至,临之已非","诵之思之,其声愈稀"。你仿佛可以感知,但又难以确指,你虽然可以领略、寻味,但又无法切实地把握和描绘。其实诗歌的这种"象外之象，景外之景"是由古代诗歌独特的抒情方式造成的一种美感特征。这是由于诗人在表达感情时不采用直接抒情的方式，而采用比兴的方法，象征的方法，或寄情于景，或托意于物，通过各种特定的感情意象，把主观的感受，间接地透露和暗示给读者；因为诗人是通过寄托、暗示和象征这类间接的方式传情达意的，所以读者仿佛觉得象外有象，景外有景，在作者直接描写的艺术形象之外，还有某种足以启发想象和联想的东西。所谓"可望"者，就是诗歌直接描绘的艺术形象，所谓"不可置于眉睫之前"者，就是读者从这种艺术形象引起的想象和联想。没有第一个"象"当然不会有"象外之象"，从第一个"象"到第二个"象"的转换过渡中，确实有着内在的必然联系，因而人们从某一具体作品的形象中引起的联想，应该有一定的方向和范围，只能在展开中作大致相近的推演。但是，"象外之象"毕竟是读者的联想，有赖于读者的再创造，因而其界域又仿佛是深迥无垠的，可让人们自由地游思骋想。诗歌能否产生"象外之象"，首先取决于直接描绘的形象是否鲜明生动，饱满真实。如果这种形象本身就苍白、贫弱，浮薄浅露，那就不可能引起读者的情思，产生"象外之象，景外之景"的诗意美感。

在我国古代抒情诗中，确实存在着这样一种诗美。这类作品情景相洽，托意深婉，情思隽永，韵味悠长，往往能引发"象外之象"的联想，产生"近而不浮，远而不尽"的"韵外之致"。例如李白诗《独坐敬亭山》：

众鸟高飞尽，孤云独去闲。相看两不厌，唯有敬亭山。

又如王维诗《鹿柴》：

空山不见人，但闻人语响。返景入深林，复照青苔上。

李白诗表面写看山时所见所感。诗人独对青山，唯见飞鸟消失在视野中，孤云在碧空悠悠远去。但是读者不禁要问，以李白的天才学问,奇情壮采,为何竟至于独坐看山,寄情山水,只有青山作伴,山灵相契呢?那高飞的众鸟,孤独的流云,是不是寄托着诗人悲凉孤寂的情怀和漂泊无依的感喟?诗中隐约透露出来的那种寂灭、归依之情,不正暗示了诗人对尔虞我诈、险恶纷竞的官场生活的失望、反感和厌恶,对山水田园的赞美、向往和眷恋吗?李白是谢朓的仰慕者,"解道澄江静如练,令人长忆谢玄晖",这座曾经留下谢朓游踪的敬亭山,莫非又牵动了李白对这位古代诗人的追思之情和知己之感?

王维诗《鹿柴》的特点也与此相似。诗歌直接描绘的形象仅仅是山林深处的一片夕照。但是这种自然景色所产生的幽冷空寂的气氛,却衬托出诗人表面恬淡闲远,实际空虚孤独的情怀。诗人何意瞩目于苍苔上的夕照?岂不是分明透露出对于时光流逝的淡淡哀愁?这种哀愁表明,"诗佛"王维在隐退闲居、遁迹禅林的背后,内心仍旧隐藏着矛盾和痛苦。虽然在释道哲学的冲洗之下,这种矛盾痛苦只隐约地留下了一丝痕迹,但是细心的读者还是不难察觉。王维这类诗歌之所以能够打动人心,正是通过自然景色的精致描绘所透露的这种感情,而不是它所寄托的宗教哲学理念。总之,这种诗歌所直接描绘的形象虽然是有限的,但它所引起的联想却是悠远的,无穷的。为有共同阅历、襟怀和修养的读者,提供了驰骋遐想的天地。

既然"韵外之致"是一种实际存在的可以感知的艺术美,那么,从方法上说,也必然可以近似地给予概括和描述。这种方法就是司空图自己在《与王驾评诗书》中提出的"思与境偕"。"思"是诗人主观的感情、意绪和观念,"境"即借以寄意的客观环境或景物。诗人在进行创作时融情入景,寄意于象,达到主观和客观、感情和景物的高度融和一致。其实这就是古代诗歌传统的情景交融的艺术方法。融情入景,则寄托深遥,不着迹象;寄意于象,则情韵吞吐,含而不露,这样,韵外之致也就不招而来了。但是,司空图对这种情景相交的方法提出了极高的标准。他强调情景交融应该完全不露痕迹:"是有真迹,如不可知","俱似大道,妙契同尘",甚至认为这种精妙的契合简直非人力造作所能达到:"识者已领,期之愈分","妙造自然,伊谁与裁"。因而有时候似乎只能仰仗灵感的自然触发:"情性所至,妙不自寻","薄言情晤,悠悠天钧"。司空图对艺术创作过程的描绘和叙述是正确的、精到的,他这些概括和表述既有正面的审美体悟和经验总结,也有反面的告诫和提醒,把诗学理论从古人的"比兴"说,提上了一个新的台阶。

"韵外之致"并不同等于含蓄。但是,自从王士禛在《香祖笔记》中把两者并提之后,人们往往把司空图"不著一字,尽得风流"的含蓄风格与"近而不浮,远而不尽"的"韵外之致"混为一谈,这实在是后人的误解。含蓄相当于刘勰所说的"隐",其特点是"义生文外",不直言说破,而引导读者自己去领会追索。例如唐代诗人金昌绪的《春怨》:

打起黄莺儿,莫教枝上啼。啼时惊妾梦,不得到辽西。

诗歌的主题无非是写思妇的愁怀。但作者并不直接去描写思妇对征人的怀念,而是从赶走婉转啼鸣的黄莺,以免惊醒好梦,使她不能在梦中与良人相见说起,通过巧妙的构思,把急切的思念之情表现得异常曲折含蓄,耐人寻味,因而极大增强了诗歌的艺术魅力。但是不管作者的构思是多么巧妙曲折,这首诗的基本含义却包括在题内,如果一经点明,也未必有多少味外之旨。而"韵外之致"主要以富有启发性、暗示性的艺术形象取胜,它并不要求隐而不说,有时正面的描写,直切的叙述,一样能够引起人们的不尽之思。像前面所引李白的《敬亭山》和王维的《鹿柴》,几乎纯是白描,并无曲折隐晦之处。但是,诗人的主观感情完全融合渗透在对自然景物的选择、剪裁和描绘之中,达到了情景交融的极致。它那明晰而不浅露,真切而又浑成的艺术形象,感染着读者,引发了他们的情思,造成了"象外之象"的联想',产生了"近而不浮,远而不尽"的"韵外之致"。总之,含蓄和韵外之致虽然都讲究以少胜多,但含蓄叫人寻味题内的东西,往往具有可以把握的确切答案,而韵外之致却主要引导读者体会题外的东西,是没有界限的展开性的联想;含蓄仅仅是司空图肯定的一种风格类型,而韵外之致则表现了他的诗美理想,两者的差别是明显的。

司空图的"韵外之致"说,确实指出了我国古代抒情诗中一种迷人的诗美,给后人的诗歌创作和艺术欣赏以有益的启迪。从此在我国古代诗歌理论中开创了一种与传统儒家诗教大异其趣的理论流派。这种理论虽也招致了不少批评和非议,但是影响愈来愈大,在后世简直成了人们竞相追慕的审美风尚。但是,这种理论有着相当大的局限性。在浩瀚的唐代诗海中,司空图不取李白的豪迈飘逸,杜甫的沉郁顿挫,讽刺元稹、白居易是"都市之豪估",而独独标举以王维为代表的"韵外之致",这当然与作者的政治思想,身世阅历与生活环境有密切关系。司空图早岁信奉儒术,颇有经国济时之心,晚年隐退山林,寄情释道,只求避世全身。这种哲学倾向和生活环境很自然地使他与王、孟一类隐逸诗人在思想感情和审美趣味上一拍即合。"韵外之致"主要笼括了古代诗歌中山水田园诗的美学特征,表现了士大夫隐退闲居时的审美趣味。这虽然也是广大诗林中的一枝乔木,但并不是全部森林。郑板桥曾经说过:"文章以沉着痛快为最,左、史、庄、骚、杜诗、韩文是也。间有一二不尽之言,言外之意,以少少许胜多多许者,是他一枝一节好处,非六君子本色也。而世间妮妮纤小之夫,专以此为能,谓文章不可说破,不宜道尽,遂訾人为刺刺不休。夫所谓刺刺不休者,无益之言,道三不着两耳。至若敷陈帝王之事业,歌咏百姓之勤苦,剖析圣贤之精义,描摹英杰之风猷,岂一言两语所能了事?岂言外有言、味外取味者所能秉笔而快书乎?……至今之小夫,不及王、孟、司空万万,专以意外言外自文其陋,可笑也。"[8] 郑板桥肯定了"韵外之致"以少胜多的好处,指出它在表现重大题材时的局限,尤其尖锐批评了后代那些专用这种理论"自文其陋",以"神韵"一类标牌来掩饰其生活体验的贫乏和作品内容空虚的士大夫们的浅薄可笑,是相当有见地的。

四

本书包括今译、注释、诠析三个部分。今译和注释主要帮助读者理解原文的含义,因此,译文力求通顺流畅,不离原意;注释力求简明扼要,删芜去杂。在诠析部分,则尽可能结合文学和历史的背景,对文中涉及的某些重要艺术理论进行比较具体的分析和探究。为了帮助读者理解和把握各种风格的基本特征,在这部分还引用了一些唐、宋诗作品,用以印证《二十四诗品》的理论。

罗仲鼎　蔡乃中
写于1982年7月,改于2013年5月

【注释】
[1] 曹丕《典论·论文》,陆机《文赋》。
[2] 清无名氏《司空表圣二十四诗品注释叙》。
[3] 刘勰《文心雕龙·体性》。
[4] 沈约《宋书·谢灵运传论》,钟嵘《诗品·宋参军鲍照》。
[5] 白居易《读谢灵运诗》。
[6] 苏轼《书摩诘蓝田烟雨图》。
[7] 黑格尔《美学》。
[8] 郑燮《潍县署中与舍弟第五书》。

司空图《二十四诗品》重版后记

此书草成于20世纪60年代初,由于众所周知的原因,积压了二十年。80年代初,在徐慧征同志的帮助下,得以正式出版。现在又三十年过去了,此书竟然获得了重版的机会。这次重版,虽然对少数译文和注释做了调整,还修改了诠析部分的某些段落,但基本上保持了半个世纪以前的原貌,这也多少表达了我们的怀旧之情。

原来的书名叫《诗品今析》,为避免与钟嵘的《诗品》相混,仍改旧称《二十四诗品》。人们常说,如今是历史上发展最快、变化最大的年代。在这样的年代,五十年前的旧作居然还可以重新出版,每念及此,心中不免生出几分感慨,同时也有一点惴惴不安。现在书已经重版,好好坏坏,一切都让读者去评判吧。

罗仲鼎、蔡乃中再改于2013年中秋节后

《宋词三百首》前言

现在奉献给读者的是清末民初词学大师朱孝臧（彊村）的宋词选本，这是 20 世纪流传最广、影响最大的一个宋词选本。

一

从现代文艺学的观点看，词其实也是古典诗歌的一种类型。但是，我国传统诗学却一贯主张将诗和词严格的区分。这种主张确实有一定道理。就词的起源流变、体制格律、内容风格而言，词与诗都存在着不同的特点。

说到诗与词的区别，我们首先应该注意词与音乐的密切关系。词又称"曲子词"，是配合乐曲供人演唱的歌词。与现代歌曲不同，唐宋词往往是先有现成的曲谱，然后词人再按谱作词，称"填词"，又称"倚声"或"依声"。同样一个曲谱，如《菩萨蛮》《浣溪沙》等等，都可据以填入内容各不相同的谱词。正因为如此，所以历来的词学专家都强调词首先应当"协律"。道理很简单，词人创作歌词是供人演唱的，若与曲谱不协，就会造成演唱困难或影响演唱效果。

伴随着燕乐的兴起和流行，词这种新兴诗体应时而生了。词既是配乐的歌词，就要受到乐曲的影响和制约。乐曲的声调有高低，节拍有长短，旋律有缓急，这使得与之相配的歌词句子参差错落，长短不一。因此,人们又称词为长短句。词在句式上的这种变化,是由各个曲调的特点所决定的,词的作者不能任意改动。例如《菩萨蛮》这一词调的句式是七七五五五五五五,所有《菩萨蛮》的句式都不能例外。与近体诗一样,词对句中每一个字的平仄,也有严格规定。某些精通音律的词人不仅区分平仄,还要讲究四声,分辨轻重清浊。后来曲调虽然失传,但是词人依旧根据后人收集制订的词谱(这种词谱并无曲调,只有范例句式,声调和韵脚),严格按谱填词。

填词所选择的曲子往往是单支的只曲,统称曲子或杂曲子。这些曲子分为令、引、近、慢诸调。明清以后,有人根据谱词字数的多少,把词调分为小令、中调、长调三种,并且把令归入小令,把引、近归入中调,把慢归入长调。这种区分虽不十分科学,然而通俗易解又能包括众体,因而已被后世词家所承认并且沿用至今。但是这种区分也只是相对的,不能过于拘泥。大体来说,从唐五代到北宋前期,词人往往多取小令,柳永开始大量创作慢词(长调),从此慢词(长调)日兴,逐渐占据了词坛重要位置。词中所谓慢词(长调),只是相对于小令而言。现存最长的词调《莺啼序》也不过二百四十字,与诗中长篇大论的叙事议论之作相去甚远。词这种相对短小协律的形式特点,决定了它本质上是一种抒情诗体,是格律精严、音节和婉、供人演唱的抒情歌词。因此,词便于流传,易于为百姓所接受。当然,就反映社会的广泛性和表达方式的多样性而言,这种形式也有一定的局限,与诗歌尤其是古体诗相比有很大差距。

词与音乐的密切关系还在相当程度上影响和制约了词的思想内容和基本风格。词乐主要来自燕乐,这是一种新兴的通俗乐曲,由于曲调优美动听而富于变化,因而逐步取代了传统的清乐和雅乐,不仅风靡了市井细民,而且也逐渐得到王公大臣和文人士大夫的钟爱。燕乐是燕享之乐,原来用于宫廷宴会,后来也用于私人宴会和娱乐场所。古人举行宴会,往往用伶工歌伎行歌奏乐,佐酒助兴。收录在

《花间集》中的唐五代词人的许多作品,可能就是在这样的场合和环境中产生的。这类作品,风格绮靡柔婉,内容也往往不出男女之情、靡丽之思。北宋年间,几乎所有的大文豪如晏殊、欧阳修、王安石、苏轼、黄庭坚、秦观等人,都热衷于词的创作。这些文人巨匠的参与,提高了词的文化品位和社会地位,但是并没有从根本上改变词的总体面貌。在大多数词人的作品中,男女恋情、伤春悲秋,羁旅漂泊之感,别离沦落之悲,依旧是基本的内容。在这方面,诗和词似乎有一种约定俗成的分工。欧阳修是一个有趣的例子。这位北宋诗文革新运动的健将,诗歌、散文开一代新风,与此同时他又创作了许多风格委婉柔媚的小词。对欧阳修来说,诗文是"经国之大业,不朽之盛事",而在词这种不登大雅之堂的所谓"小道"和"末技"之中,他却可以完全拉下面具,尽情尽兴地展示人性的真实面。《六一词》中有不少艳情词写得那么缠绵悱恻,一往情深,以致多有"与《花间》《阳春》相混"者。其实这并不是像某些人所说,是什么仇人的"恶意所为",而是他与《花间》《阳春》的作者有着近似的境遇和情怀。这类作品的存在,不仅无损于欧阳公的令名,反而使现代的读者可以更清楚地看到一个真实全面的欧阳修。

二

宋代是词学鼎盛的时代,百家争艳,众体竞繁。是否能够简明扼要地概括宋词的基本风格特征呢?明人张綖曾经做过这样的尝试,他在《诗余图谱·凡例》中说:

> 词体大约有二:一体婉约,一体豪放。婉约者欲其词情蕴藉,豪放者欲其气象恢宏。盖亦存乎其人。如秦少游之作,多是婉约;苏子瞻之作,多是豪放。大抵词体以婉约者为正,故东坡称少游为"今之词手",后山评东坡词"如教坊雷大使舞,虽极天

下之工,要非本色"。

张綖这段话共有三层意思:一、宋词大致可分为婉约和豪放两体;二、婉约是词体的正宗、本色,豪放不是词体的正宗、本色;三、秦观词是婉约风格的代表,苏轼词虽然"极天下之工",但不能体现词的基本风格特点。我们应该承认,苏轼的确是宋词改革的功臣。他提高了词的品位,拓宽了词的境界,改变了词的传统风格,将以表现"绮罗香泽"、男女恋情为主的词改造成可以表达诗人高旷情怀和容纳广阔社会内容的艺术形式,将以"绸缪宛转"为主要风格特征的传统词风改变为豪迈飘逸的词风,令人耳目一新。不过,对苏轼革新词风的评价,从北宋开始就产生了分歧。这种分歧主要集中于两点:一、苏轼的词是否协律能歌;二、苏轼的词是否合乎词的传统特点(本色)。争论的结果是大家都承认苏轼的词写得好,但是又认为如果从词这一艺术形式的特殊规律来要求,也有不足之处。李清照就指出,苏轼词有两个缺点:一是"皆句读不葺之诗耳",二是"不协音律",也就是说苏轼的词更像诗而不像词。这种批评未免失之偏颇。不过虽然苏轼是杰出的大诗人,但并不等于同时必然是精通音律的专家。他填的词,"曲子中束缚不住"也好,"不协音律"也好,总是存在不利于演唱流传的缺点。苏轼的地位和文名都远高于柳永和周邦彦,但词曲传唱之普遍反不如柳、周,"不协音律"可能是主要的原因之一。至于对苏轼"以诗为词"的问题则要具体分析。苏轼是一位充满革新精神的天才诗人,他不仅以诗为词,而且也以文为诗,力求创新。这种创新的努力,有成功的一面,也存在不足之处。宋人(包括苏轼)以文为诗,以议论为诗,以才学为诗,推衍而太过,违背了诗歌"吟咏情性"的基本规律,就遭到南宋文学理论家严羽的批评。同样,苏轼以诗为词,以文为词,也是解放词体、拓宽词境的一种努力。但是推衍太过,在词这种短小协律的体裁中发议论,讲道理,使他的某些词作失去了传统唱词深柔婉曲、含蓄蕴藉的艺术特点,恐怕也是事实。当然并不是说苏轼多数作品都是如此,词人的不少优秀之作,如本书所选的《水龙吟·杨花》、《洞仙歌》(冰肌玉骨)、《贺新郎》(乳燕飞华屋)等等,格调既高,又含蓄蕴藉,有一唱三叹之妙,把宋词推上了更高的艺术境界。因此简单批评苏轼词"皆句读不葺之诗"是片面的。还应该看到,除了苏轼等少数词人之外,整个北宋词坛,大体上仍为传统的婉约词风所笼罩,二晏、欧阳修、贺铸、张先、秦观、柳永、周邦彦以及女词人李清照,都是一个时期词坛上的代表作家,他们的词风虽然并不完全相同,但是大体上都遵循传统,属于婉约一派。

到了南宋,民族矛盾上升为社会的主要矛盾,主战还是主和成为人们尤其是士大夫关注的焦点。在这种时代背景之下,身兼爱国将领和词人的辛弃疾以其慷慨纵横、激昂排宕的词作,"于剪翠刻红之外,屹然别立一宗"。在辛弃疾的前后左右还涌现出一批豪放派词人,如陈亮、张孝祥、刘过、刘克庄等,其势力和影响更盛于北宋。但这里有两个问题值得注意。其一是南宋豪放派词人,有时喜欢在词中讲道理,发议论,用典故,抒情过于直露,语言流于粗率,因此落得了"掉书袋"和"粗豪"之讥。其二是与苏轼的情况类似,以辛弃疾为代表的豪放派词人的作品,也并非一味豪迈奔放。刘克庄说:"稼轩词其秾丽绵密处,亦不在小晏、秦郎之下。"(《后村诗话》)如本书所选的《摸鱼儿》(更能消)、《念奴娇》(野塘花落)、《祝英台近》(宝钗分)等作品,何等沉郁悲凉,情深意远,的确是同时姜(夔)、史(达祖)诸人所难以企及的。可见作品风格的多样性,正是古今大作家的共同特征。

南宋豪放派词人的声势虽然超过北宋,但是纵观南宋词坛,婉约派仍占主流。例如姜夔、史达祖、吴文英、周密、张炎、王沂孙等所谓"当行本色"的格律派词人,大体上都属于婉约派。其中姜夔和张炎、吴文英及北宋的周邦彦还成为清代两个最大词派——浙西词派与常州词派崇奉的宗师。我们从宋词婉约、豪放两大流派的此消彼长中简单描绘了宋代词坛的大概面貌,并不是想具体评说两派各自的优长和缺失,而只是试图说明这样一个事实:在整个宋代词坛,婉约派始终是词的主流,这种现象主是由词本身的特殊艺术规律决定的。

从最初意义上讲,词是一种通俗文学。与词相配的乐曲燕乐是新兴的流行乐曲,词的演唱者和伴奏者也是处于封建社会下层的伶工乐伎,而词所表现的内容往往又离不开"绮罗香泽"的男女恋情,因此词属于"艳科",原本就带有浓厚的俚俗之气。后来词到了文人士大夫手中,逐渐成了他们娱情悦性的工具,于是开始了词的文人化过程,也就是由俗返雅的过程。这一过程经历了漫长的年月,最后才得以完成。北宋词人,除苏轼、李清照等少数人外,从张先、柳永、贺铸、晏几道、黄庭坚到周邦彦,几乎都难免俚俗香艳之习。其中柳永是最典型的代表。李清照在《词论》中批评他"词语尘下",就是指柳词俚俗的内容和风格。其实柳永是一位致力于改革的词人,他的词当时之所以能广泛流播,以至"凡有井水饮处,皆能歌柳词",固然与他精通声律有关,但更重要的原因,可能还是黄昇所说的"(柳)长于纤艳之词,然多近俚俗,故市井之人悦之"(《唐宋诸贤绝妙词选》)。北宋至南宋前期,在词的文人化过程中起过重要作用的是苏轼和李清照。苏轼词格调高旷,超乎尘垢之外,这是后人所公认的。李清照与苏轼门径不同,她力主词"别是一家"之说,自己的作品也汰尽尘俗之气,被认为是婉约派的榜样。这两人是前期文人词的代表。

到了南宋,词进一步摆脱俚俗之习,由俗返雅,在文人化的道路上继续发展。姜夔是南宋文人词最高成就的代表。张炎曾经指出,周邦彦词虽然浑厚和雅,但意趣却不高远,只有姜白石词"清空骚雅",是词的最高境界。清代浙西词派的始祖朱彝尊也认为:"填词最雅,无过石帚(姜夔号)。"继姜夔之后,尤其到了南宋后期,吴文英、周密、张炎、王沂孙等词人,都是雅词的代表人物。他们的作品既保持了传统词作协律婉约的特点,同时又汰净了俚俗之气,纤艳之态,真正完成了宋词的文人化进程。词的文人化过程,大大提高了词的文化品位,进而也提高了词的社会地位。北宋年间,只有柳永、周邦彦等极少数"职业词人"。对多数作家来说,诗文才是正业,词只是余事而已。但是南宋却出现了众多的"职业词人",姜夔、吴文英、史达祖、周密、张炎、王沂孙等人,几乎都把毕生精力用于词的创作。这虽然表明了词的社会地位提高,但是与此同时,词也逐渐失去了五代、北宋那种自然活泼的韵致。雕章琢句之风,用典对偶之风,咏物酬唱之风,一时大盛。脱离了源头活水,词从极盛逐渐走向衰落,这也是必然的结果,符合文学发展的规律。

三

清代是被文学史家称为"词学中兴"的时代,不仅词人众多,词派林立,而且词学研究之风极盛,各种词学理论著作和代表各派理论观点的宋词选本也纷纷出现。

朱孝臧虽然被公认为近代词坛的"宗匠",而且在词的创作和词集校勘方面也做出了杰出贡献。但是他论词却十分"矜慎",从不轻易下笔。不过,他生前却留下了两个词的选本——《宋词三百首》和《词莂》(清词选)。这两个选本,在一定程度上体现了他的词学理论主张。

清代自嘉、道以后,浙西词派逐渐衰落,常州词派继而兴起。朱孝臧深受常州词派理论的影响。常州词派周济辑《宋四家词选》,列举周邦彦、辛弃疾、吴文英、王沂孙四人为词坛领袖,四人之中除辛弃疾外,均为婉约派大师,其中吴文英尤其是朱孝臧心仪的词人。朱氏不仅四校《梦窗词》,创作上也多模拟梦窗。朱孝臧编选《宋词三百首》,选择宋词精品,目的是为子侄辈提供一个词学范本,同时又试图为后学指明方向。这样,朱氏必然会把自己的词学理论主张以及创作实践经验贯彻到选本的弃取标准之中。因此我们便不难理解,为什么《宋词三百首》入选词目最多的是吴文英词,达二十四首之多,其次才是周邦彦词,共二十三首,再次是姜夔词,共十六首。三人作品相加,几乎占了全书篇目的四分之一,足见朱氏对梦窗等人的重视与推崇。

朱孝臧精研词律。他对于格律的爱好与苛求,自然使体裁是否合度、格律是否精严成为弃取作家作品的另外一个重要标准。《宋词三百首》入选词作最多的词人吴文英、周邦彦、姜夔,都是格律派词人。此外入选篇目较多的如晏几道(十八首)、柳永(十三首)、贺铸(十二首)等人,也多是所谓当行本色、严守词律的婉约派词人。相反,对豪放派词人的作品却入选较少,即使苏轼、辛弃疾这样的大家,也只分别选了十二首和十首,相加尚不及吴文英一人之量。此外如陆游、陈亮、刘过等人的作品,只入选一两首,与史达祖之九首、周密之五首、王沂孙之六首,都不成比例。总之,朱氏《宋词三百首》以"体格神致"为第一,以格律派词人为重点,以艺术上完美无疵为最高理想。这样的标准充分体现了清末格律派词人的词学理论主张。

朱孝臧选辑的《宋词三百首》初版于民国甲子年(1924,以下简称"甲子本"),由吴昌硕篆额,况周颐作序。全书共录词人八十八家,选词三百首。此书于民国甲申年(1944,以下简称"甲申本")由成都薛氏崇礼堂重刊,分为上、下两卷,入选作者和篇目与"甲子本"完全相同,唯刊刻者薛志泽有一简短《后记》附于书末,交代了重新校刻朱选《宋词三百首》的缘起。

20世纪以来,朱孝臧《宋词三百首》之所以能如此普及流传,除了朱氏在词坛上的地位和选本自身的价值以外,一定程度上还得力于已故词学大家唐圭璋先生的《宋词三百首笺》和《宋词三百首笺注》(以下简称"唐笺本"和"笺注本")。近二十年来,各家出版社先后出版过多种《宋词三百首》的注本,几乎全是以唐先生的"笺注本"为底本的。唐圭璋先生的《宋词三百首笺》初版于民国二十三年(1934)，由神州国光社刊印。此书由吴梅作序，胡光炜题写书名，叶恭绰题写扉页，同时保留况周颐原序。"唐笺本"在中华人民共和国成立以后曾数度重印，内容也有所改动。第一次是1958年8月，由上海中华书局重版，除保留笺文之外，还增加了简单的注释，书名改为《宋词三百首笺注》，删去叶恭绰题签，由胡小石（即胡光炜）重新题写书名。除保留况序及吴序外，还新增自序一篇。此书1979年之后又由上海古籍出版社多次重印。

如果我们把1924年初刊的"甲子本"与1934年刊印的"唐笺本"作一比较，就会发现两者在入选词人和篇目上都存在不小的差异。"甲子本"原共录词人八十八家，选词三百首，与"三百首"之名称相符；而"唐笺本"于词人则删去聂冠卿、黄庭坚、张耒、查荎、蔡幼学、萧泰来六家，剩八十二家，于词则删去聂冠卿《多丽》等二十八首，另增张孝祥《念奴娇》（洞庭春草）等十一首，实际只存词二百八十三首，与"三百首"之名不尽相符。尤其值得注意的是"甲子本"中原已选录的某些历代传颂的名篇，如范仲淹《渔家傲》（塞上秋来）、苏轼《念奴娇·赤壁怀古》、秦观《踏莎行·郴州旅舍》等，在"唐笺本"中都被删去。对于这种变动，不管是1934年初版的"唐笺本"《吴序》或1958年重版的"笺注本"《自序》，都未作出具体说明，而其他文献资料亦不见记载。只是在"笺注本"的扉页上有这样的题署："上彊村民重编，唐圭璋笺注。""笺注本"何以成了彊村重编本？按常理推断，笺注者或作序者对此重要变动应当有所说明，但是没有。是一时疏忽，还是别有隐情？真正令人遗憾。如今，有关当事人大都已经亡故，这大约只能成为一桩历史遗案了。

为了保留朱氏《宋词三百首》的初始面貌，我们这个注本决定采用1924年朱氏初刻的"甲子本"作为底本，同时将"甲子本"未选录而"唐笺本"补录的十一首词作为附录，以供读者比较参阅。在本书的注释过程中,曾经得到吴战垒、屈兴国、吴宗海、黄建国等友人的各种帮助。沈幼征先生、金敏同志还通读过全稿,提出了不少宝贵意见。特此补记,以志谢忱。

罗仲鼎于 1991 年 11 月

《谭献集》整理校点前言

　　谭献是清代同光年间负有盛名的学者、诗人,尤以词学贡献最为突出。他是常州词派的殿后人物,被尊为一代宗师,继往开来,影响深远。谭献原名廷献(一作献纶),字涤生,后改字仲修,号复堂,晚年自号半厂居士,浙江仁和(今杭州)人。生于清宣宗道光十二年(1832),卒于清德宗光绪二十七年(1901),享年七十。

　　谭献生活的年代,正是清王朝由盛转衰并逐渐走向没落崩溃的时期。从1840年鸦片战争英军入侵开始,中国近代史上翻开了重要的一页。这一年谭献八岁。不久以后,也就是1851年的春天,爆发了太平天国战争,二十余年间,战火燃遍了大半个中国。谭献的整个青壮年时代,都是在充满战争与杀戮的黑暗社会中度过的,他后来在回忆这段生活经历时沉痛地写道:"余五十以前,遭遇之困,鲜民之痛,不死于穷饿,不没于贼,不溺于海,幸耳幸耳!"[1]

　　谭献出生在一个破落的士人家庭,父亲早逝,所以他自称"予早孤露,襁褓失怙",是由母亲陈宜人抚养长大的。由于家境贫寒,"无从师之束脩",几乎中途废学,后来依靠父辈朋友的帮助,"招予读书其家,饮食教诲之",才得以完成学业。他深知这样的机会来之不易,因而刻苦自励,奋发上进,才能逐渐显露,为前辈学人所赏识。"十五岁,就宗文义塾读书,补弟子员。十六岁乃为童子师。"不过当时私塾老师收入相当微薄,"岁脩脯不及三十缗",不足以养家糊口,只能依靠他的母亲替别人做针线补贴家用,谭献晚年对其子追叙道:"尝力竭寒夜操作,龟手流血,予啜泣于旁。汝祖母训予曰:但汝得成立,读书识道理,无忘今夕可也,徒悲何益!"[2]这种境况,极大地刺痛了年轻谭献的心灵,同时也激励他加倍地奋发向上。从此谭献开始认真"读有用书",研究各种学问,从事诗词写作,并且广交各方朋友,为以后的入仕用世做好准备。但是谭献的仕进之途却十分坎坷。太平军起事那年,谭献十九岁,腐败的清军绿营兵不堪一击,太平军势如破竹,连克重镇,不久建都南京,而谭献的故乡杭州亦于咸丰十年(1860)和咸丰十一年(1861)两度被太平军攻陷。史载当时屠戮惨烈,他的母亲陈宜人也在破城后"殉难"。此时谭献正避地福建,为学使徐树藩幕僚,他的妻子从家乡浮海来到,并带来了母亲不幸遇难的消息。谭献痛不欲生,说:"乌呼,吾自此不得为人子,遂不足为人,腼而视息,而已绝于天,死于心也已!"[3]同治二年(1863)三月,清军收复杭州,谭献历尽千辛万苦,携眷回到家乡,这时他已过而立之年,万念俱灰。时任杭州太守的全椒人薛时雨与谭献是旧识,对谭的才能非常欣赏,鼓励他继续应举。但是事与愿违,接踵而来的是一次又一次"秋闱报罢"。同治丙寅(1866),马新贻任浙江巡抚,重视战乱后的文化重建,开办诂经精舍书院与刻书局,谭献被聘为总校,并参与编纂《忠义录》。同治六年(1867),谭献终于考取举人,此时他已经三十六岁了。以后他又多次入京参加会试,但不幸又一次次"下第南还"。谭献最后一次参加会试失败,是在同治甲戌(1874),这年他已经四十三岁,"自顾渐老",决定放弃应举。可能是为了家庭生计,同时也心有不甘,"欲以民事自试",稍稍实现自己的政治抱负,便向亲朋告贷,入赀到安徽担任地方官员,并于同治十三年(1874)岁末到达安庆,先在巡抚衙门做了两年多的幕僚,后于光绪丁丑(1877)八月,出任歙县县令,己卯(1879)七月,调全椒令,辛巳(1881)九月奉命代理怀宁令,三年后移治合肥,两年后又调宿松县令,此时谭献已经五十四岁了。

一年以后他因病辞官归里,但是,回到故乡以后却"无以为家,赁庑转徙,不遑安处",无奈只得"拟再赴含山令"。不料就在赴任途中,突然疾病发作,于是只好再次"具牍请开缺",辞官回到杭州,过着"山林腾笑,挂冠遗履,寻诗书之夙好"的自由自在生活。光绪庚寅(1890),谭献往日的座主,时任湖广总督的张之洞,在都会江夏(今武汉市)开办经心书院,聘请谭献担任书院院长,年近六十的谭献欣然赴命。在担任书院院长期间,他得以会见许多老友,结交新朋,培养了一批新才,还有时间从事学术研究和诗词创作,衣食无忧,学术有成,心情非常愉快。他后来回忆这段生活时说:"愉快过于人世荣遇。"[4] 不过,衰年多病,独客他乡,终非长久之计。两年以后,他终于举家回到故乡杭州,与一批老友徜徉湖山,吟诗作赋,研讨学术,整理旧稿,直至七十岁去世。

中国古代向有"三不朽"之说,即所谓立德、立功、立言,这是千百年来士人们孜孜追求的理想。立德尚已,"唯圣人能为",一般人只可仰望。其次是立功,自从隋唐推行科举制度以来,遂成为众多士人追逐的主要目标,应试—入仕—经世致用,是士人们最现实的人生追求。然而这是一条崎岖险峻的道路,且不论入仕以后的宦海风波,即便要通过这条畏途,也总是成功者寥寥,失败者多多。这种情况堆积起了中国古代诗歌史上一个恒常的主题:怀才不遇。千百年来,绵绵不绝。谭献晚年曾作《亡友传》和《七友传》,传主都是他的同学、同乡,这些人大多是科举屡北,穷途落魄的贫寒之士,虽然才能杰出,但是由于"无门户以招致,无缟纻以结欢"[5],他们或死于穷饿,或死于战乱,或坎坷以终生,或抑郁而夭折,其中包括庄棫、龚公襄、蒋坦这样的优秀学者文人。作者通过这些文章,除哀悼友人的不幸命运之外,也对当时扼杀人才的黑暗社会提出了悲愤的控诉。与亡友们相比较,谭献还是相对幸运的,虽然同样的怀才不遇,同样的命运坎坷,他至少还获取了举人的资格,出任过十多年的地方官员,并且数度受聘为书院和书局的院长或总监。他享有高寿,晚年俨然文坛领袖,宏农学派山斗,不仅在生前编辑出版了自己的诗文集《复堂类集》,选本《箧中词》,还能为已经亡故的师友整理遗稿,撰写序言,刻印面世,庶使其不至埋没于蒿莱。不过对于志存高远的谭献而言,内心依旧充满遗憾,他晚年感叹道:"入赀以县尹官皖,非素心也。"又说:"蕉萃一第,既无期望之人,尘土一官,何与显扬之志?"[6]显然,谭献对自己的仕进立功成就,是非常不满意的,《复堂类集》中某些颂扬达官显宦功业的文章,艺术上虽不见精彩,而敬仰艳羡之情却溢于言表,此中也反映出作者的内心世界。

二

也许正是谭献"立功"的失败和遗憾,促使他在"立言以垂世"方面更加奋发努力。有清一代,学术研究风气极盛,由于文化重心的南移,江浙一带,逐渐成为学术文化的重镇,自明末清初以来,接连涌现了一批学术大师和文坛领袖人物。在这种文化氛围的影响下,谭献青年时代就在准备应举的同时,开始了认真刻苦的学术研究,孜孜不倦,终其一生。据他的弟子胡念修说:"先生自咸丰庚申(1860)以后,历劫乱离,家无长物。薄宦廿年,廉泉湛然,而聚书独数万卷,世推善本。读书亦如之,丹铅寒暑不去手。著书称是,积几以数尺计。"[7]足见其对学术研究的专注与痴迷。我们从现存《复堂日记》中大量读书论艺的记载中,可以非常清楚地看到这一点。

与当时许多学者一样,谭献学术研究的领域相当广泛,治学注重经世致用。他从传统儒家的经典入手,以小学为根柢,旁及史学、哲学、金石书法、版本目录,甚至还涉及政治、经济等等,他的论文《衢言》就对大乱之后朝廷图谋恢复的政治经济方针政策,提出了许多中肯的批评建议。谭献"精研丙部",尤其对《淮南子》和董仲舒的《春秋繁露》两书,"致力为最深",达到了极高的学术水平。胡念修认为:"其中鉴别独得之处,直发千余年来读者未泄之秘。"甚至超越了全祖望的《水经注校》与戴望的《管子校正》。当然,这只是一家之论。不过谭献自己对这两部投注了毕生心血的著作确实也十分珍视,晚年曾感叹道:"吾老矣,恐不获亲见二书刊成行世矣!"[8]透露出深深的悲哀和无奈,此话也不幸而言中,这两种著作在作者生前均未能"刊成行世",前者则已被深埋于历史的积尘之下,这也是中国学术史上的损失。

谭献生前曾多次刊印自己的诗文集。二十岁时就与友人一起刊印了《化书堂集》。咸丰九年(1859),时正当战乱,他还不到三十岁,在福建学使徐树藩衙门担任幕僚,又刊印了《复堂诗》三卷,《复堂词》一卷,不久"纂录本朝人所著,成《箧中词》五卷,《续》一卷刻行。"光绪乙酉(1885),"乃自定《复堂类集》,凡文四卷、诗九卷、词二卷,付杭州书局刻之"。尽管如此,据谭献弟子胡念修说,他的著述"已刊者十不逮一",真可谓是著作等身了。这种情况,充分表明了谭献对于"立言"的重视。

《复堂类集》共收录文四卷,晚年又自定《复堂文续》五卷,篇幅更多于《类集》,可惜《文续》"刻甫过半,先生已归道山。"不能不说这又是一大遗憾。复堂的文章涉及面很广,内容比较庞杂。大体说来可分为如下几个方面:一是模仿汉赋的作品,如《明堂赋》上下篇,内容和形式创新不多,徒然堆砌辞藻典故,与枚、马相较,恐不免邯郸学步之讥;至于模仿六朝骈赋的作品,如《临安怀古赋》《定香亭赋》等,往往辞过于情,缺乏独创之意,正如作者晚年自己所批评的:"从骈俪入,不能摆落华藻,无所谓洁静精微也。"[9]与他钦佩的前辈作家汪容甫相比,恐怕尚隔一尘。第二类是碑传,内容主要涉及颂扬循吏的政绩,善人的义举以及在太平天国战争中殉难官员的"壮烈"精神,例如《类集》中的《浙江忠义祠碑铭》《朱联华传》《厦门义学记》《全椒崇善堂记》以及《文续》中的《许府君家传》《戴文节公墓表》等等,都是这类作品,其中有些观点虽然未必正确,但内容丰富,描写生动,作为历史文献,也可供现代研究者参考。在碑传类作品中,还有不少所谓节妇传、孝女传,传主有的确实表现了古代妇女的高尚品德,但有些篇章以赞扬的笔调,歌颂了某些有乖常理的愚忠愚孝行为,如割肉疗夫、未嫁守节等等,这固然是时代的局限,但也反映了作者的保守思想。第三类可称为单篇的学术论文和札记,内容涉及历史、政治、经济、文字、音韵、训诂、戏剧、碑帖、版本、目录等方方面面,时有真知灼见,但由于不成系统,难成一家之言。他晚年自我批评说:"吾所学最杂,六经不能上口,诸家师说涉猎及之,辄敢侈谈,此过失之大者。"[10]这一段自白说明谭献不乏自知之明。作为一个学者,他对自己的要求是很严格的。当然由于他的多数学术著作都未能面世,仅凭散见于文集中的单篇论文来评价其学术贡献,是不全面也是不公正的。在同辈学人中,谭献年寿较高,位望较隆,他又数度参与刻书局工作,所以在《类集》尤其在《文续》中,保留了大量前人、友人诗文集的序跋,包括他自己所作的论古诗、唐诗、金元诗、明诗以及当代诗歌的文章,为后人研究谭献的生平思想、艺术主张和文学创作道路,以至清代晚期的文坛状况、社会文艺思潮,提供了丰富的第一手资料。这是复堂文章中的第四类,也是最有意义的一类作品。谭献晚年解释为何自号"半厂居士"时说:"予戊子(1888)以来,自号半厂,以为问学游迹,仕官文辞,率止于半,以识内愧。"[11]满含着愧憾之情。在《复堂类集自序》中,他也曾引用陆游的诗表达这种遗憾心情:"文章在眼每森然,力弱才疏挽不前。前辈不生吾辈老,恐留遗恨又千年。"平心而论,谭献的仕宦学术,也就是"立功"的全部和"立言"的某些部分,确实不算成功,留有许多"遗恨",但作为一位诗人、词人,他却取得了很大的成绩,在文学史上,尤其在近代词学史上占有相当重要的地位,这也许是作者自己始料所不及的。

三

韩愈诗《和席八十二韵》有两句说："多情杯酒伴,余事作诗人。"欧阳修解释说："尝以诗为文章末事。"这种解释可能是片面的。但是后来正统儒学士人大都赞成欧公的说法,认为与文章相比,诗歌只是"余事",词则是"诗余",更加等而下之。谭献的观点与此相反。他恪守传统儒家的诗教理论,强调诗歌的重要社会地位和教化作用,在《明诗》篇中引用章学诚的话说："诗教至广,其用至多。"又说："一代政教,一时风尚,皆可以观焉。"他评论诗歌优劣的美学标准是"托体比兴,推本性情,规矩《雅颂》",他认为诗歌最本质的特点乃是"根柢乎王政,端绪乎人心,章句篡组,盖其末也"。在这样的思想观念指导下,谭献对诗歌创作倾注了毕生心血。他从十五岁开始写诗,三十岁以前就两次刊印诗集,直至晚年,从不间断。《复堂类集》共录诗十一卷,加上后人收辑的《诗续》,总数在千首左右。与此同时,他还非常重视古典诗歌的普及推广,先后编选过《古诗录》《唐诗录》《金元诗录》《明诗录》,宣扬自己的诗学主张。可惜这些选本都未能刊印流传下来。对于宋诗,他是鄙视的,说："宋诗窳陋,言之不文。"相反对明代复古派却大加称赞："北地李梦阳,质有其文,始终条理,亦足当少陵之史矣。"[12]这无疑是一种偏见,反映了谭献诗学思想保守的一面。不过,随着时间的推移和阅历的加深,作者在创作实践中逐渐改变了自己的观点,他在《合肥三家诗序》中说："诗也者,贤人君子不得已而作也,希古乐道与夫观时感物,如笙磬之同音也。"在《春晖草堂诗序》中又说："有天宝诗人忧生念乱之遗韵,《离骚》以降,所谓穷而后工者,其在斯乎?"认为诗人不必局限于"希古乐道"的温柔敦厚之旨,同时也可"观时感物",抒发对现实的感慨,进而承认"忧生念乱,穷而后工"是屈原、杜甫以来诗歌创作的优良传统。这一点,从谭献本人的诗歌作品中也可见出。谭献早期的诗歌,模拟古人的痕迹比较明显,缺乏鲜明的个性。中年以后身经战乱,饱尝流离颠沛之苦,感受亲友别离夭亡之痛,目睹黎民生活之艰辛,诗风为之一变。正如他的好友吴怀珍《复堂诗叙》所说:"夫风会所极,诗道亟变,工拙盖殊焉。而原贤人君子所以作诗之旨,盖必有天地民物之故,与夫伦类身世升沉新故之感,一旦有触于外而动于中,遂以宣其缠绵悱恻,烦冤呫嗫,不能自已之词,故优柔善入,恻然动人,使人歌呼悲愉而无以自主,盖其发于性情之正,有声诗以来,未有能有易此者也。"庄中白在《复堂词后叙》中也说:"大江以南,兵甲未息,仲修不一见其所长,而家国身世之感,未能或释,触物有怀,盖风人之旨也。"同时指出了谭献后期诗风词风变化的原因及其诗词的主要思想艺术特点。

与谭献的诗歌创作相比较,他在词学研究和创作方面的成就与贡献似乎更加突出,更为时人所看重,对后代的影响也更大。谭献与好友庄棫同为清代同光年间两大词人,陈廷焯评论说:"余尝谓近时词人庄中白尚矣,蒿以加矣,次则谭仲修,鹿潭虽工词,尚未升《风骚》之堂也。"[13]庄中白早逝,谭献遂成为一时的词坛盟主。这一地位的确立,并非偶然,与他的词学主张、创作成就以及晚年在文坛的位望,都有密切关系。谭献认为,词不仅仅是诗余,更是古乐府之余,其源头上接四始六艺,风雅比兴,它由《小雅》发展演变而来。与诗相比,词还有自身独特的长处,"其感人也尤捷,无有远近幽深,风之使来,是故比兴之义,升降之故,视诗较著,夫亦在于为之者矣。"[14]因而在谭献看来,词不但不是士人不屑为的"小道",而与诗文同样,词也可以是"立言以垂不朽"的事业。正是在这种认识的引导下,他从青年时代就开始填词,并对唐宋以来以至当代词人、词作及其发展源流变化,进行了系统深入的研究。中年以后,他接受了常州词派的理论观点,"乃尊信张皋文、周保绪先生之言,锐意为之"[15]。在长期的创作实践中，谭献逐步掌握了诗词艺术各自的不同规律，"向之未有得于诗者，今遂有得于词，如是者年至五十，其见始定"[16]。从而使自己的倚声之作达到了新的艺术高度，占据了当代词坛的上游。谭献并没有像陈廷焯和况周颐等人那样，有专门的词学理论著作，为了宣扬和贯彻自己的词学理论主张，他选录清人词近千首，加以评点，此书命名为《箧中词》，在谭献生前刻行。由于"收罗富有，议论正大"（吴梅语），弃取公允，品评精当，加上选评者在词坛的权威地位，遂为时人所重，"学者奉为圭臬"（龙榆生语），对后代也产生了深远影响。除此之外，他还与当时著名词人冯煦共同商榷，选定唐宋元明词家三百四十余人，共录词一千零四十七首，命名为《复堂词录》。令人遗憾的是，此书在作者生前及身后均未能刊行，仅有抄本留世，分存于国家图书馆和浙江图书馆，据云亦已残缺不全。幸亏谭献入室弟子徐珂已把其中重要评论，录入《复堂词话》，使后人得以窥见《复堂词录》的部分面貌。作为"立言"的一部分，谭献的词学成就之所以超过其诗文，还有特定的时代背景。清代被文学史家称为词学复兴的时代，倚声之学在士人中非常普及，几乎达到人各有词，词各有集的程度。在有清二百七十多年中，词人数量之众多，词作风格之多样，词派面目之纷繁，都大大超过了前代。虽然清词的总体成就可能不及两宋，但是由于士人的大量参与，词进一步向文人化的方向演变，词的社会地位和美学品位也得到了很大提高。加之自从词的曲谱失传以后，词丧失了它的音乐功能，已经不再是酒筵歌席上供伶人歌伎们演唱的歌曲，而成为供文人写作的一种特殊的诗体。所以浙派衰落以后，以张惠言、周济等人为代表的常州词派继起，大力鼓吹词并非"小道"，也非"诗之余"，而是"风骚乐府之遗"，完全可以"言志缘情"，像诗歌一样表现堂堂正正的社会内容和思想感情。而且由于格律的特殊性，词作为诗的一种补充，还可以表达某些在诗中不宜表达或难以表达的内容，更适合于运用比兴寄托的抒情方式，来表现词人某种幽深曲折的情志，"低回要眇以言其致"，以达到"味之者无极，闻之者动心"的艺术效果。谭献在《箧中词》中对张惠言的《水调歌头》五首给予了最高的评价，说："胸襟学问，酝酿喷薄而出，赋手文心，开倚声家未有之境"，就是这种词学观的表现，而张惠言的这五首词确实也达到了文人词的极致，开辟了一种全新的境界。清代自嘉、道以还，浙派式微，常派兴起，笼罩词坛达百年之久，除词学发展自身的原因之外，还有社会的因素。清王朝在经历了康、雍、乾三朝的全盛时期以后，封建社会母体所具有的一切弊端开始充分显露，这座大厦离开完全崩坍虽然还有一段时间，但是根基已经朽坏，一遇风雨就摇摇欲坠。"山雨欲来风满楼"，动荡的社会呼唤文艺的变革。常州词派正是应时而生的一个文学流派，他们打着反对"雕琢曼词"的旗号，主张词首先要"重意"，继承风骚乐府的优良传统，讲究比兴寄托，抒写"贤人君子幽约怨悱之情"。虽然这种主张仅仅是封建社会内部某些士人试图补弊纠偏、进行改良的主张，与当时天崩地坼、血雨腥风的社会形势并不相称。不过对于荡涤当时词坛轻浅萎靡的不良风气，毕竟还是起过一定作用。谭献作为常州词派的殿后人物，继承并发展了常派的理论主张，以自己的创作示范、精到评论，影响当代及后学，遂成为一代词学宗师。谭献"立言"的成就，在词学方面之所以远高于其诗文创作，原因大约在于此。正如近人叶恭绰先生所言："仲修先生承常州派之绪，力尊词体，上溯风骚，词之门庭缘是始廓，遂开近三十年之风尚，论清词者当在不祧之列。"[17]

四

谭献是一位具有多方面成就的学者和作家，刻苦勤奋，兴趣广泛，著作等身，他生前和身后都有不少作品刊印行世，涉及面也很广。我们此次整理的《谭献集》，以作者生前亲自审定刊行的《复堂类集》

为主,内容包括文、诗、词三部分。其余学术著作、诗词选本,均不包括在内。但是由于《复堂类集》初刻于光绪己卯(1879),离作者去世尚有二十余年,所录作品不全。谭献生前还编辑过《复堂文续》五卷,共计收录各类文章一百六十余篇,内容尚多于《类集》所录。此书由谭献亲自校订,但未及完工而作者不幸去世,由他的弟子胡念修在光绪辛丑(1901)主持刻成面世,收入《刻鹄斋丛书》。此外徐彦宽"手录得复堂丈未刻诗一帙"[18],共六十六首,又《复堂谕子书》两则,一并收入《念劬庐丛刻初编》,刊印行世。浙江图书馆馆刊(1937年)又收集了《复堂词续》十三首,这些我们全部予以收录。谭献对戏曲也颇有研究,"文续"中有单篇论文《玉狮堂后五种曲叙》,评论剧作家陈叔明的作品。此外还有品评当时戏曲演员的专著《增补菊部群英》(作者化名糜月楼主),由谭献好友王诒寿题词。作为研究戏曲史的有用资料,这次也作为附录收入。至于谭献其他的学术著作,如《董子定本》《复堂日记》《复堂词话》《合肥三家诗录》《汉铙歌十八曲集解》《片玉词考异》以及书法研究著作《非见斋审定六朝正书碑目》(与魏锡曾合作)等等,都是很有价值的著作,其中有的还是从未面世的稿本,但是限于体例和篇幅,只能割爱。

《复堂类集》在谭献生前曾经刊印过两次,第一次刻于光绪己卯(1879),共录文四卷,诗九卷,词二卷,日记六卷。金石跋及文余各三卷则注明"未刻"。集前有《自序》,诗集前有好友《吴怀珍叙》,但此序作于咸丰甲寅(1854),可能就是谭献在福建刊印《复堂诗》的序言,距《类集》刊印已经二十五年,录以为叙大约带有纪念亡友之意。词后录有作者至交庄棫的《序》,此文未注明年月,而庄棫也已在《类集》刊印前一年去世。这一版本,与《谕子书》所称"今年乃尽搜衍,自定《复堂类集》,凡文四卷、诗九卷、词二卷,付杭州书局刻之"内容完全相符。第二次刻印于光绪乙酉(1885),共录文四卷,诗十一卷,词三卷,日记八卷。诗词分别比"己卯本"多出两卷和一卷,日记多出两卷。

此书由谭献亲自勘定，并收入由他自己编辑的《半厂丛书》，成为其中一种。《复堂类集》两个版本刊印时间虽然相隔六年，但是除了作品内容有所增加之外，版式、文字均无差异，估计第二次刻印所增，是采用拼版方式，以节省成本。

这次整理《谭献集》，仅限于收录其诗、文、词，故以"已卯本"为底本，另据乙酉《半厂丛书》本增补诗两卷，词一卷。再据《刻鹄斋丛书》增补《复堂文续》五卷，又据《念劬庐丛刻初编》增补《复堂诗续》一卷、《复堂谕子书》两则，据浙江图书馆馆刊录补《复堂词续》一卷。华东师范大学出版社所刊项鸿祚《忆云词》前附《项君小传》，署名仁和谭献撰，为《类集》中所无，也一并收入。就目前所能见到的资料而言，我们的搜求已经尽其所能。如有遗漏，只能待诸来者了。像许多晚清学者一样，谭献在写作时有使用异体字、古体字以及生僻字的习惯，而且文中前后字体也不完全统一。为了方便后人阅读，同时又能适当保留原书面貌，我们尽可能以标准今体字替代其生僻的异体字和古体字，常见者则一仍其旧。因为没有不同版本可供校勘，对文中某些明显的错误，径作改正，其余则只能存疑，并于卷后加注说明。由于校点者水平有限，错误和疏漏一定难免。至盼海内外高明，多加匡正。在本书的校点过程中，曾向浙江大学雪克教授、浙江传媒学院周克庸教授、浙江古籍出版社钱之江先生请教，获益良多。浙江图书馆古籍部沙文婷、张群女士在提供资料方面也曾给予种种帮助，在此一并致谢。

罗仲鼎 2011.4.10 于紫藤书屋

【注释】

[1][2][3][4][6][9][10][11][15] 见《复堂谕子书》。

[5] 见《复堂文续·七友传》。

［7］［8］见胡念修《复堂文续序》。
［12］见《复堂类集·明诗叙录》。
［13］见《白雨斋词话》卷五。
［14］［16］见《复堂词录跋》。
［17］见叶恭绰《广箧中词》卷二。
［18］见徐彦宽《复堂诗续序》。

《箧中词》整理校点前言

《箧中词》是清末词学大师谭献的著名清词选本,也是晚清以来词坛流传最广、影响最大的清词选本。冒广生指出:"仁和谭仲修,循吏文人,倚声巨擘。《箧中》一选,海内视为金科玉律。"[1]并非虚誉。

谭献(1832—1901),原名廷献,字涤生,后改字仲修,号复堂。浙江仁和(今浙江杭州市)人。同治六年(1867)举人,历任安徽歙县、全椒、含山等地知县。晚年退归故里,潜心著述,对词学用功尤深,为同、光年间词坛领袖人物,与丹徒庄棫齐名,号"庄谭"。著述甚丰,除《箧中词》外,尚有《复堂类集》《复堂日记》《复堂文续》等。曾选唐、宋、元、明词为《复堂词录》十一卷,又选清词十卷为《箧中词》。其论词文字,则散见于《复堂词录》《箧中词》及文集、日记之中,后由弟子徐珂辑成《复堂词话》一卷[2]。

一

谭献精研词学,在词的创作和词学理论研究方面都取得了重大成就。正如叶恭绰先生所说:"仲修先生承常州派之绪,力尊词体,上溯风骚,词之门庭,缘是益廓,遂开近三十年之风尚。论清词者,当在不祧之列。"(《广箧中词》卷二)指明了谭献对词学发展的贡献,以及在近代词学史上承前启后、继往开来的重要作用。谭献是常州派词学理论的继承者,他在批评浙派词人王昶《国朝词综》选词标准失当时说:"予欲撰《箧中词》,以衍张茗柯(惠言)、周介存(济)之学。"明确宣称,编撰《箧中词》就是为了推衍常州词派的词学理论主张。以张惠言、周济等人为代表的常州词派,是清代中后期影响最大的词派。嘉、道以还,常派取代了浙派的地位,主盟词坛几达百年之久。常派词学理论主张的具体内容是什么呢?约而言之,大致有四个方面,即尊词体、重词意、讲寄托、倡复古。所谓尊词体就是认为词也是正统儒家诗教所肯定的"风、骚、乐府之遗",是乐府和唐诗的发展变化,在文学史上应该具有与诗歌平等的地位,不认同词乃是"诗之余",是"小道",士大夫们"不屑为"的传统观念。提出这一理论主张是为了提升词的社会地位,拓展词人的创作视野,提高词的思想艺术水平。用张惠言的话来说,就是要"塞其下流,导其渊源,无使风雅之士惩于鄙俗之音,不敢与诗赋之流同类而风诵之也"[3]。晚清及民国之初,词学创作与研究之风盛极一时,与尊词体这一理论观念的普及不无关系。重词意实际上是儒家诗教"诗言志"在词学创作中的运用,与尊词体的理论主张密切相关。既然词并非"小道",词与诗一样也是"风、骚、乐府之遗",那么,理所当然,"诗言志"的原则同样适用于词,这就要求词的创作不能一味"佚荡靡丽",沦为侧艳之词,而应该像诗歌一样,涵括丰富的社会内容,"缘情造端,兴于微言,以相感动"[4]。讲寄托则是强调,词在艺术表现方法上有自己的特殊规律,词与诗不同,词更注重"低徊要渺以喻其致"[5],词人必须运用比兴寄托的抒情方式来表现个人的情志,努力创造"意内而言外"的理想美学境界。至于倡复古,主要是为这种理论主张树立一个典范。在张惠言看来,唐代词人,尤其是温庭筠的词,"其言深美闳约",篇篇有寄托,是后人学习的榜样。而五代以后的词,都不免于杂流,以至于"荡而不返,傲而不理,枝而不物"。常州词派这一理论观点的保守性是显而易见的,在评论具体作家作品时也每每流于牵强附会。不过,这并非张惠言立言宗旨之所在,要理解张氏理论之实质,还离不开当时的历史文化背景。

乾、嘉以前,清代词坛大体为浙派所笼罩。从清初浙派宗师朱彝尊之开宗立派,领袖群彦,标榜以南宋词人姜夔、张炎为模习典范,到雍、乾之世以词风"幽深窈曲"著称的词坛巨匠厉鹗,再到嘉、道之际有"浙派殿军"之称的郭𪊴,这一流派绵延流传了百年之久。但是,由于社会形势的剧变,浙派理论主张固有的弱点和弊病逐渐暴露出来,词的内容趋于狭窄空虚,风格流于轻靡浮滑,引起人们普遍不满。谢章铤批评道:"大抵今之揣摩南宋,只求清雅而已,故专以委夷妥帖为上乘,而不知南宋之所以胜人者,清矣而尤贵乎真,真则有至情;雅矣而尤贵乎醇,醇则耐寻味。若徒字句修洁,声韵圆转,而置立意于不讲,则亦姜、史之皮毛,周、张之枝叶已。虽不纤靡,亦且浮腻;虽不叫嚣,亦且薄弱。"[6]谢章铤指出了浙派末流只注意"字句修洁,声韵圆转",而不重视立意,因而缺乏真情韵味。这种舍本逐末的结果,使词风"浮腻薄弱",如此学习南宋,只能得其皮毛。常州词派正是适应这种形势而产生的词学流派,它们打着反对"雕琢曼词"的旗号,主张词必须重意,应该抒写"贤人君子幽约怨悱"[7]之情,继承风、骚、乐府的优良传统,讲究比兴寄托。虽然这仅仅是封建社会内部少数士人试图补弊救偏,进行改良的主张,与当时的社会形势并不完全相称。不过,对于涤荡弥漫于词坛的不良词风,毕竟起了一定作用。常州词派能够取代浙派,成为引领风气的词学流派,主要原因即在于此。

二

古人编选诗文选本,大多是为了推衍一种理论主张,为自己的理论主张树立典范。明清以后,此风尤炽。远者如明代复古派李攀龙的《唐诗选》,竟陵派钟惺的《古诗归》;近者如清初神韵说倡导者王士祺的《唐贤三昧集》,浙西词派朱彝尊的《词综》,常州词派张惠言的《宛邻词选》和周济的《宋四家词选》等等。谭献的《箧中词》也不例外。前面已经提到,谭献编撰《箧中词》,是为了推衍常州词派的理论主张,批评纠正浙派末流日趋空虚浮滑的词风。正因为如此,所以他对另一部当时影响颇大,代表浙派词学观点的清词选本《国朝词综》提出了尖锐的批评:"阅王氏(昶)《词综》四十八卷,二集八卷。王侍郎去取之旨,本之朱锡鬯(彝尊),而鲜妍修饰,徒拾南渡之渖,以石帚、玉田为极轨,不独珠玉、六一、淮海、清真皆成绝响,即中仙、梦窗深处,全未窥见。"(《复堂日记·丙子》)在《箧中词》中又指出:"浙派为后人诟病,由其以姜、张为止境,而又不能为白石之涩,玉田之润。"又说:"南宋词蔽,琐屑饾饤。朱、厉二家,学之者流为寒乞……予初事倚声,颇以频伽名隽,乐于讽咏;既而微窥柔厚之旨,乃觉频伽之薄。又以词尚深涩,而频伽滑矣,后来辨之。"在这些言论中,谭献对浙派一味模习姜夔、张炎而仅得其形似,对浙派后期代表人物郭麐等人词风的弊端都提出了批评。谭献虽然推崇常州词派的理论主张,但是对常派的某些具体见解,却并不完全赞同。他说:"常州词派,不善学之,入于平钝廓落,当求其用意深隽处。"[8]他不赞成张惠言一味倡导复古,过分推崇唐代词人,而以温庭筠为"最高"的观点,说:"四农大令(潘德舆)与叶生书,略曰:'张氏《词选》抗志希古,标高揭己,宏音雅调,多被排摈。五代、北宋有自昔传诵,非徒只句之警者,张氏亦多恝然置之。窃谓词滥觞于唐,畅于五代,而意格之闳深曲挚,则莫盛于北宋。词之有北宋,犹诗之有盛唐,至南宋则少衰矣'云云。张氏之后,首发难端,亦可谓言之有故。然不求立言宗旨,而以迹论,则亦何异明中叶诗人之佽口盛唐耶?……然其针砭张氏,亦是净友。"[9]他首先指出,对张惠言《词选》的批评,主要应该看清张氏立言宗旨所在,而不能光看表面。否则,宗唐也好,宗北宋也好,都可能重蹈明七子复古主义的覆辙。其次,在这样的前提下,谭献也认为,张氏一味推崇唐词而轻视五代、北宋以后的词家词作是片面的。再次，谭献还认为，张氏《词选》弃取标准过于苛严，致使五代、北宋许多名篇均遭摒弃。因此，潘德舆的上述言论"亦可谓言之有故"，"针砭张氏，亦是诤友"。对潘德舆意见的肯定，当然也就包含了谭献对张惠言理论观点的批评和修正。

在中国词学史上，清代被认为是词学复兴的时代。在有清二百七十多年中，词学创作之繁荣，词人数量之众多，词派面目之纷繁，确实大大超过了前代。仅叶恭绰先生《全清词钞》一书，初选时已获词家四千余人。近年南京大学编纂《全清词》，据说收罗词家已达万人。清词这么惊人的数量至少说明两点：一是词这种文学形式在清代的文人创作中，已经达到了相当普及的程度。二是词的创作在经历了元、明两代的沉寂和衰落以后，在清代特定的历史文化背景之下，再次恢复了生机。一段时间之内，这么多人从事词的写作，涌现了大量的词人、词派，必然会对词这种艺术做出许多超越前人的新贡献。就清词发展的各个时期看，情况的确如此。无论是以抒写黍离麦秀、陵谷沧桑之感见长的云间词派，还是以沉雄俊爽、豪迈奔放之风见异的阳羡词派；无论是以抒写个人情怀、风格幽隽清绮见长的浙西词派，还是讲究比兴寄托、追求淳厚之美的常州词派，以及被谭献称为清代词坛鼎足而三的词人纳兰性德、项鸿祚和蒋春霖，都对词学艺术做出了独特的贡献。

清词创作的繁荣，促成了晚清词学理论研究之风的勃兴，意在推衍自己词学理论主张的各种词论专著和词的选本纷纷出现。在众多的清词选本中，则以代表浙派观点的《国朝词综》、《国朝词综二集》、《国朝词综续编》（王昶编、黄燮清续）和以基本代表常派观点的《箧中词》影响最大。

三

谭献精研词学理论,词的创作也有很高成就。陈廷焯说:"仁和谭献,字仲修,著有《复堂词》,品骨甚高,源委悉达。窥其胸中眼中,下笔时匪独不屑为陈、朱,尽有不甘为梦窗、玉田处。所传虽不多,自是高境。"[10]徐珂也说:"同、光间有词学大家……为海内所宗仰者,谭复堂大令是也。"[11]谭氏以著名词人和词学理论家的双重身份,遴选清词,编成一集,遂使《箧中词》成为清词的权威选本。谭献自己在《箧中词序》中说:"至于填词,仆少学焉,得本则寻其所师,好其所未言,二十余年而后写定。就所睹记题曰《箧中》。"这段文字说明,《箧中词》是谭氏精心结撰,经历长期艰苦劳动才完成的作品。近人吴梅在《词学通论》中评论说"《箧中词》二集,收罗富有,议论正大",比较准确地概括了谭献这一选本的两个突出优点。谭氏自己虽然说过,编选《箧中词》是为了"衍张茗柯、周介存之学",但在实际选录作品时,却不囿于一宗一派之成见,标准较正,取径较宽,既不像李攀龙《唐诗选》那样偏仄,也不像张惠言《宛邻词选》那么苛严,举凡清代词坛的名家名作,以至地位不高的无名词人和妇女词人的优秀作品,都尽可能予以搜录。全书一共入选从顺、康到当时三百七十多位词人的作品一千余篇。清词中那些内容充实、感情真挚、艺术完美、风格独特的优秀作品,基本包罗在内。谭氏的词学理论接近常派,但是在具体选词时,却能采取客观公允的态度,选录浙派词人朱彝尊、厉鹗词各十八首,在数量上大大超过常派词人张惠言和周济。朱、厉二人的名篇佳作,大致包括无遗。即使对浙派后期词人如郭麐、戈载等人的作品,也能酌情入选,并未一概加以排斥。除了对浙、常两派代表词人给予较多篇幅外,作者特别对纳兰性德、项鸿祚和蒋春霖三人给予最大篇幅,分别选录二十五首、二十一首和二十五首,并且重点加以评论。而对一般词人,则录其代表作数首,让读者通过一斑以窥见全豹。这样的安排,使《箧中词》这个只有中等容量的选本,能够为读者清楚展示清词的总体面貌和发展流变,成为后人阅读和研究清词的重要文献资料。

《箧中词》的另一个优点是议论深刻,品评精当。例如他评论清初词坛状况时说:"锡鬯、其年出而本朝流派始成。顾朱伤于碎,陈厌其率,流弊亦百年而渐变。锡鬯情深,其年笔重,固后人所难到。嘉庆以前,为二家牢笼者十居七八。"[12]对清初词坛流派的形成以及发展过程中所产生的流弊,作出恰当的说明,对清初两大词派的代表词人朱彝尊和陈维崧词风的优长缺失,作了简明扼要的概括。在《箧中词》中,谭氏还通过重点作家的评论,对清代词坛的状况,作出了恰当评价。例如评论蒋春霖《水云楼词》,他曾说过一段精辟的话:"文字无大小,必有正变,必有家数。《水云楼词》固清商变徵之声,而流别甚正,家数颇大,与成容若、项莲生二百年中分鼎三足。咸丰兵事,天挺此才,为倚声家杜老,而晚唐、两宋一唱三叹之意,则已微矣。或曰:'何以与成、项并论?'应之曰:阮亭、葆酚一流,为才人之词;宛邻、止庵一派,为学人之词,唯三家是词人之词,与朱、厉同工异曲,其他则旁流羽翼而已。"[13]谭氏把清代词人分为才人之词、学人之词和词人之词三类,并以纳兰性德、项鸿祚、蒋春霖以及朱彝尊、厉鹗为词人之词的代表。这五人中,除了对项鸿祚的评价稍有偏颇之外,都比较公允。《箧中词》对具体词人词作的评论,也有许多深刻的见解。例如对厉鹗词评论说:"太鸿思力可到清真,苦为玉田所累。填词至太鸿,真可分中仙、梦窗之席。世人争赏其饾钉窾弱之作,所谓微之识碔砆也。"[14]对浙派中坚人物厉鹗词优缺点的分析,客观公允,切中肯綮。又如对项鸿祚《忆云词》的评论说:"莲生古之伤心人也,荡气回肠,一波三折,有白石之幽涩而去其俗,有玉田之秀折而无其率,有梦窗之深细而化其滞,殆欲前无古人……以成容若之贵,项莲生之富,而填词皆幽艳哀断,异曲同工,所谓别有怀抱者也。"[15]尽管后人对谭氏这段评论存在异议,或以为是过誉之辞,但项鸿祚毕竟是清词中具有独特抒情风格的名家,谭氏对其词风细致入微的比较分析,对于读者认识和把握项词艺术风格特点,还是很有启发的。

作为反映一代词坛面貌的清词选本,《箧中词》也存在明显不足。清词规模浩大,数量惊人,而编选者以一人之力为之,加上图书数据的限制,致使少数重要作家作品未能入选,难免遗珠之憾。又《箧中词》完成于光绪四年(1878),刊印于光绪八年(1882),离清朝灭亡近三十年,有些清末名家的词作,如王鹏运、况周颐、朱孝臧等,自然无法入选。还需说明的是,《箧中词》成书过程漫长,其间历经战乱,时断时续,并非一次完稿。全书共十卷,计今集五卷,续集四卷,并附《复堂词》一卷于今集之后,作为第六卷。作者首先完成今集,以后又据"续有所得,则仿补人、补词之例"[16]陆续增补,最后完成续集。这种分批完成的编纂方法,造成《箧中词》体例的缺陷,即同一作家的作品,往往被分拆于今集、续集的各卷之中。我们在校点整理时,把同一作家的作品予以合并。原书没有词人小传,现据有关资料补足,以方便阅读。

四

此书以光绪八年(1882)刊《箧中词》今、续集为底本,同时参照谭献《复堂类集·词集》、陈乃乾《清名家词》、叶恭绰《全清词钞》、王昶《国朝词综》《国朝词综二集》、黄燮清《国朝词综续编》、陈廷焯《词则》等词集及选本,互相参校,改正了某些明显的错误。对重要异文,则同时列出,供读者参考。谭献《复堂类集》刊印早于《箧中词》,而《箧中词》所附《复堂词》一卷,数量却较《复堂类集·词集》三卷所录为少,原因不明。为尊重作者原意,现不予增补,一仍其旧。

在此书的整理校点过程中,友人屈兴国、黄建国教授曾经提供帮助,故旧情谊,书以志感。

罗仲鼎 2013 年 10 月 23 日修改

【注释】

[1] 冒广生《小三吾亭词话》卷一。

[2] 谭献著作甚丰,除精研诸子以外,仅选本就有《古诗录》《唐诗录》《金元诗录》《明诗录》《复堂词录》等,可惜均未能正式刊印传世。

[3][4][5][7] 张惠言《词选》序。

[6] 谢章铤《赌棋山庄词话》卷十一。

[8][9][13][14][15] 见徐珂辑录《复堂词话》。

[10] 陈廷焯《白雨斋词话》卷五。

[11] 徐珂《近词丛话》。

[12]《箧中词》今集卷二。

[16] 冯煦《箧中词序》。

谭献《箧中词》整理校点跋一跋二

《箧中词》跋一

　　余家旧藏谭献《箧中词》十卷,先父端启公生前曾圈阅其大半。此书后被友人蔡乃中借阅。后乃中遭幽囚,是书亦被抄走。反正后,乃中获平反,此书有幸归还原主,然已破损残缺,不堪卒读矣。比来老病无聊,遂为圈点一过,并稍稍校正其异文,另补词人小传(其里籍仍从旧称)。由伯兄定海题签,正式付梓。今日一编在手,相对如晤故人。感世事之无常,叹人生之有数,因成小词一首,调寄《鹧鸪天》。词曰:"风雨凄其忆旧踪。前尘后事两朦胧。剧怜秋夜吴江月,惯听南屏山寺钟。　　感世态,叹飘蓬。老怀无赖托雕虫。未能证得菩提了,收拾闲愁付箧中。"丁亥午日罗仲鼎补记。

《箧中词》跋二

　　是书二十年前曾由浙江古籍出版社出版,为通俗和醒目起见,改名《清词一千首》,并以汉字简体排印。此举当时虽属无奈,但熟识的词学界朋友多持不同意见。岁月如流,二十余年一闪而过。2012年秋天,接人民文学出版社古典文学编辑室电话,希望重印此书,并建议恢复《箧中词》原名,改用繁体直排,以满足业内同行需求。为尊重作者本意,删去叶恭绰《全清词钞》所选复堂词十七首,恢复保留原附《复堂词》一卷,移置全书之末。

2015 年 1 月 18 日罗仲鼎再记

《复堂词录》整理校订前言

《复堂词录》是清末词学大师谭献编纂的历代词选本,全书共收录自唐至明三百四十余人的作品一千零五十二首。全书分十一卷,计唐五代词一卷,宋词七卷,金元词一卷,明词一卷,最后附词论一卷。

作者称此书从收辑、整理、补充、删汰到最后完稿,其间"时取时弃,时弃时取",历时近三十载,于光绪八年(1882)编定。这年谭献五十岁,正处于词学创作的高峰期和词学理论的成熟期。在此前四年,作者曾有清词选本《箧中词》刊印问世,《复堂词录》是与《箧中词》相接续的历代词选本。作为当时词坛的领袖人物,谭献花费如此大的力气遴选历代词作,正是为了通过这两个选本,阐明词这种特殊韵文的发展流变历史,宣扬自己的词学理论主张,纠正当世词坛种种不良风气,推动词学创作的健康发展。正因为如此,谭献对《词录》的编纂,态度严谨,用力甚巨。据《复堂日记》记载,在《词录》的编纂过程中,他不仅广泛参阅了前人的各种不同选本,如《花间》、《草堂》、《绝妙好词》、《乐府雅词》、《阳春白雪》、《词综》、《历代诗余》、《宛邻词选》正续编、《宋四家词选》等等,用以相互比对校勘,又取当时能够看到的宋人词集如毛晋汲古阁本《宋六十一家词》、周邦彦《片玉词》等,[1] 互相参校,决定弃取。与此同时,复堂还与当代词学名家,如冯煦、梁鼎芬等人互相切磋,以求精益求精。[2]

谭献是一位勤奋刻苦的学者和诗人,平生著述甚丰,但是绝大部分在其生前、身后都未能正式刊印,已被深埋于历史的尘埃之中;[3]从《谭献集》可知,他还编纂过《古诗录》《唐诗录》《金元诗录》《明诗录》等诗歌选本,可惜如今大都已经佚失,仅有序言保存在他的文集中。谭献生前曾经说过,其著作"已刊者十不逮一二",这句话充满了深深的无奈和遗憾。不过对于《复堂词录》的刊印面世,作者似乎一直没有放弃。据《复堂日记》记载,光绪二十六年(1900)八月二十一日:"踵玉来言,甬上方生欲来予门下,谋刻《复堂词录》以为贽。恐未必成,姑付之。"[4]方生欲拜谭献为师,答应以刊刻《复堂词录》作为拜见礼。对此事谭献似乎有些犹豫,所以说"姑付之"。从光绪八年编纂写定《词录》十一卷,到光绪二十六年方生答应为之刊印面世,时间又过去了整整十八年。在这段时间,作者对《词录》还不断有所修订、补充和完善。这表明了作者对《词录》一书格外珍视,情有独钟。只可惜谭献始终未能看到《词录》刊印面世,次年他就因病去世了。而方生最终也并未践行自己对老师的承诺,那"姑付之"的《复堂词录》定本,也不知了去向。

清代被后人称为词学复兴的时代,作者如林,有关历代词的选本也很多,其中影响最大的,当数由朱彝尊初选、汪森增补编定的《词综》三十六卷。《词综》主要代表浙派的词学理论观点,奉姜夔、张炎为宗师,词风以清空骚雅为指归,选词以格律派词人为主体,选周密、吴文英、张炎词竟分别达五十七、五十四、四十八首之多,而苏轼词却只选录十五首,可见其美学宗尚之所在。而且《词综》也不选明词,中间空缺了一段,未能与清词相接续。至于号称"网罗宏富,尤极精详"的《御选历代诗馀》,且不论其是否真正"精详",由于录词近万首,篇幅过于浩繁,只可作为文献资料收藏,并不适合一般人阅读鉴赏。谭献编选《词录》之时,浙派早已式微,以复古为己任,以继承风骚、乐府传统为使命的常州词派代之兴起。常州词派的始祖张惠言曾有《宛邻词选》，嗣后又有周济的《宋四家词选》，但前者强调比兴寄托，选词标准过于苛严，颇遭时人非议；后者推衍张氏的词学理论主张，也是常州词派的重要代表，提出"问途碧山（王沂孙），历梦窗（吴文英）、稼轩（辛弃疾），以还清真（周邦彦）之浑化"的词学理论主张，他的《宋四家词选》，虽然较之张氏《词选》取径稍宽，但对某些唐、五代、北宋名家，每多疏略，亦非持平之见。谭献虽然是常州词派理论的后继者之一，或许正是有见于此，才用数十年时间，精心编选了前后相续的两部词选——《箧中词》和《复堂词录》。《箧中词》是断代词选，此书已于作者生前正式刊印，由于比较完整地反映了有清一代词坛的面貌，而且附有大量深刻精到的评论，遂成词学界推崇的清词经典文献；后者虽在作者五十岁时编定，但是直到谭献去世，历二十年而无由正式刊印面世，不能不说是一件令谭献本人痛心，也令后世词学爱好者十分遗憾的事情。

但是似乎应了那句"天无绝人之路"的格言，笔者在整理完《谭献集》以后，一直在努力寻找《复堂词录》稿本的下落，试图弥补谭献生前的遗憾，也想为词学研究者和爱好者发掘提供一个优良的历代词选本。其中过程，颇费周折，一言难尽。中国国家图书馆虽然藏有《复堂词录》抄本八卷，但已非完本，可能也非最后的定本，[5]且复制条件比较苛刻，只能放弃。杭州虽然是谭献的故乡，但访求起初也一无所获。之后发现浙江图书馆古籍部藏有《复堂词录》四卷（三至六卷），也已残缺。数月之后，忽然又传来了消息，浙江图书馆古籍部在整理库存旧书时，陆续发现了《复堂词录》七至十一卷。过了半年，浙江图书馆善本部在整理库存旧书时又发现《复堂词录》抄本一、二两卷，而且与前所发现者同出一手，扉页钤有"浙东汤氏曰乇宧藏""见即买有必借窘尽卖高阁勤晒国粹公器勿污坏"两阳文印。至此，《复堂词录》十一卷终成完璧，令人大喜过望。按浙东汤氏乃清末民初著名实业家、收藏家汤寿潜（1856—1917），他曾遗命资助二十万银圆为浙江图书馆建馆费用，此事后来由其嗣子汤孝佶具体完成。至于《复堂词录》稿本如何成为浙江图书馆的馆藏，因人事代谢，过程已难确考。此书用绿格竹纸书写，版心下端印有"复堂稿本"四字，小楷工笔，字迹清晰，词中异文、误文，则间用朱笔、墨笔注明。据此推断，此本很可能就是谭献最后审定的本子。

与朱彝尊、汪森《词综》和张惠言《宛邻词选》、周济《宋四家词选》相比，谭献《复堂词录》有几点值得注意：第一，选录标准比较公允，既不像朱、汪那样偏于一端，也不像张、周那样过于苛严，甚至刻意甄别门户。选词以艺术标准为主，入选作品绝大多数都是艺术上比较完美，历来广为传诵的名篇。第二，能够兼容词学史上各种不同风格流派的作家和作品，对各家入选作品保持合适的比例。例如浙派崇尚的词人姜夔和张炎，分别入选了十七首和二十首；常州派崇尚的词人王沂孙和吴文英，也分别入选了十九首和二十首，至于对辛弃疾和周邦彦，前者由于其作品数量既多且好，后者则由于其在词学史上的重要地位，分别选录了二十六首和三十二首，这样的比例，大体上是恰当的。第三，与《箧中词》不同，《复堂词录》对入选词人和作品的评论，采取谨慎的态度，正如谭献《叙录》所言，"其大意则折衷古今名人之论，而非敢逞一人之私言"，因此《词录》中大量引用前人的词评，很少直接发表个人意见。而在第十一卷《词论》中，更是集中了前贤的词评和词论，当然这些评论是经过作者精心挑选，也是用来表达谭献本人的词学理论主张的。这样做的好处是，尽可能做到客观公允，避免"逞一人之私言"的偏见。不过，这种过于谨慎的做法，也留下了一定的缺憾，因为在《复堂词录》中，没能再次见到谭献在《箧中词》中那些精彩而确当的评语了，不免令人遗憾。第四，谭献对南宋遗民词人和明末忠烈之士的词作似乎有所偏爱，这类作品大多具有浓烈的感情和沉郁悲痛的艺术风格，这可能也表现了谭献对节烈之士的敬仰之情。[6]第五是容量适中。全书选词一千零五十余首，既可包括历代众口传诵的名家名篇,又可适当涵纳某些特色鲜明的作家和作品,便于人们了解历代词坛的全貌。

由于《复堂词录》是一个稿本,错误和舛漏自然难免。在整理校点的过程中,我们根据《全唐五代词》《全宋词》《全金元词》《全明词》以及各种选本和别集,加以校勘,改正了某些明显的错误。至于异文,则一仍其旧,只在校文中加注说明,以尽量保持此书的原貌。原书没有作者介绍,笔者增加了作者小传,以便阅读。谭献"精研丙部",在文字学上下过苦功。因此像许多晚清学者一样,在写作时不免技痒,有使用古体字、异体字和生僻字的习惯。为了尽可能保留这一"海内孤本"的原貌,同时也表达对前辈学人的尊重,在此书补订校点过程中,除了用常用字替代原书某些生僻古体字和异体字之外,习见者则一仍其旧,不予改动。

在《复堂词录》校点完成、即将出版之际,笔者特别要感谢浙江古籍出版社钱之江先生,基于对《复堂词录》学术价值的深刻理解,他不仅自始至终热情支持笔者的"觅宝"工作,而且审阅了全稿,提出过许多宝贵意见。笔者还要感谢浙江古籍出版社青年编辑路伟先生,他为此书的出版,付出了不少心血。在此还要向浙江图书馆古籍部沙文婷、张群女士致谢,没有她们的理解与支持,此书恐怕很难与广大读者见面,乡贤复堂先生,很可能永远抱憾于地下了。

2014 年 6 月 2 日旧历端午写于紫藤书屋
2015 年 7 月修改写定,时正值台风"灿鸿"过境

【注释】

[1]《复堂日记·补录》卷二光绪十五年三月十三日:"以《六十一家词选》校《复堂词录》,略竟一过,颇有异同。毛本所据,殊多可取。"又光绪十三年十二月初八日:"夜检《乐府雅词》《阳春白雪》补校《片玉词》。倚声小集,雠对异同,亦如扫尘,旋去旋生。读书真非躁心之事。"

[2]《复堂日记·续录》卷二光绪十九年四月十五:"星海(梁鼎芬字),还《复堂词录》写本二册,《箧中词续》稿本一册。"又十七日:"星海又校《词录》一册,欲补录白石《凄凉犯》《醉吟商》《霓裳中序第一》,稼轩《卜算子·寻春作》《感皇恩》,此可谓赏奇析疑之友矣。"按谭献接受梁鼎芬意见,检稿本《复堂词录》,姜夔《凄凉犯》等三词,辛弃疾《卜算子》等二词均已赫然在目。仅此一例已可说明,《复堂日记》所称"光绪八年写定《词录》",只能说是初定,此后仍不断有修订补充。据此也可证明,《复堂词录》稿本,虽未可遽定其为谭献最终定本,但相信也离此不远了。

[3]谭献学术研究的领域相当广泛,治学注重经世致用。他从传统儒家的经典入手,以小学为根柢,旁及史学、哲学、金石书法、版本目录,甚至还涉及政治、经济等等,尤其"精研丙部",对《淮南子》和董仲舒《春秋繁露》两书,"致力为最深",达到了极高的学术水平。胡念修认为:"其中鉴别独得之处,直发千余年来读者未泄之秘。"甚至超越了全祖望的《水经注校》与戴望的《管子校正》。当然,这只是一家之论。不过谭献自己对这两部投注了毕生心血的著作确实也十分珍视,晚年曾感叹道:"吾老矣,恐不获亲见二书刊成行世矣!"此话不幸而言中,这两种著作在作者生前均未能"刊成行世",前者已经佚失,后者在作者身后得以刊印。这也是中国学术史上的损失。

[4]见范旭仑、牟晓明整理《复堂日记·续录》。

[5]中国国家图书馆抄本未录梁鼎芬建议增补的姜夔《凄凉犯》、辛弃疾《卜算子》等五首词,姜夔词仍为十四首,较稿本少三首,辛弃疾词仍为二十四首,较稿本少两首。

[6]《复堂词录》不仅大量选录宋末遗民的词作,而且特别重视选录明末殉国烈士如陈子龙、夏完淳、钱肃乐、张煌言等人的词作。《复堂日记》卷六记载:"写定《复堂词录》……又从丁绍仪《听秋声馆词话》中钞得明季钱忠介(钱肃乐)、张忠烈(张煌言)二词,如获珠船。"

《千首唐人绝句校注》前言

在世界文化史上，中国被誉为诗歌的国度。汉代学者卫宏曾经说过一段有名的话："诗者，志之所之也。在心为志，发言为诗。情动于中，而形于言，言之不足，故嗟叹之，嗟叹之不足，故永歌之，永歌之不足，不知手之舞之，足之蹈之也。"[1]这段话虽然是针对《诗经·关雎》篇而发，但却指明了中国古典诗歌的两个基本特征：抒情性和音乐性。而唐人绝句，正是最能体现古典诗歌这两个特征的诗体。

一

绝句的发展成熟过程，虽然可以溯源久远，其发展衍变，也有一个相当漫长的过程。但正式具备雏形，是在齐、梁之时。据《南齐书·陆厥传》记载："时盛为文章，吴兴沈约、陈郡谢朓、琅邪王融，以气类相推毂，汝南周颙，善识声韵。约等文皆用宫商，将平上去入四声，以此制韵，有平头、上尾、蜂腰、鹤膝。五字之中，音韵悉异，两句之内，角徵不同，不可增减。世呼为'永明体'。"发现汉语文字的四声，并将它自觉运用到诗歌创作之中，这就是"永明体"的核心要素。诗句根据文字声调的变化组合起来，以达到声韵铿锵，富有音乐美的效果。即所谓"一简之内，音韵尽殊；两句之中，轻重悉异。妙达此旨，始可言文"（沈约《宋书·谢灵运传论》）。这种被称为新体诗的

"永明体",当时逐渐被上层文人所接受,并且很快流传开来。例如庾肩吾的《咏长信宫中草》:"委翠似知节,含芳如有情。全由履迹少,并欲上阶生。"庾信的《重别周尚书》:"阳关万里道,不见一人归。唯有河边雁,秋来南向飞。"与初盛唐时期的五言绝句,已无二致。七言绝句的产生与成熟,稍晚于五言绝句。在齐梁时代,已经产生了与唐人七绝格律基本相符的作品,沈祖棻先生所举梁简文帝萧纲的《夜望单飞雁》,北周庾信的《代人伤往》,虽然格律还不完全符合,但已经近似唐人七绝。尤其是隋代无名氏的《别诗》:"杨柳青青着地垂,杨花漫漫搅天飞。柳条折尽花飞尽,借问行人归不归?"已经和唐代的七言绝句没有差别。胡应麟《诗薮》卷六也指出:"庾子山《代人伤往》三首,近绝体而调殊不谐,语亦未畅。唯隋末无名氏'杨柳青青着地垂……'至此七言绝句音律,始字字谐合,其语亦甚有唐味。"有人把古代文献中某些五言四句或七言四句的韵语,看作五七言绝句的源头和滥觞,未免失之牵强。因为唐代五七言近体诗与此前古体诗的本质差别,主要并不在于诗句的字数结构和表达形式,而在于平仄声律的不同。这与齐梁年间"永明体"声律说的兴起有直接关系。正因为如此,所以五七言律、绝在当时被称为近体诗或今体诗,也就是当代的新体诗。近体诗因其格律严谨,音韵铿锵,极具音乐美和形式美而深受人们喜爱,一时风靡诗坛,历千余年而至今不衰,这是世界诗歌史上的一个奇迹。据统计,现存唐诗约五万首,其中五七言律诗两万四千余首,五七言绝句一万余首。两者相加,总数在三万四千首以上,占据全部唐诗的三分之二强,足见近体诗已经成为唐代诗人创作的主要形式。唐人绝句数量虽然不如律诗,但与律诗讲究对偶工整,格律精严不同,绝句更追求兴象超妙,神余言外,最能体现中国古典诗歌的基本美学特征。而且由于篇幅短小,不强求对偶,更依凭感兴,与音乐的关系也更加密切,往往可以作为歌词演唱,因而更加易于普及,容易被普通人所接受。举凡旗亭酒舍,歌席离筵,文人即席创作或歌女当筵演唱的,往往都是绝句。律诗数量虽倍于绝句,但相对于绝句而言,律诗是一种更难掌握的诗歌体裁。律诗不仅要求平仄合辙,而且讲求对偶工整,因而主要由文人创作,普通艺人较少参与。

唐人绝句因其与音乐歌唱的密切关系,也被人们称为乐府诗。唐薛用弱《集异记》曾经记载诗人王昌龄、高适、王之涣三人旗亭饮酒斗诗的故事:开元中,诗人王昌龄、高适、王之涣齐名。时风尘未偶,而游处略同。一日,天寒微雪,三人共诣旗亭,贳酒小饮,忽有梨园伶官十数人,登楼会宴。三诗人因避席偎映,拥炉火以观焉。俄有妙妓四辈,寻续而至,奢华艳曳,都冶颇极。旋则奏乐,皆当时之名部也。昌龄等私相约曰:"我辈各擅诗名,每不自定其甲乙。今者可以密观诸伶所讴,若诗入歌词之多者,则为优矣。"俄而一伶拊节而唱曰:"寒雨连江夜入吴,平明送客楚山孤。洛阳亲友如相问,一片冰心在玉壶。"昌龄则引手画壁曰:"一绝句。"寻又一伶讴之曰:"开箧泪沾臆,见君前日书。夜台何寂寞,犹是子云居。"适则引手画壁曰:"一绝句!"寻又一伶讴曰:"奉帚平明金殿开,且将团扇共徘徊。玉颜不及寒鸦色,犹带昭阳日影来。"昌龄则又引手画壁曰:"二绝句。"之涣自以得名已久,因谓诸人曰:"此辈皆潦倒乐官,所唱皆巴人下里之词耳!岂阳春白雪之曲,俗物敢近哉?"因指诸妓之中最佳者曰:"待此子所唱,如非我诗,吾即终身不敢与子争衡矣。脱是吾诗,子等当须列拜床下,奉吾为师。"因欢笑而俟之。须臾,次至双鬟发声,则曰:"黄河远上白云间,一片孤城万仞山。羌笛何须怨杨柳,春风不度玉门关。"之涣即揶揄二子曰:"田舍奴,我岂妄哉?"因大谐笑。

这则有名的记载,至少告诉我们两点:其一,绝句这种诗歌形式,在唐代开元时期已经非常成熟,盛行于时,并且涌现了王昌龄等一大批优秀作者。(王之涣虽"得名已久",但其作品大部分已经佚失,《全唐诗》只存诗六首,令人惋惜)其二,绝句是可以配合音乐演唱的,诗人所作的绝句作品,"入歌词"越多,流传越广泛,就表明其越优秀,作者的知名度也就越高。这里伶人所唱的高适作品"开箧泪沾臆"其实并非绝句，而是五言古诗《哭单父梁九少府》中的前四句，截而取之，因为符合五言绝句的格律，所以也可以演唱。这种情况在唐代并不鲜见，据孟棨《本事诗》记载：天宝末，玄宗乘月登勤政楼，命梨园弟子歌数阕。有唱李峤诗云："山川满目泪沾衣，富贵荣华能几时。不见只今汾水上，惟有年年秋雁飞。"时上春秋已高，问是谁诗，或对曰李峤。因凄然涕下，不终曲而起，曰："李峤真才子也。"又明年幸蜀，登白卫岭，览眺久之，又歌是词，复言："李峤真才子。"不胜感叹。其实，唐玄宗命梨园弟子反复演唱的李峤诗，并不是一首七绝，而是其七言长篇古诗《汾阴行》的最后四句。因为基本符合七言绝句的格律，所以也能入乐歌唱。中唐女歌人张红红所唱名曲《长命西河女》"云送关西雨，风传渭北秋。孤灯然客梦，寒杵捣乡愁"，也是截取诗人岑参五律前四句而成（《宿关西客舍寄东山严许二山人……》）。因为律诗截取其半，平仄格律与绝句相同，所以也有人认为，绝句之名由此而来。

二

五七言绝句这种诗体，在唐代是如此繁荣，名家辈出，佳作如林。但是在不同的历史阶段，也具有不同的艺术风格特征。初唐之时，五言绝句虽已比较成熟，但七言绝句尚处于草创阶段，作品的数量只占全部唐代七绝总数的百分之一强，并没有涌现出著名的绝句诗人，作品也没有后来那样格律严谨。但正如沈祖棻先生所言："正由于如此，初唐绝句自具一种自然浑朴之美。"这种浑朴之美，是明代前后七子非常仰慕，极力模仿而难以达到的境界。盛唐是绝句艺术的繁荣期，涌现了许多一流的优秀作家。李白、王昌龄、王维、杜甫是这一时期绝句艺术的杰出代表。李白是我国诗歌史上最具天才的诗人之一,他似乎并不十分看重自己的绝句,但绝句这种诗体最讲究兴象饱满,韵味悠长,而李白豪迈飘逸的性格和行云流水般的艺术风格,却正好在绝句诗体中得到完美的体现。他无意求工,随意挥洒,有时还不顾格律的束缚,例如《山中与幽人对酌》:"两人对酌山花开,一杯一杯复一杯。我醉欲眠卿且去,明朝有意抱琴来。"又如《山中问答》:"问余何意栖碧山,笑而不答心自闲。桃花流水窅然去,别有天地非人间。"这两首七绝都不完全合律,然而风格自然超妙,韵味无穷。这完全依凭天赋,后人可以仰望而难以模仿。所以明人王世贞评论说:"太白五、七言绝句,实唐三百年一人。"并非过誉。王昌龄是唐代第一位用主要精力创作绝句的诗人,也是第一位以绝句名家的诗人。从现存《王昌龄诗集》看,他的其他诗体,写得都不算出色,难以与李、杜并肩,唯有七言绝句,几乎首首格律精严,含蓄蕴藉,神韵悠远,受到前人极高评价。有人甚至认为:"唐七言绝句,当以王龙标为第一。"也有人说,王昌龄的七言绝句,成就超过了李白。王世贞评论说:"七言绝句,王江宁与太白争胜毫厘,俱是神品。"[2]为"谁是第一"之争,做了一个持平的结论。王昌龄的七言绝句,最负盛名的有两类,一类是宫怨诗,另一类是边塞诗。王昌龄的宫怨诗,"深情幽怨,意旨微茫,令人测之无端,玩之无尽,谓之唐人《骚》语可"(沈德潜《唐诗别裁》)。宫怨诗中那些失宠宫女的幽怨,很可能寄托了诗人自己怀才不遇的抑郁情怀和沦落潦倒命运的哀叹。王昌龄的边塞诗,以《从军行》七首和《出塞》二首为代表,诗歌大都表现戍卒旅情,闺人哀怨,风格悲壮苍凉,《出塞》其一"秦时明月汉时关",被杨慎、李攀龙誉为"唐人七绝第一",也并非偶然。王维也许是唐代最具艺术天赋的诗人,他集诗人、画家、音乐家于一身,而各种不同艺术的会通和交融,又得以在他的诗歌中得到充分体现,这种情况,在中国诗歌史上十分罕见。作为诗人,王维各体诗俱佳,七言绝句数量虽不如李白、王昌龄,但是艺术质量并不在李、王之下,他写过好几首当时众口传诵,后世流传的名篇。就此而言,王昌龄可能尚有所不及。尤其值得注意的是,王维还创作了大量"穷幽极玄""澄淡精致"的五言绝句。这类作品,以诗人兼画家的视角,用极其精粹的语言,通过对大自然的审美观照,表达自己内心深处的种种复杂感受。所以胡应麟感叹道:"太白五言绝自是天仙口语,右丞却入禅宗,如:'人闲桂花落,夜静深山空。月出惊山鸟,时鸣春涧中','木末芙蓉花,山中发红萼。涧户寂无人,纷纷开且落'。读之身世两忘,万念皆寂,不谓声律之中,有此妙诠。"又说:"太白五言,如《静夜思》《玉阶怨》等,妙绝古今,然亦齐梁体格……右丞《辋川》诸作,却是自出机轴,名言两忘,色相俱泯。"[3]许学夷《诗源辩体》也说:"摩诘五言绝,意趣幽玄,妙在文字之外。"唐末诗人司空图,曾提出"韵外之致"的诗歌美学理想,王维的这类五言绝句,空灵幽迥,意在言外,可能最符合司空图追求的诗美标准。王维的这类诗歌,不仅为他赢得了"诗佛"的美誉,而且在我国诗歌史上开创了一个绝无仅有的先例。杜甫在诗歌史上被称为"诗圣",尤其在宋代以后,其地位之尊崇,无人能够与之攀比。对于杜甫古诗、律诗的艺术成就,后人几乎众口一词,推崇备至。唯独对其绝句的评价,意见分歧。明人杨慎《丹铅总录》甚至认为:"杜子美诗诸体皆有绝妙者,独绝句本无所解。"清人管世铭《读雪山房唐诗序例》也认为:"少陵绝句,《逢李龟年》一首而外,皆不能工,正不必曲为之说。"如此等等,不一而足。这种浅薄的看法不仅囿于成见,而且与事实也完全相悖。在我国诗歌史上,杜甫不仅是一位集大成者,而且也是一位富于开拓精神的创新者。李重华《贞一斋诗说》在论述杜甫七绝时,讲过一段很有见地的话:"老杜七绝,欲与诸家分道扬镳,故尔别开异径。独其情怀,最得诗人雅趣。"这段话指出了两点:其一,杜甫意欲突破前人绝句艺术的格局,"别开异径";其次,杜甫绝句所开拓的"异径",完全符合绝句艺术的基本规律,"最得诗人雅趣",是一种成功的创新。且不说杜甫开创了以诗论诗的艺术形式,也不说杜甫在诗集中大量采用组诗的形式来表现同一个主题[4]，单就具体绝句作品而言，比起盛唐其他诗人不仅毫不逊色，而且还有所发展创造。例如：《绝句二首》之一："迟日江山丽，春风花草香。泥融飞燕子，沙暖睡鸳鸯。"短短二十字中，既有惜春之意，又有感物之情，诗人的观察是如此敏锐，笔触是如此细腻温馨，不仅生动地绘出了一幅江滩春色图，而且表现出诗人对宇宙万物的大爱之心，这样的境界是前人所不曾达到过的。也有人认为，本诗的缺点是四句皆对，这也是囿于成见之故。杜甫此诗，正如罗大经《鹤林玉露》所言："上二句见两间无非生意，下二句见万物莫不适性。于此而涵泳之，体认之，岂不足以感发吾心之真乐乎？"又如《绝句二首》之二："江碧鸟逾白，山青花欲燃。今春看又过，何日是归年？"唐人皎然《诗式》分析道："因江碧而觉之逾白，因山青而显花之红，此十字中有多少层次，可悟炼句之法。而老杜因江山花鸟，感物思归，一种神理，已跃然于纸上。"以上所举是五言绝句的例子。与前人相比，杜甫的七言绝句"别开异径"的特点表现得更加明显。例如《江畔独步寻花七绝句》之六："黄四娘家花满蹊，千朵万朵压枝低。留连戏蝶时时舞，自在娇莺恰恰啼。"此诗以浓墨重彩描绘江边秾丽的春色，有画所不能到者。后二句化物为人，自在流连于此浓春丽景之中者，岂独蝴蝶与娇莺乎？其实为诗人自己。如此轻松自然地化客观为主观，化万物为自我，达到物我交融、情景相谐的艺术境界，在老杜之前，似乎亦无人做到。再如《绝句漫兴九首》其三："熟知茅斋绝低小，江上燕子故来频。衔泥点污琴书内，更接飞虫打着人。"本诗观察和描写都极其细腻入微，李东阳《麓堂诗话》评论说："淡而愈浓，近而愈远，可与知者道，难与俗人言。"燕子入室，点污琴书，扑食飞虫，又不断碰触人的身体，但是在诗人的笔下，这一切都显得如此可爱可亲。正因为杜甫心怀博爱万物之情，才能对入室的燕子抱着深深关爱的态度，写出如此好诗，这一点"俗人"是决计难以体会的。杜甫是一位至情至性的诗人，他对朝廷、对家人、对朋友,乃至对世间有生之万物,都是一片赤诚。例如七绝《存殁口号二首》其一:"郑公粉绘随长夜,曹霸丹青已白头。天下何曾有山水,人间不解重骅骝。"仇兆鳌《杜诗详解》说:"此谓郑殁而曹存也。郑虔既亡,世更无山水之奇。曹霸虽存,人谁识骅骝之价乎?一伤之,一惜之也。"诗歌既有对挚友死亡的沉痛悼念,又有对曹霸怀才不遇的感叹,其中也包含诗人自身坎坷命运的牢愁,短短二十八字中竟然包含了如此丰富的内容。而诗歌用字之直白,表述之简洁,感情之真挚,风格之厚重,直欲前无古人,后无来者。而有人区区以格律句法拘限之,何其浅薄乃尔!杜甫的绝句作品,数量也不少,共一百三十余首,占全部作品的十分之一强,这也从一个方面说明,作者对绝句写作其实是相当认真,相当重视的。其绝句作品之所以在许多方面异于前人,乃是意在突破前人成法,"别开异径",而且,这种突破和创新,获得了成功,还对后世产生了很大影响。

中、晚唐是绝句艺术的繁荣鼎盛期,据沈祖棻先生统计,这两个时期的绝句数量占全部唐代绝句的百分之九十左右,扬名当时的特色作家,传唱当世的优秀作品很多。虽然在中晚唐绝句中,并没有产生被后人誉为"唐人绝句第一"的作品,如王昌龄的"秦时明月"、王之涣的"黄河远上"、李太白的"故人西辞"、王翰的"葡萄美酒"等。但是各种富有特色的优秀之作却数不胜数。中唐时期有许多天才作家参与绝句写作,例如李益、韩愈、柳宗元、刘禹锡、白居易、李贺、刘长卿、韦应物、张籍、王建等人,都有名作传世。就总体成就而言,中唐时期的绝句艺术大家,要数刘禹锡和白居易二人最高,原因主要是作品数量多、质量高,而且富有开拓创新精神。刘禹锡曾经被好友白居易称为"诗豪",杨慎《升庵诗话》也评论道:"元和以后,诗人之全集可观者数家,当以刘禹锡为第一。其诗入选及人所脍炙,不下百首矣。"王夫之《薑斋诗话》也说:"七言绝句……至刘梦得而宏放出于天然,于以扬抉性情,驱娑景物,无不宛尔成章,诚小诗之圣证矣。"刘禹锡的绝句诗,最值得注意的有两类,一类是以《金陵五题》为代表的怀古诗,据作者原序记载,这组诗曾使白居易"掉头苦吟,叹赏良久,且曰:《石头》诗云'潮打空城寂寞回',吾知后之诗人,不复措辞矣"。这五首诗之所以获得高度评价,不仅因其怀古,更在于其伤今。刘永济先生评论说:禹锡《金陵五题》,皆有惩前毖后之意。诗人见盛衰无常,而当其盛时,恣情逸乐之帝王及豪门贵族,曾不知警戒,大可悯伤,故借往事,再三唱叹,冀今人知所畏惮而稍加敛抑也。刘先生的分析,不无道理,但是否寓有如此明确的讽谏之意,也很难说。刘禹锡这组怀古诗之所以写得特别成功,主要在于能够选取典型的艺术意象,表达了诗人心中浓烈的历史沧桑之感,而这种感慨,正是中唐时期许多诗人的共同感受。另一类是以《竹枝词》《踏歌行》《浪淘沙》等为代表的民谣体诗歌。刘禹锡由于政治原因,长期被流贬或出任远州刺史,他曾经无限感慨地写道:"巴山楚水凄凉地,二十三年弃置身。"(《酬乐天扬州席上初逢见赠》)但也正因为如此,使他有机会接触到大量"巴山楚水"一带的民间歌谣。他认为这些歌谣"中黄钟之羽",很有价值,于是就效仿当年屈原改写楚地沅、湘之间的祀神之歌《九歌》,把它们改写为七言绝句,供歌者演唱。经刘禹锡再创造的这类绝句,不仅有浓厚的生活气息,其风格也"含思宛转",清丽缠绵,犹如一股清风吹入了诗坛,给当时以文人作品为主体的诗坛注入了新鲜血液,引起了诗人的重视,竞相仿作,后继者绵绵不绝,直至元末杨维桢的《西湖竹枝词》、清初朱彝尊的《鸳鸯湖棹歌》,大体均源于此。白居易也许是唐代现存作品最多的诗人。他非常注意自己作品的通俗化,据《唐才子传》记载:公诗以六艺为主,不尚艰难。每成篇,必令其家老妪读之,问解则录。这是非常有远见的艺术追求。唐宣宗李忱在追悼白居易的诗中写道:"童子解吟长恨曲,胡儿能唱琵琶篇。文章已满行人耳,一度思卿一怆然。"对此给予了极高评价。白诗通俗化的风格特点,不仅使其诗篇在神州大地广为流传,而且名扬海外。据《唐才子传》记载：鸡林国行贾售予其国，相率篇百金，伪者即能辨之。大约因为如此，唐人张为《诗人主客图》将白居易列为"广大教化主"。不过白居易诗歌通俗化的特点，也遭到不少人的曲解。唐人司空图《与王驾评诗》曰："元、白力勍而气屚，乃都市豪估耳。"苏东坡也评论说："元轻白俗，郊寒岛瘦。"(《祭柳子玉文》)显然，把通俗看成粗俗或浅俗，是士大夫的一种审美偏见。对此，后世许多评论家都提出不同意见，金王若虚《滹南诗话》云："乐天之诗，情致曲尽，入人肝脾，随物赋形，所在充满，殆与元气相侔……而世或以浅易轻之，盖不足与言矣。"明何良俊《四友斋丛说》也说："余最喜白太傅诗，正以其不事雕饰，直写性情。夫《三百篇》何尝以雕绘为工耶？"明胡应麟则曰："唐诗文至白乐天，自别是一番境界，一种风流。而世规规以格律掎之，胡耳目之隘也。"批评有人不能从事物发展变化的角度看问题，因而目光狭隘，有悖事理。很明显，对白居易诗歌的评价，后人更加切近事实。白居易的绝句，虽然也不免有率意之作，但大多"不事雕饰，直写性情"，能够"曲尽情致，入人心脾"，绝非一般浅俗之人所可比者。例如五言绝句《问刘十九》："绿蚁新醅酒，红泥小火炉。晚来天欲雪，能饮一杯无？"诗人以细腻的笔触，描绘了一个极其温馨的环境，含蓄地表达了对友人的深沉怀念。正如俞陛云先生所言："寻常之事，人人意中所有，而笔不能达者，得生花江管写之，便成绝唱。"(《诗境浅说续编》)又如七绝《杨柳枝词》："一树春风千万枝，嫩于金色软于丝。永丰西角荒园里，尽日无人属阿谁。"对于此诗的主题，历来认识分歧，《诗式》和《本事诗》都认为是为遣放姬人小蛮而作，而刘永济先生则认为乃托物言怀之作，说："此喻贤才不得地也。如此婀娜之柳，乃在荒园无人之地，岂不可惜？"前说未免胶着，后说也有些勉强。可能还是俞陛云先生的意见比较中肯："渔洋《秋柳》七律怀古而兼擅神韵，传诵一时。乐天以二十八字写之，柳色之娇柔，旧坊之寥落，裙屐之凋零，感怀无际，可见诗格之高。"难怪唐宣宗听了"国乐唱是词"，大为感动,特命使者"取永丰柳两枝,植于禁中"。总之,白居易的绝句风格自然流畅,描写细腻熨帖,情致曲尽,能沁人心脾。与刘禹锡并列为中唐大家,当毫无愧色。

就数量而言,晚唐绝句占全部唐代绝句的一半以上,其繁盛程度,甚至超过中唐。这足以说明,绝句这种艺术形式在晚唐获得了更加广泛的流播。晚唐的绝句,在内容上也有所拓展,举凡社会动乱、世事沧桑、亲友离别、爱情悲欢,功名失意,仕路坎坷,以至江山胜景,隐逸情怀,几乎都能在绝句这种短小的艺术形式中得到表现。在艺术表达方面,也有许多创新,笔法更加细腻精致,构思更加委婉曲折,抒情方式更加摇曳多姿。晚唐擅长绝句的诗人很多,其中最杰出的当然应数杜牧和李商隐。此外温庭筠、韩偓、许浑、韦庄等人的绝句也非常出色,各具特点。杜牧出身名门,才能杰出,饱读兵书,颇有用世之心,但是仕途坎坷,长期沦为幕僚或远州刺史,郁郁不得志,因而生活浪漫随意。"十年一觉扬州梦,赢得青楼薄幸名"正是他身为扬州幕僚时期的生活写照,也为他招来了不少非议。杜牧的绝句,数量众多,内容广泛,名作迭出。例如《过华清宫》《赤壁》《江南春绝句》《泊秦淮》《寄扬州韩绰判官》《遣怀》《赠别》《山行》《秋夕》《清明》等,都是后世广为传诵的名篇。李商隐诗曰:"高楼风雨感斯文,短翼参差不及群。刻意伤春复伤别,人间唯有杜司勋。"(《杜司勋》)极其概括地说明了杜牧的命运及其诗歌思想艺术的特点。李商隐和杜牧一样才能杰出,但是命运较之杜牧更为坎坷。他不但终身沦落下僚,而且因为政治和婚姻的原因,一直被夹缠在牛、李党争的泥淖之中,难以自拔。李商隐的绝句,也是既多且好,但风格与杜牧之清新流丽不同,用词更加华丽,而表达却非常含蓄,感情又十分沉痛。他不像杜牧那样玩世不恭,似乎对爱情更加专注,更加痴情,所以他写爱情的诗篇远较杜牧含蓄深沉,缠绵悱恻,不少成为古典诗歌中的绝唱。李商隐的绝句,名篇也很多,如《乐游原》《夜雨寄北》《嫦娥》等,但由于大多风格幽隐，意在言外，不如杜牧明白晓畅，流利清新，因而流传也不如杜牧广泛。与杜牧、李商隐一样，温庭筠也是一位才高八斗而终身沦落的诗人，他的绝句数量虽不如杜、李，但也非常出色。特别值得一提的是，温庭筠精通音律，又善新声，对词这种新型诗体的贡献似乎更大，称温庭筠为词的奠基人，一点也不为过。宋荦《漫堂说诗》曾经指出：诗至唐人七绝，尽善尽美。自帝王、公卿、名流、方外以及妇人女子，佳作累累。取而讽之，往往令人情移，回环含咀，不能自已，此真《风》《骚》之遗响也。这段话说明了唐人绝句在艺术上的非凡成就以及其流播之广泛，影响之深远，符合实际情况。

三

唐人绝句，尤其是在中晚唐时期，异文较多，有时作者归属难辨。本书所录诗篇，主要根据1959年中华书局王全先生整理校点的《全唐诗》、1982年王重民、孙望、童养年诸先生辑录的《全唐诗外编》以及2001年文化艺术出版社由陈贻焮先生主编的《增订注释全唐诗》，并参以宋人洪迈编辑、后由明人赵宦光、黄习远整理、增补、重编的《万首唐人绝句》，同时对照各种选集和别集，择善而从。注释和说明部分，力求做到简明扼要，不回避难点和疑点。但是由于自身水平所限，错误和疏漏，一定难免，还望专家读者提出批评。唐诗是中国文化的瑰宝，是前辈学人重点发掘的矿藏，从唐代开始，选本、注本以及诗话、诗评就不断产生，数不胜数。前人的研究成果，往往是后人研究探索的基础，我们在注释的过程中，尽可能广泛地加以收罗和参考。陈贻焮先生主编的《增订注释全唐诗》、陈伯海先生主编的《唐诗汇评》两书，给我们的工作带来很大的方便。此外我们还参考了刘永济先生的《唐人绝句精华》，沈祖棻先生的《唐人七绝浅析》，刘忆萱先生的《唐人绝句一千首》，李永祥先生的《唐人万首绝句选》、毛谷风先生的《唐人五绝选》以及古人和今人众多的唐诗选本和别集注本。选诗和注释之事，虽然是通俗和普及的需要，但也绝非易事。我们主观上力求做到的事情，未必能够真正做到，遗憾总是难以完全避免。

【注释】

[1]《十三经注疏》本《毛诗正义》卷一。

[2] 王世贞《艺苑卮言》卷四。

[3] 见胡应麟《诗薮》内编卷六。

[4] 杜甫创造了《戏为六绝句》这种以诗论诗的体裁，后人模仿者不绝，最著名的如金代元好问的《论诗绝句》三十首。清代以来，此风尤盛，王士禛、张问陶、赵翼、袁枚都有以诗论诗的作品。从此又衍生出以词论词的体裁。今人羊春秋著有《历代论诗绝句选》，可参看。杜甫还在古人的基础上，创作了《解闷》《漫兴》等组诗。

《千首唐宋小令校注》前言

在完成了《千首唐人绝句校注》之后，忽然起意选一本《千首唐宋小令校注》。之所以要选一千首，是受到清末词学大师谭献的启发。谭献曾经有过两个词的选本：《箧中词》和《复堂词录》，前者在作者生前得以刊印，后者在生前未能够刊印，只留下了一个手抄本。[1]《箧中词》遴选清词，《复堂词录》遴选唐、五代、宋、元、明词，数量均在一千首左右。谭献这样做是有道理的。彊村先生的《宋词三百首》，固然易于普及，但由于篇幅有限，常不免令人有遗珠之憾，也难以满足中等以上程度读者希望扩大阅读范围的需求。而朱彝尊《词综》、王昶《明词综》《国朝词综》，陈廷焯的《词则》篇幅又过于庞大，可供专业研究者参考，并不完全适合一般读者。一千首左右的作品规模，既可以基本包含各个时期重要作家的代表作品，也可囊括许多次要作家的优秀之作，甚至还能够网罗少数无名作者鲜为人知的佳作，这样可以比较完整地反映唐宋小令这一特殊文体的发展流变过程，以及在各个时期的总体面貌。

一

词这种文体，原本是配合乐曲演唱的歌词，分为令、引、近、慢，这原本是音乐的分类。但由于音乐曲调失传已久，后来词就成了脱离音乐的独立诗体。据吴熊和先生研究,从明代嘉靖年间顾从敬《类编草堂诗余》开始,就根据词调长短、字数多少,把词分为小令、中调和长调。这种分类,一直沿用至今。宋翔凤《乐府余论》说:"亦有别制名目者,则令者,乐家所谓小令也。曰引、曰近者,乐家所谓中调也。曰慢者,乐家所谓长调也。不曰令、曰引、曰近、曰慢,而曰小令、中调、长调者,取流俗易解,又能包括众题也。"事实的确如此,在音乐曲谱失传的情况下,这种分类"流俗易解,又能包括众题",相对合理。但是,相对合理不等于绝对合理,以字数分类的方法,也不能过于机械和死板。如果按照清人毛先舒所说,"五十八字以内为小令,五十九字至九十字为中调,九十一字以上为长调"的"定例",那么许多名家名作,如《蝶恋花》《定风波》《青玉案》《渔家傲》《临江仙》等历来被视为小令的作品,都将被剔除在小令范围之外。对这种不合理的所谓"定例",万树在《词律·凡例》中就提出了质疑,说:"所谓定例,有何所据?若以少一字为短,多一字为长,必无是理。如《七娘子》,有五十八字者,有六十字者,将名之曰小令乎,抑中调乎?"其实这样的例子还有很多,例如《临江仙》,就有五十四字、五十八字、六十字、六十二字等十多种体格;《一剪梅》既有五十九字,又有六十字两体;《行香子》也有六十四字、六十六字、六十八字各体。正因为如此,《词律》一书对各种词调,只标明字数,而不分小令、中调与长调。令、引、近、慢,既然原本是根据词的乐曲来划分的,如今词乐已经失传,后人根据文本字数多少来区分小令、中调和长调,这一个相对合理的办法,给我们留下了可以伸缩的空间,去突破五十八字这一荒唐的规定。例如六十字的《蝶恋花》《钗头凤》,六十二字的《渔家傲》《定风波》,以及《青玉案》《江城子》这些习惯上被人们看作小令的短词,都可以作为小令入选。当然这种突破也应该有一定限度,我们不可以把人们公认的中调,纳入小令范围。

词和音乐是孪生子,发轫于盛唐,兴盛于唐季五代,极盛于两宋。

但是孪生子也有先后之分,那就是先有乐曲,再配以歌词。唐代音乐之繁盛,远超前代,既有古代流传的乐曲,也有当代音乐机关收集和新创的乐曲,还有国外传入的乐曲。彬彬之盛,令人叹为观止。据吴熊和先生考证,仅在开元、天宝期间,官方音乐机构教坊就拥有乐曲多达三百二十四曲。但是并非所有曲调都适用于词调,乐曲之所以能够转换为词调,是有条件的。首先规模不能太大,那种需要数十人、上百人合唱表演,多至数十遍的宫廷乐曲,自然无法用于词调。只可以截取其中一段,作为词乐。例如小令《破阵子》,就是截取大型舞曲《秦王破阵乐》中一段为之。《水调歌头》就是截取大曲《水调歌》首段为之。其次要为人们所喜闻乐见,内容单调枯燥,旋律古板沉重的曲调,也不宜用为词调。选好了曲子,再根据曲调的旋律节拍,填入适合的文辞,这种音乐和文辞的结合过程,就叫填词。因此词在唐五代时被称为"曲子词",宋代或称"乐章",或称"歌词",或称"乐府"或称"歌曲",都是在强调词与音乐的这种孪生关系。

世间万事的发展,大多由小到大,由简单到复杂。词这种文学体裁也是如此,先有小令,再有中调和长调,这种发展嬗变,历经数百年之久。唐代张志和、王建、戴叔伦、白居易、刘禹锡等人的作品,不仅数量很少,而且都是短调。直到唐代末期的温庭筠和韦庄才开始大规模地填词,采用曲调也逐步增多,并且渐渐形成风气。因此把温庭筠和韦庄看作词这种文学体裁的奠基人,似乎也无不当。一般说来,唐五代词人,填词都以小令为主,长调很少见,据吴熊和先生统计,唐五代长调(包括敦煌曲子词在内),总共不超过十首。唐代词人,温庭筠一枝独秀,他是晚唐著名诗人,也是第一个花大力气填词的人,词作数量和质量都大大超越了前辈。他那十五阕《菩萨蛮》,不仅闻名于当时,传入禁宫,得到帝王称赏喜爱,而且对后世影响巨大,直至清代,还被常州词派祖师张惠言奉为词作的典范。[2] 到了五代,词体文学更加流行,不过主要流行地域只有两个,一个是以成都为中心的西蜀,另一个是以建业为中心的南唐。前蜀的开国之君王建,虽然是一个无赖出身的军阀,但他在称帝以后却能够励精图治,重视人才,尊重文人。晚唐著名诗人韦庄,就在天复元年(901)入蜀,为王建掌书记,官至蜀国宰相。韦庄与温庭筠一样,也是唐末诗人中花大力气填词的人,他的词风格与温庭筠迥异,也不沾染花间词人的华艳风气。由于晚年出仕前蜀,并且终老蜀地,遂成为以蜀国为中心的花间词派词人的领袖人物。前蜀末帝王衍,虽然荒淫奢靡,不恤国事,终成亡国之君,被杀害时年仅二十八岁,不过他颇有文才,喜作浮艳之词,也有作品传世。他的这种爱好,对花间词派绮靡华艳词风的形成,当然会产生一定影响。后蜀高祖孟知祥,称帝不足四月就去世了,由三子孟昶继位。孟昶在位三十二年,早期颇有作为,能够整顿吏治,劝农兴教,并且重视文化建设。但后期生活奢靡,以致身死国灭。孟昶同样爱好填词,可惜作品基本佚失,只留下一首尚在疑似之间的《玉楼春》[3]。南唐的情况与前后蜀大不一样,中主李璟、后主李煜加上宰相冯延巳就是当时国内最优秀的词人,余子碌碌,皆不足数,这是一种非常奇特的文学现象。冯延巳在南唐烈祖李昪时步入仕途,担任秘书郎。在中主李璟时代,曾数度为相。他不是一个称职的宰相,但却是一位出色的词人,尤其他的《鹊踏枝》十四首,受到后人极高评价,影响深远,仿作绵绵不绝,一直到清代末期的词学名家谭献、王鹏运都有和作。陈廷焯评论说:"自冯正中出,始极词人之工,上接飞卿,下开欧、晏,五代词人,断推巨擘。"(《词则》卷一)王国维也说:"冯正中词,虽不失五代风格,而堂庑特大,开北宋一代风气。"南唐中主李璟,也是一位极具天赋的优秀词人,可惜所存作品不多。但就仅存的作品而言,尤其是《摊破浣溪沙》两首,哀婉沉至,格调之高,或远超李后主前期之作。李后主继位之时,南唐已处于四面楚歌,风雨飘摇之中。后主并不是一位堪当中兴大任的君主,但却是一位天赋异禀的艺术家,一位在词学史上占有重要地位的词人。后主前期的作品,多写男女情事，虽摹写细腻熨帖，表达生动传神，但也并无十分过人之处。在经历了国破家亡，身为囚虏以后，他的词风发生了根本性的变化。这种变化在词的发展史上，具有重要意义。正如王国维所说："词至后主而眼界始大，感慨遂深，遂变伶工之词而为士大夫之词。"（《人间词话》）前后蜀与南唐之所以成为当时词文化的中心，并非偶然。西蜀是西南地区经济文化中心，成都平原土地肥沃，农业发达，加之地理形势相对封闭，数十年境内没有发生战争，而且两代君主都是文学艺术的爱好者，这为词文化的繁荣提供了政治和经济的基础。南唐位于两淮及江南经济文化繁荣地区，版图广阔为十国之首，中主和后主又都具备极高的文化艺术修养，在他们的倡导之下国内文化艺术繁荣，填词绘画尤为突出。西蜀和南唐两个词文化中心，虽然前者词人数量众多，而且有专集传世，[4]但就总体而言，南唐词人文化艺术素养更高，作品的内容也更加广泛充实，因此对后世的影响超过西蜀。[5]宋太祖赵匡胤虽然出身行伍，自身文化修养不高，但在统一了中国以后，坚决实行"右文抑武"的基本国策，通过设立誓牌，[6]尊孔崇儒，扩大完善科举，厚禄养廉等一系列重大举措，成为我国历史上最受推崇的一代文治之君，使宋朝成为封建时代文人境遇最好，自由度最大的"文人乐园"。经济的发展，文化艺术的繁荣，加之宽松的政治环境，也为词文化的发展创造了良好的条件。北宋继唐五代之余绪，填词之风大盛，上至王公贵族、大臣官吏，下至落魄文人、市井细民，无不热衷于此，词的曲调数量，作者人数，流行范围，无不大大超越前代。宋代文坛，诗歌虽然仍旧占据主流地位，规模远超唐代，在文学历史上，宗唐、宗宋之争，历千年而不衰。但是被某些正统文人称为"诗之余"的词，却成为宋代最重要最有特色的文体，唐诗、宋词、元曲、明清小说的称呼，已经成为后人的共识，宋词作为宋代文学标牌的地位，已经不可动摇。

北宋早期，大臣寇准、王禹偁、钱惟演、范仲淹，隐士林逋，均有佳作传世,但是数量不多。真正大量创作小令的词人是晏殊父子和欧阳修三人。他们继承了南唐遗风,摆脱了花间词人的绮靡之习,或感叹年华易逝,或表现离别之情,或描写自然之美,或抒发家国之忧,创作了许多优秀名篇。晏殊在宋仁宗时,官至宰相,有《珠玉词》;欧阳修比晏殊小十六岁,是晏殊的门生,有《六一词》。二人填词均以小令为主。晏殊为官于天下承平之时,仕途通泰;欧阳修因为卷入庆历革新的政治漩涡,为革新派范仲淹、韩琦等人辩护,政治上屡遭打击,虽然也曾官至宰执,但很多时间都在贬谪之中。有人说二人均学冯延巳,也有人说:"晏氏父子,仍学温、韦。"平心而论,二人虽没有完全摆脱花间影响,但主要是学习冯延巳。欧阳修词每每与冯词相混,难以分辨,足见二人词风确有近似之处。晏殊词风婉丽,欧阳修词风秀逸。由于境遇经历的不同,欧词较晏词内容更加丰富,对后人的影响也更大。冯煦《蒿庵论词》指出:"即以词言,(欧词)亦疏隽开子瞻,深婉开少游。"比晏、欧年齿稍长的词人,被人称为"张三影"的张先,也是这一时期的重要词人。他没有担任过任何重要官职,但经常出入于歌楼妓馆,为歌伎作词,颇有温、韦遗风。他既作小令,又作中、慢词,但以小令为优。比晏、欧稍后的晏几道与贺铸,也是这一时期的著名词人。他的《小山词》,以小令为主,有个别中调,不作长调。晏几道是晏殊之子,家道中落,"陆沉于下位"。"仕宦连蹇,而不能一傍贵人之门。"(黄庭坚《小山词序》)。陈廷焯《词坛丛话》评曰:"晏小山词,风流绮丽,独冠一时。"夏敬观《吷庵词评》也说:"叔原以贵人暮子,落拓一生,华屋山丘,身亲经历。哀丝豪竹,寓其微痛纤悲,宜其造诣又过于父。"都给出极高评价。贺铸因《青玉案》一词,被人称"贺梅子",名盛一时。但对他的《东山词》,后人评价不一。陈廷焯《白雨斋词话》卷一评曰:"方回词胸中眼中,另有一种伤心说不出处,全得力于楚骚,允推神品。"王国维却说:"北宋名家以方回为最次。其词如历下、新城之诗,非不华赡,惜少真味。"(《人间词话删稿》)两种意见,都不无偏执之处。《东山词》既有小令,也作长调。长调次于柳永、秦观,小令却颇有可观。

但是小令由于篇幅短小,限制了更加丰富复杂的社会内容与个人感情的表达,随着音乐曲调的发展丰富,以柳永为代表的许多词人,开始"变旧声为新声",还引进和自创了许多新的曲调。柳永的《乐章集》,小令已经很少,大部分为中调和长调。风气一开,从此近、慢词逐渐取代小令,成为宋代词坛的主体。但是终宋之世,大多数词家都是两者并举,既作长调,也不废小令。即使像柳永、周邦彦、姜夔、吴文英、张炎等以创作长调为能事的词人,也有许多写得非常精彩、广为人知的小令作品。更不用说苏轼、秦观、黄庭坚、辛弃疾、陆游、张元幹、张孝祥、刘辰翁等著名词人了。宋代女词人魏夫人、李清照、朱淑真填词都以小令为主。直到宋代末年,在王沂孙等人的作品中,小令才渐渐变得星光暗淡,不像长调那么出色。而宋词也逐步与音乐离婚,失去了在广大的市场中演唱的机会,成为文人们自娱自乐的书面文学,连曲调也逐渐失传,生命力慢慢消亡。而另一种为民众所喜爱的艺术——戏曲杂剧,代而兴起。

二

与词中的中、长调相比,小令有自己的优势和特色。小令的第一个特点是篇幅短小,易于表演流传。小令是配乐短曲,对表演场地和听众要求不高,既可在歌楼舞馆演唱,也可在酒宴筵席高歌,既可在离亭驿馆送别,也可在朋友聚会时表演。在很多场合,词人可以即席赋辞,也可以彼此唱和,请歌女配曲当场演唱,方式灵活多样。吴文英的长调《莺啼序》固然写得很好,可以书写在酒店的墙上,供人观赏,博得一片赞叹之声。[7]要歌伎们即席配曲演唱,恐怕很难办到。

小令的另一个特点是纯粹的抒情性,极少掺杂叙事因素,这一点与唐人绝句非常相似。但小令是配曲的歌词,随着音乐节奏的快慢,旋律的高低,歌词必须与之适应,句式长短不齐,参差错落,韵律高低抑扬,富于变化,不像唐绝句一律五字四句或七字四句,因而更便于表达委婉曲折的思想感情。从温庭筠到花间词派诸人,他们的作品,大多以华丽的词藻,抒写个人内心的感受。韦庄及花间后期的作者孙光宪和李珣,词风虽有不同,但是大多离不开一个"情"字。这种情首先就是男女之情,也就是爱情。男女之情,是人人必经之事,故描写爱情中的喜怒哀乐,离合悲欢,最能引起广泛共鸣。其次是离别之痛。古代交通不便,别易会难,故有"生离死别"之叹。无论是士人出仕,军人戍边,商人远行或者夫妻、好友离别,都能触发人们内心的悲情。与这两者相联系,还有羁旅之恨,思乡之痛。小令中很多优秀的抒情佳作,都与这些与人们生活最贴近的主题有关。除此之外,还有怀才不遇之慨,仕途沦落之悲,这些与广大士人密切相关的题材,在小令中也有很多表现。

  小令的第三个特点是,词情蕴藉,风格以婉约为基调。明人张綖在《诗余图谱·凡例》中说:"词体大约有二:一体婉约,一体豪放,婉约者欲其词情蕴藉,豪放者欲其气象恢弘,盖亦存乎其人。如秦少游之作,多是婉约;苏子瞻之作,多是豪放。大抵词以婉约者为正,故东坡称少游为'今之作手',后山评东坡词'如教坊雷大使舞,虽极天下之工,要非本色'""大抵词以婉约者为正",张綖这一判断,与唐宋词坛的总体面貌,基本吻合。原因很简单,既然词是配乐的歌词,那就必须符合曲调的风格、旋律和节拍,除非你另选或另创曲调。在这一点上,李清照对苏轼等人作品不合律的批评是有道理的。在合律的要求上,小令做得更好。即使豪放派的主要代表人物苏轼和辛弃疾,他们也有不少既符合音律,风格又委婉缠绵的小令作品。为什么呢?因为小令曲调短小,内容单纯,比较容易做到合律。宋朝经历了两次亡国之灾,许多人为此痛心不已,因此亡国之痛,黍离之悲,在小令词中也有很多表现,陆游和辛弃疾就是两个典型。但是这种表现,大多是以哀吟低唱的方式表达悲情,而把大音镗鞳的慷慨悲歌,留给长调去完成。[8]

　　小令的第四个特点是更多采用寄托象征的表现方法表情达意,造成一种意内言外的艺术效果。或借香草美人以写情,或绘风光景物而抒慨。这种方法虽然古已有之,诗歌中也经常采用,但在小令词中用得更加普遍。寓意比较明显的,如苏轼《西江月·玉骨那愁瘴雾》,借梅花悼念侍妾朝云;陆游《卜算子·驿外断桥边》托咏梅表明初心不变;鹿虔扆《临江仙·金锁重门荒苑静》用写景抒写亡国之痛;邓剡《唐多令·雨过水明霞》以怀古表达黍离之悲。有的却比较隐晦曲折。最典型的如温庭筠的《菩萨蛮》和冯延巳的《鹊踏枝》,因此后人在理解时分歧很大。温庭筠《菩萨蛮》十四首,表面内容都写女子离别相思之恨,但是清人张惠言和谭献却认为,"此感士不遇也"。陈廷焯进一步发挥说:"写怨夫思妇之怀,寓孽子孤臣之感。凡交情之冷淡,身世之飘零,皆可于一草一木发之。而发之又必若隐若现,欲露不露,反复缠绵,终不许一语道破。非独体格之高,亦见性情之厚。"(《白雨斋词话》卷一)今人夏承焘先生也认为:"全词描写女性,这里面也可能暗寓这位没落文人自己的身世之感。"(《唐宋词赏析》)但是另一部分人看法相反,刘熙载《艺概·词概》认为:"温飞卿词精妙绝人,然类不出乎绮怨。"王国维指出:"飞卿《菩萨蛮》、永叔《蝶恋花》、子瞻《卜算子》,皆兴到之作,有何命意?皆被皋文深文罗织。"今人吴世昌、詹安泰等人大多不同意张惠言的寄托说。温庭筠出身世家,才情横溢。他是晚唐著名诗人,与李商隐并称"温李"。但是终生沦落下僚,饱受痛苦和屈辱。借"绮怨"之事,托寓自己悲苦心情,也并非没有可能。冯延巳的情况与温庭筠不同,他仕途通泰,在南唐曾三度为相,他的《鹊踏枝》(即《蝶恋花》)也不像温庭筠那样,以秾丽的笔调,写男女之情,而更多用闲婉雅丽的笔致,抒发内心的苦闷。虽然其中也有男女之情，但是时有时无，若隐若现，仿佛在写别人，实际在说自己的"闲情"。这种所谓"闲情"，并不完全等同于爱情。试想，冯延巳为相之时，南唐外有强敌窥视，内有弱主难扶，争权内斗又非常激烈，内心时时感到痛苦，托之于小词抒慨，也不难理解。

　　与古代诗歌一样，为了更好地表达思想感情，小令词也非常重视字句的锤炼。一字之炼，一句之佳，往往使全篇生色，甚至传为佳话。例如冯延巳《谒金门》"风乍起，吹皱一池春水"，曾被帝王李璟称赏；冯延巳《南乡子》"细雨湿流光"和李中主《浣溪沙》"细雨梦回鸡塞远，小楼吹彻夜笙寒"得到王安石赏识；宋祁《玉楼春》"红杏枝头春意闹"，被王国维称为："着一'闹'字，而境界全出。"被当时著名词人张先戏称为"红杏枝头春意闹"尚书，而张先也因为《天仙子》等词中有"云破月来花弄影"的佳句，被宋祁称为"云破月来花弄影"郎中，并获得"张三影"的美名。晏殊《浣溪沙》"无可奈何花落去，似曾相识燕归来"两句，备受后人称赞，杨慎评曰："天然奇偶。"（《词品》）卓人月评曰："对法之妙无两。"（《词统》）晏几道《临江仙》"落花人独立，微雨燕双飞"被谭献赞为"名句千古，不能有二"（《复堂词话》），被陈廷焯赞为："既闲婉，又沉着，当时更无敌手。"《鹧鸪天》之"舞低杨柳楼心月，歌尽桃花扇底风"被胡仔称为："词情婉丽，不愧六朝宫掖体。"欧阳修《踏莎行》"平芜近处是春山，行人更在青山外"，被王世贞赞为："淡语之有情者也。"《蝶恋花》"面旋落花风荡漾"，被王国维评为："字字沉响，殊不可及。"至于李清照"人比黄花瘦"之妙比（《醉花阴》）；蒋捷"红了樱桃，绿了芭蕉"之美句（《一剪梅》），当时就为人称赏不已。例子很多，举不胜举。小令词重视修辞炼句，使不少作品像美丽精致的工艺品，使人反复把玩不厌。

　　当然小令词体也存在一定的不足，主要是由于篇幅短小，不能反映更加广阔的社会内容和复杂多变的思想感情。不过任何事物都有两重性。小令的这种缺点，是先天性疾病，很难克服。

三

本书共选录唐五代词三一三首,两宋词七百首,共一千零十三首。原文主要根据孔范今《全唐五代词释注》、唐圭璋《全宋词》,四部备要本《宋六十名家词》,四部丛刊本《花间集》。若有异文,则参照各种专集、别集及选本,在注释中列出,以供读者参阅。在本书的注释过程中,曾经参考杨景龙《花间集校注》,周笃文《全宋词评注》,王兆鹏、吴熊和《唐宋词汇评》以及各种专注和选本。若有征引,则一一标明,不敢掠人之美。

每篇作品的注解,分"注释"和"说明"两部分。注释主要解释词语典故,若有校改,也同时列出。说明则主要分析词的主旨和艺术特点。若有本事,也加以记录,以备读者参阅。作者主观上力求做到要言不烦,清楚明白,但限于水平,常常未能完全做到,自觉非常遗憾。在本书的写作过程中,每每想起陆放翁的《文章》一诗:"文章在眼每森然,力弱才疏挽不前。前辈不生吾辈老,恐留遗恨又千年。"放翁何人,尚有"挽不前"之憾,何况区区我辈?当然,也不能以此为借口,原谅自己。海内方家,如有发现,请批评指正,不胜感激。

在本书的写作过程中,曾经得到浙江古籍出版社钱之江、况正兵等友人的鼓励和帮助,又蒙胡小罕同志为本书题签,在此一并表示深深的谢意。日月如驰,在本书完稿之时,已近岁杪。草君为此作词一首,调寄《浣溪沙》,词曰:"秋意泠泠作小寒。裙装袅娜怯衣单。品花意绪渐阑珊。　　一次提壶茶数盏,两人书录令千篇。白头回首自年年。"

2019 年岁末罗仲鼎于杭州

【注释】

[1] 谭献《箧中词》《复堂词录》经罗仲鼎、俞浣萍整理校点,已于 2015 年 11 月、2016 年 6 月分别由人民文学出版社、浙江古籍出版社出版。

[2] 张惠言《词选序》:"自唐之词人李白为首,其后韦应物、王建、韩翃、白居易、刘禹锡、皇甫松、司空图、韩偓并有述造,而温庭筠最高,其言深美闳约。"

[3] 唐圭璋先生《词学丛论·唐宋两代蜀词》:至孟昶则有《玉楼春》词云"冰肌玉骨清无汗……"此《苕溪渔隐丛话》引杨元素《本事曲》中词。但据东坡《洞仙歌序》所谓足成首两语,与此词首句不同。故孟氏原词究竟若何,殊难断定。

[4] 赵崇祚所辑《花间集》,集中收录晚唐至五代十八位作家的作品,其中除温庭筠、皇甫松、和凝、孙光宪四位与蜀国无涉外,其余十五位皆活跃于蜀国。

[5] 况周颐《历代词人考略》卷四:"《阳春》一集,为临川、珠玉所宗,愈瑰丽,愈纯朴。南渡名家沾丐膏馥,辄臻上乘。"王国维《人间词话》:"冯正中词,虽不失五代风格而堂庑特大,开北宋一代风气。"

[6] 王夫之《宋论》卷一《太祖》:"太祖勒石,锁置殿中,使嗣君即位,入而跪读。其戒有三:一保全柴氏子孙;二不杀士大夫;三不加农田之赋。呜呼!若此三者,不谓之盛德也不能。"

[7] 周密《武林旧事》卷五。

[8] 小令词中虽也有慷慨豪放的作品,如苏轼《江城子·老夫聊发少年狂》、辛弃疾《破阵子·醉里挑灯看剑》等,但为数不多,影响不大。而苏轼的《念奴娇·大江东去》、辛弃疾的《永遇乐·京口北固亭怀古》等词作,大音镗鞳,悲凉慷慨,影响更大,内容也更加丰富。

《词莂校注》前言

　　《词莂》是晚清词学大师朱祖谋（彊村）的清词选本，关于这一点，陈三立和龙沐勋讲得很清楚。为本书题签的陈三立，在《清故光禄大夫礼部右侍郎朱公墓志铭》中明确记载："遗稿《语业》三卷，《弃稿》一卷，《词莂》一卷，《足本云谣集》一卷，《定本梦窗词集》不分卷，《沧海遗音集》十三卷，又《集外词》一卷，卒前尽授其门人龙沐勋，汇刊为《彊村遗书》行于世。"龙沐勋在《词莂》刊印附言中也说："《词莂》一卷，原出彊村翁手，当选辑时，翁与张孟劬同寓吴下，恒共商略去取。翁旋至沪，与况蕙风踪迹日密，复以况词入选。孟劬则力主录翁所自为词。卒乃托名孟劬，以避标榜。"龙沐勋的附言，不仅明确了《词莂》一书的作者是朱彊村，而且详述其成书的曲折过程。孟劬是彊村友人张尔田的字。在《词莂》的选编过程中，彊村经常与他商讨入选作品的弃取问题。其间还有一个插曲，即张尔田力主此书入选彊村自己的作品，而彊村却比较矜慎，顾忌这样做有自我标榜之嫌。因此《词莂》正式刊印以前，作者托名张尔田，卷首亦有张尔田自序一篇，说明《词莂》的选词宗旨，时在民国辛酉年（1921）。由于《词莂》成书过程有这样一段特殊经历，因而当民国壬申年（1932）《词莂》正式刊印之时，就有了这样的题署："归安朱孝臧古微原编，钱塘张尔田孟劬补录。"应该说，这样的题署，既说明了朱彊村是《词莂》一书的作者，同时也反映张尔田在协助《词莂》成书过程中的特殊作用，符合历史事实。

　　清代号称词学复兴的时代，词人辈出，词作如林。据南京大学《全清词》编纂研究室编纂的《全清词·顺康卷》《全清词·顺康卷补编》《全清词·雍乾卷》，所录词人已经超过四千，所录词作已经超过十万。待《全清词》全部编辑完成，估计收录词人将超过一万，收录词作将超过三十万首。其作者数量相当于《全宋词》的四倍，作品数量则超过十倍。因此，遴选清词是一件相当困难的事情，既要照顾到点，又要考虑到面，两者不易兼顾。现存著名清词选本，如谭献的《箧中词》选词近千首，规模已相当可观；王昶的《国朝词综》《国朝词综二集》和黄燮清的《国朝词综续编》，更是收录了清代一千三百余人的作品共四千四百多首，卷帙浩繁，并不适合一般读者阅读。而《词莂》却反其道而行之，只选录了从清初至民国十五家词人的词作共一百三十七阕，希望读者通过阅读少量代表作家的代表作品，去了解清词的总体面貌和流派演变，"以少少许胜多多许"。从某种意义上说，这比编纂一部大容量的选本更加困难。因为这要求编纂者具有更强的把握清词总体面貌的能力，更高的识别鉴裁水平，否则，很可能落入"取其粗而遗其精"的陷阱。

　　张尔田在《词莂序》中说："览众贤之瑰制，采摘孔翠，非夫迈往逸驾，自开户牖者屏不录。"清楚地阐明了本书的编纂宗旨。所谓"迈往逸驾"，意即能够超越前人，有独特的艺术创造；所谓"自开户牖"，意谓能够开宗立派，影响一代词风。用这样的标准来衡量《词莂》入选的十五位词人：毛奇龄、陈维崧、朱彝尊、曹贞吉、顾贞观、纳兰性德、厉鹗、张惠言、周之琦、项廷纪、蒋春霖、王鹏运、郑文焯、朱祖谋、况周颐，除个别人以外，绝大部分都符合要求。陈维崧和朱彝尊是清初两大词派的宗师，正如谭献《箧中词》所说："锡鬯、其年行而本朝词派始成。顾朱伤于碎，陈厌其率，流弊亦百年而渐变。锡鬯情深，其年笔重，固后人所难到。嘉庆以前，为二家牢笼者十居七八。"陈其年才能杰出,词风豪放,是阳羡词派的开山祖师,其词集《湖海楼词》近两千余首,古今无人能及。一时围绕于其身旁或受其词风影响者,不下百人。但是以陈其年为中心的阳羡词派,只延续了不到四十年,其原因可能如陈匪石《旧时月色斋词谭》所说:"湖海楼词崛起清初,导源幼安,极纵横跌宕之妙,至无语不可入词,而自然浑脱。然自关天分,非后人勉强可学。故后无传人,不能与浙西、常州分镳并进也。"朱彝尊同样才高学富,以南宋姜夔、张炎为楷模,为浙西词派的创始人。陈廷焯评论说:"词至竹垞,前无古人,后无来者。博而不杂,丽而不佻,茂矣,美矣。"[1]况周颐也说:"或问国初词人当以谁氏为冠?再三审度,举金风亭长对。"[2]若以阳羡、浙西两派相较,浙西词派的影响更大,绵延时间也更久。之所以能够如此,可能与浙派词人厉鹗的中途崛起有关。就整体而言,厉鹗的创作成就虽然不及朱彝尊,但是在艺术风格上,他独辟蹊径,创造了一种幽深冷峻的词风,如陈廷焯所说:"厉樊榭词幽香冷艳,如万花谷中,杂以芳兰,在国朝词人中,可谓超然独绝者矣。"虽然陈廷焯又说:"樊榭词拔帜于陈、朱之外,窈曲幽深,自是高境。然其幽深处在貌而不在骨,绝非从楚骚来,故色泽甚饶,而沉厚之味终不足也。"[3]但是,在康、乾之世,这种独特的词风,成为多数汉族士大夫竞相趋慕的审美风尚,也是非常自然的事情。浙派自殿后人物郭频伽以后,影响逐渐衰微,常州词派继而兴起。常州词派的领袖人物是张惠言和周济,他们强调词必需继承风骚乐府的优良传统,讲究比兴寄托。常州词派的理论主张虽然并无特别高明之处,但是因为应和了时代的呼声,所以影响巨大而深远,直至清末词坛巨子谭献和理论家陈廷焯、况周颐均受其影响。但是常州词派的宗师们有一个弱点,理论影响虽然巨大,而个人的创作成就却不能与之相匹配,不像阳羡词派和浙西词派,起点即是其高点。张惠言《茗柯词》虽有部分优秀之作,尤其是《水调歌头》五首,熔词人之词、文人之词和学人之词于一炉,谭复堂评论说:"胸襟学问,酝酿喷薄而出。赋手文心,开倚声家未有之境。"[4]并非过誉之辞。可惜这类作品不多。周济于词学理论颇多建树,但其《味隽斋词》艺术平平,未入彊村先生法眼,并不意外。被称为"清末四大家"的王鹏运、郑文焯、朱祖谋和况周颐不是一个词派,他们个人的创作风格也并不相同。陈锐《襄碧斋词话》指出:"王幼遐词,如黄河之水,泥沙俱下,以气胜者也。郑叔问词,剥肤存液,如经冬老树,时一着花,其人品亦与白石为近。朱古微词,墨守一家之言,华实并茂,词场之宿将也……况夔笙词,手眼不必甚高,字字铢两求合,其涉猎之精,非余子可及也。"亡友严迪昌也认为:"王词颇能爽健,朱词独见深苍,郑词略多萧散,况词隽秀而不乏清狂。"[5]但是这四人也有许多共同之点,他们曾经在清朝为官,在清政权处于风雨飘摇之时,亦怀有忧国忧民思想。除王鹏运早卒之外,在辛亥革命以后,又均以前朝遗老自居,拒绝与新政权合作。基于共同的政治态度和价值取向,四人结成了深厚的友谊,诗词唱和不绝。四人的词风虽不尽相同,但代表了当时词学创作的最高水准。朱彊村编撰《词莂》,四人作品入选,是顺理成章的事。以上八人,符合张尔田所说的"自开户牖"者也,因而被《词莂》采录。

现在再来看第二个标准:"迈往逸驾"。有三位词人最可能得到认同,他们分别是纳兰性德、项鸿祚和蒋春霖。谭献《箧中词》评论蒋春霖词时说过一段话:文字无大小,必有正变,必有家数。《水云楼词》固清商变徵之声,而流别甚正,家数颇大,与成容若、项莲生二百年中,分鼎三足。或曰:何以与成、项并论?应之曰:阮亭、葆酚一流,为才人之词;宛邻、止庵一派,为学人之词;惟三家是词人之词,与朱、厉同工异曲,其他则旁流羽翼而已。在谭献看来,有清近三百年间,只有这三人才称得上纯粹的词人。三人之中,纳兰成德被称为李后主转生,王国维对他更是推崇备至,说:"纳兰容若以自然之眼观物,以自然之舌言情,此由初入中原,未染汉人风气,故能真切如此。北宋以来,一人而已。"[6]蒋春霖有"词史"之誉,谭献称之为"倚声家老杜",朱彊村也说:"词中有鹿潭,可谓至境。"[7]二人入选当无争议。项鸿祚身世坎坷,词风哀怨,谭献《箧中词》给予极高评价,说:"莲生古之伤心人也。荡气回肠,一波三折,有白石之幽涩而去其俗;有玉田之秀折而无其率;有梦窗之深细而化其滞,殆欲前无古人……以成容若之贵,项莲生之富,而填词皆幽艳哀断,异曲同工,所谓别有怀抱者也。"这段话,有人以为是偏嗜之论,朱彊村在《手批箧中词》中,也含蓄地表示了不同看法。但是项鸿祚毕竟是道光年间具有独特艺术风格的抒情高手,他的词真情流注,笔法轻灵,不堆垛,不涂饰,为许多人所钟爱。在某些方面可能略逊于成、蒋,入选也应该是够格的。比较有争议的是毛奇龄、曹贞吉、顾贞观和周之琦四人。毛奇龄是清初最渊博的学者之一,他的经历与朱彝尊十分相似,曾经参加过抗清复明的活动,失败后也长期浪迹江湖。但他的词中却尽扫学人之词的痕迹,也未见黍离之悲的影子,而是刻意模仿南朝乐府民歌和唐五代词的创作风格,在清初词坛独树一帜。朱彊村曾经评论说:"脱手居然新乐府,曲中亦自有齐梁。"[8]正是这种与众不同的词风,获得了朱彊村的青睐。曹贞吉与陈维崧、朱彝尊生活于同一时期而稍晚,也经历了亡明之痛。他的词风格"雄深苍稳",得到了陈、朱两人的高评价,彼此亦多有唱和。曹贞吉特别以怀古和咏物之篇享誉当世,其怀古之作"慷慨悲凉,羽声四起",其咏物之作"入微穷变",寄托遥深。艺术上确有超越前人之处。《词莂》所选即以曹氏这类作品为主。周之琦是清代中期重要词人,他的词"浑融深厚,语语藏锋",艺术上兼采浙、常两派之长,而独出机杼。谭献称赞他的词"截断众流,金针度与,虽未及皋文、保绪之陈义甚高,要亦倚声家疏凿手"[9]。给予很高评价。作为一个时期的代表词人,录入《词莂》,并不勉强。顾贞观是梁溪词人的代表,自视甚高,以两阕《金缕曲》寄吴汉槎而名震当时,在清初与陈维崧、朱彝尊同被称为"三绝"。虽然也经历了亡国之痛,但是在作品中却很少流露沧桑黍离之慨,其创作成就,也难以和朱、陈比并。杜诏和绪洛在《弹指词序》中赞其词"集大成者""超神入化",未免有过誉之嫌。陈廷焯评论说:"顾华峰词全以情胜,是高人一着处。至其用笔,亦甚圆朗。然不悟沉郁之妙,终非上乘。"[10]不失为持平之论。不过就凭"全以情胜"的两曲《金缕曲》赠吴汉槎,顾贞观被彊村《词莂》收录,成为十五家中之一家,也算合理。

但是毋庸讳言,作为清词选本,《词莂》也存在明显的不足。首先,像张惠言《宛邻词选》一样,选录的标准比较苛严,其美学取向也趋于保守。在数量浩繁的清词作者中,只选录十五家,因而不少虽未必"迈往逸驾,自开户牖",但是在艺术上独树一帜的优秀作家作品如谭献、庄棫等,均遭摒弃,不免令人遗憾。第二,虽然朱彊村被认为是清末词坛集大成的人物,但是除了创作以外,主要精力用于词集校勘,并未留下论词专著,对品评人物和作品,出言尤为矜慎。因而在《词莂》中,读者难以看到谭复堂《箧中词》那种精彩的点评,使读者通过大师的见解,获得启发。据龙沐勋记载,他曾经建议《词莂》与《宋词三百首》合刊行世,得到的回答是"尚待删订"。可惜,朱彊村并未来得及删订就去世了。因此《词莂》正式刊印以后,未能像《宋词三百首》那样得以广泛流行,也未如谭献《箧中词》那样,在清词研究领域产生巨大影响。原因可能是多方面的,而选本自身存在不足,肯定是重要原因之一。当然,《词莂》毕竟是词学大师朱彊村编撰的清词选本,选录标准严格,选材视角独特。我们不仅可以通过它窥见清词的整体面貌和发展流变,而且还可据以研究了解彊村本人的词学理念和审美取向。上述不足之处,并不足以影响其重要的学术价值。

清词的代表人物,从朱彝尊、厉鹗、张惠言到朱彊村,大多是知识渊博的学者。他们的作品,往往大量引用历史典故,化用前人的诗词成句,来表达隐蔽于内心深处的思想感情,这给一般的读者带来了很大麻烦。因而在本书的注释中,不得不用较大篇幅加以还原,有时还要串解说明,并且尽可能引用前人评语,指明其主题思想和艺术特征。好在清词的研究虽然起步不久,但是,除古人之外,现代已经有学者对此做了许多基础性的工作,如陈乃乾先生的《清名家词》,叶恭绰先生的《全清词钞》《广箧中词》,唐圭璋先生的《词话丛编》,屈兴国的《词话丛编二编》《白雨斋词话校注》《蕙风词话辑注》,严迪昌的《清词史》《阳羡词派研究》,钱仲联先生的《清词三百首》,龙榆生先生的《近三百年名家词选》,尤振中、尤以丁先生的《清词记事会评》,以及白敦仁、秦玮鸿先生等人的众多清代词人专集和选集的校注,都给我们的工作提供了帮助,使我们得以最终完成《词菀》的校注。由于水平限制,缺点和错误一定难免,祈盼海内外专家读者予以指正。

2014 年 10 月 30 日
2016 年 11 月改定

(按,本书与钱之江合作)

【注释】

[1] 陈廷焯《云韶集》卷一五。

[2] 况周颐《蕙风词话》卷一。

[3][10] 陈廷焯《白雨斋词话》卷四、卷三。

[4][9] 谭献《箧中词》今集卷三。

[5] 严迪昌《清词史》。

[6] 王国维《人间词话》。

[7] 谭献《箧中词》今集卷五、朱祖谋手批《箧中词》。

[8] 卢前《望江南·饮虹簃论清词百家》引。

《艺苑卮言校注》后记

作为全国高等院校古籍整理研究工作委员会重点项目《明清文学理论丛书》的一种,《艺苑卮言校注》于1992年由齐鲁书社正式出版。时当处于改革开放早期,各出版社经费严重匮乏,出版形势十分严峻。作者在初版后记中曾说:"是书从收集资料到汇辑成编,凡六经寒暑,得初稿六十五万字。两年后,删剩四十五万字;又两年,删剩二十五万字。所删内容主要包括三方面:一、抽去附录论词曲及杂论诗文部分二卷。二、原引史料及诗文作品,一律删去原文,只标卷次页码。三、除个别例外,一般作家不出小传。这样做的结果,自然不免大大增加读者的麻烦。作者对此深表歉意。"但是这种歉意对读者并无实际意义。王世贞的艺术观是一个完整的系统,抽去部分即成残缺,势必影响人们对其艺术理论的整体把握和深入理解;王世贞是一位极其渊博的学者,《艺苑卮言》所涉及的文献资料多达数百种,注文只标卷次页码而不引原文,让读者直接去查阅,是完全不现实的。所幸时隔三十年,人民文学出版社希望重版此书,这让作者有机会亲自动手弥补本书原来存在的重大缺陷,使《艺苑卮言校注》成为一本完整可读的著作。这次补充修订主要包括四个方面:

(1)重新收入附录论词曲、书法、绘画之文共四卷,并加简要注释。

(2)原书删去注释中之引文,除少数之外,均予复原,以免读者翻检之劳。辞赋及散文,因篇幅过长,不在此例。

(3)增加少数新的注解,改正某些错误和疏漏。

(4)改简体横排为繁体直排。

作者在本书初版前言中曾经提到,为《艺苑卮言》作注,是由于南京大学程千帆先生的提议与鼓励,在成书过程中,还得到过杭州师范大学沈幼征先生的帮助和支持。岁月如流,如今千帆先生和幼征先生均已逝世多年,而作者也宿疾缠身,年至耄耋矣。念之令人怅怅!

王氏此书,博大精深,包孕千古,而注释者才疏学浅,每觉难以穷尽其源流。宋人陆放翁诗曰:"文章在眼每森然,力弱才疏挽不前。前辈不生吾辈老,恐留遗恨又千年。"(《文章》)放翁何人?尚有此憾,何况区区我辈?

在《艺苑卮言校注》的成书过程中,友人屈兴国、黄建国教授,学生黄征教授,以及浙江图书馆善本部张群女士,浙江古籍出版社路伟先生,曾经以各种不同方式,给予帮助。人民文学出版社李俊先生在审读全稿时,不厌其烦,核对原文,探求源流,不仅纠正了某些错误和疏漏,而且补充了不少有用资料,在此一并表示深深的谢意。

2012年岁末初稿

2016年7月改定

《阮籍咏怀诗译解》后记

本书1999年曾由南京大学出版社出版,回头去看,自己很不满意,朋友中也有人提出批评意见。清末严几道曾对外文翻译提出"信、达、雅"的三字标准,其实同样适用于古典诗词的白话翻译。也许是受到司空图《二十四诗品今译》的影响,当时想尽量把译文写得漂亮一点,但却忘记了三字标准中信和达是前提,雅只能在信和达的基础上才能够适当展开,绝不能离开信和达,片面追求译文美丽。阮籍《咏怀诗》含义虽然深奥,但文辞自然质朴,气象浑成。把译文写得美丽,与原诗的风格也并不契合。这次重版,对译文作了重大修改和调整,尽量采用平实的语言,以忠实于原文为第一要义。在此基础上,再修饰文辞,追求恰当的表述,追求"达"的目标。在初版的解析中,对原诗的主旨把握、含义说明也有一些问题,或存在偏差,或表述不够恰当,这次都尽可能加以改正。这些事做起来并不容易,只能尽力而已。

本书酝酿于特殊年代,完成于改革开放以后,自然不可能不带时代的痕迹。现在作者已是耄耋之年,还有机会来修订补正,重新出版。上天之惠我,不可谓不深矣。

2019年岁末罗仲鼎于紫藤书屋

《紫藤室论诗绝句论词小令》自序

　　庚子之春，瘟疫肆虐，息交绝游，闭户不出，读魏晋南北朝、唐宋诗词。偶有所会，陆续成论诗绝句若干首，以纾郁闷。自杜子美首创此调，后世效者纷纷，不可胜纪。余才疏学浅，识见平平，自不足与前贤相较。然尺有所短，寸有所长。况时移世迁，观念日新，自惟亦未必无微末之胜也。诗曰："七字诗成空自欣，夜深思绪乱纷纷。独吟独诵何人会，唯有先生与细君。"这是去年春末，我在写完《论诗绝句》六十首以后所作的一则小记，大致交代了这组诗歌的写作背景和当时的思想状况。以后，感觉意犹未尽，又陆续写了《论词小令》五十五首，共计一百十五首。

　　论诗绝句这种形式，其产生发展过程，达一千多年之久。据郭绍虞先生统计，自唐代杜甫《戏为六绝句》首创这种体裁，以后效仿者纷纷不绝，总计或已超过万数，其中比较著名的如金代元好问的《论诗绝句三十首》、清代王士禛的《戏仿元遗山论诗绝句三十二首》，此外，唐代李商隐、陆游、杨万里、戴复古、吴可，金代王若虚，明代方孝孺、都穆、宋濂，清代陈维崧、汪琬、张问陶、袁枚、赵翼、洪亮吉、姚莹等人都有论诗绝句存世，他们的作品或评论历代诗人的创作特点，或表述自己诗歌创作的体会，或论述历代诗歌之得失，或批评当代诗坛的不良倾向，阐明个人的诗歌美学主张，林林总总，不一而足。论诗绝句，虽然是以诗论诗形式中使用最多、流行最广的一种，但也并非唯一的一种。此外尚有以五七言律诗、古风论诗的作品,例如李白批评六朝诗歌的"大雅久不作",赞扬孟浩然诗风的"吾爱孟夫子,风流天下闻"。杜甫赠李白的五律和五古,都是极其出色的以诗论诗作品。[1] 宋代以后,还出现了以诗论词、以词论词等多种形式。不过以论诗绝句这种形式最为普遍,后来继作者也最多。

以诗论诗,不管采用哪种形式,应该具备两个基本要素。首先要有诗意,否则就不成其为诗。其次,要有议论,否则也不成其为论。当然,最好诗意要充盈,议论要精当,但这是很高的要求,真正完全做到非常困难。尤其是议论是否精当,往往因人、因事、因时而异,很难有一个绝对的、大家一致认同的标准,容易在强调某一个方面时,却忽略了另一个方面。例如明代中叶之后,以前后七子李梦阳、何景明、李攀龙、王世贞为代表的复古主义思潮,几乎笼罩整个文坛,"文必秦汉,诗必盛唐"已经成为大多数文人的主要美学崇尚。中间虽然经过公安三袁的批评,提出"独抒性灵,不拘格套"的口号与之相抗衡,但是效果并不明显。复古主义的流风余韵一直影响到清代,而且在当时的历史条件下,甚至还有复活的趋势。因此以袁枚、张问陶、赵翼等人为代表的"性灵派"再次兴起,他们继承公安三袁的理论主张,认为诗歌应该独抒性灵,应该不断求变求新,强烈反对一味摹古拟古、不求新变的保守倾向。[2] 这种理论主张,在冲破复古主义思想藩篱,力求创新求变方面自有其进步意义。性灵派诗人,大多有论诗绝句存世,其中以赵翼的论诗绝句影响最大。例如他的论诗名作:"李杜诗篇万口传,至今已觉不新鲜。江山代有才人出,各领风骚数百年。"从鼓励创新,反对一味崇古拟古,反对明代复古派遗风的角度看,瓯北的见解很有道理,影响也很大。但从文学艺术历史的实际情况考察,一味主张拟古摹古的见解固然不对,但反过来,说后人一定超过前人、李杜诗篇已经过时的判断,显然也未必正确。因为艺术与科学不完全相同,科学发展日新月异,而艺术史上的某些高峰,后人是很难逾越的。例如中国古代诗歌中的李、杜,书法中的钟、王,后人也许永远只能仰望,虚心向他们学习。这就是宋代出现"天下人人学杜甫"现象的重要原因。如果现在有人吹嘘自己的诗歌已经超越了李、杜,书法已经超过了钟、王,那他一定是一位愚蠢无知的夜郎王了。所以,"李杜诗篇万口传,至今已觉不新鲜"的论断显然并不恰当。李杜诗篇,千古流传,历久弥新,这样可能更接近事实。

反观前人的论诗作品,能够完全做到这两点的,可能也只是少数。即以金代著名诗人元好问的论诗绝句为例,也有某些不完全妥当的论断。比如遗山论陈师道诗曰:"池塘春草谢家春,万古千秋五字新。传语闭门陈正字,可怜无补费精神。"这首诗评论江西诗派的代表人物陈师道,以谢灵运的名句"池塘生春草,园柳变鸣禽"为例,赞扬谢诗意象清新,自然天成,而反对陈师道闭门苦吟的创作态度,这当然也有一定道理。但是把这种看法绝对化,因而完全否定陈师道的创作成就,并以"可怜无补费精神"一言以蔽之,就不免片面。中国古代诗人,一向讲究锤炼词句,这也是中国古典诗歌能够以简洁凝练闻名于世的原因之一。尤其在近体诗成熟以后,诗人们无不以锤炼词句为能事,所谓一字之妥,能令全句生色,一句之佳,能令全篇生色,就是此理。杜甫就曾经说过:"为人性僻耽佳句,语不惊人死不休。"[3]足见诗人在锤炼词句方面下了多大功夫。他的《咏怀古迹》《秋兴》等名篇,每一首都是字精句炼,音韵铿锵的优秀之作,所以能够垂范后世,成为无数人学习的典范。唐代诗人如李贺、孟郊、贾岛等被称为苦吟派的诗人,更是在锤炼词句方面下足苦功,他们的许多优秀之作,有不少也是也流传当时、流芳后世的佳作。王安石"春风又绿江南岸",为一个"绿"字,反复推敲,终成名句;宋祁"红杏枝头春意闹",着一"闹"字,而境界全出;张先因佳句"云破月来花弄影",而被称为"云破月来花弄影郎中";李清照因"人比黄花瘦"之句而使全篇生色。这样的例子文学史上比比皆是,不胜枚举。张问陶所说的

"百炼工纯始自然",也是相当普遍的现象。[4]即以被元遗山奚落为"无补费精神"的陈师道而言,他不仅提出过"宁拙毋巧,宁朴毋华,宁粗毋弱,宁僻毋俗"的美学理念,其诗风也古朴厚重、直抒胸臆,《后山诗集》中有不少这类优秀之作。他的七言律诗,苍凉沉郁,他的五言古诗,质朴自然,感情真挚,闻名当世,影响后代,并非偶然。因此元遗山对后山的评论,明显不够恰当,有失偏颇。元遗山是金代最伟大的诗人,他经历了亡国之痛,诗歌风格,尤其是他的七言律诗,神似杜甫,其《论诗绝句三十首》也是文学史上最优秀、论述面最广、对后世影响最大的论诗绝句作品。指出他论诗绝句中的一个不足之处,只是想说明论诗绝句做到议论精当的困难,并非企图否定遗山的伟大。而且单就本诗而言,提倡自然清丽的诗风,批评过分雕章琢句,刻意苦吟,也是有道理的。可见创作论诗绝句难度很高,完全做到诗意充盈,议论精当则更加困难。

历史上许多伟大作家的作品,内容丰富,风格多样,试图以四句二十八个字,全面表述其思想艺术特点,恐怕很难做到,也未必能够讨好。正是由于这个原因,元遗山和王渔洋都没写作从正面论述杜甫和苏轼的论诗绝句,对李太白和白居易也只是从一个侧面切入,而非从正面展开。这样的方法,也许更加合理。从一个方面切入,抓住最能体现诗人思想艺术的主要之点,表现其最本质的精神特质,这就是司空图所说的"万取一收",这样做虽然也非常困难,但效果却更好。杜甫赠李白的作品很多,每一首都感情丰沛,也有许多精到的评论。但是其中有一首,往往为后人忽略,甚至还引来一些误会,就是杜甫的七绝《赠李白》,诗曰:"秋来相顾尚飘蓬,未就丹砂愧葛洪。痛饮狂歌空度日,飞扬跋扈为谁雄。"杨伦《杜诗镜铨》评曰:"是白一生小像。公赠白诗最多,此首最简,而足以尽之。"为什么最简却"足以尽之"呢?因为诗歌抓住了诗人李白性格和命运的主要特点,用"空度日"和"为谁雄"六个字,充分表现了李白怀才不遇的遭际和狂放不羁的性格特点,因而成为"白一生小像"。

词这种艺术形式,兴起于唐五代,极盛于两宋,因此以诗论词的作品也出现得较晚。清代以后,以诗论词的作品纷纷涌现,厉鹗的《咏词绝句十二首》可为代表。以后又出现了以词论词的作品,据统计,有清一代,以词论词的作品,多达五百余首,但是影响有限。民国初期,朱彊村以词坛领袖的身份,作《望江南》论清词十五首,中央大学教授卢冀野以词曲专家的身份,作《望江南·饮虹簃论清词百家》一百首,当时影响较大,并渐渐形成风气。朱彊村和卢冀野以词论词,都采用词牌《望江南》。这个词牌,比七言绝句虽然还少一字,但由于句子长短错落,再加词的用韵比诗歌宽泛,因此抒情表意,反而比绝句更加自由充分。

现在我们采用《浣溪沙》的词牌论词,是一种尝试。这个词牌在句式上虽然与七言绝句相同,但是多了两句十四个字,容量扩展了三分之一,这样可以表达更加丰富复杂的内容,不但可以议论抒情,还可以结合作者生平,加入某些典故逸事,更充分地表述词人的生平思想和艺术风格特色。当然,万事都有利弊两个方面,多了两句,虽然有利于表达更多的内容,但同时也可能会部分损失绝句简约凝练的特点,这也是不能两全的无奈之事。论诗绝句从汉魏的蔡文姬一直写到宋末的戴复古,论词小令从唐代李白一直写到宋末的张炎,又单独写了清代词人十论,几乎包括了各个时期大部分重要诗人词人。我们这样做,主观上希望通过历代作家的评论,大致勾勒出诗和词这两种文学体裁的时代面貌和发展演变过程,但是由于水平限制和知识缺陷,实际上并没能完全做到。

近些年来,我们分别整理校点了几种名家词选,例如谭献《复堂词录》和《箧中词》,又选注了几种诗选和词选,例如《千首唐人绝句校注》和《千首唐宋小令校注》等等,对唐代诗人和作品、唐宋词人和作品有了进一步的了解和认识,经常有所感触,便以绝句和小令的形式加以抒写和表达。在写作的过程,常常感受到自主创作的乐趣,也经常会有词不达意、意难称心的苦恼。在写完这些作品以后,我们又作了一则后叙,来表达了我们的心情,其词曰:"余作《论诗绝句》六十首毕,觉意犹未尽,又作论词小令(调寄《浣溪沙》)五十五阕。虽反复推敲,苦吟不已,以至魂牵梦萦。然每读一过,终不能无缺憾焉。老病衰颓,才尽于此。陆放翁诗曰:'文章在眼每森然,力弱才疏挽不前。前辈不生吾辈老,恐留遗恨又千年。'(《文章》)放翁何人?尚有此憾,何况区区我辈?"

我们所写的这些作品,虽然有种种不足和缺憾,但在整个写作过程中,还是快乐多于遗憾。孟子曰:"独乐乐,与人乐乐,孰乐?"考虑再三,还是与人共乐为好,因此我们愿意把这些不够成熟的作品公之于世,一则可以与同好共乐,二则可以得到高明者的批评指正。

罗仲鼎、俞浣萍于紫藤书屋

【注释】

[1] 李白《古风》:"大雅久不作,吾衰竟谁陈?王风委蔓草,战国多荆榛。龙虎相啖食,兵戈逮狂秦。正声何微茫,哀怨起骚人。扬马激颓波,开流荡无垠。废兴虽万变,宪章亦已沦。自从建安来,绮丽不足珍。圣代复元古,垂衣贵清真。群才属休明,乘运共跃鳞……"又《赠孟浩然》:"吾爱孟夫子,风流天下闻。红颜弃轩冕,白首卧松云。醉月频中圣,迷花不事君。高山安可仰,徒此揖清芬。"杜甫赠李白诗,详论李白绝句。

[2] 公安三袁,明代文学流派代表人物袁宗道、袁宏道和袁中道三兄弟,因其籍贯为湖广公安(今属湖北),故世称"公安派"。

[3] 杜甫《江上值水如海势聊短述》:"为人性僻耽佳句,语不惊人死不休。老去诗篇浑漫与,春来花鸟莫深愁。新添水槛供垂钓,故着浮槎替入舟。焉得思如陶谢手,令渠述作与同游。"

[4] 张问陶《论诗绝句》语。

《戴复古考论》序

张继定先生以晚年余力，对宋末江湖诗人戴复古作了深入细致的研究，相关文章，陆续发表于国内各大刊物，引起了学术界的广泛关注。如今裒辑成集，即将付梓，这是一件值得庆贺的事情。

戴复古是南宋后期江湖诗派杰出的代表，也是南宋晚期最重要的诗人之一。严格讲来，江湖诗派并非一个诗歌派别，而是游离于官场之外的，以诗歌创作为主要职业的诗人群体。长期以来，这一诗人群体一直受到主流文学史的贬抑，总是批评他们不关心社会现实，缺乏爱国情怀等等，其实这样的批评并不公平，也不完全符合实际。在这样的语境中，戴复古自然也不免深受其累。

戴复古当时虽然诗名满于天下，但是湖海飘零垂五十年，以布衣终身，未曾步入仕途，因此正史无传。研究者根据戴氏自己的诗文以及各种地方史料、笔记小说来考定其平生事迹、师承源流、以至私人生活等等，不免歧见迭出，错误纷呈。继定先生有鉴于此，对诗人戴复古的身世行迹、师承交游、文集版本源流详加考察，最后在《综论》中得出可靠的结论，为推进戴复古的研究，以至宋代文学的研究做出了独特的贡献。继定先生的研究，正如其书名所标示，重在历史事实的考辨，这也是近些年来学术界刮起的一阵新风。继定先生的考辨，至少有如下特点：

首先，辨析细入毫芒，结论小中见大。例如关于戴复古的出生年代问题,学术界似乎已经达成了共识,诞生于宋孝宗乾道三年(1167)。但是继定先生经过详细考辨以后,认为"径把戴氏的生年写成1167年是不确切的,也是不恰当的。事实上,戴氏生于1168年,而非1167年"。为什么呢?因为我国传统的干支纪年方法,与明代传入的西方公历纪年方法存在着相当的时间差距。戴复古生于宋乾道三年丁亥十二月,按中西历对照表推算,已是1168年一月和二月之间,而不是通常所认定的1167年。应该承认,继定先生的推算方法比习见的方法更加精确,也更加科学。这一发现并非小事,因为它可能会牵涉到历史上许多重要的人物和事件。按照这种方法推算,中国历史上许多出生于农历十二月的人(包括许多重要人物)的出生年代,某些发生在农历十一、十二月的重大事件,按照公历计算都要推迟一年。

我国古代文人的姓名字号非常复杂,几乎每一个人都有名,又有字,也有号,一不小心,就可能出现错误,甚至闹出笑话。例如著名学者曾枣庄在影响很大的《中国文学家大辞典·宋代卷》就出现了这样的错误:曾先生认定,戴复古诗《东谷王子文死读其诗文有感》是为金华王埜(字子文)而作。经继定先生深入考证,其实此诗并非悼念金华王埜,而是为悼念戴氏同乡故友王埜(字子文,号东谷)而作,两人同名同字而不同号。而且金华王埜卒于景定元年(1260),而戴复古卒于淳祐八年(1248)左右,比王埜去世时间早十多年。一个死去十年的人,为后死的人写悼诗,岂不可笑!这种错误,在学界并非个例。继定先生的考证提醒严肃的学人,在对待古人姓名字号的问题上,一定要慎之又慎,千万不可掉以轻心。

其次,努力探源溯流,大胆存真纠谬。在我国诗歌史上,唐代以前几乎不存在诗歌流派,孟郊和贾岛虽然都受到过韩愈的提携,但是并未形成派别,各人诗歌的艺术风格也并不相同。从北宋苏轼开始,有了所谓"苏门四学士",即黄庭坚、秦观、晁补之和张耒,但其实也算不上一个派别,四人的艺术风格也各不相同。不过自从江西诗派出现以后,其奉杜甫为始祖,以黄庭坚、陈师道、陈与义为三宗,提出了一系列艺术主张,一时风靡大江南北,南宋中兴四大诗人尤、杨、范、陆,包括戴复古,无不曾经接受其影响。这样就产生了一个问题,戴复古师承关系究竟如何?继定先生在《戴复古师承林宪徐似道考略》和《戴复古师承陆游考》两文中,引用了大量的历史资料证明,戴复古之所以成为江湖诗派的巨擘,是与他受到林宪(字景思)、徐似道(字渊子)和陆游几位名师的指导分不开的。林宪是戴复古诗歌创作的启蒙老师,徐似道是戴复古的第二位老师,在师从徐似道学诗的过程中,徐的渊博知识、出众才华以及"不屑于功名"的品格,令戴复古深为敬重。二人之间结下了深厚的师生情谊。继定先生又认为:"陆游是戴复古学诗的第三位老师,也是使戴复古诗歌创作取得突破性进步,从而使他成为江湖诗派中杰出的爱国诗人的一位关键性的指导者。"并且从爱国主义精神、诗歌题材风格的多样化、博采众长自成一家的三个方面,论述了陆游实际上是戴复古最重要的老师。戴复古有一首著名的五言律诗《世事》,中有一联云:"春水渡旁渡,夕阳山外山。"诗后作者自己有一段文字,说明本诗的创作过程,但却遭到近代著名学者钱锺书先生的指责,认为诗中此联乃戴氏剽窃其侄儿之作。钱先生是当代最渊博的学者之一,其地位之崇高,人们似乎只能仰望。但是,智者千虑,也不免有失。继定先生用大量的历史资料证明,钱先生对戴氏的批评错了,既错判了《世事》一诗的定稿时间,又误读了本诗后面的小序。从而为一千多年前的古代乡贤辩诬。这种不盲目听信权威,一味求真务实的精神,在当今学界,尤显难能可贵。

再次,从考定史实开端,以理论创新作结。戴复古和严羽是南宋后期两位重量级人物,前者是江湖诗派的代表人物,后者是独具只眼的诗歌理论家。两人年龄相差近三十岁,诗学理论与诗歌风格也存在明显差异,但二人却成了十分知己的忘年之交。这一事实证明,文人相轻并非普遍现象,惺惺相惜才是优秀文人的本质特点。继定先生在本书中有两篇论述戴复古和严羽的文章,第一篇考定两人的身世行踪,第二篇论述两人诗歌创作及理论主张的异同。尤其在第二篇文章《严羽戴复古异同论》中,作者以翔实的资料为依据,对二人的诗歌创作与诗歌理论相同、相近、相异之点做出了客观公正的评析,颇能启人深思。在本书的《综论》中一共收录了三篇文章,对江湖诗派的形成、发展演变以及在文学史上应有的地位,做出了全面而深入的评论,有材料、有分析、有理论深度,足以令人信服。而《南宋江湖派代表戴复古及其诗歌》一文,对戴复古诗歌思想内容及艺术风格的分析,更是鄙人在有限阅读范围中读到过的内容最全面、分析最到位的论文之一,为宋代文学的研究做出了新的贡献。当然,继定先生此书的意义远不止此,这里不过是举其荦荦大者而已。

罗仲鼎 2021 年 11 月

《王斯琴诗钞》序

斯琴先生是我尊敬的前辈诗人之一。严沧浪云:"诗者,吟咏情性也。"古今好诗,概莫能外。斯琴先生是一位真正的诗人,他的诗无论是忧国忧民之作,或者是感怀身世之篇;无论是登山临水之咏,抑或是亲友赠答之章,几乎篇篇都是性情的自然流露,因而其品格自高。

我佩服斯琴先生的诗品,同时更佩服斯琴先生的人品。古人曰:"百凶成就一诗人。"先生一生经历坎坷,备遭挫折,但是他从不悲观失望,消极自弃,这就需要有博大的胸怀和通达的智慧。他的诗不仅没有丝毫衰颓之气,反而处处透露出郁勃的生机与乐观豁达的精神。

杜少陵诗曰:"庾信文章老更成,凌云健笔意纵横。"斯琴先生以诗为事业,视诗如生命,终身以之,乐此不疲。他今年已九十高龄,依然健笔凌云,吟咏不辍。当其个人诗集公开面世之际,谨书数语,以表达一个后辈的由衷敬佩之情。

罗仲鼎 2003 年 5 月于紫藤书屋

《慎斋摄影集》序

余与联祯相交六十余年,情同手足,虽历经风雨,而交情弥笃。联祯出身于世家大族,重情好义,忱挚待人,有时近乎天真。虽屡遭挫折,而终难移易,本性使然也。晚年若有所悟,自号"慎斋"。

联祯颇具艺术天赋,酷爱文学,善书法、篆刻、绘画,偶尔牛刀小试,即斐然可观,不落俗套。如若命运给予机会,则或有大成。自称平生志愿,"读万卷书,行万里路"。当今世界,科技飞速进步,行万里路,何足道哉!读万卷书,联祯亦庶几无愧矣。

陶庵有言:"人无癖不可与交。"联祯之癖喜操弄摄影。自翩翩少年以至白发老翁,终生与相机为伴,不弃不离,足迹遍祖国大地,行踪及五湖四海。耄耋之年,尚能登泰山而观沧海,游大漠而追落日,岂不壮哉!平生作品近万,积箧盈柜。而今裒辑成集,印行面世,以馈赠亲友,传之子孙,岂不美哉!余应联祯之嘱,且乐见其事之成,因叙其始末如此。

戊戌(2018)中秋之夜
罗仲鼎于紫藤书屋

《金联祯自传》序

联祯闲退无聊，作自传以自娱，文成，命余作一小序。余与联祯相交六十余年，忝在知己，敢不从命？

反观联祯之一生，可谓跌宕起伏，丰富多彩之极矣。生于富贵之家，长于战乱之世，少年热血，投笔从戎；两度落第，蒙冤受屈。感世事之无常，喜云开而见日；痛骨肉之分离，涉重洋而再聚。之后适逢改开之初，又获姻亲之助，遂弃儒而从商，为利国利民之大事。其间周旋于大臣巨贾之间，出入于香港内地，忽忽二十余年，其贡献诚有不可磨灭者矣。

虽然，以余观之，联祯尚有憾也。盖联祯乃性情中人，极具艺术天赋，尤于金石书画，稍加涉猎，即斐然可观。倘若天赐良机，得展长才，或能追攀前人，嘉惠来者。然迫于生计，囿于环境，不得不弃此而从彼，此乃命也夫，惜哉！

罗仲鼎于紫藤书屋
2021 年 6 月

《郭义山诗文集》序

《郭义山诗文集》终于面世了,这是义山毕生心血的结晶,也是朋友们长久的期盼。义山首先是一位严肃认真的学者,他的学术论文,每一篇都是"自家闭门凿破此片田地,即非傍人篱壁、拾人涕唾得来者"[1],材料翔实,议论精到,论题虽小而意义不凡,完全摒弃时下浮夸之风,是为难能可贵也矣。

义山又是一位优秀的教育家,长期在大中学校任教,他那些有关当前教育的论文,毋论其可行与否,都是自己长期教学实践过程中获得的真实体验,文中处处跳动着一颗热爱教育,热爱学生的赤子之心。义山还是一位出色的诗人。严沧浪云:"诗者,吟咏情性也。"义山的诗歌,无论是忧国忧民之作,或者是感怀身世之篇;无论是登山临水之咏,抑或是亲友赠答之章,几乎篇篇都是性情的自然流露,当得起一个"真"字。这大概也与义山的性格有关。

义山是性情中人。我与义山相识相知六十余年,印象集中到一点,就是真诚。无论对同学,对朋友,对同事,总是一片真心,虽然有时难免吃亏,他也在所不计。王国维说:"诗人者,不失其赤子之心者也。"义山的诗文,之所以处处真情流露,盖其本性真也。义山又极重义气,颇具古人之风,在那"风雨如晦"的年代,不管有多大压力,他从来不屑做落井下石,检举告密之类的事情。古人云"文如其人",信不诬也。这里还应该补充一句,义如其名。不知义山以为然否？

2018 年岁杪　罗仲鼎于紫藤书屋

【注释】

[1] 语见严羽《沧浪诗话·答出继叔临安吴景仙书》。

《紫藤室诗词》序

《紫藤室诗词》终于编成了,这是我多年的愿望。二十年来,浣萍每有新作,我常常是第一个读者。读她的诗词不由想起严羽和王国维两位说过的话。严羽在《沧浪诗话》中说:"诗有别裁,非关书也;诗有别趣,非关理也。"王国维在《人间词话》中说:"诗人者,不失其赤子之心者也。"又说:"主观之诗人不必多阅世,阅世愈浅,则性情愈真。"这些话与浣萍的创作情况十分吻合。浣萍读书不多,对理论更没有多大兴趣。她的作品很少使用典故,也不在其中掺杂什么哲理奥义,但是总能或多或少地表现出个人的性情和感受。过眼的美丽风光,悄悄流逝的岁月,亲友的离合悲欢,世事人生的沧桑变化,每每不经意间就在她心中激起诗意和诗情,于是笔下就汩汩流出了平淡自然而又细腻温润的诗句。她害怕装腔作势,也不善作扬袂奋袖的豪言,"吟咏情性",如是而已。

浣萍虽然已过耳顺之年,也经历了 20 世纪中期的雨雪风霜,却依旧难得地保持着一颗赤子之心。她入世不深,似乎也无意主动去了解那些纷繁复杂的世态人情。她总是平静地生活在自己普通平常的生活圈子中。她的诗词极少敷衍应酬之作,偶有赠答唱和,也总好像在与朋友亲人娓娓谈心。她有幸长期生活在西子湖畔,美丽的西湖历来是诗人词客们钟情的对象,白乐天、苏东坡、林和靖、吴梦窗、张叔夏、周草窗等人都曾经与西湖结下不解之缘,留下许多众口传诵的诗篇。浓郁的人文色彩与秀丽的湖光山色相融合,构成了独特的西湖文化。20世纪80年代以后,社会环境比较宽松和谐了,浣萍有了更多的机会徜徉湖山,久久浸淫于其中,不断受到熏陶滋养,使她不仅写出了许多赞美西湖的诗词,而且连作品的风格也变得更加典雅娟秀了。昔人所谓"文章颇得江山之助",也许不无道理。近几年来,随着作品不断在海内外发表,江西师大段晓华教授又写了一篇《二萍诗词浅谈》(俞浣萍、蔡淑萍)的文章加以鼓吹,浣萍在传统诗词界渐为人知,于是"中华名人词典""当代杰出女词人大词典",以至"国学大师名录"之类的入典邀请函件纷至沓来,这也是中国当代文化界一种怪现象。但是浣萍几乎不为所动,后来往往连信封也不拆了。

浣萍不善交际,不喜攀附,更不会趋炎附势,自我吹嘘让她感到害羞。这倒并不是生性清高,只是常识告诉她,自己并非才高,与昔贤的差距更不可以道里计。古人有言"文章只自娱",她只是为自己而写,为快乐而写,为亲朋好友而写。作为古典诗词的写作者,浣萍的作品时有稚嫩处,不全合律处,对偶不工整处,勉强凑泊处,偶尔还会生造不今不古的词语,缺点也比较明显。但所有这些都不能掩盖浣萍诗词的主要优点:真实的情趣和鲜明的个人风格。这是性格使然,旁人很难做到。鄙人曾有意和过她的两首《金缕曲》,虽极力模仿,结果仍判若两人。

在浣萍诗词写作的过程中,有两个人是不能忘记的:王斯琴先生和毛大风先生。正是他们的扶持和鼓励,使浣萍的诗词写作不断进步和提高。两位先生均已年过九旬,浣萍在词中称赞他们"仁且毅,康而寿",是再恰当不过了。王、毛两先生与浣萍原本并不熟悉,也无私交,他们之所以这么做,纯粹出于对中华文化和古典诗词的情感,古道热肠,诚为难能可贵也矣!感谢张继定先生的青眼相顾和热情帮助,使我们得以完成久已想做而未能做成的事情。诗曰:"一室蜗居风雨频,小词吟诵自温亲。牵情八咏楼头燕,回首惊涛梦醒人。孤屿绿梅香淡淡,白堤芳草碧茵茵。旁行欲问真消息,试看西湖二月春。"(《紫藤室诗词编后忽得八句》)

罗仲鼎写于紫藤书屋
2009 年 5 月 28 日

《紫藤室诗词续集》后记

时间过得真快,《紫藤室诗词》出版已经十年。在这段时间里,浣萍的诗词写作并未停止,风格依旧。由于一直在老年大学担任诗词写作教师,又兼任杭州钱塘诗社社长,写得多了,技巧自然更加圆熟,但是随着交往渐多,应酬唱和之作也不免增加。唐人元稹与白居易唱和,历时近三十载,数量众多,还刊印了专集。故元稹诗云:"休遣玲珑唱我诗,我诗多是别君词。明朝又向江头别,月落潮平是去时。"元、白二人是知交好友,命运也有类似之处,同声相应,同气求求,故其唱和作品中也不乏好诗。但是诗人最优秀的篇什,往往基于个人独特的生活感受,白居易写不出元稹的《遣悲怀》,元稹也写不出白居易的《琵琶行》,原因即在于此。后人唱和酬应之作,有时虽也有优秀之作。但多数情况,不免"为文而造情",往往很难显示作者独特的个性。浣萍的某些应酬之作,自然也难免这一缺点。但我们原本是一介教书匠,生活平淡无奇,保留一部分此类作品,以纪念我们曾经交往和经历过的人物和事件,似乎也无不可。总体来看,浣萍的词似乎比诗写得好一些,大概是词的柔婉体式更加符合她的性格特点吧。

十年前为《紫藤室诗词》作序的是王斯琴先生,这次为《紫藤室诗词续集》作序的是施亚西大姐,两位都是我们的前辈师友,二人皆寿至期颐,这是我们的荣幸。两则序言中都不免有溢美之词,但我们心中清楚,这只是对我们的厚爱和鼓励,并不是我们的诗词作品真正达到了这样的高度。老友金联祯特地从海外给我们寄来书名题签,小友唐筠又为我们设计了雅致的封面。故旧情深,谢难尽意。

庚子(2020)秋日罗仲鼎于紫藤书屋

附 录

诗话十则

题记:20世纪90年代中期,老同学周崇坡教授退休,受聘于《江西日报》,任副刊编辑,蒙其青眼相加,来信约稿。"文化大革命"之前,余绝不向报刊投稿,怕惹文字之祸也,殷鉴历历在目,不敢稍怠。改革开放以后,遂稍改旧习,偶作小文自娱,有时也投向报纸杂志。近闻崇坡兄老且病,已卧床不起矣,因录诗话十则,以为纪念。

一、陶诗与酒

有人说,陶渊明诗篇篇有酒。事实的确如此,陶渊明诗集中不仅有《饮酒》诗二十首,还有《止酒》《述酒》《独饮》等以酒为题的诸多诗篇。粗略统计一下,现存一百五十多首陶诗中,涉及酒的就有五十多首,占三分之一以上。请看:"有酒有酒,闲饮东窗","试酌百情远,重觞忽忘天","春秋作美酒,酒熟吾自斟","忽与一樽酒,日夕欢相持","一觞聊独进,杯尽壶自倾","悠悠迷所留,酒中有深味"。在《拟挽歌辞》中,诗人竟然写道:"但恨在世时,饮酒不得足。"感叹自己生前最大的遗憾是没能喝够酒。陶渊明与酒真可说是结下了不解之缘。

与酒结缘的并不止陶渊明一个,历代文人几乎无不如此,魏晋时代的阮籍和刘伶更是著名的"酒鬼"。这种文化现象的历史背景,是当时黑暗政治环境中士人们普遍有苦闷心态。王绩诗:"此日长昏饮,非关养性灵。眼看人尽醉,何忍独为醒?"可以作证。刘伶留诗仅一首,很难据以作出判断。根据历史记载,阮籍虽然"不与世事,酣饮为常",但在他的《咏怀诗》八十二首中,却从未出现过"酒"字,这样看来,陶诗与酒的关系可真有点特别了。

其实,陶诗中篇篇有酒只不过是一种表面现象,萧统《陶渊明集序》就曾经指出:"吾观其意不在酒,亦寄酒为迹者焉。"陶渊明像大多数士人一样,曾经怀抱"济世之志",但是"日月掷人去,有志不获骋",在"晋宋易代"那样一个黑暗污浊、危机四伏的门阀社会,他根本无法实现济世之志。陶渊明是一个爱好自由,重视独立人格的人,"纡辔诚可学,违己讵非迷?"他也不愿为了功名富贵而违背自己的本性,与世俗同流合污,在这种情况之下,隐遁便成为他最好的避世之路,而酒也成了他宣泄苦闷的特殊的寄托物了。"理也可奈何,且为陶一觞","中觞纵遥情,忘彼千载忧","泛此忘忧物,远我遗世情","但恨多谬误,君当恕醉人",这些诗句无不透露出深深的悲愤寂寞之情。可见,陶渊明诗虽然篇篇有酒,但他并非沉湎于曲蘗的酒鬼。酒仅仅是诗人排解内心忧愤的工具、表达思想感情的载体而已。

二、文人相让

自古以来只听说文人相轻、文人相争,还有文人相让的吗?有。据《墨庄漫录》记载:欧阳公与修《唐书》,最后至局,专任纪、志而已,列传则宋尚书祁所修。朝廷以一书出于两手,体不能一,遂命公看详列传,令删修为一体。公虽受命,退而叹曰:"宋公于我为前辈。且人所见多不同,岂可悉如己意?"于是一无所易。及书成奏御,御史曰:"旧例修书,只列局内官高者一人姓名,云某等奉敕撰,而公官高,当书。"公曰:"宋公于列传亦功深者,为日且久,岂可掩其名而夺其功乎?"于是志、纪书公姓名,列传书宋姓名……宋公闻而喜曰:"自古文人不相让而好相陵掩,此事前所未闻也。"欧阳修与宋祁同为北宋著名的文学家。就当时的政治地位和文学地位而言,欧阳修都高于宋祁,因而两人奉命修《唐书》,也是以欧阳修为主。不过,宋祁比欧阳修大九岁,中进士也早六年。在两人合作修书的过程中,欧阳修不仅表现了对前辈作家的应有尊重,充分肯定别人的成绩,尤其在署名问题上,他拒绝御史"只署官高者一人姓名"的建议,坚持同时署上两人的名字。难怪宋祁知道此事后十分感动,赞叹说:"此事前所未闻也!"

中国传统士人一向有立德、立功、立言之说。立德过于空疏渺茫,立功则困难重重,而且需要依靠机遇和手段,身为文人,当然十分重视立言了,而修史正是立言的绝好机会。司马迁、班固不都是凭借他们的史学巨著《史记》和《汉书》而名垂千古的吗?正因为如此,自古至今,在著作的署名问题上往往容易发生矛盾和争吵。欧阳修不愧为大家风范,他这种高尚的文德,不仅为当时,而且也为后代以至今世的文人树立了良好的榜样。

三、文征明的"三不主义"

文征明是明代的大艺术家,书法、绘画、诗文都有很高成就。据王世贞《艺苑卮言》卷六记载,当时文征明名震海内外,四面八方来求他写字作画的人络绎不绝。他对替人作书画公开提出了"三不主义"的原则:一不为王公贵戚作书画;二不为太监宫人作书画;三不为外国人作书画。其平生不近女色,不巴结权贵,清高自律,是吴中文人的楷模。

何良俊《四友斋丛说》记载了这样一件事:当时有一位王族权贵很想得到文征明的画,他听说文征明为人随和,普通老百姓带点家乡土产来求他作画,他便会欣然挥笔。于是派专使送上黄金若干,书信一封,求他作画。没想到文征明不仅拒收礼物,不见使者,而且连书信都不肯拆封。使者十分难堪,"逡巡数日",只好扫兴而归。正因为如此,所以文征明虽然"文笔遍于天下",但是,那些王公贵戚、外国使者却很难得到他的作品。

古语说"文如其人",意思是说文章的风格与作者的人品和个性关系密切。其实何止文章如此,一切艺术无不如此。每读文征明的作品,总觉得有一片清润之气飘浮于其间,这大约与作者那高尚的人品不无关系吧!谢叠山诗云:"天地寂寥山雨歇,几生修得到梅花?"每念及此,令人怅怅。

四、惺惺相惜

王安石与苏东坡是政敌,在文学创作上也自视甚高,但他对苏东坡的诗文却异常佩服,往往赞之不遗余力。据《西清诗话》记载:"元丰中,王文公(王安石谥号)在金陵,东坡自黄北迁,日与公游,尽论古昔文字。公叹息谓人曰:'不知更几百年,方有如此人物!'东坡渡江至仪征,和《游蒋山诗》……公亟取读,至'峰多巧障日,江远欲浮天',乃抚几曰:'老夫平生作诗,无此二句。'"

苏东坡小王安石十五岁,他因反对王安石的某些改革主张而在政治上屡遭迫害,一再被贬。但他并不因此而否定王安石的诗文创作成就,相反多次给予高度的评价。《西清诗话》还记载了这样两件事:(王安石)在蒋山时,以近制示东坡。东坡云:"若'积李兮缟夜,崇桃兮炫昼',自屈、宋没世,旷千余年,无复《离骚》句法,乃今见之。"又:元祐间,东坡奉祠西太乙宫,见公(王安石)旧题:"杨柳鸣蜩绿暗,荷花落日红酣。三十六陂春水,白头想见江南。"注目久之,曰:"此老野狐精也!"这几则故事形象地表现王安石和苏东坡这两位大文学家的襟怀和气概。王安石不因苏轼是政治上的反对派而否定他的才能和文学成就，称赞他是几百年才出现一个的人物，还承认自己的诗不如苏轼写得好。苏轼也不因为王安石一派对自己施加的政治迫害而因人废言，相反，对王安石的诗文创作赞不绝口。两人都不愧为大家风范。

五、宋人改诗

宋人往往喜欢点窜古人诗句入己诗，江西诗派兴起之后，此风更盛，美其名曰"夺胎换骨，点铁成金"。这种修改成功的例子不多，而失败的例子却不少。曾季狸《艇斋诗话》记载："南朝人诗云'蝉噪林愈静，鸟鸣山更幽'，荆公尝集句云'风定花犹落，鸟鸣山更幽'，说者谓上句静中有动意，下句动中有静意，此说亦巧矣。至荆公绝句云'茅檐相对坐终日，一鸟不鸣山更幽'，却觉无味。盖鸟鸣即山不幽，鸟不鸣即山自幽矣，何必言更幽乎？此所以不如南朝诗为工也。"

上文所引"蝉噪"一联乃是梁朝诗人王籍《入若耶溪诗》的名句，颜之推《颜氏家训》说："王籍《入若耶溪诗》……江南以为文外断绝，物无异议。简文（梁简文帝萧纲）吟咏不能忘之，孝元（梁元帝萧绎）讽味，以为不可复得。"王籍这两句诗，"动中有静意"，动中见静，以动衬静，以蝉声鸟鸣反衬山中景色的寂静和幽深，形象地表现了诗人寻幽探胜，寄意山水的情怀和意趣，并非浪得虚名。王安石是北宋诗文大家，其诗歌创作的总体成就，当然在王籍之上。王安石也非常重视修辞和琢句，诗句"春风又绿江南岸"中"绿"字的反复改定，就是常常为人称道的修辞范例。不过王安石把王籍诗句"鸟鸣山更幽"改成"一鸟不鸣山更幽"，却颇有画蛇添足之嫌。因为鸟不鸣山中自然十分幽静，何必再说什么"更幽"呢？宋人这种把古人诗句改动几个字，变成自己诗句的做法，实在并不值得提倡。如黄庭坚改李白诗"人烟围橘柚，秋色老梧桐"为"人家围橘柚，秋色老梧桐"；陈师道改杜甫诗

"乾坤一腐儒"为"乾坤著腐儒"等等,都是失败的例子。被后人讥为"点金成铁",也是咎由自取,并不冤枉。

六、半瓶水,咣当响

文人相轻,自古皆然,这有多方面的原因。狂妄自大,目中无人,即为原因之一。南朝诗人吴迈远自视甚高,他常常对别人说:"我诗可以做你诗的父亲!"每有得意之句,便顿足大呼:"曹子建有什么了不起!"唐代诗人杜必简临死,对来看望他的朋友说:"我还是早点死掉好,免得活在世上压得你们抬不起头来。"南朝诗人王融有一次对刘孝绰说:"天下文章除了我之外,大约要数你写得最好了吧?"南朝文人丘灵鞠在酒席上听别人称赞某人的文章近来进步很快,不禁脱口问道:"比我从前没有进步时的文章怎么样?"明代文人桑悦非常自高自大,每每自比孟子,对屈原、司马迁都看不上眼,他还攻击韩愈说:"这小子文章写得这么蹩脚,还絮絮叨叨没完没了干什么!"有一次,他与别人评论当代文章谁写得好,竟然大言不惭地说:"除了我桑某人之外,没有一个写得好的,只有祝允明、罗玘两人马马虎虎,可以凑个数。"以上所列举的这些人,确实都有一定才能,在当时也算比较杰出的作家。不过,世界之大,人才之众,天外有天,人外有人。如果一味狂妄自大,以至失去了客观的尺度,终不免贻笑于后世。历史已经证明,吴迈远决计难与曹植相提并论,杜必简、王融、丘灵鞠都算不上第一流的作家。至于桑悦,今存《庸言》一卷,《四库提要》评论说:"自以为穷究天人之际,今观所论,实无甚精奥。"无论如何难以与"文起八代之衰"的韩愈相比,他这样自吹自擂,不但不能提高自己的身价,相反还在历史上留下了"狂妄怪诞"的恶名。

其实,文学史上第一流的大作家都不是狂妄自大的人。杜甫自不必说,即使狂傲如李白,他对崔颢的《黄鹤楼诗》也敬佩不已,自叹不如。至于韩愈、欧阳修、王安石、苏轼,更是爱才若渴,善于发现并尊重别人优点的人。中国有句谚语说:"半瓶水,咣当响。"文人也不例外。

七、咏物诗之妙

张戒《岁寒堂诗话》说:"诗者志之所之也,情动于中而形于言,岂专意于咏物哉?子建'明月照高楼,流光正徘徊',本以言妇人清夜独居愁思之切,非以咏月也,而后人咏月之句,虽极其工巧,终莫能及。渊明'狗吠深巷中,鸡鸣桑树颠',本以言郊居闲适之趣,非以咏田园,而后人咏田园之句,虽极其工巧,终莫能及。"张戒这段话,道出了古代优秀咏物诗成功的奥秘。为什么后人咏月、咏田园的诗句"虽极其工巧",终不及曹植、陶渊明写得好呢?就因为他们更懂得抒情诗的艺术规律,不"专意于咏物",而是通过风光景物的描写,着重表现出"思妇之愁思"和"闲居之乐趣",传达出人的某种感情、心绪和意念。古代诗歌中那些优秀的咏物之作,往往都是如此。例如杜甫的名作《孤雁》:

孤雁不饮啄,飞鸣声念群。谁怜一片影,相失万重云。望尽似犹见,哀多如更闻。野鸦无意绪,鸣噪自纷纷。

在这首诗中,作者几乎完全不去描摹孤雁的外形外貌,而是着重表现孤雁的失群之痛和离别之悲,借以寄托诗人的主观感情和心绪。所以后人评价说:"沥血之辞,凄惋不忍卒读。"再如李商隐的五律《蝉》:

本以高难饱,徒劳恨费声。五更疏欲断,一树碧无情。薄宦梗犹泛,故园芜已平。烦君最相警,我亦举家清。

诗人表面写蝉,实际上完全是通过蝉这一特定的意象,来表现自己穷愁潦倒的处境和悒郁无告的心情。在这里蝉只不过是外壳,只有通过蝉这一意象所表现出来的诗人的主观情思,才是诗歌的精神实质。从这样的角度说,司空图提出的"离形得似"的创作原则,正是古代抒情诗创作重要的艺术规律之一。

八、说痴

痴者,痴迷也;痴迷者,爱得发狂之谓也。痴迷是一种天分,一种才能。历来的大艺术家,几乎没有不对自己的艺术如醉如痴的,顾恺之被人称为"痴绝",黄公望自号"大痴",曹雪芹诗云:"都言作者痴,谁解其中味?"诗中虽然透露出寂寞之情,但也流流露出几分自得之意。

一部中国文学史,处处记载着这类痴人的故事。左思写作《三都赋》,"构思十年",一旦流传,便使洛阳纸贵。杜甫不顾贫病交迫,依然对艺术精益求精,追求"语不惊人死不休"的理想艺术境界,终于成为一代诗圣。苏东坡因写诗被人告发,进了牢间,差点送命。但是一朝获释,便作诗曰"却对酒杯浑似梦,试拈诗笔便如神",依然冥顽不改。关汉卿甚至用这样的句子来表述自己对戏曲艺术的执着和痴迷:"你便是落了我牙、歪了我嘴、瘸了我腿、折了我手,天赐与我这几般儿歹症候,尚兀自不肯休。则除是阎王亲自唤,神鬼自来勾。三魂归地府,七魄丧冥幽。天哪!那其间才不向烟花路儿上走。"(《吕南一枝花·不服老》)真是痴迷到了极点。

这样说来,这种"痴迷"难道竟成了大艺术家成功的要素了吗?事实正是如此。试想当年贫病交困之中的杜甫,如果不是刻苦自律、专注深情,而是改弦易辙,去写那种应俗媚世的诗文,难道他还可能成为人人景仰的百代宗师吗?如果曹雪芹在悼红轩中也熬不过那种"举家食粥酒常赊"的清苦日子,忽然投笔叹道:"这样下去怎么行?"

于是跟随呆霸王薛蟠下了海,那么今天我们还能看到中华文明引以自豪、红学家们赖以吃饭的《红楼梦》吗?其实,岂止艺术家如此,俗话说行行出状元,各行各业的状元差不多都是这样的"痴人"。我们的社会现在正缺少这样的"痴人"。

九、诗之大病

明代文学批评家王世贞指出"剽窃模拟,诗之大病"。诗贵独创,不宜一味摹拟,尤忌蹈袭剽窃,这似乎是古今诗歌创作的定论。但是,唐代以后,由于前人的艺术积淀过于深厚,向古人学习便成了一个十分响亮的口号。在这样的理论观点指导下,不少人在诗歌创作中自觉不自觉地犯了这种"诗之大病",有时连当时第一流的大诗人也难以完全避免。

葛立方《韵语阳秋》卷一:

> 山谷(黄庭坚号)《黔南十绝》七篇全用乐天《花下对酒》《渭川旧居》《东城寻春》《西楼》《委顺》《竹窗》等诗,余三篇用其诗略加点化而已。乐天云:"相去六千里,地绝天邈然。十书九不到,何以开忧颜。"山谷则云:"相望六千里,天地隔江山。十书九不到,何用一开颜。"乐天云:"霜降水反壑,风落木归山。冉冉岁时异,物皆复本原。"山谷云:"霜降水反壑,风落木归山。冉冉岁华晚,昆虫皆开关。"乐天诗云:"渴人多梦饮,饥人多梦餐。春来梦何处,合眼到东川。"山谷云:"病人多梦医,囚人多梦赦。如何春来梦,合眼见乡社。"

黄庭坚是我国古代有独特成就的大诗人,他所开创的江西诗派,也是诗歌史上影响最大的诗派之一。这里所引的《黔南十绝》,很可能是他晚年谪居黔南,老病颓唐时兴到之作,未必有意要剽袭别人的作品。不过在十首诗中,有七篇一字不改地直接抄录白居易的作品,另外三首也只改动不多几个字,便据为己有。这种做法被别人讽刺为剽袭,也并不冤枉。

黄庭坚之所以犯此诗之大忌,与他的诗歌理论主张有定关系。正如王若虚《滹南诗话》所批评的:"鲁直论诗,有夺胎换骨,点铁成金之喻,世以为名言。以予观之,特剽窃之黠者耳。"话虽说得刻薄绝对一些,但批评却击中了要害。

十、师法自然

杨万里字廷秀,号诚斋,江西吉水人,与陆游、范成大、尤袤同被称为中兴四大诗人。他所创造的清新活泼的诗体在当时独树一帜,被人称为"诚斋体",请看:

泉眼无声惜细流,树荫照水爱晴柔。小荷才露尖尖角,早有蜻蜓立上头。(《小池》)

一晴一雨路干湿,半淡半浓山叠重。远草平中见牛背,新秧疏处有人踪。(《过百家渡》)

这两首小诗以新鲜通俗的语言,生动形象的画面,表现了诗人在体察自然时的审美情趣,读后的确使人耳目一新,无怪乎"诚斋体"在当时诗坛上会风靡一时了。

杨万里在诗歌创作上曾经走过曲折的道路,他经过长时期的艰苦探索,才建立起自己独特的风格。南北宋之交,江西诗派的影响笼罩整个诗坛,当时的重要诗人,如陆游、范成大等人,无不受到这一诗派的影响。杨万里也不例外,他一开始是从江西诗派入手的,努力向黄庭坚、陈师道等人学习,但是效果却不理想,"学之愈力,作之愈寡"。在杨万里五十二岁那年,他终于认识到此路不通,应该改弦易辙,师法自然,走自己的路。从此在诗歌创作上开辟出一片新天地。他在文章中描写道:"步后园,登古城,采撷杞菊,攀翻花竹,万象毕来，献予诗材，盖麇之不去，前者未雠，而后者已迫，涣然未觉作诗之难也。"遵循师法自然的创作原则，使他的诗歌出现了质的飞跃。

我国古典诗歌源远流长，人们在进行诗歌创作时的确不应该拒绝借鉴前人的成功经验，正是在这样的意义上，杜甫提出了"转益多师"的口号。但是古人的作品毕竟只是"流"而不是"源"。杨万里从自己的创作实践中总结出"师法自然"的原则，使他摆脱了一味模仿古人的做法，终于成为有独特建树的一代大诗人。

诗词赏析五则

题记:20世纪80、90年代,诗词赏析之风大盛于时,各种赏析大词典纷纷涌现,然余极少参与其事。盖诗词之义,全凭感悟,一落言筌,则纷繁错杂,歧见百出矣。然世间每有不由自主之事。1988年,友人章楚藩主编《杨万里诗歌赏析集》,命余作小文三则;1998年,友人吴战垒主编《吴文英词欣赏》,亦命余作小文二则,盛情难却,遂勉力为之。如今战垒已去世多年,楚藩则远涉重洋,未知相见何日。余之赏析,文虽不佳,姑录以为纪念云尔!

杨万里诗赏析三首

谢建州茶使吴德华送东坡新集[1]

黄金白璧明月珠,清歌妙舞倾城姝。他家都有侬家无,却有四壁环相如[2]。此外更有一床书,不堪自饱饱蠹鱼[3]。故人远送《东坡集》,旧书避席皆让渠[4]。儿时作剧百不懒[5],说着读书偏起晚。乃翁作恶嗔儿痴[6],强遣饥肠馋蠹简[7]。老来万事落人后,浪取故书遮病眼[8]。病眼逢书辄着花[9],笔下蝇头成老鸦[10]。病眼将奈故书何?故书一开一长嗟。东坡文集侬亦有,未及终篇已停手。印墨模糊纸不佳,亦非鱼网非科斗[11]。富沙枣木新雕文[12],传刻疏瘦不失真[13]。纸如雪茧出玉盆,字如霜雁点秋云。老来两眼如隔雾[14],逢柳逢花不曾觑[15]。只逢书册佳且新,把玩崇朝那肯去[16]。东坡痴绝过于侬[17],不将一褐易三公[18]。只将笔头拄月胁[19],万古凡马不足空[20]。故人怜我老愈拙,不寄金丹扶病骨[21]。却寄此书来恼人,挑落青灯搔白发。

【注释】

[1] 茶使,提举茶盐官。吴德华,名飞英。

[2] 四壁环相如,《史记·司马相如传》:"家居徒四壁立。"作者以司马相如的贫穷自比,说屋内一无所有。

[3] 蠹鱼,书蛀虫。

[4] 渠,它,指《东坡集》。

[5] 作剧,玩耍,游戏。

[6] 乃翁,指父亲。作恶,生气,发怒。嗔,呵责。

[7] 强遣饥肠馋蠹简,强令读诗书。蠹简,被虫子蠹蚀的简书。馋,作动词用,意为爱吃。"饥肠馋蠹简",是形象化的说法,即如饥似渴地啃食旧书。

[8] 浪取故书遮病眼,随便取些旧书来看。遮眼,使眼目有所占据,不是用心细看。《传灯录》:"僧问药山:'为甚么看经?'师曰:'吾只图遮眼。'"苏轼《侄安节远来夜坐》:"遮眼文书元不读,伴人灯火亦多情。"

[9] 着花,眼睛发花。

[10] 蝇头,指小楷字。老鸦,形容老眼昏花,书不成字。

[11] 鱼网,指好纸。科斗,古代篆书名称,这里指好书法。

[12] 富沙,指建州。

[13] 传刻,当时木版书为写刻本,先书手写版,然后摹刻,每每能传达书体的本来风格。疏瘦,宋版书多具欧阳询、柳公权瘦劲的风格。

[14] 杜甫《小寒食舟中坐》:"春水船如天上坐,老年花似雾中看。"

[15] 觑,看。

[16] 把玩,欣赏。崇朝,终日。

[17] 痴绝,傻极。

[18]不将一褐易三公,宁愿做衣褐的贫者,也不愿做有名爵高位的三公。褐,粗布短衣。三公,宋以太尉、司徒、司马为三公,这里泛指高官。

[19]挂月胁,唐皇甫湜《序顾况集》:"逸歌长句,骏发踔厉,往往若穿天心,出月胁,意外惊人语,非寻常所能及。"苏轼《近以月石砚献子功中书》:"语出月胁令人惊。"文中比喻苏诗奇逸的风致。

[20]万古凡马不足空,比喻苏轼诗文一扫凡俗的风格。杜甫诗《丹青引赠曹将军霸》:"斯须九重真龙出,一洗万古凡马空。"

[21]金丹,道家所炼的丹药。指代妙药。扶,救治。

宋孝宗淳熙六年(1179),杨万里就任提举广东常平茶盐,后升任广东提点刑狱。三年以后,以丁母忧去任,本诗即作于这一时期,这时诗人已经五十多岁了,所以诗中常有"老""病"等字眼。杨万里为官刚直不阿,清廉自守,自然难免贫穷坎坷的命运。诗歌先写自己贫困生活的景况,但是先来个大转弯,从别人的富贵排场写起。"黄金白璧明月珠,清歌妙舞倾城姝"两句,虽然辞浓采艳,金碧辉煌,但却是陪衬之笔。别人的富贵排场与自己的贫穷寒伧两相对照,既衬托出"侬家"的清贫,也暗含着对"他家"奢靡的讽刺,用意颇深。接着,诗人以嘲谑的口吻具体描述了自己贫困落寞的景况:家里除了一床旧书,此外空无所有。但是书不能当饭吃,只能喂蛀虫而已。这里用司马相如家徒四壁的典故,隐含自喻之意。汉代司马相如才高一世,而"家贫无以自业",沦落成都卖酒,使历代诗人为之不平。以司马相如作比喻,当然也表现了自己的牢骚。那一床"不堪自饱饱蠹鱼"的书,却象征着读书人的命运。在黑暗腐朽的封建社会中,正直廉洁的士人是最吃不开的,聪明和博学不仅往往成为仕途通泰的累赘,甚至还可能是产生灾祸的根源。所以初唐四杰之一的杨炯就曾慨叹:"宁为百夫长,胜作一书生。"杜甫也辛酸地唱道:"纨绔不饿死,儒冠多误身。"苏东坡则讲得更加透彻:"人生识字忧患始。"说书无用,实际上也就是说读书人无用,是一种牢骚,并不是诗人的真实思想。事实恰恰相反,诗人虽然清贫自守,但却嗜书如命,这种感情屡屡见之于诗篇:"背壁青灯夜读书。"(《夜坐》)"两面油窗好读书。"(《阊门外登溪船》)从诗人得到新刻《苏东坡集》的狂喜心情,也可证明这一点。爱书往往是文人的癖好,与爱好金玉美女相比较,自有雅俗之分。从这一意义上说,爱书也是诗人生活趣味高尚的表现。

从"故人远送东坡集,旧书避席皆让渠"开始,既点到了正题,又表现出作者喜得新书的无限兴奋之态。兴奋之余,不禁回忆起儿时读书的情景,其中"百不懒"和"偏起晚"两句,把天真烂漫的童稚情态和盘托出,生动之极。不过这四句都是侧笔,"儿时"与"老来"两两相对,以儿时贪玩不爱读书,反衬老来欲读书而不能的憾恨,其恨弥深。不过这也还是表层含义,"老来万事落人后"一句,才透露出作者的真意。为什么"万事落人后?"表面原因是老病,实际上是因为后文所说的"痴"和"拙"。意思是自己遇事过于认真执着,不肯随波逐流,因而处处碰壁,事事输人。"东坡文集侬亦有"以下十二句,具体描写得到新刻《东坡集》之后的欣喜雀跃之情状。作者欲扬先抑,先说自己原有的《东坡集》字迹模糊,纸质低劣,简直无法卒读。对比之下,故人所赠的《东坡集》却是印刷考究,精美绝伦,因此令人爱不释手。用"雪茧出玉盆"和"霜雁点秋云"两个比喻来形容新集纸质的白净滑靡和字迹的清晰优美,纤毫毕肖,生动传神。接着又说,年来老眼昏花,连花柳也懒得一顾,可是见到这么精美的新书,却不禁摩挲终日,爱不释手了,把诗人爱书的心情再渲染一番。"东坡痴绝过于侬"以下四句,由东坡的书写到东坡的为人,点明诗人喜爱东坡新集的内在原因。以"痴绝"来概括东坡的品格特点,意蕴极为深沉。"痴绝"两字,似贬实褒。"痴绝"和聪明乖巧,随机应变,圆滑的处世态度相对立,屈原之忠贞,司马迁之孤愤,陶渊明之高洁,李太白之笑傲王侯,杜少陵之一饭思报,陆放翁之报国欲死,在聪明人看来都是不识时务,傻透了的行为。这种"痴绝"正是造就历史上许多伟大人物的不可或缺的品格条件,但也是使东坡和杨万里坎坷一生,不得大用的直接原因。因此,说东坡和自己"痴",既是一种赞美,又是一种不平和牢骚。"过于侬"三字,表现了诗人对东坡人品学问的无限景仰之情。

"不将"句,是对东坡超然物外的洒脱胸襟的赞扬。联系上句"过于侬",作者似乎有意将自己与东坡作一番比较。东坡屡遭贬谪,素志不移;杨万里秉性刚直,触怒权贵。东坡平生文字为累,嗜诗如命,屡屡因之惹祸,积习难改,终于成为一代文豪;杨万里也是"荒耽诗句枉劳心"的诗迷,在诗歌创作上勇于探索和创新,终于在江西诗派势力弥漫的诗坛开辟了一条新路。正是这种认真执着的"痴绝"态度,使他们获得了不朽。对东坡人格的赞美和命运的同情,不仅是自己为什么喜爱《东坡集》的最好说明,也是诗人人生态度和理想的表现。

诗的最后是点题,进一步说明对东坡集的爱好。"老愈拙"的拙字,与"痴绝"的痴字意义相近,含有不善处世,不够乖巧之意,这一点正是诗人与东坡的相似之处,所以当然只能"万事落人后"了。末二句说,老朋友同情我老病迁拙,但不寄药给我治病,却送这部《东坡集》来恼人,害得我一直读到油尽灯灭,徒然引起许多烦恼。句中的"恼"字有两层意思,一是反语,意为极度喜爱;一为东坡集引出了诗人许多牢骚和感慨,因此说"恼",下字极有斤两。

这首诗是杨万里晚年思想和艺术都已充分成熟时期的作品。诗歌围绕一个"书"字层层展开,通过对书的喜怒哀乐的复杂感受,含蓄深沉地表达了诗人的人生感喟和理想追求,曲折地反映了作者的政治态度和高尚人格。在抒情方式上,诗人有意避免直露的表现手法,而交替使用对比和映衬等手法,如"他家"与"侬家"作比较,以儿时与老来作比较,以旧本与新本相比较,使感情的表达更加波澜起伏,错落有致。诗中还选用了一些"似贬实褒",具有多重含义的词语,如"痴绝""老拙""恼人"等等,用来表达内心复杂而矛盾的感受,以增加感情的深度和厚度。杨万里晚年写过一篇《颐庵诗稿序》,主张诗不应该像糖,而应该像茶。糖吃多了,光觉嘴巴发腻,而喝茶却能使人领略苦尽甘来的趣味。这首诗正符合上述标准,它那曲折顿挫的表达方式,含蓄深沉的语言,使读此诗者如品浓茶,开始确有一种苦涩之味,但是"苦未既,则不胜其甘",这正是杨万里晚年诗歌作品艺术上的主要特点之一。

下横山滩头望金华山四首[1](选一首)

山思江情不负伊[2],雨姿晴态总成奇。闭门觅句非诗法[3],只是征行自有诗[4]。

【注释】

[1] 横山,在浙江兰溪市西。金华山,又名常山,在浙江金华市北。

[2] 思,读去声。伊,他。

[3] 闭门觅句,黄庭坚诗《病起荆江亭即事》:"闭门觅句陈无己,对客挥毫秦少游。正字不知温饱未,西风吹泪古藤州。"这原是一首怀念与伤悼诗人陈师道(陈师道一字无己,曾官秘书省正字)与秦观(秦观字少游,卒于藤州)的诗。据说秦观文思敏捷,挥笔立成,而陈师道却与之相反,构思十分艰苦。宋人叶梦得《石林诗话》记载:"陈无己每登览得句,即急归,卧一榻,以被蒙之,谓之吟榻。家人知之,即猫犬皆逐去,婴儿稚子亦皆抱持寄邻家。"具体描述了他艰苦构思的情状。

[4] 征行,旅行,出门游历。

这首小诗从江行所见之山光水色、雨态晴姿引出自己诗歌创作的体会,写得非常自然而富有情趣。诗人在江中旅行,乘流急驶,不意遇上了惊湍回流。小船在漩涡中打转,"倒将船尾作船头"。此番经历虽然不无惊险,但却有机会饱览奇丽的山川景色,所以说"不负伊"。接下去两句,"闭门觅句非诗法,只是征行自有诗",意思是只有千姿万态的大自然才能为诗人提供无穷无尽的诗材诗料,关起门来锤词炼句是决计写不出好诗的。在另一首诗中,他也表达过类似的思想:"城里哦诗枉断髭,山中物物是诗题。欲将数语到天竺,天竺前头更有诗。"(《寒食雨中同舍约游天竺得十六绝句呈陆务观》)认为客观的自然景物能兴起诗人的情思,触发诗人的灵感。这种观点并不是杨万里的首创,"诗人感物,联类不穷"(《文心雕龙·物色》)已申此意。唐人郑綮则说得更加明白:"诗思在灞桥风雪中驴子上。"(孙光宪《北梦琐言》卷七)杨万里的好友,大诗人陆游也指出:"诗思寻常有,偏于客路新。能追无尽景,始见不凡人。"说的都是同一个意思。不过对杨万里来说,认识到这一点也并不容易,是经历了一个摸索体验和自我否定的过程的。他在《荆溪集序》中说,自己早年学诗从江西诗派入手,但是"学之愈力,作之愈穷",几乎走上了绝路。后来转向大自然学习,忽然有所觉悟,于是"万象毕来,盖麾之不去,前者未去而后者已迫","涣然未觉作诗之难也",终于绝处逢生,在诗歌创作中开辟了一条新路。

在我国古代诗歌史上,江西诗派是一个重要的诗歌流派,其创作理论和艺术风格不仅对南北宋,而且对后代也产生过极大的影响。除杨万里之外,南宋的许多大诗人如陆游、范成大等,都受到过这一流派的影响。江西诗派的创作情况与理论主张十分复杂,不是几句话可以说得清楚的。但江西诗派的开派人黄庭坚提倡写诗要无一字无来历,主张"取古人之陈言,入于翰墨",并得意地自称为"点铁成金"、"夺胎换骨"。其流风所及,确实也产生过不好的影响。金人王若虚在《滹南诗话》中批评说:"鲁直论诗,有夺胎换骨、点铁成金之喻,世以为名言,以予观之,特剽窃之黠者耳。"话语稍嫌刻薄,道理却是不错的。在这首诗中被称为"闭门觅句"的陈师道,是江西诗派的三宗之一,地位仅次于黄庭坚。陈师道的诗歌虽也有自己的特色,但他刻意模仿杜甫,往往点窜杜甫诗句入己诗,仅仅改动个别词句,以至被人讥为"点金成铁"。自从唐代近体诗形成以后,诗人们就开始讲究炼字炼句,杜甫就有"语不快人死不休"的愿望,后来贾岛和卢延让用"二句三年得,一吟双泪流""吟安一个字,撚断数茎须"等诗句来描述苦吟锤炼的景况。对艺术精益求精,尽力想把诗句写得精练而又美好,自然无可非议。但是如果脱离生活,不顾内容,仅从古人现成作品中讨活计,只从字句上下功夫,而且作为努力的主要方向,那反而会妨碍好诗的创作。杨万里批评的"闭门觅句",就是指这种情况。杨万里从自己的创作实践中,逐步体会到这种方法不对头,只会使诗歌创作的道路愈走愈窄,所以说"非诗法"。

杨万里在这首诗中所说的,虽然是自己诗歌创作的体会,但却相当广泛地代表了南宋许多先受江西诗派影响,后来又力图摆脱其束缚,希望在诗歌创作上闯出一条新路的优秀诗人,如陆游、范成大、姜夔等的共同观点。由于时代的局限,他们虽然还难以认识到社会生活是诗歌创作的源泉这样一条既简单又深刻的规律,但至少是向这种认识靠近了一步。对于生活圈子比较狭窄的封建士大夫来说,"征行"毕竟是他们接触社会、了解人生的好机会。在征行中,他们往往能够创作出优秀的作品。严羽在《沧浪诗话》中说:"唐人好诗,多是征戍、迁谪、行旅、离别之作。"陆游也说:"君诗妙处吾能识,尽在山程水驿中。"又说:"汝果欲学诗,工夫在诗外。"也许就是这种共同经验的表达。

岁暮归自城中一病垂死病起遣闷四首(选一首)

病起行不得,坐久情不舒。倔强妻子前[1],欲扶羞索扶。且呼斑竹君[2],寸步与我俱。远行亦未决,聊复循庭除。平地谁云觉,陟降即少徐[3]。平生四方志,八极视若无[4]。西飞折若木[5],东厉骑鲸鱼[6]。即今卧藜床,一起还九嘘[7]。力惫志犹在,床头寻湛卢[8]。

【注释】

[1] 倔强,执拗,不肯认输。这里指不服老病。

[2] 斑竹君,指斑竹制的手杖。

[3] 陟降,升降。少,稍。徐,慢。

[4] 八极、八荒,指八方极远之处。

[5] 若木,古代神话中的一种树木。《楚辞·离骚》:"折若木以拂日兮。"王逸注:"若木在昆仑西极,其华(光)照下地。"

[6] 厉,穿着衣服涉水。《诗经·邶风·匏有苦叶》:"深则厉,浅则揭。"骑鲸鱼,李白曾自署"海上骑鲸客"。

[7] 九嘘,形容气急。

[8] 湛卢,古代宝剑名。相传为名匠欧冶子所铸。

这首五言古诗是杨万里晚年家居时所作。原诗共四首,这是其中第四首。杨万里是一位热爱祖国,关心民瘼的诗人,他为官清廉,刚直不阿,因此屡屡得罪皇帝和权臣,终身不得大用。诗歌通过大病初愈后的所见所感,表现了老年诗人"烈士暮年,壮心不已"的无奈心情和豪情壮志,在四首中调子最为昂扬。

"病起行不得,坐久情不舒",诗的开头虽然是两句极其普通的话,但是却一下子抓住了久病初愈之人生理和心理上的特点。从生理上说是"行不得",从心理上说却是"情不舒"。好胜的性格,久病体衰,行动无力,自然希望别人搀扶一把,"倔强妻子前,欲扶羞索扶"两句,幽默而形象地写出了老诗人倔强好胜的性格,久病体衰,行走无力,自然希望别人搀扶一把,但诗人偏偏不肯让妻子搀扶。选取充满生活情趣的细节,来表现人物的感情,刻画人物的性格,这正是杨万里诗歌的长处。接下去四句,进一步具体描写诗人大病初愈后的生理和心理状态。因为病体衰弱,远行是下不了决心,姑且绕着庭院走走吧。在平地上步行倒也不觉得吃力,但一到升高或下降,登坡或下阶,便觉得力气不行,需要放慢速度了。用日常生活中普通的细节来表现人物的心情和意绪,看似稀松平常,实际上却极不容易。这需要有对于生活的深入细致的观察和体验为基础。梅尧臣自己说:"作诗无古今,唯造平淡难。"这种看似寻常而毫不经意之处,正是诗人生活基础深厚和技巧工力成熟的表现。"平生"四句,回忆自己当年的雄图壮志。这里用了两个富有浪漫主义色彩的典故,"西飞折若木"是用《山海经》的故事,据《山海经》记载:"灰野之山,上有赤树,青叶赤华(花),名曰若木。"屈原在《离骚》中曾经说过:"折若木以拂日兮,聊逍遥以相羊。"意思是要折一枝若木挡住太阳,不让它下落。诗人屈原"信而见疑,忠而被谤"之后,依然不知疲倦地寻求理想的政治。他眼看岁月滔滔逝去,幻想能挡住太阳,寻找时机实现自己的愿望。"骑鲸鱼",旧用以指游仙海上,驾驭宇宙的豪逸风采。扬雄《羽猎赋》有"乘巨鳞,骑京(鲸)鱼"之句。陆游《七月一日夜坐舍北水涯戏作》诗有"斥仙岂复尘中态,便拟骑鲸返玉京"之句。睥睨尘世,笑傲王侯的大诗人李白,曾自称"海上骑鲸客",襟怀豁达的大文豪苏轼也自称"我是骑鲸手",都表现了一种吞吐宇宙的豪迈气概。诗人用这两个典故,着意描写自己当年的豪迈情怀,非凡气度。诗的最后四句又归结到目前,说如今贫病交加,久卧藜床,只能回忆过去,发出深深的叹息。不过,诗人并不消极颓唐,"力惫志犹在"句,极力振起,说自己身体虽然疲惫,但是壮志依然未堕,由此可见出诗人的倔强和执着。他虽然屡遭顿挫,辞官归里,但是仍然时时关心国事民瘼,这是"志犹在"的注脚。结句"床头寻湛卢",又是"志犹在"的形象化说法,挂在床头的湛卢宝剑,不正是诗人暮年壮心的寄托和象征么?

(以上三文,收录于章楚藩主编之《杨万里诗歌赏析集》,此书1988年由巴蜀书社出版)

吴文英词二首

扫花游　送春古江村

水园沁碧,骤夜雨飘红,竟空林岛。艳春过了。有尘香坠钿,尚遗芳草。步绕新阴,渐觉交枝径小。醉深窈。爱绿叶翠圆,胜看花好。　　芳架雪未扫。怪翠被佳人,困迷清晓。柳丝系棹。问阊门自古,送春多少。倦蝶慵飞,故扑簪花破帽。酹残照。掩重城、暮钟不到。

据夏承焘先生《吴梦窗系年》记载,梦窗三十三岁时曾为苏州仓台幕僚,寓居阊门西郊之西园,前后共达十二年之久。词题所说的古江村即在西园。这首词抒写了词人对已经成为往事的一段爱情生活的回忆与追恋。送春亦即送人,是向自己的青春与往日的爱情告别,虽然这层意思在词中表现得含蓄吞吐,若隐若现,但是感情的脉络依然分明可见。"水园沁碧,骤夜雨飘红,竟空林岛。"开头三句从送春写起,先推出这样一组镜头:一夜春雨,万花纷谢,只有满浸的池塘沁出一片碧色。词评家戈载曾说:"梦窗运意深远,用笔幽邃,炼字炼句,迥不犹人。""沁碧"和"飘红"两个动宾结构的词在工整的对偶中显示出色彩的强烈对比,字面华美之极,而一个"沁"字,尤其写尽了春水弥漫溶泄之状,不仅触人眼目,简直沁人肌肤。夜雨而言"骤",形象地表现了春雨无端袭来,万花突然谢去的情景,同时仿佛还暗示了爱情的悄然而逝。"竟空"句,表面意思当然是说春雨过后,芳菲尽谢,而实际上却含有人去楼空,后期难再的惆怅。用意运笔如此,的确称得上"深远幽邃"了。"艳春过了。有尘香坠钿,尚遗芳草。"美丽的春天一如美好的爱情,虽然已经成为过去,但是并未完全消泯。请看,花园里仍旧弥漫着她留下的香尘,草地上也还有她遗失的钗钿呢! 当然,香尘不可能遗留至今,草中也未必真有什么钗钿,然而芳草上遗落的钗钿,却可以成为落花的喻象,因而它兼有伤春怀人之意。"步绕新阴,渐觉交枝径小",此句虽是侧笔,但表现春夏之交的景色却十分真切生动:漫步在园中的小径上,只见两旁树荫渐密,枝叶交接,仿佛道路都变得狭窄了。"醉深窈。爱绿叶翠圆,胜看花好",是无可奈何聊以自慰之辞。"醉"字可以有两重含义,一是饮酒园中,以至沉醉;二是面对一片新绿,被自然风光和往事回忆所陶醉。三句虽然是写景,但句中似乎隐喻着这样的含义:成熟的爱情胜过少年的热恋,耐人寻味。用"翠圆"二字形容树叶间青嫩的果实,也颇得其神。

过片"芳架雪未扫。怪翠被佳人,困迷清晓"三句,写满架如雪的荼蘼,"开到荼蘼花事了",这殿春的花,正意味着春光将逝。杨铁夫认为这三句是一个比喻,解释说:"花为叶蒙,叶为雪压,如翠被之掩佳人。"不过,这个比喻却自然地引起了读者的遐想,那"困迷清晓"的睡美人,为什么不可以是词人寄情无限的爱人呢?"柳丝系棹。问阊门自古,送春多少。"由景及情,切题送春。是的,"一丝柳,一寸柔情",河边系棹的丝丝垂柳,仿佛就是从心中吐出的寸寸柔情。阊门自古是送别之地,正是在这里,词人送走了自己的青春,也告别了昔日的恋人,对此茫茫,怎么能不百感交集呢?"倦蝶慵飞,故扑簪花破帽"二句,写出了词人在经历过江湖漂泊,情场失意之后的颓唐心情。青春已逝,旧情难再,自己徒然在旧地徘徊,拣拾那些温馨的回忆,不正像一只慵飞的蝴蝶依然留恋着簪花破帽吗? 苏东坡诗有"破帽多情却恋头"和"人老簪花不自羞,花应羞上老人头"之句。"簪花破帽"四字,既有自喻之意,也含自嘲之谑,形象地表现了词人在当时环境中的复杂心态。"酹残照,掩重城、暮钟不到。"在一片夕照之中,酹酒于地,送春归去,此时紧闭的城门已隔断了远处隐隐的钟声。以景结情,余音袅袅,言尽而意犹未尽。

荔枝香近　送人游南徐

锦带吴钩,征思横雁水。夜吟敲落霜红,船傍枫桥系。相思不管年华,唤酒吴娃市。因话、驻马新堤步秋绮。　　淮楚尾,暮云送、人千里。细雨南楼,香密锦温曾醉。花谷依然,秀靥偷春小桃李。为语梦窗憔悴。

这是一首送别词,副题"送人游南徐"五字已经将背景交代清楚。南徐即今江苏省镇江市,从词的内容推测,梦窗早年曾有南徐之游,并且在那里留下过爱情的印记。词的上片描写行舟待发之状,下片回忆当年的缱绻之情,脉络非常清楚。

"锦带吴钩,征思横雁水。"鲍照诗《代结客少年场行》有"骢马金络头,锦带佩吴钩"句,是写古代都市任侠少年的装束。这里借用一句,用来写系好锦带,佩上宝刀,行人正整装待发,他的思想已随着大雁飞过迢迢秋水。"夜吟敲落霜红,船傍枫桥系",具体描写送别的时间、地点和当时的情景。时间是枫叶如丹,寒霜遍地的深秋,地点是古来送别的伤心之地—苏州阊门外的枫桥。这两句从唐人张继"月落乌啼霜满天,江枫渔火对愁眠"化出,在一个霜落枫红的秋夜,系船江边,主客双方吟诗咏别。霜红,即经霜的红叶。"敲落"两字下得怪,红叶纷坠,击节吟诗,用一个"敲"字把两件互不相干的事情联结起来,组成一个整体,成功地展示了当时的特定意境。梦窗往往用这种出人意表的修辞手段,来避免诗句软弱滑易的毛病。尽管张继把江枫渔火的枫桥之夜渲染得如同梦幻一般美丽迷人,但眼前离别的痛苦毕竟使人难以为怀,"相思不管年华,唤酒吴娃市"二句,即紧承此意而来。离别之后,美好的年华将在无告的相思中匆匆逝去,还不如及时行乐,聊以自遣吧。吴娃,吴地美女,指歌妓。这里所说的相思,不单指分别以后彼此的思念,恐怕也包括词人自己身世飘零之痛和情场失意之悲。正因为如此,所以要用狎妓醉酒来作无可奈何的排遣了。"因话、驻马新堤步秋绮",在行将离别之时,不禁回忆起从前河堤漫步、共赏秋色的情景。明明是使人难堪的离别之情,却偏偏以闲淡的笔法加以表现,意味却更加深长。司空表圣所说的"淡者屡深"与此颇相符合。

"淮楚尾,暮云送、人千里"三句,切题过渡。辛弃疾词《霜天晓角》"吴头楚尾,一棹人千里"指的是江西,因为江西位于吴地上游,楚地下游。这里改动一个字,用指镇江,因为镇江位于长江下游,淮河入口处。在一片苍茫的暮色之中,骋目远望,离人不觉去得很远了,言外有无穷惆怅之意。"细雨南楼,香密锦温曾醉",字面上意思有些跳跃,内的情绪却依然连接得十分紧密。词人的思绪自然地随着远去的行人回到少年时代曾经游历过的地方,这时不知不觉地勾起了对于往事的甜蜜回忆。湖北武昌有南楼,《世说新语》记载晋代庾亮曾在"气佳景清"的秋夜,与部属登楼吟咏,一时传为美谈。这里虽然借用南楼一典,不过前者表现豪放飘逸之情,后者抒发低徊缠绵之意,两者的情趣完全不同。词人回忆道,在细雨绵绵的夜晚,室内炉烟袅袅,锦被犹温,自己曾在那里做过一个美丽的春梦。这两句语虽简约,意境却极为深婉旖旎。"花谷依然,秀靥偷春小桃李"是想象之辞。杨铁夫说:"花谷者,万花谷也,即章台之代名词。"大体意思虽然不错,但这样解释不免过于胶着,使人有兴味索然之感。那万花谷中迎春吐艳的桃李,活泼娇媚的少女,不正是词人少年时代美好爱情的象征吗?周邦彦词《琐窗寒》"想东园桃李自春,小唇秀靥今在否"二句,似为梦窗所本。不过清真用疑问语气,从春风中寂寞地自开自落的桃李,引出物在人杳的怅惘,主要表现对往事的怀恋。而梦窗却用肯定语气,以桃李依然来反衬自己的身心憔悴,今非昔比,着重抒发自己漂泊沦落的悲愁,意义各别。结句"为语梦窗憔悴",虽为寄语,实则自叹。以花谷之繁华与自身之落寞作对比,轻轻点出主题,笔法含蓄而简洁,耐人寻味。

(以上两文,收录于吴战垒主编之《吴文英词欣赏》,此书 1998 年由巴蜀书社出版)

紫藤室记(代跋)

我们家的书房名为"紫藤书屋",与明代徐渭"青藤书屋"只有一字之差。倒不是有意攀缘古人,家中也并没有种植紫藤,但这样取名,又确与紫藤有关。

老友蔡乃中和金联祯都是摄影爱好者,1996年他们约定,分别从海外和外地赶来杭州聚会,纪念三人相交四十周年。时值暮春,湖滨紫藤盛开,花香袅袅,大家在游览之余,都不禁把镜头对准了那扶苏花影,曲干虬枝。一个月以后,我们收到了两叠精美的照片。这时,正好《清词一千首》即将出版,这本书是晚清词学大师谭献的清词选本,原名《箧中词》,为了通俗和醒目起见,就改用现在这个书名。乃中是美学家,又精通摄影,与《箧中词》还有一段特别的因缘,于是就请他负责装帧设计,建议采用他的摄影作品《紫藤》作封面,因为这幅作品清淡自然的韵味与清词的意境比较契合。纳兰词的风貌,竹垞词的意蕴,似乎都能从这幅照片中得到某些体现。

说到乃中与《箧中词》的因缘,还有一个故事。先父生前是中学数学教师,也许是家庭影响加上性情所致,他平生迷恋中国古代文化,酷爱写诗填词,还收集了不少古代典籍,《箧中词》便是他经常阅读的书籍之一。这本书后来被乃中借走。"文化大革命"中,乃中遭受不白之冤,这本书自然也成了抄家物品。以后虽然有幸归还,但已破碎残缺,不堪卒读矣。于是我们决定把它校点出版,用来纪念三人历经劫难的友谊。事有凑巧,此书出版之时,正逢我家迁居之日。而乃中所摄紫藤花的放大照片也已经寄到。于是联祯建议,何不就以"紫藤"作为书屋的名称,事情就这么定了下来。

联祯虽然不是书法名家,但写得一手好字,他自告奋勇为我们书写了"紫藤书屋"的匾额,装裱之后,放入镜框,悬挂在书房的正中,又在墙壁上挂了几幅乃中的紫藤照片,我们的紫藤书屋就这样简单地构筑完成了。"老退身闲诸事了",每当我们坐在书房里读书、写作,便常常会感到友谊的温馨伴随着紫藤的清香,阵阵拂面而来。